《名作细读——微观分析个案研究（修订版）》

上海教育出版社　2009

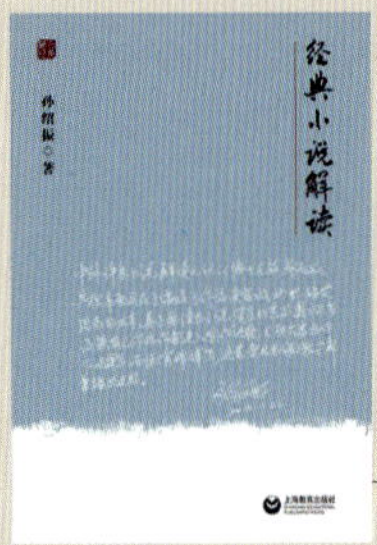

《经典小说解读》

上海教育出版社　2016

孙绍振文集

经典小说微观分析

海峡出版发行集团 | 海峡文艺出版社

图书在版编目(CIP)数据

经典小说微观分析/孙绍振著. —福州:海峡文艺出版社,2025.6
(孙绍振文集)
ISBN 978-7-5550-2997-7

Ⅰ.I106.4

中国国家版本馆 CIP 数据核字第 2025SC8343 号

经典小说微观分析

孙绍振 著

出 版 人	林 滨
丛书统筹	林可莘
责任编辑	余明建
出版发行	海峡文艺出版社
经　　销	福建新华发行(集团)有限责任公司
社　　址	福州市东水路 76 号 14 层
发 行 部	0591-87536797
印　　刷	上海盛通时代印刷有限公司
厂　　址	上海市金山工业区广业路 568 号
开　　本	787 毫米×1092 毫米 1/16
字　　数	515 千字
印　　张	26.75　　**插页** 1
版　　次	2025 年 6 月第 1 版
印　　次	2025 年 6 月第 1 次印刷
书　　号	ISBN 978-7-5550-2997-7
定　　价	160.00 元

出版说明

孙绍振先生是我国著名的文艺理论家、文学评论家、语文教育理论家、作家，是“闽派批评”的旗帜性人物。

他学贯中西、思通古今，全面梳理中国传统文艺理论中的重要命题，对当代西方文论进行了系统的分析和批判。他的文学研究贯穿着“实践真理论”的世界观和辩证方法论。他以一个“文学教练”的矫健身手，在“文学创作论”和“文学文本解读学”的坚实理论基础上，进行海量的经典文本分析，洞察小说、诗歌、散文等文类的艺术奥秘。由此，他建构了富有原创性的中国特色文学理论话语体系，在理论和实践结合方面发出中国声音。

他以先锋姿态投入“朦胧诗”大论战，业已留下重要的历史文献；以创新思维和精准表达，体现文学批评的力量与高度。

在语文教育改革中，他以犀利的思想拨乱反正，为语文教育的学科建设做出独特的贡献。其成就不仅深刻影响祖国大陆语文教育学界，还辐射至宝岛台湾，有力助推两岸学术、文化与教育交流。

作为一个作家，他钟情于诗歌、散文创作，产出丰硕的成果。其演讲体散文，卓尔成家。

为了全面展示孙绍振先生的研究成果和学术成就，我社组织出版“孙绍振文集”（20 册），汇编其迄今为止的全部代表性学术著述和文学作品，涵盖文学理论建构、文艺评论、演讲、语文教育、文学创作等诸方面内容。希望这套文集能全面展示孙绍振先生的理论成就、评论成果和文学创作的整体风貌，呈现中国学派崛起的绰约风姿及其在世界学术话语体系中日渐突出的自主地位。

海峡文艺出版社

二〇二五年六月

目　录

导言　以作者身份与文本对话……1

第一辑　经典小说个案微观分析

杂文的讽刺与人性的抒情的统一

——读《社戏》……15

审美“故乡”的必然失落和对“新的生活”的无望向往

——兼谈《故乡》中的一点疏漏……19

礼教的三重矛盾和悲剧的四层深度

——读《祝福》……26

鲁迅为什么最偏爱《孔乙己》

——读《孔乙己》……47

杂文手法和小说有矛盾吗

——读《阿Q正传》……53

英雄赴义的颂歌和荒谬死亡的反讽

——读《铸剑》……63

以侠义之轻财表现政治远见之豪爽

——读《虬髯客传》……71

志怪、传奇与史家笔法之结合

——读《劳山道士》……77

对英雄的诗化、神化和宿命的悲剧化

——读《三顾茅庐》……83

“雪”在情节中的作用

——读《林教头风雪山神庙》……91

粗鲁率真之美：李逵见宋江……96
双重喜剧性
——读《范进中举》……98
诗话体小说
——读《香菱学诗》……105
妙在情感互动的错位脉络
——读《林黛玉进贾府》……112
刘姥姥初进贾府：王熙凤的五个“笑”字……117
《贾芸谋差》：对话中的心口错位……122
以进攻姿态表现亲密感情
——读《山地回忆》……128
在非爱情关系上的两性心理错位
——读茹志鹃《百合花》……133
对救命者任意枪杀的“委屈”
——读《陈小手》……138
寻找精神的“旅店”
——读《十八岁出门远行》……141
如何拉开人物的心理的多维错位
——读《我们看海去》……147
幽默、讽刺和抒情的交融
——读《我们是怎样过母亲节的》……149
一个女人心灵的两个层面
——读《项链》……154
假珠宝一旦变成了真的
——读《珠宝》……162
狄更斯式的幽默：泪水中的微笑和抒情
——读《大卫·科波菲尔》……164
最没有用的最美
——读《麦琪的礼物》……171
潦倒的画家变成诗化的英雄
——读《最后一片叶子》……177

喜剧性的五次递增
——读《变色龙》……182
好心导致尴尬的循环
——读《艺术品》……188
浪漫爱情：爱欲的绝对之美
——读托尔斯泰笔下的娜塔莎……192
从形而下的爱欲向形而上的爱的升华……197
在人物情感的错位中实现精神复活
——读托尔斯泰《复活》……204
安娜·卡列尼娜回家看儿子
——在情感冲击下的感知变异……212
失败的强者：孤独的硬汉
——读海明威《老人与海》……218
挣不脱精神“套子”的悲喜剧
——《装在套子里的人》的主题和副主题……226
表层心理与深层心理的反差
——读《最后一课》……232
少年感觉中对叔叔三重评价的荒谬
——读《我的叔叔于勒》……238
人性贪婪的虚妄
——读《一个人需要多少土地》……241
人类社会深邃的荒谬
——读《黑羊》……244
以没有个性的共同心理奥秘取胜
——读《皇帝的新装》……247
在物质富足和精神不自由之间
——读《猫的天堂》……250
面对刽子手的精神优越
——读《牛虻就义》……254
《墙上的斑点》：以无序的自由联想揭示思想的不自由……258

尽信书不如无书
——博尔赫斯《沙之书》的悖论……264
现代科技带来的黑色幽默
——读《保修》……268

第二辑　经典小说人物分析

薛宝钗、蘩漪和周朴园是坏人吗……273
关公不顾后果放走曹操为什么得到鲁迅的称赞
——情感逻辑超越理性逻辑……279
赤壁之战的魅力何在
——评鲁迅的诸葛亮“多智而近妖”论……283
为什么猪八戒的形象比沙僧生动
——人物感知、动机和行为的错位……286
曹雪芹和托尔斯泰对人有什么发现……292
关公崇拜的奥秘：史家的人和民间的神的统一……294
李逵杀四虎为什么不及武松打一虎生动……297

第三辑　经典小说艺术技巧分析

情节中的“补笔”和“伏笔”
——从《碾玉观音》到《杜十娘怒沉百宝箱》……313
孩子杀死婴儿后为什么情节中断
——从外部的临界点和内心的临界点阐释作品……317
中国古典小说的叙事传统和海明威……320
叙述为什么不精练
——评改一段《白鹿原》……322
什么才叫叙述的精练……326
小说对话中的心口“错位”……333

第四辑　进入小说艺术的审美世界的程序

为什么吴敬梓把心理疗法改为胡屠户的一记耳光
——审美价值和实用价值拉开距离……341

都德为什么不写落后到转变的全过程
——情节和心理“突转”的临界点……349
巴尔扎克为什么那样残忍地折磨于洛夫妇
——把人物打入非常轨道……354
为什么中国古典小说强调一波三折
——将人物打入“第二环境”……358
安娜·卡列尼娜的“人格面具”是如何当众丢落的
——人物内心动荡和外部动作之间的不平衡……362
通过假项链、真项链、假金币暴露人物的内心隐秘
——超现实的和现实的第二环境及其功能……368
屠格涅夫的《木木》比莫泊桑的《珂珂特小姐》高明在哪里
——前提条件的充分、心理氛围的饱和同结局的关系……372
祥林嫂死亡的原因是穷困吗
——情节的理性因果和情感因果……378
抓住人物的执迷不悟
——人物情感逻辑的起点……384
安德烈公爵对同一棵橡树为什么先后有相反的感觉
——找到人物的变异感觉、记忆和动机……390

附录
小说理论基础：打出常规和情感错位……399
《经典小说解读》后记……408
小说欣赏基础：小说分析的钥匙
——孙绍振教授访谈……410

导言

以作者身份与文本对话

一

文本解读，尤其是个案的文本解读，不仅是中国的难题，更是世界性的难题。我们曾经把希望寄托于西方文论，尤其是当代前卫文论，但是，他们追求的并不是文学的审美价值，而是文化价值和意识形态。即使是较为强调文学“内部”特殊性的韦勒克、沃伦在他们的《文学理论》中也坦陈：他们对文学作品作实际分析和评价“一筹莫展”。[①]

而苏珊·朗格在《情感与形式》中则开宗明义地宣告：她的著作“不建立趣味的标准”，也“无助于任何人建立艺术观念”，“不去教会他如何运用艺术中介去实现它”。所有文学的“准则和规律”，在她看来，“均非哲学家分内之事”：

> 哲学家的职责在于澄清和形成概念……给出明确的、完整的含义。[②]

很显然，西方文论的传统乃是美学、哲学的形而上学，这方面无疑是他们的强项，然而对文学文本的审美解读，恰恰与此相反，要向形而下方面还原，揭示其不可重复的唯一性。这方面，却是他们的弱项。近五六十年来，西方文论走马灯似的更新，形势并未有多少改观，以至李欧梵先生在“全球文艺理论二十一世纪论坛”的演讲中勇敢地提出：西方文论流派纷纭，本为解读文本而来，（他把文本比喻为城堡）文论纷纭，旗号纷飞，各擅其胜：结构主义、解构主义、现象学、读者反应，更有新马、新批评、新历史主义、女性主义等不一而足，各路人马“在城堡前混战起来，各露其招，互相残杀，人仰马翻”，“待尘

① 韦勒克，沃伦：《文学理论》，刘象愚等译，江苏教育出版社，2005 年，第 155—156 页。
② 苏珊·朗格：《情感与形式》，刘大基等译，中国社会科学出版社，1986 年，第 1—2 页。

埃落定后，众英雄（雌）不禁大吃一惊，文本城堡竟然屹立无恙，理论破而城堡在”。[①]

骄傲的西方文人在此等难题面前不但坦承“一筹莫展”，更有学人公然对文学理论绝望。美国一位文学理论刊物的编辑 W. J. T. 米彻尔曾坦言：

> 现在美国有一种流行的说法，（文学）理论死了，已经终结了。关于理论再也没有什么可说的了。[②]

西方文学理论陷入空前危机，文学审美解读被放弃，此等情势，对于国人来说，既是严峻的挑战，又是历史的机遇。当西方人徒叹奈何之日，正是吾人当仁不让，勇往直前之时。[③]

纵观西方文论在此方面之失，一是拘执于哲学化的形而上学的普遍性抽象，二是一味执着于从定义、原理出发演绎，殊不知一切定义原理在追求最高的普遍性，不能不以牺牲特殊性为必要代价，而以演绎法进行文本解读，并不能将所牺牲的特殊性、唯一性，不可重复性揭示出来。目睹西方文论的前车之鉴，我们不能不另辟蹊径，放弃普遍的概念演绎，而从个案文本进行具体归纳，将归纳法与演绎法结合起来进行文本分析。当前流行的所谓“多元解读”，其失在于放任自发主体性，脱离文本，把英国谚语“一千个读者有一千个哈姆雷特”奉为金科玉律。其实很庸俗。赖瑞云教授说，一千个哈姆雷特，还是哈姆雷特，解读的任务是在一千个哈姆雷特中揭示其最哈姆雷特者，[④]这就需要把归纳建立在具体分析的基础之上。

二

当代阅读学非常强调读者的主体性，流行的阅读方法强调对话，但是，效果仍然不明显，原因在于此等对话只限于读者与现成的、固定的文本对话。拘于读者身份，只能顺着文本的程序驯服地追随，阅读必然陷于被动，而被动则会产生自卑感，对文本采取仰视

① 李欧梵：《世纪末的反思》，浙江人民出版社，2002 年，第 274—275 页。其实，李先生此言，也似有偏激之处，西方大师也有致力于经典文本分析者，如德里达论乔伊斯的《尤利西斯》、卡夫卡的《在法的门前》，罗兰·巴尔特论《追忆似水年华》《萨拉辛》，德·曼论卢梭的《忏悔录》，米勒评《德伯家的苔丝》，布鲁姆评博尔赫斯等，但他们微观的细读往往从宏观的角度演绎出理论，比如德里达用两万多字的篇幅论卡夫卡仅有八百来字的《在法的门前》，解读象征寓言的同时从文类、文学与法律等宏观方面作了超验的演绎，进行后结构主义的延异书写。其主旨不在文学文本个案审美的唯一性。

② 米彻尔：《理论死了之后》，李平译，载文化研究网站，2004 年 7 月 26 日。

③ 关于这方面的理论性问题比较复杂，不便于此全面阐释，请参阅孙绍振《文论危机和文学文本解读的有效性问题》，《中国社会科学》2012 年第 5 期。

④ 赖瑞云：《混沌阅读》，福建教育出版社，2010 年，第 286 页。

（甚至“跪着”阅读）的方式，救助之道乃是改仰视为平视，站起来和作者对话，必要时甚至俯视，不但要看到作品这么写了，而且看到作品为什么不那么写，才能化被动为主动。这个原则，是鲁迅在《不应该那么写》中提出来的：

> 凡是已有定评的大作家，他的作品，全部就说明着“应该怎样写”。只是读者很不容易看出，也就不能领悟。因为在学习者一方面，是必须知道了“不应该那么写”，这才会明白原来“应该这么写”的。这“不应该那么写”，如何知道呢？惠列赛耶夫的《果戈理研究》第六章里，答复着这问题——“应该这么写，必须从大作家们的完成了的作品去领会。那么，不应该那么写这一面，恐怕最好是从那同一作品的未定稿本去学习了。在这里，简直好像艺术家在对我们用实物教授。恰如他指着每一行，直接对我们这样说——‘你看——哪，这是应该删去的。这要缩短，这要改作，因为不自然了。在这里，还得加些渲染，使形象更加显豁些。’”①

经典文本的修改过程，在世界文学中比比皆是。西方文学许多作品的原始素材都取诸圣经和希腊神话，莎士比亚的许多戏剧都有流传故事作为基础。在中国，古典诗话词话、小说和戏曲评点中，此等文献不胜枚举。如今“推敲”一词已经进入口语，春风又“过”改为又“绿”江南岸的故事脍炙人口。类似的佳话，可谓俯拾皆是。范仲淹写《严先生祠堂记》，最后歌曰：“云山苍苍，江水泱泱，先生之德，山高水长。”拿给李泰伯看。泰伯读之三，曰：“公之文一出，必将名世。”但是，他建议把“先生之德”，改为“先生之风”。显然这个“风”字要比“德”好得多。钱穆先生认为：范仲淹以“德”指其人之操守与人格，但此只属私人的。风则可以影响他人，扩而至于历史后代。孔子说：“君子之德，风。小人之德，草。草上之风，必偃。”值得补充的是，“德”的不足，还因为其抽象性，而“风”则是可感的，还能引起“风貌”“风神”之联想。一字之易，比出了不应该那样写，读者就有可能和作者一起从被动接受上升到主动创造的境界。其实鲁迅在写《风筝》之前就写过“自言自语”之七《我的兄弟》：

> 我是不喜欢放风筝的，我的一个小兄弟是喜欢放风筝的。我的父亲死去之后，家里没有钱了。我的兄弟无论怎么热心，也得不到一个风筝了。一天午后，我走到一间从来不用的屋子里，看见我的兄弟，正躲在里面糊风筝，有几支竹丝，是自己削的，几张皮纸，是自己买的，有四个风轮，已经糊好了。我是不喜欢放风筝的，也最讨厌他放风筝，我便生气，踏碎了风轮，折了竹丝，将纸也撕了。我的兄弟哭着出去了，悄然的在廊下坐着，以后怎样，我那时没有理会，都不知道了。我后来悟到我的错处。我的兄弟却将我这错处全忘了，他总是很要好的叫我“哥哥”。我很抱歉，将这事说给

---

①《且界亭杂文二集》，见《鲁迅全集》，第六卷，人民文学出版社，2003年，第321页。

他听，他却连影子都记不起了。他仍是很要好的叫我“哥哥”。阿！我的兄弟。你没有记得我的错处，我能请你原谅么？然而还是请你原谅罢！[①]

自己为二十多年前的过错请求兄弟原谅。兄弟虽然受害，却仍然亲切地称兄长为哥哥。这里有的只是写实性的就事论事，文末原注“未完”。说明作者可能觉得如此写下去，就是作为散文，也可能流于肤浅，无以为继。于是废弃了这个稿子，写了《风筝》，故此稿生前未曾收入自己编的集子，而《风筝》却收入散文诗集《野草》，主题在《风筝》中升华了，文体也从散文变为散文诗。其抒情中渗入了哲理：施害者身为兄长，对兄弟无爱，任意践踏风筝，只有快感，而受害者却没有痛感；当施害者觉悟了，出于真诚的爱心，向弟弟忏悔，却得不到沟通。对于兄长来说，起初是无爱的麻木，后来是爱心觉悟后的无补。而受害者，对施害的野蛮没有饮恨，对其忏悔也没有领悟。施害者企图以忏悔求得心灵的轻松，不但没有减轻歉疚反而增加了痛苦，而且对未来失去了“希求”（希望）。《风筝》和《我的兄弟》最大的不同已经不是抒情，而是哲理：人与人之间无爱固然是野蛮，有爱也难以沟通，有的只是心灵的错位和隔膜。

朱光潜先生说：“读诗就是再做诗。”[②]克罗齐说：“要了解但丁，我们必须把自己提升到但丁的水准。”[③]和作者一起想象写作过程中的提炼和升华，才有可能洞察文本意蕴生成的奥秘。作家的意图是隐秘的，一般只把应该这样写显示出来，读者自发地欣赏，往往囿于知其然，而不知其所以然。只有洞察了不应该那样写提炼过程，才可能知其所以然，共享作者的匠心，向作家的水准攀登。

当然，我国作家的手稿保存，凤毛麟角，不如西欧作家（如托尔斯泰全集，草稿与文稿齐收，达九十二卷）。但是，比之西欧，也有得天独厚的优势，因为版权观念阙如，许多古典小说，往往均托前人之作，或改编续编。就续编而言，大多是狗尾续貂，而改编往往成为经典。如《三国演义》之于《三国志平话》，《水浒传》之于《大宋宣和遗事》等。众多文献，为文学解读提供了丰富的资料。鲁迅在《中国小说史略》中对《三国演义》刻画人物颇有苛评：“欲显刘备之长厚而似伪，状诸葛之多智而近妖。”[④]唯独于关公之形象特加肯定。该书写《三国演义》共四页，其中三页分析关公。鲁迅对关公华容道“义释曹操”特别赞赏。为了具体分析。鲁迅不惜篇幅，先是大段引述《全相三国志平话》中有关“赤壁鏖兵”的文字：

却说曹操措手不及，四面火起，前又相射。曹操欲走，北有周瑜，南有鲁肃，西

---

① 载《集外集拾遗补编》，《鲁迅全集》第八卷，人民文学出版社，2003年，第114页。

② 朱光潜：《谈美》，见《朱光潜美学文集》第一卷，上海文艺出版社，1982年，第497页。

③ 朱光潜：《克罗齐哲学述评》第7册，《欣慨室逻辑学哲学散论》，中华书局，2012年，第7页。

④《鲁迅全集》第九卷，人民文学出版社，2003年，第135页。

有陵统、甘宁，东有张昭、吴范，四面言杀。史官曰：“倘非曹公家有五帝之分，孟德不能脱。”曹操得命，西北而走，至江岸，众人撮曹公上马。却说黄昏火发，次日斋时方出，曹操回顾，尚见夏口舡（按上海古籍出版社 1955 年版此字作“船”）上烟焰张天，本部军无一万。曹相望西北而走，无五里，江岸有五千军，认得是常山赵云，拦住，众官一齐攻击，曹相撞阵过去。……至晚，到一大林。……曹公寻滑荣（按上海古籍出版社 1955 年版此处作“华容”）路去，行无二十里，见五百校刀手，关将拦住。曹相用美言告云长，“看操亭侯有恩”。关公曰：“军师严令。”曹公撞阵却过。说话间，面生尘雾，使曹公得脱。关公赶数里复回，东行无十五里，见玄德，军师。是走了曹贼，非关公之过也。言使人小着玄德（鲁迅原案：此句不可解。按上海古籍出版社 1955 年版“小着”为“□着”）。众问为何。武侯曰：“关将仁德之人，往日蒙曹相恩，其此而脱矣。”关公闻言，忿然上马，告主公复追之。玄德曰：“吾弟性匪石，宁奈不倦。”军师言：“诸葛赤（亦？）去，万无一失。”①

鲁迅抓住平话版本和《三国演义》的定本差异，分析出《三国志平话》“观其简率之处，颇足疑为说话人所用之话本”。这话说得比较含蓄，实际的意思是，根本就不是小说，而是说书人的一个底稿，为提示说书人的记忆之用。实际上，这一段也的确“简率”得离谱。关公与曹操狭路相逢，居然是“说话间，面生尘雾，使曹公得脱。关公赶数里复回，东行无十五里，见玄德，军师”。这么重大的战事，这么关键的人物突然“面生尘雾”就让曹操溜了，完全是凭空而来，连构成情节起码的因果关系都谈不上。而诸葛亮对之居然无任何责怪之意：反而为之开脱曰：“关将仁德之人，往日蒙曹相恩，其此而脱矣。”而关公要再去追赶。刘备则说：你不太累了吗？（“吾弟性匪石，宁奈不倦。”“我心匪石”典出诗经《国风·邶风》，意思是我心不是石头，不会随便转移）而诸葛亮则说我和你一起去。[军师言：“诸葛赤（亦？）去，万无一失。”]②这不但构不成情节，而且人物心理与行为全无错位、矛盾，三人均无个性可言。

鲁迅接着不吝篇幅引《三国演义》第五十回《关云长义释曹操》一段与之对比：

……华容道上，三停人马，一停落后，一停填了坑堑，一停跟随曹操过险峻，路稍平妥。操回顾，止有三百余骑随后，并无衣甲袍铠整齐者。……又行不到数里，操在马上加鞭大笑。众将问丞相笑者何故。操曰：“人皆言诸葛亮周瑜足智多谋，吾笑其无能为也。今此一败，吾自是欺敌之过，若使此处伏一旅之师，吾等皆束手受缚矣。”言未毕，一声炮响，两边五百校刀手摆列，当中关云长提青龙刀，跨赤兔马，截住去

①《鲁迅全集》第九卷，人民文学出版社，2003 年，第 134 页。
②《鲁迅全集》第九卷，人民文学出版社，2003 年，第 134 页。

路。操军见了，亡魂丧胆，面面相觑，皆不能言。操在人丛中曰："既到此处，只得决一死战。"众将曰："人纵然不怯，马力乏矣：战则必死。"程昱曰："某知云长傲上而不忍下，欺强而不凌弱，人有患难，必须救之，仁义播于天下。丞相旧日有恩在彼处，何不亲自告之，必脱此难矣。"操从其说，即时纵马向前，欠身与云长曰："将军别来无恙？"云长亦欠身答曰："关某奉军师将令，等候丞相多时。"操曰："曹操兵败势危，到此无路，望将军以昔日之言为重。"云长答曰："昔日关某虽蒙丞相厚恩，某曾解白马之危以报之。今日奉命，岂敢为私乎？"操曰："五关斩将之时，还能记否？古之人大丈夫处世，必以信义为重；将军深明《春秋》，岂不知庾公之斯追子濯孺子者乎？"云长闻之，低首良久不语。当时曹操引这件事，说犹未了，云长是个义重如山之人，又见曹军惶惶，皆欲垂泪，云长思起五关斩将放他之恩，如何不动心，于是把马头勒回，与众军曰："四散摆开！"这个分明是放曹操的意。操见云长勒回马，便和众将一齐冲将过去，云长回身时，前面众将已自护送操过去了。云长大喝一声，众皆下马，哭拜于地，云长不忍杀之，正犹豫中，张辽纵马至，云长见了，亦动故旧之心，长叹一声，并皆放之。

在《中国小说史略》中，这么长的引文，是绝无仅有的。这还不算，连题外的"后来史官有诗曰"都引了：

彻胆长存义，终身思报恩，威风齐日月，名誉震乾坤，忠勇高三国，神谋陷七屯，至今千古下，军旅拜英魂。①

鲁迅从中得出的结论是："此叙孔明止见狡狯，而羽之气概则凛然"。这个很深邃的结论之得出，完全得力于《三国志平话》与《三国演义》的对比分析。关公之所以得显得大义凛然，根本在于使情感逻辑（有恩不报则不义）超越了实用理性（放走曹操，军法从事，有生命危险）。《三国演义》让关公选择了前者，也就是让关公的性格逻辑超越了生死，艺术上达到很高的审美境界。然而，鲁迅对诸葛亮形象的评价"只见狡狯"，则似有偏颇。从作者的立场观之，如此重大关头，关公的选择成就了他气概凛然的形象，但于军情则留下了严重的后果。等到关公回军汇报，《三国演义》写孔明曰："此是云长想曹操昔日之恩，故意放了。但既有军令状在此，不得不按军法。""遂叱武士推出斩之。""玄德曰：'昔吾三人结义时，誓同生死。今云长虽犯法，不忍违却前盟。望权记过，容将功赎罪。'孔明方才饶了。"毛宗岗在此评曰："好做作。"②鲁迅可能是受了毛宗岗的影响，把"好做作"加码为"狡狯"。从理论上说，这就混淆了审美情感与实用理性。从实用理性上讲，诸葛亮深知关

①《鲁迅全集》第九卷，人民文学出版社，2003年，第137页。

② 陈曦仲等《三国演义会评本》，北京大学出版社，1998年，第631页。

公的后台老板刘备，不可能让他杀关公；但是，从军事纪律而言（早有军令状在先）则不能不执行军纪。“推出斩之”是军法，而刘备求情，则不但是顺水人情，而且责任不在己，而在刘备。这正是身处刘备之下的诸葛亮的两全之计。这不应该是狡狯，而是机智。按鲁迅的思路，则是不应该这样写诸葛亮，那么应该怎样写呢？不“狡狯”，只能是铁面无私，坚决执法，如挥泪斩马谡然。但是，关公是诸葛所献身的主子的肝胆兄弟，要杀那是不可能的。而马谡不是关公，只是诸葛亮的部下（何况那时刘备已死），而诸葛亮这样“狡狯”一下，不但成全关公的大义凛然的形象，而且表现了自己的机智和刘备的意气用事（后来他就死在因为关公被杀贸然对东吴兴兵的意气用事上）。从艺术上说，这样就构成了三种情感逻辑。不但是关公有了强烈的个性，而且连诸葛和刘备也各有其情感逻辑，三者错位，乃各有其个性。《三国演义》写关公多骄，在关公周围部署了那么多崇敬的目光，但是又安排了诸葛亮一双多智的眼睛俯视他，如马超得到刘备的重用，关公作为荆州最高首长居然不服气，要回到蜀中与之比武。这很鲁莽，又很危险，很难妥善解决。《三国演义》让诸葛亮写信给关公，说马超再强，也只能是张飞一流，你和他不是一档次的。关公很得意，把信给部下传阅。诸葛亮的“狡狯”，每每能显示关公的幼稚和虚荣，以二者情感错位，形象相得益彰，乃《三国演义》之拿手好戏。

从《三国志平话》中的粗糙，到《三国演义》中的精彩，历经了上百年的流传和修改，使《三国演义》取得了艺术上的伟大成就。与时俱进之处比比皆是，只要稍微留意，就不难从中体悟其应该这样和不应该那样写的奥秘。

在中国古典经典著作中，值得一提的还有《水浒传》。通行本是经过金圣叹删节修改的七十一回本。与原版一百二十回本相比，有许多相异之处，很值得重视。

通行本《水浒传》写了武松打虎之后，又写了李逵杀四虎。李逵先是看到母亲的血迹，“一身肉发抖”，又见两只小老虎在舐着人的一条腿，“李逵把不住抖”。等到弄清就是老虎吃了自己母亲以后，李逵“心头火起，便不抖”，金圣叹在评点中说：“看李逵许多‘抖’字，妙绝。俗本失。”[①]所谓“俗本”，就是金圣叹删改以前的本子，也就是一百二十回本的《水浒全传》，“失”，就是没有的。而他删改、评点的这个本子，经过他重新包装过，在文字上加工过。一百二十回本的《水浒全传》现在还存在，的确是没有“一身肉发抖”，“李逵把不住抖”，“心头火起，便不抖”。事情明摆着，三个“抖”，都是金圣叹加上去的。为什么要加？因为原来的本子，功夫全花在不重复武松打虎，老虎只有那一扑、一掀、一剪。写到李逵看到地上母亲的血迹时，不是“一身肉发抖”而是“心里越疑惑”，看到两只小虎在舐母亲的一条腿，他居然还是没有感觉，倒是冒出来了一段“正是”：

① 陈曦钟等辑校：《水浒传会评本》（下），北京大学出版社，1981年，第803页。

假黑旋风真捣鬼，生时欺心死烧腿。

谁知娘腿亦遭伤，饿虎饿人皆为嘴。[①]

这就完全背离了李逵的内心痛苦加仇恨的感受。李逵是个孝子。他回来就是为了把母亲接到梁山上去“快活”的。母亲被老虎害得这么惨，“假黑旋风真捣鬼”，老虎吃他母亲和“假黑旋风”一点关系都没有。“饿虎饿人皆为嘴”，这是旁观者的风凉话，这完全是败笔。金圣叹把这煞风景的、不三不四的四句韵语删去了，谨慎地加了三个“抖”，第一个是意识到是自己母亲的鲜血，不由得发抖；第二个是看到母亲的一条腿，控制不住自己发抖；第三个是仇家相对，分外眼红，尽情砍杀，忘记了发抖。金圣叹的修改很有水平，但和作者对话的读者，秉持要看出“文章的好坏”来，要有俯视的态度，看出这一切并没有从根本上改变艺术上的缺陷，李逵在发抖了以后，杀虎过程那么长，内心居然就没有什么变化。最为奇怪的是，他本是为母亲杀虎的，杀完了四只老虎。他这个孝子应该想起母亲了吧，对死去的母亲有什么感觉？不管是原本还是金圣叹的本子都是：

那李逵一时间杀了子母四虎，还又到虎窝边将着刀复看了一遍，只恐还有大虫，已无踪迹。李逵也困乏了，走向泗州大圣庙里，睡到天明。[②]

这也许是想表现李逵杀得筋疲力尽了，毕竟是人嘛！武松打虎以后不是也浑身酥软吗？但不同的是武松与老虎是偶然遭遇，而李逵是为母亲讨还血债。母亲的鲜血未干，残腿还暴露在身边不远的地方。这个孝子，怎么能睡得着？刚才的失母之痛还使他发抖，才半天不到，就忘得一干二净？其实，李逵是不会忘记的，以作者身份俯视作品，就不难看出，这是作者忘记的。直到第二天早上才让他想起母亲的腿来，收拾起来，埋葬了。这是一笔交代，可以说是平庸的交代，对一部精致的经典作品来说，好像一架钢琴上一个不响的琴键。

当然，不可讳言的是，对于绝大多数小说来说，草稿与定稿，原版与定版的素材毕竟是相对少数，要解读绝大多数作品，是没有这样方便的。但这并不意味着鲁迅的这个“不应该那么写”的原则就无用武之地了。

小说都是虚构的，人物的言行、情节发展都是作者匠心独运的艺术。读者见到的文本，在写作过程中并不是别无选择，而是在多种可能中精心优选的。比如鲁迅的《祝福》，读者看到的是：祥林嫂逃到鲁镇，被抢亲，丈夫和儿子死掉后，又回到鲁镇。表面上是祥林嫂自己的选择和环境的逼迫，实际上都是鲁迅让她这么遭遇的。五四时期，一般婚姻妇女

①《水浒全传》，大地出版社，1997 年，第 364 页。

②《水浒全传》，大地出版社，1997 年，第 365 页。陈曦仲等《水浒传会评本》，北京大学出版社，1981 年，803 页。

题材，都是寡妇要改嫁，封建宗法势力横加迫害，而鲁迅却偏偏不这样写，而是反其道而行之，让祥林嫂不想改嫁。如果从作者的角度考虑，不难明白，如果写祥林嫂力图改嫁而遭受迫害，则仅仅能表现封建礼教之夫权的无理，而写祥林嫂不愿改嫁，由其婆婆用抢亲的手段强迫其改嫁，则能表现封建礼教族权（儿子属于父母）与夫权之矛盾，按夫权不得改嫁，按族权又可用人身侵犯的手段强迫其改嫁，这不但矛盾，而且野蛮。祥林嫂改嫁后与丈夫、儿子安分守己。可是鲁迅为什么又让其丈夫死掉，儿子被狼所吃呢？目的是把祥林嫂逼回鲁镇，从而进一步把她逼上死路，先让她碰到一个关心她的柳妈，劝说她去捐门槛赎罪。这一情节的功能是让祥林嫂面对神权：把她锯成两半，分给两个男人。这就不仅仅是野蛮，而且是荒谬了。夫权不讲理，族权不讲理，神权也不讲理，为什么不惩罚强迫她改嫁的婆婆？封建礼教本身的逻辑就是这样野蛮而荒谬，生生把祥林嫂这个本来身体强壮的妇女害得失去劳动力，最后死于非命，原因乃是这种野蛮荒谬的偏见，不但鲁四老爷夫妇，而且与祥林嫂同命运的柳妈都视为天经地义。特别是祥林嫂自己虽然至死有所不甘，最后只因为鲁四奶奶一句看来留有余地的话“你放着吧，祥林嫂”就精神崩溃了。这说明被侮辱被损害者自己也被这种野蛮荒谬的逻辑所麻醉。因而，这个悲剧是没有凶手的。凶手就在每一个人的头脑中，每一个人都有责任。对这样一个悲惨的结局，鲁迅为什么要把它放在年关祝福的氛围中呢？整个鲁镇人都欢乐地祈求来年的幸福，让一个与这个悲剧毫无瓜葛的人“我”来叙述，而且感到不可推脱的歉疚。这是为了表现鲁迅对国民劣根性的批判和思想启蒙的某种悲观，甚至是与希望相同的绝望。

同样，解读《孔乙己》，根据鲁迅的原则，应该从“不应该那么写”着眼。这篇小说写了孔乙己差不多大半生，在鲁迅的立意中，不应该像《范进中举》那样，把孔乙己之所以成为孔乙己的经历正面写出来。就是以第一人称叙述，也不选择直接参与或者目睹者。鲁迅显然认为应该选择一个与孔乙己的命运毫无关系的小店员，仅写其目光所及的三个场面。第一个场面写他偷书挨打以后，被嘲笑了；第二个场面，孔乙己没有出场，只是酒店中人兴高采烈地议论其偷书，被打断了腿，推测可能死了；最后一场孔乙己出现，他真的被人打断了腿，几乎是爬着来的。明明是和平常不一样了，可人们还是像“平常一样”嘲弄他又偷书了，引起店堂内外的欢笑。正是鲁迅坚决贯彻了不像范进中举那样写，小说的主题才不像有些论者所说的是“批判封建科举制度”，而是不把一个科举制度的牺牲品当人来看待的问题。小说中的矛盾，一方面是人们以取笑孔乙己的偷书挨打为乐，一方面是孔乙己矢口否认其为偷窃行为。即使理屈词穷，也要在口头上、在字面上予以否认。鲁迅强调，他表现的是孔乙己作为一个人、一个几乎沦落为小偷的人，仍然有他的自尊，有他最后的精神底线，摧残这样的自尊，是非常残酷、非常不人道的；但是，这些摧残者，却以之为乐，而且在摧残之时毫无恶意，相反见他硬着头皮无效地否认，还以笑来表示几分友好，最终放他一马。鲁迅之所以不选择范进中举那样的写法，而选择这样的写法，就是为了揭示这喜剧氛围中的悲剧，蕴含着对国民性不可救药的麻木的批判。

有时，许多作品表面明明不应该这样写，作者却偏偏这样写了，然而，却在千百年的流传中，成了经典。武松打虎就是典型的一例。

有一个学者，叫作夏曾佑，在近代史上是一个有点重要性的思想家，又是最早的小说理论家，出版过中国第一本《小说原理》，他突然发现武松打虎不可信。“写假事非常难。”他引用《水浒传》评点家金圣叹的话说，最难的是打老虎。他说，李逵打虎，只是持刀蛮杀，不值一谈；而武松打虎，就非常不真实。他说，《水浒传》上写武松用一只手把老虎的头按到地上，另外一只手握紧拳头猛捶，就把老虎捶死了。这是不可信的。他说，老虎是食肉动物，有个特点，就是它的腰又长又软。你一只手把它的头按到地上，那它的四个爪子都可以挣扎。武松打老虎的办法很不科学，因而很危险。[①]夏曾佑先生提出的是一个相当深刻的问题。就是艺术形象的真和假的问题。武松打虎的方法是不真实的。不真实，假的，还能动人吗？事实是武松打虎的艺术生命力特别强，早已成为经典文本，至今仍然有鲜活的感染力。一般读者并不那么死心眼，去计较武松打虎方法的可行性、真实性问题。

如果只讲实用理性，那就让老虎把他吃了。但是，按鲁迅的说法，显然是作者认为不应该那样写。

他一死，他心里可能出现的那些不伟大的东西，就没有人知道了。施耐庵让武松把老虎打死，就是要看看他这个英雄有什么超越常规的心态。在遇见老虎以前，他就先让武松自以为是“好汉”，不是普通人，店家告诉景阳冈上有老虎，他说怕老虎的不是好汉。等到在山神庙看到阳谷县的榜文，“方知端的有虎”，最实际的办法是回去，可是又爱面子，“怕吃店家耻笑”，只好硬着头皮往前闯，及至真的老虎出现了，这位英雄的“酒都作冷汗出了”，不得已用那种夏曾佑不相信的方法把老虎打死了，可活老虎打死了，死老虎却拖不动了。又怕再一只老虎，对付不了，只好一步步“挨”下冈子去，不料又看到两只老虎，这时我们的英雄心里有点绝望了（“我此番罢了”），幸亏读者知道，这两只老虎是假的。只有让武松把真的老虎打死了，又遇到两只假的老虎，读者才能看到他在体魄上是超人，同时也看到他心理活动上是凡人。考虑不在面前可以说怕老虎的不是好汉，知道真的有虎，又死要面子，冒险前行，等到真老虎出现又惊慌得酒都作冷汗出了。活老虎打死了，死老虎拖不动不说，再见老虎又悲观绝望。如果不让武松把老虎打死，读者就不可能看到这种英雄与凡人统一的心理奇观。

---

① 夏曾佑：《小说原理》，《中国历代文论选》，上海古籍出版社，1980 年，第 244 页。

作者这一切匠心，光是以读者的身份，被动接受，是不可能看出来的；只有把自己从读者上升为作者，才可能真正理解作家为什么这样写而不是那样写。

三

原稿与定稿的比较属于同类比较，因为有现成的可比性，故比较容易。有时，单独一篇作品，作为一种孤立的存在，是很难看出来的。而更多的文本，特别是现当代作品，几乎没有可比的文献。是不是束手无策了呢？不是的。没有现成文献的可以采取“异类比较”。文章不同，作家不同，但凡有一点相通者，皆可比较。例如，杨绛的《老王》的意脉是自原本对贫困、身患残疾的车夫老王由同情俯视，到“文革”难中平视，而受赠后，感到“愧怍”，在道德上仰视。这本是文章的情感思想的高潮，然而，作者却惜墨如金，写到“愧怍”二字后戛然而止。一般很难看出其中的微妙来。如果拿巴金的《小狗包弟》来比较，则深层的艺术奥秘则不难洞察。巴金写到“文革”期间红卫兵肆虐，深恐宠物小狗包弟惨遭残害，乃将其送到医院解剖。巴金这样写自己的类似的“愧怍”之情：

在我吞了两片眠尔通、上床许久还不能入睡的时候，我不由自主地想到了包弟，想来想去，我又觉得我不但不曾甩掉什么，反而背上了更加沉重的包袱。在我眼前出现的不是摇头摆尾、连连作揖的小狗，而是躺在解剖桌上给割开肚皮的包弟。我再往下想，不仅是小狗包弟，连我自己也在受解剖。不能保护一条小狗，我感到羞耻；为了想保全自己，我把包弟送到解剖桌上，我瞧不起自己，我不能原谅自己！我就这样可耻地开始了十年浩劫中逆来顺受的苦难生活。一方面责备自己，另一方面又想保全自己，不要让一家人跟自己一起堕入地狱。我自己终于也变成了包弟，没有死在解剖桌上，倒是我的幸运……我好像做了一场大梦。满身的创伤使我的心仿佛又给放在油锅里熬煎。这样的熬煎是不会有终结的，除非我给自己过去十年的苦难生活作了总结，还清了心灵上的欠债。这绝不是容易的事。

有了比较，就有条件以作者的身份看出杨绛并没有像巴金那样写，她把抒情隐藏在字里行间，没有描写，没有渲染，没有感叹，尽量不用形容词，甚至必要的交代（如“文革”中被扣发工资，剃“阴阳头”）也都省略了。也许把这一切都交代出来，杨绛感觉可能是俗套，她在这一点上是相当极端的，竟然把情感的高潮只用“愧怍”两个文言词语来表达，表面的冷峻和内在的深情之间的张力，令人想起海明威的“电报文体”“冰山风格”。海明威追求写出来的只是如露出海面八分之一的冰山，八分之七留在海面以下，让读者去想象才是精彩所在。而巴金的风格无疑是比较传统，比较浪漫，比较絮叨的，难免给人以句意重复的感觉。吾师吴小如先生在20世纪40年代就指出巴金的作品失之“费词”，50年代北大中文系主任杨晦先生批评《家》《春》《秋》三部并成一部就够了。[①]其切中肯綮，皆由于以作者身份俯视，和文本对话，才轻而易举地达到叶圣陶所说的把“文章的好坏”读出来的境地。

当然，以作者身份和作品对话的操作方法是一个很丰富的系统，限于篇幅，这里只是举例而已，更多更重要的方法，读者应该在本书的全部个案分析中得到体悟。

---

① 参阅孙绍振《北大中文系，让我把你摇醒》，《文学报》，2012年11月29日。

第一辑　经典小说个案微观分析

杂文的讽刺与人性的抒情的统一
——读《社戏》

这篇文章，收在鲁迅的小说集《呐喊》里，应该是小说，但是《呐喊》里有不少散文式的小说，如《一件小事》等。这一篇，并没有传统小说中常见的人物矛盾、情感错位等。文中人物的情感和意向大体一致，很像是散文，但又不是一般的散文，而是抒情散文；如果算是小说的话，也只能是一种抒情性很强的散文化的小说。

文章的主体叙述了童年时代在农村乌篷船上看草台班子演出的美好的体验。而文章开头，写的却是在大城市的正规戏园里两次看戏混乱而烦闷的记忆，这显然是后面美好诗意的陪衬。要在艺术上真正读懂这篇文章，最关键的就是要读懂文章中最后一句话：

一直到现在，我实在再没有吃到那夜似的好豆，——也不再看到那夜似的好戏了。

这显然不是一般的对比，而是一种极端化的对比。一方面，是极端的好，另一方面，则是极端的差。这种对比，如果从客观的角度来看，可能是不太可信的。但是，读者并未对作家产生误解，原因就在于，所有这些对比都集中在主观心理上，把相关词语集中起来看就很明显。

第一次看戏：外面“早就听到冬冬的响”，进到里面，“红的绿的”在“眼前”“闪烁”，耳朵里是“喤喤的响”。座位太高，凳子太细，没有爬上去的勇气。在后来的回忆中，这一次的看戏总的评价是“冬冬喤喤之灾”。

第二次看戏：戏园子里，立足都难。一直在忍耐中等待着名角出场。然而，“看小旦唱，看花旦唱，看老生唱，看不知什么角色唱，看一大班人乱打，看两三个人互打”，充满了不耐烦的情绪。

表现看戏的印象，用了一般为文忌讳的单调、重复的句法，其意在暗示作者的忍耐、无奈，甚至反感。不但毫无欣赏艺术的感觉，连最起码的娱乐感觉都没有。京戏是歌剧，可是听觉里留下的是噪音，剧场应该是文明的，可是座位的管理却是一片混乱。一味是："冬冬喤喤的敲打，红红绿绿的晃荡。"把大城市、正规戏园里，名角（明星）的演出，写得这样不堪，显然是夸张的，有点漫画化、戏谑化的。把演出说成是灾难（冬冬喤喤之灾），把座位之简陋说成是令人联想到"私刑拷打的刑具"，甚至把戏园外人，说成不是看戏目的，而是来看"散戏后出来的女人的"，流露出了内心的愤激；甚至把戏园里的氛围，两次说成是"不适于生存"，更是显然的夸张。"适者生存"本来是当年流行的哲学话语，也是鲁迅所信奉的社会淘汰规律。不适于生存，就要灭亡，不但是一个人的问题，而是整个民族的危机。这样的语言，是带着杂文的、讽刺的色彩的。特别是下面这样的话：

从九点多到十点，从十点到十一点，从十一点到十一点半，从十一点半到十二点——那个名角，还是没有出来。

这本来是流水账，是为文之大忌。但在这里，流水账却有另外一种功能，那就是表现了鲁迅所说的"忍耐的等待"。注意力不在看戏上，而在时间的默默计算上。起初，还是一个小时一个小时的计算，后来，就变成了半个小时半个小时的焦虑。写的是潜在的心理状况的微妙变化。表现的重点，并不是戏园本身的演出质量，而是作家的情绪，完全是杂文笔调。

为什么用了这么多的杂文手法？看下去不难发现，就是为了和下面在农村看戏的优美诗情构成对比。

一提起在农村的外祖母家，作家的笔调立即变成了抒情诗式的了。把很平凡的，只有二三十户人家，一个小杂货店的小村庄，说成是"乐土"，使我们想起了鲁迅在《从百草园到三味书屋》中把只有破墙野草的园子当成"乐园"。目的不过是为了表现童心的单纯和天真。

本文的重心当然是在农村看社戏的体验。

惜墨如金的鲁迅对看戏前的曲折进行渲染，不仅仅在终于成行的一波三折上，而且在心情的变化上。起初是"急得要哭"，后来是幻觉中"听到锣鼓的声音"。再接下去，则是"东西也少吃"；而周围的小伙伴，则是"叹息而且表示同情"。所有这一切，都是心理的曲折多于外部事情的曲折。目的不过是为了积累期待的情绪。一旦成行，感情就自然流泻了："很重的心忽而轻松了，身体也似乎舒展到说不出的大。"

接着就是正面叙写那次最美好的看戏的经历了。

然而，细看那次看戏的过程，似乎戏也并不是特别好看。主要是不如预期的美好，相反倒是充满了遗憾：一是近台没有位置，船只好停在比较远的地方；二是著名的铁头老生并没有连翻八十四个筋斗；三是一个小旦，老是"咿咿呀呀的唱"；四是"我"所期盼的蛇精和跳老虎也并没有出现；五是买豆浆却没有买到；六是只能抵抗着倦意，支撑着看，眼睛都迷糊了，忍不住打哈欠，只有一个小丑挨打，算是比较好看的；但是，接着就是遗憾之七：一个老旦唱个不停，以为她抬起手来，就要结束了，可是她竟仍然唱个不停。所有这些接二连三的煞风景，终于使大家"熬不住"了。

从这个意义上说，戏并没有什么特别好看的地方，似乎也并没有就戏的质量和大城市戏园子名角的演出相对比的意思。

那么，为什么鲁迅在结尾处还要说，一辈子没有看过这样好的戏呢？这个戏究竟好在什么地方呢？

好的地方很多。在大家发现，好戏已经没有指望的时候，在一般情况下，应该是扫兴的。但是，当双喜提议"还是我们走的好罢"，"大家立刻都赞成，和开船时候一样踊跃"，而且还"骂着老旦"。这时候的情绪并不低落。如果低落的话，则回顾戏台，应该有和来时不一样的感觉。鲁迅是怎么写的呢？

> 一离赵庄，月光又显得格外的皎洁。回望戏台在灯火光中，却又如初来未到时候一般，又漂渺得像一座仙山楼阁，满被红霞罩着了。吹到耳边来的横笛，很悠扬……

把农村的草台班子的演出说成是仙山楼阁，完全是抒情的诗化。和来时的远景几乎完全是一样的：

> 最惹眼的是屹立在临河的空地上的一座戏台，模糊在远处的月夜中，和空间几乎分不出界限，我疑心画上见过的仙境，就在这里出现了。

这就说明，虽然看戏的强烈愿望没有得到满足，但心情却没有变化，仍然充满了诗意。这是为什么呢？关键不在于看戏，而在于看戏过程中的人。小主人公为之感动的不完全在戏本身，而是这些陪着他来看戏的小伙伴。是他们来前的主动慷慨（打包票：平安），水路上的能干，看戏时的兴致，甚至他们的骂人、牢骚、失望都是美好的：

> 不多久，松柏林早在船后了，船行也并不慢，但周围的黑暗只是浓，可知已经到了深夜。他们一面议论着戏子，或骂，或笑，一面加紧的摇船。这一次船头的激水声更其响亮了，那航船，就像一条大白鱼背着一群孩子在浪花里蹿，连夜渔的几个老渔父，也停了艇子看着喝采起来。

比起这样美好的情境，那戏不如想象的那样美好，早已忘却了，也就是显得无足轻重。作家所用的完全是诗的抒情笔法。

《社戏》之美，主要体现在以下几个方面。

首先，美在和大自然的美相融合的山水画似的境界上。

其次，戏并不过瘾，令人过瘾的却是纯洁的小伙伴纯朴的人情。特别是在偷罗汉豆的情节中，那个叫作阿发的孩子，居然主张偷自家的，而不是别人家的，仅仅是因为自己家的豆子长得比别人家好，一点也没有自私的考虑。这是人情美的一个层次；更深的层次则集中在“偷”字上，偷得坦然，偷得愉快，偷得好玩，偷得不像偷。因为偷自己家的，并不完全是偷，稍稍偷别人家的，也是半公开的，就是被发现了，也不怕骂，相反，还敢于回骂。这就是说，完全没有偷的性质。人们之间能够沟通理解，心照不宣。

再次，人情之美更为精彩的层次是，六一公公发现自家的豆被偷了，不但没有骂，相反，倒是很高兴：

双喜，你们这班小鬼，昨天偷了我的豆了罢？又不肯好好的摘，踏坏了不少。

可孩子们并不担忧，而是十分坦然：

是的。我们请客。我们当初还不要你的呢。你看，你把我的虾吓跑了。

不但没有因为偷而有羞惭的感觉，反倒像是看得起他的意思。连钓虾的注意力都没有转移。反过来还怪人家的不是，可见其无所谓了。

最后，最为精彩的层次是，这个六一公公，因为“我”觉得豆子好吃，“竟非常感激起来”。被人家偷了东西却“非常感激”，这是何等的淳朴的人情。更为突出的是，六一公公还将大拇指一翘，得意地说：“这真是大市镇里出来的读过书的人才识货！”这可真是把农村的人情的诗意发挥到家了，这就不但是在抒情，而且是带着一点幽默感了。

理解了这一切，才能理解鲁迅在文章最后所说的，从此以后，就再也吃不到这样好吃的豆，看不到这样好的戏了。

不是因为戏和豆的质量，而是因为这样淳朴的人情，在“我”的童心中，是永远也体验不到了。

这是用诗一样的情感赞美农村人物，不但是儿童，而且是成年人。这在鲁迅的小说中，几乎可以说是前所未有的。农村人物，在鲁迅的小说中，大都是麻木、愚昧、自私、保守的。即使像长妈妈那样的，获得了鲁迅的赞美，也还是愚昧的。即使像闰土那样可爱的，成年以后，就变得迟钝、麻木了。但是这里的六一公公却是和孩子一样，不自私，而且那么可爱，淳朴得富有诗意。

审美“故乡”的必然失落和对“新的生活”的无望向往

——兼谈《故乡》中的一点疏漏

自从1921年《故乡》发表以来，对它的解读可谓汗牛充栋。日本学者藤井省三写成了一部《鲁迅〈故乡〉阅读史》(新世界出版社2002年版)，描述评论的变迁情况，全书分为“知识阶级的《故乡》”“教科书中的《故乡》”“作为思想政治教育教材的《故乡》”“改革开放时期的《故乡》”四个部分，其文献资料的搜罗的广博和学术成就无疑不可低估。但其理论基础是传播美学和接受美学。作者自承“我的目标不是把文学史写成对作家作品的解释，而是从社会史的观念进行叙述”(第5页)，这就注定了他无法涉及《故乡》的艺术成就。改革开放以后，对于《故乡》的解读，最权威、影响最大的无疑是王富仁的《精神“故乡”的失落——鲁迅〈故乡〉赏析》(《语文教学通讯》2000年第21—22期)，其核心论点乃是把鲁迅的《故乡》分为：回忆中的“故乡”，现实的“故乡”和理想中的“故乡”。对于回忆中的故乡，王富仁概括为：第一，鲁迅笔下的故乡是一个带有神异色彩的美的故乡。它的“美”，美在“我”在与少年闰土的接触和情感交流中想象出来的一幅美丽的图画。少年闰土并不把少年的“我”视为高贵的“少爷”，少年的“我”也不把少年闰土当成低贱的“穷孩子”，他们在精神上是平等的。第二个故乡则是在现实社会生活的压力下失去了精神生命力的“故乡”，由三种不同的精神关系构成。第一，豆腐西施杨二嫂青春已逝，完全成了狭隘自私的人，把虚情假意当作情感表现，把小偷小摸当作自己的聪明才智。第二，成年闰土变成了一个神情麻木、寡言少语的人。“只是觉得苦，却又形容不出。”他不像少年闰土那样“不懂事”了，所谓的“事”，实际是中国传统的礼法关系所维系着的封建等级观念；再加上“多子，饥荒，苛税，兵，匪，官，绅”，“苦得他像一个木偶人了”。他已经没有反抗现实不幸的精神力量。他只能承受，只能忍耐。他的精神已经死亡，肉体也迅速衰老下去。第三，成年的“我”在自己的“故乡”已经失去了存在的基础，已经没有了自己精神的“故乡”，无法再与闰土进行正常的精神交流。他在精神上是孤独的。人与人之间的平等关系在现在的“故乡”已经不复存在。总之，现实的“故乡”是一个精神各个分离，丧失了生命活力，丧失了人与人之间的温暖的“故乡”。第三个理想中的“故乡”希望现实中的“故乡”也像回忆中的“故乡”那么美好，希望现实中的“故乡”人也像回忆中的“故乡”中的少年闰土那么生意盎然、朝气蓬勃，像少年“我”与少年闰土那样亲切友好、心心相印。但是，现实是无法改变的，改变的只能是未来，在这时，“我”就有了一个理想的“故乡”的观念。但是，理想中的故乡是否能够实现是很渺茫的。

王富仁的论文可以说是《故乡》阅读史的高峰之作，但并没有穷尽《故乡》的全部价值。他和日本学者在许多观念上是不尽相同的，可在基本理论上又是相近的。那就是以文化批评，政治意识形态为纲，其特点就是将全部任务集中于解读其“社会史的观念”，而不是把《故乡》作为一个艺术品，偏颇在所难免。最明显的就是把文学仅仅当作民族国家话语建构的文献，于是就有了所谓“故乡与祖国同步”的论断：“《故乡》具体写的是‘故乡’，但它表现的却是鲁迅对‘祖国’的感受和希望。”

这种论断，虽然符合西方文论的“民族国家话语”建构和文化考古的理念，但是，与《故乡》文本对照却不尽相符。首先，这里的三个故乡和鲁迅心目中的祖国并不同构。鲁迅回忆中的祖国，基本就是病态社会不幸的人们，不外是示众和看客，如阿Q、祥林嫂、孔乙己的世界，而少年闰土和《社戏》中的小伙伴，只是愚昧麻木的精神世界里一点倏忽而逝的纯净诗意闪光而已。其次，鲁迅笔下现实的祖国是很丰富、复杂的：一个闰土，一个杨二嫂，怎么可能成其缩影？至于把鲁迅所属的阶层归结为：“现代的知识分子是在城市谋生的人。他已经没有稳固的经济基础，也没有政治的权力。”笔者认为，笼统说现代知识分子，尤其是鲁迅这个阶层的“没有稳固的经济基础”，似乎并不尽然。鲁迅属于高级脑力劳动者、自由职业者，其基础是建立在工商业城市经济文化之上的。光是工薪，不算稿费，就有二百大洋以上的稳定月收入。比之毛泽东在北大图书馆月收入八元大洋，应该说在中产阶级的上层。至于说没有政治权力，却并不缺乏话语权力，从民国初期到20世纪30年代一贯公开在报刊上发表与当局相悖的言论，这恰恰是古代知识分子所不具备的。

所有这些问题之所以产生，其原因可能在于评论不完全是从《故乡》的文本出发的。作品中的“我”是不是属于失去了经济基础的“现代知识分子”就很值得商榷。“我”至少可以分为几类。第一类，如《狂人日记》中的第一人称叙述者，显然是虚拟的人物。第二类，伤逝中的“我”（涓生），并不是鲁迅。第三类，《祝福》中的“我”最接近鲁迅的精神。第四类,《社戏》和《故乡》中的“我”，有相当程度的自传性。在鲁迅写作《故乡》的1921年，处于五四新文化运动的高潮期。正是现代知识分子崛起，推翻传统封建文化话语霸权的历史转折点，鲁迅在当时正是站在文化革命前沿的旗手。

以现代思想史的普遍性为演绎的大前提，把鲁迅作为一个例子，已经可能遮蔽了鲁迅的个性；以作家论的概括性结论作为前提，把《故乡》作为例子，则更可能遮蔽了《故乡》文学上的独特性。概括性的作家论，其每个一结论，都是作家诸多作品的共同性，或者最大公约数，是以牺牲每个一具体作品的特殊性为代价的。文本解读是个案解读，其宗旨乃是作品的唯一性、不可重复性，作品的个案不能用作家论的普遍概括的方法，而要用对作品的内在矛盾作具体分析的方法把唯一性还原出来。

作品中的“我”，并不是知识阶层的代表，也不是完整的鲁迅个性的全部，只是鲁迅精神的一个侧面，作品中的“故乡”，更不是鲁迅心目中完整的祖国，而是他现实关注的一个侧面，这个侧面主要不是国家的，而是人与人之间的关系。让我们从文章情感脉络开始进行微观分析。

小说一开头强调的是，眼前的故乡的景色是“苍黄的天底下，远近横着几个萧索的荒村，没有一些活气”。而二十年来时时记忆中的故乡是“美丽”的。“我”解释说，这可能是自己“没有什么好心绪”（出售祖屋：“悲凉”，异地谋生）的缘故。到家以后，只看到“瓦楞上许多枯草的断茎当风抖着”，这个意象相当精致，草枯已经是衰败得很，加上是“断茎”，是枯干了，而且脆了的结果，还要让它“当风抖着”，语言提炼的功力令人想起杜甫的“细草微风岸”。在与母亲首度交谈中，第二次提到了“凄凉”。情景蕴含着两个层次，一是外部景象是不美的，二是内在的心情是沉闷的。这一切可以是序曲，为故乡的另一番景象提供一个阴暗的底色。这个底色既是自然的又是心理的：在这个背景上少年闰土的形象出现了：

> 我的脑里忽然闪出一幅神异的图画来：深蓝的天空中挂着一轮金黄的圆月，下面是海边的沙地，都种着一望无际的碧绿的西瓜，其间有一个十一二岁的少年，项带银圈，手捏一柄钢叉，向一匹猹尽力的刺去，那猹却将身一扭，反从他的胯下逃走了。

这是回忆与现实的反差，鲁迅显然觉得光是这样一种对比还不够，又以更重的笔墨，写到最初看到闰土时候的形象：

> 紫色的圆脸，头戴一顶小毡帽，颈上套一个明晃晃的银项圈。

但是，鲁迅运笔的宗旨不仅仅是形象外在的、静止的对比，更重要的是在于内心的：

> 他见人很怕羞，只是不怕我，没有旁人的时候，便和我说话，于是不到半日，我们便熟识了。

“很快便熟识了”这一笔看似平常，但在文章的情感脉络上却是非常重要，彼时，虽然自己是“少爷”，对方只是穷孩子，社会地位颇为悬殊，但是人与人之间却这样容易熟识。这个场景的功能之一，是与成年之后的隔膜形成对比。功能之二，乃是社会地位上具有优越性的“少爷”在听闰土叙述了关于海边的贝壳，特别是在捕鸟的智慧上和对付猹的“危险经历”上，感到“闰土心里有无穷无尽的新鲜事”，而自己视野却只限于“院子里高墙上和四角的天空”。

作者反复强调“故乡”原本是“美丽的”，美在哪里呢？并不简单地美在海边、蓝天、圆月和戴项圈的孩子，而是美在人与人之间，社会地位不但并不妨碍心灵的沟通，而且不妨碍“少爷”对穷孩子的赞赏和友好。从本质上说，这种美主要是情感上的，童趣的、审美的。

小说的第二个层次则是故乡的美变质了。

首先是在外部形貌上。闰土“紫色的圆脸已经变作灰黄而且加上了很深的皱纹”“头上戴着破毡帽，身上只一件极薄的棉衣，浑身瑟索着”，手里还提着“一根长烟管”，原来圆活的手变得“又粗又笨而且开裂，像是松树皮了”。如果光是这样的变化，不过是显示闰土很穷而已，从社会地位的悬殊来说，这与以往没有太大差异。但是，与以往交流不因社会地位而有碍相反，“我”和闰土之间的精神却不平等了。闰土一见面就态度“恭敬起来”，叫“我”老爷：

我打了一个寒噤，我就知道我们之间已经隔了一层可悲的障壁了。我也说不出话。

故乡变得不美，更在于这种情感的隔膜双方都无法表达，情感冻结。导致这种不美的原因，“我”的母亲归结为“多子，饥荒，苛税，兵，匪，官绅”。这里当然有社会的客观的原因，如果光是这样，多不过是“穷”，也就是物质上的贫困。但是，鲁迅的着眼点并不完全在此，而在这样的情况下，这个少年英雄，“苦得像木偶人了”，更为深邃的是，这个苦人，“脸上虽然刻着许多皱纹，却全然不动，仿佛石像一般”：

他大约只是觉得苦，却又形容不出，沉默了片时，便拿起烟管来默默的吸烟了。

这才是真正的不美，苦而无言，就是不知其所以苦。这就不仅仅是客观的原因了，而且也有主观的麻木，小说一再提示，首先是“多子”，明明穷困，却生了六个孩子，明明是苦极却又十分迷信（要了“我”家不要的香炉和烛台），明明是当年的伙伴，却自觉卑微。这种卑微，既不同于阿 Q，也不同于祥林嫂。阿 Q 和祥林嫂还能有自己的话语，有其最后的（虽然是扭曲的）自尊和独特的逻辑。而闰土的无言只能说明他更为麻木。

小说的意脉本来是与闰土今昔关系的变化，接下来是对未来的希望。但是，当中却跑出来一个杨二嫂。从结构上看，与闰土毫不相干。如果是“五四”以前的小说，特别是短篇，要一环扣一环的情节，这样的人物与情节无关，可能是赘余。是不是可以设想，把这个人物从小说中删节掉，使小说更为精炼呢？看来，不行，因为杨二嫂带来了相当浓郁的社会氛围：小城镇贫民的自私和狡黠。虽然如此，从结构上来看仍然有孤悬之虞。但是，近百年来的读者，读到此处，只有感到精彩，很少感到突兀的。原因就在于鲁迅此时的小说已经不再拘于传统的情节的连贯性，而是近似于胡适在《论短篇小说》中所说的“生活的横断面”。不过这里不是胡适所说的一个横断面，而是几个横断面。当然，杨二嫂这个横断面表面上是不连贯的，断裂的，但在文脉上却是贯通的。关键就在于闰土苦而无言，而杨二嫂并不苦却巧舌如簧；闰土纯朴而自卑，杨二嫂却强取而自得。正是在这种相反相成中，文脉有意断笔连之妙，而且变幻多姿。在写闰土的时候，行文的风格是沉郁的，情感是压抑的。而写杨二嫂的时候，却变成了喜剧性的：故作亲近，强加于人，弄得“我”从“愕然”到“愈加愕然”，却感到“很不平”“显出鄙夷的神色”。明明是想讨好人，却用了伤人的语言“贵人眼高”。在奉承“我”的时候，鲁迅让她这样形容“我”的“阔”：

阿呀呀，你放了道台了，还说不阔？你现在有三房姨太太，出门便是八抬的大轿。

在“我”，这简直是骂人，而在杨二嫂，这是她想象中最值得夸耀的“阔”，进一步把“我”弄得“无话可说了，便闭了口，默默的站着”。而她却反而“愤愤”起来，说“真是愈有钱，愈是一毫不肯放松，愈是一毫不肯放松，便愈有钱……”顺手牵羊拿走了一副手套。

在这里，鲁迅显然用了他擅长的讽刺手法，在杨二嫂的言行里渗入了多重矛盾：一是以强加于人的“阔”，成为她顺手牵羊的前提；二是，暗指对方的小气（不肯放松），用了格言式概括（有钱和不放松的正比因果关系）；三是，明明逻辑悖谬，却滔滔不绝，振振有词；四是，做着小偷小摸的勾当，不觉得惭愧，反而愤愤不平。对这个形象的内涵，鲁迅用了大笔浓墨，讽刺意味不着一字，在外貌上，则稍稍用了一点漫画笔法：五十上下的女人，两手搭在髀间，张着两脚（按：应该是小脚），“正像一个图画仪器里细脚伶仃的圆规”。这显然是用夸张的手法描写其怪异的。

语言上的口若悬河和心态上的自鸣得意使这个“圆规”的形象隐含着漫画式的扭曲逻辑悖谬。

同样是无言以对，对闰土的描写是抒情性的，而对杨二嫂则是喜剧性的，从正反两面强调了有感情和没感情都同样无法沟通。

理解了这一点，就不难理解鲁迅让宏儿出场，并不简单是为了对童年回忆的返观，而是为了把宏儿的愿望（和闰土的儿子相约再见）放在结尾处，由此引发下面这段抒情性话语：

故乡的山水也都渐渐远离了我，但我却并不感到怎样的留恋。我只觉得我四面有看不见的高墙，将我隔成孤身，使我非常气闷……我竟与闰土隔绝到这地步了，但我们的后辈还是一气，宏儿不是正在想念水生么？我希望他们不再像我，又大家隔膜起来……他们应该有新的生活。

这里的思想焦点显然是把童年的不隔膜和成年的隔膜，提升到人与人的隔膜层面了，故而才有“四面有看不见的高墙，将我隔成孤身”。这里的矛盾深刻性在于：一方面，童年时代的不隔膜是美丽的，但是，又是孩子气的，另一方面，成年时代的隔膜则是社会的必然。社会地位的分化，是不可逃避的必然。现实是严峻的，回忆只能是诗意的想象。

从这里，我们可以看到鲁迅在小说中聚焦的是社会人生，人与人的精神沟通，闰土连痛苦都不会表达，杨二嫂把邪恶都变成夸耀，小说中有一句很重要的话几乎被所有的解读者忽略了：

母亲和宏儿都睡着了。

不但宏儿，就是母亲都没有感到他的“气闷”和“悲哀”，因而他只能默默地忍受自己的“孤独”。宏儿和母亲不理解他的悲哀和孤独是必然的。鲁迅希望下一代宏儿和水生，“不再像我，又大家隔膜起来”，不隔膜，就是要“一气”。焦点就是人与人之间的绝对的无障碍沟通。

但是，下面的话却似乎有点混乱：“然而，我又不愿意他们因为要一气，都如我的辛苦展转而生活，也不愿意他们都如闰土的辛苦麻木而生活。”这里的因果关系有点颠倒。好像下一代的“一气”（不“隔膜”）是可以实现的，但是又说，这种“一气”可能如我的“辛苦展转”和闰土的“辛苦麻木”。小说的情节因果恰恰相反，是自己的“辛苦展转”和闰土的“辛苦麻木”造成了“隔膜”。更不通的是下面这一句：“也不愿意都如别人的辛苦恣睢而生活。”别人的（也就是更多人的）“隔膜”好像也是能够打破的，却因为“辛苦恣睢”才使“我”觉得不可取的。三者共同的特点乃是“辛苦”。这个文脉上的硬性转折，事实上使主题发生了转移，本来是“隔膜”和“一气”的问题，是心理的情感沟通的问题，其性质是审美价值。而三个“辛苦”的否定性质引出来的“新的生活”，那就是，不但不隔膜，而且不辛苦，乃是社会实用价值。我敢断言，这可能是鲁迅小说中难得一见的“走题”。他可能感到文脉有点断裂了，故在“然而我又不愿意”前面加了六个点的删节号。但是，这于事无补。原因是这种对文章三位一体的总结性观念，不但在逻辑上断裂，而且把文章中那个非常生动的杨二嫂的形象完全遗漏了。如果要总结（起承转合的“合”）得更精密的话，不应该是“别的人辛苦恣睢”，而是杨二嫂的“辛苦自私与自得”。值得一提的是，这里的用词“辛苦恣睢”也显得古怪，“恣睢”，有放任自得和放纵暴戾的意思，把那么多的

“别人”都说成“辛苦”还说得过去，把这些人都说成放纵暴戾（“恣睢”）显得扞格。

这里暴露出鲁迅在立意上的提升和追求，也许他意识到光是人与人之间能纯洁地沟通，毫无社会地位的障碍，是带着孩子气的，在现实中注定是要落空的。因而他对这样的“希望”，不但不能抱“希望”，而且感到“害怕”，他甚至把这与闰土的迷信（“偶像崇拜”）说成是一样的。这不禁令人想起他在《野草·希望》中引用的裴多非的诗句“绝望之为虚妄，正与希望相同”。但是，在“呐喊”时期，他还不是那么绝望，故最后还是鼓舞自己：“地上本没有路，走的人多了，也便成了路。”用当下的话来说，就是摸着石头过河吧。小说中的过去、当下和未来，似乎都没有政治意味很浓的祖国的观念，有的只是人生，不管是好人，还是“坏人”都难以交流，能够交流的只有小孩子，小孩子的纯洁的沟通，是非常美丽的，因而故乡是美丽的，而童年总是要过去的，注定是暂时的，而成年的隔膜，使故乡变得不美丽，令人凄凉、尴尬和孤独却是长期的。但是，童年的回忆仍然是美丽的。希望是渺茫的，把它提高在“新的生活”中是说不清的，但是仍然是一种渺茫的安慰。从这个意义上来说，《故乡》所写的并不仅是审美性质的“故乡”的必然失落，而且是对“新的生活”及其精神美好境界某种无望的向往。

2014 年 8 月 1 日

礼教的三重矛盾和悲剧的四层深度[1]

——读《祝福》

一、最精彩的死亡

鲁迅是个大艺术家，但是他和巴金、郭沫若、曹禺、茅盾、老舍、张爱玲和钱锺书不同，他不大会写爱情，却很擅长写死亡。他一共写过八种死亡，巴金和他比，可谓望尘莫及。你看巴金《家》《春》《秋》里写了那么多死亡，都是差不多的，有些还是重复的。而鲁迅写死亡，每一种都不一样。今天时间有限，先讲我认为鲁迅写得最成功的一种死亡。你们猜猜，是哪一种呢？（一同学：阿Q！）大家想想，我是不是同意这位同学的看法呢？我提示一下，如果，我同意阿Q的死亡最精彩，我今天还会不会来作这个讲座？大老远的，一千多公里呀！我的真实想法是，阿Q的死亡是相当成功的，但是还不是最成功的，因为阿Q死亡的写法是有缺点的，什么缺点？现在不能讲。我先讲一个写得最成功的死亡——祥林嫂的死亡。

从哪里提出问题呢？问题提得不对头，不是地方，就失败了一半。

问题要提得好，一是要新颖，就是从人家忽略了，没有感觉的地方开始。二是要深刻，有很深邃的潜在力量，有从表层通向深层的可能。像是中医讲的穴位一样，一点深刺，全身震动。

我从两个地方提出问题。

第一个，是鲁迅早期著名的小说《狂人日记》。为什么说是早期，而不说第一篇小说

① 根据在东南大学的讲座录音记录整理。

呢？这有讲究。因为它不是第一篇，这一点现在不方便讲。你们印象中的《狂人日记》里面的关键语句，就是“吃人”。“我翻开历史一查，这历史没有年代，歪歪斜斜的每叶上都写着‘仁义道德’几个字。我横竖睡不着，仔细看了半夜，才从字缝里看出字来，满本都写着两个字是‘吃人’！”这里，有一个矛盾，一方面，这是小说的思想光华所在，甚至可以说，历史价值所在。不管有没有读过《狂人日记》，只要是读过中国现代史，都会知道这句名言。但这只是从思想的价值而言的，从艺术上来说呢？就有值得怀疑之处。因为，《狂人日记》所说的“吃人”是象征的，象征，只是一种思想，带着很强的抽象性，而不是感性形象，而作品中的“吃人”，恰恰是狂人的错觉、误解。比如，怀疑他医生叫他好好养病，是要把他养胖了吃，自己也曾经和哥哥一起吃过妹妹的肉。陌生女人骂孩子，也造成了被吃的恐惧，等等，几乎所有的“吃人”的恐惧，都来自狂人的幻觉。这些不足以支持中国历史全是“吃人”的主题。我的意思是说，作品的思想和作品的感性形象之间并不相称。从艺术上来说这篇小说，主题并没有完成，思想的宣泄和形象的构成之间还有比较大的距离。

从艺术上来说，这篇经典小说有不成熟之处，这一点，下面会细讲。

什么样的小说，才能算是完成了“吃人”主题的呢？我觉得应该是六年以后，在《祝福》里，在祥林嫂的悲剧中。虽然《祝福》中没有“吃人”这样的字眼，但是，祥林嫂的形象显示，她是被封建礼教的观念，对女人、对寡妇的成见、偏见“吃”掉的。她的悲剧的特点是没有凶手，如果说有凶手，就是一种观念。这是我要讲的第一个契机。

第二个，有人说，鲁迅在日本“弃医从文”并不像他在《呐喊》自序里讲的那样冠冕堂皇：是在上细菌课之前，在新闻短片中，看到一个中国人为俄国人做探子，被日本人抓去枪毙，而麻木的围观者恰恰是中国人。这使他受到严重的刺激，因此想到“愚弱的国民”，也就是愚昧的、没有觉悟的国民，身体再健康，也只能做两种人，一是杀头的对象，也就是示众的材料，二是围观的看客。因此中国的问题不是身体的问题，而是思想和精神的问题。有人说，这不一定是老实话。有人甚至提出怀疑，日本细菌学课程之前，有没有放映过新闻短片，都还是个问题。

他们说，问题出在鲁迅成绩不太好，有点混不下去了。仙台医学专科学校——一个地处偏远的大专水平的学校，鲁迅的成绩单我在20世纪60年代就看到过，最好的分数是伦理学，讲道德人心的，属于文科性质，是80分，其他的成绩都是七十几、六十几分，其中解剖学就是藤野先生教的。鲁迅在《藤野先生》中说，这位先生特别喜欢他，特地给他添改笔记，还给他打过高分，以至于引起了周围日本学生的怀疑：是不是漏题给他，偏爱中国学生了？看来，鲁迅的记忆可能有误。成绩单上的解剖学成绩，第一个学期60分，第二学期59分，平均59.5分。这个藤野先生也真是的，够古板的了，这么喜欢的一个学生，就那一分也不饶他。我没有研究过教师心理学，但我有做教师的实际经验。我的学生，如果我觉得他有天分、有前途或者人格高贵，那一定不是59分了，随便加他个20分都是可能的！不知道当时是怎么回事！就是这样一位先生，临走的时候，还拿一张照片送给他，还要写什么“惜别”，给人打59.5分还惜别个什么劲呢？所以有人就说鲁迅是因为不及格，混不下去了。我研究了一下，好像不是这样的。为什么呢？按照学校的规定，两门功课不及格才要留级，鲁迅只有一门，还可以升级，无非要补考一下。再往细里研究，鲁迅成绩的排名怎么样呢？全年级160多人，鲁迅考了80多名，一个中国人，才到日本，用日文考试，在全班是中间可能偏上一点，还算过得去的嘛！要混是可以混下去的。可以相信鲁迅不是为了59.5分而退学，而是实在有感于疗救中国的国民性是当务之急。所以他后来也不去念大学了，就跑到章太炎那里去学文字学，同时自己拼命自修西方小说，翻译西方小说。

“五四”期间，妇女婚姻题材的文章很普遍，许多人写封建礼教、仁义道德“吃人”，但是成为经典的，能进入我们大学、中学课本，并且不断被改编为戏曲、电影的，只有《祝福》，当然，经典是各种各样的，有些经典只有历史价值，在当时很重要，很有贡献，但是，今天读起来，却索然无味。为什么？它的思想、形式和产生的那个时代，联系得太紧密了，离开了那个时代，后代人读起来就会感到十分隔膜。像五四时期风靡一时的郭沫若的《女神》，其中绝大多数作品，当代青年是读不下去的。而《祝福》却是另外一种经典，不但有历史价值，而且有当代阅读的价值。因为它有不朽的艺术生命力。生命力在哪里呢？

关键是它的主题“吃人”，比《狂人日记》要深刻而丰富得多。

全篇没有一个“吃人”这样的字眼，但是人物命运的每一个曲折，引起的周围的反应都显示了：一个人之死，没有凶手，凶手是一种广泛认同的关于寡妇的观念。这种观念堂而皇之，神圣不可侵犯，但是，却是荒谬而野蛮，完全是一种不合逻辑的成见。

要把问题讲清楚，不能从什么是封建礼教的概念、定义讲起，而是应该从文本、从情节中分析出来。请允许我从祥林嫂死了以后各方面的反应讲起。

二、悲剧的凶手：荒谬的自相矛盾的偏见

“我”问，祥林嫂是怎么死的？进来冲茶的茶房说：“还不是穷死的。”

这好像不无道理，她毕竟是当了乞丐，冻饿而死的。

但这是终极原因吗？在它背后是不是还有原因的原因呢？那她为什么会穷死呢？是因为她被开除了。她为什么被开除呀？原因是她丧失了劳动力。可是她原本劳动力是很强的呀！最初到鲁家，鲁四奶奶不是庆幸她比一个男工还强吗？原因的原因是，她的精神受了刺激。什么东西使她受了这么严重的刺激呢？这就深入到了问题的关键。

一切都因为她是寡妇，而且是再嫁的寡妇。

按封建礼教成规，寡妇要守节。五四时期写妇女婚姻题材的小说，大都写封建礼教要寡妇守节，可是寡妇不甘。鲁迅偏偏不写这个。他写祥林嫂不想改嫁，不写她不能改嫁之苦，如，冬天晚上没人陪呀，被子里没有热气呀。屋角破了，没有人来修理啊，等等。他写祥林嫂不但不想改嫁，而且从婆婆家溜出来。为什么溜出来？《祝福》里没讲，夏衍改编的电影《祝福》里说，婆婆想把祥林嫂卖掉，给祥林的弟弟娶媳妇。这可信，除了别的原因以外，还因为夏衍和鲁迅是同乡，他对那个地区的风土人情有深刻的体悟和理解。祥林嫂为什么要逃？值得分析，公开出走，像娜拉那样是不行的。因为在农村、山区，封建礼教很严酷。丈夫死了，妻子就成了丈夫的“未亡人”，也就是等死的角色。这就是封建礼教的夫权：妻子是从属于丈夫的，丈夫死了，还是属于丈夫的。鲁迅在小说里，情节展开得很深刻：抢亲，违背她的意志，是婆婆卖了她，让她去当别人的老婆，不是违背夫权了吗？不！封建礼教还有一权，那就是族权。儿子属于父母，丈夫死了，属于自己的妻子就自动转账到了婆婆名下。这样，就产生了封建礼教内在的第一重矛盾。就是夫权要求守节，族权可以将之卖出，卖出就不能守节。这种族权违反夫权，以暴力强制为特点，而这种野蛮却被视为常规。

鲁迅如果写祥林嫂想改嫁，那样就只有夫权一重矛盾了，思想就比较单薄。而把祥林嫂放在夫权让她守节、族权强迫她改嫁的矛盾下，其“荒谬和野蛮”就得以深化。如果光是写到这一层，挺深刻了，可是鲁迅并不满足。从什么地方看出来的呢？从鲁迅让祥林嫂的丈夫和孩子死掉，让她又回到鲁镇看出来的。小说的情节是虚拟的，鲁迅为什么这么残忍让他所同情的祥林嫂雪上加霜，又遭此双重的惨祸呢？就是为了进一步揭示，夫权与族权有矛盾，那是人间的事，那么到了地狱里，到了神灵那里，应该是比较平等的呀！回到鲁镇，让她遇到对她完全是好心的柳妈。

柳妈告诉祥林嫂：你倒好，头打破了，留下了一个疤，可是还是改嫁了，在人世留下了个耻辱的标记，这个问题还不大，但你死了以后，到了阎王老爷那里怎么办呢？两个丈夫争夺你，阎王是公平的，就把你一劈两半，一人一半。阎王代表什么权力呢？神权。神权居然是这样的一种“公平”。照理说，祥林嫂可以申辩：“我并不要改嫁，是他们强迫我改嫁的呀，你不能找我算账。真要劈两半的话，应该劈婆婆嘛！”可是，阎王是不讲理的。

这样，鲁迅之所以让祥林嫂回到鲁镇碰到柳妈的原因就很清楚了，就是要通过她的处境来显示三个不讲理：夫权是不讲理的、族权是不讲理的、神权也是不讲理的。鲁迅把要寡妇守节这一套设置在三重野蛮而又荒谬之中。

礼教不讲理，人不讲理，神都不讲理，这就是鲁迅第一层次的深刻。

鲁迅的第二层次的深刻在于：这种荒谬而野蛮的封建礼教的观念，是不是封建统治者、封建地主才有的呢？马克思在《德意志意识形态》中讲过，“统治阶级的思想在每一时代都是占统治地位的思想”。鲁四老爷是封建统治阶级，他有这种思想，看见祥林嫂头上戴白花就皱眉头，鲁四奶奶有这个思想，她不过是不让祥林嫂端福礼，但，这不够荒谬。荒谬的是，这种思想不仅他们有，而且跟祥林嫂同命运的人也有，就是柳妈，这种观念也是根深蒂固。虽然鲁迅没有点明柳妈是寡妇，但从情节的上下文看来，可能也是寡妇，资深寡妇，何以见得？因为似乎她当寡妇的经验很丰富。没听说她丈夫来看她，她也没像长妈妈那样回家探亲什么的。大体可以断定她是跟祥林嫂同样命运的女人。她坚信菩萨把祥林嫂一劈为二是公正的，劝祥林嫂去“捐门槛”赎罪。这种寡妇罪有应得，被统治阶级也当作天经地义，这才叫可怕。

三、“大家仍然叫她祥林嫂”为什么要特别提出

荒谬野蛮的观念已经深入被压迫者的潜意识里，并且深入骨髓，荒谬到感觉不到荒谬了。举一个例子。祥林嫂在改嫁被抢亲了以后，很快丈夫得伤寒症死了，儿子被狼咬死了，又回到鲁镇。这个时候，鲁迅在《祝福》里面独列一行，写了一句话：

大家仍然叫她祥林嫂。

读者早就知道她叫祥林嫂了，这不是废话吗？其实，这里用意非常深刻。女人没有自己的名字。她为什么叫祥林嫂？因为她老公叫祥林。她姓什么，叫什么名字，谁都不知道。但是问题来了，嫁了第二个老公，此人名曰贺老六。再回到鲁镇来，有个学术问题要研讨一下，是叫祥林嫂还是叫老六嫂比较妥当呢？（大笑声）或者为了全面起见干脆叫她祥林老六嫂算了。你们说说？（众：说不清……大笑声）“大家仍然叫她祥林嫂。”对这么复杂的文化学术问题，就自动化地，不约而同地“仍然叫她祥林嫂”。碰头会都没有开啊！（大笑声）这里有一个自动化的思维套路，只有第一个丈夫算数，“好马不配二鞍”呀，“烈女不事二夫”啊，嫁第二个丈夫是罪恶呀！思想的麻木，以旧思想的条件反射为特点。

看来是一个极小的问题，可跟西方的思维模式，做一点文化比较，是很有意思的。比

如说，在西方，包括在俄国，女人嫁了丈夫以后，是要改姓的。譬如，普京娶了老婆，他老婆的名字后面要加上普京的姓，变成阴性的，叫普京娜。如果从俄语第二格来理解，就是属于普京的。比如说，克林顿的夫人希拉里，这个人是女权主义者，不得了，用美国话来说，是非常 aggressive，也就是非常泼辣的。她嫁给克林顿以后，不久也改姓了：希拉里·克林顿。又比如说，肯尼迪的老婆，她原来的名字叫杰奎琳，她嫁给肯尼迪，就改为杰奎琳·肯尼迪。但是她后来也跟祥林嫂一样，丈夫死了，又嫁了一个丈夫，是希腊的船王，名曰，奥纳希思。她的名字后面，加上奥纳希思的姓。她过世之后，墓碑怎么刻呢？美国人也没有讨论。我出于好奇心去看了一下，是杰奎琳·肯尼迪·奥纳希思。（大笑声）你看人家嫁了两个丈夫，在墓碑上，堂而皇之。但中国人的观念不一样，要叫她祥林老六嫂（笑声）她一定很恼火。但是叫她祥林老六嫂是很符合逻辑的呀。（大笑声，鼓掌声）"仍然叫她祥林嫂"，是不讲理的呀，荒谬呀，不合逻辑呀！但是，大家都习惯于荒谬，荒谬到大家都麻木了，荒谬得失去思维能力了。

被侮辱、被损害，并不感到不合理，不觉得可悲，也不觉得可笑，这种悲剧，这种悲喜剧，是不是更为令人沉痛？荒谬而野蛮的观念，成了天经地义的，成为神圣的观念，成为思维的习惯——所谓习惯，就是麻木，思维的套轴。

四、"你放着吧，祥林嫂"这一句话，为什么会致祥林嫂于死地

更严重的是，这种观念不仅被统治阶级广泛接受，不仅大家有，而且被侮辱、被损害最甚的祥林嫂也有。当柳妈告诉她要被劈成两半，祥林嫂对这种荒谬，完全没有反诘，没有怀疑，她只有恐惧：生而不能做一个平等敬神的人，死而不能做个完整的鬼，这太恐怖了。这完全是黑暗的迷信嘛！如果祥林嫂有我们今天的觉悟，那就啥事都没有。可她非常虔诚地相信了。她毫不怀疑地去"捐门槛"。我算了一下，大概花了一年以上，将近两年的工资。她以为以这样高的代价赎了罪，就可以摆脱躯体一分为二的未来，就可以成为平等的敬神者了。可是，她端起福礼的时候，却遭到了打击——鲁四奶奶觉着再嫁的寡妇，不管怎样赎罪，也不能端福礼。她跟祥林嫂非常有礼貌地讲："你放着吧，祥林嫂！"她这话说得很礼貌，她没有直接说，你没有资格端福礼，你端就不吉利，而是为祥林嫂留下了很大余地，也可能是你太累了，休息一下吧，也可能是，敬鲁家的神，一定要鲁家的人，神才能满意地接受。福礼是什么？我最初不知道，看了夏衍改编的电影《祝福》才知道，在一个漆成红色的木盘上面，放上一条大鲤鱼。端福礼，就是把这个盘子捧到神柜上去。不

让她端福礼，祥林嫂一下子，就像被“炮烙”似的——像个滚烫的铜柱子烫了一下，从此以后脸色发灰了。她精神受到致命的打击，记忆力衰退，刚叫她做的事立刻就忘掉了。接着是，体力也不行了。鲁迅这样描述道：

> 这一回她的变化非常大，第二天，不但眼睛窈陷下去，连精神也更不济了。而且很胆怯，不独怕暗夜，怕黑影，即使看见人，虽是自己的主人，也总惴惴的，有如在白天出穴游行的小鼠，否则呆坐着，直是一个木偶人。

鲁迅用外部效果来揭示祥林嫂的精神恐惧到崩溃的程度，无疑导致她走向了死亡。这说明，神权比之夫权、族权更厉害。受夫权迫害，受族权迫害，她还可以活，但是，神权要残忍恐怖得多，受害者祥林嫂自己相信自己有罪，这比之柳妈也相信再嫁有罪更为荒谬，更为残忍。可是，恐怖的原因，杀人的凶手，在哪儿呢？没有人提出这样的问题。

鲁迅对祥林嫂，一方面看到她的苦难，是客观原因造成的，叫“哀其不幸”；另一方面，看到祥林嫂又很麻木。她不让你端福礼有什么关系。不端福礼去睡大觉，身体不是更好吗？记忆力不是更强吗？这就是另一方面，“怒其不争”了。鲁迅揭示出，祥林嫂中毒就是这么深，中毒到了自我折磨、自我摧残，自己把自己搞得不能活的程度。鲁迅的深邃之处在于，祥林嫂不仅死在别人脑袋里的封建礼教观念，而且死在她自己脑袋里的封建礼教观念。所以，祥林嫂尽管对外部的暴力反抗是很强的，在被抢亲的时候她拼命反抗，脑袋都打破了；从内心来说，直到临死的时候，遇到作品当中的“我”——我们可以把他理解为鲁迅，也可以理解为一个人物——还要问：“人死了之后有没有灵魂？”说明她有怀疑。在这以前“我”看到祥林嫂，四十岁左右，头发就花白了，脸上不但没有悲哀，而且也没有欢乐，脸上肌肉不能动了，像木头一样，只有眼珠偶尔一转，才知道她是有生命的，还没有死。就在问人死了有没有灵魂的时候，鲁迅写了一句话，“她那没有精采的眼睛忽然发光了”。就是她残余的生命凝聚起来发出的“光”，这就是说，最后的希望。希望什么？希望人死了以后没有灵魂。没有灵魂，家人不能见面，就不会打官司，阎王就不会把她一劈两半。她还在怀疑，这样一个有一点反抗性的人，最后还是被荒谬观念压倒了，或者用《狂人日记》中的话语来说，就是吃掉了。

鲁迅的深邃，就深邃在多层次。

第一个层次是封建礼教本身的野蛮和荒谬（夫权、族权和神权）。

第二个层次是周围的人和她自己也迷信野蛮。光是压迫者，少数人有这种观念，可恶，没有多大杀伤力，当观念成为周围大多数人奉为神圣不可侵犯的，就具有能杀人的力量。鲁迅自己说过，妇女的节烈观，坚持这种观念，“中国便得救了”，“是多数国民的意思”。[①]

---

①《鲁迅全集》第一卷，人民文学出版社，2005 年，第 122—123 页。

正是因为这样，鲁迅用了相当多的笔墨写了鲁镇人们对祥林嫂的歧视、讽刺和伤害。其实祥林嫂对他们没有什么要求，只是想让他们倾听倾听而已，然而得到的却是嘲弄。对于这一点，鲁迅是很沉痛的。把别人的痛苦作为谈资，用来嘲弄，就是冷酷，就是没有同情心，就是不把人当人。就是不人道。对于这一点，鲁迅用整篇《孔乙己》来表现。我们还会讲到。

第三个层次，就是写这个凶手的“凶”，其特点，其一，后果极其惨，但前因似乎不恶，不管是鲁四老爷，还是鲁四奶奶都没有直接的恶意，不管是柳妈还是鲁镇上冷漠的人，都没有要伤害她的意图，但是，后果却这样的严重，严重到要了祥林嫂的命。可是，恐怖的原因，杀人的凶手，在哪儿呢？没有人提出这样的问题，连同是下层人物的短工也觉得“还不是穷死的”，穷了，死了，很正常，一点也不荒谬。这就是软刀子杀人不见血；或者用《狂人日记》中的话来说，就是“吃人”，但没有罪恶的痕迹。明明对祥林嫂是极其恐怖的，鲁迅所提示的是：没有恐怖感的恐怖，这才叫恐怖。第二，这些心安理得的人，脑袋里有吃人的观念，曾经参与吃人，然而，却没有感到任何歉疚，心安理得，这就意味着没有改变的可能，所以鲁迅在小说的开头反复强调，鲁镇多年没有什么改变。特别强调了和没有什么改变的鲁四老爷的见面，先是寒暄，后是说胖了，最后是大骂其新党。而他的所谓“新党”却是康有为，而康有为，早已经在辛亥革命前夕，就成保皇派，已经是旧党了。其三，生活在这种思想麻木到僵尸化的环境中，在杀人不见血的悲剧中，整个鲁镇人，不但没有恐惧，相反，都沉浸在年关祝福的欢乐中，恐惧中有欢乐，才是不可逆转的恐怖。

五、与情节无关的“我”，为什么占了那么多篇幅

第四个层次，这里还有一条重要线索，几乎是所有研究鲁迅的艺术的人都忽略了的：为什么作品要让“我”来叙述？这个“我”和故事情节一点关系都没有，但所占的篇幅还相当大，全文 16 页，在开头和结尾，“我”的情绪描写，把将近三页，把近五分之一的篇幅给了情节毫不相干的人物。鲁迅不是说写完之后，至少要看两遍，尽量把可有可无的去掉吗？把“我”拿掉并不影响祥林嫂的命运呀！

但是作为小说，不能。这个“我”有深意。从哪儿讲起？从祥林嫂死了以后的反应讲起。

短工认为祥林嫂“还不是穷死的”，此人的看法，和故事有什么关系？没有。能够删节吗？不能。鲁迅在说明，在这个短工看来，穷了就要死是很自然的，没什么不正常的，没

有什么悲惨的，没有什么值得思考的。可是鲁迅以全部文本显示的，却不是这样，如果她是穷死的，那她的悲剧就是经济贫困的悲剧。但是，《祝福》所突出的，祥林嫂的死因，是受了极其野蛮荒谬的神权观念的打击。这种打击不仅是外来的，同时是她自己的。这不是经济贫困导致的悲剧，而是精神焦虑的恐怖造成的。可是，人们普遍却看不到这种恐怖，因而麻木不仁。

这个“我”特别选了什么时刻去写祥林嫂的死亡呢？旧历年关，一年中最为隆重的节日。为什么这个题目叫《祝福》呢？所有的人，过年都敬神，祈求来年的幸福。祥林嫂死了，在鲁迅看来，其特别悲惨在于，表面上没有刽子手，实际上刽子手就在每一个人的脑袋里。因而，鲁迅花了很多篇幅，正面描写了鲁镇人把她的悲剧当作谈资，当作笑料，当作自己优越的显示，没有一个人意识到这是对祥林嫂的生命的摧残。从这个意义上来说，每一个人对于她的死都有责任。可是整个鲁镇没有一个人感到痛苦，大家都沉浸在过年祝福的欢乐之中。鲁迅特别写道：女人忙碌地在水里洗东西，手都浸泡红了。还可以闻到放炮仗的火药香，但是听来这炮仗的声音是“钝响”。既然是火药的香，又是欢乐的氛围，如果“我”和大家一样欢乐，听节日的炮竹，应该是“脆响”啊！怎么是“钝响”呢？“我”内心很沉重、郁闷，节日的炮仗声在我感觉中，才是“闷”的，同样的道理，天上的云是“灰白色”的。《祝福》开头这一段，是很有匠心的，许多论者，分析祥林嫂的命运，对于“我”和开头和结尾的大段文章，占了近五分之一的篇幅，视而不见。要知道，这里的艺术氛围是多么精深啊！一方面是非常欢乐的祝福氛围，一方面又是非常沉重的悲痛。我这里念一段：

> 我乘她不再紧接的问，迈开步便走，匆匆的逃回四叔的家中，心里很觉得不安逸。自己想，我这答话（按：灵魂的有无？也许有也许没有，“我”说不清）怕于她有些危险。她大约因为在别人的祝福时候，感到自身的寂寞了，然而会不会含有别的什么意思的呢？——或者是有了什么豫感了？倘有别的意思，又因此发生别的事，则我的答话委实该负若干的责任……

所有的人都不感到悲痛，只有这个和祥林嫂悲剧毫不相干的人，内心怀着不可排解的负疚感。鲁迅的深邃就在这里，祥林嫂死亡，如果有一个具体的凶手，那就比较好办，比较容易解气了，像《白毛女》，有一个黄世仁，可以拿来把他毙掉；但是，人们脑子里的封建观念，是不能枪毙的！思想观念、国民劣根性，是不会这么轻易地消亡的。鲁迅的艺术，是要启示读者反思，对寡妇的成见，看不见，摸不着，但是可以吃人的。这种观念，每个人都有，当然每个人又可能身受其害，然而看着他人受害的时候，却又怡然自得。因而鲁迅对于祥林嫂的诸多遭遇，不是正面描写，而是采取幕后虚写的办法，把主要篇幅来描写祥林嫂所遭遇的冷嘲，那么痛苦，却得不到一丝同情，相反招来毫无例外的精神摧残。鲁迅花了那么大的篇幅，写她反复讲述阿毛被狼吃掉的自我谴责。她的期待是很卑微的，哪怕是一点同情，只要有人愿意听一下她的悲痛，她的精神焦虑就减轻了。她反复陈说，引来的却是上上下下普遍的冷漠，拿她的痛苦取乐。

写到这里我想起了俄国作家契诃夫的《苦恼》，五四时期胡适从英文翻译过来刊登在《新青年》上。写一个马车夫姚纳，老了，希望让儿子来接班。可是他儿子却突然死了。小说开始时，这个姚纳，在彼得堡夜晚的街上，任雪花落在肩头。他在等待客人。他内心最迫切的需求不是得到车资，而是客人听他诉说失去儿子的痛苦。来了一个客人，他就开始诉说，可是客人没有兴趣，不听。又来了一些客人，兴高采烈，他又开始诉说，客人不但不听，而且继续胡吹乱侃，打他的脖儿拐。但是，他并不感到太痛苦，只要有人听他诉说，哪怕打他，他的痛就减轻了。一旦这些人消失了，他反而感到，痛苦就像大海一样，把他淹没。他只好回到大车店。看到一个人，从床上爬起来。他以为又可以找到一个倾听的对象了。可是那人喝了一点水，倒头便睡。他的痛苦实在无法解脱，只好到马圈里去，把自己的痛苦讲给小马听，小马安静地听着，还用舌头舐着他的手。契诃夫的艺术震撼力在于，第一，人与人之间的隔膜已至于此，连马都不如；第二，小人物的心灵需求很卑微，仅仅需要倾听，这对他人并无损失，于主人公，于事无补，但是，就是这一点点同情，人间也极其匮乏。鲁迅显然受到这种美学原则的启发，强调了祥林嫂在精神上已经孤立到没有法儿活的程度。当然，鲁迅把原因归结为封建礼教，而契诃夫却并不在乎社会文化的原因，而在乎人性本身。人与人之间，竟有这样的隔膜，这样的自私，这样的冷漠，我甚至感到，有一点黑色幽默的性质，是不是呢？

鲁迅的艺术匠心就在于，人们对于这样的惨剧，不仅没有恐惧，相反整个鲁镇浸沉在欢乐的氛围之中，连众神都在享受香宴以后醉醺醺的：这一点也是许多论者忽略了的，为了把问题说得比较清楚，我不得不作些引述：

> 我给那些因为在近旁而极响的爆竹声惊醒，看见豆一般大的黄色的灯火光，接着又听得毕毕剥剥的鞭炮，是四叔家正在“祝福”了；知道已是五更将近的时候。我在蒙胧中，又隐约听到远处的爆竹声联绵不断，似乎合成一天音响的浓云，夹着团团飞舞的雪花，拥抱了全市镇。我在这繁响的拥抱中，也懒散而且舒适，从白天以至初夜的疑虑，全给祝福的空气一扫而空了。只觉得天地众圣歆享了牲醴和香烟，都醉醺醺的在空中蹒跚，豫备给鲁镇的人们以无限的幸福。

作品中的“我”，可以算是鲁迅，那意思是，在某种意义上，又不完全是鲁迅。什么地方不是鲁迅呢？这里，“在这繁响的拥抱中，也懒散而且舒适”，“我”是真的懒散而舒适地不再苦恼自己，摆脱了沉重的、不可解脱的负疚感了吗？当然不是，这是反话，这说明，他愤激到甚至很悲观的地步。更明显的则是，连神、天地众圣，也在享受了福礼之后，一个个“醉醺醺的在空中蹒跚，豫备给鲁镇的人们以无限的幸福”。

鲁迅通过“我”的目光，看到祥林嫂式的悲惨、绝望，暗无天日的境地：夫权不讲理，族权不讲理，神权不讲理，连同命运的寡妇，也不讲理，连自己也不懂得为自己讲理，所有的人，都感觉不到需要讲理，连最后一个想讲讲理的局外人，对这种不讲理的世道，也无能为力，也绝望了，也痛苦得难以忍受了，也觉得干脆不讲理，才是一条轻松之道了。

这当然也是反语。恰好说明，这个唯一的清醒者，无可奈何的情绪。

鲁迅的深刻之处就在于，他批判的不是一个鲁四老爷，像鲁四老爷这种人，1949 年以后“镇压反革命”或者“清理阶级队伍”，都弄不到他头上。因为，鲁四老爷对祥林嫂，只是皱了皱眉头，这不算犯罪，最后，祥林嫂死了，他说，死在过年祝福期间，不是时候，可见是个“谬种”，这是意识形态问题，谈不上人身侵犯。就是“无产阶级专政的铁拳头”，也拿他无可奈何。鲁迅写的是一种可怖的观念，习以为常，没有人感到的悲剧，才是最大的悲剧。

六、情节连锁性淡出和人物多元感知错位的强化

这里就引出了我要讲的最后一个问题，就是鲁迅给中国小说带来了什么新的突破？他的作品中，显示了一种什么样的美学原则？

我说，他带来一个突破。在这以前，我们的小说是以情节性为主的，直接写人物为主的，叫一环套一环，环环紧扣，都是人物本身的动作和对话的连续性。这种方法，鲁迅是不是继承了？是，如鲁迅提倡过的白描等。但不可忽略，鲁迅并不照搬，而是加以改造，大大地丰富了。大量本来可以白描的情节，转折的关节，在传统小说中重点描写的，在鲁迅写得最好的小说中，常常被放到幕后去，或者省略了，或者变成了在场人物的交代。祥林嫂的主要遭遇都是间接叙述的。鲁迅写死亡的悲剧，最重要的成就不在写死亡本身，而在死亡的原因和死亡在人们心目中引起的感受。所以，祥林嫂的故事中有好多情节，逃出来的情节，被抢亲的情节，孩子、丈夫死的情节、“捐门槛”的情节，等等，鲁迅都放到幕后去了，只让人物间接叙述，带着补叙的性质。鲁迅正面写的是这些情节的后果，尤其是在人们心目中引起的思绪和感知的错位，这是关键。鲁迅的小说艺术原则，是不是可以这样讲，事情不重要，情节链可以打碎，可以省略，可以留下空白，可以一笔带过，重要的

是周围的人们怎样感觉，或者用叙事学的、结构主义的话来说，关键在于人物怎么“看”，用我的话来说，主要是人物的感知如何“错位”。又如，夏瑜在狱中的表现，孔乙己的挨打，子君之归去，七斤之辫子被剪，等等。这些情节，都是有关人物命运的，却以他人口中带出而不是正面描写，被虚写了，略写了。着重写的是什么呢？事情发生了以后，人们纷繁复杂的感受。这些，对于事件来说，本来是所谓“余绪”“花边”，但在鲁迅小说艺术中，人们多元的错位反应，成了重点用墨之所在。换句话说，鲁迅的小说，当然是短篇小说，情节变得不重要，情节可以不作完整的交代，情节的连续性，可以处理成断断续续。情节的完整性并不重要，最重要的是，哪些环节能够引起人物相互错位的感知，这正是鲁迅为中国现代小说带来的新的艺术天地。

说起《狂人日记》，我的评价是，它基本上是小说。首先，它具有鲁迅小说最根本的艺术特征。它写的不是狂人的系统遭遇，而是他的系统感受，他的感受与具体遭遇是有距离的，是“错位”的。在人物感受和遭遇的“错位”中，营造人物的内心结构，这正是鲁迅所带来的新的美学原则。错位包含着多个层次。第一，感受与事实是“错位”的，对改嫁的寡妇的看法：死了在阎王面前要一劈为二，因而要捐门槛赎罪，这个观念和事实之间的错位的幅度是很大的。第二，更重要的是，各人的感受之间又是错位的。祥林嫂是怎么死的？1.“还不是穷死的”，这是短工的感受；2. 死得不是时候，可见是个“谬种”，这是鲁四老爷的感受；3. 而一般人又忙着欢乐地祝福；4. 一个外来的人士，却背负着沉重的负疚感苦苦挣扎。又如，《风波》中，对七斤辫子的有无，展开了多元的感知错位：1. 七斤的感觉：丧气，自卑；2. 七斤嫂的感觉：由于丈夫没了辫子而自卑，反复用恶毒的语言辱骂丈夫，绝望，迁怒于女儿；3. 九斤老太的感觉：得出哲学性的退化论：一代不如一代；4. 赵七爷的感觉：幸灾乐祸、自豪，穿上长衫的象征性；5. 村民：畅快，后来又恢复对七斤的尊敬。这一切纷扰由皇帝复辟引起，但皇帝是不是真复辟并不重要，得知皇帝没有复辟，一切照旧。鲁迅所要表现的，不是皇帝复辟，而是人们因为皇帝复辟引起的感知多元错位的喜剧。又如，革命烈士夏瑜的死，其鲜血被当成治肺病的药方，而他还在牢中鼓动。在华老栓的茶馆里，分化为驼背五少爷、花白胡子等人的自以为清醒的感觉，其中包括“疯了”的感觉。又如《白光》，故事本身并不特殊，鲁迅写它就是为了用主人公陈士成落榜的感觉、幻觉和疯痴的行为，来揭示人的心灵奥秘，感觉从片断性，层次性，到意识连贯，推断；从幻视到幻听，最后沉湖。这里的幻觉，可以说淋漓，但，可惜的是，只有一个人的幻觉，没有人物之间的错位。因而比较单薄。[①]小说的多元感知错位，有利于从多方面，冲击读者原来

① 当然，还有一些感觉世界错位得比较单调，缺乏思想深度的，如，《端午节》中方玄绰的矛盾，感觉只有他和妻子之不同，矛盾只是索薪参与与否。至于《一件小事》等，就更加单薄了。

稳定的、自动化的感知结构，让读者感到“惊异”。海德格尔说：“哲学本质上就是令人惊异的东西，而且哲学越成为哲学，它就越是令人惊异。”同时，这种惊异，又不仅仅是理念的，而是感性的。在海德格尔的惊异中，还有诗的审美。①

在《狂人日记》中的“吃人”以及主人公的那种害怕、他的呐喊救救孩子等，都是他的感受，都是幻觉，是错觉。譬如他写怕，怕什么呢？第一，怕所有的人会吃他；第二，对生命中不相干的细节的恐惧性的曲解，如对赵贵翁的眼色，对妇女骂孩子也怕，对小孩子也怕；第三，对关切他的大哥也怕，对给他治病的医生也怕。他生活在自己的怕里面，每种怕，都和生活拉开了错位的距离，每种怕互相贯通为一个整体。狂人的被吃之怕，读者显然明白，不在真的被吃，“吃人”是幻觉、扭曲的错觉。所以说，鲁迅所带来的就是，情节、事件，人物实际遭遇的淡化，人物感受的多元的错位。一种小说形式美学，在他的作品中，逐渐形成，不仅仅是写人，而且是写不同人的错位感知，情节的感染力，不在一环套一环的悬念，而是推动感知发生错位的机制。

鲁迅作为现代艺术家，他所理解的人和古典小说家是不太相同的。人不仅仅会行动，会思想，不仅仅是会说话的，人之成为人，有一个特别的方面，就是同样的事情，不同的人会有不太相同的感知，不同的感知发生错位的现象。人跟人的感觉，好像是相通的，也确有相通的一面；但是，从根本上又是很难相通的。就是讲话，具体语句（能指）好像是听懂了，但是，其实际的意思（所指）往往是另外一回事，是误解的。哪怕关系再好，我要救你，你是感激的，结果却是害了你，譬如柳妈那样的人——一心一意想救祥林嫂，结果却把她推向精神的火坑。鲁四奶奶很含蓄地不让祥林嫂端福礼，她并没有想到，祥林嫂就因此活不成，直到祥林嫂死了，她都没有感觉到。在鲁迅的作品中，还有一点是十分独特的，那就是他的主人公，表面上是为自己而活着，实际上，并不是，而是为别人的对他的看法而活着，不是像祥林嫂这样为之而焦虑、痛苦、精神崩溃，就是像阿Q那样，为了虚幻的优越感而走向灭亡，或者像孔乙己那样，理屈词穷地抵抗嘲弄，维护读书人最后的、可怜的、虚幻的自尊。人实际上是活在与他人对他的感知的错位的、虚幻的世界里。这可能是鲁迅小说重要的美学原则，是他对中国现代文学的最大的艺术贡献之一。

从鲁迅的小说中归纳，什么样的人物，能够使读者感动？这样的问题，不能以单独一个人物来回答，应该从人物相互之间的感知的多元错位去回答。

就《狂人日记》而言，一方面，它有感知错位，所以它基本上是小说。但，为什么说它基本上是小说呢？有一个问题，《狂人日记》里面有很多不属于小说的东西。那是什么？最明显的一点，就是最著名的那一段话：“我翻开历史一查，这历史没有年代，歪歪斜斜

① 海德格尔：《海德格尔全集》，第45卷，163页。Frankfurt a, M. vittorio, klos, termann, 1975.

的每叶上都写着‘仁义道德’几个字。我横竖睡不着，仔细看了半夜，才从字缝里看出字来，满本都写着两个字是‘吃人’！”这不是小说，这是抽象概念的错位，不是人物的感知错位，这是鲁迅的思想，这是社会文化批评，把思想直接讲出来，讲得清清楚楚，很深刻，这是杂文。为什么不属于小说呢？因为这种思想在小说里找不到充分的根据。狂人讲的“吃人”，都是错觉——远方村子里有吃人的传说，古典文献中有吃人的记录以及医生要他好好养病，还有他妹妹死了，说是大哥把她杀了吃的，还有他周围的人要吃他，一个女人对她的儿子大喊一声：“老子呀！我要咬你几口才出气！”使他感到马上就要被吃掉的恐怖。所有这一切都是错觉。这一系列的错觉跟鲁迅的结论：中国几千年的历史所写的都是“吃人”，而且还说自己“有了四千年吃人履历”，逻辑上并不合理。仅凭狂人的感受，不可能得出这样普遍性的结论，这是作者把自己的观念匆匆忙忙地讲出来，多多少少有些概念化。写祥林嫂就不是这样，写得很艺术。祥林嫂是被封建礼教观念害死了，但这是艺术形象显示的，作者没有一个字写到礼教杀人，或者“吃人”，没有说就是封建礼教把祥林嫂吃了，却让人感到，祥林嫂在包围着她的罗网里，走投无路，不得不死。你叫它杀人也好，吃人也好，反正是极其恐怖，毛骨悚然，然而人们却觉得，平安无事。这叫艺术。

当然，鲁迅讲抽象的观念，如中国历史满篇仁义道德，实际上是吃人。这也是很精彩的。这种精彩不是小说的精彩，是杂文的精彩。这在《狂人日记》里，比比皆是。如果诸位同意的话，我能不能这样说：在鲁迅的心灵深处，有两种才华，都是非常强大的。一种是小说家的才华，以他独特的感知错位为特点；一种是杂文家才华，以思想的深刻和犀利为特点。两者之间有统一的一面，水乳交融；也有矛盾的一面，互相干扰。例如在《狂人日记》里面，统一的时候，有些片段写狂人的幻觉，特别是写到医生说，“不要乱想。静静的养几天，就好了”，他就想“养肥了，他们是自然可以多吃”，这是一种幻觉，这是小说，因为这是人物之间的错位感受。但是说到中国的历史，翻开来全部是仁义道德，实际上都是“吃人”，这是杂文。因为这里的“吃人”，与小说中的“吃人”，在感性系统上，在理念上，不是错位了，而是脱节了。

两种强大的才能，有时是统一的，有时是不统一的。太不统一的时候，就不够艺术了。《狂人日记》里面杂文的力量更为强大，以致许多论者甚至是学者，只记得中国历史全部都是“吃人”的这个杂文式的辉煌结论。而作为小说，《狂人日记》是试验性的、探索性的、未完成的，是留下了遗憾的。这句话我讲得很大胆，我到现在不敢写成论文，为什么？因为现在研究鲁迅的权威太多了，他们把鲁迅的小说艺术，看成是完美无缺的，像我这样一个至今还没有写过什么关于鲁迅论文的人，如果写出来，前途堪忧呀！（笑声）他们会从四面八方来咬我，咬破我的鼻子啊！如果从我的文章里找不出硬伤，就把我说成一个疯子，或者是专门找名人来骂的投机分子。我可能也会像狂人那样，怕起来，疑神见鬼起来，怕被他们吃了，甚至见你们在笑，也可能像狂人那样发生感知变异，觉得是冷笑，是笑里藏刀。（大笑声）是要吃了我啊。但是，可是，像赵本山说的那样，“可但是”，（大笑声）我为什么敢在这里讲，不怕你们传出去呢？因为我有根据呀。什么根据？鲁迅自己讲的。

《狂人日记》写出来以后，异口同声，认为好极，傅斯年，五四运动的领导者之一、北京大学的学生会主席，写信给鲁迅赞扬《狂人日记》说：“文化的进步都由于有若干狂人……去辟不经人迹的路。最初大家笑他，厌他，恨他，一会儿便要惊怪他，佩服他，终结还是要爱他，象神明一般的待他。”[①] 鲁迅却告诉傅斯年说：

> 《狂人日记》很幼稚，而且太逼促，照艺术说，是不应该的。[②]

按我的理解，不成熟，就在于杂文的、抽象的、直接的、正面结论。作为杂文家，五四时期，已经成熟了，可作为小说家，虽然已经写出《阿Q正传》这样的经典之作，鲁迅自己却觉得没有成熟。应该说艺术是一种灵魂、形式和语言冒险，有时成功，有时停滞，有时甚至可能倒退的，当然有时也可能意外获得极大的成功，就像海明威那样，本来人家觉得他已经停滞了，没戏了，可是他偏偏写出了《老人与海》，得了诺贝尔奖。

附：

鲁迅笔下的八种死亡[③]

今天讲讲鲁迅，为什么讲这个题目呢？有两个原因。一个原因就是，鲁迅在很长一段时间里被政治化了、意识形态化了，被神化了。想来，真有一点滑稽。改革开放以来，毛泽东都走下了神坛，周恩来也走下了神坛，鲁迅同样从神化走向人化，关于鲁迅思想的发展、他经历的曲折，甚至于他的局限性的研究，包括他如何看待共产主义，与共产党保持距离，类似的研究，很多人都做过。王晓明在一本鲁迅传记性质的书的前言中，甚至说，他要研究的，就是鲁迅一直如何与绝望作斗争。当然还有比之更为敏感的，鲁迅如果活到1949年以后，会有什么样的下场。黄宗英女士说得有鼻子有眼的。她在1957年，反右派斗争搞得如火如荼的时候，参加了毛泽东召开的一个座谈会。当时有个翻译家，叫罗稷南，问过毛泽东，说：“鲁迅如果今天活着的话会怎么样？”为什么要问这个问题？因为，前两年，他的门生胡风被打成了“反革命”，而且是反革命集团的头子；如今他当年的得意门生冯雪峰——代他执笔写过文章的人，又被打成“右派”。鲁迅如果活到1949年以后的话，

---

①《新潮》第一卷第4期（1919年4月号）。

②《对于〈新潮〉一部分的意见》，载《新潮》第一卷第4期（1919年4月）。

③ 据在东南大学的讲座录音记录整理。

命运会不会跟郭沫若形成鲜明的对照？问题的实质是，如果鲁迅在世，他也会随大流吗？肯定不会。他会有什么结果呢？就是在这样的思想气候中，毛泽东是这样回答的："鲁迅么——要么被关在牢里继续写他的，要么一句话也不说。"黄宗英的回忆，还得到了其他与会人的证实。但是，鲁迅仍然是神，毛泽东在《新民主主义论》里给了他那么崇高的评价，光是"伟大"就好几个，伟大的文学家，伟大的思想家，伟大的革命家，五四新文化运动的旗手，鲁迅的骨头是最硬的，是殖民地半殖民地人民最可宝贵的性格。正是因为这样，所以在很长一段时期里，鲁迅是不能被批评的。1986年前后，有一个名不见经传的作者，在《青海湖》杂志上，发表了一篇文章，批评把鲁迅神化，指责"吃鲁饭"的人士，引起了轩然大波，弄得杂志主编下台。当然到了20世纪80年代后期，特别是90年代，情况有所变化，鲁迅从神坛上走出来，关于鲁迅的一些隐私问题，如，他的原配妻子朱安，过去学术界是视而不见的，关于她的地位问题，都给提了出来。所以王晓明教授就在他的《无法直面的人生——鲁迅传》中说，鲁迅在婚姻问题上，其实是很矛盾的。他不爱朱安又不敢和她离婚，因为，这个朱安是母亲的"礼物"，几乎是强制他接收的。另一方面，朱安，也不想离开周家。我听过一个转述：那还是鲁迅在北京的时候，可能是与许广平的关系比较密切了。朱安也许是感到自己的地位有危机了，就在他们三兄弟都在的时候，突然下跪，说："大先生，即使你不要我，也不要把我赶出去。我情愿一辈子服侍老太太。"现在一般的研究者，都说鲁迅离开北京，是因为军阀的迫害，林语堂通风报信，才去了南方。我以为，可能是回避问题。因为鲁迅去南方，许广平也去了，不久，就在中山大学会合。后来国共分裂，鲁迅在广州待不下去。照理可以回到北平啊！然而，却回到了上海。为什么？这里，有个许广平的身份问题。所以在王晓明的书中，就有这么一句话，鲁迅一生所做最精彩的事情之一，就是和许广平在上海同居。注意，关键词是"同居"，不是结婚。从法律意义来说，许广平和鲁迅的关系，是不合法的。那边还没有离婚，至少应该像蒋介石在和宋美龄结婚之前，和陈洁如女士登报了断。鲁迅没有，所以，这边就不能叫许广平是鲁迅夫人，否则有重婚之嫌呀。

所有这一切，都说明，学者已经把他当作一个普通人来看。连替他生了孩子的老婆，都是合理而不合法的。这比徐志摩，想离婚就离婚，想结婚就结婚，比陈独秀，把老婆丢掉，和老婆的妹妹结婚，甚至嫖妓，可是相去甚远了。但是，这并非特殊现象，在"五四"先驱者当中，相当普遍，和郭沫若有点相近。郭沫若在日本和安娜恋爱生孩子，也是有法律问题的。四川老家，老婆还活着。在五四运动到来之前，郭沫若为这个事情，苦闷得老想自杀，再加上，经济压力挺重，不得已写些稿子，赚稿费，可是，孩子，最大的叫作和夫，又在边上哭闹。他火起来，就打了孩子的耳光。打完了，又觉得自己没有道理，又忏悔，就打打自己的耳光，看看疼不疼。（大笑声）你们笑什么？这个郭沫若，不是神啊，他是个大活人啊，他干了坏事，还很纯洁，很天真啊！这是他第一次，也可能是最后一次，内心备受煎熬啊。20世纪30年代中期，他回国抗战，把安娜丢在一边，和于立群结婚，就没有这样的天真了。

大量的事实证明，鲁迅当时活得不如郭沫若那样天真、潇洒。他的生命很沉重。这一点似乎已经成为共识。

但是，鲁迅的艺术怎么样呢？他作为一个艺术家，是不是绝对的天才，一上来就很成熟？直到最后，还是成熟，每一篇都成熟，是不是在探索的过程中，艺术家才华的发展也有波折，也有挫败，也有败笔呢？这就很少，甚至没有人敢说什么了。

鲁迅作为艺术家伟大在哪里？

我为什么想到这个问题呢？因为有一件事情的刺激。大概是十年前，我参加了一个代表团，到澳门参加学术会议。当时，国民党的一个学者，对来自北京的鲁迅专家发难，他说：你们对鲁迅为什么评价那么高？伟大的革命家、伟大的思想家，这样讲，我们没有办法对话。我说明一下，早在1942年前后，国民党有个理论家叫作郑学稼，写过一本《鲁迅正传》，一开头就否定鲁迅是革命家。理由是什么呢？鲁迅在辛亥革命前夕，当时在日本，参加过"敢死队"。什么叫"敢死队"你们知道吗？就是从日本回来搞暗杀。快要出发了，鲁迅不干了。为什么？他说："我死了，我妈怎么办哪？"这不是造谣。鲁迅的朋友许寿裳，在《亡友鲁迅印象记》里，就写了这件事。关于这一点，我们和这位台湾学者无法争论。为什么呀？因为关于"革命家"，双方的理解不一样，不能拿参加不参加"敢死队"作为标准。革命家，绝大多数，如，马克思、列宁、孙中山、毛泽东，没有参加过敢死队。蒋介石倒是参加过敢死队的，汪精卫是干过暗杀的勾当的，列宁的哥哥亚历山大也暗杀过沙皇。

革命家多种多样，有实践型的，有纯粹思想型的，也有冒险型的，其中绝大多数，是不干暗杀这档子事情的。由于对革命家的外延和内涵理解相去甚远，我们没有办法讨论问题。我在讲"幽默和雄辩"时说过，要达到雄辩，就要用对方的话语、逻辑来证明我的立场，也就是，justify my position in your terms。这位台湾地区学者说，我不跟你讨论革命家的问题，我就问你一个问题，鲁迅作为艺术家，他究竟有什么贡献？

当时，我们一齐把目光射向来自北京的、专门研究鲁迅的学者——他是我的学弟，希望他快刀斩乱麻，几句话把它打发掉。但是，3分钟过去了，他还没有反应。我作为大陆来的学者，感到很郁闷呀：怎么还不讲话？这样小儿科的问题有什么难度啊？5分钟过去了，还没有发言，我的脸色可能也不对了。过了6分钟，我忍不住了。为什么忍不住了？这太不像话了。可为什么等了6分钟呢？我不是研究鲁迅的，虽然我喜欢鲁迅小说。但是，再熬下去，等到10分钟，还是哑场，就太丢人了。我就硬着头皮开口了，是不是允许我来替这位先生答一下？大家很高兴，鼓掌。

我说，鲁迅究竟伟大在什么地方？我的老师严家炎先生说："他首先伟大在是一个艺术家，首先是一个小说家，一个杂文家，一个散文诗作家，然后他才是思想家、革命家。"如果他艺术上不伟大，那在思想上是伟大不起来的。而现在我们学者，主要是大陆的学者有一个倾向，就是对这个问题，没有感觉。滔滔不绝的演讲，大块的文章，可就是没有回答：在艺术上，他伟大在什么地方？台湾地区的学者如果不同意也可以证明一下，他在艺术上并不怎么样。

我以为，作为艺术家，他伟大在对中国小说艺术发展有历史性的贡献。这个问题，当时，我不能在现场作全面评论，后来我想到了，鲁迅对中国小说艺术的贡献：淡化情节的正面抒写，以不同人物对同样事情的"错位"反应代替传统的环环紧扣的连续性情节模式。但是当时，我只能即兴从一个角度提供一个线索。我说鲁迅在写人的死亡方面，是前无古人，后无来者。此话怎讲？在鲁迅的笔下，起码写了八种死亡，每一种死亡都不一样。西方文艺理论史上，有一种说法，什么主题都是过眼烟云，只有两个主题是永恒的：爱和死亡。我说，鲁迅小说不大写爱，几乎没有正面写爱情的，爱都是失败的，这在爱情题材风起云涌的五四时期是很诡异的，这个不是我要讲的。我的体会，他的精彩在于写死亡，真是丰富多彩，至少八种，没有重复，这才是大艺术家的风貌！小艺术家，像我的同学，刘绍棠先生，我的老师王瑶就批评说，往往就是重复自己呀！人物还是那个，不过是把帽子和名字换了一下而已。

第一种死亡，是最有名的，阿Q，小人物，冤假错案，非常悲惨的死亡。鲁迅居然不写他的悲惨，不渲染场面的沉痛，而写他的可笑。鲁迅的伟大的艺术魄力就在于，悲剧性的死亡，用喜剧性的写法。当阿Q走向刑场的时候，他最在意的居然不是自己死到临头，而是关注人群里有没有吴妈。就是他曾经跪下来对她说"我要跟你睡觉"的那个人，那女人不识抬举，大叫大喊，弄得阿Q挨了棒子，连阿Q最后的家当，一件破棉袄都被没收走了。这样一个给他带来灾难的女人，临死他还要关注。明明是冤死，还像英雄赴义一样"再过二十年……"，这是荒谬的、可笑的。以喜剧性的风格写悲剧性的死亡，这是中国古典小说上没有的。在西方小说史上，据我所知，荒谬到这种程度至少是罕见的。

第二种，他不但善于写喜剧性的死亡，而且善于写悲剧性的死亡。主要是《祝福》里面祥林嫂的死亡，死得很悲惨，但是，压根儿鲁镇上没有一个人感到悲哀，相反倒是大家欢天喜地准备祈求来年的幸福。倒是一个与这个悲剧毫不相干的人，感到不可推卸的责任，感到沉重，连炮竹听起来都不是清脆的，而是一种"钝响"。与众人的欢乐对比，完全是一个人的孤独的悲哀，沉郁的笔调，不惜笔墨，大加渲染，超过我们中国古典小说史上许多死亡写法的艺术高度，甚至跟林黛玉死亡时，让七八个人轮流叠加悲郁氛围的艺术都不一样。这一点比较复杂，请参阅我分析《祝福》的文章。

第三种死亡，孔乙己的死亡。它的特点是什么呢？他的全部生命投注于考试。很可惜他不会考试，考了起码几十年，居然连秀才都没有考上。秀才，按今天的学制去类比，也就是小学，居然，考到死也没有毕业，成了一个废料。这个科举制度的牺牲品，只能给别人抄抄写写。又喜欢偷书，偷笔墨纸张，典型的废料加小偷。就是这样一个人，这样一个悲惨的人，当他出现的时候，却给周围带来了欢乐。鲁迅强调的是，就是这样一个失败的人，沦落的人，也还是人，因而也还有最后的自尊，最后的精神底线，不能承认自己是小偷。而酒店里的人，虽然并没有敌意，但是以摧毁孔乙己的精神底线为乐。鲁迅的表现的是，酒店内外的笑声，是非常残酷的，非常恶毒的，但是，没有一个人把弱者最后的自尊放在心上。这样一个人死了，没有任何人有悲哀，也没有人有快乐。这就是既无悲剧性，也无喜剧性的死亡。这在一个伟大的人道主义者鲁迅看来，这种无悲无喜的死亡应该是让人无限沉痛的，但是，柜台内外却只有笑声。

第四种死亡，是英雄的死亡。在鲁迅的《呐喊》《彷徨》中，基本上没有正面写过英雄，只有浑浑噩噩的小人物，只有一个英雄，就是《药》里面的夏瑜。这个英雄的死亡虽然是壮烈的，但却是通过小人物的麻木心态反衬出来的。几乎是众口一词地，认定英雄的死亡是愚蠢的、疯狂的、活该的，大快人心的。到监狱里还要宣传革命，挨到拳脚，是最理所当然的。“大清人的天下”岂是他能够动摇得了的？特别是，他的鲜血，英雄的鲜血，本该是唤醒民众的，却被民众染红馒头，当成治疗肺病的良药，当成笑料，其内在的意蕴是冷峻的：牺牲是白费的。这样的死亡是壮烈的悲剧，但又是在荒谬的喜剧性的背景上的。

第五种死亡，“孤独者”魏连殳的死亡，是冷酷的死亡，这个人临死时嘴巴上还挂着冷笑。这个人本是非常孤傲，跟周围公然对立，瞧不起周围的一切人，对世态炎凉、政治上的飞黄腾达、世俗的财富等，他都采取蔑视的态度。就是这样的一个人，最后环境逼得他怎么样呢？背叛了自己的信念，去做一个军阀的副官。他有了地位，有了金钱权势，他是用来复仇。周围的那些俗人、势利者马上就来奉承他了，他冷眼相对。这样一个以反抗恶势力开始，以同流合污为代价，来取得复仇的本钱的人，最后鲁迅还是把他送上了死路。他死的时候，那些势利的小人表现出悲哀、表示对他的尊敬，可是他脸上挂着冷笑。这个冷笑，鲁迅说既是冷笑这个世界，也是冷笑他自己。鲁迅在讲到《药》的结尾时，曾经提到过安德烈耶夫的阴冷。他说，写夏瑜的坟上，有一个花圈，以免像安德烈耶夫那样阴冷。可是，魏连殳的死亡，却有安德烈耶夫式的阴冷，冷到有人哭，但没有人悲，连他自己也不悲，只有冷笑。第五种死亡可以说是冷笑着的死亡。

第六种死亡,《伤逝》里子君的死亡。男主人公叫涓生。女主人公子君是一个新时代的觉醒者,她反抗封建包办婚姻,声言“我就是我的”,毫不忌讳周围的舆论压力,毅然决然地跟自己相爱的人同居。她是一个新女性,很自信,周围的冷眼、中伤、威胁、压迫,都无所谓,昂首云天之外。但是有一点,她含糊不了,丈夫失业了,局子里把涓生开除了,没有钱吃饭了。涓生寄希望于翻译赚一点稿费,好不容易登出来,只得到了几张书券。这个原来宣称“我就是我的”的女性,对现实不妥协的、非常勇敢的一个女性,不得不妥协了,回到她所反抗的封建家庭里去,最后死了。这个人的死亡,是很悲惨的。可是鲁迅不是直接写这个悲惨,而是写她的爱人涓生的忏悔——忏悔自己不够坚强,忏悔自己跟子君“主张:新的路的开辟,新的生活的再造,为的是免得一同灭亡”。由于这样一个想法,导致了她的覆灭。因而涓生用忏悔自己的软弱,来悼念子君。这种忏悔中,交织着多重矛盾,首先是自我批判和对现实的无奈,其次是透露出对子君的赞美、同情和惋惜,同时也渗透着对其脆弱和沉溺于小家庭的庸俗的批判。悲剧性死亡蕴含着多元的意蕴,又用第一人称独白的抒情话语来表现,其间的悲郁和沉痛,智性的深思,构成多声部交响。鲁迅对主人公是很少抒情的,对阿Q是绝对不抒情的,对孔乙己也是不抒情的,唯一抒情的就两个人,一个就是祥林嫂,一个就是子君。

第七种死亡在哪里?在《故事新编》里的《铸剑》。《故事新编》是根据历史和传说的故事改编的,鲁迅感觉到在《故事新编》中最喜欢的,就是《铸剑》。这是根据神话传说写的。主人公叫眉间尺,他的父亲是一个铸剑的专家,现在看来是炼钢的专家,剑铸得非常的了不得。楚王就叫他炼剑,他炼了两把剑。但他知道,铸完剑送给楚王之后,楚王肯定会把他杀了。这是尖端武器,如果再给别人铸,不是太危险了吗?“他一定要杀掉我。”他就做了两把剑,一把剑给了楚王,一把剑留在自己家里,对他老婆说,他死了之后,儿子长大了,让他为父复仇,就用这把剑。他的儿子叫眉间尺,长大了以后,他母亲就告诉他这个故事。然后,他就拿着这把剑去复仇了,遇到一个义士黑衣人,愿意替他复仇,他就把头交给他。黑衣人,就引诱暴君来看油锅里的人头,顺手把暴君和自己的头都杀到油锅里去。三个头都煮烂了,大臣们无法分辨哪是暴君的,哪是义士的,只好把三者合在一起。而《铸剑》中,慷慨赴义的英雄偏偏和暴君不可分辨,变成了荒诞(解构)。这个死亡的艺术价值,是英雄主义和荒谬主义的融合。

第八种死亡:在《白光》里写一个人,类似于孔乙己去考试,考不中,突然做梦想到自己父亲的遗言,在家里什么地方,有大堆银子埋着。他就做梦想着那个地方了。全篇就是写这个人梦幻,在幻觉中挖来挖去,最后掉到河里就死掉了。这个死亡很特别,也许鲁迅是试试用幻觉来表现人物的深层内心,但是,只有一个人,没有不同人的错位,因而显得单调，不能代表鲁迅的艺术成就。

总的来说，八种死亡，各不相同，至少有七种是写得很精彩的。

作家写人物的命运，从爱情到死亡，是很难不为自己的优长所束缚，免不了自我模仿的。越是杰出的成就，越是可能成为套路，好像有一种无形的手在逼迫其自我重复。就是最伟大的作家，如托尔斯泰，写死亡，也可以苛刻地说，有未能免俗的痕迹。在幻觉中写死亡的临近，是托尔斯泰的拿手好戏。早年在《塞瓦斯托波尔的故事》中，他写军官布拉斯库辛被炸弹炸死的过程也是先让他感到自己庆幸于没有死亡，谢天谢地，只是受伤而已。他对死亡的感觉充满了错觉，如从引信的紫色的火，想到相好的女人头饰上的绛紫色的羽毛。他不是感到疼痛，而是感到士兵从他身边跑过，把墙推倒在他身上，压着他，直到他听自己的呻吟声。在《战争与和平》中，安德烈公爵患坏疽病生命垂危，他的心理错觉是：一切消失了，剩下的是关起那道门，他要去关门，但他的腿不肯动。他恐惧，觉得自己在向门边爬，但有一种力量在推门，在向里边挤，这是死。他顶住，门敞开了，他死了，他记得自己是睡了，他挣扎着又醒了。他觉得“死就是一种觉醒”，“于是他灵魂立即亮起来”。(《战争与和平》，董秋斯译，第四册，人民文学出版社，1988年，第1647页）感觉思维活动虽然失去了控制，但是却达到了平时所不能达到的深度，混乱的幻觉带着托尔斯泰的理性光辉，这一点和安娜之死的描写是异曲同工的：“她想站起来，把身子仰到后面去，但是，什么巨大的、无情的东西撞在她的头上，从她的背上辗过了。‘上帝，饶恕我的一切！’感觉无法挣扎……那枝蜡烛，她曾藉着它的烛光浏览过充满了苦难、虚伪、悲哀和罪恶的书籍，比以往更加明亮地闪烁起来，为她照亮了以前笼罩在黑暗中的一切，摇曳起来，开始昏暗下去，永远熄灭了。”

但是，像曹雪芹在《红楼梦》中那样，鲁迅写了七八个女性之死，每一个都不一样，今天时间有限，不能讲下去了。从这个意义上说，鲁迅在这方面，可以说是无愧于中国伟大的小说艺术的传统的当之无愧的继承者。

我当时可能讲得没有现在这么详细，但是，这位台湾学者出乎我意料的是频频表示首肯。

鲁迅为什么最偏爱《孔乙己》[1]

——读《孔乙己》

任何伟大作家的艺术成就都不是一蹴而就的，都有一个过程。鲁迅认为自己的小说艺术要到什么时候才成熟呢？到写出《孔乙己》才成熟。鲁迅的学生孙伏园在《鲁迅先生二三事》中有这样一段话：

> 我曾问过鲁迅先生，其（按：指《呐喊》）中，哪一篇最好。他说他最喜欢《孔乙己》，所以译了外国文。我问他的好处，他说能于寥寥数页之中，将社会对于苦人的冷淡，不慌不忙地描写出来，讽刺又不很明显，有大家风度。[2]

鲁迅为什么最喜欢《孔乙己》呢？因为孔乙己是活在、死在多元的、错位的感受世界之中。

《孔乙己》所写几乎涉及了孔乙己的一生，但是，全文还不到两千八百字。这么短的小说，怎么能写得这么震撼人心？

一、为什么让与情节无关的小店员来叙述

鲁迅在孔乙己的故事之外，安排了一个看来是多余的人物，就是那个小店员。他本来与孔乙己的命运八竿子打不着，不管是孔乙己考试失败还是偷书挨打都和他没有关系，他只是在孔乙己喝酒的时候，能够看到孔乙己而已。和孔乙己命运有关的人物很多，如那个打他致残的丁举人老爷，还有请他抄书的人家，一定和孔乙己有更多的接触，有更多的冲突，相比起来，这个小店员就所知甚少。然而，鲁迅却偏偏选中了这个小店员作为叙述者。

① 根据在东南大学讲座的录音记录整理。

② 孙伏园：《关于鲁迅先生》，载《京报·副刊》（1924 年 1 月 12 日）。

这是为什么呢？

第一，鲁迅的立意是让孔乙己的命运，只在小店员有限的视角里展开。孔乙己的落第、偷书，甚至挨打致残，都让它发生在幕后，鲁迅省略的气魄很大，那些决定孔乙己命运的事件，使得孔乙己成为孔乙己的那些情节，一件也没有写。这样就可以省略了许多场景的直接、正面的描写。

第二，对事件作在场的观看，只能对受虐者的痛苦和屈辱可能以感同身受为主。这样的情感缺乏特点，而且很难产生错位，弄不好可能变成浅薄的滥情。而事后的追叙，作为局外人，对直接受虐的凶残拉开了距离，则可能作有趣的谈资。受辱者与叙述者（非当事人）的情感就不是对立而是错位了，其间的情致就丰富复杂得多了。

小店员视角的功能就在于，自由的省略和营造复杂的错位的情致。

遵循小店员的视角，小说只选取了咸亨酒店里的三个场面，而孔乙己本人只出场了两次。从某种意义来说，这两个场面，和孔乙己的命运关系并不大。第一个场面，是他偷书以后，已经被打过了，来买酒，被嘲笑了；第二个场面，他被打残了，又来买酒，又被嘲笑了。如果要表达对于孔乙己的同情，完全可以从正面写他遭到毒打的场面。如果像某些解读那样把《孔乙己》的主题定位为对科举制度把人弄成废物的批判，那这两个场面只能是可有可无，更恰当的做法应该是像《范进中举》那样，正面描写（白描）发生在主人公身上的事件，在场人物的反应等等。但是，鲁迅明显是回避了“在场”的写法。这是不是舍本逐末呢？

关键不在于是否舍本逐末，而在于鲁迅衡量“本”和“末”的准则。

三个正面描写的场面，写作的焦点，是人们如何看待这个人。对于这个完全是局外人的小店员，鲁迅很舍得花笔墨，一开头就花了两个大段。动人之处在于，小店员的眼睛带着不以为意的观感，和孔乙己拉开情绪的错位的幅度。小说的全部线索就是这个小店员与孔乙己错位的观感。在他观感以内的，就大加描述。在他观感以外的，通通省略，从这个意义上来说，小说写的并不仅仅是孔乙己。其实，这正是鲁迅的匠心，也就是创作的原则，或者可以说是鲁迅小说美学原则，重要的不是人物遭遇，而是这种人物在他人的、多元的眼光中的、错位的观感。鲁迅之所以弃医从文，就是因为他看到日俄战争时期，中国人为俄国人当间谍，在被执行枪决之前示众，中国同胞却麻木地当看客。在鲁迅看来，为他国做间谍送死固然是悲剧，但对同胞之悲剧漠然地观看，更是悲剧。同样孔乙己的命运固然是悲剧，但是更大的悲剧是人们对这个弱者、失败者、沦落者，没有同情，而是以他的狼狈为自娱的笑料。

人物的感知错位，是相对于人物的动作和对话而言的。我国古典小说，以行动和对话见长。曹操、武松、宋江、潘金莲，都是从自身的对话和动作中，显示其艺术生命。当然，也有周围人物的感知，如武松打完老虎以后，从化装成老虎的猎户眼中看武松，但是，那是同质的，几个猎户之间并没有各有所感的错位，而且其功能是进入新情节的过渡。又如，三顾茅庐。刘备见了一系列的人，许多人眼中的诸葛亮，是一元的，都是把诸葛亮当作隐居的高士。就是《红楼梦》中林黛玉初次进入荣国府，见王熙凤、贾宝玉，主观感知很独特，但并未与其他人物不同的感知交错，只是某种静态的场面。而鲁迅的小说，情节却是被压缩到幕后去，成了次要成分，而人物的感知，不但是多元的，而且是互动的，形成了某种错综的网络式的动态结构。

《孔乙己》和《祝福》一样，通过一个与情节不相干的人物，以第一人称的感知来描述人物和场景。当然，我们古代文言小说，已经有第一人称的传统。但其功能是以证其实。如《狂人日记》开头的文言小记，好像是真有过这样的事情似的，言之凿凿，此人病愈，已经到某地当官。而《孔乙己》中的第一人物，身处局外，其感知与情节中人物的感知，自然而然地拉开了距离，或者用我在《论变异》[①]中所提出的，是某种“变异”了的感知，与事件本身错开。一切人物都是其他人物感觉中的人物，就是平常的，也因为感觉的特异，变成独特的，陌生的，用俄国形式主义的话来说，就是陌生化的。[②]融多元感知错位于一炉，才造成了海德格尔所说的“惊异”。应该补充的是，小说作为一种文体，并不是一般变异了的感知，而是变异感知的错位结构。所谓错位感知，就是既非简单同一，又非绝对对立。拉开距离，远离真相，然而又部分重合。所感大抵是似是而非，似近而远，似离而合，欲盖弥彰，无理而妙。

二、“笑”的多重意味错位

叶圣陶说，《孔乙己》小说突出了人生的“寂寞”，[③]但是，作为一个小店员，他的漠然麻木之所以动人，因为处于不错位感受之中。这个错位的出发点就是“无聊”“单调”，所看到的都是“凶面孔”“教人活泼不得”“只有孔乙己到店，才可以笑几声”。这里的笑声，不是一般的描述，而是整篇小说情绪的逻辑起点和小说情绪错位结构的支点。孔乙己按说

---

① 参阅孙绍振：《论变异》，花城出版社，1987 年。

② 俄国形式主义者的“陌生化”其实是一种片面的理论，陌生化与熟悉是对立的统一。参阅《俄国形式主义“陌生化”批判》。原文载《文艺争鸣》2014 年第 2 期。

③ 叶圣陶：《未厌居文谈·〈孔乙己〉中的一句话》，见夏丏尊、叶圣陶《文心》，生活·读书·新知三联书店，1999 年，第 274—275 页。

命运是很悲惨的；然而，恰恰是这样一个人，又给小店带来欢乐，为这个小店员打破沉闷无聊之感，人物与人物之间的错位，就聚焦在悲惨与欢乐之间。惜墨如金的鲁迅，在渲染孔乙己带来的欢乐的氛围时，很舍得花笔墨："所有喝酒的人便都看着他笑"，甚至"哄笑起来：店内外充满了快活的空气"。小说错位结构的焦点，显然就在这种"笑"上。对弱者的连续性的无情嘲弄，不放松的调侃，弱者越是狼狈越是笑得欢乐，而弱者却笑不出来。错位的幅度越是大，越是可笑，也就越是残酷。残酷在对人的自尊的摧残上。孔乙己虽然潦倒、落魄，却仍然在维护着残存的自尊。更为深刻的是，发出残酷的笑声的人和孔乙己，并不尖锐地二元对立，并没有太明显的恶意，其中还有知其理屈予以原谅的意味。这就是情感错位的特点。这种错位，不仅仅在情绪上，而且在价值上。鲁迅要揭示的不是孔乙己偷书的恶，而是周围人对他冷漠的"丑"。特别是，传说孔乙己可能是死了的时候，说话的和听话的，都没有震惊。"掌柜也不再问，仍然慢慢的算他的账。"对于一个给酒店带来欢笑的人的厄运，居然一点反应也没有。这里，错位的潜在量很大。那些个没有偷窃的人，比这个有过偷窃行为的人，可恶多了。孔乙己最后一次出场，已被打折了腿，不能走路，只能盘着两腿，臀下垫着一个蒲包，用手撑着地面"走"。躯体残废到这种程度，在与平常这么不同的情况下，掌柜的"仍然同平常一样，笑着对他说"：

孔乙己，你又偷了东西了！

对别人很悲惨的遭遇，本该有惊讶，有同情，至少是礼貌性的沉默，可掌柜的不仅当面揭短，而且还"笑着"。错位到如此大的幅度说明，精神上残酷的伤害，已经够可怕的了，更可怕的是，并没有感到严酷的麻木，对其中包含的伤害性毫无感觉，相反，是感觉到并无恶意，很亲切地开玩笑似的。错位的美学功能，特别有利于揭示微妙的精神反差。所有的人，似乎都没有敌意，都没有恶意，甚至在说话中，还多多少少包含着某种玩笑的、友好的性质，但是，却是对孔乙己，却是对残余自尊的最后摧残。从一开始，他的全部努力就是讳言"偷"，就是为了维护最后的自尊，哪怕是无效的抵抗也要挣扎的。这是他最后的精神底线。但是，这些无恶意的人们，却偏偏反复打击他最后残余的自尊。这是很恶毒的，又是没有明确的主观恶意的。这种含着笑意的恶毒，这种貌似友好的笑中，包含着无情和冷酷。这个场景的感染力来自于其中的多重错位：第一，是孔乙己的否认偷与被打断腿的错位，不过是幅度更大了，连"跌断"这样的掩饰性的口语，都没有信心说下去。第二，酒店里的人，却都"笑了"。这种"笑"的错位很不简单。一方面当然有不予追究的宽容，另一方面，又有心照不宣地识破孔乙己的理屈词穷，获得胜利的意思。明明是鲁迅式的深邃的洞察，可在文字上，鲁迅却没有任何形容和渲染，只是很平淡地叙述，"仍然同平常一样，笑着对他说”，连一点描写都没有，更不要说抒情了。但是，唯其平静，平常，平淡，才显得诸如此类的残酷无情，由于司空见惯，而没有感觉，没有痛苦。寓虐杀性的残酷于嬉笑之间。

不一会，他喝完酒，便又在旁人的说笑声中，坐着用这手慢慢走去了。

孔乙己如此痛苦，如此狼狈地用手撑着地面离去，酒店里众人，居然一个个都沉浸在自己欢乐的“说笑声”中。人性麻木已至于此，错位的感觉，何等的惨烈。更有甚者，孔乙己在粉板上，留下了欠十九个钱的记录，年关没有再来，第二年端午也没有来。人们记得的只是“孔乙己还欠十九个钱呢！”过了中秋，又到年关，仍然没有再来。小说的最后一句是：

我到现在终于没有见——大约孔乙己的确死了。

一个人死了，留在人们心里的，就只是十九个钱的欠账，这笔账，是写在水粉板上的，是一抹就消失的。生命既不宝贵，死亡也不悲哀，这是怎样的世道人心啊！在世的时候，人们拿他作为笑料；去世了，人们居然既没有同情，也没有悲哀，甚至连一点感觉也没有。这里不但有鲁迅对于人生的严峻讽喻，而且有鲁迅在艺术上创造性的探索。

鲁迅追求的小说美学，就是人物的多元感知变幻学。鲁迅的伟大就在于，发现了人物的生命，不仅仅在行为和语言、思想的冲突之中，而且在人与人感受的部分重合 / 部分偏离的结构之中。各人的感知，是各不相同的，各不相通的，但并不仅仅是直线对立的，而是多元交错（错位）的。在鲁迅的错位感知美学中，他人的感知和自我的感知形成一个有机的结构，变异了自我感知的功能，一元化的自我独立感知，失去了自主性。人物对自己的感觉，往往没有感觉，对他人的感觉却视为性命攸关。人物的自我感觉，取决于他人，主要是周围人的感知，好像是为了他人的感知而活的，最极端就是，人家不让她端福礼，她的精神就崩溃了，就活不成了。

三、平静叙述中的“大家风度”

《孔乙己》之所以受鲁迅宠爱，主要原因之一，就是人物感受错位的多元而幅度巨大。原因之二，是在形式风格上，鲁迅为孔乙己塑造的悲喜剧氛围。是悲剧，却没有任何人物有悲哀的感觉，所有的人物都充满了欢乐，有轻喜剧风格，但是，读者却不能会心而笑。既没有《祝福》那样沉重的抒情，也没有《阿 Q 正传》和《药》中的严峻反讽，更没有《孤独者》死亡后那种对各种虚假悲伤的讽刺。有的只是三言两语，精简到无以复加的叙述。这种叙述的境界，就是鲁迅所说的“不慌不忙”，也就是不像《狂人日记》那样“逼促”“讽刺”而“不很显露”，这就是鲁迅追求的“大家风度”。反过来说，不这样写的，把主观思想过分直接地暴露出来，那就是“逼促”，讽刺“很显露”，在鲁迅看来，就不是“大家风度”。拿这个标准去衡量《狂人日记》《阿 Q 正传》，鲁迅就可能觉得不够理想，不够大家风度。这不仅仅是对自己的苛刻，而是对艺术的执著和追求。

杂文手法和小说有矛盾吗
——读《阿Q正传》

鲁迅的第一人称的故事从多元感知中展开，构成包括幻觉、错觉和扭曲的感觉。鲁迅的《狂人日记》并不像果戈理的《狂人日记》那样有情节，而是没有情节，全文由扭曲的感觉组合而成。这个扭曲的感知世界，是鲁迅为中国现代小说开拓的新的艺术世界：如第一段，对赵家的狗，“怕得有理”，其实，读者感到的是：怕得无理。如果以文言小说的笔法，只能如开头小引所写：“语颇错杂无伦次，又多荒唐之言。”但是，无伦次的荒唐之言，却成了小说的主要成分。因为，其中有人物感知的错位。

这样，可能帮助我们更深刻地理解《孔乙己》和《狂人日记》，但是，还不能直接帮助我们理解鲁迅为什么不喜欢《狂人日记》。鲁迅也许是有点偏爱吧，那是可能的。但是，为什么会偏爱呢？值得思考。一种可能是，《孔乙己》不像《狂人日记》，有那么多杂文的成分，那为什么不说最喜欢《阿Q正传》呢？我猜想一下，可能是他感觉到《阿Q正传》里面，有不少杂文的成分。

在鲁迅心中有小说艺术和杂文艺术两根弦，两根弦有的时候构成和弦，有时就会互相冲突。

至于《阿Q正传》的伟大，我跟所有研究《阿Q正传》的人没有分歧。但是《阿Q正传》里面有没有“太逼促”的东西，例如，漫画的、杂文的成分，这是可以讨论的。有些人认为伟大的经典的就是没有缺点的。其实，这个世界上所有伟大的作品都是有缺点的。

为了预防误解，我概括一下《阿Q正传》的成就。

阿Q处在社会的下层，也就是精神等级的下层，这是严峻的现实。如果安于现实，就没有阿Q了。阿Q不安于现实，但是，追求现实的改变，哪怕是鸡毛蒜皮的，他只有失败，只有头破血流。于是就另寻门路，争取精神上的优越。我在前面说过，鲁迅笔下的人物往往不是为了自己而生活，而是为了别人眼中的地位而生活，而焦虑，而精神崩溃或者徒劳地挣扎。阿 Q 的精神优越在现实中不能实现，就在幻想中，也就是在“变异的感知”中，达到“假定的优越”。在“假定”中从弱势变成强势，把失败从感知中排除，在受辱中享受荣誉，在排斥异端中自慰，在欺凌弱者中自我陶醉。在惨败中追求精神的胜利，当然是虚幻的胜利，这是因为，和任何一个小人物（如孔乙己）一样，他有最后的自尊。所以，他的“精神胜利法”，以虚幻的自尊来摆脱屈辱，实际上是麻痹自己。有意识地“变异感知”、歪曲现实，这就成为他精神存活的条件。

这是鲁迅所发现的中国国民的劣根性，是很深刻的，这里不作细讲。我要特别讲讲的是，在写这个现实中的悲剧的时候，鲁迅是用喜剧的手法来写的，夸张其荒谬性，不和谐，不统一，用喜剧的手法来写悲剧，其间有深邃的思想批判，鲁迅杂文家的才能就不由自主地入侵到了小说当中。有时，两种文体，并不总是达到水乳交融的和谐。为什么呢？因为杂文是可以直接讲出深邃的思想的，而且可以相当夸张地讲，以导致荒谬的逻辑，讲得痛快淋漓。但是，小说，特别是鲁迅的小说，其强点则是从人物感知世界的错位中展开，结论是不能直接表述的。稍稍超越人物的感知系统，就变成了作者的思想表达，两种文体就可能分裂了，不统一了，不和谐了。比如，在写阿 Q 精神胜利了以后，鲁迅这样写：

他是永远得意的。这或者也是中国精神文明冠于全球的一个证据了。

这是清朝末期，普遍存在于官僚、文人中的精神的自我麻醉。这样反讽的概括，不是阿 Q 的感知范围所能及的，而是鲁迅的杂文句式。有时候就产生了争议：这在杂文中是深刻而警策的，在艺术上却冲击了感知错位，就像在《狂人日记》里讲整个中国历史上写的都是“吃人”一样。五四时期，就产生了两种意见，不像现在只有一种意见。一种意见，在《狂人日记》发表八个月之后有人说：

唐俟君的《狂人日记》用写实笔法，达寄托的（Symbolism）旨趣，诚然是中国第一篇好小说。[1]

另一种意见认为他行文“过火”，就是说直接发表言论。第一个提出他行文过火的人是谁呢？不是评论家，而是诗人朱湘，一个非常有才华后来自杀了的诗人。[2] 后来有一个评论家叫张定璜，这个人对鲁迅无限崇拜，他认为鲁迅写得“不过火”。[3] 这就形成了两种不同的意见。张定璜这个人说鲁迅的特点是三个方面：第一冷静，第二冷静，第三还是冷静。这个后来被李敖学去了，李敖说：“五百年来，写文章写得好的有三个人，第一李敖，第二

①《书报介绍》，载《新青年》，1919 年 2 月 1 日。
②《呐喊——桌话之六》，转引自张梦阳《中国鲁迅学通史》上卷，广东教育出版社，第 53 页。
③ 张定璜：《鲁迅先生》，载《现代评论》，1925 年 1 卷 7 期。

李敖，第三还是李敖。”（大笑声）

那么，鲁迅写得到底过火不过火呢？是非自有公论。阿Q受了许多侮辱后碰到小尼姑，不由自主地去把人家的脸摸一下，被小尼姑骂了。阿Q就说：“和尚动得，我动不得？”他是完全没有根据的，怎么知道和尚动了她？尼姑就骂他：“断子绝孙的阿Q！”他（阿Q）想，不错，应该有个女人。断子绝孙是个问题呀！我想这是阿Q感知系统之内的，断子绝孙有什么坏处呢？下面是鲁迅的原文：

断子绝孙便没有人供一碗饭……应该有一个女人。夫“不孝有三无后为大”。

我认为“不孝有三无后为大”这是很有文化的人才知道的经典语录，鲁迅用来讽刺阿Q，是鲁迅式的反语，不是变异，不是错位，而是脱位了，脱离了阿Q的感觉了。阿Q没有这么文雅。下面就更严重了，用了《左传》的一个典故，这句话你们念起来都很困难：

若敖之鬼馁而，也是一件人生的大哀，所以他那思想，其实是样样合于圣经贤传的，只可惜后来有些“不能收其放心”了。

“若敖之鬼馁而”，是《左传》里的典故，就是说，人死了，没有人供饭呀，就像若敖一样做鬼也饿死了。这句今天连我要彻底弄懂都要查注释，“‘若敖之鬼馁而’，也是一件人生的大哀”，阿Q会有这样文雅的语言吗？至于“样样合于圣经贤传的”“不能收其放心”，这绝对是在阿Q想象之外的。这种杂文的反语，要对中国古典文献相当熟悉才能说得出。而且由此，鲁迅还代阿Q想下去，“即此一端，我们便可以知道女人是害人的东西”。下面原文是：

中国的男人，本来大半都可以做圣贤，可惜全被女人毁掉了。商是妲己闹亡的；周是褒姒弄坏的；秦……虽然史无明文，我们也假定他因为女人，大约未必十分错；而董卓可是的确给貂蝉害死了。

这是杂文，这不是小说呀！阿Q的感觉，再变异，再错位，也不至于错到这种程度，这就是“过火”，放纵了杂文的议论，破坏了小说的感知结构了。

从阿Q之死来讲，鲁迅写阿Q的画押，画了个圆圈，因为他不会写字，那是用喜剧的手法来写悲剧。“阿Q要画圆圈了，那手捏着笔却只是抖。于是那人替他将纸铺在地上，阿Q伏下去，使尽了平生的力气画圆圈。他生怕被人笑话，立志要画得圆，但这可恶的笔不但很沉重，并且不听话，刚刚一抖一抖的几乎要合缝，却又向外一耸，画成瓜子模样了。”阿Q不知道这画了圆圈就算招供，招供了就被定罪，就要被枪毙的。而阿Q却为画不圆而羞愧，这种感知变异，这里有错位，的的确确是小说。没有直接用鲁迅思想的风格来代替人物。接着，阿Q发现人家并不计较他画得圆不圆，把他推进了监牢的栏杆里边。这是鲁迅写的，到此为止，用这个喜剧性的写法，其中带着一种杂文的讽刺和幽默，写阿Q的麻木，二者还是和谐的，不算“过火”。下面的你们再听听，就知道怎么样了。阿Q进了监牢，他的感觉是：

倒也并不十分懊恼。他以为人生天地之间，大约本来有时要抓进抓出，有时要在纸上画圆圈的。

这写得是不是有点“过火”了？什么“过火”？讽刺、夸张过火，杂文风格过火。因为杂文的作者是鲁迅，而画圆圈的感觉，却只能是阿Q：

惟有圈而不圆，却是他“行状”上的一个污点。

即使麻木，即使变异、错位，也不能错到用“行状”这么有文化的话语的程度，对自己的人生有这样的反思能力，就不是阿Q了。下面就写，他感觉到要杀头了“他突然觉到了：这岂不是去杀头么？他一急，两眼发黑，耳朵里喤的一声，似乎发昏了。然而他又没有全发昏，有时虽然着急，有时却也泰然”，这是阿Q的感觉。但是接下去：

他意思之间，似乎觉得人生天地间，大约本来有时也未免要杀头的。

这是明显的过火，一个人到这个时候，知道自己要杀头，居然能有这样的感觉：“人生天地间，大约本来有时也未免要杀头的”，对于死亡，这么无所谓呀！怎么可能？杂文家的反讽和小说家心理探索的矛盾，就在这里发生冲突了。杂文家的才能一贯强大，而小说家的才能时强时弱，一不小心就失去平衡。看来这个“人生天地间”，鲁迅非常喜欢，第二次写了，还不过瘾，过不久又来了：

他不知道这是在游街，在示众。但即使知道也一样，他不过便以为人生天地间，大约本来有时也未免要游街要示众罢了。

鲁迅作为一个伟大的艺术家完全有自由写悲剧命运而用喜剧的荒谬来展示人的麻木、民众的劣根性。但是作为小说，其人物的可信度是要受到质疑的。第一个质疑这个的不是我，而是何其芳先生。当时在1956年，他写过一篇《论阿Q》，在那种鲁迅已经成为圣人的情况下他真有勇气，表示了他的怀疑，不过没这么展开，只是点了一句：只是在阿Q上刑场时，写他（阿Q）的麻木，把“文人的玩世不恭、游戏人间”写到了阿Q的头上。他说，自己读来感到“不安”。[①] 这几句话，大概被许多人都忽略了，就是我这个醉心于艺术的人把它死死地记住了。1956年到现在共50年呀！这句话让我受益匪浅。真正有艺术感的评论家，一句话够你享用一辈子。当然，我不属于那一类，我讲了那么多话，可能你们过不了几天就忘光了。

从这里，我是不是可以作这样一个假定，那就是，《阿Q正传》不受鲁迅特别青睐，

① 何其芳：《论阿Q》，载《人民日报》1956年10月16日。又见《何其芳文集》第5卷，人民文学出版社，1982年，第181—182页。

原因可能是，有些局部写得太游戏化了、太杂文化了。我刚才讲了，鲁迅强调的不是事情本身、不是情节本身，重要的不是阿Q的死，而是死了以后人们的感觉，各不相通的错位的感觉。可是鲁迅写阿Q的死亡是比较讨巧的，说得不客气一点是比较滑头的。阿Q死的时候是什么感觉？他写，“耳朵里嗡的一声，觉得全身仿佛微尘似的迸散了”。本来灰尘就很小，“微尘”就更轻飘了，还要加上“迸散”，这太轻松了，是不是？不过反正是“死无对证”，不知道他写的是真的还是假的。但毕竟是死到临头的时候，鲁迅也写了阿Q的恐惧——四年前记忆中饿狼的眼睛：“又凶又怯……似乎远远的来穿透了他的皮肉。而这回他又看见从来没有见过的更可怕的眼睛了，又钝又锋利，不但已经咀嚼了他的话，并且还要咀嚼他皮肉以外的东西，永是不远不近的跟着他走。这些眼睛们似乎连成一气，已经在那里咬他的灵魂。‘救命……’”饿狼眼睛的感觉，就是对死亡恐怖的感觉。应该说，有一定水平，但是在世界文学史上，不一定是高水平。托尔斯泰在《塞瓦斯托波尔故事》中写死亡，一个军官叫布拉斯库辛。他在走路时，前面一颗炸弹的引线正在燃烧，发出紫色的光，并不断地在旋转，他听到“嘣”的一声，慢慢又有了感觉，“谢天谢地，我还没有死”。他的感觉变异是什么样的？首先是导火线燃烧的紫色，然后联想到与他相好的女人帽子上紫色的羽毛，然后想到遗憾，他大概是要死了，可是，赌输了一笔钱，赌债还没还，真是件很遗憾的事情。然后就感觉到身体很沉重，许多士兵向他身体旁走过来，好像那些士兵把一堵墙推倒了往他身上压，压得他好沉重，以至于他呻吟的声音自己都听到了，一直到停止为止。这是托尔斯泰写死亡时的系统错位感觉。很丰富的，是不是？他不是写痛苦、疼痛，而是写一连串的联想，变异了的感知。就是疼痛，也变成了像一堵墙往身上压。自己的呻吟声音，当然也是疼痛的效果，但又好像不是自己发出的——虽然声音大得他自己都听到了，但，还没有感觉到疼痛。

和托尔斯泰的天才比起来，鲁迅写得很偷懒，“仿佛微尘似的迸散了”。但是鲁迅也有写得比较精彩的，是什么呢？阿Q死了之后人们的反应。孔乙己死了之后没人哭，祥林嫂死了以后没人哭，但阿Q死了以后有人哭了，当然不是吴妈哭，是举人老爷全家号啕大哭，但不是为阿Q。为什么呢？因为他们家被偷了，把阿Q枪毙了，没处追赃呀，金钱损失无法弥补了！赵府上也全家号啕大哭，为什么？秀才因为上城去报官，被革命党剪了辫子，又破费了二十千的赏钱。阿Q枪毙了，辫子并不能因而长出来，赏钱也不能赚回来了！

小说人物感知的变异和杂文笔法在这里得到了统一。

更精彩的是未庄的舆论。阿Q死了以后人们怎么评论？鲁迅写道：

> 舆论，在未庄是无异议，自然都说阿Q坏，被枪毙便是他的坏的证据；不坏又何至于被枪毙呢？而城里的舆论却不佳，他们多半不满足，以为枪毙并无杀头这般好看；

而且那是怎样的一个可笑的死囚呵，游了那么久的街，竟没有唱一句戏：他们白跟一趟了。

这是具有荒谬的喜剧性的，带有杂文的讽刺性，但又是多元错位的感知变异。这是鲁迅伟大的杂文才能和伟大的小说才能的结合，表现的是悲剧性的可笑，喜剧性的悲凉呀！我们说契诃夫写小人物的悲剧是含泪的微笑，鲁迅的阿Q，是叫你痛苦地笑，笑得很麻木。

所以说，鲁迅作为一个杂文家和小说家，都是很了不得的，以至于我们现在还找不到这样一个人。但鲁迅的两种才华的发展（成熟的）速度不一样，杂文家的才华发展速度非常快，在五四运动初期就成熟了。而小说家的艺术才华成熟得慢，经过探索，有过突破的高峰，不断变革，又有挫折，成熟了以后，又有失败，非常曲折。

《狂人日记》并不是鲁迅第一篇小说，第一篇是在1911年写的，叫《怀旧》。是用文言写的，写一个小孩子在私塾里念书，非常沉闷。老师非常野蛮，非常愚蠢，除了逼迫孩子们念书，就没有别的名堂，实在让人讨厌；长得也不好看，秃头。有一天来了个乡绅，叫金耀宗，说，不得了，长毛要过境，大难临头了。秃头先生说，没关系，他自有办法对付。什么办法？把他的熟人请来跟他大吃大喝一顿，给他一点钱，买通了，问题就解决了。就在秃头先生非常忙乱，不可开交的时候，“我”却开心极了。为什么呀？因为没人管了，“我”可以捉一只苍蝇来弄死，放到蚂蚁窝边上，蚂蚁出来了，一脚把它踩死。对于蚂蚁窝，“我”去弄点水来灌它，蚂蚁都出来了，把它们弄死掉，感觉到好开心呀！由此“我”想，长毛来了，秃头先生害怕了，证明长毛是好人。家里的一个看门人叫王翁的告诉“我”，长毛有什么好怕的，他见过，好得很。可小说的结尾说，传说中要来的，不是长毛，而是饥民，饥民也没有来，小说就这样结束了。

这就是鲁迅式的新小说呀！长毛来不来无所谓，但是这消息却引起人们感知的分化、错位——金耀宗、看门的老王、秃头先生，还有小小的学生，每个人都生活在自己的感知里，互相是错位的。这才是人生的奇观！从这个意义上说，这在艺术上是一篇典型的现代小说，虽然是用文言文写的，没有多大影响；但从艺术构思来说，它比《狂人日记》更像是一篇小说，事情并不重要——长毛来与没来，并不重要。小说的生命，不是情节如何，而是写在这样一个不实的传闻中，人们的感觉如何错位，就像祥林嫂、孔乙己、阿Q的命运引起的反应一样。

鲁迅带来的这样一种现代性小说艺术，跟古典小说那种重人物外部行动和对话的艺术，那种悬念性强，借助于延宕，情节环环相扣的小说相比，强化读者无意注意的专注，这是另一片艺术天地。

附：

阿 Q 死到临头还不痛苦是不真实的吗

——以喜剧写悲剧重点阐释作品

把人物打出常轨，是客观环境的两个极端和主观情感的两个极端，大致都可以划分为顺境与逆境两种。在对人的情感进行检验的过程中，二者并不同样受到作家的重视。一般地说，逆境更受作家的重视。列夫·托尔斯泰在《论莎士比亚及其戏剧》中说：

> 任何戏剧的条件是：登场人物，由于他们的性格所特有的行为和事件的自然过程，要他们处于这样一种环境，在这种环境里，这些人物因跟周围世界对立，与它斗争，并在这种斗争里，表现出他们所秉赋的本性。[①]

使人物"跟周围世界对立"的方法，大体上可以说是让人物处于逆境的方法。让人物和环境闹别扭，让人物不舒服，走投无路，大祸临头，使人物常常处于一种危机或灾难之中。用反复出现的极端的危难来考验人物的智慧、勇气和品性，这在古典英雄传奇和现代侦探小说中是常用的手法。但是设置逆境只是检验人的一种方法，而不是全部方法。把人物安置在极端顺利的环境中，同样也可以打开人物深层情感结构的奥秘。例如，平白无故给一个一文不名、衣衫褴褛的青年一张一百万英镑的钞票，这是极端的顺境了，但这恰恰可以把人生最卑俗、最势利的眼光和最纯洁的爱情呈现到生活的表层。这就是马克·吐温的《百万英镑》的艺术奥秘。

马克·吐温是一个以喜剧性小说见长的作家，因而他不像一般小说家那样热衷于把人物打入逆境，让他们到水深火热中去忍受灾难的考验，虽然这样的小说往往具有悲剧性或正剧性的效果。这种方法是一般作家常用的，要掌握它实在并不困难，把人物放在逆境中去好了，让他突如其来地倒霉好了。英国作家罗斯金曾经很形象地描述过这种方法的诀窍：写到写不下去的时候，就杀死一个孩子。或者像我们在许多戏剧性小说中看到的那样，让成堆的死人或者横流的鲜血来迫使人物表层情感结构瓦解，把深层的潜在的情感奥秘表现出来。

比如，在茹志鹃的《百合花》中，那个小通讯员向新媳妇借被子，不但借不到，还闹了别扭。如果让他们就这么闹下去，人物的情感老是这个样子，既单调无味也不深刻。茹志鹃突然让那个小通讯员牺牲了，于是那个新媳妇和小通讯员顶牛的表层情感结构瓦解了。待到那小通讯员要入葬了，那新媳妇却坚持把自己的被子填入他的棺中。

---

① 杨周翰编：《莎士比亚评论汇编（上）》，中国社会科学出版社，1979 年，第 502 页。

从实用价值观念来看这是很奇怪的：人家生前有急用，向你借被子，你不肯；等到人家死了，被子没有什么用处了，你却一定要把被子奉献给他。从人的情感价值来看，这是很深刻的。生前敢于和当兵的顶牛，这并不说明军民关系坏，恰恰相反，说明军民关系好，好到能跟你赌气、顶牛，不买你的账。试想，如果面对一个日本士兵，她能这样吗？

关于这一点，在作品解读时，往往容易被忽略。

有一种自发的（也许可以说是天真的）倾向让人们以为，人与人之间的关系好就是一切方面都很好，各方面表现出来的都是友好的、融洽的。但实际情况恰恰不完全是这样：人们之间情感越是好，也往往就越是互相苛求。比如林黛玉和贾宝玉算是倾心相爱了，可他们之间的互相折磨也特别多。这些哭哭啼啼的互相试探，不但不能说明他们之间的关系坏，恰恰说明他们之间关系的密切，他们互相之间对感情的要求很高，不能容忍有任何疑点。这几乎是个规律。在托尔斯泰笔下，安娜和沃伦斯基也一样，安娜为了沃伦斯基，家都不要了，孩子都不要了，名誉也不要了，这可以说达到不顾一切的程度了吧。然而安娜却不能忍受沃伦斯基心里有任何空间容纳其他的兴趣，不能忍受沃伦斯基哪怕是不把她放在最重要的心灵位置上的刹那。

不管是把人物放在逆境中，还是顺境中，最关键的不是看人物之间外部关系的变化，而是看人物之间内在情感的变化。

但是由于历史的原因，逆境容易导致悲剧性效果，这种效果的不断重复，难免导致艺术构思的老化。要防止乃至克服这种老化，作家得有一个特别机灵的头脑——善于出奇制胜，化腐朽为神奇。通常产生这种老化的原因有一种机械的理解：以为处于顺境中，人物的情感必然是喜悦的；处于逆境中，人物的情感必然是悲苦的。这固然是常规的、一般的情况，但对艺术来说，最重要的不是人物常规状态的情感，而是越出常规的特殊情感。

对艺术家来说，一个人发了财，就高兴得不得了，这没有什么可写的。相反的，如果一个人中了举人，由于太高兴而发疯，这才值得去写。这就是《范进中举》之所以不同凡响的地方。从客观环境来说，是大顺境，可是从主观情感来说，却变成了大逆境、大灾难，这才有性格可挖掘，有戏可唱。吴敬梓心地比较善良，他不忍心让这种灾难持续下去，很快让范进恢复了正常。由于后果并不严重，因而是一种轻喜剧的效果。如果吴敬梓更冷酷一些，不那么心慈手软，不让他的疯病轻易地好转，那就可能变成悲剧了，鲁迅在《白光》中写的就是这种悲剧。而在《孔乙己》中则又不同，鲁迅没有把孔乙己的悲剧与某种突发的事变（郁达夫所说的 accident）直接联系起来，相反，他把命运的变化写得很婉曲，把因偷东西打折了腿这一惨烈的场景放到幕后去，以减少其对读者的正面刺激。鲁迅显然不追求事变的突然性，而是在事变之后，用悲天悯人的态度去出他小小的洋相。

从这几个例子可以看出，把人物放在逆境或顺境中以后，作家如果没有特别清醒的头脑，就有可能落入俗套，走向顺境大喜、逆境大悲的被动公式。作家的创造力在这时面临着考验，如果能摆脱被动，就要有某种魄力，力避客观环境和主观情感同位平行，并使之发生错位。这是作家掌握主动的关键之一。

在使人物在顺境中体验痛苦之后，作家仍然要掌握多种选择的余地。这是关键之二。至于是让人物出一点点小小的洋相就适可而止呢？还是让人物的洋相层出不穷，灾难愈演愈烈呢？这就要看作家的风格追求是怎样的了。

《范进中举》和意大利小说《十日谈》所选择的都是适可而止的写法，而果戈理的《外套》和契诃夫《一个小公务员之死》所选择的则是洋相层出不穷，灾难愈演愈烈，直至主人公死亡。

要使洋相和灾难不断衍生下去，就得有一种艺术家的想象力，而不能凭朴素的生活经验。试想，如果光从生活经验出发，《一个小公务员之死》的真实性是很值得怀疑的。一个小公务员不可能因为打了一个喷嚏，反复向（坐在他前面的）将军（在当时俄国是一种文官）道歉，而不被理解，引起烦厌，最终在焦虑和恐惧中抑郁而死。人是这么容易死的吗?

但是追求喜剧风格的作家有权利以导致荒谬的逻辑推演他的情节。恰恰在这里，不但表现了作家创造情节的自由，而且表现了作家驾驭喜剧逻辑的自由。

当张艺谋的《秋菊打官司》上映之时，许多评论家责备他美化现实，指斥他让秋菊在城里遇到的都是好人。但是，评论家们忘记了，这是喜剧性的作品，喜剧赋予作家以总是遇到好人的权利。

作家要在自己设计的情景中不陷入被动，有一个基本概念是必须弄得十分明白的，那就是不同的风格有不同的真实标准。对于喜剧来说是艺术“真实“的，拿悲剧去衡量，未必说得上艺术“真实”。从这一点说，要想做一个称职的教师，除了有其他修养以外，还要有对不同文学风格间不容发的高度修养。

比如说，阿Q被绑赴刑场，他已经意识到这回是去什么地方了，还一心想着出风头，好像英雄慷慨赴义似的。有人认为，还让他麻木是很不真实的。他起码应该为冤枉地被处死而感到不平，而痛苦，而愤怒，甚至抗争，可是鲁迅却只写他为圆圈画得不圆而遗憾，为没有唱出好戏而失落。批评者忘记了艺术风格，鲁迅在这里的伟大创造是，在中国文学史上，第一个以喜剧来写被冤而死的悲剧性的死亡。鲁迅在这里追求的不是通常的悲剧效果——后果的严重，群众的愤懑，而是严重的后果与阿Q麻木的心灵之间的不相称——由此而形成的怪异之感，不和谐之感——而这正是形成喜剧效果的基础。

把生活中的悲剧当成喜剧来写，这正是鲁迅不同凡响之处，他的想象没有被文学史上悲剧的优势所束缚，而是遵循着喜剧性的歪曲逻辑自由地飞翔。

这对于作家来说是非常可贵的。

同样的情况，我们可以在捷克作家哈谢克的《好兵帅克》中看到。帅克的特点是越碰到倒霉的事，越是做出种种荒唐可笑的（不利于自己的）反应。甚至在警官书写他的罪状时，他还问有没有什么遗漏了的。

有这样的气魄、获得这样的想象自由的作家是不多的。能分析出作家的这种气魄的教师也是不多的。

英雄赴义的颂歌和荒谬死亡的反讽
——读《铸剑》

鲁迅在他最后的十年，绝大部分的时间和精力都用来写杂文，把它当作匕首和投枪，来回应社会生活的急迫需要。但是他时时感觉到压力，时时辩解说，不在乎托尔斯泰和连环画的区别，宁愿就写小小的杂文，哪怕是“速朽”，也无所谓，但他这样说的时候，内心还是不甘愿，还是认真计划着写小说，而且要写大小说、长篇小说。

他有两次大计划：第一次计划是想写杨贵妃跟唐明皇的恋爱，还跑到西安去考察了一下，他告诉郁达夫，郁达夫把它写在了一篇文章里，叫《论历史小说》。但是，鲁迅没有写成，工程浩大呀！后来，鲁迅又突发奇想，要写革命题材，正好陈赓大将——当时还不是大将，大概是个团长之类的——在根据地受了伤，到上海来治病，通过瞿秋白的引荐，就跟鲁迅见面了，跟鲁迅讲红军艰苦卓绝的故事。现在到鲁迅纪念馆去，还能见到陈赓向鲁迅介绍红军浴血奋战的地图。鲁迅深受感动，当即表示要写红军斗争的长篇小说，或者是长篇报告文学吧。这时，鲁迅有点过分乐观了，过分迷信自己的才华了，他压根就没有见过红军，怎么写呀！但是，他可能是受了一个小说家的启发。在俄国十月革命时期，顿巴斯的矿工组织的一支红军的转移的故事，就有过一个长篇小说叫《铁流》，作者是绥拉菲莫维奇，写得像报告文学一样，文字非常漂亮，你们今天去看不知道怎么样，是曹靖华翻译的。

但是，鲁迅却没有写成长篇小说，就在这以后，鲁迅出版了短篇小说集《故事新编》，最初的一篇《不周山》是《呐喊》时期写的，拖拖拉拉 14 年。在这里，他对小说的形式作了新的探索。他企图把杂文式的现实的讽刺，特别是对上层知识分子的讽刺，和对历史的传说的英雄、圣贤的描述结合在一起。老子、庄子、孔子、墨子，都写到了。把他对现实的知识分子的虚伪、崇洋媚外以及他讨厌的一些人物——比如，大学者顾颉刚呀，把他写成“鸟头先生”，因为顾先生的顾，考证起来就是鸟，也都写了。他还考证过，说是大禹是条虫呀，都让鲁迅写到古代小说的场景中去了，甚至让古人说“good morning”“How do you do”，显出某种滑稽突梯的风格。

在《故事新编》中鲁迅最喜欢《铸剑》，这是个英勇无畏的献身的故事。在鲁迅的世界里没有英雄，他到哪里去找英雄？现实生活中太遥远，只好到神话传说中去寻我。但是，这篇小说艺术上怎么样呢？我倒是看出来，小说艺术家和杂文艺术家的矛盾更加尖锐了。

鲁迅曾说自己写《故事新编》是“只取一点因由，随意点染，铺成一篇”，“叙事有时也有一点旧书上的根据，有时却不免信口开河”。但谈到《铸剑》却说自有出典，而且认真说明是“只给铺排，没有改动的”。“也许是出自《吴越春秋》或《越绝书》。”钱理群先生在《鲁迅作品五十讲》中说，鲁迅所说的“古书”，是《吴越春秋·阖闾内传》与《越绝书·越绝外传记·宝剑》。二者均有干将等为吴王铸剑的事。但复仇的情节却是出自《列异传》和《搜神记》。故事大意是这样的：干将莫邪为楚王铸剑，三年而成，雄雌剑各一，以雌剑献君，藏其雄者。告妻曰：“楚王若知，定杀我。若生男孩，告之为父复仇。”楚王果杀干将。妻生男，名赤鼻，母具实以告，并得剑。其时，楚王梦一人，两眉间尺，称欲报仇，下令通缉。赤鼻亡去。遇生人，欲代报仇。眉间尺乃将己头并剑奉之。此人将头献楚王。以锅煮三日三夜，仍跳荡不已。楚王近察。此人乃以剑杀断王头并己头并落锅中。三头俱烂。无以分辨，乃合葬，名日“三王冢”。

要研究一个文本，作者的自述当然是很重要的，不能不尊重。但作者的说法，往往有其特殊的考虑，不一定十分符合文本。鲁迅说《铸剑》“只给铺排，没有改动”，事实似乎并非如此。很明显，小说的第一个部分，就是原来故事里所没有的。为什么要加上这样一个帽子呢？要抓住不放，抓住矛盾，是深入分析的前提。

主人公眉间尺，最后要完成的任务是需要英勇无畏的气概的。在开头这一部分里，最初出现的眉间尺，是不是这样的呢？不是。鲁迅用了不少的篇幅，表现的恰恰相反，这个孩子最初胆子很小，优柔寡断，性格软弱。杀死一只老鼠，对于一个后来视死如归的人物来说，本该是小菜一碟，但是，鲁迅却非常细致地描述了眉间尺的心理过程：

1. 发现老鼠落水，“很觉得畅快”，对老鼠“发生了憎恨”。

2. 看到老鼠咻咻地喘气，“忽然觉得它可怜了”。用芦柴让老鼠爬上来，看到老鼠全身湿淋淋的毛，“又觉得可恨可憎得很”。又让老鼠落水。

3. 看到老鼠奄奄一息，又觉得“很可怜”。

4. 等到老鼠复苏，似有逃走的样子，又“大吃一惊”，一脚把它踩死；但又觉得老鼠“很可怜”，“仿佛自己作了大恶似的”。

5. 感到“非常难受”，“呆看着，站不起来”。

这么细致的描绘，意在表明眉间尺心理很软弱。鲁迅借母亲的嘴巴说他“性情不冷不热”，指出他这样的个性是不能担当复仇的重任的。（“看来，你父亲的仇是没有人报的了。”）

这就引出了父亲的故事。讲故事的目的是为了让人物心理发生变化。听了故事以后，眉间尺表示为了母亲所说的“大事”，他要“改过”。第一部分的最后，有两句话是很重要的：

“你从此要改变你的优柔的性情，要用这剑报仇去。”他的母亲说。

“我已经改变了我的优柔的性情，要用这剑报仇去！”

这个开头，表明鲁迅并不认为有什么天生的勇士；即使是大无畏的英雄，也是从优柔寡断的普通孩子成长起来的。

在小说的开头，鲁迅显然是把眉间尺写成一个小人物。

在鲁迅的早期小说《呐喊》《彷徨》中，是没有英雄的，可以说是小人物的世界。不管是阿Q还是闰土，不管是祥林嫂还是爱姑，大抵是被讽喻的对象，鲁迅批判其麻木、愚昧、保守、落伍。但在这里，却让这个本来具有小人物的性情的眉间尺一下子变成了义无反顾的英雄人物。是不是表明鲁迅在中国人的心灵中，探索着另一个世界，另一种色彩呢？

当然，这种小人物转化为“大人物”，不是在现实世界中寻找到的，而是在超越现实的传说神话和历史的环境中，在想象中塑造的。但在小说的第一部分，却是非常写实的描写。从老鼠的溺水到被踩死，到以松明燃烧来说明时间，写实的语言、细节，突出了眉间尺的现实性。

到了第二部分中，鲁迅的写作意图变得很明显，他要把眉间尺转化为英雄。这种转化，如果以写实的观念来看，是难以置信的。一个性情优柔寡断的人，怎么可能在一夜之间就改变了呢？特别是听了陌生人的一席话之后，就绝对信任了他，把自己的头割下来送给他呢？而且在第一段的最后，还特别点明眉间尺出行之时是“毫不改变常态，从容地去寻他不共戴天的仇雠”。这里的“毫不改变”，很值得推敲。“毫不改变”，难道是一如既往地优柔吗？小说写人物的转化显然有两个难度：第一，优柔寡断到大无畏，突如其来的心理对转，要从现实的描绘中获得可信性；第二，这种大无畏还要达到毫不改变其平常人物的心态，但是又变得临危不惧，平静自如。从艺术上来说，在这样短小的篇幅中，全凭现实性的描写，几乎是不可能的。

然而，到了第二部分，作者仍然用写实的笔法展开环境的描写。

1. 从城墙到小贩，特别是楚王的仪仗队经过的声势，其细节都是十分精细的。

2. 把平民百姓，即那些没有名字的小人物作为背景，笔墨中明显带着漫画色彩，其中含着深邃的讽刺。例如，所有在场的百姓，一概都是“看客”的心态，麻木而愚昧。那“伸着脖子”的看热闹的样子，很像是《彷徨·示众》中的群氓。大王仪仗队经过时纷纷下跪，漫画式的笔法中更是流露出鲁迅式反讽的尖锐：

这时满城都议论着国王的游山、仪仗、威严，自己得见国王的荣耀，以及俯伏得有怎么低，应该采作国民的模范等等，很像蜜蜂的排衙。

至于那个干瘪脸少年的无聊和恶劣敲诈，更是显出鲁迅式的杂文笔法：从文风上看，这样的写法和第一部分有很大的不同，第一部分用的是写实的正剧笔法而这里却是夸张的、漫画的、喜剧笔法。这种笔法的特点主要是，字里行间充满了显而易见的矛盾，荒谬、不一致、不和谐，以一种冠冕堂皇的语言，表述着极端荒谬的主张。干瘪少年的振振有词中，包含着绝对无理的逻辑。其次，语词的运用，古今夹杂，也显然是有意构成不和谐。“压坏了丹田”，尚可称古人的话语，但“保险”则是当代的事，以活不到八十便死，作为敲诈的理由，更是不成话，就是到唐朝，也是人生七十古来稀。鲁迅常常以荒谬的逻辑来揭露无理的现实，荒谬绝伦却又振振有词。这在杂文中是反语；而在小说中，作为人物语言，则为讽刺。或者说，在这里，我们体会到了鲁迅小说中的杂文风格。这一点在《故事新编》中是屡见不鲜的。

至此，我们是不是可以得出一个粗浅的结论：作为小说，本文的语言，有时流露杂文的尖锐讽刺笔法；这种杂文式的讽刺笔法，比之第一部分的写实性描绘，最大的不同，就是突出某种荒谬感。

荒谬感就是超现实感。

从这里，我们感到，鲁迅自如地从写实性向着超越现实性的境界转移，从心理描写向国民性的解剖转化。

然而，《铸剑》在《故事新编》中并不完全是讽刺风格的作品，其基本格调是带着英雄颂歌色彩的。主要人物黑衣人是正面的，在这个人物和眉间尺的关系的演进中，我们是不是发现，个中写法是没有讽刺意味的，而是隐含着赞赏的。

这种写法是写实的吗?

如果是写实的，眉间尺的作为是不可信的。

第一，从优柔寡断到英勇果断，对陌生人的话，一点怀疑都没有，毫无保留地信任，用宝剑把自己的头割下来，交给了他。

第二，割了自己的头，应该流血啊，应该有血腥的描写啊，一点都没有。这是怎么回事?

如果把鲁迅的《故事新编》和郭沫若的历史小说《秦始皇之死》加以比较是很有趣的，浪漫主义者郭沫若，在写历史人物时，用的倒是写实笔法。

而鲁迅在这里，用了另一种笔法。

这是神话、传说的笔法。“神话、传说”是超越现实的。这种写法的准则与写实和讽喻的笔法，是不一样的。如果拘泥于写实和讽喻，则不可解、不真实。神话、传说的写法，是不讲究现实的真实，而是遵循超越现实的想象的。当然，想象并不是随意的，并不是任何疯子的呓语都可能成为艺术的。神话性的，传说性的想象，主要不在细节的真实和现实的逻辑性，而在于精神的逻辑性上。也就是只要能把杀死暴君的无畏和无私表现出来，就是合乎传说和神话的艺术逻辑的。

正是在这种超越现实想象的境界中，鲁迅把这为复仇而献身的黑衣人，写得非常理想化。但，又不是一般的浪漫的乐观，而是写得相当阴冷。眉间尺以为黑衣人是出于对弱者孤儿寡母的“同情”，他拒绝了这样的“赞扬”，他的衣着和他的表情都表明外在和内在的气质是阴鸷的。这样的英雄的内心，并非通常想象的那样，充满慷慨献身的豪情，相反却是充满了感伤，他说：

> 我的魂灵上是有这么多的，人我所加的伤，我已经憎恶了我自己。

这样自我剖析，似乎并不完全是古代侠士，倒是具有现代早期的启蒙主义者的孤独感，带着精神的创伤。这表现了鲁迅对于英雄人物浪漫化、理想化的警惕。这种警惕不但在英雄本身，而且在英雄与英雄之间的心理“错位”，他们之间虽然相互信任，但相互并不理解；虽然并不理解，但并不妨碍他们合作。值得注意的是，鲁迅把这种合作写得令人毛骨悚然。在眉间尺把自己的头割下来，和剑一起交给黑衣人以后，这个黑衣人是这样表现的：

> 一手接剑，一手捏着头发，提起眉间尺的头来，对着那热的死掉的嘴唇，接吻两次，并且冷冷地尖利地笑。

鲁迅淡化了血腥，可能是为了强化这种精神的孤独，不可能被理解。如果连为他人献出生命这样的壮举，都谈不上“同情”，把同情的观念当成不干净的，人与人之间当然也就很难有精神的相通了。孤独感，创伤感，造成的错位，不但在壮士之间存在，而且在壮士与环境之间：

> 笑声即刻散布在杉树林中，深处随着有一群磷火似的眼光闪动，倏忽临近，听到咻咻的饿狼的喘息。第一口撕尽了眉间尺的青衣，第二口便身体全都不见了，血痕也顷刻舔尽，只微微听得咀嚼骨头的声音。

这显然是很残酷的，很惨烈的，显得分外孤独的，但，面对这样的惨烈和凶险，义士却丝毫没有孤独之感，相反心情却显得异常的宁静、冷峻：

最先头的一匹大狼，就向黑色人扑过来。他用青剑一挥，狼头便坠在地面的青苔上。别的狼们第一口撕尽了它的皮，第二口便身体全都不见了。血痕也倾刻舔尽，只微微听得咀嚼骨头的声音。

义士所处的这个世界，是连狼都没有同伴、没有同情的。这使我们想起曾经影响过鲁迅的“安德列夫式的阴冷”了。这就怪不得黑衣人，要把人与人之间的“同情”当作不干净的“放鬼债的资本”了。但，义士仍然是可歌可泣的，因为他明明知道世界上没有人与人之间的同情和理解，仍然肯为他人的仇怨奉献出自己宝贵的生命。也就是说，不但不需要物质的回报，也不期求精神的回报。用黑衣人的话来说，就是：

我的心里全没有你所谓的那些。我只不过要给你报仇！

这一笔显然是象征，鲁迅也许用来象征中国国民的看客心态，其麻木和自私。即使是没有朋友，没有志同道合者，仍然要奋然前行。这可能是《铸剑》中的主人公精神底蕴的全部注解，他付出生命的缘由，从主观一面来说就在这里。

但是，这种主观的缘由是不是任意的呢？也不是。因为，他复仇的对象，是一个十足的暴君。虽然不曾残害过他或者他的家人，但读者从眉间尺父亲的口中得知，“大王是向来善于猜疑，又极残忍的”。眉间尺的父亲，就是因为拥有盖世绝技才被残害的。小说文本中暴君的行径比比皆是。从客观上来说，复仇精神的无畏，其社会价值具有反对专制独裁的意蕴。在鲁迅当年，在当时的政治环境下，要从现实中实现复仇是不可能的。鲁迅之所以对眉间尺的传说发生兴趣，可能就是看中了其中的幻想式的复仇方式，单纯地把这当成侠义小说，可能不太全面，但一味把它当成“革命的复仇的”“历史小说”则显然机械而教条。

严家炎先生认为，《铸剑》是一出“荒诞又庄严的复仇正剧”，是有一定道理的。既是严肃的，有着鲁迅的人格追求的，又是在荒诞的想象中展开的。其情节和环境都是在荒诞的情境中展开的。最核心的就是：第一，眉间尺的人头杀了下来，过了几天，不但没有死亡腐烂，相反仍然按照复仇的逻辑活动。黑衣人把眉间尺的头举着给王看的时候，是这样的：

那头是秀眉长眼，皓齿红唇；脸带笑容；头发蓬松，正如青烟一阵。

第二，三个人杀下来的头，就是到了油锅里，还能进行搏斗，还能唱歌。第三，等到王的头“确已断气”，复仇的两个头居然“四目相视，微微一笑，随即合上眼睛，仰面向天，沉到水底里去了”。

这种复仇的胜利，是荒谬的胜利。正因为荒诞，不是现实的胜利，这种精神的凯旋，只有在幻想的境界中才能表现出来，在现实境界，则是不可能的。正是因为这是虚拟的胜利，人格和信念的胜利，孤独者的胜利，所以只能是在荒诞的境界中呈现。故荒诞的矛头，并不完全是针对暴君，同时也是指向麻木的，愚昧的看客心态的。经过沸水中的长久撕咬，国王和黑色人、眉间尺的头颅终于尽烂，只剩下三具颅骨和一堆毛发。王后、众妃、武士、老臣、侏儒、太监们为辨寻王头，绞尽了脑汁，仍然徒劳无功……只能将三个头骨和王的身体放在金棺里落葬：

百姓都跪下去，祭桌便一列一列地在人丛中出现。几个义民很忠愤，咽着泪，怕那两个大逆不道的逆贼的魂灵，此时也和王一同享受祭礼，然而也无法可施。此后是王后和许多王妃的车。百姓看她们，她们也看百姓，但哭着。此后是大臣、太监、侏儒等辈，都装着哀戚的颜色。只是百姓已经不看他们，连行列也挤得乱七八糟，不成样子了。

严家炎先生这样分析小说的末尾：

这个结尾真是鲁迅式的，充满了深长的调侃意味，既是对专制暴君的进一步的鞭笞和嘲弄，同时又包含着对宴之敖者乃至作者自身的清醒的自嘲。残害百姓的专制暴君尽管已经在一场正义的复仇行动中丧命，但百姓们依旧木然地对着暴君的棺木跪拜不已；几个“义民”更是“很忠愤，咽着泪，怕（黑色人、眉间尺）那两个大逆不道的逆贼的魂灵，此时也和王一同享受祭礼”。有了这一笔，读者才能真正懂得鲁迅为什么要说“群众——尤其是中国的——永远的戏剧的看客”。（《娜拉走后怎样》）有了这一笔，读者才能真正理解黑色人为什么不赞成乃至反感于眉间尺称他为“义士”，才能真正理解黑色人何以要冷然、傲然地称“仗义、同情”这些“先前曾经干净过”的东西，“现在都成了放鬼债的资本”。这里划分了站立的人和跪着的奴隶、献媚的奴才的界限。①

从严先生的分析，读者不难看出，作者的文笔，又从荒诞回复到写实和反讽。综观《铸剑》全文，从思想上当然是一种孤独的，没有群众支持，也不在乎有无群众支持的大无畏的复仇；从艺术上来看，则是多种艺术成分的综合运用。首先是现实主义小说的写实笔法，表现眉间尺从优柔寡断的孩子变成复仇的壮士。其次是，杂文的漫画笔法，喜剧风格，反讽群氓和官僚的麻木愚昧。再次是，荒诞情节表现精神力量的博大。从这一点看来，严先生所说“荒谬而严正的复仇正剧”，是很准确的概括。

但是，严先生的分析并未穷尽解读的可能性，毕竟小说中严格的写实手法和传说超现实的写法，并不是没有矛盾的。如果从现实的手法来看，鲁迅刻画了眉间尺从优柔寡断，但母亲一席话，就使这个连杀一只老鼠都要有所不忍的十六岁的孩子，把头割下来，都没

①《中国现代小说的奇篇——谈鲁迅的〈铸剑〉》，《励耘学刊》2005 年第 1 期。

有感觉，人物心理发展的统一性，是可以质疑的。特别是，那个黑衣人，为什么要舍己为人，光是从对暴政的仇恨上去看，不过是共性而已。其独特的心理根据毕竟是不够充分的。当然，如果不把和谐和统一当作小说发展的某种探索，我们可以把它看作是一种“突破”，但是，如果不排除将突破分为成功与失败两种，那么鲁迅的这种突破，是不是一定非常成功，是可以讨论的。为什么《故事新编》，读者接受的程度不如《呐喊》和《彷徨》，和它在艺术上的探索，和《呐喊》《彷徨》相比，有所逊色，是不是有一定关系呢？如果这一点没有太大的错误，则究其根源是不是杂文家的鲁迅和小说家的鲁迅的矛盾，在《故事新编》中发展到了难以调和的地步呢？这是不可以鲁迅的神化来遮蔽的。

以侠义之轻财表现政治远见之豪爽

——读《虬髯客传》

本文系唐传奇之名作，属于文言小说，和话本小说出于民间艺人不同，作者为文人。鲁迅探其源流，曰："传奇者流，源盖出于志怪，然施之藻绘，扩其波澜，故所成就乃特异，其间虽亦或托讽喻以纾牢愁，谈祸福以寓惩劝，而大归则究在文采与意想，与昔之传鬼神明因果而外无他意者，甚异其趣矣。"(《中国小说史略》第八篇《唐之传奇文》上）志怪所传皆为奇闻，意在将怪异作实事记载，非有意虚构。而唐传奇则是"作意幻设"，也就是"有意识的创造"，鲁迅将之与志怪相比，赞其"甚异其趣"。用今天的话来说，就是在虚构中，其情趣有所超越。此类文字，往往"篇幅漫长，记叙委曲，时亦近于俳偕，故论者每訾其卑下，贬之曰'传奇'，以别于韩柳辈之高文"。在当时被命名为"传奇"是贬义的，虽用古文，可是与韩愈、柳宗元的正统古文还不是一个档次的。但是此类文字，流传甚广，文人作此，号称"行卷"用于"投谒"，[①] 正式考试之前，投送京师权威，以期留下良好印象。

魏晋六朝志怪，文皆片段，怪异皆在外部世界，变化往往单一曲折而止，文字"粗陈梗概"，唐传奇则情节曲折起伏，其异不仅在外部，更在人物情感变幻。描写手段也较骈文灵活、丰富，在表现人物内在情感上也有了重大发展，把中国文言小说史带上了一个新的阶段。

从骈文的套路解脱出来，恢复使用秦汉古文，这样微小的进展，竟经历了上百年的过程。初唐的《古镜记》(王度）和《补江总白猿传》(无名氏)、《游仙窟》(张鹫）还有相当

①《鲁迅全集》第九卷，人民文学出版社，2005 年，第 73 页。从魏晋志怪以来，到隋唐时，传奇便已发展。而行卷，早期还是以诗赋为主，中唐以后，因为传奇中可体现史才、诗笔、议论以及其他才情辞藻等，所以一度流行以传奇行卷。

程度的志怪痕迹，骈体文的对偶句尚多，如《游仙窟》叙张氏自叙奉使河源，夜投大宅，逢二女十娘、五嫂，其宴饮欢笑场景如下：

十娘唤香儿为少府设乐，金石并奏，箫管间响：苏合弹琵琶，绿竹吹筚篥，仙人鼓瑟，玉女吹笙，玄鹤俯而听琴，白鱼跃而应节。清音哓叨，片时则梁上尘飞，雅韵铿锵，卒尔则天边雪落，一时忘味，孔丘留滞不虚，三日绕梁，韩娥余音是实。

如此句式，典故堆砌，几成套语，于表现人物心态无补。这说明初唐传奇作为一种叙述性文体，其表现手段不足，不能完全独立，不得不依赖于骈句。

积累了差不多一百年，到了中唐，传奇从内容到形式发展到鼎盛：题材由神仙怪异转向现实，语言由骈体转向散体古文。产生了《霍小玉传》（蒋防）、《李娃传》（白行简）、《莺莺传》（元稹）、《长恨歌传》（陈鸿）等杰作。作者为精英文士，在韩愈、柳宗元古文运动的影响之下，故其文句大抵自由、简洁、灵活，骈句、铺张描写告退，古文之叙述功能大大加强，情节遂能曲折展开。鲁迅说唐传奇皆突破六朝志怪“施之藻绘，扩其波澜”，可能指初唐的骈体。到了中唐，则不在藻绘上炫耀，其情节波澜，亦不凭文采渲染。此时古文相对于骈文，以史记、汉书、先秦之文为楷模。这一点可以从作品的命名上看出，几乎所有杰作皆以“传”为名，说明有意追随司马迁开创的史传文体。

《虬髯客传》作于晚唐。文言小说已经相当成熟，在表现爱情方面，取得了很高的成就，《莺莺传》《霍小玉传》《李娃传》等杰作，大抵皆以女性为主角，以多情、丽容为美。男子往往为美貌吸引，以文才获得青睐。而此传则标明为“虬髯客”，主角为男性，以髯为美，似非才子，不以文才取胜。然在女性美的表现方面仍有早期的余脉，多种版本似有不同作者加工之痕迹。

北宋王谠《唐语林》《虬须客》开头如下：

虬胡客，姓张氏，赤发而虬胡。时杨素家红拂妓张氏，奔李靖，将归太原。行次灵桥驿。既设床，炉中煮肉。张氏以发长垂地，立梳床前。靖方刷马。忽虬须客乘驴而来，投革囊于炉前，取枕攲卧看张氏梳头。①

没有骈体的场景和体态的排比对仗，显然是古文风格：基本上是叙述，虬须客的外貌只是“赤发而虬须”而已，极简。此后之描写亦不同于骈体静态的铺陈：“乘驴”，“投革囊于炉前，取枕攲卧看”。主要靠人物动作，没有多少静态细节。红拂这个被后世与虬髯客和李靖并称为“风尘三侠”的人物只有“奔李靖”一个大动作，无重大原因。“长发垂地”，引起虬须客的坦然欣赏，重心在虬须客。这个单薄的女性在宋人张君房（公元 1001 年前后在世）《云笈七签》卷一百十二中有所发展：

---

①《四库全书》子部，小说家类，杂事之属，《唐语林》，卷五。

炀帝末，司空杨素留守长安。帝幸江都，素恃权骄，蔑视物情。卫公李靖时担簦谒之，因得素侍立红拂，姓张第一。知素危亡不久，弃素而奔靖与同出西京，将适太原税辔于灵石，与虬须相值……（虬须客）投布囊于地，取枕欹卧看张妓理发委地。①

情节有了因果，女子奔李靖的原因是政治上的远见（知素危亡不久）。但是，其“长发垂地”，不再是正面抒写，而是侧面从他人眼中看出，显得不重要了。冒险奔李靖，缺乏充分的情感性质的动机。人物显然还不够完整，到了《太平广记》一百九十三《虬髯客传》中有了重要的变化：当李靖向杨素进谏之时：

一妓有殊色，执红拂，立于前，独目靖。靖既去，而执拂者临轩，指吏问曰：“去者处士第几？住何处？”吏具以对，妓颔而去。

靖归逆旅，其夜五更初，忽闻叩门而声低者，靖起问焉。乃紫衣戴帽人，杖揭一囊。靖问：“谁？”曰：“妾，杨家之红拂妓也。”靖遽延入。脱衣去帽，乃十八九佳丽人也。素面华衣而拜。靖惊。答曰：“妾侍杨司空久，阅天下之人多矣，未有如公者。丝萝非独生，愿托乔木，故来奔耳。”靖曰：“杨司空权重京师，如何？”曰：“彼尸居余气，不足畏也。诸妓知其无成，去者众矣。彼亦不甚逐也。计之详矣，幸无疑焉。”问其姓，曰：“张。”问伯仲之次，曰：“最长。”观其肌肤、仪状、言词、气性，真天人也。

红拂的形象有了重大的提升，写美女不以容貌为先，而是先用表情（独目靖），次用动作，主动奔李靖居所，再次用对话：主动说明来奔出于政治远见，弃权重一时之显贵，来奔贫穷“处士”李靖：三者之异常，皆为丽人主动。动作为主，没有骈体擅长的容貌描写，而是“素面”，衣着虽是“紫衣戴帽”，仅为衬笔，只有“脱衣去帽”才看清“乃十八九佳丽人也”。此后才从李靖的眼中见出此女之美：“观其肌肤、仪状、言词、气性，真天人也。”虽然说是天人也，然而没有细节，“肌肤、仪状、言词、气性”，写得很概括。最堪注意者为道具“红拂”，一般为佛道高人手执之物。②作者意图似从形象上改变“妓”的气质，后世称此女为红拂，道具提高了人物形象，主动投奔，又改变了人物的性质，与李靖的关系似乎不再是侍妾与权贵，而是佳人才子。

此女并非小说主角，二人关系，从立传的准则来说，应该以大唐开国功臣李靖为主，红拂为辅，但是，在这里，红拂主动，李靖被动，政治识见在李靖之上。奔来之后，追索声中，李靖惊惧，而红拂反之。虬髯客无礼卧看红拂梳发时，李靖怒而红拂冷静交谈，遂

---

①《四库全书》子部，道家类，《云笈七签》，卷一百十二[上]。

② 经典中屡有菩萨或长者手执白拂的记载，如佛陀上忉利天为母说法归来时，梵天尝执白拂，侍佛之右。禅宗则以拂子作为庄严具，住持或代理者手执拂子上堂为大众说法，即所谓“秉拂”，因此，拂尘是说法的表征。

致结拜。

大约作者承中唐儿女情长传奇之余绪，不愿怠慢了美女配角，但亦不想喧宾夺主，这个传主，原本当为李靖，但是，接下来文章把主要笔力用在虬髯客身上。虽为史传文体，毕竟是野史，并不是为功臣而是为侠人立传。

虬髯客之形象之展示，大致亦如红拂，用史家传统笔法，不取心理描写，仅取记事（叙述动作）和记言（对话）。虬髯客出场之动作：初为卧看美女梳头，次与李靖对饮："开革囊，取一人头并心肝，却收头囊中，以匕首切心肝共食之。"如此血腥而从容，颇有惊心动魄之效。其原由则由对话说明（天下负心人）。虬髯客之越礼、豪雄，与红拂与李靖之佳人才子，形成强烈对比。

此后，虬髯客遂取代红拂成为小说主角。其形象，并未沿血腥暴力线索强化，而是悬念层层展示，反复突出其神秘性，逐步揭示其政治性。

先是欲借李靖见太原之"异人"，获得同意，却不与李靖同行，而是与李靖相约异日异地相见。

> "达之明日，方曙，候我于汾阳桥。"言讫，乘驴而去，其行若飞，回顾已失。靖与张氏且惊惧。

"异人李氏"，就是后来的唐太宗。天下大乱之际，对政治人物前景的预测，所见略同，是很投缘的事，但是，行事却很神秘，引起李靖心理上的"惊惧"。人物形象神秘性，表现为一去无影，来却有信。相期太原，如约而至。目的是通过与李靖相识的刘文静（亦系历史人物，唐开国功臣），亲见欲见之"李氏异人"。但是，又不直接说明来意，而是借口精于相面者欲见。

> 太宗至，不衫不履，裼裘而来，神气扬扬，貌与常异。虬髯默居坐末，见之心死。饮数巡，招靖曰："真天子也！"

唐太宗出场，穿着便服，可能是避免用骈体渲染，但是，光凭其"神气扬扬，貌与常异"，便使坐在最远处的虬髯客"见之心死"，绝对崇拜，并且对李靖作出"真天子也""十八九定矣"的判断。照理应该拜见如仪了。这是第二度神秘性了，这位政治上的远见的人物，提出还要让一位道兄观察一下。第三度神秘化则是要李靖和红拂复入京城。

> 某日午时，访我于马行东酒楼下，下有此驴及一瘦骡，即我与道兄俱在其所也。

就这样"又别而去"。此番神秘化在于，第一，并不直接言明为什么要请道兄观察一下。第二，作为辨认标志为什么是驴？这头驴，在虬髯客出场时，就出现过一次，作者觉得读者可能忽略了，又一次把它点出来。比之马，驴是比较廉价的，骡子没有生殖力，也比不上马的高贵。都是暗示其经济并不富裕。

情节的神秘性次第展开：初似一落拓不羁之平民，后流露出某种政治图谋。神秘性的来去，构成悬念，传奇之精神，乃在奇，奇不在一曲而显，悬念递增，此乃传奇常用之逐步透露法。

李靖和红拂准时到达，果见驴骡。上酒楼，见“虬髯与一道士方对饮”。告之：“楼下柜中有银十万”。一个出行只用驴的人，居然有这么多的财富，这是第四度神秘了。

第五度神秘是：并不马上贡献，而是相约异时、异地（汾阳桥）相见。

李靖与红拂如期而至，道士弈棋，请李世民观棋。世民一来，其形象“精采惊人，长揖就坐，神清气朗，满坐风生，顾盼炜如”，道士乃罢棋局，谓虬髯曰：“此世界非公世界也，他方可图。”用今天的话来说，就是这个天下不是你的了，你只能到别的地方去谋求发展。这是从政治上预言了后来的历史。虬髯客决心把财富奉献给李世民了。

第六度神秘是，前此说银子就在楼下，如今却说请到另外一个“小宅相访”。“言毕，吁嗟而去。”神秘地消失了。

李靖红拂如期而至。起初果然是小宅（一小板门）但是，进入以后，完全意外的是门第森严：这是第七，也就是最后一度神秘：

> 延入重门，门益壮丽，婢四十人罗列庭前，奴二十人引入东厅。厅之陈设，穷极珍异，巾箱、妆奁、冠镜、首饰之盛，非人间之物。巾栉妆饰毕，请更衣，衣又珍奇。

等到虬髯客出来，竟是和李世民差不多的裼裘而来，不过多了一顶“纱帽”，但“有龙虎之姿”。虬髯客的形象突然变得豪贵起来。与第一次出场的骑着驴子，随便躺在地上看女郎梳发，开革囊食人头相反，完全是豪门贵族气派。当其对饮之时：

> 陈女乐二十人，列奏于前。饮食妓乐，若从天降，非人间之曲度。

这样的豪华宴饮，若是以骈文出之，当有极尽华彩之铺陈，然而，此为古文小说，“二十人列奏于前”“若从天降”“非人间之曲度”，就足够反衬向时出场之落拓不羁了。

> 家人自堂东舁出二十床，各以锦绣帕覆之，既陈，尽去其帕，乃文簿锁匙耳。虬髯曰：“此尽是宝货泉贝之数，吾之所有，悉以充赠。”

这就不但一反向之贫态，而且也比此前所云银十万，更增百倍。罄其所有，无条件相赠。不但是财富的赠与，而且命家童列拜曰：“李郎、一妹，是汝主也。”自己只带妻子和一个随从，骑一马飘然而去。

这是神秘的最高潮。这样豪爽，万金不惜一掷。这种气质，显然带着传统文化中的侠义之气。

这种豪富馈赠，不仅仅是出于一时之侠义，而是出于政治理性的考量。谜底揭晓，本来此人也是有政治宏图的。

或当龙战三二十载，建少功业。今既有主，住亦何为？太原李氏真英主也。

说得很谦虚，说是“建少功业”，然而，政治上雄心是很大的，“龙战三十载”，至少是独霸一方。侠义之气与政治宏图结合起来，表现为果断和豪爽：既然确认了真正的“英主”，就自我放弃了。这种放弃不是一时心血来潮，而是经过多方神秘考察得出了最后的结论，有了此人，“三五年内，即当太平”。最高的原则，是“太平”，亦即结束混战，国家统一，定于一尊。联系到晚唐军阀割据，混战连年，生灵涂炭，这种政治远见指导下的仗义轻财的特点，乃是义无反顾的果断，不是没有能耐，而是有了更能耐的人物，不但不参与争夺了，而且无条件地舍己为人，帮扶真主。

靖据其宅，乃为豪家，得以助文皇缔构之资，遂匡天下。

不但如此，连李靖的兵法，也是虬髯客所传。（卫公之兵法，半是虬髯所传也。）

在唐统一以后，虬髯客在东南海隅自立为王。最后，作者似意犹未尽，还以史传太史公曰、君子曰、论曰之体式，直接发表议论，对混战中的野心家发出警告：“人臣之谬思乱者，乃螳臂之拒走轮耳。我皇家垂福万叶，岂虚然哉！”

当然，从思想上来说，本文还有些前后不甚统一之处，开头强调隋炀帝幸洪都，杨素骄横，天下方乱，似乎乱在杨素之擅权轻士。与后文之李世民雄才大略，将主天下，在思路上，没有因果关系。从文学上来说，结构尚未达到有机，人物刻画上也有疏漏：前文中得到比较充分表现的红拂，后来就完全失去了自己的动机，完全为虬髯客主导，李靖则更是如此。这种缺陷，可能与作者过分执着于图解防止混战，把唐太宗的形象过度理想化有关。

虽然如此，唐传奇，乃中国文言小说之高潮。此后宋人之文言小说渐入颓境，可能由于白话小说进入更广泛的市民社会传播，吸引了更多异才。直到清代蒲松龄《聊斋志异》才使长期失去生命之文言小说恢复了生命。

2018 年 5 月 13 日星期日

志怪、传奇与史家笔法之结合
——读《劳山道士》

一

《聊斋志异》为中国古典文言小说发展之冠冕。鲁迅在《中国小说史略》中论曰："虽不外记神仙狐鬼精魅故事，然描写委曲，叙次井然，用传奇法，而以志怪，变幻之状，如在目前……独于详尽之外，示以平常，使花妖狐魅，多具人情，和易可亲，忘为异类，而又偶见鹘突，知复非人。"[①]聊斋留在读者印象中最深者乃花妖狐怪化为多情女性的形象，在那男权从精神到物质上都占统治地位的时代，蒲松龄把狐妖女性写得比男性多情而真挚，其精神境界超越男性，于17、18世纪华夏文学史实乃独树高标。

蒲松龄身为科场人士，为何将多年的生命耗费在谈狐论鬼的故事上？《聊斋自志》称虽无《搜神记》作者干宝那样的才气，却有苏东坡那样的找人谈鬼的兴致，"闻则命笔，遂以成编"，"集腋为裘，妄续幽冥之录；浮白载笔，仅成孤愤之书；寄托如此，亦足悲矣"。这里的关键词是"孤愤"，孤独而且悲愤，大抵来自科场命运多舛。十九岁就得到考官的欣赏，中了秀才，其后却屡试屡败，屡败屡试，穷愁潦倒，除短期幕僚生涯以外，大部分时间以塾师为业。直到七十二岁得以补为安慰性的"岁贡生"，也就是老（不中的）秀才，这种名义上的优秀资深秀才，可赴京考核，特任为官，但蒲松龄已垂垂老矣。按例本邑令当为立"出贡"旗匾，发给生活费性质之贡银，然无着落，不得不一再上呈申诉。"白首穷经志愿乖"（《十一月二十七日大令赠匾》）的他，于穷愁潦倒之中，长期将生命灌注于创修

①《鲁迅全集》第九卷，人民文学出版社，2005年，第216页。

《聊斋志异》，仅以抄本流传，卷帙散落，誓志不移。身后享文言小说冠冕之殊荣，即在诗歌的想象境界中，他都不曾有过如此之梦想。

本来，凭他的才能考上个举人应该是绰绰有余，然考试制度更改无常，与他艺术家的天性似乎有意作对。康熙二十六年（1687）秋试，他思绪汹涌，笔阵横扫，激动之中，漏一页，文不相续，以“越幅”违式论，张榜除名，勒令出场。三年后乡试，又粗心“违式”，其悲愤无奈可想而知。在那清初文字狱恐怖氛围之中，他不可能以写实性文字表现，只能谈狐论鬼，在幻境中透露他的人生理念，发泄不满。这一点在《司文郎》一文表现得最为精彩。

故事写王生、宋生及余杭生论文。王尽出所作，宋生顷刻流览百首，过目不忘，评价甚高。然亦有诫：命笔当“无求必得”，若“有冀幸得之心”则为“下乘”，这既是蒲松龄的自我安慰，也是向往上乘的自我期许。屡试屡败不能不耿耿于怀。乃于《司文郎》中借幻想境界对试官尖锐讽刺。三人遇一盲僧，不能视文，却能以鼻嗅评文。王生焚其作，僧嗅而颔之曰：“初法大家，虽未逼真，亦近似矣。”预言可以“中得”。余杭生焚己作，僧嗅其灰，“咳逆数声”不能忍受，再嗅则恶心。后放榜，王生下第，余杭生则中。乃焚诸试官之文呈僧嗅之。僧“向壁大呕，下气如雷”，曰：“骤嗅之，刺于鼻，棘于腹，膀胱所不能容，直自下部出矣！”

试官水平如此，蒲松龄于世间无限无知音，乃惘然浩叹：“知我者，其在青林黑塞间乎”了。其时诗坛盟主王士祯阅《志异》，并题诗曰：“姑妄言之姑听之，豆棚瓜架雨如丝。料应厌作人间语，爱听秋坟鬼唱诗。”[①]孤独的蒲松龄总算得一知音。

二

《聊斋志异》以“神仙狐鬼精魅”闻于当时，传于后世，若拘于花妖狐怪之论，于解读《劳山道士》，似不着边际。文中并无“花妖狐魅”，亦无“神仙鬼怪”。鲁迅述《聊斋》内容以分为三类，另外两类是：其一，“易调改弦，别叙畸人异行，出于幻域，顿入人间”；其二，“偶述琐闻，亦多简洁”。《劳山道士》不属花妖狐怪，亦不属偶述琐闻，而属于“畸人异行，出于幻域”一类。何满子先生对《聊斋志异》有过统计：全书共491篇，为神怪而神怪者只占五分之一左右。全篇描写人间生活、不杂怪异者70篇左右，其余皆借神怪而喻社会人生，约占300篇以上。[②]读此文，当警惕唯神仙、妖异等以偏概全之见。然何先生

①《聊斋志异（会校会注会评本）· 各本序跋题辞》，张友鹤辑校，中华书局1978年版，第34页。
② 何满子：《关于蒲松龄的艺术方法的一二理解》，《蒲松龄研究集刊》第2辑，齐鲁书社，1981年。

将《劳山道士》归入“虽然叙述神鬼妖异，但实质上是讽喻社会生活”，似不完全准确。盖劳山道士并非鬼神妖异，仅有神秘之特异功能而已。鲁迅之论“别叙畸人异行，出于幻域，顿入人间”当更为精准。

《劳山道士》诸篇，后世多所称道，然亦有异议。《四库全书提要》及《总目》作者纪晓岚讥其“用传奇法，而以志怪”。鲁迅解曰：“有唐人传奇之详，又杂以六朝志怪者之简。”志怪之“简”与传奇之“详”相对，所谓传奇之“详”，即鲁迅所说“尽描写之致而已”。[①] 所谓“尽描写之致”，“施之藻绘，扩其波澜，故所成就乃特异……而大归则究在文采与意想，与昔之传鬼神明因果而外无他意者，甚异其趣矣”。[②]

《劳山道士》似志怪者，道士穿墙而过，如仅为志怪，则仅载其怪。志怪作者信怪力乱神为实有，“发明神道术之不诬”。“传鬼神明因果而外无他意”。一般粗陈梗概，往往一曲而止，语亦粗糙。其情节怪异，均为无因之果。而传奇虽涉怪异，皆有意虚拟为文，作意好奇，故情节多波澜，且多文采。范仲淹《岳阳楼记》，尹师鲁评为：“传奇体耳”（后山诗话）。时为贬语，近于“传奇”者，有别于韩愈、柳宗元之古文。尹师鲁不满《岳阳楼记》之藻绘纷纭。然传奇之文，为志怪所不具，于《岳阳楼记》尚不可望其项背。

传奇优于志怪，不仅在情节曲折，且在其奇有因，其因不仅在理性，而且在情感。先贤于此多所忽略。

“用传奇法，而以志怪”，乃《聊斋志异》之共性，解读《劳山道士》，当以揭示其特殊性、不可重复性为务。

三

“邑有王生，行七，故家子。”开篇即介绍身世，排行，是为传记模式。“少慕道，闻劳山多仙人，负笈往游。”自闻多仙至负笈，其间过程皆省略。“有观宇，甚幽。”无形容。大体皆取名词、动词，但务记事，不带情感。此即志怪体之“简”。“一道士坐蒲团上，素发垂领，而神观爽迈。”写人之形貌气质，略有细节（蒲团、素发）然未展开，尚属简笔。“叩而与语，理甚玄妙，请师之”，将对话简化为概括性叙述。此皆志怪笔法。以下对话则为直接引语。道士答曰：“恐娇惰不能作苦。”王生答：“能之！”此稍详，亦非志怪所罕见。然对话中伏一“苦”字，于情节波澜起落，不着痕迹，将成动因，属古典小说“草蛇灰线”之法。

---

①《鲁迅全集》第九卷，人民文学出版社，2005 年，第 219 页。

② 同上书，第 73 页。

此为首次点到“苦”，是为文脉之首。

“凌晨，道士呼王去，授以斧，使随众采樵。王谨受教。过月余，手足重茧。”叙述中两细节（斧、重茧），似与前同，然功能迥异，由此引出“不堪其苦”。第二次点及“苦”。此“苦”虽无铺张形容，然“重茧”之因，足以引出“阴有归志”之果，构成情节第一波澜。若情节于此结束，一因一果，亦无藻绘，则与志怪无异。然《聊斋志异》之高于志怪者，乃在藻绘与情节波澜三起。

第一起，师与人共酌。日暮天暗。“师乃翦纸如镜，粘壁间，俄顷，月明辉室，光鉴毫芒。”剪纸为月，光鉴毫芒。仅俩细节，因果反差强烈。王生本以山中为“苦”，此景触动王生。一客曰“良宵胜乐”。此一“乐”，与王生此前之“苦”对照。文脉则转为内心之忍苦与欣乐。

第二起，客取一酒壶，分酙七八人。王生寻思，“七八人，壶酒何能遍给”，“往复挹注，竟不少减”。“心奇之”。这是“乐”的另一种说法。心理描写，虽然简洁，此为志怪，甚至史家少有，然而，文脉苦乐之矛盾，推动情节（灰线）发展：其功能在于使“阴有归志”向反面转化。这正是传奇情节曲折之法。

第三起，客“以箸掷月中。见一美人，自光中出”。

剪纸为月之幻术，非蒲氏之独创，其源在志怪。唐人段成式《酉阳杂俎》前集卷二《壶史》载有百岁人，“及夜，呼其女曰：‘可将一个弦月子来！’其女遂贴月于壁上，如片纸耳。祝曰：‘今夕有客，可赐光明。’言讫，室朗若张烛”。[①] 又唐人张读《宣室志》载，有七娘者受命刻纸状月，“七娘以纸月施于垣上。夕有奇光自发，洞照一室，纤毫尽辨”。[②] 文字仅限于月华之美。《聊斋志异》之创造在于：纸月衍生月下美人，且作描写：“初不盈尺，至地，遂与人等。纤腰秀项”，月之美与人之美交融，情景已超越志怪，更有甚者：

> （美人）翩翩作霓裳舞。已而歌曰：“仙仙乎！而还乎？而幽我于广寒乎？”其声清越，烈如箫管。歌毕，盘旋而起，跃登几上。惊顾之间，已复为箸。

最为奇幻者：

> （主客）移席，渐入月中。众视三人坐月中饮，须眉毕见，如影之在镜中。

传奇体与志怪之异于此毕现。概志怪者信怪，旨在“发明神道术之不诬”“传鬼神明因果而外无他意”。而传奇体则作意好奇，虚实相生，想落天外，超越人寰，奇中生奇，奇而不怪。“志”录鬼神之怪，“传”为仙界之奇。“怪”或感恐而怖，“奇”则聆异而悦。志怪

---

①《唐五代笔记小说大观》，上海古籍出版社，2000 年，第 579 页。

② 今通行各本《宣室志》不见记载。此见张永钦、侯志明点校本《宣室志·辑佚·王先生道术》（辑自《太平广记》），中华书局 1983 年版，第 168 页。

仅为怪而怪，传奇则以奇为美。

《劳山道士》美在美人降自月华，美在翩跹之舞，美在歌中广寒，美在其声清烈，美在盘旋而上，美在女复为箸。更美在人可入月中坐饮，美在须眉毕见，如影之在镜中。美在倏忽由虚化实：饮足客杳，道士独坐，门人秉烛，“几上肴核尚存，壁上月，纸圆如镜而已”。虚至极而归实，虚在声色变幻多端，实则壁上一纸，桌上肴核而已。目不暇接之动态瞬间化为肴核、纸月之静景。情节兔起鹘落，动静对比，景止而余意不尽。

从语言观之，美在大笔浓墨，约占全篇三分之一。其美不尽在外部瑰丽之奇，更在王生内心微妙变异之奇。“三人大笑。一客曰：‘今宵最乐。’”第三次点到“苦”之对立面。王生睹此，乃由“奇之”而“忻慕”，转而“归念遂息”，苦乐变换，矛盾转化，文脉灰线隐显沉浮自如。

除此以外在幻境奇，引出感官奇。文章到此，超出志怪良多。似可罢笔。

蒲松龄之作意好奇，为奇中更奇，乃极致之奇，旨在从感官深化为情感苦乐因果之奇。

感官之乐不可持续，故王生不久即“苦不可忍”。第四次点到与乐相对之“苦”。对道士曰：“在家，未谙此苦。”这是第五次点到“苦”。蒲松龄用词之精使灰线文脉于此又浮现。对于王生告归，

道士笑曰：“我固谓不能作苦”。

这是第六次点到“苦”。不可忽略的是，道士“笑曰”的“笑”。非为欢欣之笑，而是略带嘲讽之笑，与开头道士预言“恐娇惰不能作苦”之“苦”呼应。早就料到王生不能忍苦。笑仅一字，内涵丰富，乃中国史家一字褒贬，不直接流露倾向之法，与西方小说多所形容迥异，绝不用令人毛骨悚然之笑，传染性的笑，反讽的笑，空洞的笑，比哭更难看的笑。此一笑字，在《婴宁》中，贯穿首尾，反复用于不当笑时笑，成为人物性格及其环境关系之索引，与《战国策·冯谖客孟尝君》中孟尝君之“笑”异曲同工。冯谖初时一无所长，反复弹长铗之歌，食欲有鱼，出欲有车，要求过分，孟尝君一“笑”满足之，此“笑”为养客之宽容。后孟尝君有难题众客不能，冯谖自陈能解，孟尝君竟不识，“笑”问何人。此笑为讶异。本文王生去劳山前求道士传穿墙壁之术。

道士笑而允之。

此“笑”，内涵又有变化，知尔不能经修持之苦，拥此术亦是枉然。姑授之。

“王生大喜”。这是第四次点到乐，不过用词改为喜。奔墙若虚而入之术与志怪略同。然从性质言则不同。关键在于此术与人之心理有关，第一，“俯首骤入，勿逡巡！”心无杂念，视实若虚。第二，道士嘱：“归宜洁持，否则不验。”亦即洁身修持，超脱世俗，无为顺道，进入化境。王生未解深意，归乃自诩遇仙，炫耀于妻。乃“去墙数尺，奔而入，头

触硬壁，蓦然而踣”。

文章到这里，情节因果充分显示，同为奔墙，后果迥异。其因在情志不同，此乃传奇与志怪在性质上之根本差异。此前之文章，以风格言，为正剧。然蒲松龄信笔至此，似有不可羁勒之想象，乃有神来之笔：

（王生）额上坟起如巨卵焉。妻揶揄之，王惭忿（苦），骂老道士之无良而已。

这很可笑，来自逻辑上的多重错位。王生受创（额坟巨卵）源于从自信到自误，妻子从不信到揶揄，王生自感“惭忿”，却“骂老道之无良”，不可忽略的是最后两个字“而已”，不听师傅“洁持”之戒，自作自受，却骂师傅，惭极而忿，骂师自慰。颇有喜剧性。于文言实为难得。

盖蒲松龄承志怪之笔，妖异亦善亦恶，善恶分明，又继传奇之文，奇而不怪，易鬼为仙，愈奇愈幻，愈幻愈玄。虚虚衍生，奇奇得正，奇正转化，蕴警策人心之真谛。

前贤于志怪传奇之异所言甚确，然亦有不足，其一，未及传奇之情节因果异于志怪无因之果；其二，于二者相同处，多所忽略。志怪与传奇，皆重叙述，如鲁迅所说“其叙人间事，亦尚不过为形容，致失常度”，[①] 故即描写有异于赋体，皆简略而不着痕迹。此皆出于史家传统。《聊斋志异》，“志”者，记也，同于《史记》之“记”，亦合于《汉书》“食货志”之“志”。褒贬寓不足，乃附评论。《左传》有“书曰”“君子曰”，《史记》有“太史公曰”。故《聊斋志异》有“异史氏曰”。全书五百篇，“异史氏曰”二百则左右。《劳山道士》篇末“异史氏曰”：

闻此事，未有不大笑者。

显然，此文具喜剧性，作者神来幽默之笔，为志怪、传奇所罕见。

其后论，于太史公亦有所发展。第一，不仅评论传主，而且广涉世之如王生可笑者，“正复不少”；第二，在评论中，加入新情事，“今有伧父，喜疢毒而畏药石，遂有吮痈舐痔者，进宣威逞暴之术，以迎其旨，绐之曰：‘执此术也以往，可以横行而无碍。’初试，未尝不小效，遂谓天下之大，举可以如是行矣，势不至触硬壁而颠蹶不止也。”其批判锋芒，直指权势者讳疾忌医，宣威逞暴，吮痈舐痔者，奉迎无度，并预言其下场必如王生“触硬壁而颠蹶”。其愤激之情溢于言表，与叙事之寓褒贬相得益彰。

2019 年 3 月 14 日

① 《鲁迅全集》第九卷，人民文学出版社，2005 年，第 216 页。

对英雄的诗化、神化和宿命的悲剧化
——读《三顾茅庐》

《隆中对》是历史作品，其根本价值是真实，真实是理性的，而《三国演义》是小说，其根本价值，乃是（审）美，而审美价值的核心，乃是情感，是与理性相对立统一的。《隆中对》写刘备主动去拜访诸葛亮，完全是出于理性的考虑，为了自己的霸业宏图。关键是，诸葛亮给刘备出了什么样的主意，制定了什么样的战略。至于三顾的过程，情绪上有些什么样的反应，是无关大体的。所以《三国志》上，只有这么两句话：

凡三往，乃见。

这是根据诸葛亮《出师表》中“三顾臣于草庐之中”而写的。而对于小说来说，如果这样照搬，就没有艺术感染力了。艺术审美价值，要超越历史的真，是通过假定、虚拟、想象来实现的。因而，阅读《三顾茅庐》，要把注意的焦点，首先集中在历史素材中没有的，作者虚构出来的东西，其次，是《三国志》中素材被《三国演义》改变了的东西。在《三国志》中，“三顾茅庐”只有五个字。而《三国演义》虚构了那么曲折的一个过程。这是因为，《三国演义》是古典传奇小说，首要的是情节。情节的生命之一，就是曲折跌宕，就是悬念，让读者的关切点悬在那里，作者要有足够的狠心，和读者的期待作对。

“三顾茅庐”的主角当然是诸葛亮。他不但是这个片段的核心，而且是《三国演义》作者心目中理想人格的化身。《三国演义》写到第三十七回，也就是差不多三分之一已经过去了，才让这个人物出场。和任何其他人物出场相比，作者拿出了最大的热情，浓墨重笔，反复地、尽情地渲染。

首先，出场之前，《三国志》和《资治通鉴》提供的素材，已经有了两个人物给他以极高的评价。这一点，到了《三国演义》里，读者期待的氛围，得到了强化的表现。徐庶说诸葛亮有“经天纬地之才，盖天下第一人也”。这种评价，比之《三国志》，已经是拔高了，极端化了，而极端化，正是情感的特点，而不是理性的特点。这种情感，既是人物的，又是作者的。第二个是司马徽，说诸葛亮的才能超过他自比的管仲和乐毅，可比姜太公和张良。对这个司马徽，《三国演义》不但写他智商很高，而且写他身上有一种神秘的超凡的气质。他料事如神，料定徐庶因母而去曹营，其母却因之而死。事实证明果然如此。对于诸葛亮的出山，和《三国志》里的极力推荐不一样，他是有保留的（怪徐庶，“惹他出来呕心血也”），甚至可以说是反对的，预言诸葛亮肯定不能成功。刘备留他不住，他径自出门仰天大笑，曰：

“卧龙虽得其主，不得其时。惜哉！”言罢，飘然而去。玄德叹曰：“真隐居贤士也！”

作者显然是要强调，此人的预见正确，被日后的历史所证明。诸葛亮命中注定的失败，有点宿命的必然性。把极端有智慧的人，写得超凡脱俗，富于仙风道骨，这种方法，恰恰就是作者渲染诸葛亮的方法，这种人格风采，其实就是诸葛亮出仕之前的风格。极其高贵的人格中，隐隐约约显出一点悲剧性的味道。目的是，为小说中诸葛亮的结局，安排伏笔。从这里，已经可以感到，《三国演义》作者对于诸葛亮这个理想人物的创作原则，就是神化、诗化、英雄化和悲剧化的交织。后来受到《三国演义》的同类人物，如《水浒传》中公孙胜，《说唐》中徐茂公的影响，虽然不乏神化仙化，却因为神化仙化而避免了悲剧性。这种悲剧化的深度，要等到诸葛亮鞠躬尽瘁，身死五丈原才能显示。而在这以前，把隐逸化的境界加以诗化，抒情化。这种诗化，又并不是直接的抒情，而是通过曲折的过程把悬念层层强化。所以，三顾，等于把读者的期待强度乘以三次方。每一次都交织着多层次的诗化。

且看第一顾。

其第一层次是荷锄耕于田中的农人的歌谣。提示诸葛亮看透了世俗的荣辱，不过是游戏而已（陆地似棋局）而自身却是漠不关心（高眠卧不足）。

第二层次是，应门童子出来，刘备报了一大堆头衔，童子却说“记不得许多名字”。反衬出刘备太俗气。与之相对照的，则是孔明踪迹不定，随心所欲，不知何往，归期亦不定。完全摆脱了世俗的功利目的。隐士出世的心态与入世的功利追求恰成对照。

第三层次是，孔明之友，崔州平。这个人不是孔明，但是，其远见卓识，又有孔明的风范。给刘备泼了一盆冷水。崔氏把司马德操的宿命论大加发挥了一通，不过带上了历史循环论哲学的色彩。治乱循环是规律，如今正好碰到由治而乱的节骨眼上，想要改变这种规律，是白费劲（“徒费心力耳”）。这就又把孔明的未来的悲剧性加重了一笔。这是第二个反对孔明出山的人，但，其外部风貌却是和孔明如出一辙的：

容貌轩昂，丰姿俊爽，头戴逍遥巾，身穿皂布袍，杖藜从山僻小路而来。

他非常直率地宣言："愚性颇乐闲散，无意功名久矣"，"言讫长揖而去"。这和司马德操一样的"闲散"，是诸葛孔明"不求闻达于诸侯"的精神的投影。

作者之所以要让他像孔明，像到被误认为是孔明，就是为了从自然环境和人事环境，来渲染孔明的超脱功名利禄，这种氛围越是得到强调，刘备的目的越是难以达到，情节的悬念就越强。这种情节，这种悬念是很特殊的，一般的悬念，不确定，大都是因为人事有矛盾，有阻力。但是，这里却没有人事上的反作用力，只是背后议论而已，一切都待诸葛亮自己决定。但是，诸葛亮的环境却越来越明确地暗示，刘备的功名心与诸葛亮的超凡脱俗是冲突的。

一顾茅庐的过程与其说是情节，不如说是情景的链锁，也就是环境的转移，阻碍着诸葛亮出山的氛围越来越浓。

到了第二顾，进一步把诸葛亮诗化，雅致化。先是对联"淡泊以明志，宁静而致远"。这本是诸葛亮教训儿子的名言。跟着又是一首赋，其中有"聊寄傲于琴书兮，以待天时"。好像是有希望了，出山的意向比较明确了。可是，却又生出一曲折。这个读书的人，并不是诸葛亮，而是他的弟弟。得到的信息则是诸葛亮又出去"闲游"去了。这个"闲"字，挺关键。就是无目的，超越功利。

刘备又白跑一趟，失望归去。却冒出来一个老先生，让刘备，包括读者以为诸葛亮来了：那形象就有点仙风道骨：

玄德视之，见小桥之西，一人暖帽遮头，狐裘蔽体，骑着一驴，后随一青衣小童，携一葫芦酒，踏雪而来。

这是一幅充满古典诗意的文人画，骑驴，而非骑马，说明并不追求富贵，随一小童，显示生活安闲，琐事不用操心。携一葫芦酒，乃是逍遥的情致，踏雪而来，以不避风寒为美。作者唯恐如此之诗意，读者有所忽略，又让这个人物口吟歌颂雪里梅花的诗歌。文章做足了以后，让刘备诱导读者以为"此真卧龙矣"，却发现此人又不是诸葛亮，而是他的丈人。而那首很高雅的诗，却是诸葛亮所作。情景起伏迭宕之妙，尽在其间。

这里所用的全是烘托之笔：表面上孔明没有出场，实际上他的情趣，他的志向，他的人格，他的情操，他的风格，他的志向，都已经渗透其间了。毛宗岗在评点《三国演义》第三十七回时这样说：

此卷极写孔明，而篇中却无孔明……孔明未得一遇，而见孔明之居，则极其幽秀；见孔明之童，则极其古淡；见孔明之友，则极其高超；见孔明之弟，则极其旷逸；见孔明之丈人，则极其清韵；见孔明之题咏，则极其俊妙。不待接席言欢，而孔明之为孔明，领略过半矣。[①]

毛氏的意思是，虽然经历了曲曲折折还是见不到孔明，但这见不到孔明之处，无一不与孔明的心灵境界息息相通。其居之幽秀；乃孔明之幽秀，其童仆之古淡，乃孔明之古淡；其友之高超，乃孔明之高超；其弟之旷逸，乃孔明之旷逸；其丈人之清韵，乃孔明之清韵；其题咏，乃孔明之格言。所有这一切，都高度统一于孔明的志趣高逸，超凡脱俗，格调高雅，充满高人逸士的幽雅。既是淡泊以明志，“不求闻达于诸侯”，又透露出“以待天时”的志向。

等到第三次光顾，终于见到了诸葛亮。如果用欧·亨利的手法来写，其结尾肯定是急转直下，情节曲折的密度加大，然而，叙述时间的长度趋向于零，小说戛然而止，意义却发生了倒置。但是《三国演义》是长篇小说，又是传奇故事。所以它最后的曲折，并未成强弩之末，而是柳暗花明。毛宗岗在《三国演义》第三十八回前的总评中这样说刘备第三次光临见到孔明前的反复和曲折，用九曲武夷来比喻。我们用数字在括弧里分别标明这“九曲”：

玄德第三番访孔明……使一去便见，一见便允，又径直没有趣矣。妙在诸葛均不肯引见，待玄德自去，于此作一曲。（一）及令童子通报，正值先生昼眠，又一曲。（二）玄德不敢惊动，待其自醒，而先生只是不醒，则又一曲（三）。及半晌方醒，只不起身，却自吟诗，则又一曲（四）。此未见前之曲折也。及初见时，玄德称誉再三，孔明谦让再三，只不肯赐教，于此作一曲（五）。及玄德又恳，方问其志若何；直待玄德促坐，细陈衷悃，然后为之画策，则又是一曲。（六）及孔明既画策，而玄德不忍取二刘，孔明复决言之。而后玄德始谢教。则又一曲。（七）孔明虽代为画策，却不肯出山，直待玄德涕泣以请。然后许诺，则又一曲。（八）。及受聘，却不即行，直待留宿一宵，然后同归新野，则又一曲。（九）[②]

《三国演义》向来被认为“七实三虚”，一般认为，得力于《三国志》有七成之多，但这里，恐怕是一实九虚，最生动处，完全是罗贯中虚构的。这种虚构，充满了神秘感，充满了古典隐士的清高和文人雅士的诗境。这种意境，不仅是中国古典诗歌的，而且是《三国演义》的核心价值之所在。那就是奇才决定胜负，对于奇才无条件崇拜，一切均取决于奇才。孔明是奇才中的奇才，因而，要有尊崇之上的尊崇。表现理想化的君王，对于此等人才，极尽殷勤卑微之能事，不厌其烦地曲折，又不是后果严重的大起大落，而是幽雅情境的曲折变幻。

从初顾到三顾，多到近二十回合的曲折，很可能造成沉闷和单调。但是，读者却没有

① 陈曦钟等：《三国演义会评本》（上），北京大学出版社，1986 年，第 460 页。
② 陈曦钟等：《三国演义会评本》（上），北京大学出版社，1986 年，第 473 页。

这样的感觉，就连易中天这样对《三国演义》持有批判态度的人士都认为，“实在很精彩，也很有意思”。[①] 这里除了情境本身的变化以外，最精彩之处，是刘备的亲信张飞和关公的反衬。关公比较有修养，只是委婉地表示怀疑，而张飞，前后三次表示愤怒：这就不仅仅是环境的渲染了，而是人情的阻力。张飞把诸葛亮看成一个“村夫”，说“使人唤来便了”。这本是刘备当初对徐庶说的话，《三国演义》为了把刘备理想化为求贤若渴，诚恳殷勤到极端。把这话转送给张飞，从内涵上说，显然是反衬刘备求才的诚恳，从艺术上说，却是强化了故事的生动性。前面氛围的烘托，全是高雅的、诗化的，而张飞的这几笔却是另一种路子，非常粗俗。这种粗俗有另一种趣味，那就是有点好笑，也就是有点谐趣。第二顾的人情阻力是关公发难，仍然写得非常委婉：怀疑诸葛亮徒有虚名，故意“避而不见”。所用的语言，全是书面的文言，这符合夜观《春秋》的关公的修养。而张飞第二次提出他的“村夫”论：

量此村夫，何足为大贤！今番不须哥哥去；他如不来，我只用一条麻绳，缚将来！

这样的曲折，不仅是情感的错位，是性格的错位，而且是语言（书面语与口语）的分化。比第一次更加强化了。但是，作者并不以此为满足，还有第三次：等到明确了孔明就在家里，只是“昼寝未醒”，刘备只好拱立于阶下，等了半晌，居然还没有动静。张飞大怒，谓云长曰：

这先生如何傲慢！见我哥哥侍立阶下，他竟高卧，推睡不起！等我去屋后放一把火，看他起不起！

张飞的插入，使得本来单纯的曲折的雅趣、诗趣，渗入了一些俗趣和谐趣。《三国演义》的价值观是比较宏观的精英价值，主要是高级的谋略价值，很高雅，然而，《三国演义》毕竟是一种大众文化，因而，不时要请张飞出来，增添一种平民视角。这在通篇都是雅致的诗化气氛中渗入一点诙谐之趣味，显得趣味丰富。因而，叶昼假托性格率真的李贽评语说：

孔明装腔，玄德作势，一对空头，不如张翼德，果然老实也，呵呵。[②]

当然，叶昼这样的批语对于孔明是冤枉的，人家本来就反复强调不想出山，没有见到真正的知己是不轻易下决心的。但是，对于刘备这样的批评，就并不是完全没有道理，毕竟《三国演义》的作者，太过在意刘氏的正统王朝地位了，千方百计地美化刘备，弄到真有点作态了。鲁迅批评《三国演义》，为了抬高刘备而把他弄得有点“似伪”了。在最后，

① 易中天：《品三国》，上海文艺出版社，2006 年，第 153 页。

② 陈曦钟等：《三国演义会评本》（上），北京大学出版社，1986 年，第 471 页。

诸葛亮还是不想出山，“玄德泣曰：‘先生不出，如苍生何！’言毕泪沾袍袖。衣襟尽湿”。[①]一个四十多岁的军阀，眼泪会像自来水那样容易流出来吗？叶昼托名李贽评曰：

玄德之哭极似今日妓女。可发人笑也。[②]

这当然有些苛刻，但也不无道理。如果排除了罗贯中那种正统观念，把《三国演义》当作一部艺术品看待，也未尝不可以称赞罗贯中的笔力，把一个军阀写得有点虚伪，可能并不一定是《三国演义》的缺点。对于诸葛亮才智超凡，《三国演义》的作者更是十二分的尊崇。鲁迅批评说，为了表现其多智，有点“近妖”了。罗贯中不能回避的一个问题是，最后诸葛亮并没有实现他和刘备所预言的那种命一上将，率领大军北伐，老百姓就一致拿着慰劳品前来欢迎，恢复汉室的霸业就唾手可成，这明显是一种浪漫的空想。特别是历史上的诸葛亮只是一个行政的干才，在军事上“奇谋为短”。六出祁山，身死军中。蜀汉最后还是灭亡了。这样的历史罗贯中不能不面对。为了把理想人格、理想才干和历史真相统一起来，罗贯中虚构出一种理论：那就是曹魏得天时，孙吴得地利，而蜀汉得人和。得人和就是得民心，但老天不帮忙。不得其“天”，不得其“数”，只能鞠躬尽瘁，死而后已。一代英才，无可奈何，面对悲剧的宿命。这也就是在开头司马徽所说：“卧龙虽得其主，不得其时。”这也是《三国演义》的矛盾，一方面是绝对明智，能知未来作绝对准确的预测，另一方面则是绝对的无奈，总是有点悲剧的阴影，在最明智的英雄头顶上盘旋。

附：

鲁迅是否忽视了《三国演义》的奇谋决定论

关于《三国演义》在艺术上的评价，鲁迅在《中国小说史略》中说“据旧史”杂用野史、平话：

杂虚辞复易滋混淆，故谢肇淛（《五杂组》十五）既以为“太实则近腐”，清章学诚（丙辰杂记）又病其“七实三虚惑乱观者”。至于写人，亦颇有失，以致欲显刘备之长厚而似伪，状诸葛之多智近妖；惟于关羽，特多好语，义勇之概，时时如见矣……又如曹操赤壁之败，孔明知操命不当尽，乃故使羽扼华容道，俾得纵之。而又故以军法相要，使立军令状而去，此叙孔明止见狡狯，而羽之气概则凛然，与元刊本平话，相去远矣。[③]

---

① 托名李贽评点本作：“玄德哭泣曰：‘先生不肯救济生灵，汉天下休矣！’言毕，泪沾衣襟袍袖，掩面而哭。”

② 陈曦钟等：《三国演义会评本》（上），北京大学出版社，1986年，第477—478页。

③《鲁迅全集》第九卷，人民文学出版社，2003年，第135页。

在艺术上，关公形象，被一笔抹杀，究其原因，第一，是把小说的虚构和想象与历史混淆了，“杂虚辞复易滋混淆”。而把旧小说抬上正统地位的胡适的批评则更是尖锐，其理由则与鲁迅相反，说它“拘守历史的故事太严，而想象力太少，创造力太薄弱”，但是，两位大师，对《三国演义》的文学价值，形象塑造的贬抑却是异曲同工。胡适的话是这样说的：

> 这部现行本（毛本）虽是最后的修正本，却仍旧只可算是一部很势力的通俗历史演义，不能算是一部有文学价值的书。为什么《三国演义》不能有文学价值呢？这也有几个原因。第一，《三国演义》拘守历史的故事太严，而想象力太少，创造力太薄弱。此书最精彩，最有趣味的部分在于赤壁之战的前后，从诸葛亮舌战群儒到三气周瑜为止。三国的人才都会聚在这一块，“三分”局面也定于这个短时期，所以演义家尽力使用他们的想象力，打破历史事实的束缚，故把这个时期写得很热闹。我们看完元人的《隔江斗智》与此书中三气周瑜的不同，便可推想演义家运用想像力的自由。因为想像力不受历史的拘束，所以这一段能见精彩。但全书的大部分都严守传说的历史，至多不过能在穿插琐事上表现一点小聪明，不敢尽量想象创造，所以只能成一部通俗历史，而没有文学价值。①

这一直是个值得争论而又未能展开相应规模争论的学术问题。认真读过《三国演义》的读者，如果具有独立艺术欣赏力，一定会觉得困惑不解，在这本号称经典的文学名著中，充斥着那么多跑龙套式的人物，许多人物只是像影子一样一晃而过，在几句平淡的叙述中，还没有来得及给读者留下任何印象，就再也不见了。这样的人物在《三国演义》中为数在百个以上。按写小说的起码要求本是可有可无的，理应删去，然而罗贯中舍不得。这就产生了一个现象：《三国演义》中没有生命的人物比《水浒传》中顺便带过（以凑满一百零八将）要多得多。

我想许多读者，哪怕是在潜意识中也是有过这个感觉的，只是慑于《三国演义》的经典权威不敢多想，把发现真理所必要而正当的怀疑精神自行扼杀了。鲁迅的批评，当然不能说没有道理。例如，赵云在刘备溃败之际，于乱军中血染数重征袍，救得刘备的独子，刘备却掩盖着喜悦之情，把宝贝儿子扔在地上说，为了一个小毛孩子，险些损失了我一员大将！这恐怕是做作，但写出一个军阀在败亡之际，做出这样的姿态，正是抓住了刘备的个性。这种个性本身的虚伪成分，罗贯中也许感觉不强，但作为艺术形象，能让读者感到其言并不由衷。这样的“虚伪”，不正是艺术上成功的表现吗？

鲁迅对《三国演义》的批评也有自相矛盾的地方。他在《中国小说的历史的变迁》一文中说，“描写过实。写好的人，简直一点坏处都没有；而写不好的人，又是一点好处都没

① 胡适：《三国演义》序，《胡适文集》，北京大学出版社，1998年。

有”。他举曹操、刘备、关羽为例，至少论点与例证不相符。罗贯中把刘备的“长厚”写过头了，因而有使刘备近于虚伪之处，这就是说好人也有坏处了。至于说曹操，作者的厌恶之情是十分强烈的，多数写他的凶残、虚伪、忌才，但对于他的求才若渴和文韬武略也不是完全抹杀的。当然从历史评价来说，这个奸雄的性格内涵还是相当复杂的，其间的原因鲁迅没有分析，其实是涉及了的，那就是“文章和主意不能符合”。拿今天的话来说，就是作家的主观动机和艺术的客观效果不统一。这在世界文学史上是很常见的，在理论上美国新批评家把它叫作“意图谬误”，[①] 并不见得都是坏事。就以鲁迅批评最多的诸葛亮形象来说，“多智而近妖”，大体指的是“借东风”之类。这里有个古代英雄传奇的超现实智能的共同历史规律问题，姑且不论。就以“借东风”之多智逼出周瑜之多妒而言，使并肩对敌处于生死攸关之境地的战友，心理上距离噌噌拉开，引出后来的三气周瑜，使之死前说出“既生瑜，何生亮”的名言。周瑜由妒才致死的性格逻辑如此独特，以至于在中国乃至世界文学史上都找不到第二个。光就这一点来说，诸葛亮作为一个人物是不能孤立地评价的。诸葛亮和他所反衬的周瑜形象是一个统一的结构，其关系是有机互动的，结构不但大于要素之和，而且会发生质变。正如氢是自燃的，氧是助燃的，化合为水则是可以灭火的。另外，乃是鲁迅对于《三国演义》的中心主题缺乏准确的把握。在我看来，《三国演义》中临机应变、足智多谋的战略战术不胜枚举，但其基本思想乃是争取正统王位的“奇才决定论”。曹操求才而忌才，孙权雄才而重才，关公恃才，周瑜妒才，诸葛亮以才报知遇之恩。只有刘备是例外：无才。但身为正统，倾心用才，有奇才者则平等待之如兄弟、尊之如师长。一部《三国演义》就是一部求奇才、争奇才、斗奇才的心灵交战图。

《三国演义》许多大大小小的战役往往因为一才之得或一才之失而决定胜败。这和《西游记》一样，因一法术、一仙之助而渡过难关。《水浒传》的许多征战也有这样的现象，打到了十分困难的时刻，便有人献策争取某一能人（从通臂猿侯健那样的裁缝到卢俊义那样的财主），哪怕是用欺骗的手段也好，只要引进人才就能逢凶化吉。如果《三国演义》满足于这样的套子就没有它独特的魅力了。值得庆幸的是《三国演义》在奇才决定的老套之下展开奇才人物之间心灵搏斗的复杂错综的心灵网络图。正是因为这样，《三国演义》语言上的缺陷（诸多陈词滥调，斗智多为理性）才被掩盖了，对于艺术上没有独立分析能力的读者来说，简直可以略而不计。

---

① “意图谬误”（intentional fallacy）是美国新批评家维姆萨特和比亚兹来提出来的。他们认为这是“a confusion between the poem and its origins … it begins by trying to derive the standard of criticism from the psychological causes of the poem and ends in biography and relativism”。参阅 The Verbal Icon. 1954. Rpt. in The Critical Tradition: Classic Texts and Contemporary Trends. Ed. David H. Richter. Boston: Bedford, 1998. pp.748–756.

“雪”在情节中的作用
——读《林教头风雪山神庙》

林冲在《水浒传》可谓是“逼上梁山”的典型形象，他本来是统治集团中的上层人物，东京八十万禁军教头。他的职责是镇压造反，却不能不走上造反的道路，其原因用“逼上梁山”概括再准确不过了。《水浒传》这个“逼”字的艺术，就是让人物接二连三地遭遇身不由己的挫折，不但被打出了生活的常规，走向了职责的反面，而且从心理上，从性格上打出了常规，让他从一个正统人物变成了造反到底的人物。

一、四重逼迫的功能：把林冲打出常规

林冲出场的时候，是被作者当作正统英雄来表现的，高级军官的地位决定了他武艺高强，外表温文尔雅（“手执一把折叠纸西川扇子”）。他对外表粗豪的鲁智深一见如故，当即结拜成兄弟，表现出惺惺相惜的英雄气质。但是，要从内心深层把这个高贵的正统英雄逼成义无反顾的强盗，谈何容易。作者让他遭遇多重的侮辱和灾难，两度置之死地，终于把外表儒雅的英雄心理深层的凶残逼迫了出来。

第一重逼迫：正当他和鲁智深相见恨晚之时，丫鬟来报，自己的妻子遭到非礼。这种侮辱是任何英雄所不能容忍的。《水浒传》写道：“林冲赶到跟前，把那后生肩胛只一扳过来，喝道：‘调戏良人妻子当得何罪！’恰待下拳打时，认的是本管高太尉之子高衙内……先自手软了。”这个“软”字对英雄来说，用得太狠了。待到鲁智深匆匆赶来帮他“厮打”，林冲反而为高衙内打圆场，说他不认得自己妻子，惩罚了他，“太尉面上须不好看。自古道，‘不怕官，只怕管’，权且饶他。”这次事变，本来性质很严重，但是英雄竟然忍了。如果林冲的故事，到此为止，就太窝囊废，太不像英雄了。这说明，英雄在心理受职务地位

的约束，有点逆来顺受，这个事变没有把他打出常规。

第二重逼迫，作者让林冲自幼结交的朋友陆谦骗自己的妻子到他家，让高衙内调戏。林冲得知后，把“陆虞候家打得粉碎”，还带了一把“解腕尖刀”找此人寻仇。前后三天，没有找着，在娘子苦劝下，才作罢。这说明，顶头上司的儿子不敢碰，与自己称兄道弟的却不能饶过。英雄毕竟是英雄。应该说，此时的英雄，社会地位还没有打出常轨，仍然是高级军官，只是心理上稍稍出了一下常轨，又恢复常轨了。

第三重逼迫，林冲被骗，中了高太尉的计，带刀误入白虎节堂，被判流放沧州。这次打击，其特点是从社会地位上被打出了常轨：从一个高级军官变成了一个脸上刺着金印的犯人。特别是在野猪林，差一点被高太尉买通的解差杀害。幸而有鲁智深暗中跟随，保住了性命。此时林冲的心理是不是与社会地位同步，改变他逆来顺受的常轨呢？没有。当鲁智深提出要杀“这两个撮鸟”时，林冲却说：“尽是高太尉使陆虞候分付”，他们“怎不依他？你若打杀他两个，也是冤屈”。林冲被逼如此，明明可以杀了解差，义无反顾地造反，却继续戴着枷乖乖当他的罪犯。林冲的性格在层次上很有特点：一方面是社会地位的丧失，一方面反抗性的丧失，逆来顺受有过于娘子受辱。

接着是第四重逼迫：高太尉派陆虞候、富安来追杀。这是最后一逼，目的是要把林冲的最深层的心理毅然决然，义无反顾，杀人割头的造反气概逼出来。如果让情节直接进入高潮，本当易如反掌。但是，直截了当让林冲杀人，在艺术上没有多少出彩之处。《水浒传》的写法，其高明不在逼反的结果，而是林冲从逆来顺受到杀人不眨眼的过程，这个过程的精致决定了林冲形象的艺术高度。

二、李小二在林冲心理过程中的作用

正因如此，《水浒传》把叙述线索放在林冲从发现到确认高太尉派人来追杀的过程。这个过程没有直接连续，而是宕开一笔，写他遇到一个不相干的人物，那是当年东京的酒生儿李小二。林冲曾有恩于他，故来往亲热，似乎是个闲笔，但是，草料场之火是高太尉派陆虞候、富安来伙同当地差拨所为，须让林冲知道才能引起杀机。如果用补叙手法，像鲁智深野猪林救林冲那样，一口气把前因说出来，不但手法重复，而且粗糙。作者不取等情节发生以后再作说明，而是为后果先安排前因，这叫作伏笔。在金圣叹评点中叫作“草蛇灰线法”，“骤看之，有如无物，及至细寻，其中便有一条线索，拽之通体俱动”。[①] 对于这一点，金圣叹有理论性的阐释：“文自在此而眼光在后”“文自在后，而眼光在前”。“如酒

① 陈曦钟等：《水浒传会评本》（上），北京大学出版社，1981 年，第 20 页。

生儿李小二夫妻，非真谓林冲于牢城营有此一个相识，与之往来火热也。意自在阁子背后听说话一段绝妙，则不得不先作一个地步，所谓先事而起波也。”[①]李小二夫妻在情节中的功能在于“阁子背后听说话一段”，但小说中，并不让小二妻子（读者）听清全部，只听得其中片断“高太尉”“好歹结果了他性命”。金圣叹评说：“阁子背后听四个人说话，听得不仔细，正妙于听得不仔细。”[②]表面上是不让小二妻子一下子就知道，实际上是让林冲慢慢感知。从情节说，是有曲折，从人物说，感知有过程，为杀人割头后果布置最初的前因。整回情节，都是叙述和对话，几乎没有直接的心理描写，但其构思，却是把林冲的心理感知作为纲领，一步步打出常轨。这个过程，不是径情直遂的，而是起伏跌宕的。第一层：林冲断定来人系陆虞候，也曾带着解腕尖刀，但是三五日不曾寻着，那复仇的心思就慢慢淡化了。第二层：不但没有危机的苗头，反而得了个比之看天王堂更好的差事。第三层：接管草料场。从此以后，情节的最后关键就是让林冲亲耳得知放火烧草料场，意图烧死自己的，就是高太尉派来的陆虞候。

三、林冲变得冷血的关键不是“火”而是“雪”

作者此时用的是第三人称全知全能式的叙述，实际上，又是循着林冲的单一感知来叙述的。要让林冲当面听到陆虞候自述来此烧死林冲的阴谋几乎是不可能的。对于作家采取的叙述策略，金圣叹的评注，说其好处在于反复强调了许多“火”字：

> 此文通篇以火字发奇，又于大火之前，先写许多火字，于大火之后，再写许多火字，我读之，因悟同是火也，而前乎陆谦，则有老军借盆，恩情朴至；后乎陆谦，则有庄客借烘，又恩情朴至；而中间一火独成大冤深祸，为可叹也。夫火何能作恩，火何能作怨，一加之以人事，而恩怨相去遂至于是……文中写景处，都要细细详察，如两次照顾火盆，则明林冲非失火也，止拖一条絮被，则明林冲明日要归来，今止作一夜计也。如此等处甚多。[③]

金圣叹很有艺术眼光，在当时可能是最有文学评论才华的，他看出了作者对草料场被火烧的结果，细心地部署下了前因。这种“草蛇灰线法”，表明“作者之胸下有经有纬”[④]。对于古典小说情节之逻辑严密，特别是细节之前后照应，在金圣叹应该是一大发现。在评注武松打虎时，他反复强调打虎之前，“哨棒”被反复提及了十七次。但是，这个优长似乎被他看得太扩大化了。其实“哨棒”之有无于武松打虎，不在其有，而在其未见老虎，夸

①② 陈曦钟等：《水浒传会评本》（上），北京大学出版社，1981 年，第 204 页。

③④ 陈曦钟等：《水浒传会评本》（上），北京大学出版社，1981 年，第 205 页。

口怕老虎的不是好汉，见了老虎，却是把酒都做冷汗出了，而且唯一的武器哨棒，打不准，用力过猛，打断了。说明武松一时惊慌失措。这里，金圣叹对“火”的强调，也是一样，一方面，事前反复提醒读者“文中写景处，都要细细详察”，在草料场，“火”隐藏危机的可能，另一方面，则也没有忽略，“两次照顾火盆，则明林冲非失火也”。特别是第二次，临走时，特地交代林冲“恐怕火盆内有火炭延烧起来，搬开破壁子，探半身入去摸时，火盆内火种都被雪水浸灭了”。金圣叹也明说，后来的火“不是失火”。既然不是失火，则反复提及的好处在哪里呢？金圣叹语焉不详，只是含糊地说：“夫火何能作恩，火何能作怨，一加之以人事，而恩怨相去遂至于是。”但是，火是情节的结果，而不是情节的原因。对于情节来说，重要的不是结果而是什么原因导致的结果。

其实，金圣叹在这里多多少少有点看走了眼，对于林冲的感知程序来说，重要的不是火，而是雪。如果不下那么大的雪，林冲很可能被烧死在草料场内。这一回中，有几次通过林冲的感知提醒读者，第一次是走草料场之初，“彤云密布，朔风渐起，却早纷纷扬扬卷下一天大雪来”，金圣叹于此处，评注曰：“一路写雪，妙绝。”第二次写林冲出门去买酒：“那雪下得正紧”，金圣叹又评注曰“写雪妙绝”。第三次是，林冲买了酒回来又写：“看那雪，到晚越下得紧了。”金圣叹又评注说：“写雪妙绝。”一连三次赞叹雪写得妙，说明金圣叹感到了雪的精彩，却并不明白精彩的原因。其实，金圣叹被自己的理论遮蔽得厉害。这一回的回目是“林教头风雪山神庙”，可见关键在风雪。再说，林冲回到住处，“那两间草厅，已被雪压倒了”。这本已足够暗示雪在情节中的作用，作者还恐怕读者粗心，又在叙述以外，加上难得一见的评说：“原来天理照然，佑护善人义士，因这场大雪，救了林冲的性命。”这还不算，在金圣叹所修改的原本（一百二十回本）一开头就有一段“诗曰”，其中有“若非风雪沽村酒，定被焚烧化朽枯”。另外，在去草料场的路上和沽酒回来的路上，对雪还以诗语加以渲染，其中之一是这样的：

> 凛凛严凝雾气昏，空中祥瑞降纷纷。须臾四野难分路，顷刻千山不见痕。
>
> 银世界，玉乾坤，望中隐隐接昆仑。若还不到三更后，仿佛填平玉帝门。

由此可见作者对于雪的重视，超过了一般写景。金圣叹感觉到雪写得“妙绝”是对的，但却不明白妙在情节中的作用。以金圣叹的艺术感受力，觉得这些诗语实在并不高明，就在改编的七十一回本将之通通删除。但是没有意识到其中的合理性在于，雪在情节中起着非同寻常的关键作用。否则林冲被雪压死，情节将无以为继。按金圣叹的理论，林冲不死是后事，而草蛇灰线法则要为之安排前因。那就是让他去沽酒。为了让他去沽酒，先让原本看守草料场的老军人，告诉他附近有市井，可以沽酒。为了让他在草屋塌倒以后有个去处，在沽酒路上，先安排他“看见一座古庙”。还让他“顶礼道：‘神明庇佑，改日来烧纸钱'"。有了这样的伏笔，林冲才不得不在草厅倒了以后，来到这所古庙。不来到这里，就不可能亲耳听到陆虞候述说高太尉派他们来害死林冲的来龙去脉。本来按他在野猪林对待要害他性命的解差董超、薛霸的原则，因为是奉高太尉的差遣，劝鲁智深不要杀他们。而在这时，虽然听出来仍然是高太尉的差遣，但是，这一笔可以用压死骆驼的最后一根稻草来形容。林冲内心长期以来积聚的愤恨和屈辱瞬间爆发了，心理上彻底地打出常规：这个温文尔雅、逆来顺受的英雄，化作了尽情杀戮的屠夫。《水浒传》对林冲的杀人，用了相当淋漓的笔墨，描写了一连杀死三个人的过程。特别是对卖友求荣的陆谦，写得更是痛快淋漓：先是痛骂，然后是"把陆谦衣服扯开，把尖刀向心窝里只一剜，七窍迸出血来，将心肝提在手里"。值得注意的是，林冲杀人的过程，并不以杀为满足，杀得很有程序。先将差拨的头割下来，挑在枪上。不但心理，而且动作也很有程序，显得很从容。

把三个人的头一并割下来，头发结做一处，提入庙里来放在山神庙前供桌上，再穿了白布衫，系了膊膊，把毡笠子戴上去，将葫芦里冷酒都吃尽了。被与葫芦都丢了不要，提了枪，便出庙门投东去。

从一个高级军官已经成了杀人犯，心理上该有多么大的震撼啊，但是，林冲毕竟是林冲，毫无心慌意乱之感。居然把杀人的事情做得如此镇静，有板有眼，把三个人的头发结在一起，放到庙里桌子上，再穿白布衫，系膊膊，戴毡笠子，都是需要时间的，然而，林冲镇静到还有闲心"将葫芦里冷酒都吃尽了"，这可真是中国传统小说叙述的大手笔了。特别是冒着严寒，走到一个庄子外面，向人家买一点酒来挡挡寒气。遭到拒绝后，却变得暴躁起来，不说自己不讲理，而是说"这厮们好无道理"，"把手中枪看着焰焰着火的柴头，望老庄家脸上只一挑，又把枪去火炉里只一搅，那老庄家的髭须焰焰的烧着"。还把在场的庄客赶打跑了，把人家酒拿来喝了个"快活"。结果是醉倒在雪地里，被人家吊起来打。这个外表温文尔雅（"手执一把折叠纸西川扇子"）的高级军官，杀人时都没有暴躁，却在杀了人以后，变得无理暴躁起来。这向读者显示，刚才那憋在心里的一股怨气发泄在不相干的人身上。这就怪不得金圣叹在《读第五才子书法》中要说："林冲自然是上上人物，写得只是太狠。看他算得到，熬得住，把得牢，做得彻。都使人怕。"①

真正从内心里打出常轨的林冲和那个刚出场外表温文尔雅，"手执一把折叠纸西川扇子"的林冲，妻子受了上司儿子的侮辱，差一点被解差杀了逆来顺受的林冲，似乎是另外一个人了，但是，正是因为好像是另外一个人了，才显得他更是林冲这个人物了，他内心深处被压抑得越是深，爆发出来越是猛，人物内心越是有立体感。

① 陈曦钟等：《水浒传会评本》（上），北京大学出版社，1981 年，第 19 页。

粗鲁率真之美：李逵见宋江

对话与独白不同，独白可以直抒胸臆，说真话，心口如一，有什么话就讲什么话；而对话却要转弯抹角，既要掩藏自己的真实意图，又要让对方明白自己的意图，让心口发生“错位”，这样才有艺术感染力。但这是一般的情况，在特殊的人物那里，则恰恰相反。《水浒传》中“李逵见宋江”中的对话，一方面是宋江与戴宗的对话，充满了书面语言。在戴宗那里有“冒渎”“万望恕罪”；在宋江那里有“拜识尊颜”“慰平生之愿”等等。宋江自称“小可”，戴宗自称“小弟”；戴宗称呼宋江则多用“仁兄”，宋江称呼戴宗也是很文雅的“尊兄”“足下”，就是见了陌生的李逵，打听他的名字，也是很有礼貌的“这位大哥”。可是，李逵却自称“铁牛”，当着生人的面问：“这黑汉子是谁？”戴宗告诉他，不能这样粗鲁，应该用文雅的语言：“这位官人是谁？”仅仅是一个称呼，就可以看出人的修养秉性，或者用本文末了李逵自己的话说，就是“性格”（“便知做兄弟的性格”）。李逵没有什么文化，故说话文雅不起来，就是得知来人就是他生平一向仰慕的宋江，也冒失地说：“莫不是山东及时雨黑宋江？”其中的“黑”字，通常是背后才说的，可是李逵却在当面说了出来。其不谙礼数，不完全是由于戴宗所说的“粗鲁”，而且还因为心直口快，根本就分不清文雅还是粗鲁。

这样的对话之所以有趣，不仅仅是因为词汇，而且是因为违反初次相见的常情。为了表现对人的尊重，才强调礼貌和语词的文雅。但是礼貌和文雅又必须把自身的原初感知掩盖起来，因此人与人之间的对话往往是转弯抹角，心口错位，口中所讲并非一定是心中所想。如宋江长得黑，一望而知，但由于他在江湖上的地位，人们就把自己的初始感觉加以抑制，不讲出来，讲出来就是没有礼貌。这不但是对宋江的尊重，而且表现自己的修养。李逵的“性格”却是相反，凡有感知，直截了当，现场表达。戴宗告诉他，他所冒犯的黑汉子就是所景仰的宋江，要他下拜时，他说：

若真个是宋公明，我便下拜。若是闲人，我却拜甚鸟！

这里有两点出格。第一，心里想的直接变成口头说的。这是很反常的，一般是要用心机把这样的思虑隐藏起来，不会隐藏，就可能被人家笑话。但是李逵为了不被笑话，却把一切都讲出来。这就使读者通常的预期落空了，就有趣了。第二，更有趣味的是，他的用词，粗鲁到把“鸟”这个词都直接讲了出来。这不但是通常会话中要回避的，而且在当事人在场的情况下，尤其要省略的。但是，光是这样的话，充其量不过是滑稽而已。接下来李逵的话，却使滑稽变成了幽默诙谐：

节级哥哥不要瞒我拜了，你却笑我。

原来，这是他的自我防御。看来，由于他的社会地位和“性格”，少不了受人愚弄。在一般人那里，戒备之心是要隐蔽起来的，而李逵却和盘托出。这就不但是粗鲁，而且是率真了。粗鲁是丑的，率真却能化丑为美，粗野的滑稽变成了有品味的幽默。

接下来，场面描写转化为戏剧性的情节，人物的心理有了戏剧性，幽默趣味也变成喜剧性的动作。李逵在确知“黑汉子”是宋江以后，便开始要脸面了，对话就转入一个新的阶段。

原来心口如一的李逵开始吹牛，心口错位。他力图以谎言取得宋江的重视，但谎言编得太粗心，读者从戴宗的话中洞察了他无赖的一面。但是对这种无赖行径，作者无疑采取了回护的态度，让他简单地决计赌一把，想赢了钱来宴请宋江。但是，作者把李逵放到一种自相矛盾的境地之中。他越是急于体面地宴请宋江，他就越要迅速获得银子；越要迅速获得银子，就越要冒赌输银子的风险；越是赌输银子，他越是不可能体面地宴请宋江，越是不可避免地要在宋江面前出洋相。

李逵所卷入的是一种喜剧逻辑。这种逻辑的特点是，自我解围变成作茧自缚，自我解困转化为自我束缚，而且愈束愈紧。为了争得面子，挣得江湖好汉声誉，不得不把事情闹大；事情一旦闹大，结果是谎言不攻自破，还要暴露出赖赌的真相，引来戴宗和宋江解围。李逵本来是想赢得尊重，其结果却是愈来愈显得可笑。这本来是狼狈万分的事，但作者太过同情这样的无赖行径了，在李逵拙劣的表演真相大白之时，居然一句也没有写到他的狼狈，相反在字里行间，一再强调他的宴请宋江这一目的的无邪。由于宋江的崇高威望，又由于他对宋江的无条件崇拜（这在《水浒传》，几乎是天经地义的），因而，他的无赖变得情有可原。尽管如此，作者还不过瘾，他还要让李逵在干不体面的事（赖赌）的时候，在读者心目中留下可爱的印象。作者首先强调，平日里他的赌性是很“直”的，此番的“不直”，是偶然的事出无奈，为了对宋江表示敬意，这是其一。算计不周，头脑简单，冒险下注，不留后路，这是其二。等到失败，野蛮赖账，但坦然自陈，此其三也。把可恶写成可爱，这里既有喜剧性的成功，也有道德和法律上的宽容。这种宽容是不是过分了？算不算是《水浒传》的局限性，甚至是中国传统民间文化的糟粕？这是值得思考的。

双重喜剧性
——读《范进中举》

一、从原始素材的实用理性上升到审美情感

《范进中举》并不完全是作者的虚构，它是有原始素材的。清朝刘献廷的《广阳杂记》卷四中有一段记载：

> 明末高邮有袁体庵者，神医也。有举子举于乡，喜极发狂，笑不止。求体庵诊之。惊曰："疾不可为矣！不以旬数矣！子宜亟归，迟恐不及也。若道过镇江，必更求何氏诊之。"遂以一书寄何。其人至镇江而疾已愈，以书致何，何以书示其人，曰："某公喜极而狂。喜则心窍开张而不可复合，非药石之所能治也。故动以危苦之心，惧之以死，令其忧愁抑郁，则心窍闭。至镇江当已愈矣。"其人见之，北面再拜而去。吁！亦神矣。①

"吁！亦神矣。"这句话是这段小故事的主题：称赞袁医生的医术高明。他没有按常规以药物从生理的病态上治这个病人，而是从心理方面治好了他。

这件事本身有一点生动性，读起来也相当有趣，但若拿来和《范进中举》比较，就会觉得相去甚远，因为这个故事的全部旨趣都集中在实用价值方面——用心理疗法治愈了精神病。实用价值理性占了优势，以至于这位活生生的新举人的特殊情感状态——为什么开心得发狂——完全不在作者的关注范围之内。在治愈的过程中，其本人和周围人士有什么情感特点，则完全没有展开，有的只是一个理性的结论：心病就得以心理疗法治之。而《儒林外史》中"范进中举"一段则展开了多元的直觉、情感变幻的奇观。这种神妙性大大

① 李汉秋编：《儒林外史研究资料》，上海古籍出版社，1984 年，第 170 页。

超越了医道的神妙性。用学术的语言来说，就是审美价值超越了实用价值。[①]在《范进中举》中，吴敬梓把袁医生治病神效法门改为胡屠户的一记耳光。这说明，在医生看来最重要的东西（“你死定了”的恐吓），在文学家看来是要放弃的。吴敬梓借范进中举这样一个突发的事件，把人物打出常规，让人物本来潜在的情感得以层层深入地显现，让读者看到，人物似乎变成了另外一个人，而这另外一个人和原来的那个人，恰恰混为一体，精神从表层到深层立体化。

在考秀才以前，吴敬梓写范进，直接描写比较少，主要借考官周进的眼光看他：

落后点进一个童生来，面黄肌瘦，苍白胡须，头上戴一顶破毡帽。广东虽是地气温暖，这时已是十二月上旬，那童生还穿着麻布直裰，冻得乞乞缩缩，接了卷子，下去归号。

这还是外表的寒酸，而后来交卷，显得猥琐的是精神状态：

只见那穿麻布的童生上来交卷，那衣服是朽烂了，在号里又扯破了几块……周学道……问那童生道：“你就是范进？”范进跪下道：“童生就是。”学道道：“你今年多少年纪了？”范进道：“童生册上写的是三十岁，童生实年五十四岁。”学道道：“你考过多少回数了？”范进道：“童生二十岁应考，到今考过二十余次。”学道道：“如何总不进学？”范进道：“因童生文字荒谬，所以各位大老爷不曾赏取。”周学道道：“这也未必尽然。”……范进磕头下去了。

三十多年没有考取最起码的秀才，如果可以类比的话，就和今天的小学毕不了业差不多。而范进一点也不觉冤屈，居然自认“文字荒谬”。这并不完全是谦虚，更多的是自信心匮乏，人格卑微。吴敬梓揭示了这个人物在科举考试体制下精神被折磨得如此萎顿。但这个对自己的才能一点没有自信的人，却顽强地屡败屡考，完全是在无望中挣扎。而周学道此人，也曾经是苦读几十年书，秀才也不曾中得一个，也曾经在考试场所哭得晕过去的。这个人的眼光，是对范进绝望境地的渲染，同时又是为后来得中发疯设置的一个背景。

二、胡屠户的优越感和范进的自卑感

为范进中举发疯而设的第二个反差性环境，是通过其丈人胡屠户的嘴巴来展示的。屠户，杀猪的，在当时社会地位极端低下，和读书人（官僚阶层的候补者）是不能相比的。

① 参阅朱光潜：《对于一棵松树的三种态度》，《朱光潜美学文集》第1卷，上海文艺出版社，1981年，第448页。对于三种价值的阐释，请参阅孙绍振《名作细读》，上海教育出版社，2007年，第403页。

但是，由于范进屡考屡败，经济上陷入极端的困境，在精神上又极端自卑，胡屠户就敢于在任何场合下，公然表示对他女婿的轻视。就是范进考中了秀才，他带着猪大肠来庆贺，其行为和所说的话，都不像是庆贺：

我自倒运，把个女儿嫁与你这现世宝穷鬼，历年以来不知累了我多少。如今不知因我积了甚么德，带挈你中了个相公，我所以带个酒来贺你。

这哪里像是庆贺？首先，这根本就是辱骂（现世宝穷鬼）；其次是自我表扬，而且是毫无道理的自我表扬。连范进中了秀才都是因为他“积了甚么德”。再次，“教导”范进，有了秀才身份，从此对他自己“行事”里的人，不能“装大”，而对于一般做田的（扒粪的）、“平头百姓”，也不能“烂忠厚”“拱手作揖，平起平坐”，因为这样会弄得胡屠户“脸上都无光”“惹人笑话”。这样的粗野无理，把祝贺变成了训斥和奚落，充分表现了胡屠户心灵深处的病态自尊和粗野的自大。他在范进面前，怀着满腹的优越感。认为把范进压得越低，他自尊和自大的冲动就越是得到满足。但是，读者看得清楚，这种精神上的优越感，完全是虚幻的。因为他的言行，完全是违反社会礼仪的；他的优越，充其量不过是物质上的而已。事实是，本来在精神文化上占有优势的范进，对于丈人如此粗野的欺凌，却没有任何反抗，相反还说：

岳父见教的是。

这一段简单的对话太精彩了，充分显示了物质上的贫穷如何导致他精神上的自卑。范进中了秀才，又想考举人，向胡屠户借旅费。胡屠户不但不借，而且不照顾范进的自尊心，精神优越感转化为野蛮的行为：“一口啐在脸上”，公然侮辱他，大言不惭地说，举人是天上文曲星下凡的，应该像城里举人府上的老爷那样，一个个方面大耳，可范进却尖嘴猴腮，应该撒泡尿自己照照。“不三不四就想天鹅屁吃”。他的用语极端恶毒，依照的完全是一种迷信愚昧的逻辑，对自己女婿的狼狈和贫困，不但没有同情，反以侮辱为乐。而范进却并没有什么特别的愤懑。吴敬梓的叙述话语惊人的简洁而深厚：

一顿夹七夹八，骂的范进摸门不着，辞了丈人回来。

一个读圣贤书的人，被人损到这种程度，居然一点反抗都没有。吴敬梓正面写的是胡屠户对范进的蔑视，侧面暗示的是范进对这种在精神上被侮辱、被损害已经习惯了。对于人格和自尊被糟蹋，没有什么感觉，完全麻木了。

三、胡屠户的荒谬迷信逻辑导致“妩媚”的喜剧性

后来范进中了举人，却疯了。为了治疗范进的疯狂，有人建议胡屠户打范进一耳光，

告诉范进根本没有中，他却不敢了。精神优越感顿时变成了精神自卑感。这时的胡屠户好像变成了另外一个人；但是，他的情感逻辑却是一以贯之的。在他的情感深处，真诚地以为举人都是天上的文曲星下凡，即使为了救这文曲星的命，他也缺乏勇气。他这样说：

虽然是我女婿，如今却做了老爷，就是天上的星宿。天上的星宿是打不得的！我听得斋公们说，打了天上的星宿，阎王就要拿去打一百铁棍，发在十八层地狱，永不得翻身。

吴敬梓的天才，集中表现在胡屠户的恐怖来源于他自己的个性逻辑。这种逻辑的特点是：第一，表面上是迷信逻辑，实质上是一种根深蒂固的势利；第二，这种逻辑是极端荒谬的、可笑的，带着很强的喜剧性。齐省堂增订本《儒林外史》评语说：

妙人妙语。这一作难，可谓妩媚之至。①

胡屠户这样的语言，明明是很丑恶的，怎么会"妩媚之至"呢？这是因为胡屠户的丑恶的势利，具有迷信的显而易见逻辑荒谬的。这种逻辑之所以可笑，不但因为它荒谬，而且因为胡屠户的执著。执著到不顾自相矛盾。一方面是，前后反差巨大，本来应该会引起惭愧之感的；另一方面是，这本来应该是内心的隐私，一般人是不会公然讲出来的，而这个胡屠户却心直口快地说了出来，而一旦说出来，他往日那种病态的自尊、自大，那种精神优越感，就变成了自卑感。这种自卑固然可鄙，然而又可怜、可笑。此时的胡屠户，已经不是施害于人者，而是自己为自己的观念所苦的人了。这就不但是可笑，而且有点天真，有点可爱，有点"妩媚"了。在这里，吴敬梓对胡屠户当然有揭露，但同时有调侃；在调侃中，又有悲悯之情。越到后来，胡屠户越为自己的观念所苦，吴敬梓就越来越宽容了。胡屠户还从一个滥施侮辱者，变成了被嘲弄者。邻居内一个"尖酸"人说道：

罢么！胡老爹，你每日杀猪的营生，白刀子进去，红刀子出来，阎王也不知叫判官在簿子上记了你几千条铁棍；就是添上这一百棍，也打甚么要紧？只恐把铁棍子打完了，也算不到这笔账上来。或者你救好了你女婿的病，阎王叙功，从地狱里把你提上第十七层来，也未可知。

这表面上是邻居的嘲弄，实际上是吴敬梓遵循着胡屠户的迷信逻辑，推导出了和胡屠户相反的结论，使胡屠户处于荒谬的两难之中，越发显得可笑。接下去的"连斟两碗酒喝了，壮一壮胆"，虽然仅仅是叙述，但是也很精彩，写出胡屠户为自己的迷信所苦的可笑，又为情势所逼的可爱。他硬着头皮打了范进一耳光，使范进清醒过来以后，胡屠户的感觉，肯定是吴敬梓的神来之笔：

不觉那只手隐隐的疼将起来；自己看时，把个巴掌仰着，再也弯不过来。自己心

① 李汉辑校：《儒林外史会校会评本》，上海古籍出版社，1984 年，第 45 页。

里懊恼道："果然天上'文曲星'是打不得的，而今菩萨计较起来了。"想一想，更疼的狠了，连忙向郎中讨了个膏药贴着。

这是吴敬梓对胡屠户的调侃，又进一步使胡屠户变得更加可笑，更加可恨，更加好玩了，更加可爱了。可恶的胡屠户变得可笑、可爱的原因是，他的虚幻的自卑感变成了严重的负罪感。吴敬梓改变原始素材的功力，就在于超越了实用的价值，进入人物的非理性的情感世界。感动我们的不再是实用的心理治疗方法，而是不实用的情感变幻奇观。

四、胡屠户的负罪感转化为优越感

到此，胡屠户的内心已经经历了三个阶段。第一个阶段是自尊自大，充满物质的和精神的优越感；第二阶段是丧失了优越感，充满了自卑感；第三阶段则是自卑变成了自我折磨的负罪感。但吴敬梓对他的调侃还没有完结，接着是第四个阶段：当人家嘲弄他说，他这打过文曲星的手杀不得猪了。胡屠户说：

"我哪里还杀猪！有我这贤婿，还怕后半世靠不着也怎的？我每常说，我的这个贤婿，才学又高，品貌又好，就是城里头那张府、周府这些老爷，也没有我女婿这样一个体面的相貌！你们不知道，得罪你们说，我小老这一双眼睛，却是认得人的。想着先年，我小女在家里长到三十多岁，多少有钱的富户要和我结亲，我自己觉得女儿像有些福气的，毕竟要嫁与个老爷，今日果然不错！"说罢，哈哈大笑。

他如此迅速地忘却了自卑感和负罪感，迅速恢复了自豪感。而这种自豪感，比之开初所说的（考中秀才，不是因为才学，而是因为考官可怜他年纪老了，尖嘴猴腮，癞虾蟆想吃天鹅屁、不是天上下凡的文曲星料，撒抛尿自己照照等等），更加自相矛盾，更加荒谬，更加虚幻，更加不可信；但是，他又更加坦然。这种大言不惭的自白，除了自我暴露，自我安慰，自鸣得意以外，没有任何人相信。吴敬梓把胡屠户置于这样一种境地，他所说的一切，目的是让听者尊敬自己，可是实际上却是自我丑化。这已经是很可笑了，更可笑的是，胡屠户自己却没有任何可笑的感觉。这与前此范进感觉不到自己的可悲一样深邃。待到范进回家：

屠户和邻居跟在后面。屠户见女婿衣裳后襟滚皱了许多，一路低着头替他扯了几十回。到了家门，屠户高声叫道："老爷回府了！"

这里十分深刻地提示了胡屠户的自豪感是建立在对于权势者依附感上的。等到他视为"老爷"的张乡绅来临，他就"连忙躲进女儿房里，不敢出来"。他大呼小叫的自豪感是和自卑感互为表里的。

五、作者对范进对肉麻的奉承的麻木的反讽

范进的内心，又与胡屠户互为表里，也经历了三个发展阶段。第一阶段，是完全麻木的自卑感；第二阶段，是没有正常感觉的疯狂和昏迷；第三阶段，最鲜明的表现则是和张乡绅见面的一幕：

> 张乡绅攀谈道："世先生同在桑梓，一向有失亲近。"范进道："晚生久仰老先生，只是无缘，不曾拜会。"

张乡绅说的明明是假话，当范进穷得叮当响的时候，富有的乡绅，哪里会把他当作"桑梓"？哪里会有意来和他"亲近"？范进的回答也是假话，连自己杀猪的丈人都对他无端侮辱，哪还敢拜会什么有权有势的人士？范进和张乡绅的对话最明显的特点，就是所说的话与实际相去甚远。虽然完全不顾事实，却符合官场的身份和礼仪的规范。吴敬梓的才华在于，让他的人物把假话说得心照不宣，一点没有心理障碍。吴敬梓揭示了，这不是一般的客气话，而是客套话，客气的套话。一般的客气话是虚伪的，而客套话，就是说着虚伪的话而没有虚伪的感觉，甚至是说肉麻话也没有肉麻的感觉。张乡绅送了五十两银子，叫他权且收着，又看着范进的破草屋，说"这华居其实住不得，将来当事拜往，俱不甚便"。马上又奉送三进三间的房屋，特地说明目的不过是自己"早晚也好请教些"。所有这些用语，都以与实际情况尖锐反差为特点。一连串的假话，充满反讽，连他的破草屋都说成"华居"，白送住房，不说是为了奉承，而是说为了自己拜会，为了自己来请教方便。范进此时，虽然对于成套的假话应对如流，但是，对于突如其来的厚礼，还未习惯，不免有点书呆子气地"再三推辞"，而张乡绅却说出这样的话："你我年谊世好，就如至亲骨肉一般。"对于"年谊世好""至亲骨肉"这样肉麻的话，范进从容应对，但毕竟如胡屠户所说的"烂忠厚"，还是和张乡绅有一点距离。这一切对答如流的假话，越是假得不可开交，喜剧越是强化。

尾声：老太太之死——悲喜剧的交融

范进中举的喜剧性已经是够淋漓尽致的了，吴敬梓可能还觉得不过瘾，特地又加上了一个尾声（许多中学课文删节）：接着又有许多人来送田产、送店房，甚至投身为奴仆的，

两三个月之间，范进家里，不但陈设豪华，而且仆妇成群。他的母亲，还以为房子家具是从他人借用的，叮嘱家人不要弄坏了。当得知这一切都属于自己之时：

> 老太太听了，把细磁碗盏和银镶的杯盘逐件看了一遍，哈哈大笑道："这都是我的了！"大笑一声，往后便跌倒。忽然痰涌上来，不省人事。

最后竟然不治而死。同样一个人，中举前后，遭遇发生如此巨大的反差，这就难怪范进得知自己真的中举，要兴奋得发狂了。从这个意义上来说，吴敬梓在这里，揭示了范进性格的社会环境。中举之前，备受欺凌和侮辱；中举之后，受尽无端的馈赠。这样的社会陈规，就造成范进的精神心性的麻木，先是由于卑微而麻木，后是因为暴喜而发疯（这是最大的麻木），最后是虚伪的奉承中不觉虚伪的麻木。这种喜剧性的发展暴露了一个"烂忠厚"的读书人的灵魂走向泯灭的逻辑。

范母之死，可以说是神来之笔，把喜剧性发挥得痛快淋漓，是范进中举昏迷的高潮之后的又一高潮。这个经典片段因此就具有了双重高潮。难能可贵的是，这种双重性，不仅仅是形式上的，而且是风格上的。第一度高潮，是单纯喜剧性的；第二度高潮，带来了一点悲剧的色彩。大喜付出大代价，幸运与代价成正比，使悲剧的死亡，变成可笑。由于悲喜的反差，更加显出喜剧的怪异。范进的喜极而狂能得救，而其母却喜极而亡而无救。这其中包含着多层次的对照；一是，其母乐极生悲与其子范进乐极生悲、悲而复乐的对照，二是，死亡之悲，与整个富贵喜庆氛围的对照。多重对照，使得结局的荒谬意味变得非常丰富。

我国古典悲剧大都受大团圆模式束缚，但是《范进中举》却对这个模式有所突破，悲喜交加，大喜大悲交织。可惜的是，这一点没有得到后来者，包括作家和评论家的充分珍视。

诗话体小说
——读《香菱学诗》

诗的概括性与小说的特殊性在构成艺术形象的规律上是矛盾的，以写诗的办法写小说，可能缺乏性格的特殊性。西方叙事性的“史诗”，英语叫作 epic，其实是和 poem 没有什么关系的，西方的短篇和长篇小说中很少有诗，以诗来展示情节和人物在西欧小说家看来是不可想象的。中国小说则不然，《三国演义》《水浒传》中，有大量的诗词，《西游记》的原始版本是《大唐三藏取经诗话》，《金瓶梅》一书的全名叫作《金瓶梅词话》。但是，其中的诗词大多脱离人物的现场感知，多为孤立的静态描写的赋体，颇多陈词滥调。《水浒传》原本中的诗赋，与人物性格无关，故被金圣叹大量删节。《红楼梦》中的诗更多，但大多与人物性格、命运密不可分，成为情节不可分割的有机部分，这在世界文学史上可能是绝无仅有的。

“香菱学诗”作为《红楼梦》的一个片段，其特殊性在于，并不直接以诗见长，而是带着诗话的属性。也许可以叫作“诗话小说”。一些老师的教案，仅仅把它当作小说，孤立地分析香菱的“语言、神态和动作”，以期把握其“性格特征”，似乎有隔靴搔痒之嫌。香菱的语言、神态和动作，特别是陷入“诗魔”境地的描写，颇有特点，但是孤立起来看并不特别精彩。这是个悲剧性的人物：年幼为骗子拐走，十二三岁，被薛蟠强买为妾，改名香菱。生得纤巧可人，本分娴静，为薛蟠强霸为妾，半个奴才，可谓红颜薄命。后为薛蟠正妻夏金桂所妒，备受折磨。但在《红楼梦》“金陵十二钗副册”中列第一名：册页上画着一株桂花，下面有一池沼，其中水涸泥干，莲枯藕败。后面书云：

根并荷花一茎香，平生遭际实堪伤。自从两地生孤木，致使香魂返故乡。

《红楼梦》甲戌本在“根并荷花一茎香”下有双行夹批曰：“却是咏菱妙句。”联系到最后一句的“香魂”说明指的香菱，在作者的构思中，她最后的命运是死亡。据高鹗续书，甄士隐与贾雨村对话，薛蟠出狱后，把香菱扶了正，后难产而死。但按“金陵十二钗副册”的画图，上面一株桂花当指夏金桂，下面池沼，水涸泥干，莲枯藕败意指香菱，作者原意，香菱当为夏金桂折磨致死。

但是，在“香菱学诗”这个片段中，不但没有写她的娴静贤淑，也没有悲剧的暗示，只是反复写她学诗入迷。此文出自《红楼梦》第四十八回，为曹雪芹之原作，看来，作者不过是借此表现身为半个奴才，命运悲惨，却与袭人不同，有相当聪颖的天资和诗的禀赋，在大观园高度的文化氛围之中得到相当的发挥，此回目为“慕雅女雅集苦吟诗”，意在表现其“慕雅”，也就是有某种为妾者难能可贵的高雅。

如果仅从其对话、动作观其性格，与《红楼梦》中其他结社吟诗场景相比，并不见得特别突出。然而，留给读者的印象却相当深刻。原因似乎并不仅在于小说对香菱性格的刻画，而且也在于对诗的渐次有所领悟。从这个意义上来说，这个片段的价值，应该兼有某种诗话的性质。虽然在方法上多取小说的对话，却是相当长的议论，议论的抽象性应该与小说有矛盾，但矛盾并不太明显，原因是曹雪芹把议论放在香菱与林黛玉、贾宝玉、薛宝钗情感中拉开了相当幅度的错位。

小说不同于诗，写人并不是写孤立的人，而是写人与人之间的情感的特殊错位。把阅读的焦点孤立地放在香菱的语言、神态和动作上，不但不得要领，而且可能缘木求鱼。这一片段之所以是小说，而不仅仅是诗话，关键在于香菱的作诗入魔，在黛玉、宝玉、宝钗的观感中展示了情感的错位。所谓错位，就是在支持她、称赞她写诗，众人是一致的，但是，情感态度各有不同。这种情感的展示还有一个特点，众人的议论不是直接矛盾的，也不是连贯的，而是分散的，仅仅是谈笑而已，效果不强烈，并未构成线性因果情节，不像西洋画法的焦点透视，更有中国画法的散点透视的韵味。

对于文化水平并不太高的香菱（而不是众姊妹）学诗，林黛玉的口气显得很大，“既要作诗，你就拜我作师”。还说写诗很容易：“什么难事，也值得去学！”“不过是起承转合，当中承转是两副对子，平声对仄声，虚的对实的，实的对虚的，若是果有了奇句，连平仄虚实不对都使得的。”林黛玉显然是把作诗说得太简单了，其理论也并不全面。我国传统的诗言志，宋朝以后的诗话的神韵、格调等等一概置之度外。所说又只是近体诗中之律诗一体。骚体、汉魏古诗，唐以后的古风歌行等全然不在眼下。且不谈情思，只讲形式，基本上是据元人杨载和清人金圣叹以起承转合说诗，其实起承转合基本上是八股文的套路。这从理论上来说是很粗疏的。就是散文也不一定全是起承转合，而诗的意脉如杨载所言，“承”“转”则有之，合则是散文的结论，于诗则未必。林黛玉这样的大话，这样的泰然的自信，是很罕见的：在大观园里众姊妹中，林黛玉讲话一向是含蓄的、婉转的，对香菱居然这样大言不惭，说明她在才情方面有非同小可的自得。但是，讲到对仗的时候，曹雪芹却让林黛玉犯了个常识性的错误："虚的对实的，实的对虚的。"至少在对子中就不通，应该是实词对实词，虚词对虚词。于律诗当然是理论错误，但是，小说却能表现林黛玉自信满满，脱口而出，说走了嘴。

当然，作者笔下的黛玉毕竟不是等闲之辈，她的诗学观念确有不俗之处，如强调"意趣"高于"词句"："若是果有了奇句，连平仄虚实不对都使得的。""词句究竟还是末事，第一立意要紧。若意趣真了，连词句不用修饰，自是好的，这叫做'不以词害意'。"曹雪芹在这里显然很有分寸，既没有把林黛玉写成诗歌理论家，也没有让她凭空自信。她的真正杰出之处，在于她的艺术直觉：当香菱称赞陆游的诗"重帘不卷留香久，古砚微凹聚墨多"时，黛玉道："断不可学这样的诗。你们因不知诗，所以见了这浅近的就爱，一入了这个格局，再学不出来的。"陆游的这首诗前有小序："书室明暖，终日婆娑其间，倦则扶杖至小园，戏作长句二首。"说明有"戏作"的性质。整首诗如下：

美睡宜人胜按摩，江南十月气犹和。

重帘不卷留香久，古砚微凹聚墨多。

月上忽看梅影出，风高时送雁声过。

一杯太淡君休笑，牛背吾方扣角歌。

全诗表现闲适悠然而自得自如的情趣，应该算是比较符合回目上的"慕雅"的"雅"的。但是，林黛玉却对其中的"重帘不卷留香久，古砚微凹聚墨多"嗤之以鼻。无非是嫌其"浅近"。钱穆先生则认为不仅仅是浅近的问题：

放翁这两句诗，对得很工整。其实则只是字面上的堆砌，而诗背后没有人。若说它完全没有人，也不尽然。这个人在书房里烧了一炉香，帘子不挂起来，香就不出去了。他在那里写字或作诗，有很好的砚台，磨了墨，还没用。则是此诗背后原是有一人，但这人却教什么人来当都可，因此人并不见有特殊的意境，与特殊的情趣。无意境，无情趣，也只是一俗人。[①]

说此诗缺乏强烈的个性也许不无道理，陆游诗的开头："美睡宜人胜按摩，江南十月气犹和。"格调不高，所写无非就是十月小阳春，暖得人百无聊赖，懒洋洋而已。颔联上句"重帘不卷留香久"仍然不见起色，意思是，室内焚香由于窗帘不卷而得以长期享受，这种享受承接了开头的"美睡"，仍然停留于感官，故格调并未有所提升。钱穆先生批评其无"特殊的情趣。无意境，无情趣，也只是一俗人"也许正是出于此。但是，接下去"古砚微凹聚墨多"应该说比较好一点，"古砚微凹"显示长期磨墨，砚台都凹下去了。趣味就不但

---

① 钱穆：《中国文学论丛》，生活·读书·新知三联书店，2005年，第110—111页。

超越感官，而且超越现场和现时，诗人在静观默察中透露了自得，表现得比较细致精微，应该说，格调有所提升，林黛玉的贬抑，并不公平，然而，就小说而言，却好在表现她心高气傲。钱穆先生说，这背后有人，说“但这人却教什么人来当都可”，则有牵强之嫌。其实，这人显然是默默自我欣赏的文人，发现了砚之凹，是过去长期用功之结果，“聚墨多”则是现时命笔之沉吟。最后一联“一杯太淡君休笑，牛背吾方扣角歌”，一下从写作转到饮酒和牛背扣角而歌上去，从执笔沉吟到“牛背扣角”而歌，其趣味则应该是比较雅，很难算是俗，并不是任何人都能达到的境界。我想，陆游晚年追求用语直白，表现潜在细致的心理，而不显苦吟，颇为得意，因而不止一次重复用其意、用其语。在《闲中》中：“活眼砚凹宜墨色，长毫瓯小聚茶香。”林黛玉的不满可能在于，拿这样的诗作和她推崇的杜甫的七律那种情感脉络的“沉郁顿挫”，境界上的“阔狭顿异”相比，实在是小家子气。对于香菱这样学诗的人来说，取法乎上，仅得其中，陆游此诗在宋诗也只能属于中等，取法乎中，仅得乎下。这说明林黛玉心高气傲。这种傲气，在日常交往中，是很少直接表白的。许多论者在分析这个片段时，都忘记了这里与其说是表现香菱，不如说借香菱反衬林黛玉。

在黛玉的启发下，香菱对诗有了初步的体悟：“诗的好处，有口里说不出来的意思，想去却是逼真的。有似乎无理的，想去竟是有理有情的。”这个体悟把“无理”和“逼真”对立起来，举出“大漠孤烟直，长河落日圆”为例：“想来烟如何直？日自然是圆的：这‘直’字似无理，‘圆’字似太俗。合上书一想，倒像是见了这景的。”又举“日落江湖白，潮来天地青”为例说：“这‘白’‘青’两个字也似无理。想来，必得这两个字才形容得尽”，而且像橄榄一样富有余味。最后举“‘渡头余落日，墟里上孤烟’：这‘余’字和‘上’字，难为他怎么想来！”还说，这令她想起来京时所见过的景观。这个理解有相当深刻之处，所谓“无理”的范畴，是十七世纪中国诗话家贺贻孙《诗筏》提出“妙在荒唐无理”，[①]贺裳（1681年前后在世）和吴乔（1611—1695）提出“无理而妙”“痴而入妙”。[②]说的是，诗的情感逻辑不同于理性逻辑。曹雪芹（约1715—约1763）生活在他们差不多百年之后，不难获知这个中国诗学特有的范畴，故让他的人物随口说出来，但是，曹雪芹没有让这个初学者对“无理”的范畴有充分的理解，而是让她似是而非地把这个情感的范畴当成了可视的“逼真”的图画。殊不知诗往往并不以逼真取胜，而以“逼真的幻觉”取胜。正如冒春荣（1702—1760）在《葚原诗说》中所云：“极世间痴绝之事，不妨形之于言，此之谓诗思。以无为有，以虚为实，以假为真。”

① 郭绍虞编选：《清诗话续编》，上海古籍出版社，1983年，第一册，第191页。

② 贺裳：《载酒园诗话》卷一，郭绍虞编选《清诗话续编》，上海古籍出版社，1983年，第一册，第209、225页；吴乔：《围炉诗话》卷一，同上，第477—478页。

写到这里，已经达到了当年中国诗论的尖端了，如果再一味在诗学理论上纠缠下去，就不成小说了。接着曹雪芹把香菱这个“诗痴”现象，让宝玉、黛玉、宝钗等疏疏落落地展开错位观感。首先，在香菱看来，不过是“学着顽罢了”。而宝玉则认为不应当这样对自己的禀赋“自暴自弃”。第二，观感的错位幅度更大的是宝钗。她虽然也不反对香菱学诗，却说她是“自寻烦恼”，把自己弄成“呆子”。可是宝玉却认真告说她们的诗被抄了出去，却让外面的“相公”们“真心叹服”。第三，黛玉和探春这些水平更高的姐妹则认为自家园子里的诗作，不应该拿到外面去。《红楼梦》为什么要花那么多篇幅写大观园里众姊妹结成诗社吟诗作对呢，主要原因就在于，完全是自娱，超越功利目的，表现心气高洁；与贾宝玉所厌恶的八股文的“仕途经济”的功利目的相对立，显示这些仕女在才情上远远高于大观园外那些世俗文人。究竟高在何处，如何才能高起来呢？曹雪芹让黛玉为香菱命题“月”，作三首律诗一一比较，第一首：

月挂中天夜色寒，清光皎皎影团团。
诗人助兴常思玩，野客添愁不忍观。
翡翠楼边悬玉镜，珍珠帘外挂冰盘。
良宵何用烧银烛，晴彩辉煌映画栏。

宝钗的评价是：“这个不好，不是这个作法。”黛玉的评价则是：“意思却有，只是措词不雅。皆因你看的诗少，被他缚住了。”《红楼梦》没有细述“不雅”在何处，在什么地方“被缚住了”。这里蕴含着相当深邃的修养。第一，全诗都在表现月光的美，所用“夜色”“皎皎”“翡翠楼”“珍珠帘”“悬玉镜”“挂冰盘”“烧银烛”“映画栏”都是华丽的套话。至于“诗人助兴”“野客添愁”更是如此，没有一点属于这个悲剧女性自己的感受。黛玉让她“只管放开胆子去作”。也就是从现成话中挣脱出来，写出别人没有写过的话。香菱由此废寝忘餐，在宝钗看来是“疯了”，而宝玉却认为是像香菱这样一个天赋性情的，不这样，反而是白白“俗了”。《红楼梦》在这里，让宝钗针对宝玉稍带一句，“你能够像他这苦心就好了，学什么有个不成的”。指的是宝玉的正业八股文，这可击中了宝玉的要害。“宝玉不答。”只一句拉开了两人内心价值观念的错位距离，正是这样才使得这个本来讨论诗法的对话，没有成为枯燥的诗话，而成为小说。

香菱在黛玉指导下，写出了第二首：

非银非水映窗寒，拭看晴空护玉盘。
淡淡梅花香欲染，丝丝柳带露初干。
只疑残粉涂金砌，恍若轻霜抹玉栏。
梦醒西楼人迹绝，余容犹可隔帘看。

黛玉道："自然算难为他了，只是还不好。这一首过于穿凿了。"黛玉的评价是"过于穿凿"，其实，和第一首一样，还是华丽词藻的堆砌："映窗寒""护玉盘""露初干""粉涂金砌""霜抹玉栏"也就是黛玉所说的"被缚住了"，且未突破对于月光的视觉描绘。林黛玉之所以说"自然算难为他了"，意思是有些进步，主要表现在尾联："梦醒西楼人迹绝，余容犹可隔帘看。"有一点忧愁，而且是在梦醒之后，孤独地（人迹绝），隔着窗帘静静地看着月亮。这里有微妙的情绪转折，但是，孤独感和前面几联的华彩完全不相称。

挨了批评以后，香菱又苦心孤诣地经营，其情状为宝钗嘲为"诗魔"，居然在梦中得了灵感，写成了第三首：

精华欲掩料应难，影自娟娟魄自寒。

一片砧敲千里白，半轮鸡唱五更残。

绿蓑江上秋闻笛，红袖楼头夜倚栏。

博得嫦娥应借问，缘何不使永团圆！

众人看了笑道："这首不但好，而且新巧有意趣。"黛玉、宝钗也称赞。这一首当然比前两首好一些。主要是"新巧有意趣"。新在不一味拘于描绘月色，而是以情感作为全诗的意脉。开头一联"精华欲掩料应难，影自娟娟魄自寒"，不再被动地写月光之美，而是说，这样的美就是要遮蔽也很难，其影自美，其魄自寒，这样宁静自然的美不在乎任何外在的观赏。最后一联："博得嫦娥应借问，缘何不使永团圆！"借助嫦娥的典故有了女性的孤独感，超越了一味描绘，用直接抒情的句式，道出不得"团圆"的憾恨。这就与香菱的命运有点联系，多多少少找到了香菱的一点自我的感觉了。虽然如此，曹雪芹并没有把香菱变成一个天才诗人。诗的当中两联留下了不足，应该是故意的，那就是完全是现成语言的堆砌："砧敲千里""鸡唱五更""绿蓑""闻笛""红袖""倚栏"。从整首诗的意脉来说，和孤独女性的隐忧完全是绝缘的。这说明香菱的作品仍然是幼稚的，仍然不能摆脱套语的束缚。

其实，曹雪芹在众姊妹结社吟诗时，其佳作，远远超过这一首。例如写菊花的，光是题目，不是被动地描绘菊花，而是主体的"对菊""问菊""访菊""供菊""簪菊"等。如果从诗歌史上写月亮的作品来看，拘泥于描绘月色的，大都带着咏物诗的局限，这种写法，王夫之认为虽"极缕绘之工"仍为"卑格"。月亮的意象到了李白手中，早已改变了它作为观赏对象的潜在成规，而是在主观驾驭之中变幻万千了。李白在月亮的这个意象上突破了这个意象公共的单一性，赋予月亮以自己的生命，随李白的情感而变幻万千。当他童稚未开时，月亮就是"白玉盘""瑶台镜"（小时不识月，呼作白玉盘。又疑瑶台镜，飞在青云端）。当友人远谪边地，月光就化为他的朋友对之形影不离地追随（我寄愁心与明月，随君直到夜郎西）。月亮可以带上他孤高的气质（万里浮云卷碧山，青天中道流孤月），也可以成为豪情的载体在功成名就时供他赏玩（一振高名满帝都，归时还弄峨眉月）。金樽对月意味着及时享受生命的欢乐（人生得意须尽欢，莫使金樽空对月）。对月可比可赋，无月亦可起兴（独漉水中泥，水浊不见月。不见月尚可，水深行人没）。抱琴弄月，可借无弦之琴进入陶渊明的境界（抱琴时弄月，取意任无弦）。“明月出天山，苍茫云海间”中的月带着苍凉而悲壮的色调；“长安一片月，万户捣衣声。秋风吹不尽，总是玉关情”，思妇闺房的幽怨弥漫在万里长空之中，幽怨就变得浩大。月对于李白来说，不但可以“待”（浩歌待明月，曲尽已忘情），而且可以“邀”，视之为自己孤独中的朋友（举杯邀明月，对影成三人），而且是可以“问”的（青天有月来几时，我今停杯一问之）。但是这种问并不仅仅限于屈原式的对神话经典的质疑（白兔捣药秋复春，嫦娥孤栖与谁邻），而且最深邃的是对生命苦短的传统母题的反思和突破。不但可以咏歌之，“弄”（弹奏）之，甚至可以“揽”（“欲上青天揽明月”）之，使之交织着“逸”兴和“壮”思。在他以前，甚至在他以后，没有一个诗人，有这样的才力营造这样统一而又丰富的意象。虽然皎然也曾模仿过，写出“吾将揽明月，照尔生死流”（《杂寓兴》），只是借月光的物理性质，而不见其丰富情志。从这个意义上来说，香菱的第三首还是相当幼稚的，黛玉姐妹对之称赞，所表现的并不是诗的真正水准，而是她们对香菱这样一个“诗魔”的宽厚。

妙在情感互动的错位脉络
——读《林黛玉进贾府》

《林黛玉进贾府》，仅从超星阅读器搜索，自2003年至今在中文期刊上文章高达976篇，其中多数为教学设计、课堂实录，对于艺术内涵的理解，流于表面，重复率之高，实为罕见。其中对文本、对林黛玉之形象的独特性、唯一性，正面做出稍稍深入的分析者可谓凤毛麟角。个中原由，可能是作者多为中学一线语文教师，对于文本解读，尤其是小说文本解读，缺乏必要的基础理论。当然，在如此之多的文章中，亦不乏稍有新意者，作者多为大学教师，往往借助西方叙述学之"叙述视角""视角聚焦""叙述功能"话语对文本进行分析。如，以林黛玉为"叙述焦点"，以陌生的眼光观照贾府，"提高了读者的阅读期待"，"黛玉作为'被看'的对象，聚焦了贾府中众多重要人物的视线，在'众人错综视角'中呈现"。"作为'镜子'映照出这些人物的主要性情"，"直接叙事和间接叙事"自如地转化，在宏大的排场中让其人物一一登场，同时表现林黛玉"所见所闻""所思""所言所行"。但是，西方叙述学所谓的"视觉聚焦""视角错综""看"与"被看"等话语，对小说人物之个案之解读，作为理论并不够用。就是西方大师据之所作实际分析（如美国新批评之干将布鲁克斯和沃伦所作《小说鉴赏》[①]），质量亦平平，显而易见之失亦非罕见。以致李欧梵先生断言20世纪西方文论诸多流派皆以文本为攻坚之"城堡"，然而，混战多年，各色旗帜残破，而"城堡"安然无恙。[②]前述国内文章能够解读出林黛玉内心"步步留心，时时在意，不肯轻易多说一句话，多行一步路，惟恐被人耻笑了他去"，归纳出其"自尊和敏感"，已经属超越叙述学的发挥。[③]西方叙述学之局限在于：第一，其为西方现代理论，以回避古

① 布鲁克斯、沃伦：《小说鉴赏》，世界图书出版公司，2006年。

② 李欧梵《世纪末的反思》，浙江人民出版社，2002年，第274—275页。

③ 参阅《"林黛玉进贾府"的叙事视角》（《语文建设》2012年第3期），《"林黛玉进贾府"：人物的出场及文本功能》（《语文建设》2011年第7—8期）。

典审美价值为务，故缺乏审美情感范畴，而《红楼梦》乃古典文学之经典，故二者难免凿枘难通。第二，就是以古典的审美价值原则解读《红楼梦》，亦停留于审美之抽象观念，缺乏对审美情感特殊规律之深入探究。盖汉语之情与动天然相连系，故曰动情、动心、触动、感动、激动。动则情动于衷，不动则为无动于衷。① 英语亦然。其感动词根来自 move，系从空间之移动引申为内心之变动。故欲深入解读《林黛玉进贾府》当以审美情感为纲，而欲透视其审美情感之艺术奥秘，当以情感之动，之变幻为线索。

此文节自《红楼梦》第三回“荣国府收养林黛玉”。此回之特点在于：第一，从林黛玉的主观视角去写贾府的豪华显赫，不像西方长篇小说以静态的笔法描述建筑、楼层、家具的文化意味（如巴尔扎克《高老头》的开头就花了不下四千字的篇幅）。第二，用林黛玉的眼光移步换景使贾府等级森严的日常的礼仪、规矩动态化，避免了静态冗长的罗列使读者读后忘前，不能在瞬间构成有机统一感受，削弱专注感，难以在“无意注意”间享受被吸引之乐趣。第三，移步换景，景之动，限于外部视觉，其动人有限。白居易《与元九书》云：“感人心者，莫先乎情。”景之动人，不完全在景，王国维曰“一切景语皆情语”，动人在景中之情，故其实质乃移步变情，景之丰富不足以动人，唯情之变幻乃能感染。第四，仅仅如此，乃诗之属性。诗之情为单线，而小说乃多人共处，人之关系错综，人之关系互动，情变随之错位。在错位变幻中显现出人不见于表，不欲明言，隐于内心深处的奥秘。

诸多论者习惯于引用原文现成的概括：林黛玉“步步留心，时时在意，不肯轻易多说一句话，多行一步路，惟恐被人耻笑了他去”，把这一点当成全部，无异于把变幻的动态的脉络变成静态的一点，给读者造成一种错觉，似乎林黛玉此种心态自始至终不变，不变就是静态，则与西方传统长篇小说平面罗列景物之弊略同。以审美情感互动观之，则应着眼于情之因人而动，感人心者，非在情之不变处，而在情之互动起伏、转折错位之过程。论者所谓林黛玉“自尊与敏感”，固然有理，这种自尊起初具有消极防备的性质。如饭后漱口饮茶的程序，“黛玉见了这里许多事情不合家中之式，不得不随的，少不得一一改过来”。又如，贾母问黛玉念何书。黛玉谨慎地说：“只刚念了《四书》。”（实质上可能是打了折扣的）黛玉又问姊妹们读何书。贾母道：“读的是什么书，不过是认得两个字，不是睁眼的瞎子罢了！”后来贾宝玉问她：“可曾读书？”黛玉就改口说：“不曾读，只上了一年学，些须认得几个字。”这充分说明黛玉敏感、乖巧，随机应变，不想让自己高出众姐妹，其防备性的自尊以自谦来表现，正是小说在多人之情感互动中，发生错位的心理效果的规律性表现。

林黛玉的步步留心，时时在意，不敢多说一句，只是初始的谨慎小心，出于其潜在的社会地位的自卑。但是，这种初始心态和她所遇到隆重而亲切的接待发生矛盾。这一回的

① 参阅孙绍振：《论李白“下江陵”》，《文学遗产》2007 年第 1 期。

回目是“荣国府收养林黛玉”，其实这个“收养”作为题目与内容并不切合。林黛玉并不是小户人家的孤女为富贵人家所“收养”，而是投亲，而且是投奔至亲。所受到的接待是极其隆重的。她的船一到，“便有荣国府打发了轿子并拉行李的车辆久候了”。先是轿夫抬轿，进门以后，是衣帽周全小厮抬轿。轿子停下，众婆子上来打起轿帘，扶黛玉下轿。进入内室，几个穿红着绿的丫头，便忙都笑迎上来，说：“刚才老太太还念呢，可巧就来了。”于是三四人争着打起帘笼，一面听得人回话：“林姑娘到了。”轿夫、婆子、小厮等的服务，不过是礼仪上的隆重，小丫头们所言，则显示是阖府的欢迎，以最高权威的老祖宗贾母为首的热切期待。这种期待不是一般的，在性质上是真挚的亲情：贾母将之“搂入怀中，心肝儿肉叫着大哭起来”。“黛玉也哭个不住”。贾母对黛玉说在诸儿女中“所疼者独有你母”为之一哭、再哭。此时之哭，就其性质而言，其疼爱超越其他儿女，故对黛玉，亲情之爱超越探春、迎春、惜春自不待言。故黛玉防备之心渐趋渐淡。

从情感脉络来看，与贾母相见形成一个小小的高潮，这只是文脉的第一环节。

第二个环节，即第二个小高潮是王熙凤的来到，把林黛玉的地位提高到新的高度。

“一语未了，只听后院中有人笑声，说：‘我来迟了，不曾迎接远客！’”甲戌侧批曰，此文妙在“未见其人，先使闻声，”[①] 其实是只见其一，不见其二和其三。王熙凤之出现有三重功能：第一是，表现了她的声气夺人的个性。第二是，表现林黛玉情感的变动，由防备转化为惊异。黛玉纳罕道：“这些人个个皆敛声屏气，恭肃严整如此，这来者系谁，这样放诞无礼？”贾母笑道：“你不认得他，他是我们这里有名的一个泼皮破落户儿，南省俗谓作‘辣子’，你只叫他‘凤辣子’就是了。”从情感互动和小说营造的氛围来说，则是亲切之悲化为惊异之喜。这一情感脉络的转折甚大，原来是在老祖宗面前的规矩礼数严谨，如吃饭时“外间伺候之媳妇丫鬟虽多，却连一声咳嗽不闻。寂然饭毕”。王熙凤一到，突然由老祖宗带头轻松调笑，而且从礼貌语、书面语变为粗俗之口语。第三，这种欢笑氛围又落实于林黛玉受贾母之宠上。王熙凤对林黛玉的赞美：“天下真有这样标致的人物，我今儿才算见了！况且这通身的气派，竟不像老祖宗的外孙女儿，竟是个嫡亲的孙女，怨不得老祖宗天天口头心头一时不忘。”把称赞林黛玉落实到老祖宗身上去。在当时的场景中，这是最高的称赞。接着又为林黛玉母亲早年过世而“用帕拭泪”，经贾母劝说，熙凤立刻“转悲为喜道：‘正是呢！我一见了妹妹，一心都在他身上了，又是喜欢，又是伤心，竟忘记了老祖宗。该打，该打！’”王熙凤出场的打趣使氛围从温馨变为热烈，伤感变为调笑，这一方面有点表演性，也有不无真诚的表示：“在这里不要想家，想要什么吃的，什么玩的，只管告诉我，丫头老婆们不好了，也只管告诉我。”王熙凤将林黛玉在贾府的地位提高到极点。这

① 冯其庸主编：《脂砚斋重评石头记汇校》，文化艺术出版社，1987 年，第三回。

时，林黛玉当然会明白，在老祖宗面前表现对自己的特殊的亲和爱，居然是可以“放诞无礼”的。为了夸张地表现对自己的特殊亲密，就是“放诞无礼”也能讨老祖宗的欢心。自己在老祖宗心目中的尊贵当不难体悟。此时的林黛玉恐怕初始的“步步留心，时时在意，不肯轻易多说一句话”紧张陌生防备的心态理所当然地为与这种新的上下一致的亲情融化了。当然，这种融洽毕竟是在礼数之内的，因而，在拜见贾赦之后，刑夫人留她吃饭，她以尚未拜见王夫人，自己不能先用餐而婉谢。

第三个高潮则是贾宝玉出场。贾黛初会，其情感互动错位之强烈，使本回达到真正的高潮。这是本文最为精彩之处，但是却几乎为所有论者忽略了。在《红楼梦》中王熙凤当然是重要的，故作者用了重笔，先以未见其人，先闻其声，转换现场氛围，再以赋体诗语对其风貌进行描写渲染。贾宝玉比王熙凤更重要，对其出场，作者用了更大的手笔，更多的层次，更强烈、更奇妙的效果。首先是未见其人，先闻其评，而且不是好的评价。王夫人预告贾宝玉是个“孽根祸胎”“混世魔王”。“嘴里一时甜言蜜语，一时有天无日，一时又疯疯傻傻。”“以后不要睬他。”作者又让林黛玉回想起早先的风闻：衔玉而诞，顽劣异常，极恶读书，最喜在内帏厮混，外祖母又极溺爱，无人敢管。及至黛玉初闻宝玉将至，竟以为“不知是怎生个惫懒人物，懵懂顽童”。一旦出现，首先是用了赋体语言渲染其风貌。“面若中秋之月，色如春晓之花。”“虽怒时而若笑，即嗔视而有情。”让黛玉一见，“便吃一大惊，心下想道：“好生奇怪，倒像在那里见过一般，何等眼熟到如此！”这还不算，作者又让宝玉换了便装，再次亮相，让林黛玉的感觉深化：原先预期的“惫懒人物，懵懂顽童”变成了“天然一段风骚，全在眉梢，平生万种情思，悉堆眼角”。从心理学观之，这显然是一见钟情潜意识的萌动。此时的黛玉早已有点忘神，原先“步步留心，时时在意”的理性的防备心理早已消解了。在中国小说戏曲史上，写男女之一见钟情甚多，但是，即使如《西厢记》张生初见莺莺“兜的便亲”只是在意识层次，《红楼梦》之突破乃在进入潜意识层次，只觉得眼熟到吃惊，而不知爱情。作者的手笔之大，不止于此，宝玉见了黛玉，同样是一见钟情，其心理效果奇特、奇异、奇妙得多。宝玉认真看黛玉，同样也用了赋体渲染。但是，没有衣饰的描写，甲戌本眉批说：“不写衣裙妆饰，正是宝玉眼中不屑之物，故不曾看见。”光写“黛玉之举止容貌，亦是宝玉眼中看、心中评”。[①]这种赋体文字，在章回小说中，虽然不无未能免俗之笔，然在这里却大大超越了《三国演义》《水浒传》人物出场之套语，原因在于，不但写黛玉之面，而且是写宝玉之心。更突出的是，宝玉看罢道：“这个妹妹我曾见过的。”这表面上是活见鬼，实质上是大手笔，大就大在一样是潜意识里的心心相印，在黛玉是放在心里吃惊，而宝玉却是笑着公然说出来。更精彩在于人物间情感的

① 冯其庸主编：《脂砚斋重评石头记汇校》，文化艺术出版社，1987 年，第三回。

神秘互动，其表现形式之不同，不但在于语言，而且在于动作，不是一般的动作，而是大幅度的、惊人的、不要命的动作。

宝玉没头没脑地问黛玉："有玉没有？"黛玉回答没有，宝玉"登时发作起痴狂病来，摘下那玉，就狠命摔去"，骂道："什么罕物，连人之高低不择，还说'通灵'不'通灵'呢！我也不要这劳什子了！"吓得众人一拥争着去拾玉。贾母急得搂了宝玉道："孽障！你生气，要打骂人容易，何苦摔那命根子！"所谓"命根子"，读者知道宝玉失玉就会失魂的。宝玉满面泪痕泣道："家里姐姐妹妹都没有，单我有，我说没趣，如今来了这们一个神仙似的妹妹也没有，可知这不是个好东西。"初次见面，就闹出这么大的几乎是危险的动作来，这是从外在效果上写一见黛玉（神仙似的）对宝玉心灵的冲击，这种效果，充分显示出人物情感错位的性质，从现实性说是潜意识的强烈作用，从神秘性说则为绛珠仙子和神瑛侍者的关系。

第四个环节是文章的尾声，但对于全书、对林黛玉的性格展示来说，却是开端。

安排房舍时，林黛玉被安排贾母同一套间中，把贾宝玉的"碧纱橱"让给她，而宝玉却睡在其外。这样的安排，对于黛玉来说，亲密的程度与贾府男性接班人宝玉相比有过之而无不及。但是，作者并没有让林黛玉感到荣幸，也没有快乐，相反却让袭人发现"林姑娘正在这里伤心"。林黛玉自述："今儿才来，就惹出你家哥儿的狂病，倘或摔坏了那玉，岂不是因我之过！"这一笔，更显出有情人情感互动的错位特征。在接受如此厚待，如此尊贵，获得如此钟情之后，却是独自忧伤。一来，这一笔点明了林黛玉防备性的自尊变成了多愁善感，哪怕是积极性的好事，也引起消极性的痛苦，这将是她未来在全书中展示的性格核心。故蒙古王府本侧批曰："后百十回黛玉之泪，总不能出此二语。"①

至此，本回林黛玉心理脉络完整呈现，先是细心防备，后是自然地融入，坦然接受超优厚待遇，再是吃惊于一见钟情之潜意识萌动，得到心心相印的呼应，最后引起的却不是庆幸，而是忧伤。对于本回而言是极具特色之尾声，对于林黛玉的性格核心而言，则是逻辑起点，对于全书，尤其是对宝玉和黛玉的爱情而言，其心灵的错位和统一，则才是开端。

很明显，全文动人的是人物情感错位的互动起伏的脉络，而西方叙述学的"视角聚焦"之所以不着边际，关键在于"聚焦"只在固定的一点，而小说人物艺术魅力在于多元线性错位变幻的曲折过程。

---

① 冯其庸主编：《脂砚斋重评石头记汇校》，文化艺术出版社，1987年，第三回。

刘姥姥初进贾府：王熙凤的五个“笑”字

许多读者甚至专家，不能真正读懂《红楼梦》的艺术，原因很多，其中最主要的是，只看其写了什么，而忽略了，它没有写什么。显赫贾府，光是府第就占了一条街，按西方小说套路（不论是左拉，还是巴尔扎克）少不得要对其建筑进行上千字静态的细节描写，但是《红楼梦》不然，它所遵循的是中国史家记言和记事的传统，笔墨全在动作和对话上，除了特别重要的人物（如贾宝玉、王熙凤）出场用赋体外，很少静态的形容和铺排。但是，贾府的豪华和显赫又是书写的中心。刘姥姥初进贾府，曹雪芹采取了反复以人物行为和对话的办法，从心理效果上展开。

通过对话和行为，表现的主要不是建筑、陈设，而是人物心理上的新异感。这有点像俄国形式主义者所说的“陌生化”（остранение）。但是，俄国形式主义所说的陌生化，只是字词的陌生化，而不是情感的陌生化。日尔蒙斯基说：“诗的材料不是形象，不是激情，而是词。”① 雅可布森说得更坚决：“诗歌性表现在哪里呢？表现在词使人感觉到词，而不是所指之对象的表示者，或者情绪的发作。”②相当多数的评论家盲目地把陌生化引用到中国文学的解读上来，殊不知《红楼梦》是汉语的艺术，和俄语那种复杂的名词性分阴阳，数分单复，格分六级不同，恰恰不是字词的陌生化，而是感觉、知觉和情绪的陌生化，或者新异化。

在刘姥姥初进荣国府之前，第二回，冷子兴就对荣国府作鸟瞰式的演说，提出了这个贵族世家男性接班人的危机，集中于在贾宝玉身上，顺带提到目前女性掌门人王熙凤，说贾琏“自娶了他令夫人之后，倒上下无一人不称颂他夫人的，琏爷倒退了一射之地：说模样又极标致，言谈又爽利，心机又极深细，竟是个男人万不及一的”。这种女性胜于男性的新异、陌生之感，突出的是王熙凤。脂砚斋甲戌本侧批说：“未见其人，先已有照。”后来

① 日尔蒙斯基：《诗学的任务》，《俄国形式主义文论选》，方珊等译，1989 年，第 83 页。

② 参见《英美文艺学方法论》下卷，文化艺术出版社，1987 年，第 530—531 页。

林黛玉初进荣国府，又以极其谨慎的心理体验贾府的新异感，也是将贾宝玉和王熙凤对比着感受的，其高潮是在以贾母面前，等级的森严肃穆的氛围为王熙凤的任性张扬所打破，表现她得心应手地博取贾母的欢心。作者的匠心显而易见，写贾府是离不开对王熙凤的新异感。不过冷子兴的新异感是局外人的，林黛玉的新异感带着贵族自尊和警惕。曹雪芹显然觉得才气还没有用够，让刘姥姥进贾府，则是换一种性质不同的视角，以贫苦百姓卑微的新异感看荣国府。

这种新异感集中于强烈的反差上，其基础当然是物质豪华和贫穷，但是，荣国府的府第、排场，在刘姥姥的眼中，只有极其简略的几句话："荣府大门石狮子前，只见簇簇轿马""几个挺胸叠肚指手画脚的人，坐在大板凳上"。这显然是有意简略。请注意，这里不但没有背景描写，而且几乎没有表情衣着，面对"挺胸叠肚"旁若无人的大汉，写刘姥姥的胆怯，只用了一个"蹭"字，外加一句非常谨慎、恭敬的话："大爷们纳福。"作者没有写这些大爷们的表情，只是"那些人听了，都不瞅睬，半日方说道"。这个"半日方说"，只是叙述，四个字，其心理潜在量是很深的。不但没有起码的礼貌，而且是公然冷落，接着由一个好心人指不要误人家的事了，指点刘姥姥到后街后门去找。从这里，强调的是，贾府看门的这样拿大，刘姥姥在心理上，并未引起特别的反感，世态炎凉，她已经见怪不怪了。

接着写周瑞家，居然一个管家的也雇佣了小丫头。周瑞家的猜着几分刘姥姥来意，相当热情，这并不完全是为了帮忙刘姥姥，而是为了显露自己在贾府的"体面"。所有这一切可以说都是衬笔、蓄势，脂砚斋甲戌本评曰："此回借刘妪，却是写阿凤正传，并非泛文。"侯门深似海不在府第，而在礼数、人情的曲折、复杂。光是见一下王熙凤，就有许多陌生的规矩和讲究。由此，带出了周瑞家的一番对王熙凤的评论："少说些有一万个心眼子。再要赌口齿，十个会说话的男人也说他不过。"日常事务全靠她"周旋迎待"。

"周旋迎待"，是关键，下面的一切，可以说全是王熙凤的"周旋迎待"。笔法集中在刘姥姥和王熙凤的对话，给刘姥姥新异的心理感受上。

先是进入房间一阵香气弄得身子如在云端里一般。满屋中之物都耀眼争光的，头悬目眩。刘姥姥"惟点头咂嘴念佛而已"。心理效果很简洁，并无繁复的细节，只简略写刘姥姥惊异到说不出人间的话来。见了平儿满身绸缎，穿金戴银，错以为是凤姐，发现不过是有体面的丫头而已。接着刘姥姥对自鸣钟响起来"唬的一展眼"还没有来得及惊异，才让小丫头紧张地通告，凤姐要出场了。正是"摆饭"的时候，又让刘姥姥在外面等候一会儿，一会儿鸦雀无声的排场过后，才让她见到了王熙凤。

除了情节的必要，《红楼梦》是不写人物的穿戴的，这一次只略带几笔："那凤姐儿家常带着秋板貂鼠昭君套，围着攒珠勒子，穿着桃红撒花袄，石青刻丝灰鼠披风，大红洋绉银鼠皮裙，粉光脂艳。”全文的精彩都在凤姐的动作和对话。只见她端端正正坐在那里，手内拿着小铜火箸儿拨手炉内的灰。平儿站在炕沿边，捧着小小的一个填漆茶盘，盘内一个小盖钟。凤姐也不接茶，也不抬头，只管拨手炉内的灰，慢慢的问道：“怎么还不请进来？”一面说，一面抬身要茶时，只见周瑞家的已带了两个人在地下站着呢。这才忙欲起身；犹未起身时，满面春风的问好，又嗔着周瑞家的怎么不早说。

全是叙述，好似轻描淡写，但是，完全是中国史传文学的史家笔法，不取心理描写，只以外部可感的动作和对话暗示。第一，平儿给她捧着茶，她不接茶，说明根本没在意，注意力全在手炉上。“也不抬头”，这四个字，用意太深了。口头上“怎么还……”似乎是专心等待客人良久，连头都没有抬起来，完全是心不在焉。问为什么不请客人进来，好像等待得有些着急的样子，但是，行动上的“不抬头”，问话又是“慢慢的”，说明根本是漫不经心。待“抬身要茶时”，才发现周瑞家的已经进来了。这说明，在她心目中，等人的心情还不如接茶。接着曹雪芹的史家笔法继续发挥：“这才忙欲起身；犹未起身时，满面春风的问好，又嗔着周瑞家的怎么不早说。”一方面是“满面春风”，热情之至，但是，“忙欲起身”，却又“犹未起身”，活脱脱的装模作样，却怪周瑞家的没有及时通告。

这就是周瑞家的所说的“周旋迎待”，完全是叙述性的动作和对话的功力，曹雪芹先表现凤姐的“口齿”，会说话：

> 凤姐儿笑道：“亲戚们不大走动，都疏远了。知道的呢，说你们弃厌我们，不肯常来；不知道的那起小人，还只当我们眼里没人似的。”

对于一个疏远的穷亲戚的来意，凤姐早已心知肚明，轻易打发就是，精彩就在装模作样地把甜蜜的假话说得比真话还动情的样子。但是光是言不由衷的甜言蜜语，就不是“凤辣子”了。凤姐的“辣”，就是在甜言蜜语中也要流露出来。明明长期疏远，是地位不相当，人家高攀不上，凤姐却说人家“弃厌”。这是倒打一耙，但是，隐含着期盼之意。甜中最辣的是，带出一个没来由的“小人”来，好像担心被人家误解，可又不指名地骂“小人”。凤姐这些话完全是虚假的，在现场也是多余的，但是，凤姐还是要讲。难怪脂砚斋甲戌本侧批说：“阿凤真真可畏可恶。”凤姐语言有一种甜蜜中的刻薄，的确叫人有点可怕。这就暴露出她内心有一种本能：即使做好事，说好话，给人以亲切感的同时，也要流露一点厉害，给人一点伤害，享受其中的快感是她的本能。

这么厉害、伤人的话，却是“笑”着说的（凤姐儿笑道）。这是第一个“笑”字。

这就应了前面周瑞家所说的：“少说些有一万个心眼子。再要赌口齿，十个会说话的男人也说他不过。”

凤姐这样“会说话”，就是老于世故的刘姥姥也不是她的对手，只好老老实实说自己

"家道艰难"，穷，怕被府上"管家爷们"瞧不起，不敢来。

> 凤姐儿笑道："这话没的叫人恶心。不过借赖着祖父虚名，作了穷官儿，谁家有什么，不过是个旧日的空架子。俗语说，'朝廷还有三门子穷亲戚'呢，何况你我。"

曹雪芹先让凤姐显而易见虚假地自谦："赖着祖父虚名，作了穷官儿"，"空架子"而已。如果仅仅如此，不过是一般的哭穷。对于一般人来说，这可能就算是"会说话"了，但是，凤姐的"会说话"却有特点：就是自谦，也带着辣味："这话没的叫人恶心"，这对一个弱者、老者是没来由的恶语。难得的是，曹雪芹还让凤姐笑着说出来（"凤姐儿笑道"）。这是第二个"笑"字，内涵太丰富了。表面上是笑脸相迎，平心静气，家常谈笑，实质上却是笑着骂人家"恶心"。怪不得第六十五回兴儿说她："嘴甜心苦，两面三刀；上头一脸笑，脚下使绊子；明是一盆火，暗是一把刀。"

兜圈子兜够了，终于轮到多多少少也是老于世故的刘姥姥说明来意了，曹雪芹难得直接心理描写：这里只用了两个字："忍耻"——硬着头皮说实话了：

> "今日我带了你侄儿来，也不为别的，只因他老子娘在家里，连吃的都没有。如今天又冷了，越想没个派头儿，只得带了你侄儿奔了你老来。"……凤姐早已明白了，听他不会说话，因笑止道："不必说了，我知道了。"

这里的关键是刘姥姥说出（"连吃的都没有"）求助的来意，是老老实实的。可凤姐觉得她"不会说话"。王熙凤觉得自己"会说话"，那就是不能实话实说，要把假话说得真切，好话中带点难听。这一点，事后周瑞家的给点明了："我的娘啊！你见了他怎么倒不会说了？开口就是'你侄儿'。我说句不怕你恼的话，便是亲侄儿，也要说和软些。蓉大爷才是他的正经侄儿呢，他怎么又跑出这么一个侄儿来了？"虽然是疏远的关系，毕竟也是侄儿辈分，但是，不能说"你侄儿"，这称谓太亲近。本来，在刘姥姥是抬高凤姐的辈分，可在王熙凤听来，这穷人套近乎套得离谱了。"会说话"的王熙凤感到说奉承话变成得罪人，水平太低。凤姐不让她说下去了，"因笑止道"。曹雪芹用了第三个"笑"字，透露出王熙凤的宽容，其实是出于口齿/口才方面的优越感。

王熙凤已经从周瑞家的那里知道了婆婆的意思："今儿既来了瞧瞧我们，是他的好意思，也不可简慢了他。"有什么要求，任她"裁度"，也就是适当应付、打发一下，但是，话一到王熙凤嘴里，就有一番"周旋迎待"的艺术，虚情假意就变得柔情蜜意：

> 凤姐笑道："且请坐下，听我告诉你老人家。方才的意思，我已知道了。若论亲戚之间，原该不等上门来就该有照应才是。但如今家内杂事太烦，太太渐上了年纪，一时想不到也是有的。况是我近来接着管些事，都不知道这些亲戚们。二则外头看着虽是烈烈轰轰的，殊不知大有大的艰难去处。"

王熙凤的话虽然简短，但可分五个层次：一是检讨自己，本该主动关心，不该弄得人家上门求告；二是自己的婆婆一时顾不上主动照顾；三是，自己近来管事，情况不了解。这完全是临时编出来的谎言，但是，居然说得头头是道，条理分明；四是哭穷，“大有大的艰难去处”。让刘姥姥不要指望太高。以上是序言。第五才是正经：

今儿你既老远的来了，又是头一次见我张口，怎好叫你空回去呢。可巧昨儿太太给我的丫头们做衣裳的二十两银子，我还没动呢，你若不嫌少，就暂且先拿了去罢。

钱是要给的，但却是从给丫头们做衣裳的银子里挪用的。甜蜜的谎言含意很深，首先是为了刘姥姥，自己不惜挪用，其次，这样的挪用的机遇，不可能再有，把刘姥姥今后任何奢望都断绝了，再次，不嫌少就暂且拿去，意思是她本来应该给更多的，如今你不能指望更多。但是曹雪芹又用了第四个“笑”字（“凤姐笑道”），这个“笑”和刚才的笑（听她不会说话，因笑止道）的口才优越感有所不同，有让刘姥姥知足的意味。这一下果真让刘姥姥感动得把掏心窝子的话都说了出来。二十两银子，在那时可不是小数目。后来在贾母的宴会上，一个鸽子蛋掉在地上，刘姥姥想去捡，立马就被丫鬟拿走处理掉了。刘姥姥说，一个鸽子蛋，一两银子，一个菜二十几个，就是二十几两，够庄稼人过一年的了。这里曹雪芹让刘姥姥喜出望外，变得更“不会说话”了，居然不说这太多了，不好意思，太感谢了，而是这样说：

“嗳，我也是知道艰难的。但俗语说的：‘瘦死的骆驼比马大’，凭他怎样，你老拔根寒毛比我们的腰还粗呢！”周瑞家的见他说的粗鄙，只管使眼色止他。凤姐看见，笑而不睬。

刘姥姥太兴奋了，意在奉承贾府的富贵，可在王熙凤，则是很不得体，好像这一点钱，不算什么似的，连周瑞家的，都觉得“粗鄙”，但是，曹雪芹在这里，让王熙凤“笑而不睬”，并不计较。这是第五个“笑”字了，并不显得重复。为什么呢？人打发了，乡下人欢喜得过了头，不会说话，把本该感恩的话，说成区区小意思。水平这么低，王熙凤一笑，说明她感到了自己应付裕如的优越。

曹雪芹一连用了五个“笑”字，一点形容都没有，但是，每一个“笑”字的内涵都不一样，这是中国传统史家笔法的精粹。如果让一个欧美现实主义或者浪漫主义作家来写，至少也得在四个“笑”前面加上各不相同的形容词和动作。受到欧美文学影响的新文学作品，很少有脱出这样的窠臼的。20 世纪 50 年代美国海明威提出“电报文体”，“冰山风格”，避免用形容词，尽量用动词和名词，因为是美国人说的，就引起了一些自作聪明的作家、评论家众口一词地称道，但是，难得有几个人知道，这对曹雪芹来说，这一点在中国从《春秋》《左传》以来的史家笔法中，不过是小儿科而已。

2018 年 8 月 12 日修改

《贾芸谋差》：对话中的心口错位

《贾芸谋差》是《红楼梦》中的一个片段，本来是《红楼梦》有机整体当中的一部分，有其不可分割性；但是，精心节选却使这个片段具有情节和主题的完整性。标题是我们加上的，以“贾芸谋差”为核心，包含着一个对转：谋差从落空到落实。其间还显示了一个原因：走贾琏的门路，不如直接讨好他的妻子王熙凤。贾芸的乖巧，王熙凤的擅权和虚荣，都跃然纸上。

作为小说，本文展示情节和人物的路数，和我们已经读过的小说极其相似，那就是都有大量的叙述和对话。但是这里，叙述成分比西方小说（如《麦琪的礼物》）要少得多；而对话成分占据全文的大部，这和契诃夫《艺术品》极其相似。[①]但是在《艺术品》中，贯穿人物萨沙的对话，有前后对称的特点。萨沙在开头和结尾，说的话包含着同样的意思，但是效果的反差却很强。其他人物，医生、律师、演员，所讲的都是类似的内容，只是表达方式有所差异，在结构上有平行同构的性质，强化了对话的喜剧性。这样的对话，有明显的艺术加工的痕迹，显然是按照喜剧结构的要求而设置的，因而有强烈的形式感。而在《贾芸谋差》中，人物对话却很自然，好像就是日常生活中人与人之间随意的对话，找不到明显的形式感。例如贾芸和贾琏的对话，和王熙凤的对话之间，就没有什么对称的结构，没有对照形式，一切都是随机即兴似的。

其实，《红楼梦》中的对话是很讲究的。对话与叙述性语言不同，而且是根本的不同。抒情、叙述和描写，是作家的语言，对话不是作家的语言，而是人物的语言。叙述者的语言可以是书面的，如果是口语的，那他就是作品中的一个人物，即使文化水平不高，也是可以的，这要看讲述者的身份。但对话一般是口语的。当然，人的身份不同，口语与书面语可能发生一种相互交错。比如说，一个非常有学问的人，讲到天气很热，怎么讲呢？他

① 关于《麦琪的礼物》和《艺术品》见本书《最没有用的最美》和《好心导致尴尬的循环》。

说“其热无比”，这是文言语词。一般的北方市民说天气热，就完全是口语词语了：“这老天热邪门了。”一般人讲这事情令人发笑，如果用口语表达的话，是“挺逗乐的”，上海人的口语则是“老有噱头的”。一般来说，除了在特殊的情况下，如特殊人物、特殊个性、特殊语境的情感以外，口语交流很少用文言。李汝珍的《镜花缘》里有一个君子国，日常对话都是文言。酒店的酒保，也就是服务员，问客人：“要酒一壶乎？要酒两壶乎？”有点怪异。鲁迅笔下的孔乙己和小孩子讲碗里的茴香豆不多了，用口语讲，本来是很简单的，但他说：“多乎哉？不多也。”口头交谈，而且是对小孩子，他用文言，这就流露出特殊的个性，同时也表现作家对这个人物的某种调侃。

叙事文学作品中，人物对话一般用口语。当然也有特殊的情况，像歌剧或京戏里，除了丑角，都是书面的语言。一般人对话，基本上用口语。

口语有不同于书面语言的特点。书面语言，常用的完整的句式乃至连接虚词，表现严密的逻辑关系，有比较复杂的句法；而在口语中，很多用复合句表示的因果关系，不用连接的虚词来表现，全凭当时语境（神态、表情、语气、上下文）的暗示。比如，要威胁一个人，可以这样说：“你如果再胡闹，我就送你到警察局去。”但口语往往不是这样讲的，而是：“再闹，送警察局。”如果小说中对话的口语味道不够，办法之一就是把连接虚词去掉。比如，“因为今天下雨了，所以我不想去了”，把“因为”“所以”以及与之相关的一些词毫不留情地删去，成为“下雨，不去了”。

口语对话与描述语言的区别，不仅在句法，而且在语气的丰富。如《红楼梦》中，贾芸跑到他的舅舅卜世仁家里赊些冰片、麝香，好去王熙凤那里“走后门”，到大观园里找个差事做做，混口饭吃。卜世仁拒绝得很彻底，说店里有规矩，凡是赊欠的，都要代赔。贾芸的回答是很艺术的，首先就是在语气的丰富上：

> 舅舅说的有理，但我父亲没的时候，我又小，不知事体。后来听见母亲说，都还亏了舅舅替我们出主意料理的丧事。难道舅舅是不知道的，还有一亩田两间房子，如今在我手里花了不成？巧媳妇做不出没米的饭来，叫我怎么样呢？还亏是我呢！要是别个死皮赖脸的三日两头儿来缠着舅舅，要三升米二升豆子的，舅舅也还没有法呢。

从句法来说，第一句组是两个并列的分句。第一个句子是：“舅舅说的有理”，第二个是对“有理”的说明。如果是书面语言，可能要把这种因果关系交代清楚：“（因为）父亲没的时候，我又小，（而且）不知事体。”但是在口语里，这一切都由现场的语境暗示了，没有必要了。从语气上来说，第一组几个分句都是陈述句，而第二句组中有个“都还亏了舅舅”，有了一点感叹的语气。第三句组以“难道”领起，以“花了不成”作结，是反问语气。加强了感情作用。第四句组的最后是“要是……舅舅也还没有法呢”，是假定句和否定语气的混合，比正面肯定更为肯定。这样，肯定的陈述，反问的强调，假定的感叹，语气就有三种，因而显得丰富，情绪交流的情境油然而生。

口语的句法和语气有一种现场感，是即时性语言，是针对现场特殊人物的语言。描述语言不具有明显的现场性，它不是写给现场人物看（听）的，而是写给读者看的，是让读者坐下来慢慢品味的，它可以是非常文雅的甚至很古典的语言。即使一些读者看不懂也没有关系，可以回家慢慢琢磨。而口语是现场的，要让对象立时就明白的，当时听不懂，感觉不到，就“过期作废”了，白说了。所以，对话的价值在于现场的明快。

《水浒传》写宋江与鲁智深第一次见面，宋江让鲁智深坐下，鲁智深道：“久闻哥哥大名，无缘不曾拜会，今日且喜得见阿哥。”鲁智深没什么文化，但毕竟当过军官，他在宋江这个“大人物”面前会憋出一些书面语言来，如“无缘不曾拜会”。但他毕竟没有什么文化，接下来就露出了马脚，又土里土气地叫人家“哥哥”“阿哥”。这里的对话妙在半文不白。宋江是县政府的工作人员，大概相当于现在的主任秘书之类的人，他看到鲁智深，就用了另外一套语言：“不才何足道哉！江湖上义士，甚称吾师清德。”这是用佛家的书面语言说奉承话，实际上是牛头不对马嘴。鲁智深有不少优点，唯独称不上“佛家清德”。做和尚，吃肉喝酒，大闹山门，违反了佛门的清规戒律，德行是绝对称不上“清”的。用佛家准则来衡量，说他有点“混”还差不多。宋江接下去说：“今日得识慈颜，平生幸甚。”奉承鲁智深，说他的长相很是慈祥，也是马屁拍到马腿上。鲁智深长得非常粗犷，脸上横肉很多，可见是滥用文雅语言，“今日得识慈颜”，完全是胡说八道。但语言错用却很生动。为什么呢？因为对话语言和描述语言不同，它的功能在现场语境中，暗示人物表面语言潜在的情感。

艺术作品的描述语言，过分形容，在西方叫作 overstatement，也就是过度渲染，不精炼，甚至滥情，对话语言更加强调 understatement（言外之意），表面上，好像不完整，好像不符合身份，但在深层的心理上，又是非常符合人物潜在的而不是表面的现场情感，人物的心态可以说跃然纸上。

对话的现场性又派生出一个特点：即兴性。即兴性就是随意性、非逻辑性，不像书面语言那样有逻辑，从头到尾，一二三四，ABCD，甲乙丙丁，有条有理，慢慢道来。对话是在现场多种条件的刺激下随机激发的，不是事先准备好的，不像作报告、发表演说，它是脱口而出的，但它自然而生动，如果逻辑过分严正，倒给人一种虚假的感觉。

贾芸的舅舅，拒绝赊欠，就够刻薄的了，可恶的是，还要转过头来教训贾芸：你小人家，也要好好的找一个事干干，赚点钱养家，我看着也喜欢。贾芸的回话，可以说是绵里藏针。人民文学出版社的本子上，贾芸的回答是“舅舅说得有理”，其实下面所说的事实，从家中毫无遗产，到从来不打扰舅舅挪借，其潜在量很大（用表演艺术的话语来说，就是潜台词很微妙），隐含着舅舅无理。但是在口头上，却说舅舅说得有理。脂砚斋评注的版本上则是：

贾芸笑道："舅舅说的倒干净……"[①]

这个贾芸，虽然是"笑道"，但"舅舅说的倒干净"就是直接顶撞了，显不出贾芸的表面乖巧，实际尖锐了。接着写他见舅舅唠叨得不堪，便起身告辞。卜世仁随机地（并不认真地）说了一句"你吃了饭去罢"，这说明卜世仁就是"不是人"，虽然已经不像个舅舅了，但还要装面子，做出一个长辈的样子。但他话还没说完，他娘子就说道："你又糊涂了。说着没有米，这里买了半斤面来下给你吃，这会子还装胖呢！留下外甥挨饿不成？"卜世仁随机的人情，本来就不准备兑现；他老婆不让他留，但她也没有说不留，而是说家里没有米，为了不让亲戚挨饿，最好不留。拒绝让外甥在家吃饭的理由，不是自私而是为外甥着想。卜世仁说再买半斤添上就是了，他娘子便叫女孩儿："银姐，往对门王奶奶家去问：有钱借二三十个，明儿就送过来。"夫妻两个说话，贾芸说了"不用费事"就跑得无影无踪。这就是对话的随机性的杰出范例，尤其是卜世仁的老婆，她随机撒谎。第一个谎言，说家里没有米；接着又随机撒了一个谎，说如果要留下来我要去借钱。一般的随机性激发，很难有这样的逻辑连贯性，但她的两个随机谎言，居然连贯得这么紧密，说明她多么有心机，多么刻薄，多么伶牙俐齿，又多么虚伪。

作家描述的时候，应该是很有逻辑的（意识流除外），而对话的时候，可以没有逻辑，以具有随机性而没有逻辑者为上。但这里出现了一个伟大的创造，随机得很有逻辑，谎言说得太机智了，太有水平了，实在了得。

人物说话都要遵循一个规律，那就是符合人物的性格、文化水平、气质，符合内心的真实感受，心口如一。但光是这样的说法不够到位，因为这不仅是对话的特点，也是独白的特点。所以，对话的更重要的特点是，它跟独白不一样。我们的小说、电视、话剧中的对话写得不像对话，原因之一就是把对话与独白混为一谈了，甚至把演说当成对话了。独白是讲给自己听的，与之相对的是，描述是给读者看的。讲给自己听的，不会骗自己，所以独白完全是自己的真话，可以是系统的、深刻的、全面的。对话当然也要表现人物的内心，但它不是给自己听的，而是讲给现场人物听的。人际关系不一样，即兴激发条件不相同，再加上叙事文学读者的预期和诗歌歌剧读者的预期不一样，所以随机激发出来的话语，跟人物内心的东西往往不一致，用我们的话来说，就是心头所想和口头所说是一种"错位"的关系。我们把这种现象叫"心口误差"。忽略了"错位""误差"的特点，以为人物对话

① 冯其庸主编：《脂砚斋重评石头记汇校》，文化艺术出版社，1988年，第二十四回。

心口如一，弄不好，就变成了演讲。人要讲真话，但一味讲真话的人物却不生动，不像活人。直抒胸臆，只能说明人的思想，而不能揭示人物感情和感觉的秘密。《骆驼祥子》中，祥子第一次丢了车，回到车厂，虎妞明明非常惦念他，却偏偏这样说：

祥子，你让狼叼了去，还是上非洲挖金矿去了？

这话说得非常凶狠。不管是让狼叼了去还是上非洲挖金矿去了，不管是交了噩运还是走了鸿运，都没有希望回来了。把交了噩运说成是狼叼了去，说明虎妞这个实际上已经钟情于祥子的女人，说话是如何狠毒，但又不是完全的狠毒，还流露出想念中的绝望，所以她又叫祥子“快坐下吃饭”。遭逢不幸的祥子明明很感动，但他不能说“好吧”。老实淳朴的祥子也说了一句与他心中实际不同而有点错位的话：“刚吃了两碗老豆腐。”祥子本意是想吃的，但又不好意思，再说，在座的刘四爷还没有表态呢，所以说了一句可进可退的话，先推脱一下。但是，这个推脱是比较脆弱的，老豆腐，不解决问题，你再请，还可以再吃。如果说刘四爷的脸色不好看，不吃，也不丢面子。虎妞一把把他扯了过去，像老嫂子扯小叔子一样：

快过来吃饭，毒不死你！

这里有个“毒”字，很有学问。“毒”是不存在的，但这其中有潜台词，意思是说没什么严重后果。这些语言的背后，很明确地表现了虎妞是十分关心、十分钟情于祥子的，但她所用的关键词却很吓人。语义的错位越大，艺术的感染力越强。

电影《赵一曼》中，赵一曼被捕了，作者考虑日本军方首领见到赵一曼时的第一句话，很费了些周折。最后他决定这样写：“你来了，欢迎欢迎！”这明明不是欢迎，而且不但不是欢迎，还充满了杀气，流露出敌人的得意、凶残。

用这个道理来阐释《贾芸谋差》中的对话，可以看出人物越是心口“错位”，性格越是生动。前面所引的贾芸和舅舅的对话，明明是针锋相对，可是表面的语言却是和气恭顺，表现贾芸嘴巴上乖巧地顺从，心里头愣是顶撞。后面的叙述说贾芸在当时是“赌气”了，心里“烦恼”，但是，口头上他一点没有流露出“赌气”“烦恼”的痕迹。他明明是在顶撞舅舅，但他说舅父说得“有理”。实际上，具体语言所表达的，与其说是“有理”，不如说是“无理”。因为父亲没有留下什么遗产，对于孤儿、寡母，这个舅父并没有办什么值得感谢的事，外甥却说“多亏”了他为父亲办丧事，但是，仅仅限于“出主意”，并未有经济上的接济；其次，对于舅舅刚才的责备，口头没有反对，而实际上，硬是顶了回去，说自己亏得没有像别人那样经常来纠缠借贷。从这个意义上说，舅舅倒是应该感谢自己。这么说来，没理的应该是舅舅，“有理”的应该是自己。故庚辰本侧批曰：“芸哥亦善谈，井井有理。”从这里，读者不但可以看出贾芸这张嘴的厉害，也可以看出他看穿了舅舅的无情薄义。可是口头上的语言，又没有任何露骨的犯上。虽然说不上是笑里藏刀，但也可以说是绵里藏针。

贾芸的口语表达水平，在和舅舅对话的时候，充分展示了其刚性的一面，而在和王熙凤周旋的时候，则表现出柔性的一面。一旦他发现要在贾府寻个差事，与其通过贾琏转王熙凤，还不如直接找王熙凤，就断然借贷，走王熙凤的门子。他随机应变地连续撒谎，其不着痕迹的水平可能并不亚于卜世仁的老婆。只是他的撒谎全是为了讨好王熙凤，是为了生存，故不像卜世仁老婆那样刻薄，在读者印象中，他的谎撒得甜，不讨人嫌。

贾芸见凤姐，是一场经典的口头交锋，双方口头上都很客气，心理上却充满了对抗。贾芸先是缓和戒备，不说是碰运气、走门子来的，先替母亲说谎，说是身体不太好，才没有来看望凤姐。这第一个谎言，被凤姐识破了，说明凤姐一般对奉承她的人，是有戒心的。面对这样的戒心，贾芸以重咒坚决圆谎："侄儿不怕雷劈，就敢在长辈面前撒谎？"在撒第一个谎以后，顺带着又编造了第二个谎言。不过这第二个，不是为自己母亲，而是借母亲的口，对凤姐大加奉承，说母亲在家里夸凤姐能干，说她"身子单薄，事情又多，亏得婶子好精神，竟料理的周周全全，要是差一点儿的，早累的不知怎么样了"。这第二个谎言颇为乖巧、中听。明明识破了他在撒谎的凤姐，听了这番话之后，戒心也弱化了，居然"满脸是笑，由不住的便止了步"。有了这样的苗头，贾芸接着撒第三个谎，不说自己是借了钱买了香料来走门子的，而说偶然得了一些好药材，母亲觉得"贱卖了，可惜；要送人，也没个人配使这些香料"。把撒谎变成甜言蜜语的奉承，显出贾芸的乖巧：一是强调了母亲和自己的诚意，二是减轻了凤姐接受时的心理负担，三是抬高凤姐品位（没人能配使这些香料）。说到送礼目的这个关键上，又使用了一个非常卑谦的词语"孝敬"。这表明他完全摸准了凤姐的心理弱点：自恃能干，爱听当面奉承的话，又爱贪点便宜。这么一来，凤姐"笑了一笑"，舒舒服服着了他的道儿，还夸奖他"知好歹"，这还不够，又借着贾琏的口，撒谎表扬他"说话明白，心里有见识"。凤姐的戒备心理，就这样被贾芸一连串三个甜蜜的谎言消解了。

但到了落实差事的骨节眼上，凤姐和贾琏沟通了以后，发现了贾芸的谎言（"弄鬼"）。但由于贾芸谎言的功效，凤姐并不恼怒，相反倒是很开心。贾芸把谎言挑明当作进一步奉承凤姐的机遇，他乘机把凤姐的丈夫贾琏贬了一下，半真半假地说出他正为求贾琏而后悔，现在只有"把叔叔搁开"，求凤姐，把凤姐抬高到超越贾琏的权力和威望的档次上去，凤姐的虚荣心得到极大的满足，凤姐原先的戒备和贾芸不敢过度亲切造成的心理距离就缩短到最小，凤姐对于贾芸的戒备就变成了在他面前的得意和权力的炫耀："早告诉我一声儿，多大点子事，还值得耽误到这会子！那园子时要种树种花，我正想个人呢，早来说不早就完了。"到这里，双方的话语，就不再转弯抹角，凤姐的自豪感被贾芸一系列谎言激发出来，就进入了推心置腹的层次，双方的话语也就不以心口错位为特点了。但是，没有前面那些那么曲折的谎言，这样的推心置腹，是一点深度、一点趣味都没有的。

以进攻姿态表现亲密感情
——读《山地回忆》

《山地回忆》和《百合花》有相似之处，写的都是战争期间的军民关系，又都是男战士和女孩子之间的冲突，在冲突中显示军民关系的美好，当事人虽为异性，但均不涉及爱情，所写的两个女孩子，情感都有诗意。茹志鹃刻意用“百合花”象征，而孙犁则以“山地蓝”粗布做的袜子作联想的线索。仅此一端，就可以看出，孙犁的风格要朴素得多，孙犁比茹志鹃从容、老练得多，趣味也要淳厚得多。

趣味主要是从对话中表现出来的。

全文主旨是表现军民关系的美好，但是，一开头，恰恰不是表现美好，而是表现其冲突，细写女孩子对八路军战士的无理。这种笔法和《百合花》有近似之处。在《百合花》里，也是以新娘子故意不借给小战士被子来表现军民关系的良好的。但是，在茹志鹃那里，尽可能把冲突抑制于潜在的未爆发的状态，只是在情绪上顶牛，就是这种顶牛状态，新娘子也被表现得不是没有道理的。一是，人家是新娘子的新被子，二是，借被子的战士不善于讲话。冲突的转化以小战士的牺牲为转折点，小说充满了戏剧性，情节大起大落。但是，在《山地回忆》中的冲突则有所不同。没有那么严峻的流血背景。当然，冲突是尖锐的，女孩子的抗议“那么严厉”，男战士心里也“挂火”，顶起嘴来，达到狂风吹着“愤怒”的程度。在这方面，孙犁是很放得开的，他把女孩子先挑起冲突写得完全“无理”，在下游洗菜的女孩子的语言是相当“野”的：

> 菜是下口的东西呀，你在上流洗脸洗屁股，为什么不脏？

在这么粗野的话语面前，战士妥协了。虽然作家在字面上说：“不知道为什么，我一时心平气和下来。”其实在小说中是有明确揭示的，因为他看到了群众在抗日战争中所遭受的苦难：

十月严冬的河滩上，敌人往返烧毁过几次的村庄的边沿，在寒风里，她抱着一篮子水沤的杨树叶，这该是早饭的食粮。

在民族苦难面前，个人的意气变得渺小了。如果冲突到这里解决，小说的意义也就很有限了，不过是记录了一次军民间偶然的口角而已。这篇小说之所以经得起半个世纪的考验，仍然富于艺术生命力，就是因为，它在尖锐的，甚至用上了野蛮语言的背后表现了军民之间的美好温情。它表现老百姓对抗日部队的热爱，其特点，一是用吵架来表现，越是敢于吵架，越说明双方感情的深厚；二是用争执过程中敢于不讲理来表现，主要是战士已经承认“错了”，又作了让步，“不洗（脸）了”，照理说，她取得了全面的胜利。但是：

她冷冷地望着我，过了一会儿，才说：

“你刚才在那石头上洗了脸，又叫我站上去洗菜！”

这里的“冷冷地望着我”很有分析的余地。本来取得了胜利，应该是满心喜悦的，而这里却是“冷冷地”，说明她没有胜利的感觉，相反有点失望。不但有点失望，而且觉得有点失落。失落什么呢？人家一认错，架就吵不下去了。“过了一会儿”，为什么要“过了一会儿”？从下文来看，战士的对抗性消解了，自己的对抗性却不想放弃。但是，作家显示，她坚持的堂而皇之的理由却是无理的。人家在上水流洗，她抗议说下水弄脏了，人家让步，让她到上水去洗，她还是说不行。这不是太蛮了吗？但是，小说的对话，好就好在这个蛮不讲理。恰恰是这样的“蛮不讲理”，透露了这个女孩子的任性。敢于在士兵面前任性用粗野的语言进攻，正说明军民关系的亲密无间。这种无间的亲密，不但表现在语言上，而且还发展到行动上。道理说不过人家，还是不妥协，不让你轻松。

“怎么办？我还得往上走！”

她说着，扭着身子逆着河流往上去了。

这样的蛮，这样的不合逻辑，却并不给人蛮横的感觉。为什么呢？主要因为这里有一个“扭”字，“扭着身子”，有故意张扬，故意气气你，让你难受一下的意思。但是又不过分。（如果改成“扭着屁股”，就有失分寸了。）为什么这样能表现军民关系良好呢？因为这里暗示，不管我怎么气你，我都拿稳了，你就是奈何我不得。但如果一味这样表现又可能让读者产生故意欺负八路军的感觉。这当然不是孙犁所追求的。孙犁追求的是军民鱼水之情，是充满了诗意的。这种诗意的特点，是人物的行为和语言越来越不合逻辑。在女孩子如此不妥协的行为以后，居然是她：

登在一块尖石上，把菜篮浸进水里，把两手插在袄襟底下取暖，望着我笑了。

我哭不的，也笑不的……

坚决不妥协，已然变成了主动的和解。就是在向他表示，这不过是和你开开玩笑，逗逗你而已。原来吵架呀，发火呀，骂人呀，都是假的，你紧张个什么劲呀。一个女孩子居然把一个军人当小孩子，弄得他哭笑不得。这就不仅仅是表现军民关系的良好，而且表现这个女孩子的个性是如何的率真，如何的淘气了。正是因为这样，孙犁才显出了比茹志鹃更高的水准。

本来在战争环境中，抗日军人是群众的保护神，从政治觉悟、文化水平到防卫能力都是强势的一方，但在这里却变成了弱势。这种弱势，是一种心理上的弱势，哪怕是在军人占有明显优势的方面，也变成了弱势。以女孩子下面的一段话为例：

> "我们是真卫生，你们是装卫生！你们尽笑话我们，说我们山沟里的人不讲卫生，住在我们家里，吃了我们的饭，还刷嘴刷牙。我们的菜再不干净，难道还会弄脏了你们的嘴？为什么不连肠子肚子都刷刷干净！"说着就笑的弯下腰去。

这里所提示的，明明是军人在个人卫生习惯（刷牙）方面的先进、优势；而且表明，在军人来到这个山区之前，这里的人，对刷牙的卫生习惯还一无所知。但这里却用落后的不理解的眼光，把先进的文明的一方说得很荒谬，很可笑（刷牙是怕自己家的菜脏）。同时，当然也暗含着落后的一方的天真、不解与任性的推理（刷肠子肚子）。而且，口头上是说人家可笑，可自己却笑得弯下腰去了。实际上是显示自己只是说说笑笑而已。与其说是嘲笑人家，不如说充满着自嘲自娱的成分。

作家显然很担忧这样的写法，可能带一个副作用，就是把山区人物写得很不卫生，故连忙在接下来的一节里，带上一句："她在笑着的时候，她的整齐的牙齿洁白的放光。"这就是说，她虽然嘲弄了刷牙的习惯，可是她自己还是学会了刷牙。从这里可以看出，孙犁对于农民基本上是一种诗化的，回避任何可能的丑化的。

孙犁特别强调女孩伶牙俐齿的优势，在她面前，男战士总是节节败退。她总是滔滔不绝地进攻、调侃，即使这位战士承认失败，她也不放弃进攻的姿态：

> 那是假话吗？你们一个饭缸子，也盛饭，也洗脸，也洗脚，也喝水，也尿泡，那是讲卫生吗？

这里表明她总是以山区农民固有的生活习惯为准则，来评价八路军的生活条件，从中感到不解、感到好奇、感到有趣。孙犁笔下的这个女孩子的个性的焦点之一就表现在：她总是在进攻中，在不无蛮气、野气的嘲讽中，掩藏着对八路军的特别关切。

孙犁笔下这个女孩子的个性焦点之二是，虽然她有意帮助战士，但是，她并不直接提出，而是转弯抹角把战士引向她预设的话题，把自己的有意化为无意顺便提起。这种转弯抹角之所以有趣，就是因为她的转弯，并不十分顺理成章，相反却是不合逻辑地生硬地转移话题，从抗战胜利一下子转到光脚，从光脚转到卫生，以巨大的逻辑跳跃，以紧逼性很强的反问来切入话题：

"我问你为什么不穿袜子，脚不冷吗？也是卫生吗？"

"咳！"我也笑了，"这是没有法子么，什么卫生！从九月里就反'扫荡'，可是我们八路军，是非到十月底不发袜子的。这时候，正在打仗，哪里去找袜子穿呀？"

"不会买一双？"女孩子低声说。

"哪里去买呀？尽住小村，不过镇店。"我说。

"不会求人做一双？"

"哪里有布呀？就是有布，求谁做去呀？"

"我给你做。"女孩子洗好菜站起来，"我家就住在那个坡子上，"她用手一指，"你要没有布，我家里有点，还够做一双袜子。"

女孩子个性的焦点之三在于，明明是她主动关心，但她以层层紧逼的启发，逼得战士说出迫切无助的话来，千方百计把自己的主动变为被动。这里充满了农村女性的委婉。虽然是军民一家亲，但毕竟是第一次见到这个陌生的男战士。一旦战士发出苦于无助的话语，她转弯抹角的诱导，就变成坦然主动的承担。这里又流露出北方人的纯朴豪爽之气。两个陌生人的心理距离就大大缩短了。

当战士听从她的提议，来到她家的时候，一进门，她就说，你这人倒实在，让你来就来了。这是很没有礼貌的，但是，礼貌只适用于心理有距离的人们，这就说明，关系更加亲近了。战士说，做袜子要给钱，女孩子说："你又装假了，你有钱吗？"当战士说到战胜日本法西斯，女孩子就用他政治性的口头禅（占了北平，就一切齐备）来调侃他。嘲弄而不引起见外，不但表现出自家人的亲密，而且促使这种亲密的氛围更加浓郁。

故老大娘（祖母）对客人说她"不会说话"，而战士却说她"很会说话"，好在二者所指不同。老大娘说她不会说话，指的是，她调侃客人，不讲礼貌；而战士说她很会说话，指的是她善于表达对部队的热情，创造融洽的交流氛围。

孙犁善于表现农村青年女性，在艰苦的物质条件下，心灵的纯朴善良，作为女性的委婉和大方豪爽，善于劳动又是伶牙俐齿。在这篇小说的后半部分，写了一段购买纺线买织机的情节，好像和做袜子的核心情节不完全统一。也许从结构来说，不够有机。但是，这一段却有孙犁的匠心。这个女孩子肯定是很美好的，但是，细心的读者也许会感觉到，孙犁回避了对于美丽女孩子的外貌和躯体的描绘，尽可能不从男性的视角去观察她。这是因为，小说写在 1949 年底。当时的思想潮流，对于女性美是淡化的，对爱情是回避的，尤其是在部队和群众之间的爱情。因而，女性的美主要表现为：第一，在政治上，这里，表现已经很充分了，那就是对于八路军的热爱，无私地奉献出自己家里的最后一块布料。第二，那就是从劳动方面。这么一个美好的妇女，肯定是会劳动而且是善于劳动的。在孙犁笔下，那些漂亮而又不爱劳动的女性，是很容易在政治上或者道德上失足的。对这样的女性，孙犁是要采取批判态度的，在孙犁的《白洋淀纪事》《风云初记》和《铁木前传》中就有不少这样的形象。当然同样也是很生动的。

在非爱情关系上的两性心理错位
——读茹志鹃《百合花》

孙犁的许多小说，虽然内容不同，但往往有一点是相同的，那就是所写的都是普通的小人物。而茹志鹃的《百合花》所写的，则是另一种类型，是英雄，为救民工而牺牲了的英雄。这种英雄形象在20世纪50年代在一般作家笔下都是豪情满怀，英勇无畏，道德高尚，光彩照人的。在50年代，这不但是流行的模式，而且有严格的理论规范，违背或者越出这种规范，就可能遭到批判甚至行政处罚。这样的形象虽然因缺乏个性而遭到读者的怀疑和抵制，但却仍然风行一时。茹志鹃的这篇小说，恰恰是对僵化的英雄模式进行了突破，让英勇献身的战士有了一点个性，结果就引来了侧目。

小说出现在1958年。写的是在战争期间，一个男战士和一个女干部之间的关系。茹志鹃小心翼翼地避开了爱情的感觉，这不但在战争期间是禁忌，而且在和平年代的文学作品中也属于某种禁忌；而小说情节的焦点，又是在两性之间的感觉上，在非爱情关系上展开两性心理关系，这样做有如在政治上和艺术上走钢丝。

茹志鹃后来回忆说，她所写的是一首“没有爱情的牧歌”。

一开头花了相当长的篇幅，写女干部眼中的男战士在女性面前的拘谨：刻意回避直接和异性接触。明明是带路，却要拉开一段距离，不和女干部并肩走，尽量避免面对面讲话。紧张存在于两性之间，可是并没有带来什么情节。但是，就是这样一点隐隐约约的两性感，在当时也是十分忌讳的，因而小说遭到退稿的命运。后来，《解放军文艺》把它转到陕西省的文学刊物《延河》，意思可能是这样的情调，在部队文艺刊物上发表不适宜，拿到地方发表，会淡化一点敏感性。小说发表以后，遭到不少非议。幸而茅盾在三个月后，发表了题为《谈最近的短篇小说》，高度评价了《百合花》：“我以为这是我最近读过的几千个短篇中间最使我满意，也最使我感动的一篇。”茅盾着重从艺术上为之辩护：说它“有它独特的风格……清新、俊逸。这篇作品说明，表现上述那样庄严的主题，除了常见的慷慨激昂的笔调，还可以有其他的风格。”①

享有权威的茅盾以艺术风格的多样性，掩护了《百合花》，使之越过了主流意识形态教条主义的藩篱。

其实茅盾的赞誉，多多少少是过誉的。说茹志鹃的这篇小说，“结构上最细致严密”，“结构谨严，没有闲笔”，当然不无道理，但若细细推敲，也不是没有一点烦琐之嫌的。光是开头这一段，表现小通讯员在女干部面前的紧张，就花了三页，而整篇小说一共才十页。这种紧张不过是为未来的冲突，在新娘子面前借不到被子提供伏笔。这一段对于情节来说是附属性的。在整个情节的发展上，没有独立的价值，严格地追究的话，这个依附性的零件，占了全文的三分之一，有点冗长。好在写得不太沉闷。原因是女干部的心理层次比较丰富：起先是对小通讯员“生气”，接着是对他产生“兴趣”，再后来是对他“着恼”，跟着就是对他的“拼命忍住笑”，后来是觉得他“可爱”。当女干部有意挑战性面对着他坐下来，挨近他坐下来的时候：字里行间渗透着幽默感：

> （他）立即张惶起来，好像他身边埋下了一颗定时炸弹。局促不安，掉过脸去不好，不掉过去又不行，想站起来又不好意思。我拼命忍笑，随便地问他是哪里人。他没有回答，脸涨红得像个关公，讷讷半晌，才说清自己是天目山人。原来他还是我的同乡呢！

这种幽默感还表现在小通讯员和她的交谈，不像是谈话，“倒有些像审讯”，居然紧张得出了“一头大汗”。这些在异性面前的紧张心理显而易见是没有必要的，小通讯员显得很幼稚，很单纯。有点可笑，又有一点可爱。这里的幽默就集中在对他的调侃上。这一点给读者比较深刻的印象。如果让欧·亨利来写，或者让契诃夫来写，可能是要把前面这三页的篇幅压缩掉两页的。

接着就是小说的情节和人物刻画的核心部分了。

按传统小说的情节构成，开头有所表现的人物个性特点，要在后来的情节中起作用。这就是说，让小通讯员在异性面前紧张、在开头显露本身并不是目的，目的是在后来的发展中造成后果，以推动情节发展。但是，情节的发展只有一个人物的情感特点是不够的，要靠人物与人物之间情感的错位。这就得有另外一个人物偏偏和他的这种个性拉开距离，为了把这种矛盾在某种程度上激化，还得有一些特殊的条件，甚至更为精致的构思。茹志鹃说，通讯员必须是尚未涉足爱情、婚姻的小战士，他所碰到的人物必须是新娘子、新媳

① 茅盾：《谈最近的短篇小说》，《人民文学》1958年6月。

妇，而不是比较老练的大姑娘、大嫂子，要借的又得是新婚才用三天的新被子。[1] 为什么呢？这里艺术上的考虑和当年的意识形态的严酷限制是结合在一起的。如果没有小通讯员的特别紧张，又没有新婚才用了三天的新被子，而是一个普通的大姑娘、大嫂子的旧被子，反正就是不借，那就是军民关系欠佳。如果是这样，小说在政治上就失去生存的空间。茹志鹃之所以再三强调小通讯员和新娘子的特殊心理特点，目的无非就是既要让他和群众发生冲突，又不让这种冲突越出当时政治上许可的限度。

在为个性冲突设定了安全系数以后，茹志鹃便从三个方面来刻画小通讯员。

第一个方面是，他是个英雄，他的牺牲是为了掩护民工。当敌人的手榴弹"在人缝里冒着烟乱转"的时候，他让民工趴下，自己英勇无畏地扑了上去。在一般小说中，这个方面无疑是本质，是重点，是高潮，在当时的许多作品中，是要大笔浓墨地正面抒写的。但是，茹志鹃却只是让一个民工在事后用几句话交代了过去。这种侧面叙述的方法透露了茹志鹃的匠心。虽然从意识形态上，这是个重点，用当时的理论话语来说，是人民战士的本质，但是，这不是小说的重点。因为简单地再现战士的英勇无畏，早就成了流行的俗套，光是写这些并不能表现茹志鹃对英雄个性的发现，也没有艺术的创造和突破。

第二个方面，和在冒烟的手榴弹面前英勇无畏相反，他在异性面前十分腼腆。按当时主流意识形态的教条来看，这一切都是现象，不是本质，是不值得过多花费笔墨的。光是腼腆，在女干部面前腼腆，最多只是显示他幼稚、单纯。茹志鹃的匠心在于把这种在部队、在异性面前的腼腆，打入另一种环境，在战争激烈的时刻，在群众工作中和老百姓发生冲突：借不到被子，完不成任务。

从工作上来说，这是一个失误。按当时的理论，对于一个英雄，这是非本质的。但茹志鹃却把这非本质的方面，正面展开，大书特书。正是在这里，读者看到了小通讯员的个性：在异性面前笨拙，对群众讲话的生硬，才遭到新媳妇的拒绝。而新媳妇本人倒是落落大方，胸有成竹，再次见到他，忍着笑，明明是笑他没有水平，而他还在赌气"绷着脸"，挺自尊，不认输。结果是"慌慌张张"，把肩膀上的衣服撕破了一个角。这一切都显示出，他在两个女性面前，充满了孩子气，"傻乎乎"的，不但一点精神优势没有，相反，是一个被嘲弄的角色。读者完全能够认同叙述者所说的："又好笑，又觉得可爱。"关键是这个英雄不是像当年小说常见的那样，是崇高的观念的化身，一切都是崇高的，在炸弹面前是英勇的，在女性面前也应该是英勇的。而正是这个看起来并不崇高的人物，这个在女性面前胆怯的人物，在炸弹面前却英勇无畏，这才是一个活生生的人物，有血有肉的人物。首先是这样一个看来是非英雄的人，他在手榴弹面前的无畏的英雄姿态才显得深邃。英雄虽然

① 《我怎样写〈百合花〉》，《茹志鹃研究专集》，浙江人民出版社，1982 年，第 53 页。

是大无畏的，但又是平凡的，平凡到腼腆、幼稚、可笑的。正是因为他平凡、可笑，他才显得可爱、崇高。茹志鹃显然把重点放在战士的个性上，有了平凡的个性，这个人物就活了，因而他的英勇无畏，哪怕是简略地交代过去，同样也能感人至深。

第三个方面，光有这样一些直接描写，这个战士的个性还不会达到目前这样的饱满程度。这得力于茹志鹃把新娘子作为战士的一个陪衬，一种反照。新娘子对战士的拒绝，甚至某种意义上和他的顶牛，不是说明和他关系的对抗，相反，恰恰正是说明关系融洽。设想如果不融洽，如果是在日本鬼子兵面前，她敢这样放肆吗？敢于争吵正是亲密，不怕得罪的表现。茹志鹃的才气正在于把这种争执处理得相当有分寸，而且有特色。这种特色表现为：一方面是生前拒绝借被子，可是另一方面，在小战士牺牲以后，就坚决把自己那么珍视的被子填到棺材中去。被子由于失去了实用价值，显得更加富于深情。这种深情，又由于一个细节的强调而显得分外生动。那就是小战士牺牲后，新娘子还坚持给他缝补衣服上的破缝。在审美价值超越实用价值上，和被子是同样的道理。

为了表现这一点，作家在结构方面确实是匠心独运。在这一点上，茅盾洞察幽微地称赞说它“结构上最细致严密，同时也是最富于节奏感的”。“结构上最严密”，这一点很好理解。凡在后面有结果的，前面一定有伏笔，有交代。如，为了表现牺牲后新媳妇坚持为他缝合挂破了衣衫，事先作了交代，不但交代如何挂破，而且在离去之时，还看到他的破布片在肩头一飘一飘的。又如，为了在牺牲时表现怀念之情，“我”无意触摸到身边干硬的“馒头”，事先，就特别作了交代，战士生前如何放在路边石头上，说是给她开的饭。这就是茅盾所说的：“没有闲笔。”“善于用前呼后应的手法布置作品的细节描写，其效果是通篇一气贯串，首尾灵活。”[①] 这一切，都使小说情节细节各个部分富于有机联系。

小说的好处不仅仅在于有机统一，而且在统一和连贯中，还有匠心独运的变化。茅盾所说的“节奏感”主要指的是，人物情感的起伏。

最明显的是小通讯员和新媳妇的冲突结束，小通讯员上前线去了。接下来的情节就是如何发现他英勇牺牲了。但是在这两者之间，插进来一段“闲笔”。作家突然提醒读者这一天是“中秋节”，好像是漫不经心地写到了月亮，写到了家做的“月饼”。接着就来了一段抒情：

> 啊，中秋节，在我的故乡，现在一定又是家家门前放一张竹茶几，上面供一副香烛，几碟瓜果月饼。孩子们急切地盼那炷香快些焚尽，好早些分到月亮娘娘享用过的东西，他们在茶几旁边跳着唱着：“月亮堂堂，敲锣买糖……”或是唱着：“月亮嬷嬷，照你照我……”我想到这里，又想起我那个小同乡，那个拖毛竹的小伙，也许，几年

① 茅盾：《谈最近的短篇小说》，《人民文学》1958年6月。

以前，他还唱过这些歌吧！……我咬了一口美味的家做月饼，想起那个小同乡大概现在正趴在工事里，也许在团指挥所，或者是在那些弯弯曲曲的交通沟里走着哩！……

这一段抒情话语，和情节的进展没有关系，好像可以说是“闲笔”，但是，其作用正是要缓和情节过分急促。从情绪上来说，下面接着就是小通讯员的牺牲，在紧张的悲剧来到之前，来一点优美的抒情，情节的连贯中，使其有某种中断，在悲痛到来之前，插入一点欢乐，构成一种情绪的起伏。

第四个方面，作者不无匠心地让被子上绣着百合花，这与小说着重表现的军民关系有关。这种关系没有定位在英雄主义的颂歌上面，也回避了在男性与女性之间可能产生的爱情的联想。茹志鹃把它定位在军民关系的纯洁和美好上。百合花有利于构成抒情的氛围，用诗一样的抒情来歌颂军民之间的鱼水之情。茹志鹃显然发挥了自己女性作家特有的细腻情感赋予这个本来是政治性很鲜明的主题以柔婉的情调。茅盾说“它又富于抒情诗的风味”，①所指就是这一方面。作家很从容地层层深入地展开了对这个英雄人物的刻画，正是因为这样，茅盾才说：

她的人物描写也有特点，人物的形象由淡而浓，好比一个人迎面而来，愈近愈清，最后不但让我们看清了她的外形，而且看到了她的内心。②

---

①《我怎样写〈百合花〉》，《茹志鹃研究专集》，浙江人民出版社，1982年，第53页。

② 茅盾：《谈最近的短篇小说》，《人民文学》1958年6月。

对救命者任意枪杀的“委屈”
——读《陈小手》

这是一篇小说，但又不是一般的小说，有传奇的性质。全篇大部分是用传统笔法写的，但结尾却是比较现代的，明显是受了西方影响。小说的题目叫作“陈小手”，当然这个人物是作家刻画的重点。这个人物有些什么样的特点呢？

首先，他生活在那个比较封闭的地方，是一名妇产科男医生。从世俗之见来看，做的是“丢人没出息的事”。

其次，陈小手作为妇产科医生，“专能治难产”。为什么呢？因为他的手小。这就充满了民间传说的色彩和趣味。

再次，为了渲染传奇性，作家又为他设置了一匹白马。这是在水乡，水乡交通多用船，而马是比较稀罕的，所以他被称为“白马陈小手”。这也是一种传奇手法。正如古代英雄，如关公有特别的坐骑（赤兔马），张飞有特别的武器（丈八蛇矛）一样。

这样的传奇人物具有传奇的活人的医道，是理所当然的。作家描绘陈小手“活人多矣”，救人性命，来和马的铃声，去也是和马的铃声联系在一起的。这好像很自然，然而并不轻松，作家特别点出，他每次救活产妇出来时“满头大汗”。

写到这里，篇幅已经去了三分之二。陈小手的医术，是很有特色的。

我们分析《范进中举》的时候说过，吴敬梓把原始素材中高明的医道改为屠户的一记耳光，超越了实用价值。那么在本篇中，汪曾祺为什么要停留在陈小手的医道上呢？

正是因为小说一直停留在医道上，陈小手的个性，似乎还不能算鲜明。下面的情节主要就不是属于陈小手的，而是另外一个人，一个军阀团长的。这个军阀团长的老婆难产了，请陈小手来救命。这个人物出场，汪曾祺只用了一句话，就显得很有个性：

大人，孩子，都得给我保住，保不住要你的脑袋！进去吧！

这是公开的蛮横，大言不惭得无法无天，土匪的神态跃然纸上。

情节发展到这里，就产生了悬念。读者的预期是，陈小手如果不能救活女人和孩子，在这个土匪阎王面前肯定性命难保。但若情节就往这个方面发展，则显然比较俗套。现在我们看到的是，陈小手费了九牛二虎之力，累得筋疲力尽，把孩子“掏”了出来，而且是个男孩子，团长很满意。如果情节就是这样，则皆大欢喜。但这一切充其量不过是在说明陈的医术实在高明而已，那么这篇小说，从审美价值来说，就是一篇平庸之作。

行文至此，已经是全文的十分之九。

然而，这篇小说并非平庸之作，而是一篇公认的经典作品。这也就是说，这篇小说之所以成为经典，主要是由于那剩下的十分之一的篇幅。

读过这篇作品的读者都知道，最后，这个团长是要把陈小手杀死的。在那种情况下，他无法无天，想杀就杀，他完全可以顺手一枪，要了陈小手的性命。但如果这样处理，又太简单了，太没有这个土匪团长的非同寻常的个性了。在这最后十二行的篇幅中，作家安排了高密度曲折的情节：

第一个是，团长“摆了一桌酒席”宴请陈小手。

第二个是，团长拿出二十块大洋，送给陈小手。

第三个是，团长在陈小手骑上马以后，一枪把他打下马来。

第四个是，宣布把他杀死的理由：“我的女人，怎么能让他摸来摸去！她身上，除了我，任何男人都不许碰！这小子，太欺负人了。”

最后一个是：“团长觉得怪委屈。”

在开端发展阶段，情节进展得很缓慢；而到了结尾处，情节发生了突然转化，这是西方现代小说里的手法（例如，欧·亨利的结尾就是这样的）。汪曾祺就是利用这样的情节结构，来表现这个匪性十足的军阀的个性逻辑上的特点：

第一，把医学上救人的外科手术和他自己的性事活动混为一谈。

第二，救了他女人和孩子性命的医生，在他看来，仅仅因为“摸”过他的女人，就应该死。他的封建男权思想，于此可见一斑。

第三，就是把救命之人打死了，他还觉得挺委屈。可见，在他心目中，这一“摸”是多么的严重。他的滥用权力，草菅人命，已经习以为常。

第四，既然要杀死人家，那就干脆开枪算了，为什么还要请人家吃酒，还要给人家二十块大洋？可能是，在这个团长看来，虽然该死，但毕竟是救了女人和孩子的性命，感谢还是要感谢的。两笔账，一笔一笔算，分得很清楚。但是，就是在这样的矛盾中，他的愚昧和野蛮，他的残酷和兽性，集中表现为荒谬的江湖气。

从这个意义上来说，这篇小说虽然以陈小手的名字命名，但是真正的主人公，并不是陈小手，真正有个性的，其情感和思维的逻辑不可重复的，是那个野蛮的团长。陈小手的高明医术，虽然花了不少篇幅，但是只是一个背景，有一种烘云托月的功能。

寻找精神的“旅店”
——读《十八岁出门远行》

这篇小说，最早发表于《北京文学》1987年第1期，是余华的成名作。其情节因果都极其荒诞。小说中的人物、行事的原则，显然不合情理，违反常识。这样怪诞的人物和生活，在现实生活中是不可能存在的，但这篇小说却成了当代小说的经典之作。

从艺术上来说，其探索性非常明显，肯定不是传统意义上的现实主义小说。因为现实主义经典小说，情节的发展要合情合理，有着鲜明的逻辑因果性，人物之建立友好的关系，作为一个结果，肯定会有相互表现善意的原因。但，探索性小说，则有可能粉碎这种因果性，代之以反因果性。例如在这篇小说中，“我”以敬烟的方式对司机表现出善意，司机接受了“我”的善意，却引出粗暴地拒绝乘车的结果；“我”对他凶狠呵斥，他却十分友好起来。整个小说情节的原因和结果都是颠倒的，似乎是无理的。半路上，司机车子发动不起来了，本来应该是焦虑的，但他却无所谓。车上的苹果让人家给抢了，本该引发愤怒和保卫的冲动的，结果却无动于衷。“我”本能地去和抢夺者作搏斗，被打得头破血流，“鼻子软塌塌地挂在脸上”，本该是非常痛苦的，却一点痛苦的感觉也没有。一车苹果被抢光了，司机的表情却“越来越高兴”。抢劫又一次发生，“我”本能地奋不顾身地反抗抢劫，被打得“跌坐在地上，再也爬不起来”。司机不但不同情安慰我，相反却“站在远处朝我哈哈大笑”，这就更加荒谬了。可是作者显然觉得这样的荒誕，还不够过瘾，对荒诞性再度加码。抢劫者开来了拖拉机，把汽车上的零件等东西，能卸走的都卸走了。司机是什么反应呢？作者这样写道：

> 这时我看到那个司机也跳到拖拉机上去了，他在车斗里坐下来后，还在朝我哈哈大笑。我看到他手里抱着的是我那个红色的背包。他把我的背包抢走了。背包里有我的衣服和我的钱，还有食品和书。

如此荒诞，是不是绝对荒唐，绝对无理呢？如果真是这样，那么小说就不成其为小说，而是一堆呓语了。仔细研读，你会发现，在表面上绝对无理的情节中，包含着一种深邃的道理。这个道理，至今还没有一个广泛认可的归纳。有人在解读这篇小说时，抓住“十八岁”这个关键词，成人的开始，在这以前，未成年，而十八岁，成年了。他认为，小说中冲突的性质是童年经验和成人世界：

> 余华的这一短篇，受西方现代主义流派的影响，试图用反理性，反常识的眼光，表现十八岁的“我”，初涉成人内心世界的体验，从更深层次来说，表达了作者对世界和社会的一种独特的理解……孩子通过“递烟”这种成人方式其实根本无法求得成人的接纳，暴力才是成人世界的潜规则。如果说，“我”有意无意的粗暴获得了成人的接纳，证明了暴力的合法性、有效性，才是成人的，那么司机的“笑嘻嘻”，则是成人对孩子屈从暴力的认可，满足，甚至得意。后来抢苹果的人里面有一些孩子，“几个孩子朝我击来苹果”也就不足为奇了，因为孩子也会被允许模仿大人的暴力，暴力才得以在人类世界延续和生长。
>
> 为什么司机的苹果被抢，“我”为他打抱不平遭打，司机不但无动于衷，还站在远处朝我哈哈大笑，最后竟加入到抢劫者的队伍中把“我的背包也抢走了”？司机是不是也同样享受着“遍体鳞伤的汽车和遍体鳞伤的我”带来的快乐？原来人可以在暴力中“哈哈大笑”，可以体验到极大的快感和满足感。在余华眼里，暴力不是一种外在的手段，恰恰是世界的内在本质，它潜藏在每个人的心里，一有机会就奔泻而出，孩子也不例外。何况在一个本质暴力的世界，唯一的存在方式只可能是暴力。抢劫者和被抢劫者在这样的世界面前可以是“同谋”。受虐着同样也施暴着。以暴抗暴，以此取乐，暴力的循环获得了滋长的蔓延的土壤。更可怕的是，肉体暴力的背后是一种根深蒂固的更为强大的精神、文化暴力在强暴年轻人的梦想。所以青春年少，怀揣着无限梦想出门远行却被抢劫一空的“我”，感到了青春的残酷，世界的可怖。①

这样解读把小说的立意明明白白地说清楚了，就是让孩子来感受成人世界，成人世界的残酷暴力的确使孩子内心感到震动，使他“无限悲伤”“像汽车一样冰凉”。这种震惊感，就是青春心理的一个阶段性的总结。但我觉得，这个解读还可以继续深化下去。小说展示成人世界的暴力，特别强调其荒谬性的荒谬焦点在哪里？不是抢劫者的快乐，而是被劫者的快乐。如果只有抢劫者的快乐，就没有荒谬感了，就没有现代派小说的艺术探索了。小说的荒谬感虽然是双重的，但是，施暴者的快乐与受虐者的快乐，在小说里，并不是半斤八两的，而是有侧重的。首先，被损害者对于强加于己的暴力侵犯，毫无受虐的感觉，相反却感到快乐。其次，被损害者对为之反抗抢劫付出代价的人，不但没有感恩，相反却对

---

① 夏中义等主编：《大学新语文导读》，北京大学出版社，2006 年，第 18—19 页。

之加以侵害，并为之感到快乐。再次，除了施虐和受虐，还有更多的荒谬渗透在文本的众多细节之中。这篇小说，有时很写实，有时，又好像是作者的漫不经心。妙就妙在这种漫不经心上，常常自由地、突然地滑向极端荒诞的感觉，比如说，“我”被抢苹果的人群打得很惨：“被打出几米远。爬起来用手一摸，鼻子软塌塌地，不是贴着而是挂在脸上了。”在写着这样的血腥事件时，居然连一点疼痛的感觉都没有涉及。如果用传统现实主义的“细节的真实性”原则去追究，恐怕是要作出否定的判断。然而文学欣赏不能用一个尺度，特别不能光从读者熟悉的尺度去评判作家的创造。余华之所以不写鼻子打歪了的痛苦，那是因为他要表现人生有一种特殊状态，是感觉不到痛苦的痛苦：在鸡毛蒜皮的小事上痛苦不已，呼天抢地，而在性命攸关的大事上麻木不仁。这是人生的荒谬，但，人们对之习以为常，不但没有痛感，相反乐在其中。

不明白这一点，就看不明白余华为什么要让一个孩子的眼睛来看这个现象。孩子第一次看到，就不可能习以为常，人生的怪异，人生的荒谬就凸现出来了。

车子上的苹果抢光了，车子的轮胎都卸走了，“我”为了保卫苹果被打伤了，鼻子挂在脸上，司机站在远处朝我哈哈大笑。从现实主义的情节因果逻辑来说，缺乏合理性。然而余华不是现实主义的作家，他有意向传统情节的因果性挑战，开玩笑，在小说结尾，他并没有承担给读者揭示谜底的责任，相反，他好像无缘无故地让这个司机跳到了拖拉机上，把自己的背包抢走。在车子里还朝“我”哈哈大笑。

这是现实的悲剧，然而在艺术上却是喜剧。这让我们想到了阿 Q 死到临头还想要出风头。鲁迅也把人生的悲剧当作喜剧来写的。喜剧的超现实的荒诞，是一种扭曲的逻辑。然而这样的歪曲逻辑，启发读者想起许多深刻的悖谬现象，甚至可以说是哲学命题：为什么本来属于你自己的东西被抢了你却感觉不到痛苦？为什么自己的一大车子东西被抢了而无动于衷，却把别人的一个小背包抢走还沾沾自喜呢？缺乏自我保卫的自觉，未经启蒙的麻木、愚昧，从现实的功利来说，是悲剧，从艺术哲学的高度来看，则是喜剧。

从这个意义上来说，在这最为荒谬的现象背后潜藏着深邃的睿智：没有痛苦的痛苦是最大的痛苦。

当然，余华的这个短篇的价值，还在于他的语言所创造的一种荒谬而又真实的张力。当“我”走在山路上，找不到旅店，就想搭车。站在路旁朝汽车挥手，“努力挥得很潇洒”，可是司机看也没有看他就过去了。他就追，“一直追到汽车消失之后，然后朝着自己哈哈大笑”，但是又马上“发现笑得太厉害会影响呼吸，于是立刻不笑”。在接着走路的时候，“心里却后悔起来”，“后悔刚才没有潇洒的手里放一块大石子”。这些在正常语境中，都是不通的，但，在这里却是很艺术的。原因何在呢？

搭车本来是有求于人，应该是很有礼貌的，但，却用了“潇洒”，好像是无所谓的样子，与达到目的的有效性背道而驰。在司机不予理睬开过去以后，本来，不该怪人家的，可是，他却用了个粗野的词语“他妈的”。这无异于自暴其野。没有达到目的，本来应该是有点失落的。但，却哈哈大笑起来。

看来，这是一种极端随意、怪诞的感觉，然而又不完全是怪诞，在怪诞中有某种深沉的启示。

为什么追不到车，起初没有懊丧，反而哈哈大笑？这里的原因比较复杂。首先，主人公还年轻，这是第一次出远门，对于人生的险恶还没有体验，对于自己生命和前途还没有多少痛苦的思索，因而把人与人之间的冷漠只当作好玩。其次，在觉得好玩之后，或者在更深的意识深处，就产生了仇恨。在这样纯洁的心灵上居然冒出了后悔不抓起石子去砸司机的邪恶念头。而这种邪恶的可怕，在于主人公并不觉得邪恶，相反觉得好玩。在余华看来，对于是非善恶的麻木，并不仅仅是成人世界的特点，在未成年世界，也同样存在着，同样也有暴力（丢石子）的潜在动机。只是和成人世界相比有程度上的不同。这实在是人生的荒谬。但是这种荒谬有余华的特点，他与许多作家肯定人的善良不同，他刻意突出人性恶。从这个意义上来说，这是严峻的现实，并不完全是作家艺术想象中的荒谬。作家以无理的外部形式揭示了内在的邪恶，既是思想的也是艺术上的创新。

正是因为这样，不能从一般意义上去学习这篇小说的语言。在一般语境中，“哈哈大笑”是欢乐的表现，而在这里一共三次，却有无理而又有理的复杂内涵。又如以下几处：

> 下巴上那几根黄色的胡须迎风飘飘，那是第一批来定居的胡须。所以我格外珍重它们。

在通常情况下，刚刚长出来的胡须，是很稀少又很短的，不可能迎风飘飘。这里却把它写成迎风飘飘，是有意的夸张，表示对自己的调侃。明明没有几根黄毛，还自己以为很神气的样子。至于“定居”，也好像用词不当。本该慎重地用在居民比较长期的迁入，相对于临时居住而言。此处用这个词，是表示对胡子一旦生出来，就不会消失了的那种新鲜的感觉。对几根不成气候的胡子格外“珍重”，这种大词小用的方式，有自我调侃的味道，进而构成一点幽默感。我们在读鲁迅文章时，经常会遇到这种字里行间的反讽意味，具有幽默效果。如在鲁迅的《铸剑》的结尾，君王出丧的场面：

> 灵车上载金棺，棺里藏着三个头和一个身体。百姓都跪下去，祭桌便一列一列地在人丛中出现。几个义民很忠愤，咽着泪，怕那两个大逆不道的逆贼的魂灵，此时也和王一同享受祭礼。然而也无法可施。

庄严隆重的葬礼，忠于君王的义民，却不得不向杀死君王者同时下跪。在这种尴尬中隐含着鲁迅对于愚昧的臣民的讽刺。更加具有讽刺的是接下去的文字：

> 此后是王后和许多王妃的车。百姓看她们，她们也看百姓，但哭着。此后是大臣、太监、侏儒等辈，都装着哀戚的颜色。只是百姓已经不看他们，连行列也挤得乱七八糟，不成样子了。

一方面是所谓忠愤的义民的尴尬，显示其愚忠，一方面是一般百姓最大的兴趣集中在看王妃、王后上。一旦王妃、王后的队伍过去了，百姓们的队伍就乱七八糟了。文章中的"忠愤""哀戚""乱七八糟"，其语义不仅在词义的表面，而在字里行间。

余华的行文风格虽然与鲁迅有很明显不同，但在超出常规的用词构成反讽方面，和鲁迅有异曲同工之妙。我们再来看一个例子，当他看到汽车停在公路边，司机正在埋头修理：

> 我看到那个司机高高翘起的屁股，屁股上有晚霞。

这不是有点不和谐，搭配不当吗？晚霞应该是很诗意的，为什么要让美丽的晚霞和司机的屁股联系在一起呢？而且这样的用语，在后面还反复使用。这说明作家刻意追求的恰恰不是诗意，不是美化，而是一种反诗意，"丑化"，造成一种煞风景的趣味。因为，作家要表现的不是人们美好的、善良的方面，而是丑恶的、麻木的、愚昧的方面。不但如此，而且还故意夸张地显示出自己对于这类的人性的一种厌恶。

这种反讽的修辞，在这篇小说还有很多，老师们可以和同学自行寻找。当然，余华的语言艺术不仅是煞风景的反讽，还有相反的一面，那就是颇有诗意的象征。

敏感的读者可以感到，在这篇小说中，有许多词都是重复使用的（如哈哈大笑、屁股）。但重复率最高的是"旅店"，重复了 15 次之多。文章语言忌重复，为什么作家要这样不厌其烦地提醒读者呢？原来，这个"旅店"，是"我"原本追寻的目标。他在路上走了整整一天，已经"看了很多山和很多云"，他反复提示读者，他"为旅店操心"这一句是带有象征意义的，也就是说，人生已经有了一定经历，需要一个歇脚的地方，一个人生的阶段性休整，当然这不是体力的休整，而是精神上的休整。因为一时还没有"旅店"，才有"搭车"的念头，才有了汽车的观念，在某种意义上，"搭车"和"旅店"是对立的。这个词有着丰富深邃的哲理内涵。人生是个旅程，旅程的象征是汽车，汽车是不断运动的，但人生又要有驿站，需要有旅店来休整身心。汽车、旅程是如此残暴，如此野蛮，惊人的荒谬，看来和休整身心的要求是不相容的。但是，小说写到最后，作者对汽车的感觉却是这样的（这是小说的思想的另一个焦点，可惜几乎被所有的解读者忽略了，不能不作一次冗长的引述）：

> 天色完全黑了，四周什么都没有，只有遍体鳞伤的汽车和我。我无限悲哀地看着汽车，汽车也无限悲哀地看着我。我伸出手去抚摸了它。它浑身冰凉。那时起风了，

风很大，山上树叶摇动时的声音像海涛的声音，这声音使我恐惧，使我也像汽车一样浑身冰凉。

我打开汽车门钻了进去，座椅没被他们撬去，这让我心里稍稍有了安慰。我就在驾驶室里躺了下来。我闻到了一股漏出来的汽油味，那气味像是我身内流出的血液的气味。外面风越来越大，但我躺在座椅上开始感到暖和一点了。我感到汽车虽然遍体鳞伤，可它心窝还是健全的，还是暖和的。我知道自己的心窝也是暖和的。我一直在寻找旅店，没想到旅店你竟然在这里。

整篇小说似乎都在通过旅店和汽车的对立，强调汽车象征着人生的险恶，人生的荒谬，精神无处归宿。可突然到了这里，不但没有荒谬感，没有邪恶，相反有了诗意的、温暖的归宿。而这个归宿恰恰就是象征心灵没有归宿的汽车。

这里作家显然向读者显示，虽然人性是邪恶的，世界是荒谬的，但是被抢掠的，被剥夺得如汽车那样，如同被损害的伤口，也还有一点值得注意：坐残存的座椅。漏汽油的气味，都使他的心灵稍有安慰。因为，“那气味像是我身内流出的血液的气味”。这就是说，被损害者、被剥夺者，即使是遍体鳞伤，但是，心灵，并没有被剥夺，心灵并没有遍体鳞伤，作者唯恐读者不明白，又从正面提示说，“汽车……心窝还是健全的，还是暖和的”，而“自己的心窝也是暖和的”。正是在这个意义上，在“心窝”未曾受到摧毁，这一点上，这部受尽伤害的汽车，成了“我”的心灵的旅店，成了“我”精神健全、心窝子温暖的确证。

正是因为这样，小说的笔调从最初的反讽，到最后变成了象征的抒情。

这里还有一个关键词，就是红背包。它和旅店、汽车一样是有象征意义的。

在小说的结尾，这个被司机抢去了的红背包，又出现了。作者把背景选择在“我”十八岁，父亲让“我”出门，为“我”准备好这个红背包，对“我”说：“你已经十八岁了，你应该去认识一下外面的世界了。”

他就这样，背着红背包，“像一匹兴高采烈的马一样欢快地奔跑了起来”。整个故事本来是很灰暗的，为什么作者要让背包是红的，而不是其他颜色？红色的象征意味，虽然不一定是革命的，但肯定不是邪恶的，而是带着光明和希望的色调。

这就是说，作者显然有意在结尾不让读者太悲观、太灰暗，这个光明的尾巴是作品主题的一个重要组成部分，显然是很重要的，但是，为什么会被绝大多数的读者和评论家忽略呢？无非有两种可能，一是读者和评论家太粗心或者缺乏修养。二是作者的这一转化表现得不够充分、不够饱满。我认为后者应该是主要的原因，因为作者表现人性的邪恶采用了独创的荒诞方法，别出心裁，引发读者沉思，让读者感到惊异。但是结尾处，主要用诗意的象征手法，这个方法，就其形象的感染力和手法的独创性来说，可能是略逊一筹。

如何拉开人物的心理的多维错位
——读《我们看海去》

赏读台湾作家林海音的小说《我们看海去》，深深体会到一部真正具有艺术生命力的作品是受时间和空间的限制的。

20 世纪 80 年代，这篇小说被著名导演吴贻弓搬上银幕，大获成功，在中国大陆和新加坡都得了奖。

本来，小说写的故事很平常：一个收破烂的哥哥，为了让读小学常考第一名的弟弟升学，甚至出国，他不惜自己去当小偷，终于被捕。如果把这个故事平铺直叙地写出来，也许是很陈旧的，很难越过时间和空间的限制获得大陆读者和观众那样广泛而深刻的共鸣。

林海音把这个有点陈旧的故事变为一个创新的艺术品，主要依靠一种拉开心理距离的手法。她不让这个故事出现在世俗价值观念已经固定化了的世界里，因为在这个世界里，小偷就是坏人，这样的观念是不会有任何疑问的。如果小说简单地把这个哥哥按照英子家的保姆宋妈的观念写成一个坏人，而且大家都一致同意，这样就不但没有艺术，而且连小说都没有了，只剩下一种小报上的新闻花絮。

艺术的起点就在小主人公和宋妈的观念拉开距离的时候。

林海音把这个故事放在一个天真烂漫的小学生的心灵中展开，她正是小偷那考第一名的弟弟的同学。

她逐渐地被这个小偷的纯朴的"厚嘴唇"和重重心事所吸引，并且不知不觉地对他有一种亲近感。即使在模模糊糊地意识到他就是小偷的时候，这种亲近感也没有削弱，反而因发现他就是那位第一名的同学的哥哥而更加强烈了。

林海音确实非常有力地拉开了两种价值判断的距离——孩子的感知和世俗的距离越来越大。为了强化这种距离，林海音并不满足于情节的发展，同时她运用了意象的象征。

正因为这样，小说中才反复强调英子在诗歌《我们看海去》中分不清蓝色的天空和大海，而在生活中她也分不清楚好人和坏人。

这种反反复复的象征意象是对读者反反复复的暗示。应该说林海音是用得相当自然的，虽然有时十分直露，但是比之聂华苓在《一捻红》中反复提示的“一捻红”还是更加隽永，更加有机。

在情节之内融入某种象征性意象以突出作家的尖端思绪，是当代小说家常用的手法。但是这种手法的大忌是过露和不足。过露则容易流于概念的图解，不足则令人感觉莫名其妙。

林海音的象征虽然有过露之嫌，但是，尚未造成对艺术形象的含蓄性的损害，其原因在于她的主要焦点并不完全在于象征，而在于那象征的基础——那就是互相亲近的人们之间的心理距离越来越大，从而造成读者情感的多方向的张力。这不但表现在宋妈与英子之间，而且表现在小偷和他所爱的弟弟之间。他越是爱弟弟，他就越是要做小偷，在这样反向逻辑中存在着艺术的奥秘。

更为精彩的是小偷和英子之间关系的错位。英子越是被小偷的为人所吸引，就越是常到草丛中去，期望与他会见；越是期望与他会见，就越是可能把小偷的秘密暴露给密探。

当作者写到英子大意，把一个铜佛随便给了一个路人，导致了小偷的被捕，难能可贵的是作者的叙述语言仍然那样平静，甚至都没有让小英子猛然地意识到自己伤害了小偷，而是神经性地发作起来。这是传统现实主义和浪漫主义作家常常大显神通的地方，而受现代主义影响的林海音在这里却十分克制，只写了一句：“我很想哭。”而且她妈妈这时还在期望小英子将来把这个“坏人”的故事写成一本书，终于引起了小英子的反抗：“不！”心理错位的幅度在故事结束以后还在扩大，这就给人以余音不尽之感了。

幽默、讽刺和抒情的交融
——读《我们是怎样过母亲节的》

这是一个西方人写的关于母爱的故事。通篇没有一句直接写母爱的无私，但读者却深深感受到了母爱的无私；通篇没有一句话写到丈夫和子女的自私，但全篇无处不在显示丈夫和子女的自私。错位随着故事的进展一层又一层地展开，但不是表面上的，而是，隐藏在字里行间的。表面上都是为了爱母亲，没有任何矛盾，所有公开的、堂而皇之的字眼（能指），都是为了母亲，而实际内涵（所指），恰恰是丈夫和孩子为了自己。这就构成了错位，也就定下了以后贯穿全篇的反讽的基调。

第一个层次在字面上和潜在的含义之间不统一似乎并不特别明显，只是表现了一再强调的“隆重”和漫不经心的“否决”，充满了能指和所指的错位。

一方面是丈夫和子女主动提出为了报答母亲终年的操劳，要在母亲节这一天，“做一切力所能及的事，让母亲高兴”。大家请假回来，庆祝母亲节。关键词是“隆重”。隆重的具体表现是：用鲜花和格言装饰房间；女孩子隆重地购买了新帽子，男孩子则隆重地购买了新领带。另一方面，一切为了让母亲开心的举措却又一个一个被否决。起先是为母亲买一顶新帽子的提议被轻易地否决了。一旦母亲说自己更喜欢旧的，女儿就说：那顶旧帽子，她戴了更加合适。

这里的反讽不是特别明显，因为是母亲自己提出不要新帽子的。但被否决的过程，毕竟有点轻率，这就消解了前面特别强调的“隆重”。

第二个层次，在字面上和潜在的含义之间的错位不但明显，而且越来越尖锐化了，为母亲制定出游的目标及其消解过程。

一方面是大家决定租一辆汽车让母亲到乡下兜游，享受一番，免得她在家里总是忙得不可开交。父亲提议，与其出游，不如钓鱼，有了“目标”，更能提高母亲的兴致。另一方面，则又慢慢透露，钓竿是父亲昨天才买的。暗示了钓鱼和父亲的目的联系在一起是多么巧合。父亲口头上说，钓鱼竿“实际上”是为太太买的。注意“实际上”这个关键词的言外之意，说“实际上”，也就是透露了本来不是为母亲买的。这个错位本来可以展开，但被母亲的一句话淡化了。她说，她宁愿看父亲钓鱼，自己却不想钓。

这里的暗示是，父亲有心机，嘴巴上说得好听，实际上却一味考虑着自己，而母亲为了亲人的乐趣习惯于放弃自己的乐趣。

为了把故事推向高潮，作者设置了一个矛盾，汽车太小，必须有一个人留在家里。这时，父亲潜在的动机和表面堂而皇之的话语之间的错位就显得突出了。他主动提出自己留在家里。如果光是这样说，也就没有什么反讽可言了。他接下来说的话，言内和言外就有点错位了。他先说，自己留下来可以在花园里干点活。这也还没有什么潜在的意味可言。接着，他说他可以干点“粗活和脏活”，比如“挖个垃圾坑”什么的。这种话语的错位是：表面上是自己主动留在家里，实际上要让人感觉到他在大家郊游的时候，却承担着繁重的劳动。作者的功夫在于，不是一下子把父亲的底细全部兜出来，而是逐渐透露，在程度上逐渐加强：一点一点把言外之意强化到超越字面的意思。父亲叫大家不要“顾虑”他“三年来”一直没有过一个“真正的假期”。这里的错位在于，字面上是叫大家不要顾虑，实际上却在提醒大家，事情有点严重：三年来都没有过一个假期了。这样的话语中的逻辑重音，应该落在“三年来”和“一个真正的假期”之间的对比上，是不能不叫人顾虑的。这里矛盾虽然明显，但父亲的情绪还没有超越语言的表层。下面的话，就近乎牢骚了：“他想过个什么节就是想入非非。”如果真是这样，就根本不是顾虑不顾虑的问题，而是要不要对这个赌气的家长给以补偿的问题了。

通俗地说，字面表层含义和深层含义“不一致”（英语叫作 incongruity）、不和谐，在具体上下文中，深层含义占上风的情况叫作“反讽”。在这篇小说中，表面上说自己应该留下来，而实际上，留在逻辑空白中的意思很明显，要他留在家里，是不公平的。

说反话的修辞技巧，在鲁迅的《从百草园到三味书屋》和《阿长与〈山海经〉》中大量存在。但那里的反语属于幽默的性质。因为鲁迅对长妈妈充满了同情和怜悯，并没有要揭露她什么动机的目的。在这里，作者写父亲，也用了反语，突出他千方百计地掩饰自己的自私，而且，他的言内和言外存在显而易见的矛盾，暴露了他强烈的自私。这样，幽默就转化为讽刺了。

讽刺与幽默的相同之处，是都有反语，但幽默是温情的，非对抗性的，而讽刺是严峻的，带着刺的。

下面写孩子们的考虑，也充满了反讽。一是，父亲留下来不合适。原因是虚无缥缈的，“他准会闯祸”。而排除另一种选择（两个姐妹留下来）的道理，则更荒谬。因为“她们买了新帽子不戴一戴，未免太使人扫兴”了。这个不成其为理由的理由，和文章开头强调的要“做一切力所能及的事，让母亲高兴”，“隆重”地庆祝母亲节，形成了错位。这一大家子人，一个个都很自私，讽刺意味十分强烈。

如果文章就写到这个程度，当然也可以了，但可能给人太直露之感。

作者笔墨的深邃之处是：父亲和孩子都自私，但似乎他们并没有感到自己的自私；母亲无私，却也同样没有感觉到自己无私。

一方面强调把母亲留在家里，大家都觉得有很充分的理由可以让她痛痛快快地休息一天，但另一方面，又把这种理由说得不成理由，因为需要她准备午饭。这不是不能休息了吗？矛盾是留在逻辑的空白之中的，由读者去判断。让母亲留下还有一条理由更为荒谬，室外有点凉，“父亲担心母亲着凉”。明明是为自己考虑，却偏偏说是为母亲考虑。父亲越是努力自圆其说，越是漏洞百出。越是漏洞百出，作者的讽刺就越是显得精彩。下面这一段，可以说发挥得淋漓尽致。父亲说，正当她“本来可以好好休息”的时候，如果他“硬拉”母亲到乡下去转悠，一下子得了重感冒，他“永远不会原谅自己”。尤其是考虑到母亲为大家“操劳了一辈子”，大家有责任让她“安静、安稳地多休息”。不让她郊游，是让她避免了一场“折腾”。本来大家提出让妈妈郊游，是为了让她休息，可是经过父亲这么一演绎变成了“折腾”，而且很危险。这是明显的不一致（incongruity）。但越是荒唐，就越是可笑，越是可笑，就越是显出父亲的虚伪——千方百计掩饰自己的自私，明知自私，还要坚持为自私寻找冠冕堂皇的理由。这样的讽刺就有深度了。

文章中对孩子的自私，当然也是有讽喻的，但相对比较温和，可以说，讽刺意味比较少，幽默的意味就比较多。因为，孩子不像父亲那样有意掩饰自己的自私，他们比较单纯，比较天真，在大多数情况下，他们没有感到自己的自私。

全文都从孩子的视角来叙述。在许多明显自私的地方，孩子们并不像父亲那样做出一副为母亲考虑的样子。在把母亲留下来以后，作者在分寸上很有讲究。孩子们向母亲“欢呼了三次”。虽然有些自私，但总还有些天真烂漫，应该说自私得有点无知，还没有学会为母亲设想，正是因为这样，孩子们的自私就不虚伪，有点坦然，因而不无可爱之处，属于幽默范畴，而父亲却表现得对妻子特别多情：

> 母亲站在阳台上，从那里瞅着我们，直到瞅不见为止。父亲每隔一会儿就转身向她挥手，后来他的手撞在车后座的边上，他才说，他认为母亲再看不见我们了。

明明是最自私的，却表现得最多情。挥手，要挥到手碰到车后座，越过了表达感情的限度，这里就有一种错位，过度的外在动作和贫乏的内在情感。

接下去的文章突出了感受上的反差，用词比较夸张。一方面孩子们出游的感觉是度过了“最愉快的一天”，玩得“痛快极了”。回来以后，母亲为他们准备了“热腾腾的饭菜”，这是“最豪华的筵席”“吃得有趣极了”。另一方面，母亲还给父亲拿来手巾和肥皂。这样“忙”了一阵以后，吃饭的时候，母亲又不得不“屡次三番地站起来”帮着上菜。

所有这一切语言，都在构成一种热烈的家宴氛围。但是，所有这一切又和前面宣称的宗旨相违背：让母亲留在家里，是为了给她“安静”。所有用来描述家庭喜庆场景的词语都是与休息、安静背道而驰的。这就是幽默，蕴含在上下文之间。

文章正面的描写处处透露了父亲和孩子们的自私，但没有一句说出“自私”这两个字，同样没有一个字正面说明母亲是如何的无私。全文的功力在于反讽，但是，又不限于反讽，同时有歌颂，反讽父亲和孩子的自私，恰恰反衬出母亲的无私。这二者相辅相成，父亲和孩子有多么自私，母亲就有多么无私。

说好了过母亲节，要让母亲休息，报答她的操劳。结果，母亲不但没有出外休息，也没有在家里安静，却更加操劳了一天。而这个母亲不但没有感到这种矛盾，而且心安理得。不但母亲没有感到任何异常，孩子们也没有感到任何异常。一方面有这么多夸张的对比（安静和忙碌），另一方面母亲又表现得异乎寻常的平静。作者对母亲几乎没有多少正面的描写，基本上都是简洁的叙述，讲话、做事甚至连细节都没有，都是概括的叙述。而对父亲和孩子们却用了大量的细节（如，父亲告别时的手势之类）。只有当孩子们去吻母亲，母亲说这是她有生以来过得“最快活的一天”，孩子们觉得她“眼里含着泪水”。这是描写妈妈的唯一的细节，也是最意味深长的细节。一个本来要让她休息安静的节日，却过得这么劳累，说明她并没有把自己的劳累放在心上，她之所以感到愉快，就是因为她看到丈夫和孩子们的快乐。

最后一句，可以说是神来之笔，孩子们在看到母亲眼睛里含着的泪水时，居然产生了这样的感觉：

我们所做的一切得到了最大的报偿。

这里面的含意可真是太丰富、太奇妙了。

表层的意义是，在孩子们的感觉中，母亲最幸福的一天是他们给予的。而全文所显示的恰恰是孩子们提出要让妈妈休息安静，可结果妈妈没有休息，也没有安静。他们本来打算为妈妈做的都没有做。他们做的无非是两个方面：第一，保证了自己郊游，却排斥了母亲；第二，把本来允诺的安静取消，代之以忙碌操劳。对于这一切，他们没有一点惭愧，相反，却感到这是对母亲的奉献。在孩子心目中的“最大的报偿”，在母亲本该是“最大的剥夺”。这是显而易见的荒谬，越是荒谬，讽刺的意味就越明显。但是，“最大的报偿”不仅仅是讽刺，还有另外一层含意，那就是母亲并没有感到自己被剥夺，相反她把被剥夺当成了幸福。这就不是反讽，而是抒情了。同时这种抒情中还隐约带着反讽，而孩子没有感到自己对母亲的剥夺。孩子毕竟是天真的，天真把讽刺意味淡化了，幽默意味就更突出了。同样的倾向还表现在吃饭以后，孩子们“争着帮忙擦桌子，洗碗碟，可是母亲说她情愿亲自来做这些事，我们只好让她去做了，因为这一次我们也总得迁就她才行”。明明是母亲无私奉献了自己的一切，却被说成是“迁就”，好像不是自己不懂得体贴母亲，而是母亲有什么古怪脾气似的。这种地方，都是幽默、讽刺和抒情深邃的交融之处。

从这里可以看出，作者对这个家庭的关系虽然有所批判，但并不太严厉，孩子们并不是有意自私，而是习惯了被母亲照顾，以至于失去了主动照顾人的意识。正是因为这样，讽喻是很有分寸的，就是对父亲，作者也是有节制的。母亲吃饭时，老是站起来为别人服务，“父亲注意到这种情况”，“他要她歇会儿，于是他自己便站起身到碗橱里去拿水果”。大人毕竟是大人，至少在口头上意识到该让妻子休息一下了。这种描写虽然并不完全是肯定的，但也并没有给人明显装模作样的印象，多多少少也淡化了讽刺的程度。从这样的分寸感上，可以看出作者的老到，他没有把父亲简单化，没有把人物关系漫画化。

一个女人心灵的两个层面
——读《项链》

不少中学语文老师在讲解《项链》时，喜欢以小说“三要素”，即情节、人物、环境为理论基础。作为初级常识，这应该说没有大错，但这只是某些现实主义的、古典性质小说的特点，并不是所有的小说都具备这三种要素。有些小说，甚至是现实主义的小说，就是没有情节，以非情节性见长；还有些小说，主要是现代派色彩比较浓的，根本就回避具体的地域和历史时代的环境。说到情节，一些老师常常倾向于把开端、发展、高潮、结局作为情节的必要成分。这一点好像没有太大的问题，西方和中国小说中，有许多都是以情节的一贯和完整见长的，我国古典小说强调一环套一环，环环紧扣，就体现了这种道理。但若细究起来，并非所有小说都是这样。如《孔乙己》这篇小说的主要情节，像孔乙己偷书被打，特别是后来被打折了腿，都是被作者有意安排到幕后去。在小说中，读者看到的只是被打以后的三个场景，没有发生什么情节。这不但算不上是什么环环紧扣，相反作者的匠心倒是让主要环节隐藏到幕后去。特别值得注意的是情节性很强的小说，如这里的《项链》，全文的绝大部分，虽然都是环环紧扣的，但是到了最后一环，发现那带来灾难的项链并不是真的，而是不值多少钱的假货，这对主人公过去和未来的命运，是关系甚大的一环，然而小说到这里却戛然而止。下面将要发生的环节，被作家有意地省略了。

作为结局的环节脱落了。这就产生了一个问题，省略导致情节不完整，是不是恰当呢？如果不恰当，算不算是一个缺点呢？如果恰当，从什么地方可以看出这是一个优点呢？

要说清这个问题，首先要弄清，情节最根本的功能是什么。许多老师都知道，情节的功能是为人物服务的。这没有疑义。也就是说，情节的发展取决于人物个性心理刻画。

问题的关键在于，情节是如何为人物服务的。

情节的特点是什么呢？一般情况下，开端、发展、高潮和结局的说法，可能是有道理的。但在这四个环节中，哪个环节最能表现人物呢？从理论上说，应该是高潮最能表现人物。在玛蒂尔德得知自己为之付出十年青春代价的项链竟然是假货时，她的内心，从十分虚荣到非常刻苦都已经表现得很充分了，但这个高潮，使人物的欢乐和悲哀突然获得了一种新的意味——落空的、无谓的，也就是反讽的意味。此后的一切，哪怕是人物在经济上得到了补偿，甚至在精神也有所安慰，然而，为了对于假货的误会，居然付出十年青春的巨大代价。这个代价，本来是迫不得已的，甚至表现出人物的坚强的，但是，假货却使这种付出，变成了无谓而又无奈。导致如此重大牺牲的原因却只是为了在晚会上出一次风头。这个代价，就不是假货的代价，而是风头的、虚荣的代价。

情节的戛然而止，情节环节的失落，并未削弱人物的内心的深度和韵味。

这个高潮之所以深邃，就因为作家充分描写了失去项链以后，主人公为之辛苦劳碌的“英雄气概”（英语译本：heroism）的十年。这十年过程，应该是作者表现的重点，但作者并没有用多少笔墨，突出的特点却是用语极简练；而作为重点表现的却是当年舞会上大出风头的一幕：原先的她，十分虚荣，爱出风头。出风头的特点，就是把自己在别人心中的地位的优越看得比什么都重要。文章浓墨重彩，写得细致入微。以星期日为中心的十天左右的事情，就用了两千字以上的篇幅，尽情地展示了主人公丰富的心理层次的变幻。

第一层：在得到晚会的邀请之初，因为没有华丽的服装而用“恼怒的眼光瞧着”丈夫，继而又是“哭泣”又是“悲痛”。

第二层：丈夫把全部积蓄都奉献出来订制时装以后，她又为没有相应的首饰而“郁闷、不安、忧愁”，为“在阔太太中间露穷酸相”而预感到“难堪”。

第三层：为想出了借首饰的主意而惊喜——高兴得心跳，手发抖——出神、迟疑——狂热地亲吻……

第四层：在舞会上获得成功，得到众人的追捧艳羡，虚荣心得到满足。

第五层：玛蒂尔德懂得了穷人生活的艰难。她一下子显出了英雄气概，毅然决然要偿还这笔可怕的债务。她辞退了女仆，迁移了住所，租赁了一个小阁楼住下。

> 她懂得家里的一切粗笨活儿和厨房里的讨厌的杂事了。她刷洗杯盘碗碟，在那油腻的盆沿上和锅底上磨粗了她那粉的手指。她用肥皂洗衬衣，洗抹布，晾在绳子上。每天早晨，她把垃圾从楼上提到街上，再把水从楼下提到楼上，走上一层楼，就站住喘气。她穿得像一个穷苦的女人，胳膊上挎着篮子，到水果店里，杂货店里，肉铺店里，争价钱，受嘲骂，一个铜子一个铜子地节省她那艰难的钱。

而对十年的苦难却写得十分概括，没有场面的展示，只有简洁的叙述。从语言的驾驭来说，这是需要气魄，也是需要功力的。

本来表现一个人物十年的辛劳和艰难，作家至少有三种选择：一是正面叙写这十年，那将耗费许多篇幅。二是一笔带过：十年过去了，路瓦栽夫人青春消逝，老了，她变成了一个穷苦人家的粗壮的、耐劳的妇女。等等。但过分简括到简单了，简单就可能变成简陋了。作家采取了另外一种方法，简洁不是简单，而是简练。就这么几句叙述，把十年交代过去，但又让读者感受到这十年对路瓦栽夫人的重大影响，从一个上流社交社会追求优雅的女士变成了一个粗笨，甚至有点粗野的女人，全靠叙述中夹带着富于特殊性的细节。叙述的好处是概括、简练，但弱点是不如描写那么感性，为了弥补这一点，在叙述中夹带特点鲜明的细节，整整十年，悬殊的变化，丰富的内蕴，只用了十多个细节：辞退女工，租小阁楼，刷洗碗碟，在盘沿上、锅底上磨粗了手指，洗衣服、抹布晾在绳子上，从楼上把垃圾提下来，把水从楼下提上去，喘气，挎着篮子，讨价还价。以如此有限的细节，就把十年的辛劳，甚至“英雄气概”的轮廓勾勒出来。

如此简练，是小说的重点吗？好像不是。如果真的是重点，应该是重笔浓墨的。但这并不妨碍它动人。其动人的奥秘何在？关键在于，这不是一般的对比，而是两个极端的反衬：最初追求时髦、高雅、出类拔萃，其特点是在物质上和精神上出人头地，超越自己的社会地位，进入更高一层的社交领域，进而在美貌和气质上赢得赞美。而在后来，却遗忘高雅的追求，甘于贫贱，只讲世俗的实用，不在乎粗野，唯一的考虑是节约，完全不在意自己形象在别人心目中的地位：

> 她胡乱地挽着头发，歪斜地系着裙子，露着一双通红的手，高声大气地说着话，用大桶的水洗地板。

一个为了一条项链而煞费心机的妇女，居然变得如此世俗、粗野，和小说开头所展示的刻意追求高贵，判若两人，这是一种对比，动人之处就在这种对比中。因为，这不是一般的对比，而是结构上对称。结构的功能大于要素之和，结构性质的对比，是整体性的，但实际进入对比程序的却不是全部，而是人物内心极端化的两极。在极端的这一侧是：

> 她比所有的女宾都漂亮、高雅、迷人，她满脸笑容，兴高采烈……
>
> 她狂热地兴奋地跳舞，沉迷在欢乐里，什么都不想了。她陶醉于自己的美貌胜过一切女宾，陶醉于成功的光荣，陶醉在人们对她的赞美和美妒所形成的幸福的云雾里，陶醉在妇女们所认为最美满、最甜密的胜利里。

一方面是如此爱慕虚荣，把自己在他人眼目中的出色看成是最大的幸福光荣；另一方面则是艰苦备尝，排除万难，完全不在乎他人对自己的看法。当然，这样做的好处是：适合短篇小说的文体要求，以少胜多，以最有特点、最有想象冲击力的内涵，刺激读者的想象，召唤读者的经验，迫使读者把两极之间的心灵体验补充出来。在数十篇分析《项链》的文章中，这一点似乎还没有引起足够的注意。原因在于许多作者只是离开了作品的艺术追求，对人物进行所谓的分析，可往往并不能到位。一些解读文章认为，小说中的女主人公是一个虚荣心很强的、追求享乐的女人，一心往资产阶级上流社会的高层爬，她的虚荣是她精神贫乏的表现，莫泊桑尖锐地讽刺了这一点。①与此相联系的是，指明了以金钱为中心的资本主义社会中，妇女唯一的出路只是饰物。②而另一些解读者则认为，她追求自身的幸福，是她的权利，她“爱美”，这无可厚非；“单纯”，因而她不辨真假；“勇毅”，“面对残酷的困境，不气馁，不悲观，不走歪门邪道，更不出卖自己美丽动人的容貌，完全依靠自己的意志，精神和力量”。③

在这些评论者笔下，玛蒂尔德好像完全是两个人。一个是浅薄的，世俗的，以虚荣为特点，为虚荣而白白耗费了青春；另一个则是清白无辜，纯洁善良，勇敢坚强。二者好像水火不相容。其实，这是同一个人的两个方面。这第二个方面，也就是莫泊桑用“英雄气概”来形容的那一方面，是深深地埋藏在她的内心深处的，在平时，是不会表露出来的，不但她周围的人不知道，就是她自己都不知道。

而艺术家的任务，就是要探索人物内心深层的奥秘。

通常情况下，人总是有自己的人格面具，社会和伦理的角色定位是固定的，在常态中，人的深层意识（潜意识）埋藏得很深，掩饰得很严密，外界即使有些事变，也可能本能地调节，保持常态。只有在不得已之时，在来不及调整，或者无法调整，常态瓦解时，深层的精神奥秘才会被逼出来。用什么手段去逼迫呢？郁达夫说，就是突发的事件（accident），这种突发的事变，就是情节，情节的功能就是把人物打出常规环境，逼迫到非常规境地，或者叫作第二环境，使得人物无法按常规来调整自己的心态，这时，隐性的潜在的意识，非常态的第二心态就会冲破表层的日常的面具，人物心理的纵深层次的奥秘就会流露出来。④

情节中的突发的事件（accident），是一种假设，一种假定。通过假定来测试人物的内心深处。只要把人物打出常规，迫使其第二心态爆发出来，就完成了。关键就是突发事件和人物的心态变幻，只要发生了超越平常心态，情节的任务（审美价值）就完成了，其完整的过程便显得可有可无。通过假定的事变，迫使人物的心态发生变幻，莫泊桑对于这一

① 高中语文第三册，预习提示，人民教育出版社，1990年。

② 李定清：《马蒂尔特与女权主义》，《语文教学与研究》1998年第9期。

③ 姚敏勇：《对爱美女性的警示和勉励》，王丽编《中学语文名篇多元解读》，广东教育出版社，2006年，第278—280页。

④ 孙绍振：《把人物打入非常轨道》，参阅《名作细读》，上海教育出版社，2006年，第442页。

点，似乎是自觉的，在小说中有一段女主人公的心理描述，可能是某种透露：

要是那时候没有丢掉那挂项链，她现在是怎样一个境况呢？谁知道呢？谁知道呢？人生是多么奇怪，多么变幻无常啊，极细小的一件事可以败坏你，也可以成全你。

作家说的是极细小的一件事，可以改变一个人的命运。在《项链》里，本是假货，可以说是一件小事，不足以引起主人公心灵的巨大震动。莫泊桑的杰出之处首先就在于，让主人公误认为是价值巨大，摧毁她常态的小日子，打破了第一心态，把主人公的潜在心态从隐性逼到显性层次上来，这就完成了情节的功能。至于后来，发现项链是假货，对于主人公来说，大事又变成了小事，经济可以得到补偿，但是，对于艺术来说，此后的事情，只是回到人物实用价值的常态，写下去会破坏本来已经相当深刻的审美心态的揭示。情节的任务是让读者窥探一番潜在的心态，而完整的过程则可能使审美情感价值贬值。

这种通过假定性的事变来检验人物内心深层奥秘的小说结构，和传统的小说有所不同，传统小说写的是整个事变，可能一波三折，环环紧扣，目的在过程的展现。而在这里只要一次事变，一次波折就足够了。事实上，只是生命的一个片段，一个断面。胡适在五四时期，在《论短篇小说》中，把这称之为“生活的横断面”，或者“纵剖面”。在受史传文学影响很深的作家中，不但环环紧扣，每一环都重要，而且还写到在主人公过世以后后代的情况。而这种横断面或者纵剖面的构思，往往只用一个事变，来揭示人物的内心深层次与表面层次的不同。在《最后一课》中，看到的也是类似的情形。不准再学法语的法令，把一个平日厌恶法语学习的孩子内心深处对法语的热爱逼迫了出来。至于他日后会不会反复，会不会故态复萌？这并不重要，重要的是，常态的表层被打破了，逼迫到一种不可逆的环境中，潜在的心态已经不由自主地流露出来了。

其次，莫泊桑的杰出之处在于他并不在乎这种第二环境是实在的，还是误解的，并不一定要让人物真的遭受灾难，哪怕是误会，哪怕是可以纠正的事变，也一样，只要能把人物潜在心理逼迫出来，就完成了艺术的探索功能。只要它能够让人物深层心灵得到一次曝光，就成了。所以，他特别强调了，这个变故，这个失落贵重饰品的突发事件是假定的、误解的。但是，这种假定和想象，却比真实发生的事变更为艺术。这是因为：第一，它完成了对于人物潜在的、隐性的心态的探测的任务；第二，由于它是假定，其后果的严峻性，造成了一个女人的青春不再，就显得更加无价值、空虚，更加无奈、更加可笑。恰恰是假货引出了真伤害，假的珠宝可以复原，而人的青春的生命却一去不复返。其中所含的无奈和反讽是一般现实的灾难所不能相比的。

莫泊桑的杰出还在于他的语言，不管是对女主人公舞会上的成功，对她日后十年辛劳的“英雄气概”的描述，在第三人物的全能全智的叙述中，隐含着某种讽喻。这种讽喻，主要表现在用语的情感分量的过重，略带夸张的、过度形容比比皆是。让我们重新来品味莫泊桑的女主人公在舞会上的描写：

> 她比所有的女宾都漂亮、高雅、迷人，她满脸笑容，兴高采烈……她狂热地兴奋地跳舞，沉迷在欢乐里，什么都不想了。她陶醉于自己的美貌胜过一切女宾，陶醉于成功的光荣，陶醉在人们对她的赞美和羡妒所形成的幸福的云雾里，陶醉在妇女们所认为最美满、最甜密的胜利里。

所有这一切心理描写，反差都十分强烈，从事前的极度郁闷，到舞会上的极度兴奋，都仅仅是为了一条项链。对心理效果形容的程度，都是叠加的、排比的、积累性的，构成某种极端的色彩。漂亮，高雅，迷人，狂热，兴奋，沉迷，欢乐，陶醉，美貌，成功，光荣，赞美，幸福的云雾，最美满、最甜蜜的胜利……所有这一切都集中在一个焦点上，那就是“陶醉于自己的美貌胜过一切女宾”。这显然不可能是绝对客观的，不可能有人作过这样精确的比较，显然是产生于女主人公自我的主观感觉，正是在这样的词语中，流露出作者微妙的讽喻，特别是最后：“陶醉在妇女们所认为最美满、最甜密的胜利里。”则显然更透露出作者的保留：这种最美满的、最甜蜜的，只是上流社会妇女们的主观感觉。作者的保留和女主人公的毫无保留的美满感，形成了微妙的不统一。讽喻之意就隐含其中了。至于后来写到项链掉落以后，女主人公的艰苦奋斗，则以“英雄”二字为纲领，显然是大词小用。通常语言中的英雄应该属于为国、为民、为集体，为人格、为精神、为理想而作出的超越常人的奉献，而这里却是为弥补自己一时的出风头而造成的后果。二者之间的不统一构成反讽。

当然，讽喻的意味在于作家超越了女主人公，和她的感觉拉开了距离的视觉，作家好像有点冷眼旁观，看着女主人公的情感大起大落，她的虚荣的衣饰，带来了胜利和欢乐的结果却是更大痛苦。在经受了痛苦以后，到头来却发现，一切的痛苦居然是白费，不管是欢乐，还是痛苦，都一下子变得可笑起来。归根到底，谁作的怪，谁作的孽呢？是胜过一切女性的社会风气，也就是主人公的自我折磨。这里就渗透着作家的讽喻意图。

当然，不可忽略的是在这虚拟的境界之中，主人公经历的磨难，却必须是真实的、符合生活和情感逻辑的。极端虚荣的女士，被逼迫到灾难性的境遇中，居然激发出如此坚强的意志，显出如此强烈的反差。她好像变成了另外一个人，可是这另外一个人，并不是别人，而是她自己。是她心灵里所潜藏的自己冒了出来。这又不是人格分裂，而是有机统一的。她什么都可以不顾，什么都可以付出，什么都可以忍受，破产的风险，“未来的苦恼”“残酷的贫困”“肉体的苦楚”“精神的折磨”，都不在乎，唯一不能放弃的是他们的自尊：一切的一切，都是为了偿还朋友的项链，最不能忍受的是朋友把自己“当成一个贼”。这就是她道德的底线。

正是这条底线把两个互相矛盾的方面有机地统一为一个人格的整体。

所以老托尔斯泰说过：

> 有一个流传得很普遍的迷信，说是每一个人有所独有的、确定的品性。说人是善良的，残忍的，聪明的，愚蠢的，勇猛的，冷淡的，等等。人并不是这个样子。我们讲到一个人的时候，可以说他是善良的时候多，残忍的时候少；聪明的时候多，愚蠢的时候少；勇猛的时候多，冷淡的时候少。或者刚好相反。至于说，这个人善良而聪明，那个人卑劣而愚蠢，那就不对了。不过，我们总是把人们照这样分门别类的。这是不合实际的。
>
> 人同河流一样，天下的河水都是一样的，每一条河都有窄的地方，有宽的地方。有的地方流得很急，有的地方流得很慢，河水有时澄清，有时混浊，冬天凉，夏天暖。人也是这样。人身上有各种品性的根苗，不过有时这种品性流露出来，有时那种品性流露出来罢了。人往往变得不像他自己了，其实，他仍旧是原来那个人。[①]

从情节的构成来说，同样要求符合逻辑的必然性。项链由真到假，假得要有因果的充分的缘由。情节的发展要经得起读者的怀疑和挑剔。否则就可能损害其可信度，故中国古典小说，强调后来结果，先前要有伏笔，叫作“先时伏着”，或者叫作“草蛇灰线”。项链是假的，在先时也有“伏笔”。这些伏笔的基本要求，是很能隐蔽，表面上看来，好像是闲笔，可有可无，但实际上，是把结果的必然性大大加强了。

如：当他们夫妇二人到商店去寻访时，商家说，他们只出卖过盒子，并未出卖过项链。

又如，当玛蒂尔德乐得狂热，拒绝破旧的外衣，逃得远远的，已经埋下了丢失项链的可能。

当情节完成了探索人物的心灵深度隐性奥秘之时，其任务也就完成了。如果继续写下去，物归原主，从人物的心灵检测来说，并无大碍，而于情节本身则是一种贬值，从审美层次陷落到实用层次，而且是对读者想象和参与创造的一种阻断。

最后不可忽略的是，《项链》作为杰出的短篇小说，其不朽的艺术价值还在于它的结构。它采取生活的一个片段来带动人物的整个命运的转折，用一条项链构成单纯的情节核心。这种结构方式，打破了传统的有头有尾，环环紧扣，属于古典的叙事方式。把情节的核心集中在一个道具上，一条项链的真假、得失就够了，目的是使人物精神层次的奥秘得以显现。与此相连的是小说只写一个人物也就够了，其他的人物，如她的丈夫，只能是属于背景性质的。其功能就是用来推动情节的发展，因而，她的丈夫就成了影子式的人物，

---

① 托尔斯泰：《复活》，人民文学出版社，1979 年，第 262—263 页。（汝龙译文略有不同。）

甚至可以说是道具式的。作者让他在情感上从最初的稍有差异，到后来完全一致地同甘共苦，这显然是有意让他不具备独立的感知，不与他的太太发展精神有错位，也就是用牺牲丈夫的艺术生命来突出女主人公的个性。有些论者认为小说的女主人公失去了青春，但是获得了丈夫的爱情，好像丈夫也是一个独立的艺术形象似的。[①]其实，要让丈夫真正具有艺术生命，就得让他与太太发生精神错位，例如，让他与她在一些事情上争吵，揭示出他在情感逻辑上与妻子拉开距离。例如让他从原来对妻子的唯命是从，变得心怀怨恨，乃至在行为上分道扬镳。如果真是这样，这个丈夫的个性倒是有了，但小说的情节就要节外生枝，就要不单纯了，短篇小说，就不短了，其生活横断面的优越性就可能被消解。短篇小说的优越性与它的局限性是对立的统一，让主人公艺术个性充分突出，就得以另一个人物个性的淡化为代价。不给她丈夫个性，不让他有精神的深度，不是作家的失误，而是驾驭短篇小说艺术的果断的决策。这一点几乎成为许多成熟的短篇小说共同的规律：《最后一课》只让小学生的精神有深度，韩麦尔老师只是影子，欧·亨利的《最后一片叶子》，老画家是精神有立体感，而那两个女画家则是背景，契诃夫的《苦恼》，马车夫姚纳有情感的深度，三拨乘客乃至小马，都是影子。甚至《聊斋志异》中的《婴宁》也是一样，突出的就是婴宁（集中在她对一切都笑，最后才哭了），她的丈夫和居心不良的邻居都是陪衬。鲁迅的《孔乙己》《祝福》《孤独者》《在酒楼上》莫不如此。对于这一点也有不明确的，如茅盾的《春蚕》在老通宝和多多头身上平均使用笔墨，茅盾自己承认，他的短篇往往是压缩了的中篇。事实上是中篇。这种规律，如果要说有例外的话，那么《麦琪的礼物》可以说是一个。

① 王富仁：《失落的和获得的》，《解读语文》，福建人民出版社，2010年，第387页。

假珠宝一旦变成了真的
——读《珠宝》

莫泊桑《项链》的成功在于，以一条假项链，从一个表面看来十分虚荣的女人心灵发掘出勤劳坚韧的品行。为了更全面地说明问题，我们来看莫泊桑的另一篇小说《珠宝》。作家运用了差不多同样的手法，以与项链同样性质的珠宝的真假，把另一个女人的隐秘的心灵揭发了出来。这些珠宝，包括一条项链，她丈夫原来以为是假的，可在她死后却发现，是真的，和其他首饰一起，价值相当昂贵。

就在这一假一真之间，读者发现，原来的女士变成了另外一个人。

在这一篇中，作家用了第三人称视角，在这以前，作家说她“仿佛是规矩女人的完美无缺的典型，每一个明智的年轻人都梦想把自己的一生托付给这种典型的女人。她的纯朴美里有一种天使般的贞洁的魅力”。在他人眼中则是：“娶她的人肯定会幸福。再也找不到比她更好的人。”在结婚以后，这种视角渐渐过渡到丈夫的视角中：“跟她在一起，他幸福得简直难以用笔墨形容。”在她突然死了以后，她丈夫“差一点也跟她进了坟墓”。

所有这一切都在说明，丈夫对她的爱情非常深厚。然而就在这个女人死了之后，丈夫却发现本以为不值钱的假首饰，原来都是真的，价值竟超过他年收入的五六十倍。确切的线索证明，全部系一富豪所赠。为一个女人奉赠如此昂贵的饰物，个中缘由不言自明。作家没有让这个富豪出场，显出匠心独运。不然就可能耗费巨大的篇幅，还可能造成对短篇小说文体的危害。发现是真的，不过是为了揭示此女人内心深处的秘密，以及这种秘密包含着的金钱与情感交易，对丈夫不忠的性质。这就足够了。至于出钱的人物，与她的具体关系的描写，已经不是这个短篇小说的任务。

作家把视点集中在丈夫的感觉上。先是让读者追随丈夫发现了另外一个妻子，然而又顺理成章地就是他原来的妻子。这是一个把自己的不忠和虚荣掩饰得近乎天衣无缝的妻子。

妻子当然是作家深挖的对象。在这一点上，和《项链》一样。

但如果完全一样，莫泊桑就不值得再写这一篇《珠宝》。

不一样之处是作家对妻子的不忠点到为止，有意让她突然死于非命，不让她有任何让丈夫发现可疑的线索，不仅节省了篇幅，还给读者增加了想象空间。

让妻子突然死亡还有一个目的，就是把丈夫的心灵作为揭秘的对象。这一点和《项链》中把丈夫当作跑龙套，有很大的不同。可以说，在这个短篇中，丈夫并不像《项链》中那样成为一个跑龙套式的道具，而是一个具有独立价值的人物，他同样有着双重反差悬殊的心理层次。在他对自己妻子的不忠毫无所知的很长时间里，他似乎是个幸福的、痴情的丈夫。在妻子在世的时候，面对妻子的珠宝，他是一个心地单纯的被欺骗者。意识到自己的感情被欺骗以后，他的灵魂深处便发生了剧烈的震荡：

可怕的疑窦掠过他的脑海。莫非她？这么说，其余的珠宝也都是礼物了！他觉得地在摇晃，觉得面前的一棵树倒下来；他伸出双臂，倒在地上，失去了知觉。

他的痛苦绝对是真实的。如果作家就满足于这样写，那就和当年二流小说家笔下的以纯洁的爱情为生命的浪漫男性没有什么两样了。然而，莫泊桑是个严峻的现实主义者，在他笔下，男性比之女性虚假得多。《羊脂球》中那些道貌岸然的须眉男子，内心深处还不如一个他们共同藐视的妓女。然而，这些男人都是公然的施害者，而在《珠宝》中，这个男人却是一个受害者。是不是因为他受害，莫泊桑就高抬贵手了呢？不。就是受害者，他也没有放松这个男人表面上多情单纯、内心极度丑恶的东西。起初，他还为自己拥有出卖妻子的珠宝的钱财，而感到羞耻。甚至作家还为他设置了第一次去支取金钱，完全是出于饥饿的逼迫。越过第一次，羞耻感就被讨价还价的斤斤计较所代替。大量的金钱进入他的口袋以后，他的感觉是：自己“身轻如燕”。走在街上，“恨不得向行人嚷叫：‘我也有钱，我有二十万法郎！’”到了小说最后，作家居然让他“和妓女混了一夜”。从这里可以看到莫泊桑，假借假珠宝向真珠宝的转化，发现了和通常情况下多情丈夫完全不同的另外一个人。而这个，恰恰是托尔斯泰所说的，他还是原来那个人，只是，变得更丰富，更立体了，更深刻了。

小说的核心与其说是揭露那个不忠实的女人，不如说，是揭露这个男主人公。作家严峻地提出，哪怕是受欺骗的男人，哪怕是在受骗以前非常安分守己的男人，在另一种条件下，也可能暴露出无耻的嘴脸。

小说无疑用了一系列对比的手法，但又不是简单的大对比，作家在这个男人心理的两个极端之间，没有忽略过渡层次，使这个男人的变化，从感到可耻，到全无可耻地言过其实地吹牛，夸耀自己的财富，如果采取常见的直接转化的形式，就会显得粗糙许多。

狄更斯式的幽默：泪水中的微笑和抒情
——读《大卫·科波菲尔》

一

狄更斯写过十五部长篇小说，《大卫·科波菲尔》是他最钟爱的作品，在该书的序言中，他说“在我的著作中，我最爱这一部”。[①] 主人公悲欢离合的遭遇，有不少直接取自他的回忆录，但并不完全是他的自传。最明显的是，科波菲尔是孤儿，母亲改嫁，遭受继父谋得斯通虐待和排斥。而狄更斯的父亲是相当富裕的官员，后来突然破产，投入债务拘留所多年。狄更斯不得不幼年独自谋生，进了一家黑鞋油作坊做童工，忍受着物质上的穷困和精神上的孤寂。他后来在《董贝父子》中所说：作为一个年幼的孩子，“没有劝告，没有指导，没有鼓励，没有安慰，没有支持”。[②] 更失落的是，他“先前做学者，做名流的希望破碎了”。[③] 狄更斯去拘留所探望父亲的经历，积累了对富豪强烈的愤慨。在生活的底层，在贫民窟里，对穷困潦倒小人物的苦难他感同身受，产生了对他们的同情和热爱。

这一切体现在课文所选的米考伯夫妇身上。据说，他对英国监狱黑暗、悲惨的揭露，促使英国改善了监狱制度。这在当时，可以说是他现实主义文学的最大成就，也是对他洋溢于作品中的人道主义精神的最高褒扬。

但是，他的成就并不仅仅在于现实的反映，更重要的是，他的艺术，在英国文学史上

---

① 见董秋斯译《大卫·科波菲尔》上，中央编译出版社，2015 年，第 6 页。

② [英] 英布克教授：《狄更斯传略》，见董秋斯译《大卫·科波菲尔》上，中央编译出版社，2015 年，第 1 页。

③ [英] 英布克教授：《狄更斯传略》，见董秋斯译《大卫·科波菲尔》上，中央编译出版社，2015 年，第 2 页。

开一代新风。俄国批评家卢那卡尔斯基说："狄更斯死后，他的声誉蒸蒸日上，他成了英国文学史的一个'神明'。人们开始把他的名字和莎士比亚的名字相提并论。"狄更斯的幽默更是得到广泛的赞赏。"狄更斯是伟大的幽默家——这就是你从英国各个不同阶级的普通人嘴里听到的一句话。"①

卢那卡尔斯基认为《大卫·科波菲尔》中"许多章节应该列入他的幽默佳篇"。②狄更斯在文学上的对手萨克雷这样称赞《大卫·科波菲尔》："在这些可称赞的温厚的诙谐方面（我应当把诙谐唤作爱与机智的混合物），谁能与他的天才相比？"③

课文所选的有关米考伯先生的片段，文字删节颇多，艺术上有所损失，堪称一篇优秀的幽默短篇小说。不过似乎应该加上小标题《米考伯先生和他的太太》。

对于这一点，课文的编者似乎没有感觉到。在"学习提示"中这样要求："阅读时，注意领略小说中展现的英国的社会风貌，理解作者对当时社会现实的态度，体会小说的叙述角度带来的独特艺术效果，特别是其中的情感意味。"

问题在于，什么"独特的艺术效果"，什么是"其中的情感意味"？

从理论上说，艺术效果，情感意味，关键是其独特性，不可重复的唯一性。这里情感意味的独特性在于：科波菲尔的母亲死后，邪恶的继父掠夺了她的财产，将科波菲尔送去当童工。就是这样的逆境中，和处境狼狈的米考伯夫妇相处，产生了特殊的友情，文章对这对小人物夫妇的在狼狈中盲目乐观的个性极尽调侃之能事，文章风格更突出的幽默，含泪的微笑，才是文章的艺术效果和情感意味的独特所在。

二

本书是英国现实主义文学史上的杰作，要揭示其艺术的独创性，就应该还原到作家文学历史语境中去，现实主义非常强调"真实性"，作为一种创作方法，按恩格斯的说法，就是"除细节的真实性以外，还要真实地再现典型环境中的典型性格"。④这不同于古典主义、浪漫主义的传奇性和比较强的虚拟性。

客观环境的细节是无限丰富的，作品只能容纳极少量的细节，狄更斯优选的细节是富于特征性、启发性，最能表现整体特征的。他描写货行的客观环境：先说"房子又破又

① 罗经国编选：《狄更斯评论集》，上海译文出版社，1981 年，第 127 页。

② 罗经国编选：《狄更斯评论集》，上海译文出版社，1981 年，第 124 页。

③ [英] 英布克教授：《狄更斯传略》，见董秋斯译《大卫·科波菲尔》上，中央编译出版社，2015 年，第 25 页。

④《马克思　恩格斯　列宁　斯大林论文艺》，作家出版社，2010 年，第 139 页。

旧”，他选择了两类细节，首先是：

它那些镶有护墙板的房间，我敢说，经过上百年的尘污烟熏，已经分辨不出是什么颜色了；它的地板和楼梯都已腐烂。

老旧极端表现为地板和楼梯都已经腐朽，也失去了地板和楼梯的功能。其外观则是连什么颜色都分辨不清。如果说这样的细节对读者想象的提示性不够，那么第二类细节的质量就大大提高了。

这座房子真正是老鼠横行的地方；地下室里，成群的灰色大老鼠东奔西窜，吱吱乱叫。

老鼠公然横行，因为长久无人，变得不怕人了。更有甚者，不但是横行，而且是成群，不但是成群，而且吱吱乱叫。这简直可以说是旁若无人了。细节很少，只是结果，原因在空白中。这样的细节，对于读者的想象力可以说带着雄辩的冲击力的。

这样的细节的真实性，其生命不仅在于客观的真实，而且在于其暗示了主人公内心的真实。

主人公怀着“倒霉的心情”，无奈接受了童工繁重的无聊的工作以后，和幸福的童年时代相比，“想成为一个有学问、有名望的人的希望破灭了”。“内心隐藏着痛苦”，这几乎是从自传性痛苦的记忆中抄来的。但是狄更斯却说“我如此荣幸地开始独自谋生”，对于理解狄更斯的艺术风格来说，“荣幸”二字，可以说是“文眼”，这显然不完全是痛苦，而是幽默，自我调侃。痛苦变成了恬淡的幽默，这是因为文章并不是当时的记实，而是成名后的成年人的回忆，拉开了时间的距离，对自己儿童时代的苦难，就如普希金所说，那过去了的一切，成为亲切的怀恋。

遇到米考伯夫妇，幽默感逐步强化，以某种轻喜剧性达到高潮。

初为童工苦力，呜咽着，仿佛心头有个“裂口”，要“爆炸”。米考伯先生来了，心情有所改变。

米考伯先生的外貌描写很值得分析：穿戴整齐而“破旧”，但是“拿着一根很有气派的手杖”，手杖上系有一对大穗子，但已经“褪色”。“脑袋又大又亮”，没有头发，光秃得像个鸡蛋”。[原文是 with no more hair upon his head（which was a large one，and very shining）than there is upon an egg，董秋斯译作“头上的头发并不比鸡蛋上的多”，是不是更准确，而且更幽默？] 前襟上挂着带柄的单眼镜，但是，“只是用作装饰”，因为完全不透明，根本没有用。这里很显然，小科波菲尔的痛苦和眼泪没有了。在一系列细节中，隐含着显而易见的怪异，穿戴整齐，似乎很隆重，但是，“破旧”（原文是 shabby，董秋斯译作“褴褛”是不是更好），可又“装了一条颇为神气的硬领”。拿着很气派的手杖，还带着大穗子，但是，褪色了。单眼镜，似乎上流社会的，但是，完全没有用，只有装饰作用。

他来的目的是引领这个小房客，本来这堂皇是不必要的，但是，越是堂而皇之，“装出文雅的气派”，越是暴露出沦落，虚荣的失败。一切都显得不协调，不和谐，这属于幽默的基本范畴，在英语中叫作“incongruity”。一切都显得可笑：但是这种可笑，并不是像描绘继父谋得斯通先生那样是带着敌意的讽刺，也不仅仅是滑稽。滑稽是无情的，而这里不但是含蓄的，而且点出米考伯先生是善意的，因而是幽默。米考伯先生说明来意，突然含着“微笑”，“露出亲密的样子”说：

能接待这么一位初来的年轻创业者，这是本人的荣幸。

把被迫做童工谋生的小孩子说成是“年轻创业者”，已经是不着边际的奉承，而把这说成是他的“荣幸”则更是离谱。但是，狄更斯没有将之定性为虚伪，而是宽厚地用细节来调侃：让他说着“把下巴架在了衬衣的硬领上”。这个硬领和褴褛的衣衫，很不相称，米考伯先生很想引起孩子的注意。引领小科波菲尔到他家，一两句话就可说明白，他却用了礼貌性的假定语气，繁琐的复合性的语句：“我的印象是”“要想穿过这座迷宫似的现代巴比伦，前往城市路，似乎还有困难，简而言之——你也许会迷路——为此，今天晚上我将乐于前来，以便让你知道一条最为便捷的路径”。这样拐弯抹角，完全是为了显示他的绅士风度。这样多余的优雅、不着边际的“亲密”，是对陌生的人过度的善意，这就是幽默。狄更斯竭力突出言词和为租客引路极不协调。用中国话来说乃是“交浅言深”。但狄更斯并没有将之定性为虚伪，而是突出他“文雅”得很认真、亲密得很真心。临走时，狄更斯特地写他“戴上帽子，腋下夹着手杖，腰杆挺直地走出来”“还哼起了一支曲子”。不协调，却郑重其事，自得其乐。对小人物调侃中夹着欣赏和同情，透露出狄更斯的幽默，对小人物十分宽厚。

到了米考伯家，房子破旧，一点家具都没有，显然穷困异常。“成天拉上窗帘，挡住邻居的耳目。”轻描淡写两句，就提示米考伯夫妇贫穷、自尊中带着虚荣。这是他们的共同点。

狄更斯的幽默表现在他笔下的小人物，往往都有某种奇特的怪异。其艺术功力在于让夫妇两个人物同中有异，生活在不同的心理着迷点里。

米考伯太太的着迷点是在贫困中的孤独，她需要倾诉的对象，倾诉往昔的富裕。

领着科波菲尔看房子的时候，絮絮叨叨，诉说着自己婚前在娘家几乎从来没有过“困难”的体验，绝对想不到把房子出租的事。但是，又很直白地诉说米考伯先生目前的“困难”几乎是把他们“压垮”了。债主时时临门，“米考伯先生根本还不了债”。但是“石头里是榨不出油来的”。（原文是 blood cannot be obtained form a stone。董秋斯直译为“石头不能出血”，是不是更符合英语原意？）

她沉浸在自己的着迷点里，完全忘记了科波菲尔还是个孩子，而且是第一次见面。狄更斯顺便调侃了一下：她“总得找个人谈谈，要是没有别的人可谈，哪怕跟双胞胎（婴儿）谈谈也好”。狄更斯同情她的孤独，她的徒劳的富足的回忆，她的倾诉的意向，用英语来说talktive。狄更斯更进一步调侃她将徒劳的回忆认真地转化为更为徒劳的实践：在大门正中挂上一个大铜牌“米考伯太太青年女子寄宿学舍”。但是小科波菲尔调侃说，他从来没有看见任何女子来过，更没有见到米考伯太太作任何接待的准备。来的只有债主。甚至有人还大吵大闹起来。

这一笔很精练，顺理成章地转到米考伯，其着迷点和米考伯太太有所不同：

> 遇到这种时候，米考伯先生真是又伤心，又羞愧，甚至悲惨得不能自制，用一把剃刀做出抹脖子的动作来（这是有一次他太太大声尖叫起来我才知道的）。可是在这过后还不到半小时，他就特别用心地擦亮自己的皮鞋，然后哼着一支曲子，摆出比平时更加高贵的架势，走出门去了。

本来，狄更斯对米考伯先生处于绝境是含着眼泪的，但是，米考伯先生在逆境中心情的强烈的反差，达到极端化程度。从绝望自杀到比平时高贵，哼着曲子的轻快，仅在半小时之间，二者如此不协调（incongruity），达到了荒谬的程度，这样的幽默感，就带着漫画性质，喜剧的性质。含着眼泪幽默不能不和破涕为笑交融了。

这种喜剧性的幽默，狄更斯反复强调：当米考伯太太讲起自家的不幸时，米考伯先生听得泣不成声，可是到快结束时，却又唱起歌曲来。有时，说自己除进监狱没有别的出路，泪如雨下，可不一会儿，又空想时来运转，计划着给窗子装修将要付出多少费用，而且“入睡”了（董秋斯译文。课本用的译文是“上床”）。

就在他被捕入狱之时，对小科波菲尔说，“他的末日到了”，小科波菲尔都“心碎了”，可米考伯先生在不久前还在“兴高采烈”地玩“九柱戏”。

卢那卡尔斯基说：“狄更斯是伟大的漫画家们的先驱和宗师，他从他实际生活过的环境中撷取典型。他又把写典型提高到夸张的、大加渲染的，有时几乎是荒唐不经的地步。这种夸张、渲染的手法是许多英国作家所特有的……但是，在狄更斯那里，这项手法达到了尽善尽美的境界。”①

三

“米考伯太太和她丈夫完全一样”，狄更斯这样说，这并不夸张，“她三点钟还为缴税的

① 罗经国编选：《狄更斯评论集》，上海译文出版社，1981年，第128页。

事，哭得死去活来，四点钟就吃起了烤羊排”。她家刚刚被没收了财产，哭得披头散发，可晚上就在炸牛排，说着婚前的富足生活，而且“兴致”极好。但是狄更斯显然知道，对于小说来说，人物必须各有生命，两个人物完全一样，一加一就等于零了。实际上，狄更斯不动声色地突出了她和她丈夫的区别，在描写她时，不带漫画色彩。她的着迷点在忍受贫困，倾诉，目的是，不失“自尊”。沉浸在结婚以前的尊贵生活。即家里什么吃的都没有了，也不接受小科波菲尔主动借款，宁愿出卖已是仅有的银餐具。但是，自己去出卖就有失自尊，拐弯抹角，絮絮叨叨，娓娓道来，丈夫、女佣，不可靠，自己有孩子，不方便抛头露面，最后才道出，小科波菲尔代她去出卖才是万全之策。她和米考伯先生的不同，不但是她总是要有倾诉的对象，发表回忆往日富足的伤感，而且，她比米考伯先生更放不下面子。狄更斯并没有正面对比，只是在叙述中透露出二者的反差，对米考伯太太没有过度夸张的漫画性，对其调侃不带喜剧性。

狄更斯就这样，不着痕迹地让两个人物各有其艺术生命。

在这狼狈中的虚荣背后，读者可以看到狄更斯对米考伯太太更为宽容的微笑。

然而更深邃的是，小科波菲尔，并不因为其狼狈而嫌弃，相反为他“增加了精神上的痛苦”“为他心碎”，不久还成了他们的“知己”。不管年龄相差有多大，他们之间还是“产生了一种奇特而平等的友谊”。米考伯先生入狱，是最狼狈的了，但是，小科波菲尔却和他更加亲近。他去探望米考伯先生，请他吃饭。米考伯一如既往的乐观，而且摆足正餐的架子，向另一犯人借刀叉，还带去问候，那个犯人借了刀叉，也带回来问候。米考伯先生还向小科波菲尔借了一个先令，买黑啤酒喝，还写了借据让米考伯太太归还。这张空头借据，显然是在调侃他着迷于正派的风度。小科波菲尔回去把情况说给米考伯太太听，她居然就晕过去了。对于米考伯太太这是唯一漫画色彩的一笔，调侃米考伯太太的浪漫。但是，这种调侃并不绝对，因为米考伯太太后来干脆就搬到监狱里去和米考伯先生共患难了。

在整本小说中，米考伯太太不管丈夫有多么落魄，多么狼狈，她永远对他毫无保留，对他充满信心。福斯特在《小说面面观》中称赞她的“我永远不抛弃米考伯先生”，一句话，就成为她喜剧性性格的概括。[①]在如此悲哀、痛苦的绝境中还是这样浪漫。狄更斯式的幽默，融汇着悲凉和温馨。

英国狄更斯专家布克教授在《大卫·科波菲尔》中译本的序言说：“他在这部小说中非常成功地混合诙谐和悲哀。”“狄更斯的诙谐人物无一不表明啼笑非常接近，最好的笑是可以从流血的心中发出的。”[②]

狄更斯的幽默不仅仅在于超越了小人物处境的悲凉，而且超越了小人物自身的缺陷。

---

① 罗经国编选：《狄更斯评论集》，上海译文出版社，1981 年，第 103 页。

② [英] 英布克教授：《狄更斯传略》，见董秋斯译《大卫·科波菲尔》上，中央编译出版社，2015 年，第 25 页。

卢那卡尔斯基在《狄更斯》中说他的穷人的典型“几乎全是怪诞的人物。但是这类引你发笑的怪诞行为却使他们变得更可亲可爱了。固然，这种友好的、亲切的使你几乎忽视了他们的狭隘和庸碌，几乎要去容忍他们被迫在其中生活的艰苦条件”。①

小科波菲尔与这样的小人物关系亲密起来：他租了和监狱更近的房子“因为我跟米考伯先生患难与共，彼此已经很熟，舍不得分开了”，即使想到“米考伯先生终于过不了关”。（原文是 Micawber's troubles had came to a crisis at last。这里的 crisis at last，应该是最后危急的关头，而不是“过不了关”。董秋斯译作“米考伯先生的困苦终于到了危急关头”，应该更好一点。因为后来米考伯夫妇还是 past their crisis，是渡过了危急关头，而不是“过不了关”。）

小科波菲尔觉得自己的住处实在是一个天堂了。他常常进入监狱和米考伯夫妇吃早饭，和米考伯先生散步，倾听米考伯太太的倾诉，玩纸牌。

狄更斯这时平静的叙述，不带调侃性，也没有喜剧性，而是带着深深的诗意。几乎所有的大评论家，都着重论述了狄更斯的幽默，但是，他们都忽略了，狄更斯的幽默就充满对沦落者的同情，这种诗意使狄更斯的幽默达到最高境界。

2021 年 9 月 19 日星期日

① 罗经国编选：《狄更斯评论集》，上海译文出版社，1981 年，第 123 页。

最没有用的最美

——读《麦琪的礼物》

小说写一对夫妻，在圣诞节把自己仅存的最好的、最贵的财宝变卖了，买了礼物，奉献给自己所爱的人。在一般情况下，所送的东西应该是最有用的，成为对方最珍惜的。如果小说的情节按这样的思路发展，夫妻双方拿到对方的赠品，非常合用，一起欢喜不尽。这就不但没有《麦琪的礼物》这样的格调，而且连一般小说的水平都达不到了。为什么呢？因为，物质的满足淹没了情感，就难免落入俗套。如果换一种写法，夫妻双方买了礼物，根本都没有用，两个人都生了气，甚至吵了架。这样写，会不会更好呢？当然不会。因为，仍然是物质压抑了情感。

《麦琪的礼物》写的是：夫妻二人都把自己最宝贵的东西卖了，买了自己以为是对方最有价值的东西，结果却是对方最没用的东西，表面上看来是“愚蠢”的，但最后作者站出来说，恰恰是“最聪明”的。

从这里可以看出，在欧·亨利的作品中显示了，对于人来说，有两种价值：一种是有用的，很实惠的。如果丈夫的表没有卖掉，表链当然是很有价值的。价值就在实用性上，在美学理论上，叫作实用价值。但是，小说情节提出的问题是，表链没有实用价值，是不是就绝对没有任何价值了呢？小说所强调的是：没有实用价值的东西还有另一种价值，那就是情感价值，充分表现了夫妻之间深厚的爱情，也有价值，而且是比之实用价值更高的价值。小说让我们看到了情感价值的特点，它可以超越实用功利。没有用的东西，可以成为深厚情感的载体。情感价值，在美学理论上叫作审美价值，审美价值是不实用的，正是因为超越了实用价值才更为强烈、更为自由。诸多读者读过张洁的《挖荠菜》和《拣麦穗》，拣了麦穗，换了钱，做嫁衣，是带着少女的幸福的幻想的。一旦幻想失落了，嫁衣的实用价值并没有变化，但是审美价值随之失落了。在现实生活中，实用价值占着优势，它是压抑着、统治着情感的，情感是不自由的，而在文学想象中，情感却可以从实用功利中获得解脱，让心灵深处的情感获得自由。

从这里可以看出，情感价值的超越与自由是和艺术感染力成正比的。在《拣麦穗》里，小女孩子希望嫁给卖糖老汉，明明是毫无实用价值的，可以说实用价值是等于零的，可是卖糖老汉却仍然非常疼爱小女孩子。在这样的价值反衬中，才更显得情感超越物欲的自由，才更加显示出人的美好的真情。

《麦琪的礼物》的作者是美国人，《拣麦穗》的作者是中国人，虽然文化背景不同，但在审美价值观念上却是一致的。

张洁的《拣麦穗》是抒情散文，《麦琪的礼物》当然有抒情的一面，二者的共同之处是通过叙事来表现的。在《麦琪的礼物》中，也有一系列情感洋溢的场景，可以说写得淋漓尽致。如，德拉非常在意自己的外貌在丈夫心目中的感觉。在她把头发卖掉了以后，紧张地等待着丈夫，听到丈夫回家的脚步声时，“紧张得脸上失去了血色”。心里还在祈祷：“求求上帝，让他觉得我还是漂亮的吧。”丈夫进门以后，她一再絮絮叨叨地诉说自己的头发会“很快”长起来，祈求他“不会介意”。

这些都是情感的强烈表现，具有抒情的力量，可在这样的抒情话语中，读者不应该忽略的是其中浸透着叙述者的调侃，作家让读者感到她太在意外表形象，心理过分紧张是没有必要的。她紧张，她怕自己外貌的改变会给丈夫一眼看出来，就刻意抢在他有反应以前先入为主。而丈夫恰恰是反应迟钝，“绞尽脑汁也没弄明白这明摆着的事实”。有点“白痴”一样的“恍惚”。这其中就流露出来一种不同于抒情性的语言风格，从趣味来说，就是幽默感或者谐趣。从小说来说叫作喜剧性，这种喜剧性在情节的构成方面，表现为一方面是极端的巧合，另一方面又是感觉、知觉和想象的“错位”。

小说虽然写的是两个人的故事，但是正面描写的只是妻子德拉的行动和心理，丈夫一方是从妻子的眼光看出来的。如果仅仅是妻子一方的线索，强调妻子在穷得只剩下漂亮的头发的时候，为了丈夫的金表更为堂皇，把头发卖掉买表链。本来也可以写成一篇小说的。不过，那将只能在抒情上展开，其结果可能有点平庸。欧·亨利显然不满足于这样的平庸，他把妻子买表链作为明线在读者面前正面展开，同时又让德拉的丈夫把自己的表卖了，让其在幕后进行，也就是作为暗线。两者构成的反差和错位就有一点儿幽默感，读者可能会会心地笑。康德说过：

> 笑是一种从紧张的期待突然转化为虚无的感情（亦译：笑产生于紧张期待的落空而造成的感情爆发）。[①]

①《判断力批判》，宗白华译，商务印书馆，1987 年，第 180 页。

等到丈夫归来，妻子发现自己买的礼物是无用了，同时发现丈夫为自己买的礼物是有用的，如买来一件长期向往的衣服，这样的构思，当然比之只有妻子一方卖头发要艺术一些，但只会让妻子卖头发的期待这一条线索落空而已，还是不够幽默。用这样的构思和欧·亨利最后写出来的相比，还是显得平淡，不能成为世界短篇小说之杰作。欧·亨利的杰出就在于，丈夫买来的礼物，是一套梳子，由于妻子的头发已经卖掉，也变得无用。这样，表链和梳子构成了双重的期待的落空，也就是幽默结构的双重对称，喜剧性和幽默就双重在强化了。小说的杰出还在于双重地落空了，从世俗观念看来，他们的决策是不聪明的，“傻呼呼的”（原文是 foolish），是日常的口语词汇。但是恰恰又是“最聪明”的。原文用了一个高雅的词语：wise。这是用来形容基督诞生时，给他带来礼物的东方三贤人麦琪的（the Magi：the three wise men from the East who brought gifts to the infant Jesus）。作者难得地在小说最后站出来宣称，他们在一切接受礼物和赠送礼物的人中，是“最聪明的”，“他们”，也就是这两个年轻人，“就是麦琪”（They are the magi）。聪明和愚笨方面却完成了一次对转。笑不仅仅是期待的落空，而且是在落空之后在另一条逻辑线索上的落实，是落空和落实的“错位”结构。①

在这样强烈的双重反衬结构中，奉献和爱情结合起来，把主人公的精神推向了崇高的境界。

但是，欧·亨利并没有把他们的精神境界理想化。相反，在对他们的描述中，充满了反讽、调侃和揶揄。在欧·亨利笔下，这两个人物的爱情观念是超越世俗功利的，同时，他们身上也充满着美国式的世俗观念。

作家对他们的反讽，首先表现为以财富为荣，对贫穷生活感到自卑。描述德拉和杂货店老板、菜贩子讨价还价，掂斤拨两，她的感觉是：“羞愧难当”“丢人现眼”。作家从字里行间流露出来的这种自卑，并不是十分必要的。其次，反讽还表现在，主人翁生活观念中的虚荣。如，对吉姆名字全称和信箱的描述：

> 楼下的门道里有个信箱，可从来没有装过信，还有一个电钮，也从没有人的手指按响过电铃。而且，那儿还有一张名片，上写着“詹姆斯·迪林厄姆·杨先生”。
>
> “迪林厄姆”这个名字是主人先前春风得意之际，一时兴起加上去的。那时他每星期挣三十美元。现在，他的收入缩减到二十美元。“迪林厄姆”的字母也显得模糊不清，似乎它们正严肃地思忖着是否缩写成谦逊而又讲求实际的字母 D。

反讽，反在哪里呢？一个星期挣二十元的窘境，读者已经通过德拉的感觉体会到了，

① 孙绍振：《论幽默的二重错位逻辑》，《审美价值与情感结构》，华中师范大学出版社，2000 年，第 241 页。

仅仅多了十美元，每周三十美元，却用了“春风得意”来形容。原文是 period of prosperity，兴旺发达的意思，prosperity，在英语里是相当高雅的词汇，显而易见和实际情况隐含着不统一、不和谐，这在幽默学中叫作 incongruity，这就产生了一种调侃的效果。门铃、信箱之类的设备，好像属于小康之家，中产阶级，但笔墨间却强调了其为空摆饰，功能空缺。而名字，三个部分的全称，常常用在上流社会的人物的正式职务履历方面，但在吉姆却根本就没有用处，而妻子对他简称（吉姆），亲热劲头却实用而简洁，这种反衬，突出了有情的却不正规，而正规的却没有意义。正是因为这样，那个“迪林厄姆”的字母，才显得模糊不清，才给人一种考虑着是否缩写成不起眼的字母 D，因为这样才显得“谦逊而又讲求实际”，这就把“迪林厄姆”这样正规的写法实在是不讲求实际的意思隐含在其中了。所有这一切都在显示，作家对他们既是赞赏，又是同情，在同情中，又带着调侃和讽喻。

对主人公的反讽，还渗透在对他们的描写之中。如，对德拉的头发，用语极其夸张，说她只要把头发晾晒，就连示巴女王都要妒忌；吉姆把怀表拿出来看一下，连所罗门的财富都要黯然失色。[①]这些都是以夸张失实为特点的幽默话语，尽量把事情说得显而易见的不切实际。字面上的意思是说，吉姆的表如何了得，实际上，是说男主人除此之外一无所有，没有什么可以夸耀的了。表面上说女主人翁美貌，隐含的意味却有除了头发，别无长物，没有什么可以自豪的。

对主人公的反讽还表现在对女主人公爱美的调侃上。把她的爱美和穷酸的镜子结合在一起，这一段文字是很精彩的：

> 两扇窗子之间有一面壁镜……一个非常瘦小而灵巧的人，细看一连串的竖条影像，可能会对自己的容貌得到一个大致精确的概念。

作家不是直接说穷得连一面完整的穿衣镜都没有，也不说虽然有一面穿衣镜，但是，破得不够照出完整的面貌和躯体，而是说，第一，只有“非常瘦小的人”，才能使用。让读者去想象，如果是胖子或者正常人，就无法从镜子里看到自己的身影。第二，就是瘦小的人，还要看一连串的竖条的影像。意思是看一次是不够的，而要从多次的观看中综合起来才成。可见这个穿衣镜是如何狭窄了。如果光是这样，还只是对物质穷困的调侃，欧·亨利的幽默还在于，调侃贫穷的女主人公，在这样的镜子面前，仍然不改爱美的天性：

> 德拉身材苗条，已精通了这门子艺术。

“德拉身材苗条”，这既是对镜子狭窄效果的强调，又是对女主人身材的赞美，而“精

---

① 示巴古国在阿拉伯西南，即今之也门。《旧约·列王纪上》载，示巴女王带了许多香料、宝石和黄金去觐见所罗门王，用难题考验所罗门的智慧。据圣经记载，所罗门王（？—前 930），以色列联合王国的国王，公元前 971 年至公元前 931 在位。在耶路撒冷作王四十年，是大卫儿子，犹太人智慧之王。相传著有《箴富》《所罗门智慧书》《雅歌》《传道书》等作品。

通了这门子艺术”，则是对她的调侃了。实际上说的是，她已经从多次的练习中掌握了在狭窄的镜子面前照出自己全部容貌的法门。这本是迫不得已的事，而作家却用“一门子艺术”来形容。就是说，要把自己全貌都照出来，要像进行艺术创作那样专心致志。这种比喻本来是不伦不类的。但从描绘女主人公来说，可能是比较离谱的，然而对于表达作家对她的调侃来说，却是相当准确的，正是在这二者的“错位”上，构成了幽默感。

就是对作家非常赞赏的爱情，其用笔，也是充满了调侃，字里行间流露出谐趣。如写到德拉卖掉了头发之后：

> 回家之后，她的狂喜有点儿变得审慎和理智了。她找出烫发铁钳，点燃煤气，着手修补因爱情加慷慨所造成的损失，这永远是件极其艰巨的任务，亲爱的朋友们——简直是件了不起的任务呵。

本来是说，虽然从情感上说，为了爱情可以牺牲漂亮，但是牺牲了以后，漂亮还是要的，而且是要极力弥补的。对于这样的努力，作家用了这样的词语：“由爱情加慷慨所造成的损失”“极其艰巨的任务”“了不起的任务”。这明显是大词小用。原文比之课本上的译文更加明显：

> When Della reahed home her intoxication gave way a little to prudence and reason. She got out her curling irons and lighted the gas and went to work repairing the ravages made by generosity added to love. Which is always a tremendous task，dear friends—a mammoth task.

译为“狂喜”的那个字是“intoxication”，更准一些应该是“陶醉”，有点晕晕乎乎的感觉。而一般课本上翻译为“损失”的那个字，原文是：“ravages”，应该是“蹂躏”和“劫掠后的痕迹”的意思。试想一个爱美的女人的头发遭到了““蹂躏”，留下一片“劫掠后的痕迹”，其中有多少调侃的意味，语言是何等的幽默，翻译成“损失”感情色彩就荡然无存了。至于 tremendous 和 mammoth 都是书面的、文雅的、庄重的词汇，说明她是如何在意自己的漂亮，在修剪头发这样一件小事上，用了这么一系列郑重其事的大词（雅语），其语意错位构成了强烈幽默感。更加富于谐趣的是她用了这样大的努力，结果却是这样：

> 不出四十分钟，她的头上布满了紧贴头皮的一绺绺小卷发，使她活像个逃学的小男孩。

这和女性追求的漂亮已经相去甚远了。而她却仍“在镜子里老盯着自己瞧，小心地，苛刻地照来照去”，心里想着丈夫看她一眼，就会把她“宰掉”。一方面是如此认真，一方面效果又是如此之差：作家就这样把同情赞赏和揶揄结合到一起。

从人物刻画来说，欧·亨利设计这样的情节，实际上是给自己出了一道难题。难在何处？小说中人物不管如何情投意合，要具有性格且在行为逻辑上互相拉开距离，最好是构成冲突。如果像恋爱中的人物心心相印，行为逻辑完全一致，就只可能是诗歌，要小说中人物有性格，就必须让他们心心相错，只有心心相错了，在戏剧舞台上才有戏可演。例如，在同一作家的作品《最后一片叶子》中，两个女主人公是一对好友，在行为逻辑上总是不一致，一个总觉得绝望，没有信心生活下去，因为这样，据医生说，就可能死路一条。这是她的朋友无能为力的。这种情感的错位，就是个性的差异。如果没有这个“错位”，就无法构成小说，只能写一首友谊之歌。最后这个矛盾被另一个人（老画家）的一种行为解决了，而这个解决的途径是病人根本没有想到的。有了这样三个人的心灵的距离，情感意志的错位，才有了小说的感染力。小说之难，难在要让两个友好的人物，行为逻辑拉开错位距离。两个人物，行为逻辑如出一辙，就很容易构成性格雷同，此乃小说写作之大忌。但是，作家却选择了夫妻二人行为逻辑完全一致，效果却是相反，产生了特殊的好处，那就是比较鲜明的喜剧性。然而，喜剧性不能违反小说的基本规范，所以作家也在行文中十分注意，把两个人物的行为方式尽可能地加以区分。如女主人公比较神经质，反应比较快，语言比较快速，在丈夫出现的场景中，她不是滔滔不绝地说话，就是“欣喜若狂地尖叫”，而男主人公则比较沉稳。这一设计相当艺术。如果不是这样，男主人公和女主人公一样敏感神经质，他一进门就会发现妻子的头发变了，马上就有反应，小说的情节进展就只能是径情直遂，读者期待的紧张感就可能削弱了。而现在则是，女主人公极其紧张地期待丈夫的反应，不等他说话，就从他的脸上看出了复杂的表情：

吉姆站在屋里的门口，纹丝不动地好像猎犬嗅到了鹌鹑的气味似的。他的两眼固定在德拉身上，其神情使她无法理解，令她毛骨悚然。既不是愤怒，也不是惊讶，又不是不满，更不是嫌恶，根本不是她所预料的任何一种神情。他仅仅是面带这种神情死死地盯着德拉。

接下来，就是德拉滔滔不绝的话语。这样的区别，有利于让两个行为逻辑一致的人物之间的感知距离尽可能地延宕。这正是情节悬念延宕的技巧，也就是俗话所说的“卖关子”的技巧。而这种技巧恰恰又是在人物的个性的基础上的，这就叫作情节与人物的统一。情节既为人物的刻画服务，又是在人物的心理特点上延伸，二者达到水乳交融的程度，从这里可以看出欧·亨利驾驭小说技巧的娴熟。

潦倒的画家变成诗化的英雄
——读《最后一片叶子》

关键词句：最后一片叶子。杰作。惊人之作。一盏灯笼还亮着。

这些词句都是很平常的，有其固定的、很普通的意义。正是因为这样，我们在阅读小说的时候，往往忽略了。但是，这篇小说的精神含量，基本上就潜藏在这些词句中。我们把它叫作情景语义。相对于普通语义来说，它是艺术家创造出来的，具有崭新的、深厚的，极其丰富的意义。作品解读要落实到文本上，落实到语言上，就是要从普通语义和文本语义的矛盾切入。

这一篇小说，虽然表面上是写实的，有现实的环境，有现实的生活细节，有现实的人物。一切都和经典的现实主义小说一样。但是，有一点是不一样的。在现实生活中，得了肺炎的人的生命主要是由生理和病理决定的，而在这篇小说里，却是由一种精神，一种对于生命的信念来决定的。要理解这篇小说的特点，首先要提出一个要害问题：得了肺炎的人，是不是能够活下来，是由病人想不想活决定的吗？而小说里的医生对于乔安西的病是这样说的：

> "现在十成希望只剩下一成。"医生一边甩下体温表里的水银一边说，"这希望取决于她抱不抱活下去的决心。"

心理对于病理来说，可能有相当的影响，但是，像这样起决定性作用的无疑不太可能。从这里可以感到作者所要强调的是：对于生命的信念丧失了，人就注定要死亡；反过来，只要坚持生命的信念，就可以战胜死亡。

把主观情感的重要性放在客观的生理规律之上，在小说里并不是很罕见。例如，《儒林外史》中有一个著名的例子，就是一位姓严的监生，很小气，临死前因为家里一盏灯点了两根灯草，就老是不断气。弄得家里人莫名其妙。后来还是他的老婆理解他，把灯草退去一根，他才平静地死了。

但是，这是一种讽刺。

精神超越死亡，在童话和神话里，或者在诗歌里比较多见。最有名的是白居易的《长恨歌》，其中的爱情是超越时间和空间的局限的。“在天愿作比翼鸟，在地愿为连理枝。天长地久有时尽，此恨绵绵无绝期。”说的是，情感是如此绝对，甚至可以超越无限的时间和空间，绝对地永恒。再如臧克家的诗《有的人》：“有的人活着，他已经死了；有的人死了，他还活着。”强调的是精神可以超越生死界限。这种超越不是现实的，而是想象的。不是一般的想象，而是诗歌的想象。抒情诗的想象的最大特点，就是情感的自由。为人民的幸福而牺牲的人，是不死的，他的生命就是永恒的。所表现的并不一定是现实的，而是诗人的情感。感情和理性不同，理性是遵循客观的，而感情却是听便主观的。主观越是超越客观，感情越是动人，越是有诗意。

信念决定生命，使这篇小说，充满了诗意。但是，如果用写诗的办法来写小说，可能有概念化之嫌。因为信念是抽象的、概括的。如果让病人直接讲出来，读者是很难感受得到的。为此作者又在构造情节时，设计了相当独特的关节，把生命的信念集中到一个可感的（看得见，摸得着的）事物上去。如果光是可感，比如，留恋、舍不得情人送的礼物之类，也并不是不可以。但是，这样就可能比较俗气了，或者说落入了俗套。小说中，医生和病人的朋友休易有几句对话，粗心的读者可能没有十分注意：

“这位小姐已经认定自己再也好不了。就不知道还有什么心事吗？……我是问她心里有没有还留恋的事。比方说，心里还会想哪位男人。”

“男人？男人还会值得她想？”休易的声音尖得像单簧口琴，“没这种事，医生。”

这一笔，看起来很平常，却颇有意味。一个女孩子快要死去了，在美国人看来，总有能够引起她对生活的留恋的，还有什么比爱情更强烈呢？连爱情都没有，可见是极其绝望了。小说出奇制胜地设计了一个看得见摸得着的东西，比之爱情更为强烈，那就是叶子。窗外的叶子，一片片正在凋零的叶子。

为什么是叶子呢？

首先，因为她是画家。她对画面最为敏感。

其次，叶子很平凡，但在这里，作家赋予它以生命在凄风苦雨中顽强生存的意味。

这就不完全是现实的描写，更多的是诗意的象征。作者赋予这片叶子的意义远远超越了叶子本身。女主人公乔安西不厌其烦地提起：

等最后一片叶子掉下来，我也就完了。

要是天黑前我看到最后一片叶子掉下来就好，见到了我也好闭眼。

我只愿像一片没了生命力的败叶一样，往下飘，飘。

最后一片叶子，不是一般的象征，而是战胜死亡的象征，是诗意的象征。它象征着生命的信念。告诉人们精神的力量可以战胜病魔。

然而，这种精神力量，女主人公原来是不具备的，她曾经把自己比作“弱不禁风的藤叶”，是另外一个人物以生命为代价改变了她。

值得欣赏的是：乔安西从失去生活的信心，到重新获得生命的信念，本来是挺抽象、挺复杂的一个过程。对于作家来说，要恰当地表现这个过程无疑是一个艰巨的任务。如果正面去写可能会吃力不讨好，而欧·亨利却驾轻就熟，只是在对话中，用了几个细节就完成了一个人的生命观念的转化：

起初是医生的话：

如果病人盘算起会有多少辆马车来送葬，药物的疗效就要打个对折。要是她能问起今年冬天大衣的衣袖时兴什么式样，那么我对你说吧，她的希望就不是一成，而是两成。

只用了两个细节（送葬车、大衣的衣袖），就说明了生死之别。

后来乔安西病休好转了，读者从她的外表就可以看得一清二楚。但是她的内心如何呢？欧·亨利同样也是用对话的方式作了精练的交代：当然，如果接着医生的话头说下去，乔安西打听起时兴的大衣袖子样式了，这就既不真实，也不艺术，甚至有点傻乎乎了。他让乔安西说话：实际上回答了医生提出的问题：

休易，我太不应该。不知道是怎么鬼使神差的，那片叶子老是掉不下来，可见我原来心绪不好，想死是罪过。你这就给我盛点鸡汤来，还有牛奶，牛奶里搁点葡萄酒——等等！先拿面小镜子来，再把几个枕头垫到我身边，让我坐起来看你烧菜。

一共才用了五个细节：鸡汤、牛奶、葡萄酒、小镜子，坐起来看烧菜，统统说明，她对饮食、打扮、生活琐事又充满了情趣。这是简练的手笔，一来表现出作者对于短篇小说这种形式的娴熟驾驭，二来透露出作者明快的风格追求。

导致乔安西转化的人物贝尔曼，无疑是作品中的英雄。但对于这个英雄，作者好像故意把他写得毫无英雄的光彩。先是他的外表：他老了，年过六十，其貌不扬，红眼睛不住地流泪。其次，四十年作画，一事无成，穷困潦倒。再次，说话粗鲁，用的都是下层百姓的口语，在英文原著里，充满了发音的错误。说明他没有受过多少正规的教育。中学课文所用的译文，除了用语粗俗以外，无法把他口语中透露出来的文化上的弱点充分表现出来。试举老贝尔曼和休易的说话为例，短短的几句话，就说错了许多：

“You are just like a woman!” yelled Behrman. “Who said I will not bose? Go on. I come mit you. For half an hour I haf peen trying to say dot I am ready to bose. Gott! dis is not any blace in which one so goot as Miss Yohnsy shall lie sick. Some day I vill baint a masterpiece, and ve shall all go away. Gott! yes."

对英语有兴趣的老师可以看出，他把 pose 说成 bose，with 说成 mit，have 说成 haf，been 说成 peen，God 说成 Gott，this 说成 dis，place 说成 blace，good 说成 goot，paint 说成 baint，we 说成 ve：甚至连女主人公的名字，johnsy 都说成了 Yohnsy：这可能暗示他是欧洲某国移民，在美国属于那种"unsettled"（尚未融入的）、社会地位很低的一类人。

到小说结尾，读者才明白正是这个老头子，在窗户上画出一片叶子，显示那最后一片叶子没有凋零，给了女主人公以生命的信念。他是在雨中画的，弄得"衣服、鞋子全湿了"，受了风寒，得了和女主人公一样的肺炎。他牺牲了生命，女主人公却因此获得了生命的信念，最终战胜了病魔。

由此可见，这篇充满了诗意的小说所歌颂的，不仅仅是生命的信念，还有为了他人生命的信念，而作出了自我牺牲的一种精神。贝尔曼无疑是个英雄，但却平凡异常。他一点没有英雄的自我意识，他也没有意识到自己会牺牲，这正是他的平凡之处，和女主人公一样是平凡的。

然而，作者又暗示，这样平凡的人物，又是不平凡的。

这种不平凡的暗示，主要集中在关键词语"杰作"上。

这个"杰作"，一连几次，都是反讽的，直到最后一次才是抒情的。

这种手法和鲁迅在《阿长与〈山海经〉》中几次用"伟大的神力"一直是反讽的，直到最后一次，才是歌颂的，有异曲同工之妙。

贝尔曼出场的时候，作者并不是偶然地强调他在艺术上一直没有搞出什么名堂来，但是又一直强调老头子念念不忘要有所成就，念叨着要画出"惊人之作"。可是，他画架支起来二十五年了，还没有开始画上一笔。这么一把年纪，没有什么希望成功的了。可他还是念念不忘自己画出"惊人之作"。单纯从这一点上看，小说的笔调语带嘲讽。在原文中是很明显的。可惜所有的译文，都没有充分把欧·亨利式的调侃风格传达出来。然而，到了小说的结尾处，作者却借休易的嘴巴说：现在你看墙上还趴着最后一片藤叶，你不是奇怪为什么风吹着它也不飘不动吗？唉，亲爱的，那是贝尔曼的杰作。在最后一片叶子落下来的晚上，他又画上了一片。

这里的"杰作"，才是真正的抒情性的话语，点出了挽救生命的叶子，原来出自这个不成材的画家之手，讽刺的意味就变成了歌颂。

叶子，最后的一片叶子的内在涵义是多重的，不仅仅是生命信念的象征，又是平凡的自我牺牲的象征。“杰作”在这里，是个双关语，表面上是绘画，可要真正从绘画的角度来说，根本没有什么了不起的成就，但从精神上境界上看，是作出奉献而又没有奉献之感的象征。只有从这个意义上来说才是难能可贵的，是真正的“杰作”。

不论从思想上，还是从艺术上，这都是小说的焦点，关键词中的关键词，就是这个“杰作”。然而，作者却采取了一种很奇特的写法，不正面写这个英雄，也不正面写获得生命信念的乔安西。正面着笔的是休易的感觉。这个人物在故事情节中没有起多大的作用。她的任务只限于通过她的眼睛和嘴巴，让读者体验了情节和人物的发展和变动，其中包括老贝尔曼的英雄行为。最后通过她的嘴巴作了简单得不能再简单的叙述，连一点描写都没有。

这不是本末倒置吗？不是。

这正是欧·亨利构思独特的地方。如果直接正面写贝尔曼如何在夜里，搬了梯子，拿着画笔，忍受细雨和寒风，艰难地完成了那最后一片叶子，也不是不可以。但那样篇幅不仅会很长，而且悬念也就没有了。现在这样写：

> 头一天看门人在楼下房间发现他难受得要命，衣服、鞋子全湿了，摸起来冰凉。谁也猜不着他在又是风又是雨的夜晚上哪儿去了。后来他们发现了一盏灯笼，还亮着，又发现楼梯搬动了地方，几枝画笔东一枝，西一枝扔着。一块调色板上调了绿颜料和黄颜料。

这种写法最明显的好处是精练。只用了几个细节，就把一个人的死亡的整个过程表现出来了。一盏灯，说明是夜里，而且还亮着，微妙的暗示，隐现在字里行间。扶梯搬动过，说明是往窗户的高处画。衣服鞋子都湿了，是雨中工作的结果。几枝画笔，东一枝，西一枝，说明零乱，是受冻以后艰难支撑的遗迹。

真正的好处还在于把悬念、把思想的焦点都放到了最后一句。“亲爱的，那是贝尔曼的杰作，在最后一片叶子落下来的晚上，他又在墙上补上了一片。”

这正是欧·亨利式的结尾：突然把故事的谜底揭示出来，人物有了思想的亮点，故事有了新的意义，对人物的评价发生对转：贝尔曼从一个穷愁潦倒的人物，变成了一个崇高的英雄，“杰作”从绘画的意义上升到人格的意义，这不但非常具有戏剧性，而且非常深邃。这样曲折深沉把故事的价值提升到一个新的层次的结尾，话说得越少，越是有潜在的含量，不但是思想的，而且是艺术的。这样的叙述就不是一般完成故事情节的交代的任务，而是把想象的空间留给读者，促使其在掩卷沉思中享受审美的愉悦。

喜剧性的五次递增
——读《变色龙》

这篇小说很短，俄语原文只有一千多个单词，翻译成中文也才两千字，却成了世界短篇小说的经典。为什么呢？带着这个问题，我们来看第一段，一望而知它特别精练：

> 警官奥楚蔑洛夫穿着新的军大衣，手里拿着个小包，穿过市集的广场。他身后跟着个巡警，生着棕红色头发，端着一个罗筛，上面盛着没收来的醋栗，装得满满的。四下里一片寂静……广场上连人影也没有。

这个警官是小说贯彻首尾的、唯一的主角，可对他的外貌没有任何描写和形容，只是叙述他“穿过市集的广场”。这不是偶然的，而是契诃夫在艺术上的一种风格。他的《万卡》开头也是这样的：

> 九岁的男孩万卡·茹科夫三个月前被送到靴匠阿里亚兴的铺子里来做学徒。在圣诞节的前夜，他没有上床睡觉。他等到老板夫妇和师傅们出外去做晨祷后，从老板的立柜里取出一小瓶墨水和一支安着锈笔尖的钢笔，然后在自己面前铺平一张揉皱的白纸，写起来。

对万卡面貌衣着，也是不着一字。干净利索的叙述代替细致的描写，这是作家的一种追求。他曾经写信给年轻的高尔基说：“如果我写‘一个人坐在草地上’，这就容易懂，因为它清清楚楚，不妨碍注意力，要是我写‘一个高高的窄胸脯的、留着棕色胡子的人坐在绿色的已经被行人践踏过的草地上，一声不响地、心虚地、战战兢兢地往四下里看’那就相反，这句话变得不好懂……”契诃夫所说“容易懂”和“不好懂”是很含蓄的口语，其实，他要说的是，对人物的描写，要害不在外貌，外貌描写越是简洁，形象越是鲜明，相反越是详尽，反倒越是模糊。这样的说法可能有点片面，不要忘记，契诃夫是一个短篇小说圣手，他没有写过长篇，只写过中篇（《第六病室》）；在长篇小说就不同，如托尔斯泰的《复活》，对主人公玛丝洛娃第一次出场的肖像就有上百字，而且就反复改了多次。一线不少老师在分析小说时，少不得要说到“肖像描写”“动作描写”“景物描写”“心理描写”等等，每每忽略了短篇小说里，这一切并不是必要的。考虑到短篇小说的特点，对契诃夫这样简洁明快的开头，就很值得钻研。

他的最高目标是：“一点多余的东西也不应有。凡是与小说没有直接关系的东西都应毫不容情地去掉。”根据这一点，《变色龙》的开头，警官“穿着新的军大衣”应该是必要的，其所以必要，是不是因为是“新大衣”（其实是新制服），心态上有点志得意满。但是，这一笔的必要却不限于此，读者读到后面会看到，这个外套还有更多心理暗示的功能。值得研究的是，主角没有什么外貌描写，配角却有：“他身后跟着个巡警，生着棕红色头发，端着一个罗筛，上面盛着没收来的醋栗，装得满满的。”“棕红色头发”，说明不是纯粹欧洲人的血统，属于混血的下层人物，而手里捧着的醋栗则是“没收来的”还“装得满满的”。不言而喻，这个警官刚刚干了鱼肉百姓的勾当。而这个配角，连名字都没有。配角的名字对于短篇小说来说，并不重要，也许可有可无。但是，后来，读者在警官的话中，知道他叫“叶尔德林”，就够了，在开头交代他的名字就不够精练了。

接下去：“四下里一片寂静……广场上连人影也没有。小铺和酒店敞开大门，无精打采地面对着上帝创造的这个世界，像是一张张饥饿的嘴巴。”现场“一片寂静”，店门附近连“人影也没有”，有必要吗？看下去就知道，为的是下面一下子冒出许多人：“像是从地底下钻出来的一样”喧闹起来作铺垫。接着是“小铺和酒店敞开大门，无精打采地面对着上帝创造的这个世界”。“无精打采地”“上帝创造的”，有必要特别点明吗？对于描写场面好像不完全是，但这些并不是客观对象的特点，而是作家对这个“世界”的反讽。上帝创造的世界应该是美好的、公正的，而这里却注明是“无精打采”的，酒店的大门又像是“饥饿的嘴巴”，这样的形容语句，不是为了表现场景，而是暗示作家对这个场景带着反讽的心态，这种意味显示了一个原则，那就是描写越少越好，如果能够带着微微的调侃就值得带上几笔。作家不说人们纷纷冒出来看热闹，而是说“带着睡意的脸纷纷从小铺里探出来”，就隐含着对这些人的无聊的讽喻了。

打破这宁静的是，“商人彼楚京的木柴场里窜出来一条狗，用三条腿跑路”。这里的叙述采用了第三人称视角。先是看到狗，再是发现它用“三条腿跑路”，只用一个细节，就足够说明它受伤了。接着才看到追赶的人是商人彼楚金。开头的配角没有名字，这个商人配角为什么有名字呢？因为“彼楚京”在俄语里，就有愚蠢的意思，就值得点一下了。契诃夫难得用的外貌描写也用上了，让他“穿着浆硬的花布衬衫和敞开怀的坎肩。他紧追那条狗，身子往前一探，扑倒在地，抓住那条狗的后腿”。这里的反讽的意味就更强了。穿着

“花布衬衫”而且是“浆硬的”，说明他的打扮是讲究的，但是，他的背心却是“敞开的”，暗示追赶是匆忙的，而扑倒在地时抓住狗的后腿的动作却是非常狼狈的。他向警官陈述被狗咬时，脸色是“半醉的”，就是说，这样的人，即使是不清醒的，而神情却是恶狠狠的。说明其麻木、愚蠢而可笑。他“举起右手，伸出一根血淋淋的手指头给那群人看”，“那根手指头本身就像是一面胜利的旗帜”。手指受了伤，还在流血，可是在受伤者心目中却像“胜利的旗帜”，说明此人不在乎受伤，而为证据确凿而自得。

契诃夫简练的细节中，渗透着显而易见的矛盾，充满了不和谐，这种不和谐、不统一，显得很诙谐，这在西方幽默学中叫作“incongruity”。而不和谐，不统一则是反讽、幽默，在叙事和戏剧文学中就是喜剧风格。与此相反的：和谐，统一，就可能是正剧，契诃夫认为“简练是才能的姊妹”（有的译本把才能翻译成“天才”），他认为“写作的技巧，其实并不是写作的技巧而是……删掉写得不好的地方的技巧”。他虽然追求简洁，可并不是没有原则的，片面的简洁，也可能沦为简陋。契诃夫说“一定要等到他所需要表现的思想和形象在他已经变得完全清楚的时候，他方动笔写”。简洁的原则，必要的原则就是要让“思想和形象”得到“完全清楚”的表达。

从前面的分析中，我们可以看到《变色龙》所追求的是带着幽默喜剧性风格的“完全清楚”。而这种风格，这种“形象”是有“思想”的。对于思想来说，语言风格还只是风格的序曲，真正的喜剧性，不能光靠叙述，主要还是通过情节动作来实现。从戏剧学来说，动作包括外部动作和内心动作。而在《变色龙》中，外在动作比较少，内心动作则比较强，外部动作只是内心动作的补充。

引起内心动作的焦点是这条咬人的狗。小说虽然短，但由狗引起的动作却是多层次的。

第一个层次是，商人提出要求狗主人给予赔偿，振振有词，把问题的性质提到“法律”的高度。警官同意他的原则，“严厉地”表示“要拿点颜色出来管管不愿意遵守法令的老爷们了”。下令彻查狗是谁家的。他的言词显得很严厉，读者不难想象，他当时斩钉截铁的态度。可在得知狗是“将军”（在当时是文官的职称）家的。他马上就变了色：首先是内在心理发生了巨大的震动：“叶尔德林，把我身上的大衣脱下来…… 天好热！”说明这个家伙很势利，一听说是将军家的狗，心生恐惧，让他在生理上感到发热了。作家并没有直接写这种变动，而是由外在效果表现出来。小说开头第一句交代他穿着新大衣的必要性，其在情节中的功能衍生了。这一笔无疑带着漫画色彩，但是，并没有过分简单化。小说的精彩在于，这个警官并没有绝对武断地否定自己刚刚作出的判断，而是为否定这个判断提出论据：“难道它够得到你的手指头？它身子矮小，可是你，要知道，长得这么高大！”据此他严厉地指斥对方是想讹诈，“要人家赔你钱”。这个家伙为自己口若悬河而志得意满，他的前后自相矛盾显而易见，这种不一致，已经构成了一定的喜剧性。如果是一般的作家，可能满足于这样揭露这个沙皇爪牙在权势者面前的奴才媚态，在平民百姓面前的暴君的嘴脸。但是，契诃夫之所以是契诃夫，就在于对这样单层次的喜剧性，他显然感到不过瘾。他追求的是让这种喜剧性层层递增。

这样就有了第二个层次：巡警提出这条狗不是将军家的。他马上又变了脸，不但赞成巡警的判断，而为他提供论据，说将军家里的狗都名贵，都是良种，这条狗则是下贱胚子。他立马反过来，对刚才还被他骂成“魔鬼”的商人加以安慰：“你，赫留金，受了苦，这件事不能放过不管。”马上要对狗主人“教训”一下，而且还对那些不管什么“法律不法律”的世道表示不屑。这样一来其逻辑的荒谬感，就等于以几何级数乘了二次方。但是，契诃夫的喜剧性才华还没有发挥完毕。接着是巡警和周围的人又提出可能真是将军家的狗。

这就有第三个层次的喜剧性。“嗯！……叶尔德林，给我穿上大衣吧……好像起风了……怪冷的。”这里的喜剧就更强了，第一次听说将军家的狗是浑身发热，第二次则是相反，发冷。这件开头亮相时的大衣第二次发挥了揭示其心理变态的功能，这充分表现了契诃夫对细节运用的独具匠心，带着漫画性的夸张对比，在对比的过程中使喜剧性递增。在这一点上，他是有意为之的，他在致友人的书信中说过，如果你在第一幕在墙上挂上枪，到第三、第四幕就应该把它放出去，如果你不准备放出去，那在第一幕就不要把它挂在墙上。这里的大衣这个细节的精彩，随着它被运用的层次而递增。这还只是外在的暗示，而内在逻辑的荒谬和卑微，则由警官用自己的语言表达出来：他命令下属把狗送到将军府上，还要特别说明“这条狗是我找着，派你送去的”。而对那个刚才还表示过同情的商人则施之以斥责：“你，蠢货，把手放下来！用不着把你那根蠢手指头摆出来！这都怪你自己不好！……”

到了这里，这位警官对同一件事件自相矛盾，自打嘴巴已经反复了三次，契诃夫还是意犹未尽。再让他出一次洋相，让他的讽刺艺术升上第四个层次。契诃夫运用巧合，让将军家的厨师偶然经过，并且断然说将军家从来也没有过这样的狗！这下子，契诃夫让警官觉得有把握了，态度变得很干脆，其实是契诃夫回避和前面几次可能的重复（在中国古典小说中，类似情节的重复叫作“犯”），没有让他说出一大套荒谬的理由来，而是让他相当武断地宣布“这是条野狗！用不着多说了……既然他说是野狗，那就是野狗……弄死它算了。”这是第四个层次喜剧性，如果在这里结束，把它当作高潮，那也可能收戛然而止之效，但是，契诃夫却不然，他超越这个简洁的高潮，又制造了一个真正的高潮。他让这位厨师指出，这条狗虽然不是将军家的，却是将军哥哥家的。契诃夫的才华在于，他没有让这样的判断一下子说出来，而是等警官粗暴地宣布要弄死这种“野狗”以后，再让他出一次更大的洋相。这个洋相出得比前几次更彻底，即使是将军哥哥家的狗，他的态度马上又来了一次一百八十度的大转弯。他的凶暴立即变成了奴颜婢膝。

> “莫非他老人家的哥哥来了？乌拉吉米尔·伊凡尼奇来了？”奥楚蔑洛夫问，他整个脸上洋溢着动情的笑容。

即使到这样的地步，契诃夫的讽刺也一点没有流露在字面上，而是在字面以下：第一，把将军哥哥称呼为“乌拉吉米尔·伊凡尼奇”，这在俄语里是尊称。俄国人的名字分为三个部分，顺序和汉人相反，不是先是姓，后是兄弟辈分，最后是自己的名字，而是第一部分是自己的名字，第二部分是父亲的名字，第三部分才是姓。家里人亲切地称名，尊敬的称法，是把父名和姓连在一起。这里警官的“乌拉吉米尔·伊凡尼奇”，就是把将军哥哥的父名和姓一起称呼，是很尊敬的意味。

这里，不难看出这篇小说短在形式上，精练到这种程度，除了前面已经讲过的，还有一个原因，就是它几乎全部由对话构成，情节的发展完全由对话推动。好像是一出独幕剧，情节的过程，叙述成分减少到最低限度，人物的动作和表情的描述几乎完全被废除。但是，读者仍然能感受到这个人物讲话的神态和心态活灵灵的表现。主要原因是对话中隐含着人物的表情和心灵的动作。警官对将军哥哥尊敬之感延伸到小狗身上，说它“挺伶俐”，夸奖“它把这家伙的手指头咬一口”：

> 哈哈哈哈……咦，你干吗发抖？呜呜……呜呜……它生气了，小坏包……好一条小狗崽子……

这里的“哈哈哈”代替了叙述警官自己开怀大笑，“……咦”则是提示他的关注转向了小狗，“你干吗发抖”表明小狗并没有因为他的尊敬而快乐，相反仍然在“发抖”，他的话语转向，不但显示了他情绪的转折，而且代替了对小狗的描写。至于他发出的象声词“呜呜……呜呜”代替了对小狗在发出“呜呜”的描写，同时表现出他对小狗极力讨好的神情。“……它生气了”省略号，提示时间的停顿，表明没有达到讨好小狗的目的，发现小狗不领悟他的自我解嘲。“小坏包……好一条小狗崽子……”表面上是骂小狗，实质上是只有最亲近的人才有以骂表现亲热的权利。这样精彩的对话，令人想到鲁迅在《花边文学·看书琐记》中所说：

> 高尔基很惊服巴尔札克小说里写对话的巧妙，以为并不描写人物的模样，却能使读者看了对话，便好像目睹了说话的那些人。（八月份《文学》内《我的文学修养》）中国还没有那样好手段的小说家，但《水浒》和《红楼梦》的有些地方，是能使读者

由说话看出人来的。[1]

这种“并不描写人物的模样，却能使读者看了对话，便好像目睹了说话的那些人”的精彩，就在于对话中不但表现心理的动作性，而且隐含着躯体的动作性：这在警官的最后一句话中表现更为明显了：

“我早晚要收拾你！”奥楚蔑洛夫对他威胁说。

读者完全可以想象他对商人由谄媚的笑脸一下子变成了恶狠狠的威胁。

总的来说，通过这些对话描写，读者不但看到了对话本身，而且看到了人物的动作和表情、心理变幻，甚至肖像（如“独眼龙”）。这种以话语效果暗示比直接写出来更容易引发读者想象力的参与。

面对着同样一个事实，而且在即时、现场，毫无铺垫地做出完全相反的判断，还反复提及是根据“法律平等”，写作时间是1884年。这是1861年农奴制改革以后，从这里，可以看到时代背景。

面对同样的对象，做出相反的判断，在小说中，是屡见不鲜的，但如《我的叔叔于勒》却没有这样的明显的喜剧性，有的只是严峻的讽刺。作家选择了从天真无邪的孩子的视角来感受对同样一个叔叔，父母的三种评价：先是“坏蛋”，后来从来信中得知他发了财，就变成了“正直的人，有良心的人”，成了全家“唯一的希望”，他的信就成了“福音书”。待到发现他并不是什么富翁，而是一个潦倒的，又老又脏、满脸皱纹的水手，欠债累累，靠在轮船上卖牡蛎维持生计，就又被认为是一个“老流氓”，把他当成了“贼”，唯恐被“拖累”。这样极端的反差，通过一个孩子的视角来看，其好处是，父母的表情和语言的前后不一被放大了。从前后反差这一点说，和《变色龙》在基本方法上是一致的，批判当时的拜金主义，拜到连自相矛盾，自打嘴巴，都感觉不到廉耻的程度。但是，这对夫妻表现得十分可恶，没有《变色龙》中那种明明自相矛盾，却自鸣得意的心态，读者在这种反反复复的自我否定，不能自圆其说的过程中，感到夸张的、漫画式的幽默感。契诃夫的立意是让这个变色龙不断地出洋相，因而这个变色龙不但可恶而且可笑，甚至有点好玩。而《我的叔叔于勒》中，却不是出洋相，完全没有漫画式的夸张，读者感到这对夫妻只是可恶、可鄙。孩子出于同情，给了于勒叔叔10个铜子的小费，他母亲的反应居然是“吓了一跳”，说：“你简直是疯了！拿10个铜子给这个人，给这个流氓！”这不是出洋相，而是无情、丑恶，显然是严峻的批判，完全没有变色龙那种喜剧性的可笑。与二者相似的还有《范进中举》中的胡屠户，更有喜剧性，不但可恶，而且可爱。将此等风格上微妙的不同加以比较，对于提高艺术的感受力是很有重要的。

---

① 鲁迅：《看书琐记》（一），载《花边文学》，《鲁迅全集》第5卷，人民文学出版社，2005年，第559页。

好心导致尴尬的循环
——读《艺术品》

这一篇和欧·亨利的《麦琪的礼物》一样，都是幽默感很强的作品。

小说的构思与《麦琪的礼物》也有相似之处，属于期待落空的那种喜剧性的幽默模式，但是又有不太相同之处。欧·亨利的那一篇，是读者和人物（德拉）都蒙在鼓里，和女主人公一起体验期待失落的心理历程。而这一篇却是，读者站在明处，知道斯米尔诺夫，那个独生子送给医生的，就是医生以邻为壑送出去的雕有裸体女郎的古铜大烛台。独生子萨沙报答医生救命之恩的期待落空了，而读者早就料到他必然落空的期待却落实了。这样的落空和落实的错位结构，显然更具喜剧性，读者更有可能莞尔一笑。

从结构艺术上来说，这一篇比之欧·亨利的那一篇，要更为精致。这是因为小说采用的是一种首尾相交接的环形结构。裸女烛台，在医生逃避之后，又经历了两个人物的逃避，最后却因为病家的一片诚心又回到医生面前。

这是欧洲喜剧常见的模式：以核心道具的消失，反复追寻和骤然得到为特点。

有一部喜剧叫作《意大利草帽》，情节是这样的：一顶意大利草帽被一匹马给吃掉了，只有在巴黎才能有同样的草帽，必须不惜任何代价把它找来代替丢失的那顶。每当人们要弄到手之时，帽子总是不翼而飞。主角疲于奔命。追随主角的一大帮人东奔西跑，经历千辛万苦，终于以为要找到那顶巴黎的帽子的时候，却发现它不是巴黎的那顶，而正是被马吃掉了的那顶意大利草帽。原来马吃掉的草帽和最后的意大利草帽合二为一。绕远而行的意象突然和原本的意象重合。这种环形情节的好处在于歪打正着。表面上看来是一次次远离目标，实际上却突然接近目标。医生把裸女烛台送给了自己的朋友，朋友又把它送给自己的朋友。朋友的朋友则把它卖给了收古董的商人。看来这个可能给医生带来麻烦的烛台离开医生越来越远。读者的心理追随着医生，阅读期待是医生越来越安全了。这种安全的期待，经历了三次：第一次是医生送给律师；第二次，是律师送给了演员；第三次，演员又把这烛台卖给了收古董的。读者对医生的安全期待越来越递增，却突然发现这种递增的期待落空了。就在期待落空之时，裸女烛台再次出现在医生面前，一方面是医生的期待落空，另一个方面又是读者的预期落实。读者知道这个烛台，就是当时医生送出去的烛台。小说的艺术结构十分严密，这个烛台，并不是绝对偶然地回到了医生这里，其中有相当严密的逻辑结构。为了让这个烛台回到医生手中显得合情合理，作家在这以前，埋下了几处伏笔。在一开头，萨沙就声言，自己的母亲是收购古董的商人。为最后烛台被当作古董收购，准备了条件。其次，萨沙在送礼的时候，就为烛台只有一个，而不是一对而感到遗憾。这是第二个伏笔。这个伏笔，本来已经足够，可是作家似乎担心，粗心的读者可能忽略了，隔了几行，又提醒了一次烛台只有一个而不是一对。这就成了第三次伏笔。这一切使得烛台最后出现在医生面前显得十分必然，情节结构天衣无缝。这就是说，喜剧性和幽默感不但产生于前面的读者的期待的落空，而且产生于细心的、有艺术欣赏能力的读者期待的落实。这样的巧合，又这样的必然，正是这落空和落实的结合使得这篇小说，不但显得十分幽默而且十分有智慧。读者在阅读中发现情节的环形结构的巧妙之时，就不能不莞尔一笑。

读者笑什么呢？这很值得研究。

当然，笑生活中充满这么多的偶然，人往往不能逃脱被自我迷惑的命运。人对自己行为的结果，其实根本不能把握，即使是赠送一件艺术品，而且又是出于真诚的善意和友情，也会阴差阳错，导致人家处境狼狈。医生越是想远离裸女烛台，它就越是像鬼魂一样尾随而来。律师虽然很喜欢这个艺术品，又苦于怕人误解，不得不以邻为壑。到了演员那里，则造成了诸多不便。一件美好的艺术品，却成了事端的缘由。

问题出在哪里呢？

契诃夫强调的是，关键是人们不把艺术品当艺术品，他们看到的只是赤裸裸的肉体。

医生、律师、演员本人在口头上认同这是艺术品，但实际上却又害怕家人，尤其是异性把它当作赤裸裸的肉体。律师自己对这个艺术品起初“喜之不尽”，但后来又表现出害怕母亲和客户有看法。

作家在行文中，显然在竭力把这些个人士，写得很可笑。

一方面，他们是社会上有地位的人士，医生、律师、演员，另一方面，又对肉欲有着不正常的顾忌和兴趣。律师在独自一人对着烛台的时候，甚至还“伸出手指头去把它（按：裸女烛台）前后左右都摸了一阵”。这说明他最初看到这个艺术品时的喜欢并不是喜欢它的艺术，而是出于肉欲。而在演员的化妆室里，就是因为有了这个烛台，就涌进来许多男人，弄得房间里“充满了兴奋的叫声”。可是就是这些人，却在大庭广众之下装着道貌岸然。

作品中，唯一真正懂得艺术的人就是送礼物的萨沙。当医生说这个烛台“太不文雅”“妖形怪状”时，他是这样说的：

要知道，这是艺术品，您瞧嘛！那么美丽，那么优雅，使人的心里充满着敬仰的感情，泪水禁不住涌上喉头！见到这样的美，就会忘掉人世间的一切。……您瞧，多么活泼，什么样的氛围，什么样的神韵啊！

这个人物的任务，是正面地指出艺术的高雅和世俗肉欲的区别。他是个好人，应该属于正面人物了。作家是如何处理这个正面人物的呢？值得注意的是，作家除了赋予他真诚地感谢医生和指出艺术与肉欲不同之外，并没有给予他什么光彩照人的品性。作家并没有因此而美化他。

和其他人物一样，这个人物并没有外表的（肖像）描写。在整篇小说中，既没有什么描写，也没有什么抒情，哪怕是推进情节也是一样，连必要的叙述都很少。表现人物几乎只用一种手法，那就是对话。而这个正面人物的说话并不十分艺术。在一开头把礼物送给医生，说明来意，是这样的：

我妈妈问候您，伊凡·尼古拉耶维奇，吩咐我向您道谢。……我是母亲的独根苗，您救了我的命……治好我的重病。……我俩都不知道该怎样向您表示谢意才好。

医生客气了一下，他接下去说：

我是我母亲的独根苗，……我们是穷人，当然，没有办法报答您出的力……我们很难为情啊，大夫，不过呢，妈妈和我……我母亲的独根苗，恳切地要求您收下我们的谢礼……喏，就是这个东西……它很贵重，是古铜的……珍贵的艺术品。

话说得断断续续，当然为了表现他的激动。但是，也明显缺乏条理，而且充满了重复，光说自己是母亲的独根苗，就重复了三次。道谢的意思（道谢、谢意、谢礼、报答）重复了四次，颠颠倒倒，语无伦次。就是在说出相当警策的句子时，也是一样：

“当然，如果用世俗的眼光来看，”萨沙说，“那么，当然，这个具有高度艺术性的作品就变成另一种东西了。……不过，大夫，您应该比俗人站得高些，特别是因为您不肯收，就深深伤了我和妈妈的心。我是我母亲的独根苗……您救了我的命。……我们把我们最宝贵的东西送给你了。……”

说到艺术理论的时候，要求医生比俗人站得更高些，相当到位，可说到自己的时候，又陷入重复自己是母亲的独根苗的车轱辘话之中。这充分显示了契诃夫对人的理解：人都是平凡的，社会地位高的，平凡；社会地位低的，哪怕是对艺术品味，有见解的，也很平凡。但平凡的社会地位掩盖不住他内心的美好。

在契诃夫笔下，就是英雄也是平凡的，光从言谈举止上是看不出来的。契诃夫有一篇小说《跳来跳去的女人》，其中有一个人物叫戴莫夫，这个人后来被证明是个“英雄”，但是，日常生活中，却很平凡，很木讷，长相也很一般，连他那一直在寻找英雄的妻子都没有感觉到他有什么可敬之处。直到他因为救治生白喉的孩子，用嘴巴去吸他喉头的脓，受到传染，不治身亡以后，他那一直在寻找英雄的妻子，意识到他就是英雄时，为时已晚。

2014 年 3 月 30 日

浪漫爱情：爱欲的绝对之美
——读托尔斯泰笔下的娜塔莎

在托尔斯泰《战争与和平》中，娜塔莎是贯穿首尾的人物，人民教育出版社高中语文《外国小说欣赏》以《娜塔莎》为题，节选了高植译本的两个片断，第一个是小说第二卷第三部的第 14、16 节，第二个是第五部第 15 节，编者在“话题：人物”中介绍说，娜塔莎在这部作品中是“最具光彩的人物之一”。在这部鸿篇巨制中，“她由一个天真可爱的小女孩长成多情多梦的少女，到进入热情奔放的青春时代，到爱情毁灭，到绝望服毒”，“到最终进入几乎完美无缺的幸福人生”。（高中语文《外国小说欣赏》，人民教育出版社，2007 年，第 60 页）

对所选第一个片段，编者的概括是：表现“娜塔莎第一次参加（孙按：皇帝都会来的）大型舞会前的兴奋、激动与焦虑的心情”。临出发只剩下五分钟，可娜塔莎对自己的装束种种细节，反复折腾，让一家人（母亲、女仆、闺密索尼亚）围着她团团转，耽误了七十五分钟。这里固然有“兴奋、激动与焦虑”，甚至“天真可爱”，可是很难给读者留下“光彩”的印象。相反的让人感到过分虚荣。在舞会上，她期待着自己成为被仰慕，被追捧的对象，当她发现第一个被邀请跳华姿舞的不是她，而是她的母亲，居然“几乎要哭了”，这就不但是虚荣，而且自私到没来由的妒忌了。直到受到安德烈公爵的邀请，她才感到了“狂喜”和“幸福”。她也让安德烈感到“陶醉”。编者概括说：“双双在心中埋下爱情的种子。”但是，编者忽略了托尔斯泰不无深意的提示，这时的娜塔莎并不绝对美丽，比起那个美丽但浪荡的海伦，“她的光脖子和手臂又瘦又不好看”。

编者明显没有意识到托尔斯泰对娜塔莎的美是有保留的，第一，她的美，是从家人的宠爱，从安德烈公爵的深深的爱情的眼中看出来的；第二，她的美，是不成熟的，任性的，内心极不稳定的，绝对自我中心的，甚至在容貌上也多少有点青涩。

如果说课本所选第一部分只是显示了她的不成熟的带着青涩的美的话，那么第二部分，则是她的精神的危机。她与安德烈公爵陷入热恋。安德烈出国，她感到寂寞，无限思念，此时遇到了一个花花公子就不顾一切地准备与他私奔。

仅仅凭着编者所选的这两个片段，读者怎么可能感到娜塔莎是“最具光彩的人物”（之一）呢？

但是，娜塔莎在《战争与和平》中的确是最具光彩的。这种光彩是深刻的美学光彩，从小说艺术的驾驭上，人物内心的丰富和深邃上，其成就应该是超越了安德烈和皮埃尔的。

从小说的叙述语言就可以看出她是最受作者宠爱的。娜塔莎的全名是：娜塔莉娅·伊利尼奇娜·罗斯托娃。按俄国的姓名规范，第一部分娜塔莉娅是她的本名，第二部分伊利尼奇娜是她的父名，第三部分罗斯托娃是她的姓（女性叫罗斯托娃，男性则是罗斯托夫）。作者叙述其他人物都用本名，如安德烈、皮埃尔、索尼亚，但对于她，从来没有直呼其名娜塔莉娅。只有在最为庄重的时刻，才把本名和父亲的名字连在一起，如她受阿纳托里的骗，皮埃尔告诉她此人已经结过婚了，用了“娜塔莉娅·伊利尼奇娜”。在全书的叙述中一直用的是娜塔莎，在俄语中，这是爱称，只有自家人，或者最为亲密的人才能这样称呼。作者并不掩饰他对娜塔莎的宠爱。有研究者指出这个形象中有托尔斯泰夫人原型的痕迹。

即使对她如此宠爱，托尔斯泰仍然在提示读者她的美存在着负面成分。她早在十二岁的时候，就率性地和一个男子鲍里斯接吻，有过山盟海誓，尽管在四年以后对方仍旧爱着她，神魂颠倒，她有时也向他卖俏，妈妈告诉他爱她爱得发疯，她却笑着，似乎只觉得好玩。托尔斯泰提示，她独自一人时，想着自己不可能和闺密索尼亚一样爱上一个人就始终不渝，她憧憬着爱上又漂亮又聪明、神气的男人，想着想着，就幸福地睡着了。这是娜塔莎形象的第一个层次。

在这个层次，娜塔莎的美有两点值得分析，第一，她的美是复杂的，丰富的，包含着矛盾的。她向往强烈的、绝对的爱情，这就是说，她并不把爱情的专一当作一回事，爱情对她来说，似乎就是好玩，因而，她并不珍视来得太容易的爱。托尔斯泰毫不回避她的美中有着不成熟，不慎重，甚至自私的因素。车尔尼雪夫斯基说托尔斯泰对于人物心理擅长于“心灵的辩证法”[①]，也就是在统一中蕴含着矛盾，娜塔莎一方面是清纯、善良，渴望浪漫的爱情，另一方面是对于造成别人的痛苦，漫不经心，甚至得意。第二，正是因为蕴含着矛盾，所以她的美是动态的，在美与不美的矛盾中发展着的，变化着的，在特定条件下会遭遇危机，向反面转化的。托尔斯泰特别强调她是经历了严峻的情感灾难，最后才“走向完美幸福的人生”，这种“完美”不仅仅是世俗的专一，而且是精神上升为责任的。这一点

① 参阅《俄国作家批评家论列夫·托尔斯泰》，中国社会科学出版社，1982年，第32—33页。

本文在最后将详加论述。

在这一层次，托尔斯泰表现她的美，首先是安德烈的眼睛看出来的，让她在不经意间给安德烈以灵魂的震撼。本来安德烈从奥斯特里茨战场上受伤归来，妻子难产死亡，感到生活“枯燥无味”，觉得自己才三十一岁就已经没有希望没有幸福可言了。使安德烈惊异的是，她不但漂亮，而且“总是笑声不停”，“快乐而幸福”。安德烈听见她在楼上探身窗外，在唱歌，在和闺密索尼亚说话：

“咳，怎么能睡呢！你来瞧瞧，多么美呀！真的美极了！索尼娅，你醒醒吧，”她说话的声音几乎是含着泪的，“这么美的夜，从来没有过，从来没有过。”索尼娅不乐意地回答了一声。“不，你瞧瞧月亮！咳，真美呀！你到这儿来。亲爱的，我的好姐姐，到这儿来吧。你可知道？就这么蹲着，就这么蹲着，把膝盖抱得紧紧的，尽可能地抱紧，整个人都缩得紧紧的——这样就会飞起来了。你瞧！”“算了，别跌下去。”他听见挣脱的声音和索尼娅不满意的声音：“已经一点多了。”“咳，你这个人只会把什么都给破坏了。好了，你走吧，你走吧。”一切又寂静了，可是安德烈公爵知道她仍然坐在那儿，他时而听见轻轻的移动声，时而听见叹息声。①

娜塔莎对着月亮，感到可以飞起来，少女无牵无挂、纯洁无瑕、天真烂漫，洋溢幸福的心灵，无拘无束地自白，对于安德烈来说，“与他的全部人生观是大相径庭的”，这就产生了强烈的冲击，在潜意识中萌动着一种情思：“不知为什么他在盼着她提起他，但是又害怕她提起他。”托尔斯泰别出心裁，不强调视觉容貌，而是用听觉表现娜塔莎精神的纯洁无瑕。这种精神的美不用直接描写，而是从她对安德烈的心理效果上渲染的。也许可以用中国画的皴法来形容，不是一次性的，而是多重的，用墨越来越重。安德烈在回家的路上，因为受到娜塔莎精神的感染，情绪发生了重大的转变。不久前，他驱车来时，看到一棵老橡树，给他的印象是苍老的、缺乏生命的，和春天格格不入的：

路边立着一棵橡树。它大约比林子里的桦树老十倍，粗十倍，比桦树高两倍。这是一棵有两抱粗的大橡树，有些枝杈显然早先折断过，树皮也有旧的伤痕。它那粗大笨拙、疙瘩流星的手臂和手指横七竖八地伸展着，像一个老态龙钟、满脸怒容、蔑视一切的怪物在微微含笑的桦树中间站着。只有它对春天的魅力不愿屈服，既不愿看见春天，也不愿看见太阳。“春天，还有什么爱情，幸福！”这棵橡树似乎在说。“你们对这老一套毫无意义的愚蠢欺骗怎么不觉得厌倦呀！永远是这么一套，永远是欺骗！

① [俄] 列夫·托尔斯泰：《战争与和平》上，第二部，刘辽逸译，人民文学出版社，1989年，第345页。

既没有春天，也没有太阳，也没有幸福。①

但是，回来时的印象却是：

那棵老橡树完全变了样，它伸展着枝叶苍翠茂盛的华盖，呆呆地屹立着，在夕阳的光照下微微摇曳。不论是疙瘩流星的手指，不论是伤疤，不论是旧时的怀疑和悲伤的表情，都一扫而光了。透过坚硬的百年老树皮，在没有枝杈的地方，钻出鲜亮嫩绿的叶子，简直令人不敢相信，这么一棵老树竟然生出嫩绿的叶子。“这就是那棵老橡树，”安德烈公爵想道，他心里忽然有一种春天万物复苏的喜悦感觉。他一生中那些美好的时光，一下子涌上心头。……“不，才活了三十一个年头，并不能就算完结。”②

娜塔莎的魅力是如此之强烈，竟在一个陌生人悲观的心灵中激起生命的活力，这应该是她的美的形象的第二个层次。

如果说，这第二个层次的美，还是间接的，等到在盛大舞会上，才进入了直接的正面的表现。娜塔莎因为没有第一个受邀跳舞，霎时脸上产生绝望，屏息不动之时，受到安德烈邀请，她一下子“欣喜若狂”“容光焕发”“露出幸福、感激、孩子气的微笑”。而安德烈也“觉得自己精神复苏了，变得年轻了”。而娜塔莎“从来还没有像今天这么觉得幸福。她沉醉在极度的幸福之中”。托尔斯泰总结说：“凡是处在这种状态的人，就变得十分善良和美好，不相信人间会有罪恶、不幸和悲哀。”这里，娜塔莎的美表现为极端的纯净，天真无邪，晶莹剔透。她觉得“爱所有的人”。“所有参加舞会的人一律都是善良的，可爱的，高尚的，相亲相爱的，谁也不会欺侮谁，所以大家都应当快乐。”

在这里，有一点是不能忽略的，那就是托尔斯泰表现娜塔莎的美，并不是孤立的，自始至终，是在她和安德烈的情感互动，互相交融和“错位”中展开的。

在这个阶段，托尔斯泰把两个人的爱情处理得相当浪漫，用了大笔浓墨，安德烈感到了从来不知道的喜悦和幸福，全部生活焕然一新。他对朋友说：“我本来不相信我会恋爱的，可是，感情战胜了我。我过去等于没有活过。现在才刚开始生活，可是，没有她我就活不下去。”娜塔莎觉得，早在第一次看见安德烈公爵的时候，就爱上他了。再度相逢，意外的幸福便把她惊呆了。

托尔斯泰强调娜塔莎陷入热恋到了这样的程度，在等待安德烈父亲的回音时，焦虑到神经质、哭泣、悲观、恐惧、自我欣赏、自我安慰、自我陶醉反复交替。当安德烈向她求婚时，她的幸福感是“他现在是世上我唯一最宝贵的人”，激动得大哭起来：“嗨，我太幸

---

① [俄]列夫·托尔斯泰：《战争与和平》上，第二部，刘辽逸译，人民文学出版社，1989年，第343页。

② [俄]列夫·托尔斯泰：《战争与和平》上，第二部，刘辽逸译，人民文学出版社，1989年，第346页。

福了。”如果光是这样浪漫下去，一见钟情，应该是生死不渝，那么托尔斯泰和屠格涅夫笔下的爱情就很难有区别了。在屠格涅夫的《贵族之家》中，美丽清纯的丽莎爱上了拉夫列茨基，其妻浪荡，早已在国外失踪多年，当丽莎准备与之结婚时，这个浪荡的妻子却回来了，结果是丽莎就进了修道院。在尾声中与拉夫列茨基不期而遇，丽莎目不斜视，只是在比肩而过时，丽莎的肩膀微微耸动了一下。但是，托尔斯泰对人的理解显然要比屠格涅夫更深邃，他不满足于感情静态的浪漫，按照车尔尼雪夫斯基所说的“心灵的辩证法”，读者可以看到这种带着绝对化的浪漫感情存在内在的矛盾，在一定条件下向反面转化。等待着她的情感的惊心动魄的危机，从爱欲的疯狂到痛不欲生的羞愧，以人物内心层次的深邃把艺术形象推向炫目的辉煌。

从形而下的爱欲向形而上的爱的升华

为了揭示他最为钟爱的人物的心灵深层，托尔斯泰为他心爱的主人公设计了一系列外来的干扰，意在把人物打出常规，让娜塔莎从一个极端走向另一个极端。首先是安德烈的父亲提出了一个不容置疑的条件"把婚期推迟一年，到国外走一趟，养养身体"，看看爱情是不是经得起时间的考验。这本是很小的波折，但在娜塔莎的心灵中，激起了不小的波澜。她觉得一年的等待，太久了，太煎熬了。这显然是在强调娜塔莎的浪漫情感是极端的，完全为感情所俘虏的。为了揭示这极端的情感是否有同样极端的可靠性，托尔斯泰让安德烈不像娜塔莎这样任性，这样为感情俘虏，而是让热恋中的安德烈保持着理性，甚至冷峻。让相爱的人物心灵上发生"错位"才能使人物的内心深处的奥秘得以突显，下面的对话是不能忽略的：安德烈说：

"我是为您担心。您不了解自己。"

娜塔莎全神贯注地听着，极力想听懂他的话，但是，没有听懂。①

这里，最深刻的首先是娜塔莎"不了解自己"，其次是，娜塔莎"没有听懂"。托尔斯泰在前面以叙述者身份提醒读者："她沉醉在极度的幸福之中，凡是处在这种状态的人，就变得十分善良和美好，不相信人间会有罪恶、不幸和悲哀。"所有的人"都是善良的，可爱的，高尚的，相亲相爱的，谁也不会欺侮谁"。托尔斯泰的深意在于，娜塔莎这样天真烂漫的情感，不但对他人，而且对自己都是不设防的。这种浪漫情感是美好的，但是托尔斯泰

① [俄]列夫·托尔斯泰：《战争与和平》上，第二部，刘辽逸译，人民文学出版社，1989年，第397页。《战争与和平》全书四册，早在20世纪30年代就有郭沫若第一册译本；高植先生续译了后三册。1958年人民文学出版社出版董秋斯译本（根据英译本转译）。刘辽逸参照了莫德的英译本，据俄文本翻译，人民文学出版社于1989年出版。2007年上海文艺出版社又出版了草婴先生的译本。人民教育出版社的课本用了高植的译文。本文所引均据刘辽逸译本。除分行引用者外，为避免烦琐，不一一注明页码。

冷峻地看到，这是肤浅的。“心灵的辩证法”将不以她的意志而起作用，一旦遇到特殊的条件就会走向反面，她和安德烈的情感错位将会扩大，情感的危机是必然的。为了揭示浪漫感情的深层，托尔斯泰让安德烈给她一年的自由，如果爱上他人，可以悔约。安德烈强调“有一年的时间您就会认识自己了”。这其实是让读者更深刻地理解天真的、率性的感情的惊险。但是，娜塔莎说“这太可怕了”“等一年要把我等死的”，还大哭起来。娜塔莎自以为爱情是绝对的、永恒的，托尔斯泰让他心爱的女主人公爱情的强烈浪漫性质隐含着深刻的矛盾：“不能等待”具有唯一的、排他性的一面，但是，也具有与之矛盾的一面，那就是由于“不能等待”而转移。

托尔斯泰为了提醒读者关注这个矛盾，特别在娜塔莎身边设计了第二个错位人物：闺密索尼娅。让她先后两次想到“索尼娅爱尼古连卡怎么就爱得那么稳定，那么平静，而且那么长久地、耐心地等待着”。她想：“我办不到！”这就是安德烈所说的“她不了解自己”的内涵了。托尔斯泰不无冷峻地直接揭示：“爱别人和知道别人也在爱她，已经不能使她满足了：她现在需要、立刻就需要拥抱心爱的人，而且把她那满腔的情话倾吐出来，同时也听他诉说爱情。”这说明娜塔莎的爱情带着某种形而下的爱欲的性质。而托尔斯泰则是用精神的形而上的目光俯视着她心爱的女主人公。

在这种情况下，托尔斯泰设置了第二个外来的干扰，把娜塔莎的心灵打出了常规：让一个美男子阿纳托利·库拉金出现在她面前，来考验娜塔莎，让浪漫的爱情与爱欲的矛盾以一种恶性爆发的形式表现出来。她的爱情从“不能等待”、排他的这一极端，在几天之内，就转向另一极端，浪漫的爱情变成了疯狂的爱欲。当然，托尔斯泰没有简单化地处理娜塔莎，没有把她写成像皮埃尔的妻子海伦一样是水性杨花的浪荡女人，也就是不让她的感情的美和道德的恶混同。托尔斯泰在处理情感的美与理性之间的关系时，其艺术分寸感表现在：小心翼翼地让她在形而下的爱欲与形而上的道德感之间备受煎熬。

娜塔莎感到阿纳托利在欣赏她，这使她愉快。当她和他的目光相遇时，感到他有“一种不正当的意图”，她恐惧地感觉到，他和她之间完全没有她和别的男人之间通常所感到的那种羞怯的隔膜。托尔斯泰让她忽然想起安德烈公爵，不觉吓了一跳：“我的上帝！我完了！”她也曾挣扎，自我欺骗，永远不再见到他，可是本能告诉她，从前她对安德烈公爵爱情的纯洁性全完了。

其深度在于，首先，最初的爱虽然是纯情的，但是，是肤浅的，是经不起引诱的。有美男子喜欢她，使她的虚荣心得到满足。其次，她为自己的感情与道德的矛盾而恐惧。显然，托尔斯泰让娜塔莎有道德上的负疚感，让她有所挣扎，有所抗拒：“不要对我说这种话吧，我已经订婚了，爱着另外一个人。”可是，这并没有阻碍浪漫的爱情转向形而下的爱欲。当她听阿纳托利说他爱她爱得发疯以后，她“兴高采烈，而又惴惴不安，睁大吃惊的眼睛环顾四周，她仿佛比平时更快活”。最后当他们单独相处时，“滚烫的嘴唇紧贴到她的嘴唇上，就在这顷刻之间，她觉得她又自由了”。就是在这种情况下，托尔斯泰用了很大的篇幅来强调娜塔莎浪漫爱情动摇的煎熬：“一个不能解决的问题折磨着她，她爱谁：爱阿纳托利还是爱安德烈公爵？她爱安德烈公爵——她清清楚楚地记得她是多么强烈地爱他。但是她也爱阿纳托利，这是没有问题的。”“为什么这事不能两全呢？”她完全糊涂地想：“现在我得选择，两者缺少一个，我都不会有幸福。”当阿纳托利在秘密情书中提出私奔：“秘密地把她带到天涯海角。”她彻底地转向了背叛最初的感情：“是的，是的，我爱他！”娜塔莎想，她反复把信读了二十遍。

托尔斯泰在这里，进一步拉开了她与安德烈爱情的错位幅度，开始揭示娜塔莎心灵的第三层次。

人民教育出版社高中选修课本的选文的第二部分，正是从动摇在两者之间转向眼前的爱欲开始的。托尔斯泰作为艺术家的魄力就在于，毫不手软地让他宠爱的娜塔莎的爱欲不顾一切地走向疯狂。从小说艺术上来说，把她与安德烈情感的错位的距离拉得越大就越是能撼动读者的心灵。但是，如果让二者的感情从错位变成脱离，娜塔莎的形象可能变得很庸俗。托尔斯泰让闺密索尼娅发现了阿纳托利的信，责备她看见阿纳托利三次就把安德烈忘记了。娜塔莎的回答是，“我已经爱了他一百年”。她完全陷入了狂热之中：“我直到现在才感受到这种爱情……我一看见他，我就觉得，他是我的主人，我是他的奴隶，并且我不能不爱他。是的，奴隶！他命令我做什么，我便做什么。”并且宣称，自己“没有意志了”，不惜说不怕“毁掉自己”。甚至说，如果索尼娅反对，她就是她的“敌人”。

娜塔莎的情感不是完全背离了与安德烈的海誓山盟了吗？错位不是变成了脱离了吗？但是，这种正视爱欲的疯狂实在是托尔斯泰比屠格涅夫深邃的地方。

然而，托尔斯泰对这种爱欲的极端疯狂性，并没有像在《安娜·卡列尼娜》中那样，让有夫之妇卡列尼娜顶不住沃伦斯基的进攻，将全部生命投入热恋，不惜抛弃家庭儿子，名誉地位，公然与其私奔、同居。托尔斯泰本来有提示其恶的意图，可是越刻画其情感的丰满，越违背初衷，超越了恶，把她写得越来越美。这种美的特征就是沉睡的爱情，一旦被唤醒就发出生命的华彩，超越于世俗的理性善恶观念之上。如果按照安娜·卡列尼娜的逻辑，娜塔莎疯狂的爱情，有可能得到完全的同情和理解，甚至赞美。但是，在这里，托尔斯泰为娜塔莎设置了道德的善的底线。他让索尼娅提出阿纳托利提出私奔，而不“公开向你求婚”，可能“有些什么样秘密”（课本用的高植的译本，译作“有些什么样秘密”，刘辽逸的译本译作“不可告人的原因”）。索尼娅的怀疑让她“惊恐”了。她反对索尼娅怀疑他“不高尚”（高植译本作“如果不是高尚的人”，刘辽逸的译本作“如果不是正派的人”），坚定地认定他是“高尚的”。显然，托尔斯泰在这里，为娜塔莎与安德烈的错位留下了最后一点摇摇欲坠的重合：她的爱欲是建立在对对方道德高尚、正派的轻信上。

就在不绝对违背道德的前提下，托尔斯泰让娜塔莎写信给安德烈的姐姐正式解除了和安德烈的婚约，而且让她“看来，这一切都是这么简单明了，轻而易举”。

这是托尔斯泰揭示了娜塔莎心灵的第四个层次。这个层次在时间上是暂短的，但是，由于错位幅度达到极限，艺术形象的感染力，是惊心动魄、酣畅淋漓的。

课本的编者说，娜塔莎是《战争与和平》中最有光彩的人物（之一），她的光彩在哪里呢？光有上述四个层次，读者的印象可能是适得其反的。

在这里，必须强调的是，托尔斯泰把人生理想确定为“道德自我完成”，他对娜塔莎这样的处理，显然是对她只顾眼前爱欲的批判，但是，这种批判中隐含着对纯情少女感情冲动的理解、回护甚至掩饰不住的赞叹。第一，托尔斯泰事前让安德烈理性到给她一年的自由，并且直接指出娜塔莎不成熟，并不了解自己，她的爱情起初是真实的，但是只是表面的，肤浅的，并不是永恒的，有可能会在特殊情况下动摇的。第二，这是最为关键的，托尔斯泰把这个阿纳托利写成一个骗子。她对爱情的背叛，不但是因为她相信他是正派/高尚的，而且因为她不知道他是已经结婚的男人，情感灾难的根源在于她的绝对纯洁、轻信，“不把人往坏处想”。以为所有的人“都是善良的，可爱的，高尚的，相亲相爱的，谁也不会欺侮谁”。第三，这种回护，还在于让阿纳托利的拐骗没有得逞，私奔的计划，被索尼娅发现，阿纳托利图谋失败，不负责任地逃之夭夭。托尔斯泰对娜塔莎的批判的深刻之处，还在于让她在得知可能受骗以后，一面“哭得全身颤动”，一面还认为阿纳托利“比你们谁都好”，甚至从母亲口中得知阿纳托利已经结过婚了，都不相信，还希望不是真的。但是，她所信任的皮埃尔告诉她“是真的”，她还要求他发誓，皮埃尔发了誓。结果是她服了她偷偷弄到的砒霜。她吞了一点，就吓坏了，把索尼娅叫醒，及时采取了解毒的措施，虽然脱离了危险仍然大病一场。

托尔斯泰作为现实主义小说大师，他的伟大之处在于，这一切并没有使得她与安德烈的情感错位幅度缩小，相反，保持二者之间的错位距离。让他的姐姐提示读者“他的高傲性格不许他露出他的感情”。明明仍然爱着娜塔莎，却依旧表面上谈笑风生，他在回答皮埃尔的问候时，甚至冷笑了，只有皮埃尔明白他的冷笑是说：“我很健康，但我的健康已经没有人需要了。”就是在皮埃尔对他说，娜塔莎命在旦夕，他仍然是冷笑。还请皮埃尔转告娜塔莎过去和现在一样，她是自由的。他声称自己不能原谅“堕落的女人”，也不可能高尚到重新向她求婚。

这时，托尔斯泰向读者展示了娜塔莎内心深处第五个层次，娜塔莎在道德上溃败了，虽然说出了请求“原谅”。但是，连自己也没有信心：“我知道一切都完了……那永远不可能了。”虽然如此，她仍然请求“宽恕，宽恕，宽恕我的一切……”她变得极端自卑，绝望。皮埃尔对她说，自己愿意做她的朋友，听她的倾诉，她的回答是：“不要对我这样说吧：我不配！”皮埃尔劝她说“生活道路还远着呢”，她怀着羞愧和自卑的心情说：“全都完了。”

但是，托尔斯泰对于娜塔莎的剖析并没有到此为止。到了第六个层次，没有这个层次，娜塔莎的形象是不完整的。只有在这个层次，才真正显示出托尔斯泰式的形而上的爱情的升华。为此，托尔斯泰让娜塔莎与安德烈重逢，但让安德烈已经受了重伤，生命垂危。在他死亡的边缘上，他们爱情的错位却奇迹似的重合了，然而这种重合不是形而下的大团圆，而是在安德烈死亡之前，娜塔莎表现出对安德烈的深沉的爱。爱情就上升到超越爱欲，上升到形而上的精神高度，带着基督教爱的哲学的境界。这个境界从安德烈垂死之际的幻觉中生动地想起了娜塔莎开始，但不是像以前那样只想她使他喜悦的迷人魅力；而是想到她的灵魂。他明白了她的感情、她的痛苦、耻辱和悔恨。他懂得了他的拒绝是多么残忍，看出他和她决裂是多么无情。“我多么希望再见她一次。只要一次，看着那双眼睛……”在昏迷之后醒来时：

> 娜塔莎，那个活生生的娜塔莎，在世界上所有的人中他最愿意用他刚得到启示的那种全新的、纯洁的上帝的爱来爱的娜塔莎，跪在他面前。他明白这是真的、活的娜塔莎，他并不惊讶，只是感到安详的欢愉。娜塔莎跪在那里，吓呆了（她不能动弹），忍着哭泣，望着他。她面色苍白，没有表情，只是脸的下部在颤抖。安德烈公爵舒了一口气，微微一笑，把手伸给她。“是您吗？”他说。“多么幸运！”娜塔莎跪着向他移近，小心地握住他的手，低下头来吻它，用嘴唇轻轻碰了碰。“原谅我吧！”她抬起头来看着他，低声说。“原谅我吧！”“我爱您。”安德烈公爵说。“原谅我……”“原谅什么呀？”安德烈公爵问。
>
> “原谅我做的……事。”娜塔莎用几乎听不见的、断断续续的低声说，开始更频繁地用嘴唇轻轻吻他的手。“我比先前更爱你，更知道怎样爱你了。”安德烈公爵说，用手托起她的脸来看她的眼睛。这双充满幸福泪水的眼睛，怯生生地、同情地、含着爱情的欢乐望着他。[①]

读到这里，读者不要忘记，娜塔莎是《战争与和平》中最有光彩，最受作者宠爱、最

---

① [俄]列夫·托尔斯泰：《战争与和平》下，第五部，刘辽逸译，人民文学出版社，1989 年，第 273 页。

美的形象。“娜塔莎那张瘦削而苍白的脸，浮肿的嘴唇，实在不好看，而且显得可怕”，但是安德烈公爵没看见这张脸，他只看见那双光辉的眼睛，那双眼睛是绝美的。

“不好看”甚至“可怕”，是生理的，形而下的，如果光是形而下的，那就庸俗了。托尔斯泰强调的是另一方面：“光辉的眼睛是绝美的”。这种美是灵魂的，形而上的。两个人情感的错位弥合了，灵魂达到了高度的统一。在半昏迷状态中他把嘴唇贴到她手上的时候，他哭了，流出平静、欣喜的眼泪。当初，在他感到自己生命垂危的时候，他对自己说：死就死吧，那更好。可是，对娜塔莎的爱情默默地潜入他的心里，又使他依恋人生了。这里，托尔斯泰写娜塔莎用的仍然是和安德烈初见娜塔莎时同样的手法，娜塔莎的美有一种唤醒生命的力量。

而娜塔莎的爱也升华到超越死亡的幸福境界。

从那天起，娜塔莎都不离开安德烈，医生不得不承认，他没料到一个姑娘竟然这么坚强，竟然这么擅长看护伤员。娜塔莎和安德烈的贴近，感到“狂喜，她的脸焕发着光彩”。在最后的那几天，她觉得她已经不是在看护他，而是“看护最亲切的回忆”。他们的感情是那么强烈，死亡表面的、可怕的一面，对他们已经不发生作用，他们没有必要去触动哀痛。安德烈从生理上感到她的接近，不但唤醒了他对生命的珍惜，而且能够使垂死的他感到“面前展现一种新的幸福，一种与人不可分的幸福”。即使他感到“离死更近了，他仍然在清彻地思考：“爱干扰死。爱是生。只是因为我爱，我才明白一切，一切。只是由于我爱，才有一切，才存在一切。只有爱把一切结合在一起。爱是上帝，而死，意味着我这个爱的小小粒子回到万有的、永恒的本源。”这些思想使他感到幸福的享受，拥有了“一种超越物质的力量，不受外界物质影响的幸福，一种纯粹精神的幸福，爱的幸福”。这里，当然有托尔斯泰主义的说教（“爱邻人，爱自己的敌人。爱一切——爱上帝所体现的一切。爱一个亲爱的人，用人类的爱来爱就行了；但是爱敌人，只有用上帝的爱才办得到），但是，通过这一切，这里托尔斯泰明确无误地向读者宣示，这就是娜塔莎灵魂的第七个层次，其性质是超越生死的、带着基督教义的最高层次。在这个层次，娜塔莎的爱，超越了少年青春时代与天真无邪相混杂的爱欲的疯狂，进入了纯粹的精神的境界，只有理解了这个层次才能理解，为什么娜塔莎是《战争与和平》中最光辉的形象。

当然，就最完整的形象体系而言，托尔斯泰笔下的爱情并不绝对是形而上的，爱情的形而上是与形而下的婚姻和家庭结合在一起的。故在《安娜·卡列尼娜》中，他让那个为了爱情不顾一切的安娜最后因为爱情的不满足而卧轨自杀，而与之相对的吉蒂却获得了幸福的婚姻和美满的家庭。在《战争与和平》中，托尔斯泰也让娜塔莎最后与忠厚善良的皮埃尔结合，变成一个恪尽天职，不修边幅，超越虚荣的幸福的妻子和母亲。这里托尔斯泰明显有为东正教婚姻观念图解的成分。从艺术形象来看，娜塔莎作为贤妻良母的形象显然不及从爱欲的疯狂到自卑的绝望、精神崩溃那样具有震撼力。正如，在《安娜·卡列尼娜》中恪守妇道的吉蒂显然不如把爱放在生命之上的安娜的形象那样丰富、深邃。这是因为审美价值在小说和诗中不同，在诗中心心相印、生死不渝的爱情是美的，而在小说中则相反，如果娜塔莎和安德烈一见钟情，生死不渝，那就没有性格可言了。俄国形式主义者斯克洛夫斯基曾经总结爱情小说的模式说：

> 故事需要的是不顺利的爱情。例如当 A 爱上 Б，Б 觉得她并不爱 A；而 Б 爱上 A 时，A 却觉得不爱 Б 了……可见故事不仅需要有作用，而且需要有反作用，有某种不一致。①

这里的“反作用”“不一致”，用我的话来说，就是有情人之间的情感“错位”。在错位而不脱离的前提下，错位的幅度越大，人物的性格越是鲜明深刻。这是托尔斯泰一以贯之的小说美学原则。在《复活》中，聂赫留朵夫少爷引诱了女仆卡秋莎，导致其怀孕被逐，沦为妓女玛丝洛娃，遭受谋杀冤狱受审之时，聂赫留朵夫身为陪审团成员发现此女乃当年之卡秋莎，决计忏悔并赴监求婚，以期赎罪。托尔斯泰让玛丝洛娃拒绝。聂赫留朵夫追随被流放的玛丝洛娃到西伯利亚。玛丝洛娃明知聂赫留朵夫出于真情，托尔斯泰仍然不让“有情人终成眷属”，最后玛丝洛娃嫁给了一同流放的民粹派革命家。一连串的错位，构成《复活》的不朽的艺术。同样在《战争与和平》中，娜塔莎和安德烈在艺术上最为惊心动魄的地方，就是情感发展到几乎完全脱离的边缘；更精彩的是，在这个边缘上，托尔斯泰设置了多重错位：第一重，明明阿纳托利是个骗子，娜塔莎却认为他是个“高尚”的人，声言甘心做他的“奴隶”，不惜“毁灭”自己；第二重，闺密索尼娅出于对她的真诚关切，对阿纳托利的“正派”“高尚”表示怀疑，娜塔莎却认为她这样想就是自己的“敌人”；第三重，得知为阿纳托利所骗之后，她绝望甚至自杀，自卑到觉得没有资格“请求原谅”，而明明爱着她的安德烈却装得若无其事，谈笑风生，拒绝宽恕，残酷地声称自己不能原谅“堕落的女人”；第四重，等到情感错位恢复到完全重合之际，安德烈却死亡了。正是因为这样大幅度的多重的错位，娜塔莎的形象达到了审美价值的辉煌的形而上的极致。这也就是编者所说的“最具光彩”的地方。而在这以后娜塔莎和诚实善良的皮埃尔结合以后，和吉蒂与列文一样，夫妻之间完全没有“错位”，其形象达到善的极致，也就是编者所说“完美无缺的幸福人生”，但是，这恰恰是形而下的境地，而其审美的光辉却暗淡了。

2015 年 1 月 5 日

---

① 斯克洛夫斯基：《故事和小说的构成》，乔·艾略特等著《小说的艺术》，社会科学文献出版社，1999 年，第 86 页。

在人物情感的错位中实现精神复活
——读托尔斯泰《复活》

托尔斯泰的长篇小说《复活》素材来自检察官柯尼提供的真人真事：贵族青年引诱了姑母的婢女。婢女怀孕后被逐，沦为妓女，被指控偷钱。在审判庭上，青年贵族作为陪审员，深受良心谴责，向法官申请与之结婚，以赎前罪，不幸妓女在狱中死于斑疹伤寒。

一、复活主题的升华：打破玛丝洛娃的表层心理硬壳

原始素材中妓女之死，纯系偶然。作为情节，因果性不完整，因而也没有主题。托尔斯泰从1889至1899年，历经十年，六易其稿。建构了因果深邃的情节，完成了精神“复活”的主题。

托尔斯泰营造完整的情节，保留了陪审员，认出妓女玛丝洛娃就是当年的少女，提出与之结婚，但并没有让妓女死亡，而是让她断然拒绝求婚。聂赫留朵夫公爵奔走营救不果，玛丝洛娃仍被判流放西伯利亚，乃追随至西伯利亚。最后，玛丝洛娃与同程流放的民粹派革命者西蒙松结婚。

托尔斯泰为情节设置了极其独特而且深邃的因果。聂赫留朵夫求婚的目的不仅仅是为了赎罪，而是为自己灵魂复活，也是让玛丝洛娃的灵魂复活。

课本所选片段，是聂赫留朵夫初次到监狱去探看玛丝洛娃的场面。

他哭着表示认罪，请求宽恕。本来对于一个沦落而被监禁的妓女来说，公爵忏悔，主动求婚，这是天上掉下来的改变命运的大好机遇，但是，托尔斯泰让玛丝洛娃完全无动于衷，很轻浮地“耸肩”，表示“没有什么罪可赎的”“什么都不记得了，全都忘记了”“全忘

了”。但是，有时又不由自主地“瞟他一眼”，流露出职业性的“娇媚”，把他当作有钱的嫖客。

托尔斯泰设置这样的情节，其深刻之处在于，这个受尽凌辱、摧残的女性心灵从表层到深层的立体性。

第一，在表层，她说“全忘了”。意味着，沦落为妓女，她的心灵已经习惯于被侮辱，被冤屈，被诬陷，被蔑视，被践踏。她已经麻木了。而在她心灵深层，曾经纯洁的，怀着爱情的梦想的记忆，“全忘了”，实际上就是不堪回首，拒绝回忆，就是竭力自我麻醉。不去触动青春的美好的记忆，让它深深埋藏在意识的底层。

第二，聂赫留朵夫请求赎罪、求婚，并没有唤醒她青春的记忆。被激发起来的，只是怨恨：一切的厄运，都源自他的诱奸。即使他极尽卑谦，低三下四，也只能激起极度的愤怒。她觉得“他已不是她所爱的那个聂赫留朵夫，而是一个不同的人”。这种人“在需要的时候，可以玩弄她这样的女人”，和一般嫖客无异。她对他充满“敌视”。

第三，尽管这样愤怒，但是，还是对他“瞟”一眼，对他“娇媚”地笑，目的是“尽量从他们身上多弄到些好处”。说明，在意识的表层，妓女的职业性坦然流露。

作为艺术形象的深刻性在于：其表层心理是如此坚硬，即使是身为公爵的聂赫留朵夫的认罪，求婚，都没有打破宁愿忍受屈辱的表层心理的硬壳。

课文所选的这一片段，就是让聂赫留朵夫以突然的、天降幸运，把她打出妓女生活的常轨，冲击她的心理表层。第一回合下来，居然完全失败。读者往往忽略的是，选文一直称她为“玛丝洛娃”，这是她妓女的名字。在沦为妓女以前，叙述者都称年轻美貌少女为卡秋莎。这是卡吉林娜的爱称。在托尔斯泰的叙述中，卡秋莎和玛丝洛娃在性质上是绝对相反的两个人。在下一章，聂赫留朵夫本来“预料卡秋莎见到他，知道他要为她出力，听到他说的认罪的话，就高兴起来，受到感动，于是又变成卡秋莎了。然而使他心惊胆战的是，他看出来卡秋莎已经不存在，只剩下玛丝洛娃了”。[①]

托尔斯泰的深邃在于，在卡秋莎看来，聂赫留朵夫已经不是当年的聂赫留朵夫，在聂赫留朵夫看来，卡秋莎也已经不是当年的卡秋莎。当年美好的精神已经死亡了，而《复活》的主题，就是要让他们复活。

当然，复活的重点在卡秋莎这方面。当她出场的时候，已经不是卡秋莎，而是玛丝洛娃了。是完全成了自甘堕落的玛丝洛娃，还是在玛丝洛娃的外表下面还透露出没有完全死亡的卡秋莎，颇费托尔斯泰的心神。为了她的第一次出场，托尔斯泰修改了不下十次。在早期的手稿中，聂赫留朵夫到监狱去探看玛丝洛娃，玛丝洛娃认出了聂赫留朵夫，说：

---

① 托尔斯泰：《复活》，汝龙译，人民文学出版社，1979 年，第 209 页。

德米特里·伊凡诺维奇，你为什么到这儿来？您滚出去！那时我恳求您，现在也恳求您。

“德米特里·伊凡诺维奇”是尊称。俄国人的名字分为三个部分，第一部分是自己的名字（德米特里），第二部分是父亲的名字（伊凡诺维奇），第三部分才是家族的姓（聂赫留朵夫）。一般交际都是称家族的姓（聂赫留朵夫），称对方名字和父名，是尊称，是客气的。但是，接着来了个非常粗野的“你滚出去”“那时我恳求您”。注意俄语中“您”（вы）和“你”（ты，宾语第二格是тебя）是两个发音不同的字。称“您”是客气的，生疏的。称“你”是很亲近的关系。“那时我恳求您”指的是，当年聂赫留朵夫走进她的房间，她意识到可能危险的时候。对于结婚的要求，她的回答是：

迟了，德米特里·伊凡诺维奇，如今我不配做您的，也不配做任何人的妻子。

清醒地宣告自己妓女的身份，不但不配做公爵夫人，而且不配做任何普通女人。这样等于说，死心塌地成为玛丝洛娃，满足于妓女的身份，完全没有复活的种子，没有恢复卡秋莎的可能了。托尔斯泰显然不满意，在第五份稿样里托尔斯泰改成了：玛丝洛娃怀着好奇心望着已经陌生的面孔：

“您说的完全是蠢话……究竟怎么回事，您找不到比我更好的女人吗？你最好别露出声色，给我一点钱，这儿既没有茶喝，也没有香烟，而我是不能没有烟吸的……其实，您在这儿没事可干，这儿的看守长是个骗子，别白花钱。”说完她哈哈大笑。①

玛丝洛娃表层心理如此坚硬，对聂赫留朵夫的敌视，对自己的麻木表现得很坦然：自己已经丧失了普通的女性资格，死心塌地忍受一切，毫无反抗的意念。公然表现妓女从嫖客那样捞钱的职业意识。托尔斯泰觉得这还是太简单了，在最后定稿中，突出了她心有不甘，要上诉，虽然不理睬聂赫留朵夫结婚的请求，却要求他花大钱请个好律师。这一笔埋下了她日后能够复活为卡秋莎的种子。但是，只是这颗种子还深深埋藏在心里底层，没有发芽。

得到聂赫留朵夫同意后，她“沉默”了一下，像妓女对嫖客那样，“微微一笑”说：

我想请求您……给些钱，要是您答应的话。不多……只要十个卢布就行。

心理虽然麻木，过程却颇曲折，得到请律师的允诺后，沉默了一会儿，才想到要钱。而且，小心翼翼，没有把握，有点犹豫，不再肆无忌惮地大笑。托尔斯泰强调人物对话和环境的关系，典狱长就在身边，她不可能那么公开地说他是个骗子，所以改成警惕性很高地提醒他：

当着他的面别给，等他走开了再给，要不然会被他拿走的。

---

① 符·日丹诺夫：《〈复活〉的创作过程》，雷成德译，内蒙古人民出版社，1982年，第22页。

等到“典狱长一转过身去”，聂赫留朵夫拿出钱来的时候，他的感觉是：

这个女人已经丧失生命了。

这就是说，这个女人精神已经死了（汝龙的译本就是“已经死去”[①]），没有复活的希望了。小说写此时聂赫留朵夫内心发生了“动摇”。他内心有个“魔鬼”（汝龙译本作“诱惑者”）在阻挠他，告诉他，这个女人已经“无可救药了”，还是趁早分手，给她一些钱，从此一刀两断，这样对自己最为有利，免得她像一块石头一样吊在脖子上，把自己活活淹死。这一笔很重要，说明托尔斯泰笔下，高贵人物内心并不单纯，也是复杂的，很丰富的，充满变数的，不时处于矛盾状态，甚至发生搏斗。

和表现玛丝洛娃和卡秋莎的矛盾不同，聂赫留朵夫的内心矛盾是既有神性，也有兽性。当年在他进入卡秋莎房间时，他的内心就有着神与兽的斗争：

在聂赫留朵夫身上就跟在一切人身上一样，有两个人，一个是精神的人，他为自己所寻求的仅仅是对别人也幸福的那种幸福；另一种是兽性的人，他所寻求的仅仅是他自己的幸福，为此不惜牺牲世界上一切人的幸福。[②]

占有卡秋莎的那一次，内心的神性是被“可怕的、无法抑制的兽性感情抓住了”。[③]在监狱里，在聂赫留朵夫看来玛丝洛娃灵魂是死亡了，没有复活的希望了。可是他却没有意识到他自己也有濒临着灵魂的死亡的可能。不过这一回，他的神性战胜了兽性。思绪的天平向神性这边倾斜。他的心灵“完成一种极其重大的变化”。他终于决心把所有的话向她说出来。他开始叫她“卡秋莎”了，而且还不再称她为“您”，而是“你”了。但是，他还是遭到了“鄙夷不屑”的拒绝。这已经很惊人了，托尔斯泰又加了一笔：

聂赫留朵夫觉得她身上有一样东西，同他水火不相容，使她永远保持现在这种样子，并且不让他闯入她的内心世界。[④]

这一笔很惊险，如果真的水火不相容，聂赫留朵夫无计可施，绝望了，放弃了，一来，小说到此结束，二来，人物性格，也就停留在这个层次上。但是托尔斯泰把两者之间的矛盾推向极端，目的是接下来马上来了个转折，他没有绝望：

反而产生一种特殊的新的力量，使他去同她接近，聂赫留朵夫觉得他应该在精神上唤醒她，这虽然极其困难，但正因为困难就格外吸引他……他对她毫无所求，只希望她不要像现在这样，希望她能觉醒，能恢复她的本性。

---

① 汝龙的翻译是，“当他把钞票团在手心里”，他感觉“这是一个已经死去了的女人了”。人民文学出版社，1979 年，第 201 页。

② 托尔斯泰：《复活》，汝龙译，人民文学出版社，1979 年，第 71 页。

③ 托尔斯泰：《复活》，汝龙译，人民文学出版社，1979 年，第 80 页。

④ 以下所有未加注释的译文，均见高中语文课本。

这一笔，非常精彩，第一，从思想上说，突出了灵魂复活的艰巨，主要在于卡秋莎受苦之深，打破表层的意识之艰巨；第二，更在于聂赫留朵夫追求灵魂复活是在动摇中恢复坚定。

光是这样，大致可以说，读懂了《复活》的思想纲领，还不能说读懂了《复活》的艺术。

二、整本阅读：人物情感“错位”贯穿首尾，复活主题的升华

真正读懂《复活》不能不深入小说情节构成和人物刻画的艺术的规律中去。一般说理论强调小说人物要有个性，但是，这未免空洞。小说是写人物与人物之间的关系的，如果人物的精神绝对对立，势不两立，毫无感情，则人物难免概念化。如果人物很有感情，完全统一，没有矛盾，无法构成情节，人物也没有个性可言。在最富艺术生命的小说中，人物既是相互有情感，但是又有矛盾，藕断丝连，人物关系类似交叉的圆圈：部分重合，部分错开。我把这种规律性现象叫作“错位”。“错位”的幅度越大，但是，没有达到完全断绝关系的程度，个性越是鲜明。小说的艺术不同于诗，在诗中，人物与人物之间可以心心相印，在小说中，人物心心相印，没有误解，一点“错位”都没有，人物就没有个性。

如果聂赫留朵夫一求婚，玛丝洛娃就理解了，就欢天喜地，人物就没有生命了。或者如素材所提供的那样：玛丝洛娃死了，那小说无以为继了，这和人物决绝对立，一刀两断一样，人物同样没有个性可言。托尔斯泰在这里驾驭着“错位”艺术规律，既有魄力，又有分寸。有魄力是把二人的心理距离拉开到几乎断裂的边缘，但当他们分别的时候，聂赫留朵夫说他还要“再来”，托尔斯泰并没有让卡秋莎保持“鄙夷不屑”，而是向他伸出了一只手，“但是没有同他握”，在汝龙的译本中，是“她伸过一只手去，不过只是碰了一下，而没有握他的手”[①]，其目的就是让“错位”达到极限，但没有完全脱离联系。

整本的情节运动，关键就在“错位”的幅度，时而缩短，时而拉开。这种错位一直贯穿到情节结局。“错位”在收缩与膨胀之间运动造成读者惊心动魄的起伏。最后卡秋莎理解了聂赫留朵夫，甚至爱上了他，心理距离接近重合，但是外部行为却否决他结婚的要求，和一个民粹派革命者西蒙松结婚了。因为爱他，反而决定不和他结婚。情感的重合和行为的错位，这个错位的震撼性在于，不但有巨大的幅度，而且有极大的深度。外部行为的拒绝成为内在心灵爱的极限，托尔斯泰用这样的方法把《复活》推向了世界现实主义小说的

① 托尔斯泰：《复活》，汝龙译，人民文学出版社，1979年，第203页。

思想和艺术的顶峰。

在课堂上，可以和同学一起设想一下，如果不是这样的错位，双方的情感知觉完全重合，卡秋莎和聂赫留朵夫结婚了，这样的结局，艺术效果和《复活》的结局哪一个思想更深邃，艺术更独创？

三、纷繁的心理和外部描写以及海明威冰山风格

托尔斯泰在欧洲现实主义小说的顶峰上，把现实主义对社会生活的反映和人物刻画艺术发挥得淋漓尽致，在环境背景外部形貌的描写上，特别是内部心理的描写和分析上，也发挥到极致。这一点，光看课文所选探监的场面是不容易看清楚的，把它和海明威的《老人与海》那种电报文体冰山风格相比就一清二楚了。

第一，海明威的《老人与海》中的老人和孩子既没有外貌，也没有心理描写，有的只是对话和动作。而《复活》中的心理描写，情感的分析，则是大笔浓墨，反复渲染。对于玛丝洛娃拒绝聂赫留朵夫的求婚，课文节选第四十三章已经说明她绝不愿回想当年迷人的青年给她带来的“醉人幸福”，而眼前的这个家伙，已经不是当年的聂赫留朵夫，而是一个随意玩弄女性的人。紧接着下一章又来了一段分析：她拒绝求婚不仅因为回忆太痛苦，不仅是自我麻醉，还有更深刻的原因。

> 她的世界观是这样的：所有的男人……无一例外，一概认为最大的快乐就在于同妩媚的女人性交……她正好是一个妩媚的女人，既可以满足，也可以不满足他们这样的欲望，所以她就成了一个重要的和必不可少的人……根据这样的生活观点她就非但不是微不足道的人，而且是极其重要的人……她领会到聂赫留朵夫打算把她引到另一个世界里去，她就抵制他，已经预先看出来他招引她去的那个世界里，她一定会丧失她这种生活地位，以及这种生活地位给与她的自信和自尊。①

这里表明，她拒绝不仅因为回忆太痛苦，而且预见未来更痛苦。一旦随聂赫留朵夫进入上流社会，她的自信和自尊，就荡然无存。这样，她和聂赫留朵夫的精神的错位就变成性质上的，错位就不但在幅度上，而且在深度上。关于这一点，托尔斯泰反反复复强调，在第四十八节，又一次作出类似的分析：“她不能再照以前那样生活忘掉一切，浑浑噩噩地生活下去，可是清楚地记住过去的事而生活下去，又未免太痛苦。”②

第二，这种深化的追求，不仅表现在心理描写上，而且表现在外观（所谓肖像描写）

---

① 托尔斯泰：《复活》，汝龙译，人民文学出版社，1979 年，第 205 页。

② 托尔斯泰：《复活》，汝龙译，人民文学出版社，1979 年，第 225 页。

上。本来在草稿中，玛丝洛娃第一次出场，光是外观描写就有二十多次修改。第一次是这样的：

> 她是一个瘦削而丑陋的女人，她所以丑陋，是因为她那个塌鼻子。①

托尔斯泰觉得不能这样为了强调妓女身份，就把丑作为她的主要特征。在以后的修改中，改成“脸上带着堕落的痕迹”。这样写，不符合曾经是个引动了聂赫留朵夫的少女的美丽、纯洁的素质，也不能表现托尔斯泰对于这个备受凌辱的半农奴的同情和惋惜。感情不准确了，形象就不能不“走样”，以后托尔斯泰强调了对她的同情，着重把纯洁的美作为主要感受特征：

> 她一头黑发梳成一条光滑的大辫子，有一对不大的但是显得异乎寻常的发亮的眼睛，颊上一片红晕。主要的是她浑身烙上了纯洁无辜的印记。②

托尔斯泰反复推敲。有时改成“美的前额，卷曲的黑发，匀正的鼻子，在两条平直的眉毛下面有一双秀丽的眼睛”。有时又写成：“长着一张使男人见了不得不回头看一下的富于迷惑力的脸。”这显然又过分强调了美，忽略了妓女生涯对她精神和肉体的摧残，也不能表现作家对这种堕落生活的厌恶和惋惜。经过二十多次的修改，托尔斯泰才比较准确地把握了主要特征和主要感受的性质和分量，最后这样写：

> 那个女人……头上扎着一块白头巾，分明故意让几绺卷曲的黑头发从头巾里滑下来。

这就点出了她卖笑生涯的痕迹，即使身为囚犯也还看得出来。作家的厌恶默默地流露出来，接着是：

> 那个女人整个脸上现出长期幽禁的人们脸上那种特别惨白的颜色。使人联想到地窖里马铃薯的嫩芽……她的眼睛显得很黑，很亮，稍稍有点浮肿，可是非常有生气，其中一只眼睛略为带点斜睨的眼神。她把身子站得笔直，挺起丰满的胸脯。③

这就写出了美与丑，痛惜和厌恶的混合，不但符合她当前的身份和过去的特殊经历，而且表达了托尔斯泰对她的特殊理解和同情。但是，托尔斯泰并不满足，聂赫留朵夫探监时，又一次描写了她的外貌：

> 她步履轻盈地走到聂赫留朵夫眼前站住，皱着眉头看了他一眼。乌黑的鬈发也像前天那样飘在额上；苍白而微肿的脸有点病态，但很可爱，而且十分镇定；她那双乌黑发亮的斜睨的眼睛在浮肿的眼皮下显得特别有神。

她的飘在额上的鬈发，她苍白而浮肿的脸，她的病态，她的可爱，她那乌黑发亮的、

---

①② 参阅符·日丹诺夫：《〈复活〉的创作过程》，雷成德译，内蒙古人民出版社，1982 年，第 21—22 页。
③ 托尔斯泰：《复活》，汝龙译，人民文学出版社，1979 年，第 6—7 页。

斜睨的眼睛（黑眼睛，不是蓝眼睛），不但提示了她是吉普赛人私生女，而且表现了她的妓女身份的特点，结合着聂赫留朵夫忏悔、怜惜的感情。这是卡秋莎肖像的变体。最为关键的是，托尔斯泰刻意从玛丝洛娃外表下，费心保留着表现卡秋莎的基因。有了这个基因，她美好的心灵才可能“复活”，她和聂赫留朵夫的情感错位才可能缩小。

托尔斯泰的语言天才实在发挥得心应手，淋漓尽致。后世作家再这样写下去，实在是难以凌驾。海明威在 1929 年出版了《永别了，武器》以后，长期沉默，人们以为他江郎才尽了，可是就在 1952 年，他出版了《老人与海》，以他的冰山风格，电报文体，获得了诺贝尔文学奖。在《老人与海》中，海明威完全废除了托尔斯泰式的人物的外貌描写和心理描写，以白痴式的叙述取胜，就是在关键场景，也是只用动词和名词，不用形容、感叹、渲染。从表面上看来，这是海明威个人的追求，有其偶然性，实际上是现实主义描写的盛宴走向反面的必然。正因为此，海明威的文风，引发了欧美小说所谓“零度写作”的浪潮。在中国改革开放以后，甚至影响到中国的新潮小说。但是，令人不能不深思的是，海明威这种只凭对话动作叙事，和中国古典史传文学传统不谋而合。中国古典史传文体，直到《红楼梦》，也只是记言、记事，春秋笔法，寓褒贬于叙述之中。主观议论只能文后，《左传》的“君子曰”，书曰，《史记》的“太史公曰”，直到《聊斋志异》，最后还有“异氏曰”。这在分析《项羽本纪》中有比较详细的说明。不赘。

2021 年 9 月 11 日星期六

安娜·卡列尼娜回家看儿子

——在情感冲击下的感知变异

托尔斯泰的杰作《安娜·卡列尼娜》，有许多读法，最流行的是从作品中去找寻托尔斯泰对当时俄国社会，特别是对官僚专制、土地制度、宗教、法庭的批判，这就是所谓社会评论的方法，在《复活》和《安娜·卡列尼娜》中对当时俄国土地制度的批判，对教会制度、审判制度的批判，虽有较高的社会认识价值，但这些部分大都写得比较枯燥，在读者心目中没有留下多少深刻的印象。在读者情感中激起波澜，在记忆中留下烙印的毕竟还是作品中人物的独特的感知行为和心理逻辑。因而即使从社会批判的角度去看托尔斯泰的作品，也不能离开作品中人物心理结构的深度和广度。只有人物的命运、人物的心理结构的刻画撼动了读者的心灵，读者的情感、想象、思维都受到了冲击，作品中那些社会批判的成分才能构成艺术功能。如果不是这样，脱离了人物命运和心理结构的刻画去阅读作品，就可能把概念的说教当成艺术。

进入小说艺术之门，首先要从小说艺术形象的实际情况出发，而不能从小说作家的宣言和议论出发。不管作家有多么光彩的思想，如果这种思想的光彩，不是渗透在刻画人物命运、人物心灵结构变幻的过程中的，那就可能是外加的、生硬的概念。所谓艺术欣赏，首先要欣赏人物心灵结构的变幻如何被艺术地表现，其次才是这种心理结构的运动过程渗透着什么样的思想，它是深刻的还是肤浅的，复杂的还是单纯的，进步的还是保守的，等等。

欣赏安娜回家这一段，首先就是欣赏安娜回家的心理结构变幻的奇观。

本来安娜为了爱情，不顾名誉，和沃伦斯基逃到西欧，但是，对儿子的想念使她的心灵不能安宁。于是她不顾一切，又从西欧回到俄国，目的是看望儿子，为儿子庆祝生日。她前一天就选购好了玩具作为儿子的礼物。这在心理学上叫作动机。心理学告诉我们，动机在人的心理活动中占据极其重要的地位，人的行为、人的意识活动、人的感觉知觉、人的记忆和语言，无不受到动机的制约。在动机范围以内的心理活动常常被强烈地记忆和感知，而在动机以外的心理活动往往就容易遗忘或者很难被感知，有时甚至视而不见，听而不觉，感而不知。正因如此，我们在一般小说中看到的人物动机往往是很明确的。动机与人的行为、语言、记忆、想象、思维之间有着直线的联系。但这样的描述和刻画，往往并不太动人。因为人的心理活动是很复杂的，动机和人的其他心理要素处于一种复杂的有机结构之中，每一个要素都与其他一切要素互相依存，一个要素的变动必然引起其他相关要素的相应调节。这个变幻和调节的过程就是我们要欣赏的心理奇观。

安娜回家之所以成为艺术品，就在于托尔斯泰通过安娜淋漓尽致地写出了我们既熟悉又陌生的心理变幻，既唤醒了读者的潜在记忆，又发现了人物心灵的深层结构。

安娜看儿子的要求，遭到丈夫卡列宁的拒绝。她决意反抗，不取得卡列宁的同意就闯去看儿子，她“买了玩具，想好了行动计划”，“手头预备下给门房和仆人的钱”。所有这一切都是一种理性规划，都属于她的动机。如果托尔斯泰让安娜的理性规划——她明确意识到的动机——圆满地实现，那么这一段就没有什么可看的了。

小说艺术的特点就在于让人物的心理活动越出常规，首先是越出理性的常规。导致这种越规的动力，就是人的情感。由于情感的冲击，人的心理结构失去了平衡，越出了理性的规范，于是人的感觉、知觉、记忆、思维、语言、行为都发生了变异，这种变异就是心理恢复平衡前的调节或反馈。

在安娜进入家门时，突然产生了很狼狈的感觉，这就使她的听觉越出常规，失灵了，当门房的新助手问她“找谁”时，安娜狼狈得居然没有听到他的问话，因而也没有回答。她没有预料到丝毫没有变化的门厅会这样深深地打动了她。这种感觉激起了她的记忆（欢乐和痛苦的激情），使她忘了她来这里的动机。她一时不知道自己是来干什么的。这就是说环境的刺激使她早已被遗忘的情感记忆活跃了起来，进入意识，淹没了一切，而前来看孩子的动机却被遗忘了。这是情感奇妙的分化作用，使一部分沉睡的记忆复活，使另一部分新鲜的记忆麻痹。

对于听觉，这种分化作用就更奇妙了。一方面她在走上那熟悉的楼梯的时候听不明白老门房说的话，另一方面她单凭小孩子打呵欠的声音，就知道这是她儿子，而且这种听觉影响了她的想象，使她“仿佛已经看到他在眼前了”。看到儿子以后，安娜的听觉的分化就更奇妙了：

> 她听着他（按：儿子）的声音，注视着他的脸和脸上表情的变化，抚摸着他的手，但是她却没有听明白他所说的话。她知道在卡列宁出现以前，她非走不可，非离开他不可——这就是她唯一想到和感觉到的事。她听到走到门边咳嗽着的瓦西里·卢基奇

的脚步声，她也听到了保姆走近的脚步声；但是她好像成了石头人一样地坐着，没有力量开口说话，也没有力量站起身来。

用还原的方法来分析安娜的感觉：在通常情况下，近处的听得清晰，远处的听不清晰，可是在这里，由于一种焦灼感（害怕看到即将到来的丈夫），一种特殊的情感冲击，使她的心理功能发生了相反的变异，空间距离相近的（儿子的语言）听不清，空间距离远的（卢基奇和保姆的脚步声）反而听清楚了；情感距离近的听不清，情感距离远的反而听清了，这是一种感觉功能的越出常规。这种感知变异，也许只是一种表面现象，表层结构。决定这种表面现象、表层结构的是内在的深层的情感的作用。深层的情感，深层的焦灼（必须在卡列宁来到儿子房间之前离去，不能与他见面）使安娜的感觉知觉特别是听觉发生了变异。深层的情感是看不见、摸不着、感不到的，可由于情感冲击而变异了的感觉、知觉（在这里是听觉）却以一种变异的形式，而成为一种强化的效果出现了。

要把人物的感觉原生状态想象出来，就得想象出人物感知的常规状态。在常规状态中，安娜的听觉和语言功能是没有障碍的。但是由于人物关系和客观环境越出了常规，导致安娜的情感越出了常规，越出的幅度是这样的大，不但使她的听觉发生了变异，而且使她的语言机能也发生了障碍。当老家人认出了安娜，默默地向她低低地鞠躬，说“请进，夫人”时：

她想说什么，但是她的嗓子发不出声来。

当她迫于形势终于不得不离开她儿子时：

她不能够说再会，但是她面孔上的表情说了这话，而他也明白了。……以后她想起了多少要对他说的话呀！但是现在她却不知道怎样说好，而且什么话都说不出来。但是儿子明白了她要对他说的一切。他明白她不幸，而且爱她。

这里就出现一种心理奇观了，语言是一种传达思想的交际工具和文化载体，在人所使用的工具中，语言是一种特殊工具，它的特点就是并不是完全被动的。相反，人有时却多少有一点被动，不是人说话而是话说人——在特别强烈的情感冲击下，人失去自由运用语言的能力。在常规情况下，失去了语言表达能力的人，是不能和他人交流思想情感的。但是奇迹出现了，安娜失去了发出语音的能力，却并没有妨碍她与儿子交流思想和情感。这是因为在特殊情感的冲击下，语言并不是交流思想和情绪的最有效工具。这时有一种比语言更有效的交流手段，那就是人的表情。语言是以声音为媒介的概念符号系统，它传达的是概念。概念对丰富多彩的情感来说太贫乏了。而表情虽然不及概念那样明确，但它是一种直觉，直觉的丰富性是任何概念都比不上的，孤立的直觉虽然不如概念深刻，但在艺术里，表情作为直觉的对象不是孤立的，而是处在一种复杂的人物情感结构之中，结构的功能大于要素之和，一个很平常的表情都可能有比概念深广丰富的含意。比如安娜的表情在别人看来只是一种别离时的悲抑而已，而在她儿子看来内涵就要丰富得多了。

人的内心情感活动是一个很复杂的整体，如果仅仅限于上述知觉和语言的层次，那还是比较表面的。托尔斯泰的高明之处就在于他不但揭示了知觉和语言的变异，而且直接深入到情感的深层结构中去，剖析其中丰富的变幻。

这种变幻大致在两个方面表现出来。

通过还原，我们知道，正常的人物的主要情感特征是比较稳定的、明确的，但不是一成不变的，它在外部刺激作用下会发生多彩的变异而产生瞬时的变态情感，例如安娜憎恨、厌恶卡列宁。在安娜来到她过去的家之前，由于见儿子的要求遭到拒绝，这种憎恨化为一种受到屈辱的痛苦，引起她一种毅然反抗的情绪。一旦她进入了她过去的家就变化了，当一个不认识的门房助手问她来找谁的时候，她感到狼狈了，而当她熟悉的门房助手向她深深鞠躬的时候，她的眼光却是“羞愧、恳求的”。走上楼梯的时候她的运动机能不正常了，“套鞋绊着梯级”。后来当保姆通知她卡列宁即将出现的时候，她的儿子看到她脸上露出“惊惶和羞愧的神色”：“她害怕他。”在正常情况下，那么无畏地反抗世俗道德，蔑视、厌恶、憎恨卡列宁的她，居然惊惶、羞愧而且害怕了。

由此可见，在正常情况下，人的情感固然有一种稳定的基本性质特征，但这种基本性质不是固定的、僵死的，相反，在外界环境和语境的作用下，它不断变幻出派生的性态来。写出这从属性态的丰富的变幻，正是托尔斯泰作为艺术家的过人之处。同样的情状到了才能不济的作家笔下也许就变得缺乏变化，只剩下憎恨这样一个僵化的性质了。

许多作家缺乏这样的能耐，其原因不仅在于缺乏这样的追求，而且在于不了解情感与知觉之间互相影响的规律。

通常，洞察情感冲击感觉，也许并不难，因为感觉、知觉是表层的，情感是深层的，深层决定表层。但是很少有人注意到，二者的作用也可能倒过来，感觉决定情感。在这一点上，托尔斯泰有深刻的发现。当安娜即将与儿子离别时，她感到儿子的表情在问她该如何看他的父亲，安娜说：

爱他；他比我好，比我仁慈，我对不起他。

这是一种歉疚的情感，自认为有罪的情感。这种情感发自内心，是十分真诚的。但这种表白与其说是一种情感，不如说是一种理智。因为这种表白是在没有对卡列宁的现场感觉和知觉的基础上的。一旦安娜看见卡列宁，对卡列宁有了现场的感觉和知觉，她的情感就发生了变幻：

亚历克赛·亚历山特罗维奇迎着她走过来。一看见她，他突然停住脚步，垂下头来。

虽然她刚才还说过他比她好，比她仁慈，但是在她匆匆忙忙看了他一眼之后——那一眼把他整个的身姿连所有细微之点都看清楚了——对他的嫌恶和憎恨和为她儿子所起的嫉妒心情就占据了她的心。她迅速地放下面纱，加快步子，差不多跑一般地走出了房间。

由于对卡列宁有了具体的感觉，在具体感觉基础上建立起的厌恶和憎恨就代替了自己的罪恶感。安娜的情感性质又恢复了原状。

在托尔斯泰笔下，人物的情感既是这样具有顽强的稳定性态，又是这样变幻不定，在一切外界的、内部的刺激作用下，它不断发生变异，好像阳光透过多个旋转的三棱透镜发生了令人惊异的奇妙变异，这种变异是那样令人意外，那么偶然，然而又是那样必然，那样合乎人类心灵辩证法的规律，因而也就那样富于认识人类内心的普遍意义。当我们看到这一节的最后一句：

她昨天怀着那样的爱和忧愁在玩具店选购来的一包玩具，她都没有来得及解开，就原封不动地带回来了。

安娜在情感焦灼的优势兴奋中心的负诱导作用下，导致了对送礼物的动机的抑制。如果没有对人的心理活动规律的熟谙，托尔斯泰不可能对人物内心有这样的洞察。

我们许多作家对人物心理活动的规律性缺乏探索的自觉，因而他们笔下的人物往往不能遵守自己的心理活动规律。人物变成了作家的“驯服工具”。人物感情世界的单调和粗率，其实就是作家心灵境界单调而粗率的反映。作家内心世界的单调决定了他想象力的缺乏。最常见的是当人物与人物发生关系，常常是注意的主体和被注意的人物之间心理的完全重合。一个人去找另一个人，另一个人的全部注意立刻就被这个人全部占有了。他问他话，他就准确无误地解答；请他想办法，他就竭尽全力想出最好的或最坏的主意。可是在托尔斯泰笔下，问题并不这样简单，一个人到另一个人的房间和这个人讲话了，这个人也答话了，可是他只与他的表层心理发生了关系，而深层仍然沉浸在自己的情感、感觉世界里。例如在《复活》一开头，玛丝洛娃在受审，法官在投票，都投了赞成票，但这是表层的心理现象，其深层心理都不一样：庭长在思虑着去与金头发的情妇幽会，法官在担心妻子要罢工不做饭。在表态要不要判决玛丝洛娃有罪时，一个法官的内心根据居然是面前公文号码的数字加起来能否被 3 除尽，而副检察官之所以坚持要判处她有罪完全出于成见和对自己口才的自我欣赏。人的表层心理机制与内心深层心理机制的重大区别，不但被托尔斯泰发现了，而且被他表现出来了。在安娜这里，她见了儿子以后，并没有占据她儿子的全部心理纵深层次。起初她只唤醒了孩子的表层意识。孩子看到安娜，如果让我们的作家来写，肯定是大叫一声，全部情感都苏醒了。这样，孩子的心理结构就显得单调了。托尔斯泰把人的心理情感结构理解得相当复杂。安娜起初并没有唤醒孩子的深层意识：孩子看到妈妈，脸上浮出了幸福的微笑，又闭上了惺忪的睡眼倒在妈妈怀中，并且在她怀中扭动，使身体各部分都接触到安娜的手。但是他并没有真正清楚地意识到发生了什么，孩子还处在半梦半醒状态，因而他不但没有充分兴奋起来，反而是进入了抑制状态：

他又睡着了。

我们有些作家把人的情感的纵深层次看得很简单，他们是绝对不会也不敢这样写的，想象力达不到这样精深微妙之处。等到安娜哭了，孩子才“完全醒来了”。全部感觉、知觉、想象、思维、语言、心理结构的各纵深层次才彻底苏醒，充分兴奋起来，开始与安娜的心灵进行全方位交流，在这以前，他与安娜的交流只是局部的、表层的，在这以后，才达到了深度的、全面的情感交流。这种交流，突破了感知的表层，进入了情感的深层，“好像直到现在，看见了她的微笑，他才完全明白是怎么回事了”。

深度情感交流的特征是不停留在情感上（他不相信别人告诉他的话：他妈妈已经死了），而是深入到思维的层次，甚至不通过语言，他也理解了他母亲的不幸，明白了他母亲与父亲是不能见面的，而且引起了思索：

为什么她脸上会有一种惊惶和羞愧的神色呢？

在这样的时候，他虽然还没有完全得到理性的答案，却想出了宽慰、挽留他母亲的话：“不要走，他还不会来呢。”

即使亲密如母子这样的关系，二人相见，要达到心理的完全交融和重合，也需要这样一个复杂的过程，何况是其他关系的人物呢！我们的许多作家忽略了这个过程，匆匆忙忙地把结果推到读者面前。而忽略过程，就忽略了心理情感结构纵深层次的丰富性，只能导致审美价值的贬值。如果我们的作家能真正在艺术上读懂托尔斯泰的作品，我想对他们欣赏力和表达力的提高是一定会有好处的。

失败的强者：孤独的硬汉

——读海明威《老人与海》

海明威的《老人与海》写了一个老渔夫，打了八十四天的鱼，一无所获，本来还有一个男孩儿跟着他，孩子的父母认定老人倒运了，让孩子跟别的渔夫打鱼。但男孩儿很依恋老人，仍然和他亲近。第八十五天，老人远航，千辛万苦终于捕到一条重达一千五百多磅的大马林鱼。可是在归航中，五度遭到鲨鱼的追袭撕咬，老人与之搏斗三天，马林鱼只剩下一副白骨。

统编语文课本的节选，从老人遭到第一条鲨鱼的追袭开始。

课文后面的“学习提示”说，老人的“英雄形象”意义在于其“永不言败的精神”。表现了“人类灵魂的尊严”。

这种说法，似乎已经成为常识。但是细读文本，“永不言败的精神”似乎太空洞。老人耗尽心力，丧失了与鲨鱼搏斗的全部工具，还是只剩下一副空骨头。“他知道自己终于被击垮了，无法挽回。”他自言自语“你被打垮了”。显然，仅仅说老人表现了“永不言败的精神”，第一是简单化了，粗糙化了，第二，是静止化了。小说的人物精神在四番搏斗中是不断变化着的。这是需要具体分析的。

具体分析要从矛盾入手，而小说的艺术形象是天衣无缝，水乳交融的。海德格尔说“完全根据作品自身在描述作品的存在，这种做法业已证明是行不通的”，这话说得可能比较绝对了。但是其合理的内核是，直接从现成文本探究艺术的奥秘难度极大。海德格尔还说：“作品的被创作的存在，只有在创作过程中才能被我们所把握。”[①]这就是说，具体分析，只有进入作家的创作过程才有可能深入。但是，作家创作过程已经成过去，偶尔有的零星的回忆，既不全面，亦不完全可靠。故我提出对形象作“还原”，即读者摆脱被动接受成品

① 参阅孙绍振、孙彦君：《文学文本解读学》，北京大学出版社，2021 年。

的状态，设想自己主动和作家对话，想象素材原生状态和艺术成品之间的不同。作家选择了这样写，为什么“不那样写”，[①]这当然也是世界性难题。最难能可贵的是，作家自己以同样的素材，写了不同的作品，直接提供了素材的原貌，二者之间的差异显而易见，具体分析就有了现成的切入口。非常幸运的，海明威在《老人与海》发表前十五年，写过散文《碧水之上：海湾来信》，[②]发表在1937年的《老爷》(又译《乡绅》)杂志上，其中有一段写到他的朋友老渔民格雷戈里奥·富恩特斯的真实的经历。

一个老人独身在加巴尼斯港口外的海面上打鱼，他钓到一条马林鱼，那条鱼拽着沉重的钓丝把小船拖到很远的海上。两天以后渔民们在朝东方向六十里的地方找到了这个老人，马林鱼的头和上半身绑在船边上。剩下的鱼肉还不到一半，有八百磅重。鱼在深水里游，拖着船，老人跟着它一天、一夜、又一天、又一夜。鱼泛到海面上，老人驾船过去钓住它。鲨鱼游到船边袭击那条鱼，老人一个人在湾流的小船上对付那条鲨鱼，用桨打、戳、刺，累得他精疲力尽，鲨鱼却把能吃到的鱼肉统统吃掉。渔民们找到它的时候，老人正在船上哭，损失了鱼，他快气疯了。鲨鱼还在船的周围打转。[③]

原生的素材是老渔夫因为损失惨重而“哭”，甚至“快气疯了”。这是失败者的极度悲哀，精神崩溃。海明威把“哭”取消了，相反，小说中的老人，在鱼肉损失殆尽以后很平静，虽然在口头上说过“自己终于被击垮了”。这个“击垮”隐含着矛盾，如果老人和海明威的朋友一样精神崩溃，就不会有永不言败的硬汉的形象了。实际上，这个“击垮”蕴含着它的反面，恰恰是没有击垮。

要真正读懂老人“永不言败”的深邃内涵，是要作矛盾的具体分析的。

这种具体分析不是一般的分析，而是特殊矛盾的具体分析。第一，是对小说的特殊的艺术形式的具体分析。小说情节的最根本的要素就是“把人物推出正常轨道以外”“解放情感的深层结构”。情节的一波三折，就是反复“将人物推向命运的极端”。[④]八十四天，没有打到鱼，八十五天终于打到一条，可又给纷至沓来的鲨鱼吃了，这就是把老人打入极端的逆境。第二，是对《老人与海》这样特殊的小说的具体分析。一般的小说，不像抒情诗歌那样是一个人物的独白，小说大都写一个人物以上，人物与人物发生矛盾，情感发生“错

① 不应该那样写，是鲁迅提出的。见《且介亭杂文》，二集，《鲁迅全集》第六卷，人民文学出版社，2003年，第321页。

② 有一教案说海明威以此题材写了“通讯”，并要求学生比较通讯与小说的不同，显然是太粗心大意了。

③ 董衡巽编：《海明威研究》，中国社会科学出版社，1980年，第14页。

④ 参阅孙绍振：《文学创作论》，海峡文艺出版社，2013年，第444页。

位”。[1]但是，这篇小说中人物只有一个，其艺术精彩不能在人物的情感“错位”中（有所“错位”是隐性的，下文详述），只能在多次打入极端逆境的情况下作线性展示。这有点像《武松打虎》只是单个人与老虎搏斗，精彩就在武松在见老虎之前豪情冲天的自信：怕老虎的不是好汉，见了老虎，酒都做冷汗出了。惊慌失措之际，又把唯一的武器哨棒打断了。不得已超常发挥，侥幸把老虎打死了，可活老虎打死了，死老虎却拖不动，下山时，看到假老虎以为是真的，居然说“此番罢了”悲观绝望。

这篇小说，在情节逼迫人物情感多层次变动上与武松打虎可以说有异曲同工之处。

紧接着极端的顺境（终于打到了一条超大的马林鱼）而来的是，四个轮次的，越来越恶化的逆境。每一次逆境都逼迫出老人一个新的心理层次。有教案要求，先“品读灰鲭鲨”，再“品读加拉诺鲨”。显然缘木求鱼，因为两种鲨鱼都在老人遭逢逆境奋力拼搏的感知中。精彩不在作者如何描写鲨鱼（正如不在武松打虎的方法是不是真实），而在老人面对鲨鱼来袭时感知变化。老人最初是充满自信的，“我没法阻止它进攻我，但也许能够制服它”。对灰鲭鲨这样凶恶的敌人，还很欣赏：“生就的游泳高手”，“它的一切都显得无比美丽”“体格那么强健，而且全副武装”“所向无敌”“毫无畏惧肆意妄为”。他的搏击是既稳，又准，也狠的。口中还念念有词：“见鬼去吧！”

把灰鲭鲨打败后，他还有闲心欣赏它死前的挣扎，看着它死得很悲壮。虽然，也为鱼叉和绳子被鲨鱼带走，四十磅鱼肉被咬掉“感觉就像自己受到袭击一样”。但是，仍然为自己干掉了有生以来所见过的最大的鲨鱼而自得：“尖嘴鲨很残忍，而且也很能干，很强壮，很聪明，不过我比他更聪明。”最突出的是，胜利者的自得居然上升到哲理的高度：“人不是为失败而生的。”“一个人可以被毁灭，但不能被打败。”这充满自信的，无所畏惧的豪情，只是老人心灵的一面。

这个硬汉的心灵还有另一面，那就是为失去了鱼叉和绳子，在未来的逆境的预料中，老人的危机感和困惑感油然而生。他把刀子绑在船桨上，简陋的武装让他有了“希望”，有点满足感了。心理活动更加活跃起来。沉淀在潜意识里的基督原教旨信念和生存的矛盾浮到意识层面。杀戮鲨鱼的生命是不是一种“罪过”呢？按《圣经·旧约全书》，上帝说：地上的果蔬是可以吃的（创世纪 1：29—30），但是，“唯独肉带着血，那就是它的生命，你们不可以吃”（创世纪 9：4）；“不可杀生”（出埃及记 20：13）。但是，老人在神圣教义和世俗生活的矛盾中为生存辩护：“为了养活自己，让好多人有鱼吃”，如果是罪过，那干什么都是罪过了。世俗现实是高于教义的：“自己天生就是个渔夫，就跟鱼从来就是鱼一样。”杀死生命是为了养活生命。这是生命的悖论。但是在这个胜利者心目中，生命的悖论并不是

① 参阅孙绍振《经典小说解读》，上海教育出版社，2020 年，第 1 页。

抽象的哲学，而是超越哲理的情感的审美价值：杀死鲨鱼不仅仅是为了养活自己和别人，“你杀死它还是为了自尊”。这里理性的思辨就上升为审美的原则：

首先是，高居其上的是人的“自尊”，杀死那条鱼“倒是乐在其中”。“它跟你一样，靠吃活鱼为生。”他思绪纷纭：在矛盾中为世俗的生活反复辩护：第一，杀死鱼，是为了自卫，在承受命运八十四天的打击以后，面临你死我活，最后翻身的搏斗，这里的深邃在于，显示人类生存的悖论：在与大自然的搏斗中获得生存的资源，同时也摧残大自然，不摧残就不能生存。

其次是，“捕鱼能让我以此为生，也能要了我的命”。只有强者才能生存，隐含着美利坚民族严酷的强者哲学，生存竞争，弱肉强食。强者为荣，至高无上。因为是强者，才有宽广的胸怀去欣赏带来危机的鲨鱼：“美丽而崇高，无所畏惧。”因为鲨鱼也是强者：“它活着的时候，你敬爱它，它死了之后，你也敬爱它。”这样审美情感就把基督教义掩盖了起来。

获得胜利，让他浮想联翩，情感和思绪达到人类生存悖论的哲理的高度。

第二回打击，又一次把老人打出了常轨。两条鲨鱼进攻，进一步将老人推进了生存竞争的严酷心态之中。老人在搏斗中受伤了，惊吓了，生理上的疼痛，手不听使唤。眼看捕获的马林鱼一块一块地被咬去，他眼中的鲨鱼，成了死敌，成为“杀手”，凶狠、吃腐败的鱼尸体，“临死还吞下了咬下来的鱼肉”。他痛惜不已。甚至对如此噩运难以置信，“我真希望这是一场梦”，如果是梦就没有钓到马林鱼，就不会遭受这样惨痛的损失。等到结束这场搏斗以后，老人感到思绪不像前一次那样活跃、纷纭了。

> 我现在能想点什么呢？他暗自琢磨。没有什么可想的，我什么也不能想，就等别的鲨鱼来罢。

坚忍不拔，勉励自己不要陷于痛惜：抓紧休养，歇息，让流血的手恢复功能，第二回合造成的心理效果，似乎有点消极，但是，他的硬汉气质使他主动为迎接第三次噩运作好充分心理准备。

第三回追袭的鲨鱼被老人杀死，老人筋疲力尽了。鲨鱼慢慢下沉，如果在以往，这样的景象，会让他看得入迷，“可这次，他连看都不看一眼”。更可悲的是又损失了武器，只剩下最原始的木棍和舵柄。他自言自语：“这下子它们算是把我打垮了。”他感到自己“从骨子里累了”。

口头上说被“打垮”，实际上，他坚强的韧性，他的硬汉精神，使他不承认失败，准备和再次来临的鲨鱼“试试看”。

第四次，在太阳落山之时，又来了两头鲨鱼，“我要跟它们一直斗到死”。说明，精神没有被打垮。鲨鱼终于被老人用原始的工具打败了。但是，“他浑身僵硬、酸痛，在夜晚的寒风里，身上的伤口和所有用力过度的地方，都让他感到疼痛，但愿不用再搏斗了，他想，真希望不用再搏斗了”。孤独一人在海上，内心是倔强的挣扎：但愿没有一个人为他担心。实际上，他相信镇上的渔夫会为他担心。他在力求摆脱孤独。天黑了，他的船随波逐流，这里，这个“永不言败”的硬汉，生理上和心理上受到极度的损伤，似乎让他悲观到“觉得说不定自己已经死了”。说明从生理上说，他到了死亡的边缘。但是，硬汉承受噩运的能耐是超常的：“他把双手合在一起，手掌相互摩擦着，这双手没有死，只要一张合，就感到活生生的疼痛。他后背靠在船尾，他知道自己没有死，这是他的肩膀感觉到的。”在濒临死亡的逆境下，他靠疼痛的感觉证明自己没有完全失败。他还是希望八十四天的噩运，能够换来好运，但又“拿不准”，毫无把握。他就这样硬顶着极度的噩运，凭的只是自己还没有死的感觉，垂死一搏，这个硬汉之“硬”，虽然口头承认被打垮，但是，还是舍命一搏。

第五次，鲨鱼成群结队地来了。在黑暗中，他感到势孤力单，保卫自己的马林鱼是绝对没有希望了。“搏斗也是徒劳。”视觉功能已经消失，但是他仍然凭着直觉和听觉“拼死拼活一顿棍棒打下去”。棍子丢了，就用舵柄，闭着眼睛“乱打乱砍一气”。看不见，光是“听见舵柄断了，就用断裂的手柄刺向鲨鱼”。终于鲨鱼走了。但是，马林鱼已经被咬光了。这个强者，不得不承认“他知道自己终于被击垮了，无法挽回”。这一切都说明，简单地说这个硬汉，永不言败，不但是不全面，而且是太肤浅。

在这彻底失败了的时刻，老人没有像原生素材那样哭起来，快要气疯了。相反，他没有挫伤感，很轻松。他的思绪变得很单纯：

> 没有任何想法和感觉。此时，他已经超脱了一切，只是尽心尽力地把小船驶回家去。

就是有些鲨鱼来袭击大鱼的残骸。对于这些掠食者，他没有愤怒的感觉，居然是“好像人从餐桌上捡面包屑一样”。无所谓，好像局外人似的藐视着。

> 老人毫不理睬，除了掌舵以外，什么都不在意。他只注意到没有了船边（马林鱼的）重负，小船行驶得那么轻快，那么平稳。

他坦承失败了，彻底失败，无可挽回。有学者说，他是“失败的英雄”，表现了“人类灵魂的尊严”，都不无道理，但是，“英雄”在哪里呢？“尊严”在哪里呢，“硬汉”又“硬”在哪里呢？这些都是不可回避的。

老人保卫自己的渔获是失败了，身体被打垮了。但是，只是在物质意义上，生理意义上的，而没有失败的是什么？是他的精神：“他已经超脱了一切。”关键的是心情“毫不理睬”“什么都不在意”，没有沮丧，没有失败的痛惜。

这是这一切硬汉、英雄的灵魂，小说的生命，可都没有直接写出来。这是海明威的原则，他尽可能不事描写和心理分析，只取平静的叙事和对话。硬汉就硬在只写小船很“轻快”，比捕得大鱼时“更轻快”，是心理“轻快”，船行得“那么平稳”，是内心的尊严“平稳”。这里有海明威所追求的惜墨如金的“冰山风格”，好像不带任何感情在介绍、说明。这是海明威刻意追求的。他说：

我总是根据冰山的原理去写它。关于显现出来的每一部分，八分之七是在水面以下的。你可以略去你所知道的任何东西，这只会使你的冰山深厚起来……如果一位作家省略某一部分是因为你不知道它，那么小说里面就有破绽了。[①]

海明威叙述的好处，不仅在于这样大幅度的省略，更重要的是那省略了的“八分之七”，仍然以一种强大浮力激发着读者的联想和想象，潜入读者的意识深处。要说老人是“英雄”，仅仅看到两三天海上的单打独斗，反抗命运的极端压力。那是太肤浅了。更深邃的是，在茫茫大海上，在力量悬殊形势下，他承受着孤独。但是他的自如，淡定，是沉在叙述语言的八分之一以下的：

不管怎么说，风是我的朋友，他想。接着他又想，那只是有时候。还有大海，海里有我们的朋友，也有我们的敌人。还有床，他想，床是我的朋友。就是床，他想。床是一件很不错的东西。你给打垮了，反而轻松了，他想。

全部语句都是叙述，没有形容，没有描写，都是短句，如他所追求的，基本都是名词和动词，一个形容词（“很不错的”），是日常用语，另一个形容词（“轻松”）不是用来形容的，而是用来做谓语的。三天五番搏斗的结论就是“打垮了”反而“轻松了”，就这么两句，如果是十八九世纪西方浪漫主义和现实主义的心理描写那是大笔浓墨渲染的高潮。可是，在海明威看来那很庸俗。

说了风、海和床是朋友，都是物，而不是人，那就是人间没有朋友。人还不如物，“他想”，“他想”，一连几个“他想”，没有心理描写，很淡定，很平静。这就是孤独得很有“尊严”。因为孤独得自如而更加尊严。

回到海岸以后，留在海边的马林鱼的白骨，围观的人们，只是感兴趣于它很长，量了一下“从鼻子到尾巴足有十八英尺长”（差不多等于五米半长）。就这么简单的一句话，其内涵是人们只是对鱼骨的长度感到意外，但对他“失败了的硬汉”的精神却很隔膜。这个无言英雄是孤独、寂寞的。

失败而英雄，英雄就英雄在对于失败没有感伤，这是美国式的个人奋斗。不但许多教案都忽略了，而且许多学者都忽略了。其实，海明威是以海明威式的笔法多次强调了这一

---

① 董衡巽：《海明威研究》，中国社会科学出版社，1980 年，第 73 页。

点。首先是开头，他八十四天打不到鱼，周围的人们都认定他注定是倒霉了。那个跟他出海的孩子的父母不让孩子再跟他了。但是，他平静地坚持出海。

其次是一连四个回合的和群鲨的苦斗，在茫茫的大海上，势孤力单而坚韧。泰然自若地接受失败，沉着勇敢地面对死亡，这“硬汉”体现了海明威的人生哲学和道德理想，不向命运低头，即使失败了，身体伤痛，疲乏衰弱，可谓遍体鳞伤，仍然没有失败的感觉。但是，他的精神，人们是不理解的。这种孤独之美，在结尾最为突出。

海明威作品的结尾，往往有一种叫作“零度结尾”的风格，所谓零度，就是完全不显示作者倾向的“白痴式”的叙述。情节结束了，惜墨如金的海明威来了一个与情节无关的“尾声”。那副鱼骨头，横在海滩上。这尾巴被潮水冲得晃来晃去。这时来了一群旅游者，其中一个女人问明白了这是鲨鱼骨头。这个女人说：

“我还不知道鲨鱼有这么漂亮的，样子这么好看的尾巴呢。”

“我也不知道。”她的男朋友说。

女士所说“漂亮的”“好看的”，表面上是欣赏鱼骨的美，但是，是空虚的，庸俗的，透露出对老人硬汉的美的无知。从艺术上来说，这里仍然基本上是名词和动词，“漂亮”“好看”不是用来形容的，其功能是反讽，和老头儿的失败而坚韧的美，形成了错位。这种错位，是心理的，并未直接构成冲突，是在八分之一的冰山以下的，隐性的。从小说艺术来说，这种隐性的情感错位越大，艺术上越是深邃。海明威接下去写到老头子仍然在梦见狮子，就把错位幅度拉得更大了。

在路那边，老头儿又睡着了。他依旧脸朝下睡着，孩子在一旁守护他。老头儿正在梦见狮子。①

很可惜，编者没有把这个结尾选入课文。其实，这几句话是艺术上、思想上的点睛之笔，但是，仍然只是叙述，只用动词和名词，没有形容。其核心是，老人失败而淡定，一如既往地梦想着狮子一样的英雄气概。狮子的形象，在小说中重复出现了五次。多年来他常梦见童年所看到的非洲：漫长的金黄色的海滩，白得刺眼的海水，高耸的海岬，褐色的高山，海上崛起的白茫茫的岛顶，还听到海潮的怒号，虽然，现在他不再梦见波涛、搏斗、角力和那惊人的遭遇，只梦见海滩上的狮子。狮子在他心目中是英勇无畏的英雄的象征，是在任何逆境下，不会改变的。

在英雄的象征两侧是强烈的对比：一边是女士的庸俗而空虚，突出了英雄的孤独，另一边是孩子迎接他，为他偷偷地哭泣，然后温馨地守护，突出了孤独中毕竟还有纯洁的温情。失败的硬汉精神，在天真的纯洁的心灵中永不孤独。这就是海明威式的不动感情的

① 信德、仲南编：《诺贝尔文学奖金获奖作家作品选》（上），浙江文艺出版社，1984年，第217页。

“电报式的叙述”和“冰山风格”。浮在表面的是，人物的平静的动作和对话，而深邃的精神沉淀在“叙述以下”（understatement）。不分析出叙述以下的八分之七，读不懂《老人与海》思想和艺术的真谛，就来个什么“任务趋动”，要求学生给老人写信，空谈什么“永不言败”啊，“不可抗拒的美”，可能抑制真正领悟硬汉之美，想象孩子目送老人明天仍然平静地扬帆出海。

2021年8月28日星期六

挣不脱精神“套子”的悲喜剧

——《装在套子里的人》的主题和副主题

在契诃夫的短篇小说中，主人公一般是没有外貌描写的，不管在负有盛名的《万卡》《变色龙》《一个小公务员之死》，还是在《苦恼》中，人物都直截了当地出现着，行动着，感受着，对外在肖像往往是不着一字。就是在《文学教师》中，表现整个恋爱和结婚过程中的尼基丁，看他的恋人居然也没有外貌方面的描写，只是让他听到别人说她是“一朵鲜艳的玫瑰花”。而在《装在套子里的人》中，却大笔浓墨、相当夸张地展开了对别里柯夫的外貌描写：“哪怕天气很好，也总要穿上套鞋，带着雨伞，而且要穿上暖和的大衣。他的雨伞装在套子里，怀表装在套子里，有时他掏出小折刀削铅笔，那把刀也装在一个小套子里。就是他的脸似乎也装在套子里，因为他总是把脸藏在竖起的衣领里。他戴墨镜，穿绒衣，耳朵里塞着棉花。每当他坐出租马车，一定吩咐车夫支起车篷。”这在契诃夫的作品颇为特殊，因为契诃夫说过：“描摹寻常的外貌恐怕多此一举。”这样的写法是不是违背了他的宗旨？但是，他说的是“寻常的”外貌描写，别里柯夫的外貌如果是“寻常的”，又这么长，则肯定是如他在另一个地方所说的是会令读者烦闷的。原因在于这里的外貌描写有着不寻常的意味。第一，它具有超出外观的内涵：这不仅是身体的套子，而且是精神的套子。小说明确指出“这个人永远有一种难以克制的愿望——把自己包在壳里，给自己做一个所谓的套子，使他与世隔绝，不受外界的影响”。第二，契诃夫写别里柯夫的外貌似乎不避琐碎：雨伞、套鞋、大衣、小刀，墨镜，甚至还细到耳里塞着棉花，这琐碎的一切，没有导致契诃夫一向警惕的冗长，因为有显而易见的精神套子的象征性使之统一起来。第三，更重要的是，在于语言中隐含一种趣味：一方面尽量让读者感到，这一切都不必要，没有道理，无谓地折腾；另一方面，从主人公看来，却是很认真，很严肃，郑重其事，一丝不苟。这就显出了不和谐，不合理，有点荒谬感。从修辞的角度来看，这就是反讽，这种反讽构成了一种趣味，不是一般的情趣，而是谐趣。

如果小说仅限于此，只是西方幽默学中的“incongruity”（不一致，不和谐）构成幽默感，但是，似乎不仅仅是幽默，幽默是轻松的会心而笑，而这里却并不轻松。因为这不仅仅是性情古怪，而且暗示着精神病态。这种病态有着严肃的社会性根源：“在他看来，只有那些刊登各种禁令的官方文告和报纸文章才是明白无误的，既然是规定晚九点中学生不得外出，或者报纸上有篇文章提出禁止性爱，那么他认为这很清楚，很明确，既然禁止了，那就够了。”契诃夫把别里柯夫的思想病态引入更加荒谬的境地，哪怕是禁止性爱这样荒谬绝伦的毫无可行性的主张，只要是在报纸上刊登的，就是天经地义的，但是，却将之与并不太荒谬的中学生的纪律并列。不管大事、小事，都失去了判断和思考能力，奉官方的、公开的见解为金科玉律，这就显得更可笑更可悲。对这种极端荒谬的事，作者也是平静地叙述，幽默感就因为平静而显得格外隽永。

然而，别里柯夫的可笑并不完全限于这些，更在于他的焦虑是无端的，明明没有什么可怕的，都会引起他的焦虑。他的焦虑出于一种莫须有的可能：“千万不要惹出什么事端。”这句话的大意在小说重复了九次之多。他的焦虑变成了无端的恐惧，以致在睡觉的时候，用被子蒙着头，生怕厨子谋杀他，生怕窃贼溜进来，还“通宵做噩梦”。这完全是神经质的自我折磨。契诃夫进一步将这种荒谬的恐惧深刻化，使之转化为对周围的人的折磨。有些论者把这一切仅仅归结于政治性质：沙皇的专制统治。可能不无道理，但是，契诃夫点明别里柯夫担忧“千万别传到当局那里去”，只是一种主观的神经质，当局倒是并没有任何这方面严厉的政策和相应的措施。契诃夫最深刻的地方在于：这种几近疯狂的精神强迫症，不是单方面的，而是和正常人互动的。小说中的叙述者说，周围的人，都是知识分子，都是“有头脑的正派人”，可是恰恰“问题就在这儿”：这些“有头脑的正派人”，却“常常屈服于某种压力，一再忍让”，而这些压力不过是他的唉声叹气，他的牢骚，他的坚持不懈的纠缠，对人们产生了一种无形的逼迫感，“连校长也怕他三分”，为了息事宁人，不得不向这个“没头脑”的人让步。其后果严重到：弄得太太小姐们不敢在星期六下午安排家庭演出，神职人员在他面前不好意思吃荤打牌，把全城人弄得“谨小慎微”“怕大声说话”“怕写信”“怕交朋友”“怕读书”“怕周济穷人”“怕教人识字”。实际上是一切正常人的生活，包括娱乐和一切善良的好事都被扼制了。

契诃夫在这里揭示的是这样的荒谬：有头脑的人屈服于没有头脑的人，而这个没有头脑的人并没有什么权力，也没有什么强制性的手段，却使恐惧氛围弥漫全城，事情严重性到这样的程度，这就不仅仅是轻松的幽默，而是尖锐的讽刺了。矛头就不仅指向别里柯夫，同时也指向自己认为是“有头脑”的人。这些自认为有头脑的人，真正有头脑吗？小说里两次提到“问题就在这儿”，显然是对读者的提醒：情节深处隐含着套子不仅仅是别里柯夫的。

对于这样的套子，契诃夫是非常厌恶的，厌恶到要把它往坟墓里送。怎么送呢？光是靠别里柯夫周围这些自称有“头脑的”人，是不可能的。于是契诃夫设计了两个外来人物把别里柯夫和他周围的人打出常规，看看能不能打破套子。一个是史地教师柯瓦连科，一个是他的姐姐瓦莲卡。这两个人不但种族不同（乌克兰人，同属东斯拉夫语族），而且思想作风迥异。柯瓦连科敢作敢当，爱憎分明，有点二憨子脾气。而他的姐姐瓦莲卡则在周围沉闷的套子氛围中间显得横空出世：她活泼，吵吵嚷嚷。“不停地哼着小俄罗斯歌曲，高声大笑，动不动发出一连串响亮的笑声：哈，哈，哈！”让大家感到一位“新的阿芙罗狄特（按：此是罗马神话的说法，在希腊叫做维纳斯）”。契诃夫难得地对一个人的外貌加以反复描写：

> 她双手叉腰走来走去，又笑又唱，翩翩起舞。她动情地唱起了一首《风飘飘》，随后又唱一支抒情歌曲，接着再唱一曲，我们大家都让她迷住了。

契诃夫把这个女郎拉进了这个无形的套子，是为了把这个“女神”和未婚的别里柯夫导向婚姻的前景。契诃夫先用一句话让在场的人包括别里柯夫被她“迷住”，但是，要让这样一个生命力旺盛，对一切成规毫无顾忌的姑娘和死气沉沉的别里柯夫谈起恋爱来，对于艺术家来说，进展的层次是不能不精致的。契诃夫显然成竹在胸，首先，把她的年龄放在三十岁以上，到了婚姻的紧迫期；其次，让她和弟弟柯瓦连科在一起生活得“不大愉快”“成天争吵不休，还互相对骂”，即使有外人在场也是一样。让她“很想有个自己的窝”；让她意识到：“已经不是挑挑拣拣的时候了”“嫁给谁都可以”。凭着这些，契诃夫让“瓦莲卡对别里柯夫表现出明显的好感”。为了情节的可信性，契诃夫又拿出最后的办法，那就是议论：“人们由于无聊”就什么“蠢事”都干得出来。大家突然想到了撮合这两个人，就一下子“兴致勃勃”，人们“仿佛一下子找到了生活的目标”。让别里柯夫生平第一次享受到一个长相不错的女人的爱，而且“温存而又真心实意”地对待他。如果真是这样，其结果就是套子被打破，瓦莲卡夺走他的套鞋和雨伞等等。周围的人“仿佛一下子找到了生活的目标”，这一句本来是为情节过渡服务的。但是，一箭双雕，透露出周围人之所以一直为别里柯夫所挟持，原因就在于生活没有目标。这一点虽然一笔带过，但是很重要，涉及本文的主题。

契诃夫的立意是：第一，就是爱情和婚姻唾手可得，也打不破别里柯夫无形的精神套子，注定了他们要分手；第二，在他们彼此产生好感，甚至考虑到结婚这样的大事以后，制造一个突然事故，不但让他们分手，而且把这个套子里的人送进坟墓。为此契诃夫设置了三个环节。第一个，别里柯夫的“可别惹出什么事来”的逻辑，使他犹豫。第二个，契诃夫设计了一件“荒唐的事”，中断了别里柯夫可能的求婚。他收到一张漫画，调侃他和瓦莲卡“堕入情网”，使他“脸色铁青”“嘴唇发抖”，恰在此时，瓦莲卡骑着当时还是很罕见的自行车在他面前飞驰而过。契诃夫让别里柯夫按着他的性格逻辑这样反应：“脸色由青变白，像是吓呆了。”“不住地打颤。”女人骑自行车！“这成何体统？”契诃夫让他感到“致命的一击”。第二天，他到瓦莲卡家去兴师问罪。正好碰上一向十分痛恨他的她哥哥柯瓦连科。当他提出“教师骑自行车是有伤风化的”，“既然没有批准，那就不能做”，柯瓦连科立即粗暴地反驳。他又纠缠不休，“为了避免别人歪曲谈话的内容，惹出什么事端”，要“把谈话的内容向校长报告”。而柯瓦连科并不害怕这样可耻的“告密”，“揪住他的领子，只一推，别里柯夫就滚下楼去”。接是第三个环节，契诃夫让瓦莲卡正好回来目睹了别里柯夫的狼狈相。还以为他是不小心摔下来的。“她忍不住放声大笑起来，笑声响彻全楼。”契诃夫果断地用一句话让情节结束：

这一连串清脆响亮的“哈哈哈”断送了一切，断送了别里柯夫的尘世生活。

他就这么死了。

小说展示的是两个人物：一个在套子里，一个在套子外。二者冲突的结果是，瓦莲卡没有把他拉出套子以外，也没有夺走他的套鞋和雨伞，仍然风风火火地活着，而他只因不能改变瓦莲卡在套子外的生活，他就活不成了。

这个死法，表面上看太不合理了，太可笑，但是却太精彩了，因为太有喜剧性了。只有在喜剧中，这种荒谬的因果逻辑才是艺术的，从现实的正剧逻辑来看，因为这一跌、一笑，就导致一个人的死亡是不真实的。但是，喜剧性来自情节逻辑的荒谬。这种荒谬一直贯穿在别里柯夫的外貌和行为之中，荒谬到导致这么严重的后果，就使喜剧性达到了高潮，荒谬的极端，也就是喜剧性的高潮，同时是思想的高潮：只有在套子中才能生活，脱离了套子，就意味着死亡，但是，套子是这样顽强，哪怕是死亡，也不能改变：

躺在棺木里面容温和，愉快甚至有几分喜色。仿佛很高兴他终于被装进套子，从此再也不必出来了。是的，他真的实现了他的理想。

死亡居然成了“理想”的“实现”。契诃夫的反讽语言把悲剧性的死亡化为喜剧性调侃。小说开头的幽默到这里渗透了更深刻的讽刺和严厉的批判。如果后果不是这么严重，比如，他后来生了一场大病之后痊愈了，一如既往。这就不够喜剧，也不够深刻了。

这样的喜剧性结局对契诃夫而言并不罕见，《一个小公务员之死》也是这样，因为打了喷嚏，以为唾沫星子飞到了前座“将军”的光头上。反复去道歉，将军并不在意，反而因为他的不断纠缠而发火了。这个小公务员就在误解和恐惧中死去了。

而《装在套子里的人》在喜剧的深度上，要超越前者，前者只是个别的事件，而这里作者特地指出，此人的套子是这样顽固，不但人物到死也不能改变，而且套子造成的全城死气沉沉，也不因为他的死亡而改变。一个别里柯夫死了，“将来还会有多少套中人啊！”问题在哪里呢？“问题就在这儿。”细心的读者会想到小说前面已经点到的：生活没有“目标”。

对这一点，我们语文课本的编者有点麻木，居然把别里柯夫在棺材里的那些反讽话语删节了。不但如此，还把原文两个人物给删节了。故事是在兽医伊凡和中学教师布尔金的对话中展开的，最后伊凡说道：“我们住在空气污浊的、拥挤不堪的城市里，写没有用的公文，我们在游手好闲的懒汉、图谋私利的讼棍和愚蠢无聊的女人们中间消磨了我们的一生，说着并听着各种各样的废话——难道这不是套子？……忍气吞声，任人侮辱，不敢公开声称你站在自由的人们一边，你只好说谎，陪笑，凡此种种，只为了混口饭吃，有个温暖的小窝，捞个分文不值的一官半职！”更可惜的是，课文编者还删节了伊凡最后的结论：

不，再也不能这样生活下去了！

这可以说是小说的副主题句。这句话并没有触动中学教师布尔金，他睡着了，伊凡却睡不着，“他索性爬起来，走到外面，在门口坐下，点起了烟斗”。把这样意味深长的语句删节就把小说的思想阉割了。其实，这是契诃夫本人思想探索的焦点，他晚年一直为生活缺乏“目标”（“中心思想”）而苦恼。

本文写于 1898 年。在 19 世纪 60 年代农奴解放以后的几十年，俄国的知识精英为了国家民族的命运作了多方探索。陀思妥耶夫斯基一度有很激进的革命思想，被判处死刑上了刑场，获得沙皇赦免之后，皈依了宗教，和托尔斯泰一样主张“勿以暴力抗恶”。“托尔斯泰主义”则主张贵族应当忏悔，在道德上自我完善，主动把财产分给农奴。民粹派（代表作家为乌斯宾斯基）强调走向民间，不惜用恐怖手段暗杀沙皇并承担后果，作家们往往把作品当作政治宣传的工具。到了 19 世纪 90 年代，以普列汉诺夫为首的马克思主义者开始宣传社会主义学说。在作家中高尔基可为代表。虽然契诃夫、托尔斯泰和高尔基等都有交往，但是，契诃夫的思考却不是政治性的，而是人应该怎样才能摆脱思想上的奴性和满足于个人幸福追求的庸俗，获得真正的人的自由。晚年，他在日记中这样写道：“世界上没有一个地方像我们俄罗斯这样，人们受到权威的如此压制，俄罗斯人受到世世代代的奴性的贬损，害怕自由……我们被奴颜婢膝和虚伪折磨得太惨了。”他在 1894 年的《文学教师》中写一个爱情幸福、生活美满的教师尼基丁，隐隐感到除了他甜蜜地生活在其中的这个小世界以外，还有另外一个世界。“他忽然生出热烈迫切的愿望，一心想到那个世界去，在一个工厂或者什么大作坊里做工，或者去发表演说，去写文章，去出版书籍，去奔走呼号，去劳累，去受苦……他需要一样东西抓住他的全身心，使得他忘记自己，不关心个人幸福，这种幸福的感觉是那样单调无味。”这个人物在日记中写道：“我的上帝，我是在什么地方啊？我让庸俗团团围住了。乏味而渺小的人……再也没有比庸俗更可怕的，更使人感到屈辱，更叫人愁闷的了。我得从这儿逃掉，我今天就得逃，要不然我就要发疯了。”

我们课本的编者胆子太大了，其原因在于我们对于契诃夫的了解太少了。

2014年4月26日初稿

表层心理与深层心理的反差

——读《最后一课》[①]

《最后一课》是经典名篇，从五四时期被翻译成汉语以来，各种各样的中学语文课本，差不多都要选入。在不同的历史时期，不同的意识形态背景下，都被当作经典，其中的奥妙，是很值得研究的。

小说不过是写一个小学生本来十分贪玩，对于复杂的法语语法极其厌倦，常常逃学去掏鸟窝、滑冰。要让这样一个孩子转变，从贪玩变成好学，把这个过程写得令人信服，该是多么艰难。试想，生活中，这样的转变，该花多少时间，经历多少曲折；就是转变了，是不是一劳永逸了呢？会不会一遇到新的诱惑，又是依然故我？按照传统小说有头有尾、环环紧扣的写法，从开端、发展、高潮到结局，要花多少笔墨？但是在这篇小说里，作者只花了三千多字，就成就了世界短篇小说的经典，主人公从极其厌倦法语课变成极其热爱法语课，前后只花了一个小时左右的时间，而且，没有一个读者会怀疑这种转变的真实性。这是为什么呢？

作者并没有为孩子的转变设置漫长复杂的故事，甚至也没有虚构完整的情节。他只是把孩子放在短短的一堂法语课上。

这堂法语课不是一般的，而是非常特殊的，特殊在这是最后一堂法语课。这种写法，是所谓“横断面”的结构方法。这是19世纪以后的短篇小说，在结构上和以前欧洲和中国

---

① 关于《最后一课》有一个重要的事实需要澄清：文中描述的被德国侵占的法国领土最初属于德国而不是法国，当地居民本来就说德语而不是法语……普法战争结束，阿尔萨斯重新成为德国领土后，150万居民中只有5万说法语的居民。但在《最后一课》中，写的似乎全阿尔萨斯的人都把法语当母语，显然和历史大相径庭。虽然如此，当年德国当局强迫说法语的人只能学德语，也是野蛮的。如今，阿尔萨斯地区的居民大都能讲三种语言：阿尔萨斯语、法语和德语。德法之争的那一页已经成为历史，今天的阿尔萨斯是一个语言多元化的地区，在学校里，孩子们不仅学法语和德语，也学英语和西班牙语。

的短篇小说不大相同。

如果不是最后的一课，而是普通的一堂课，孩子肯定不会转变，只能是一如既往地讨厌法语的分词规则。这种结构原则的关键在于把人从日常的、常规心理惯性中冲击出来，使之进入例外的、反常的环境，然后表现其心理结构的变幻。但是，要把人物打出常规是不大容易的。

一个人的心理有其内在的结构，从表层到深层，都具有相当的稳定性，即使外部条件有了某些改变，例如，父母的责备，老师的鼓励等等，人物心理在表层也可能作出一些调节，例如痛下决心、用功读书之类，但是其深层是超稳定的，表层的一般调节不会影响到深层的稳定。因而表层的调节，尽管是真诚的，但不用多久，就会被深层结构的反调节所消解。然而，作者给孩子设置的外部条件，不是一般的变化，而是重大的变故。

这是最后一堂，从此以后，就不再有法语课了，这个冲击就特别强烈，因为进入了例外的、超越常规的而且是不可逆的特殊环境，这就不仅仅冲击了表层心理，而且引发了深层心理的震荡。深层心理震荡、失去平衡也是不可逆的，这就不能不产生一种深层的调整，这种调整也是不可逆的。正是因为这样，这最后一堂课，在时间上是短暂的，但对深层意识的冲击，却是比漫长曲折的过程还要强烈。

按照小说中老师所说，平常，贪玩的孩子，总把自我调节的余地放在时间上，（“算了吧，有的是时间，明天学也不迟”）但是，小说设置的例外环境，把这个余地排除了。

这就显示出作者的构思，抓住了心理变幻的要害：不是从外部现象上探索孩子厌学的原因，而是从内心的深处探索最深邃的根源。作为一个讲法语的孩子，却讨厌学母语，这是很不正常的。原因何在呢？

如果从表面看，原因可能很多。例如，法语的教学方法有问题，小说多次提到了分词的变化规则（如，现在式、过去式、未来式、完成式、虚拟式等等），死记硬背，白花时间和精力，不但不能激起学习的欲望，反而摧毁兴趣，必然的结论就是改革母语教学。又如，小说快结束的时候，老师自己检讨了：没有尽到当老师的责任，有时上课让学生给自己浇灌园子，有时老师自己去钓鱼。再如，小说也提到了，学生的家长，也不太重视孩子的学习，为了增加收入，宁愿让孩子去工厂或者田间去打工。

按照这样的思路写下去，就没有《最后一课》这样的艺术杰作了。因为，这样的思路，是改进教学的实践，属于实用价值，而不是小说的艺术价值。艺术价值是情感价值，小说的价值集中在人身上，人的心理，尤其人的情感是核心，至于教与学的因果关系，在这里，不很重要。

作者提出了另外一种因果，孩子不爱念法语这个“果”，是由另外一种“因”造成的：

学习法语是天然的权利，这种权利与生俱来，自然享有，在正常情况下，永远不会失去，结果是不但不觉得美好，反而成了沉重的负担，更谈不上珍惜。小说构思的高明之处在于，不是跟孩子讲大道理，而是把孩子打出常规，逼迫到另一种不可逆的环境中去。在这个特殊环境中，学习母语的权利变成了不是天然的、永远不会失去的，而是即将被剥夺的。

设置这样的环境的目的，是把平时隐藏在心理深层的奥秘暴露出来。

人的心理是个丰富多彩的立体结构，隐藏在深层的和浮在表面上的并不一定很一致。在一般情况下，深层情感是隐藏得很深的，连人物自己都不大了解，只有发生了极端的变化，心理结构受到突如其来的冲击，来不及或者永远无法恢复平衡，这样，长期潜在的、与表层情感相异的深层情感，才可能暴露出来。这时，人物好像变成了和平时相反的一个人，可是从本质上说，却更是他自己了。

作者之所以要把孩子打入这样的困境，就是要把他内心最深刻的情感揭示出来。原来，他并不是不热爱自己祖国的语言，相反，他是非常热爱的。一旦面临学习母语的权利被剥夺，即将被迫学德语，他对母语的天然情感就充分显露出来了。

作者把描写的重点放在孩子的心理感受的临界点上，把临界感受层次分明地展开。最初的感觉是“晴天霹雳”（法语原文是 boulevers è rent，意为颠覆、骚乱）。但这种写法，算不得多大的发现，一般的作家也写得出。接着的是“后悔”，这就比较深刻了：

> 我再也学不到法文了！只能到此为止了！……我这时是多么后悔啊，后悔过去浪费了光阴，后悔自己逃了学去掏鸟窝，到沙亚河上去滑冰！我那几本书，文法书，圣徒传，刚才我还觉得背在书包里那么讨厌，显得那么沉，现在就像老朋友一样，叫我舍不得离开。

这是转折关头的心理独白，话很平常，语言上并没有多少花样，也没有多少修辞技巧，但却很动人，因为这里有矛盾。就在不久以前，他还讨厌法语，在琢磨着要逃学。这样的矛盾很突然，突然就是对于读者想象力和记忆的冲击，激起读者自己的记忆和想象的参与，于是突然的矛盾，就转化为自然。

孩子已经转变，作者的构思似乎已经完成。但是如果就此草草收篇，似乎太过单薄。都德作为艺术家的才气，恰恰表现在，他没有草草罢笔，他的创作经验告诉他，孩子“后悔”的感觉，虽然是很自然，但光是这么一点，似乎内心的感觉还不够饱和，因而也就不够动人。凭着艺术直觉就能感到，这个“后悔”的感觉里，蕴藏着巨大的潜在量，不把这个潜在量发掘出来，心理结构的探索就可能半途而废。以这种后悔为中心，他展开了层层相应的深化。

第一层是：孩子被老师叫了起来，不争气，背不上分词规则：

刚背头几个字，我就结结巴巴了，我站在座位上左右摇晃，心里难受极了，头也不敢抬。

后悔深化了，带上了羞愧：

只要我能从头到尾把这些分词的规则大声地、清清楚楚地、一字不错地背出来，任何代价我都是肯付的啊！

第二层是：老师意外地没有责备他，他所受到的心灵的惩罚，由老师说了出来：

你受的惩罚已经够了……事情就是这样。我们每天都对自己说："算了吧，有的是时间，明天再学也不迟。"但是，你瞧，今天发生了什么事……唉！

这一段，如果不让惭愧和忏悔在孩子的感觉中展开，而是把忏悔渲染一番，来一点抒情，对于作者应该是驾轻就熟的，但是，他却让老师长篇大论地发表议论，对于小说来说，议论太多，可能造成抽象概念泛滥，这本该避免。但作者为什么甘心冒这个风险呢？可能就是为了下面这些话：

过去咱们阿尔萨斯最大的不幸，就是把教育推延到明天。现在，那些人就有权利对我们说："怎么，你们自称是法国人，而你们既不会读也不会写法文！"

让一个小孩子讲这样的话是不真实的。把不能讲自己祖国语言的痛苦上升到民族国家的高度，只能让成年人来完成。还有，老师说到法兰西语言，必须超越孩子的感知：

这是世界上最美的语言，也是最清楚、最严谨的语言；应该在我们中间保住它，永远不要把它忘了，因为，当一个民族沦为奴隶的时候，只要好好保住了自己的语言，就如同掌握了打开自己牢房的钥匙。

从这里，可以感觉到作者的匠心。本文情节的进展追随孩子的视角，在孩子的感觉之内展开。好处是孩子气的天真的话语很自由、很丰富，但也有局限，就是比较理性的话语超越了孩子的感觉世界。而且这样的话语，诗一样的、愤激的话语，在当年的历史背景下，作者肯定认为是极其重要的，老师所讲的，其实就是作者自己要讲的，非讲不可的。不能让孩子讲，就只好让孩子聆听了。

这些话，就是现在看来，也是很动人的，这是思想和激情的交融。

作者没有在这样闪光的思绪中过多留恋，这种思想性很强的语言，不能太多，否则，就给人说教的感觉。都德很快明智地回到孩子的视角中来。这样，就进入了孩子感觉世界第三个层次。

这是一个在肃静中沉思的层次。为了强调教室里的肃静，作者一连三次用了反衬的笔法，先是，"除了笔尖在纸上划写的声音以外，听不到任何别的声响"。其次，是连金龟子飞进教室都被感觉到了。第三次是：在学校的屋顶上，有一群鸽子在低声咕咕，我一面听着，一面想：

那些人是不是也要强迫这些鸽子用德国话鸣唱？

这一笔最为精彩，它又一次深入到孩子的心灵深处，完全是孩子气的感情和想象。这种想象和老师的慷慨激昂，不但是异曲同工，而且是异趣同工。在对德国侵略者的仇视方面是一致的，但是，感觉和想象又不同，成人感觉和孩子感觉属于两个世界。二者相反相成、相辅相成，孩子的想象和老师的慷慨陈词互为生动的注解，可以相通，却不能相同。

让人物生活在各自的感觉世界里，而且拉开错位距离，这就是小说艺术。

这篇小说的主体，是孩子的转变，但是，在孩子的转变完成之后，小说并没有戛然而止，相反，小说又花了六分之一的篇幅，用孩子的视角，感受老师的情绪。这是不是多余的呢？

好像不是。小说的中心虽然是孩子，但是前面已经说了，光有这个孤立的孩子，他的感知境界是有限的，他的转变，仅仅从他的角度来看，其意义可能是狭隘的，无非就是从厌倦法语课到热爱法语课。但是当孩子精神关注的焦点集中到他的老师身上时，这个老师不但构成了他感知世界的精神背景，而且成了精神亮点。正是这个亮点把孩子和小说的思想境界提高到一个新的高度上去。

老师这个人物在思想的意义上是重要的，但是作者并没有像刻画孩子那样，采用主体自我感知的办法。这种主体自我感知，没有比较充分地从细节逐步展开，老师只是被当作孩子感知的客体。凡是孩子经验范围以内的，孩子关注的，都有所表述，在孩子感知范围关注焦点以外的都被省略。纵观整篇小说，给予老师的篇幅，只有一些片段。第一个片段是，孩子进入课堂所看到的老师，这里包括他异乎寻常的衣着，宣布这是最后一课，他的慷慨陈词。第二个片段是，孩子对老师过去的回忆，他长期的执教生涯，有一些精致的细节，很有表现力：如，他的眼光里流露出对这所乡村学校的留恋，四十年没有变化的教室，而课桌却是被磨光滑了，还有那长高了的核桃树。为什么要强调四十年不变的环境？这是在说明，他是一个很普通、很平凡的老师，四十年来，没有多少成就，留在孩子记忆里的，是课堂里乱糟糟，还有戒尺。他的教学似乎乏善可陈，他显然没有得到过升迁的机遇，然而他忠于职守。正是由于忠于职守，他才在最后一课穿戴整齐，像主持庄严的仪式似的。

有一句话，孩子重复了多次：“这个可怜的人。”法语的原文是：pauvre homme，应当译为“可怜的人哪！”“这个”是多余的。如果这一点没有离谱，那么它的涵义是很丰富的。

首先就是老师看来可怜，却在下课时，表现出了一种崇高、神圣的感情。

作者把这个最后的姿态，用孩子的视觉，表现得很“高大”，而且安排在象征和平的午祷钟声和象征侵略的普鲁士军号声中：

哈墨尔先生面色惨白，在讲台上站了起来。他在我眼里，从来没有显得这样高大。

一方面是可怜的人，另一方面却从来没有这么高大，这都令人想起鲁迅在《一件小事》中对人力车夫的感觉。但是，这个高大的人物，却不像刚才那样慷慨陈词了，他的内在情感得不到充分的表达：

“我的朋友们，”他说，“我的朋友们，我，我……”

他的嗓子被什么东西堵住了，他无法说完他那句话。

于是，他转身对着黑板，拿起一支粉笔，使出了全身的力气按着粉笔，用最大的字母写出：

法兰西万岁！

在小说的高潮部分喊政治口号，这在文学作品里，是有一点冒险的，但是作者在这里，把政治热情和人物的激情恰到好处地结合起来，表现一种崇高的、庄严的、神圣的感情，但并没有以伟大而洪亮的声音表达，而是相反，这个人物有一种拙于表达的特点。这仅仅是表现他由于过分激动，而一时说不出话呢？还是因为作者要突出表现他毕竟是个平凡的小人物呢？

整篇小说的精神无疑是崇高的，但是，和这个“可怜”的老师一样，作品中的孩子，也不能算是一个崇高的人物，他也很平凡，甚至看到占领了自己家乡的普鲁士军队在家乡的土地上操练，也没有表现出任何反感，一心只想逃学。作者是不是有意把崇高的主题让渺小的人物来表现呢？这是可能的。事实上，在普法战争失败之后，法国丧权辱国，法兰西作家在表现本国人民崇高的爱国感情的时候，大都选择了平凡的小人物。左拉的《磨坊之役》写一个庄园主的女婿，原本是一个浪荡鬼，可是在抵抗侵犯自己家园的德国侵略者之时，变成了一个英勇无畏的战士。莫泊桑的《二渔夫》也是一样，主人公最后坦然牺牲的导因，只不过是因为钓鱼。小人物受到赞颂，而大人物在国难当头时的表现则是受到批判的，在莫泊桑的《羊脂球》中，上层人士在德国占领军面前的表现是无耻的，还不如一个妓女正直。

少年感觉中对叔叔三重评价的荒谬

——读《我的叔叔于勒》

从内容上来说,《我的叔叔于勒》和《范进中举》风马牛不相及，地域和时代也各不相同。但是，有两点却如出一辙。首先作为小说，都是揭示同样一个人，由于处于不同的社会地位，在同样的亲属的心目中，竟然产生截然不同的评价和观感。在《范进中举》中最为明显的是胡屠户，中举以前，视之若粪土；中举以后，奉之若神明。《我的叔叔于勒》也是这样。他在自己亲兄弟心目中的地位，可以说是经历了三次起落。

第一次，他作为一个浪荡子，是全家人的“恐惧”。因为他把自己应得的那部分遗产吃得一干二净之后，还大大占用了自己哥哥应得的那一部分。这样，他就被归入“流氓”“无赖”“坏蛋”之列。

值得注意的是，作家在表现这样的变化的时候，用的不是描写、叙述或者抒情的手法，而是一种议论的手法：

> 据说他当初行为不正，糟蹋钱。在穷人家，这是最大的罪恶。在有钱的人家，一个人好玩乐无非算作糊涂荒唐，大家笑嘻嘻地称他一声“花花公子”。在生活困难的人家，一个人要是逼得父母动老本，那就是坏蛋。就是流氓，就是无赖了。

这是一种议论，因为他讲的是普遍现象，而不是个别的、个体的情况。议论的最大特点，就是概括的、普遍的甚至是抽象的；而描写则是具体的、特殊的、感性的。但是在这里，议论固然是普遍现象的概括，但又是很感性很形象的。因为，议论本来应该是概括抽象的道理，可是这里讲的恰恰是没有道理。同样的事情发生在不同经济状况的人身上，就有截然相反的评价。这样的道理，明显不合理。把不合理的事情用肯定的语气说出来，用极其明显的反差，使其表现出显而易见的荒谬，这就使之具有了反讽的意味。

小说的主题并没有直接说出来，但是，全都包含在这样的议论之中。

小说接下来所表现的，就是对于勒的第二种评价，以反差极其强烈为特点。由于他写信来说，自己赚到了一笔钱，希望能够赔偿哥哥的损失，而且有望改变他哥哥的贫困状况。其结果，这个被视为“坏蛋”，分文不值的于勒，立即就变成了“正直的人，有良心的人”，而且成了全家“唯一的希望”。以后，于勒又宣告他发了财，于是，他的信就成了“福音书”，成为炫耀的资本。

对于勒的第三种评价，贯穿在小说的高潮和结局之中。他的哥哥和嫂子发现他并不是什么富翁，而是一个潦倒的、又老又脏、满脸皱纹的水手，后来又了解到他被认为是一个“老流氓”，欠债累累，靠在轮船上卖牡蛎维持生计。这时他的哥哥和嫂子，立即对他改变了评价：把他当成了“贼”“讨饭的”，唯恐被“拖累”。

显然，这是一种对比。作者的立意，在于极端的反差。

但是值得注意的是，这种反差，如果仅仅在于对于勒的评价，那还不是作家的追求，因为，评价毕竟是理性的，作家集中笔力揭露的是哥哥嫂子的情感。如果作家采用《范进中举》那种第三人称的视角，也未尝不可。事实是，作家采取了第一人称描述，可又并不是哥哥嫂子的第一人称自述。如果是哥哥嫂子的自述，内在情感当然可以得到自由的表现。但是，那样可能显得太直露，一览无余。作家选择了从天真无邪的侄子的视角来感受眼前的事变。这就是说，他父母的潜在的情感，不能直接抒发，要靠孩子所看到听到的语言动作和表情来表现。这样的视角有一个好处，就是父母的表情和语言的前后不一，经过孩子的眼光被放大了。从前后相反这一点上说，它和《范进中举》在基本方法上是一致的，也就是对同一个人，前后相反的评价来表现那个时代的拜金主义，拜到连自相矛盾，自己打自己嘴巴，都感觉不到廉耻的程度。

但毕竟是不同的艺术作品，二者在艺术风格上的不同还是很明显的。

吴敬梓笔下的胡屠户，当然是势利小人，利欲熏心。但是，吴敬梓只是把他写得挺可笑，并没有把他写得十分可恨。写他除了势利以外，还喜欢吹牛，而且是不高明的、欲盖弥彰的吹牛，自我表扬的结果，其实是自我暴露，在自鸣得意中自我暴露。吴敬梓还把他写得很迷信，迷信得很愚蠢，迫不得已打了范进，以为天上的文曲星真的来惩罚他了，自我迷惑到有一点自我折磨，在这过程中，有一点天真，显出一种傻乎乎的样子。因而，胡屠户的形象是一个喜剧形象，在可恨之中又有一点好玩、可爱。而《我的叔叔于勒》的作者对待于勒的兄嫂，却并不宽容，对之所用的方法，是纯粹的揭露、讽刺和批判。因而，这两个人物形象，一点也不像胡屠户那样丰富，那样可恶又可爱，可恨又可笑。莫泊桑对这两个人物势利到在未来的女婿面前，连起码的虚伪都没有赋予他们，到了最后，孩子出于同情，给了于勒叔叔十个铜子的小费，他母亲的反应居然是“吓了一跳”，说：

你简直是疯了！拿十个铜子给这个人，给这个流氓！

仅仅是因为穷苦，一下子就变为道德上的不齿，而且为了不再见他，回来的时候，换乘了一条轮船。

小说的情节设计得相当巧妙。情节的难点在于，于勒在国外，他自己是不会回来的。要让作品中的父母亲眼看到他的穷愁潦倒，就得让他出国。可是要让这个陷于穷困的家庭出国旅游，在经济上又是不可能的。于是，作家精心设计了另一条线索，那就是姐姐的婚事。新郎就是因为得知于勒叔叔有钱才向姐姐求婚的。在婚礼之后，决定到外国一个地方去旅游。这里有几句话，对于读者来说，很可能被忽略，然而对于作家来说，却是十分关键的：

哲尔赛岛是穷人们最理想的游玩的地方。这个小岛是属英国管的。路并不远，乘小轮船渡过海，便到了。因此，一个法国人只要航行两个小时，就可以到一个邻国，看看这个国家的民族，并且研究一下这个不列颠国旗覆盖着的岛上的风俗习惯。

要让这一个经济贫困的家庭一起到国外旅游，至少要有三个条件：一是有非同小可的缘由，二是十分经济实惠，三是名义上必须是堂皇的、风光十足的。而把这一家人送到国外，是为了让他们亲眼看到于勒的困境，就必须有充分的理由，从这里，可以看出作家的技巧，从中国小说来说，就是“针脚绵密”。

人性贪婪的虚妄
——读《一个人需要多少土地》

这是一则寓言，也可以称之为寓言式的小说。

这里有情节，情节有曲折，有人物的心理，有突变的因果，为什么不说它是小说而要说它是寓言性的呢？因为，虽然有情节和人物，但是，似乎并不在意刻画人物的特殊性格。如果是小说，人物就应该有个性。这里有没有呢？

这个人物的心理线索大致可以分为几个阶段：

起初，他很贫困，辛勤劳动，养家糊口，却没有自己的土地。他的目标是有朝一日能拥有自己的土地。

他尽最大的努力，买到了五十公顷土地。买地的目的是维持自家的生计，因为没有自己的土地，生活根本无从谈起。

在他过上小康生活以后，对生活得更好的前景“充满了渴望”。于是他搬迁到一个新地方。“生活比以前强了十倍。”但是他并不就此满足，他想拥有更多的土地。他开始变得有点贪婪了。

于是，他来到巴什基尔买地。这里的地更便宜，只要他一天之内能到达最远点，再能够回到原地，他所经过的面积都属于他。这时，他所要的土地，就不再是他的生计所需，甚至也不是他维持小康的必要，而是满足他越来越膨胀的贪欲。耗尽生理的能量以后，他得到了最大限度的土地，但是，他却累死了。

作者的笔墨完全用来描写欲望逐步膨胀的过程。这种欲望，起初是为了实用，为了维持生计，在达到足够的保障以后，虽然也曾有过满足的感觉。但是，贪欲却无休无止地膨胀，以超越生计需求为特点，直到贪欲极端膨胀，走向了反面，终于摧毁了生命。

这里情节的主人公是一个人，但其心理却并不是一个人的，而是代表着普遍的人性。

因为，作者描述贪欲膨胀的递增，并没有引起多少矛盾，没有让任何一个亲近的人，与之发生矛盾，拉开心理错位，因而，并没有显示出不同人物的不同个性的逻辑。这样，我们就有理由说，这不完全是小说，而更大的程度上是一篇寓言。

《皇帝的新装》和本文有些相似，尽管《皇帝的新装》有众多的人物，但是，人物并没有个性。这一篇则更是如此（详见本书对《皇帝的新装》的解读）。揭示的是，人的贪欲永远没有止境。欲望本来是为了人类的生存而起，但是，欲望的膨胀却脱离了人类生存的基本目标，当它膨胀到极端，则导致对人类生存的危害。

这篇寓言最为精彩的地方，大约有三个方面：

作者的构思，首先，他把这个主人公设计为一个贫苦农民，而不是一个富豪人士，其意旨就在，导致人物死亡的贪欲，并不仅仅存在于富人心中，而且存在于穷苦人的心中。这是人类在心理上的共同的弱点。其次，他让这个农民的贪欲毫无障碍地实现。这就说明，作者的目的不在揭示贪欲造成的争夺、罪恶等等，相反，一切贪欲，都是面向大自然的，面向原始的、土地私有观念很薄弱的群体的。在这样的构思中，贪欲没有引起任何的障碍，一方面有贪欲，一方面则没有，主题就单纯化了。这就有利于揭示人类心灵普遍存在的而不是社会阶层不同的贪欲。作者的笔力集中在拥有了比维持生计多十倍的土地之后，心理有了这样的变化：

> 即使在这里生活他也不满足。他想种更多的麦子，但是苦于自己的土地太少。“如果这些土地都属于我，该有多好啊。”帕霍姆想。

从无可厚非的，到略嫌过分的，到导向贪婪的过程，是渐进的，没有矛盾冲突的。有了十倍于以上的土地，他又想得到“比现在多十倍的土地”。贪婪与进取之间，距离并不遥远。其间的渐变性，使得人们不易觉察自己从求生走向毁灭。

这种邪恶的贪欲，并不是一下子就显出了可恶、可笑、可悲，而是有着发展、变化、转化的过程的。主人公原来也是善良的。在转化的过程中，有时也富有农民对于土地的朴素的热爱：如：“他成了一个地主，耕种自己的土地，在自己的土地上晒干草，砍自己的树，在自己的牧场上就放牛。当他去耕地或者察看庄稼、草地的长势时，心中充满了欢乐。那里生长的青草与盛开的鲜花在他看来都与众不同。”这是作者和读者都可以理解和同情的。这样的贪欲，其丑恶的成分在哪里呢？作者并没有刻意写他的贪婪导致对长工和家人的苛待或者冷酷。作者要强调的是，这样的贪欲，只给自身带来了致命的损害。这种恶不是奴役他人的恶，而是一种自我奴役的恶。当他感觉到自己难以承受疲劳之时，他有过思想矛盾。他不敢休息，他睡意沉沉，他自甘受罪。因为他想：“现在受一小时的罪可以换来一生的幸福。”在这过程中，他有过“太贪心”的自责，有过“疲劳而死的恐惧”，但是他并未适可而止。读者看到的结局是他并没有走向幸福。与其说他死于疲劳，不如说他死于自己不可克制的贪婪。

文章最后，对于人类贪婪的悲剧，不是一味地批判揭露，而是流露出温和反讽的情调。作者构思的巴什基尔人的买地规则，其实就是一种游戏。这种游戏的矛头是指向人心的贪婪的。占有欲越大，既带来越多的土地，又带来落空的危机。这其中隐藏着对贪婪者的嘲弄。作者如果仅仅是严峻的批判，则完全可以让这个过度贪婪的农民，最后回不到原来的起点，彻底失败。但是，作者让他处于尴尬的两难之中。要么保险一点，贪婪之心收敛一点，要么冒险一点，失败落空的风险增大一点。作者没有让这个农民完全落空，而是选择了让他的“梦想”落实，即走到了原来出发的地方，获得了他所追求的土地。从这个意义上来说，他是胜利了；但是，作者让他在获得胜利的时刻死去了。这样就构成了强烈的反讽效果：一方面如愿以偿，获得了广阔的土地；另一方面付出了生命的代价，使得这样的获得变得毫无意义。当然，这个农民的家人可能因此而占有了这么多的土地，但是，对于一个死去的人，这样大量的土地，其意义何在？作者用了这样几句话来表现：

他的仆人捡起那把铁锹，在地上挖了一个坑，把帕霍姆埋在了里面。帕霍姆最后需要的土地，只有从头到脚六英尺那么一小块。

死亡的巨大代价，使得贪婪变得渺小而可笑。这样可笑的，甚至可以说有点黑色幽默的结尾，包含的意味是非常丰富的。从这里，我们可以感到作者所讽喻的不仅仅是这样一个农民，实际所需的有限和贪欲的无限，这样的矛盾，正是人类心理的共同弱点。

人类社会深邃的荒谬
——读《黑羊》

这是一则寓言。这里的人物是没有具体国家和民族、时代、特点的，甚至连性别都没有。好像不是小说，但却可以看成是小说的一种变种，读这样的作品的价值是只有知道什么不是纯粹的小说，才可能更理解什么是小说。

这里的人物都是只有共性，没有个性的。正因为这样，它所表现的，它所揭示的，不是人物的特殊命运，而是人类共同性，也就是人性的某一个方面。这则寓言也不像一般的寓言那样，以教人为善为主题，相反提示了一个人人都偷的恶性循环。这篇寓言的最主要特点是人物和情节，都是极端反常，极端荒谬的。

要读懂这篇寓言，就要抓住“荒谬”的特点。

荒谬的第一个层次：

首先，是人人都偷，从习惯于互相偷窃，严重到只有互相偷窃才能维持生存的秩序。

其次是，大家都“幸福”地生活在一起，没有富人，也没有穷人。

值得注意的是，荒谬到极点同时也是正常到极点：大家都是贼了，大家就没有了贼的感觉。大家都偷，在正常理性看来，是道德堕落，可是大家都偷，且是互相偷，就没有了被偷与偷的矛盾。这个逻辑一面显得荒谬，一面又有道理。这就是说，荒谬而有理。

荒谬的第二个层次：

正常的人，诚实的人，不偷的人，反而变成了不正常的人。

原因是，一人不偷，就造成另一个人不能偷。因为正常，却打破此间的正常。他不偷，弄得人家没有了口粮。从正常逻辑来说，这是无理的，但是，从这个特殊的环境来说，又是符合逻辑的，但是这不是一般的理，而是一种歪理。这是第二个层次的歪而有理，可以说，歪理的第二次歪推。

荒谬的第三个层次：

诚实人离开了家，让人去偷他家里的东西，但是自己不偷别人的东西。

久而久之，没有被偷的人，就变得富了，而老是偷诚实人家的人，因为没有东西可偷，就变穷了。

这从表面上看，是符合这个环境里的现实的。是有道理，符合逻辑的。

但是，从实质来看，用这样的逻辑来解释穷人和富人的分化，又是荒谬的。

这歪理歪推的第三个层次，是一个很关键的层次，但是，这里的歪理似乎比之前歪理有些不同。那就是从字面上看来，是歪的，但是，从实质上来看又是歪中有正，正在哪里呢？富人的财富是偷来的，从诚实人家里偷来的。

这一点很深刻。至少代表一种很严肃的经济学派观念（马克思主义的），所谓偷财富，其实就是阶级剥削。

但寓言，又不是在图解马克思主义的经济学观念，他的观念和这个学派的阶级剥削的观念还有些不同。

这就产生了第四个层次的荒谬：

富人停止偷窃，雇佣穷人偷窃，造成富者愈富，穷者愈穷，进而两极分化。

这同样是荒谬的，又是符合这个特殊环境的逻辑的。第四个层次的歪理歪推，仍然是歪中有正。不过歪和正的反差更加强烈了，歪得更加无理，正得更加深刻了。

第五个层次的荒谬：

富人不能停止偷窃，一旦停止，就会变穷。于是雇佣穷人来看守财富，免除了被偷的可能，久而久之，人们就忘却了偷和被偷，只说富人和穷人。

这是极其荒谬的，但是，其中又蕴含着极其严酷的真理。作者唯恐读者不明白，最后又加上一句：

> 但他们个个都还是贼。

人人都是贼，这不是马克思主义的经济学派的观念，而是卡尔维诺的观念，是人性恶的观念。在他看来，人的本性中，就有某种自私的、偷窃的本能。不仅富人如此，穷人也是如此。社会现实弄成这个样子，富人要负的责任应该比穷人多一点。因为正是他们雇佣了穷人去偷窃，又去看守他们的财富，使得穷人要偷也不可能了。

整个情节是很荒谬的、很可笑的，然而又是十分深刻、十分严峻的。可笑，令人感到些许幽默；深刻，令人感到冷峻。这是一种冷峻的幽默。这里，似乎很难找到罪魁祸首，有的只是恶性循环。从这个意义上来说，这有点黑色幽默。

另外一个版本的结尾，在文字上和这个版本有些差异。如下：

因此他们又雇了穷人中的最穷者来帮助他们看守财富，以免遭穷人行窃，这就意味着要建立警察局和监狱。

这就更加深刻了。深刻在，把警察和监狱的性质，定性为为富人服务的暴力工具。文章最后还有一句：

唯一诚实的只有那个诚实的人，但他不久便死了，是饿死的。

这里的意味更加深长，但是也更加绝望了，世间唯一诚实的人死了。活在世上的，就都是贼，都是在相互欺骗的人们。这里还有一点值得注意，黑羊black sheep，在英语里原意是：If you describe someone as the black sheep of their family or of a group that they are a member of, you mean that they are considered bad or worthless by other people in that family or group。对于家庭来说是败家子，对社会人群来说，是害群之马。这种坏人本来是少数危害多数，而在这里，却变成了多数，甚至是整体，只有一个人是例外，而这个例外的善人，却不能不死了。这就是说，人性是太黑暗了。卡尔维诺是一个思想很深刻的作家，但是他的语言风格却是十分朴素的。在《黑羊》中，通篇都是简洁的叙述，连起码的描写都没有。但是，就凭着这样的叙述，他却使得他的作品发出震撼人心的力量。

以没有个性的共同心理奥秘取胜
——读《皇帝的新装》

这是一篇有点接近于小说的童话，但又不是小说。

其涵义已经越出了童话，进入了日常语言，即使没有读过《皇帝的新装》的人，也会懂得这个典故是：明摆着的谎言的意思。按何其芳的“典型共名”说，一个文学形象，成为口头或者书面交往中人所共知的话语，意味着成为家喻户晓的典故，是文学作品的最大成功。类似的还有“画皮”(《聊斋志异》)，东郭先生(《中山狼传》)，诸葛亮、张飞(《三国演义》)，李逵(《水浒传》)，贾宝玉、林黛玉(《红楼梦》)。

《皇帝的新装》，是一篇外国人的作品，之所以有这样大的影响，除了其他的原因以外，还有一个原因，就是这篇童话有一点寓言的性质。它不仅仅是一个特殊的童话故事，它超越了一般童话的幻想和道德教育价值，揭示了一种普遍的心理现象，在权势者，甚至并非权势者，而是优势的舆论面前，人们包括那些位高权重的大人物，对于显而易见的谎言都随声附和。

童话故事一般并不强调具体的地点和时代：

> 许多年以前，有一位皇帝，他非常喜欢好看的新衣服。

不但时间、地点是不具体的，连皇帝的名字、年龄，也都含糊的。

这样写的好处，是便于突出一种普遍性，也就是寓言的特殊功能，它所讽喻的不是某一个国家的皇帝，也不限于某一个时代的大臣，而是人类生活中的一种普遍现象。

皇帝新衣这样的故事自然是虚构的。读者和作者有一种默契：这样的情节在现实世界中是不可能发生的，只有在想象世界才可能发生。但是，这种想象的虚构，却是要可信的。不但讽喻的内容要可信，而且情节的发展也要可信。这个难度是很大的。

不仅仅要让皇帝，而且要让大臣都睁着眼睛说瞎话，没有一个例外，这必须有一个根据。

在我国古典文言小说中，有过《劳山道士》曾以视而不见作为故事情节的核心的，但那是道术。修炼不到家，是要碰钉子、闹笑话的。在梁释慧皎撰的《高僧传》卷二《晋长安鸠摩罗什》[①]中也有过类似的想象：

如昔狂人，令绩师绩线，极令细好，绩师加意，细若微尘，狂人犹恨其粗。绩师大怒，乃指空示曰："此是细缕。"狂人曰："何以不见。"师曰："此缕极细，我工之良匠，犹且不见，况他人耶。"狂人大喜，以付织师，师亦效焉。皆蒙上赏，而实无物。

在《高僧传》中，原文是一个寓言，用来说明大乘佛教"有法皆空"的精义。从性质上来说，是宗教哲理。孤立起来看这故事里视而不见的原因，首先，是狂人自己要求太高，明明是极细之织物，却嫌织得不够精细。后来，什么也没有，却盲目相信"良匠"，由自卑而迷信，以不见为见。从性质上来看，则是一个心理现象。

从这一点来说，这个故事和安徒生的《皇帝的新装》有相近之处。

在安徒生的作品中，情节的关键是除了孩子没有一个人敢讲真实的话。这个原因就是整个情节能够成立的基础。两个骗子提出，他们缝制出来的最漂亮的衣服有一个特点，就是：

任何不称职的或者愚蠢得不可救药的人，都看不见这衣服。

骗子是要骗人的，然而，骗一个人容易，要骗许多人还是有困难的。但是，有了这一条，就可以使许多人一起自我欺骗。这个原因虽然同样是心理性质的，而安徒生的天才表现为，不像《高僧传》中那样，是单个的狂人，一次性的自我蒙蔽，这里的自我欺骗是连锁性的。除了那个孩子，每一个人都陷入了矛盾：要么承认自己愚蠢或者不称职，要么就用谎言来掩饰这一点。结果，大家都不约而同地用谎言来自欺欺人。

到这一步，就不仅仅是个人的心理现象，而且是带上哲理的性质了。自欺欺人不单纯是一个人的心术不正，而是人与人之间的恶性循环。

要对这种现象彻底加以艺术的批判，光是简单地揭露一下是不够的。这篇童话的精彩，就在于用层次丰富的故事尽情地展示这种自欺欺人如何构成显而易见的荒谬。自欺欺人是一样的，但是，每个人的表现又是各有差异的。两个大臣，都被皇帝认为是"诚实"的，都害怕被证明是愚蠢或者不称职的，对此，安徒生用了稍稍不同的文字来表现。至于皇帝前来的时候，心理也是一样的，但是，文字也是有明显的差别的。

这在美学上，叫作统一而丰富。光有统一的情节可能会单调，一味曲折，也可能显得杂乱。比起小说来，童话这种形式更加强调统一，以统一的因果性达到单纯的效果，因而

① 参阅该书，汤用彤校注，中华书局，1992 年。

除了文字上的差异以外，人物的心理并没有多大差异。如果是在小说中，可以肯定，那两个大臣肯定在个性上要有巨大的反差，甚至可能产生矛盾乃至冲突的。

这是因为，在童话中人物的普遍性比人物的特殊个性更受到重视。

后来，皇帝穿着所谓的“新装”游行的时候，睁着眼睛说瞎话的人，并不限于大臣和武士，还有许多普通百姓：

> 这样，皇帝就在那个富丽的华盖下游行起来了。站在街上和窗子里的人都说：“乖乖！皇上的新装真是漂亮！他上衣下面的后裾是多么美丽！这件衣服真合他的身材！”

这说明，自欺欺人的，并不一定是统治阶级，连普通老百姓都一样陷入了这个欺骗的网罗的。

如果安徒生仅仅揭露到这个程度上，深刻是够深刻，但似乎还不够全面。谎言虽然可以被盲目地认同，可是它毕竟是脆弱的。为什么安徒生最后安排了一个小孩子来揭穿这个谎言？这就说明，首先，谎言并不难识破，只要有普通人的感觉就足以揭穿。其次，谎言并不拥有特殊的力量，只要小孩子喊一声，它的真相就会暴露。再次，“所有的老百姓”，也并不顽固，只要有人，哪怕是小孩子，带头振臂一呼，就会觉醒了。最后，皇帝也立即得知，自己身上没有任何衣服，他甚至“有点发抖”，但是，他并没有立即结束滑稽戏，相反：

> 他自己心里却这样想：“我必须把这游行大典举行完毕。”因此他摆出一副更骄傲的神气。他的内臣们跟在他后面走，手中托着一条并不存在的后裾。

这说明，安徒生虽然是在写童话，在幻想世界里自由地想象，但他却很现实，意识到荒谬、虚假欺骗，并不意味着马上就能改变。要真正改变现实世界的不合理的事情，还有很长的路要走。

在物质富足和精神不自由之间

——读《猫的天堂》

题目“猫的天堂”显然是虚拟：天堂是人的观念，猫是不存在天堂的问题的。全文以猫的第一人称的自述，就更是虚拟了。最后的结尾又来了一句，单独成一段：“我说的是猫的事。”这不是废话吗？显然不是，因为文章写的是猫，实质并不是猫。与其说是一篇写实性质的小说，不如说是一篇寓言，或者寓言性质的小说，小说性的寓言。中学生课本中有不少寓言，如《农夫和蛇》《愚公移山》《中山狼传》《皇帝的新装》等。写的都是超越现实的动物和人物，但是，所指却都是现实的人，显示做人的道理。《愚公移山》，是讲人的毅力的。《伊索寓言》中农夫和蛇，阿拉伯人的渔夫和魔鬼的故事，中山狼的故事，都是讲对付恶人不要有任何幻想，要以机智取胜。《皇帝的新装》则讽喻人类思想随大流，闭着眼睛人云亦云的弱点。这说明寓言与一般文学作品的不同之处是：一方面讲的是超现实的故事，一方面又讲现实的道理。寓言表达的道理，是比较简明，具有格言性质的，若是直接说出来，则是抽象的，难以感动人的；通过具体的、个别的人和动物的故事，才变得形象生动、具体可感。

这篇《猫的天堂》，也一样讲道理。这个道理是从故事的特殊逻辑中显现出来的。一只猫过着非常舒适的生活，有相当豪华的物质享受，受到主人百般宠爱，但它却感到厌倦烦腻，一点儿也感觉不到幸福，于是就产生了一个愿望——逃离舒适的生活环境，到屋顶上过自由自在的生活。这个愿望成了它的“信仰”，当然，这种生活，究竟如何，猫并不清楚。但是它觉得“不可知”就是“理想”。“不可知”，为什么要加上引号呢？这就提醒读者注意，暗示有悬念。理想，信仰，幸福，究竟如何，是有疑问的。

这个寓言性的小说的特点，首先在它的结构上。这是一种双重的对称结构。

第一重对称，发生在猫身上。

先是明明无忧无虑、安逸的生活，却感到不舒服，讨厌、愁闷、烦腻得要作呕，不幸福，要逃脱到外面去。为什么会产生出逃的“信仰”呢？“一生中，除了煮得半熟的、带着鲜血的肉以外，总应该还有些别的东西。”这就是说，物质上的富足，太单调，还要丰富一些。从具体描述来看，它向往自由自在的生活。但是，左拉暗示，它的这种自由自在的“信仰”有一个前提：生存的物质条件是不在考虑之列的，在每一扇关着的窗子后面都有现成的肉。(“门的那一面可就是人家藏着的肉。”）与此相对称的是，一旦到了窗子外面，自由自在是不成问题了，可是生存却成了问题，尤其是丰裕的物质条件丧失了，饥饿和寒冷使得“信仰”“幸福”都变了质。自由成了灾难，感觉发生了倒转，原先烦腻的一切，变成了向往，逃离变成了回归。

第二重对称发生在猫与老雄猫之间。同样的在艰难的物质条件下，对物质的匮乏和精神的自由，有着两种相反的选择。一个选择放弃自由，一个选择坚守自由，将艰难的物质生活视为享受。

文章的寓意正是由于情节结构的双重的对称，而显得特别鲜明。

从宏观上来说，这是左拉的艺术构思的胜利；但是，宏观的构思只是骨架，而微观的、精致的细节，则是血肉。

左拉的艺术细节很精致。一方面是人，有人的思想情感，而且有时能够上升到哲学的层次：“‘不可知’就是理想。”但是，如果全是人的思想，就没有多少趣味了，人的思想和猫的感觉有很大的区别，在自然状态中是互相冲突的。艺术想象的任务，就是要把人性和动物性水乳交融地、自然地结合起来。像米老鼠有孩子的情趣，但是必须在小老鼠的感觉限度之内。孙悟空必须是人性和猴性的统一才好玩，才经得起欣赏。他被二郎神追赶，化作鱼、化作鹰，都很不错，但是并不是最动人的，后来，化作庙，可尾巴没有地方藏，只好把它化作旗杆，立在庙后面。结果，被二郎神识破：旗杆只能立在庙门口，哪有立在庙后的？这比之鱼、鹰就更为生动。因为有不可更改的猴性（尾巴），有孩子的顽皮和粗心。人性和动物性，二者不是并列的，而是融合的。左拉的细节，全从猫的感觉出发。例如它感觉中好的肉是：煮得半熟的，带着血的。它感到烦腻的是主人的抚摩，它向往的“快乐”和“真正的幸福”是可以在屋顶上，随意滚来滚去，打架、晒太阳等。左拉的创造力就在于把人和猫不着痕迹地结合起来。打架、在地上滚，算什么幸福呢？这是在屋子里关得太久的猫的感觉，是很有趣味的。在猫的种种感觉中，厌倦现成的、安逸的生活，又和人的精神息息相通，就显得有意味。作家的功力就在于把有趣和有意味既相错位又相统一地交融起来，在猫到了外面以后，猫的感觉和人的感觉的错位幅度拉开得更大了，趣味就越浓了：

这屋顶多美啊！屋顶的四周有水槽围绕着。从水槽中发出一种很甜美的气味。我畅畅快快地循着水槽走；我的脚就踏在槽底的烂泥里。这烂泥的温和与柔润是无可形容的，我就好像在天鹅绒上走路一样。

“甜美的”和“水槽”，“烂泥”和“温和与柔润”“好像在天鹅绒上”一样，一方面在猫的感觉中是有理的，而在读者的感觉中却是无理的，强烈的错位，显而易见的荒谬，反差越大，趣味就越浓，反讽的效果就越强。下面的“快乐”“有趣”“美”“好”和读者的阅读观感的反差继续扩大：

啊！现在是远离了你姑母的温存了！我要喝水就在水槽里喝，那美味是调糖的牛奶绝对比不上的。我觉得一切都好，都美……

荒谬感，带来了幽默感，猫感到肚子饿了，问它的朋友，一只老雄猫，应该怎么弄到东西吃，老雄猫带着学者的态度说：“找到什么就吃什么。”左拉强调了“学者的态度”和找东西的艰难之间的反差：显示了左拉的幽默。在偷肉被打之后，老雄猫教导它，晚上到“街上垃圾堆里找食吃”。煞风景的“垃圾堆找食”“像个硬心的哲学家”之间的严肃的错位使得幽默强化了。如果事情到此为止，左拉的幽默还算是比较温和的，但是，困境不仅仅在于饥饿，而且在于寒冷，外加生存的威胁。这就使得猫的感觉变化了，原来一切都美的感觉变丑了（“现在的街道多丑啊，它已没有从前那样美好的热和光。”曾经“在上面畅心快意打滚的阶沿上满是泥浆”）。能够得到的食物只能是：垃圾堆里的没有肉的骨头。生存的困境是严峻的，左拉的幽默上升到理性的层次，变成了反讽：

啊！该死的街道！该死的自由！我多么想回我那牢狱啊！

反讽就是反话、歪理、不合理。牢狱，怎么可能变成向往的地方呢？但是从这只猫的角度来说，这是合乎逻辑的，它不能忍受生活的艰难，自然就想回到坐享其成的安乐窝里去。但是，从人的思维来说，还有一层逻辑错位。猫怎么可能有这样抽象的思维力度呢？怎么可能有自由、牢狱等的观念呢？

这就是文体所赋予的自由：寓言故事的象征性，允许把动物拟人化。这不是动物的感觉和观念，而是人的。人的共识，也就是作家和读者的共识，就是自由的价值高于一切，不自由，毋宁死。自由的价值，高于活命的价值。可是，这里却反其道而行之。显而易见的荒谬感，构成了反语讽刺。其特点是字面上的表述是对自由价值的否定，内在的含义恰恰是以自由价值对活命哲学的批判。也许左拉对他的读者的理解力不够放心，接着就借老雄猫的嘴巴说道：

像你这样一只肥头胖耳的猫，生来就不配享受自由中的艰辛的快乐的。

这显然是全文的思想的焦点：首先，自由是一种享受。其次，享受的不是物质的丰裕，而是艰辛，只有艰辛才是快乐。自由是有代价的。在这里就是饥饿、寒冷和为生存奋斗。在世俗观念中，也就是猫的感觉中，艰辛是痛苦的，但是，自由选择的艰辛却是快乐的，是一种享受。这就是说，自由使艰辛转化为快乐。反过来说，不自由，就是安富尊荣，也是痛苦的。小说的结尾，写出两种立场的分化。猫决定回到主人那里去享受物质的富足，宁愿牺牲自由，向老雄猫发出友好的邀请。但是，遭到老雄猫的严词拒绝：

闭上你的嘴！你这个蠢东西！在你那安乐窝中，我非死不可。你那丰腴的生活只有杂种贱猫觉得好，自由的猫决不愿意用牢狱的代价来购买你所吃的肉和你那羽毛的枕头。

这时，寓言已经进入了思想的交锋的层次，这可以说是作家左拉的自由宣言。把自己的思想通过人物的嘴巴说出来，在一般文学作品中，是用得比较谨慎的，这容易造成概念的宣泄。也许出于这种考虑，左拉在最后又回到感性中来，他让猫这样感觉：

我进了屋子，你的姑母拿起掸帚来把我教训了一顿，我也用我的深挚的欢悦的心承受了。我大大地领略了一番这温暖而挨打的欢欣。当她打我时，我早在做着大美梦，知道她打完了就要给我肉吃了。

这明显是对于耽于物质享受，精神麻木的反讽，奴性的批判，应该说是相当强烈了。但是，左拉的激情不可克制，接着又用了一个单独的小段落把反语讽刺进一步地发挥：

真正的幸福与天堂，就是关闭在一间有肉吃的屋子里挨打。

这是点题，文章的题目是“猫的天堂”，这里给天堂下了一个定义，显然是反讽。关闭、挨打，就是不自由、受凌辱，是谈不上精神上的幸福的，但是由于物质上的丰足（有肉吃），不自由、无人格却变成了幸福。这是反语，意思是，奴性的麻木是可悲的。反语虽然没有直接表述，可是在这里却比直接、正面的表述更为惊心动魄。

左拉唯恐读者忘记了这是他对人的麻木的批判，在文章的最后，又一次使用了反语：“我说的是猫的事。”实际上，关于自由、关于幸福、关于天堂，明明已经超越了猫的感觉。这是读者已经心领神会的了，但是，左拉的这一提示，妙在用反语。如果，不用反语，而是用正面的话语：“我说的不是猫的事，而是人的事”，就煞风景了。因为，反语含蓄，把思索的空间留给读者，而正语，则把现成的结论硬塞给读者。

面对刽子手的精神优越
——读《牛虻就义》

文章第一段本来极其重要，对革命家牛虻“判决枪毙”，这在法律上程序是必须极其严肃的，在情感上也是极具震撼力的。但是，作者却从两个方面强调其微不足道的性质。一是判决本身，官样文章而已，文章中有关词语值得注意：如“走过场”“预先起草”“无事可做”等；二是牛虻的反应，几乎是无动于衷，有关的词语是“不耐烦地挥挥手”“毫无影响”“仅此而已”。

这样表现牛虻视死如归的精神，已经是很突出了。但是作者显然不满足，又采取了一系列手段来衬托这种英雄主义的形象。这种衬托主要是周围人物的反应，或者叫作“效果”。这是小说常用的手法，不从正面刻画人物，而从人物的对立面，即从敌人的反应中，显现出人物精神的强大。这种对比不是一般的对比，而是有精神层面的反面衬托的意味。从现实力量的对比来说，肯定是敌人强大；但在这里，作者强调的是，在精神上恰恰相反，不是敌人强大，而是即将被处决的人更强大。这种强大，从执行吏的外部动作中表现出来。军曹、统领本来是执行判决的，通常是冷酷无情的。但是，他们都被感动了，“快要哭出声来”“在职权范围内作出些小小的让步”，如不戴上镣铐等。

这种反应，不仅有外部可视的，而且有不可视的、心理的。牛虻的英勇，品格的高贵，竟然使得统领“常常私下觉得自己所扮的角色可耻”；到了行刑之时，行刑者的感觉竟是，让牛虻死于他们之手，“这对他们来说，就是去熄灭天上的明灯”。

这种反衬是相当夸张的，也可以说是把人物的精神力量的强大理想化了。然而，正是这种理想化，构成了这部小说浓烈的浪漫主义风格。但这种反衬只是一种背景，目的是直接表现英雄人物。对于人物，作者同时从反面和正面刻画。听完宣判以后，军曹感动得哭了，而牛虻却无动于衷地忘记了应该是回牢的时刻了。后来，又拒绝了向神父忏悔。如果是一般无神论者的拒绝，并不见得有多么鲜明的个性，精彩的是牛虻的回答：

我什么都不要，只求安静。

这就是说，不存在有神和无神的信仰问题，而是连提一下都是浪费精神，哪怕是神父好心，在他看来，纯粹是对心灵安宁的打扰和破坏。更有特点的是，他说这话的时候，“语调沉闷、平静，没有挑衅或愤怒的意味”，说明牛虻在死刑宣判之后，心情是多么平静。实际上，这种平静只是在自己的内心，而当他面对敌人的时候却不平静，对于行刑者常常抱一种嘲笑的、调侃的甚至挑衅的姿态。这种姿态最大的特点就是自觉无畏、强大，看穿了行刑者心灵的孱弱。要求在行刑时不要按常规遮住眼睛，这本来已经是够骇人的了，应该是他长期深思熟虑的决策，说出来应该是相当严肃的、相当认真的，但是牛虻却说得很随便，好像是偶然想了起来，差一点“忘了”。

行刑时的场面是本文的核心。作者追求的精神强大和孱弱的对比达到了高潮。一方面是受刑者，一直“面带微笑”，一方面是执行者，被惨烈的场景震撼得“呻吟颤抖起来”，枪在手中不停地抖动，难以瞄准，甚至“被突如其来的恐惧抓住”，连指挥执行的统领都“打了个冷战”；而受刑者，身体伤残，几乎难以站立，还是平静地面对枪口，神态自若。其精神力量的强大，大致可以从以下几个方面去分析。

第一，面对即将到来的死亡，他居然还能对刽子手们发表演说，而演说的内容又是充满了对他们的挑衅和调侃。这种调侃是牛虻写杂文时的一贯风格。如：“早上好，先生们”，“这次会面可比上一次愉快多了，是不是？”情节是悲剧性的，但是悲而不惨，悲中有壮，壮中有烈，悲中有喜剧性的幽默感。这比义正词严地斥责敌人，其精神优势要强大得多。

第二，悲剧性的受刑，愉快的“聚会”，二者发生错位，所构成的不是一般的幽默，而是带着思想上蔑视的讽刺。这是一种冷峻的幽默感，不像一般的幽默感中蕴藏着温情、同情，而是批判。这种幽默或者可以叫作“冷幽默”。牛虻的壮烈，冷峻的反讽、嘲弄，甚至开玩笑的语气结合在一起，就构成了英雄的精神优势，他对敌人总是采用一种嘲弄的语气，不但嘲弄他们精神上的紧张，而且嘲弄他们的枪法。当他们未打中，他嘲笑说“枪法太糟糕了，伙计们”，声言自己要来“调理他们”，最后竟然是他向执行者发出向自己开枪的命令。但是敌人还是射偏了，又遭到他的嘲弄“又射偏了，再试一次”，好像敌人的枪法准确，并不增加自己生命的危难似的，好像不是向他自己，而是像别人开枪似的。最能说明这一点的是，他对神父的嘲弄。神父说：“难道你竟要开着玩笑走到上帝面前吗？”牛虻接过话头来说，当轮到我们“收拾你们的时候”，“我们会用大炮来代替这半打破旧的马枪的，那时候，就会真正领教我们是多么能开玩笑的”。值得注意的是，两个“开玩笑”，内涵是绝不相同的。在相同的词汇中，隐含着相反的语义，这就构成了冷峻的幽默感。

牛虻如此之英勇，精神强大到让敌人心理上恐惧、生理上失常，显示了某种超越常人的特质，这是不是不真实，把人神化，不可信呢？这个问题要从两个方面来理解。

文学并不是生活的照搬，而是作家精神特征和生活特征的猝然遇合，这里的牛虻，不但是当年意大利革命生活的反映，而且是伏尼契的理想人格的表现。理想总是超越现实的。对英雄人物的理想化的追求，并不是个别作家孤立的现象，而是一类文学作品的共同倾向，也就是浪漫风格的特点。《西游记》《三国演义》中的孙悟空、诸葛亮，《水浒传》中的武松，果戈理的小说《塔拉斯·布尔巴》，鲁迅《故事新编》中的黑衣人，郭沫若《屈原》中的屈原，等等，都是超越现实的。

当然，如果一味超越现实，也可能歪曲生活，甚至可能使作家的精神流于空洞，导致人物的超人化，变成英雄概念的图解，使得人物形象枯燥无味，失去形象的感染力。牛虻的形象，表面上看来似乎有一点理念化，例如牛虻不管受到什么样的折磨，经受什么样的生理上的摧残，都是毫无痛苦的感觉，好像一架抗拒痛苦的机器一样。如果仅仅是这样，形象就有变成概念图解的危险。但是，牛虻的形象，在全书中又是非常丰富的，只是一般课文在节录的时候，无法把牛虻精神的许多侧面系统地呈现出来。但是仍然有一些地方，透露出牛虻的精神的另外一些方面，比如他的痛苦和孤独。文中有这样一个片段：

> 礼拜三早晨，日出时，他们把牛虻带到院子里。他的腿瘸得比往常更明显了，他重重地靠着军曹的胳膊，走得异常困难、痛苦，但他脸上所有的消沉、歉顺都无影无踪。空寂中把他压垮的幽灵似的恐惧、虚幻世界里的幻象与梦境，都随着产生它们的夜消失了，而一旦太阳光芒四射，敌人出现在面前，他便激起斗志，再也无恐惧可言了。

这里明明写到了牛虻也是有“消沉、歉顺”，也是有“恐惧”的，也曾经被恐惧“压垮”的，但是，那是在夜间，一个孤独的时候，一旦阳光普照，一旦敌人出现在他面前，他的情感就会发生变化，他与敌人对抗的意志立即把恐惧驱赶得一干二净了。

另外，文中还有一个地方透露出牛虻的痛苦，悲哀。那就是他怀里藏着他的亲生父亲蒙太尼里丢下的手绢：

> 整整一夜，他一直拿着那手绢亲吻，哭泣，仿佛那是有生命的。

这是因为，蒙太尼里是他的生父。准确地说，他是这个天主教神父的私生子。但他年轻的时候，是一个虔诚的教徒，对此并不知情，把蒙太尼里当作偶像。他把对上帝和宗教的信仰当作生命。同时他又参加了意大利激进的革命派，从事秘密斗争。他和一个同志，共同深深爱着美丽的琼玛。后来，他在忏悔的时候，向另一个神父说出自己因为爱情妒忌过自己的同志，不经意泄露了起义的日期，而这个神父却向当局告了密。琼玛怀疑他由于情妒而出卖同志，打了他一记耳光。他觉得自己受了宗教的蒙蔽，就伪装自杀，潜往南美洲去革命。当他归来时，不仅脸上带着伤疤，而且内心也变得冷酷了。一个当年纯洁、虔诚的教徒，变成了一个对宗教，尤其是对天主教满怀强烈仇恨的激进革命家。他的杂文，以尖锐、辛辣、无情的讽刺而著称，故他取笔名为“牛虻”。他临刑前那些嘲弄刽子手的语言和他的杂文风格是高度一致的。这一点增加了人物性格的内在可信性。

当然，他的仇恨对象，也包括反对革命的蒙太尼里。但是，他又不是一个仇恨的符号，在心灵深处他对自己的生父怀着深深的爱。在一次起义失利时，他本可以逃生，可遇到了蒙太尼里，他的手枪却不由自主地垂下了，因而被捕。这说明，他对反革命的生父的感情是如何的深沉。他在临刑之前，仍然拿着蒙太尼里的手绢哭泣。这和他在敌人面前的坚定无畏简直判若两人。这就是牛虻性格的另外一面。正如托尔斯泰所说：“人有时变得不像他自己了，可是却更是他自己。”这就是说，牛虻虽然表面上以对敌人的仇恨为主要特点，但是，又对作为政治敌人的生父充满了爱。这既是牛虻的特点，也是作家伏尼契的特点。这就是一个人道主义者所理解的人性。政治立场的坚定、无情，只是人的一个方面，甚至可能是表面。不管人与人之间有多少仇恨，但人毕竟还是人，人情有不可抗拒的力量。这一点当然是可以讨论的。

《墙上的斑点》：以无序的自由联想揭示思想的不自由

要读懂《墙上的斑点》这篇小说，关键是要抓住它的流派特点。初读此文的狐疑是：这样的作品能算小说吗？既没有连贯的情节，很难说有什么人物性格，更没有人物与人物之间的心理错位或者矛盾冲突。只是一个不知姓名，没有形貌，没有行动，停留在原地的女性，在随意地、即兴地、断断续续地进行自我内审，毫无头绪地联想、回忆。而引起这一切的，只是墙上的一个斑点，她一直以为是个钉子，想了相当长的一段时间（六千多字左右），才发现并不是钉子留下的痕迹，而是一只蜗牛。

这样随机、漫长的感受，完全是个人内心无形的、无声的自白，有些还是“幻影”，几近于胡思乱想，和一般读者预期的小说相去甚远。是不是有点接近散文？似乎也不太像，其自言自语并不抒情，既不美化墙上的斑点，也没有叙事，它仅仅是浮想联翩，纷至沓来的感觉，并不构成连贯的思绪，其间的联系只是边缘性近似切线的相近性。这样的自由随想，也许有点像西方人所擅长的随笔，如《瓦尔登湖》，可随笔也有一定的智性逻辑性贯穿其间；而《墙上的斑点》谈不上任何智性的一贯性。

那么，它为什么是小说，又获得了举世的共识呢？

这是因为，它具有小说的基本功能。那就是对于人物外部感知和内心情志的深度探索，表现作者对于人的内心感知和情志的独特理解。这属于特殊流派的小说即文学史上所谓的“意识流”小说。

传统的小说，不管是现实性的还是超现实的，多多少少都有或强或弱的情节，情节的功能就是把人物打出常轨，让人物遭遇意想不到的灾难或者幸运，进入非常环境，迫使人物在常轨情况下隐藏在人格面具下的、隐藏在深层的甚至连自己也不一定知道的情感、思绪涌到表层。《项链》中那个追求虚荣的女人为了不被当作骗子，艰苦备尝，付出十年的青春的代价，表现出“英雄气概”（heroism），堂堂正正地偿还了那条项链。《最后一课》中，那个讨厌法语的小学生变得无限热爱法语。故托尔斯泰在《复活》中说：“人往往变得不像他自己了，其实，他仍旧是原来那个人。”①情节把人物打出常轨的另一功能是使相互之间本来亲密的或者敌对的人物关系发生变幻、产生“错位”、矛盾，推动情节的发展，人物的心理就得到更奇妙、更独特的展示。《范进中举》中胡屠户本来对于范进怀着极强的优越感，公然对之辱骂。一旦范进中了举，就极其自卑，为了给范进治疯病，打了他一记耳光，居然觉得得罪了天上的文曲星，遭到惩罚，手痛得弯过来了。这种情节性，是古典主义、浪漫主义、现实主义乃至部分超现实主义小说的不二法门。但是，伍尔芙显然是对几百年来的艺术成规发出挑战：难道这是唯一的，别无选择的吗？在《墙上的斑点》中，作者让人物停留在原本的环境中，没有外来的干扰，甚至没有亲人、友人、情人，也没有关系紧张的敌人，更没有外来的幸运和灾难，能不能表现人物感知的独特，揭示人物深层的心理奥秘呢？

艺术的生命就是革新，就是突破，《墙上的斑点》表现了艺术家的大器，对一向被视为天经地义的情节进行勇敢的颠覆。作品和打出常轨的情节小说相反，让人物在常轨之中，没有事变，甚至没有动作，人物就静静地坐在那里，情思如万花筒一样，感知纷至沓来，迷离、纷纭、偶然、无序，如梦如幻。这就显示了和传统小说根本的不同，传统小说以人物的动态情思为脉络，而这种小说则是表现人物的静态。不仅环境是宁静的，心理也是宁静的。这有什么东西可写呢？她在追求什么呢？伍尔芙曾经这样叙述自己的追求：“把一个普普通通的人物在普普通通的一天中的内心活动考察一下吧。心灵接纳了成千上万个印象：琐屑的、奇异的、倏忽即逝的或者用锋利的钢刀深深地铭刻在心头的印象，它们来自四面八方，就像不计其数的原子在不停地簇射。”这就是她追求的“真实的生活”。文学作品就应该“按照那些微尘纷纷坠落到人们头脑中的顺序，把它们记录下来”“追踪它们的这种运动模式”。在《墙上的斑点》中伍尔芙这样宣称：

> 我希望能静静地、安谧地从容不迫地思考，没有谁来打扰，一点也用不着从椅子上站起来，可以轻松地从这件事想到那件事，不感觉敌意，也不觉得有阻碍。

这样安谧地、从容不迫地思索有什么好处呢？不仅因为，这是她所认为的真实，而且还有一种好处，他们叫作“自由联想”：首先，“可以轻松地从这件事想到那件事”，这就是说以事件之间是跳跃性和传统小说事件的连贯性分道扬镳。这样的革新是大胆的，但是，带来一个严峻的问题，情节有时间上的连贯性，情感逻辑的因果性，有发展变化，有悬念，有转折，才能吸引读者的不由自主的注意（在心理学上叫作“无意注意”），放弃时间上的

① 列夫·托尔斯泰：《复活》，人民文学出版社，1979 年，第 262—263 页。（汝龙译文略有不同）

连贯性，情感逻辑上的因果性，展示一片散漫的感知，凭什么让读者专注呢？这当然有风险、有难度，最大的难度应该是感知“自由联想”是无序的。但是，“自由联想”，虽然在时间空间上是自由跳跃了，可自由不是绝对的。第一，所有的感知、回忆、遐想，幻影总是围绕着一个焦点：墙上的斑点，斑点既是联想的起点，也隐约沉浮于联想的过程，最后结尾则是突然的、简洁的对转，那不是钉子的痕迹，而是一只蜗牛。从某种意义上说，斑点作为核心意象既是有序在无序中时隐时显，又在整体中首尾呼应。第二，墙上的斑点引起的纷纭的联想是随机的，但微妙的联系还是有迹可寻的。从墙上的“斑点”，联系到“炉子里的火”，“黄色的”，壁炉上有“菊花”，壁炉的炭块是“火红”的，联想到城堡上“鲜红的旗帜”，从而又带出“红色的骑士”。这完全是“幻觉”，甚至是“无意识”的，但并不是绝对散漫的：“炉火”“黄色的菊花”“城堡上鲜红的旗帜”“红色的骑士”，不但同属于色彩，而且大体为热暖色调，就是这样的暖色调把纷纭的感知、幻觉统一起来。作品后来从斑点猜想到在更高处可能有粉红、蓝色、“玫瑰花形状的斑块”，联想到莎士比亚，这不是脱离斑点了吗？但是，斑点是和炉火联系在一起的，因而伍尔芙让莎士比亚坐在椅子上“凝视着炉火”。绝对的自由联想的可能本来是无限的，而在伍尔芙这里，控制着它们只能向边际相关的方向延伸过渡，即使在时空上有些大幅度的跳跃，马上又回到核心意象（斑点/炉火）上来。

伍尔芙营造了这样隐含着有序的背景，就让人物的“思绪”“一哄而上，簇拥着一件新鲜事物”，传统小说里情节的功能就是让人物在历时性的动荡中展示其内心的新异的动荡。而这里把人物放在共时性、瞬间的宁静中，人物的情思也在运动，也有新异的变幻。只不过不是通过外部可感的动作、行为、语言，而是通过内心非逻辑的自白。这正是伍尔芙的追求：这才是人的内心的“真实”，人在宁静的状态下，人的心灵，人的感知，人的回忆，是如此活跃、丰富，有一种“一哄而上”“簇拥新鲜”的感觉。这种既纷纭又新鲜的感觉正是小说对读者的感染力来源之一。

伍尔芙显然觉得，传统小说把人物放在大变动的过程中，有条有理地按着清晰的逻辑去行动或者说话并不“真实”。这样的想法，有一定的心理学的根据。美国心理学家威廉·詹姆斯在他的《心理学原理》（1890）中指出，人类的思维活动是一种斩不断的“流”，不是自觉地、有序地衔接的，而是随机变幻、错综交融，因此将之称为“思想流”“意识流”。法国哲学家柏格森（1895—1941）则认为“意识”一直存在于“不可分割的波动之中”。[①] 这种心理学对于 20 世纪初的小说家影响很大，以致在一些小说家中达成一种共识：只有把这样的无序的意识之流，以内心自白的办法描述出来，才是“真实”的。这就形成

① 参阅郑克鲁《意识流》，《外国现代派作品选》第二册上，上海文艺出版社，1983 年，第 1 页。

了一种文学流派，叫作“意识流”派。很快便产生了一些意识流的经典小说，如法国作家马塞尔·普鲁斯特的《追忆似水年华》、英国作家詹姆斯·乔伊斯的《尤利西斯》、美国小说家福克纳的《喧哗与骚动》。

伍尔芙固然受到詹姆斯的“思想流”“意识流”影响，但作为艺术家，她有自己的创造，她并不以为人的思绪仅仅是单线的、平面的、长期的自由联想，在《墙上的斑点》中，她把意识和感知的流动集中到暂时的、瞬间的感知中来，从意识到潜意识，从现场感知到超越时空的回忆，展示为立体的隐显的过程，这个过程，不是单线的，不是浮于表层的，而是从五官的感知、想象、意识和潜意识向智性的判断深化的。在《墙上的斑点》中她这样自白：

> 我希望深深地、更深地沉下去，离开表面，离开表面的生硬的个别事实。让我稳住自己，抓住第一个一瞬即逝的念头。

不写事件，回避连贯性，乃是为了“离开表面的生硬的个别事实”。实际上，在她看来情节就是“生硬的”。“生硬”有什么坏处呢？那就是妨碍她“深深地、更深地沉下去”。这就是说，她认为描写情节妨碍她深入到人物内心深处去。用什么办法突破事件的“生硬”外壳呢？那就是她自己在作品中所说的“抓住第一个一瞬即逝的念头”，从感知的纷纭中，向智性深化，这样，意识流就不仅仅是感知的流动，而是感知一方面向潜意识，一方面向智性深层流动。

小说向智性深化的第一个层次，就是从斑点不像是钉子的痕迹深化为观念：“事件发生后”“没有人能够知道它是怎么发生的”，从而引导出“偶然性”这个富于哲理意味的感叹：“生命是多么神秘；思想是多么不准确！人类是多么无知！……和我们的文明相比，人的生活带有多少偶然性啊。”接着是把“偶然性”循着感性来加以扩展，从遗失的物品、地铁射出，到纸袋扔进邮包等，都是“偶然”的。

思绪深化的第二个层次是时间的流逝，在“绿色茎条”“杯盏形花”等背景上，把“偶然性”从外延拓展到人的生命：为什么人要投生到这里，而不是投生到那里，不会行动，不会说话，无法集中目光，在青草脚下，在巨人的脚趾下摸索呢？至于什么是树，什么是男人和女人，人们再过五十年也是无法说清楚的。在这个层次里，时间和空间都有大幅度跳跃，但也还是有意象的关联性：“一朵花”的出现，显然从开头壁炉上的“三朵菊花”“夏天残留下来的玫瑰花瓣”过渡来的，“老房子地基上的尘土堆里开了一朵花”。因为“花”的意象具有关联性，时空的跳跃不是很突兀。

在“花”的意象（紫色的花穗）的带动下，思绪进入了第三个层次，从“偶然”性向“真实”性过渡。人们总是美化自我：“在头脑里把自己的形象打扮起来”，本能地“崇拜自己的形象"，"偷偷地，不是公开地"美化自己，如果"镜子"打碎了，浪漫的虚象消失了，"在这样的世界里是不能活下去的"。意思是说，人总是不能面对"真实"，没有浪漫的打扮，没有自我欺骗，人就不能活。由于照镜子（在公共汽车和地铁里我们就是在照镜子）的欺骗性，人们像小说家一样，把现实"排除"，以"追逐""幻影"为务，接着是把这种感性的"幻影"，拓展到社会意识形态："社论""内阁大臣"等的套话，"正统"的"必须遵循的标准"，经典的（希腊人莎士比亚以来就是这样想的），不然，"就得打入十八层地狱"。但是事实上"毫无价值"。这就是对统一的思想规格进行直接的批判了，传统套话束缚着人们本来可以自由的、多样的想法。每一件事都只有一个规矩，连桌布的黄色小格子都一样，换了一种花样就"不能算是真正的桌布"。

第四个层次，引申出作者女权主义的直截了当的宣告：究竟是什么掩盖了生活中"真实"，"也许是男人，是男性的观点支配着我们的生活，是它制定了标准"。所谓神圣的"尊卑序列表"，森严的、固定社会等级："排在坎特伯里大主教后面的是大法官，而大法官后面又是约克大主教。每一个人都必须排在某人的后面。""最要紧的是知道谁该排在谁的后面。"但是，这是僵化的，不自由的，只有它遭到讥笑，被扔进垃圾桶，人们才可能获得"自由感"，尽管这种自由感是"非法的"，却是作者向往的，认为是非常"奇妙"的。

这样的思绪的深化，似乎离开斑点太远了，于是第五个层次，回到斑点上来：以漫画的笔法抨击所谓"学者"，他们投身于古墓、白骨的研究，搜寻证据，除了蹲在洞穴里盘问老鼠，记载巫婆和隐士的后代，他们什么也不会。这是对经院哲学，对奉为神圣的"知识"的反讽。正统的"知识"事实上是迂腐的、不自由的、僵化的、迷信的。然而，人们却在崇拜他们。这就是说，一切神圣的学问，其实都是迷信，都是虚假而可笑的。归根结蒂，是不自由的。

第六个层次则是作者正面的理想，那就是思想自由。现有的"知识"都是迷信，颠覆对这些知识的"迷信"，才能"想象出一个十分可爱的世界……这个世界没有教授，没有专家，没有警察面孔的管家，在这里人们可以像鱼儿用鳍翅划开水面一般，用自己的思想划开世界"。这里"没有尊卑序列表"。在看来纷纭无序的感知、回忆、幻觉、潜意识的流动中，居然升华出了对知识霸权如此尖锐的批判，实际上乃是对摆脱遮蔽，争取思想自由的宣言。

这是多么勇敢，多么深邃，多么彻底！作者说这样的理想的、打破了迷信的世界，是"可爱的"，但是，作者显然意识到这又是多么不现实，只能在"两百年后"才有可能。"大自然（按：现成的社会秩序）忠告你说，不要为此感到恼怒（按：不要怀疑现成的等级序列），而要从中得到安慰；假如你无法得到安慰，假如你一定要破坏这一小时的平静，那就去想想墙上的斑点吧。这就是说，去看看墙上的斑点，去自由地联想是唯一的自由。但是，这种自由是虚幻的，在文章最后，回到墙上的“斑点”上来，发现那并不是想象中的钉子的痕迹，而是一只蜗牛。这最后的一笔可谓真正的天才的一笔，既是对现实的无奈，也是对自我的调侃，蕴含着深沉的黑色幽默。

她对情节的批判：“表面的生硬的个别事实”，包含着两个意思：第一，情节是“表面”“生硬”的，被她用自由联想瓦解，故能达到思想的深度。还有一点不可忽略，那就是“个别的事实”。情节总是个别人的个别事情。而《墙上的斑点》达到的哲学高度，是普遍的，不是个别人的个别事件。把哲理的普遍性作为艺术的追求，不但是意识流小说家的追求，也是整个西方现代派文学的追求。

作者在扑朔迷离的浮想之中，居然蕴含着如此深邃的哲学性意义上的自由追求，在意识流小说中堪称一绝；但若从小说艺术的精练性来说，作品的主题是不是太复杂了一点，起初关于“偶然性”的思考，和后来对正统的霸权“知识”不自由的批判，是不是有机的统一，很值得怀疑。17 世纪的斯宾诺莎（1632—1677）提出：自由乃是对必然性的认识。[①]自由和必然处于对立和有机的统一之中，不管是启蒙主义还是马克思主义都肯定了这个命题。伍尔芙在这里把自由和偶然联系在一起，显然缺乏内在的统一性。也许正是因为这样，才耗费了多达六千余云雾漶漫的文字，对有相当耐性的读者也是一种折磨。语言的拖沓和玄虚并不是伍尔芙一个人的缺陷，而是意识流小说家，包括经典小说家普鲁斯特、乔伊斯、福克纳等共同的症候，因此意识流作为一个流派，从 20 世纪 60 年代到 80 年代，在中国也一度影响了白先勇、王蒙等作家，他们带着意识流风格的小说，也曾风靡一时，而其作为文学流派则是昙花一现，至今只在为数不多的诗歌中显示着并不旺盛的生命力。

① 这是长期以来，对斯氏思想的概括的说法。斯氏的原话是：“凡是仅仅由自身本性的必然性而存在，其行为仅仅由它自身决定的东西叫作自由。反之，凡一物的存在及其行为均按一定的方式为他物所决定，便叫作必然或受制。”（斯宾诺莎：《伦理学》，贺麟译，商务印书馆 1983 年，第 4 页）严格说来，斯氏的思想更准确的表述是：自由和必然的关系首先不仅仅限于认识，而且还有行动，也就是在实践的过程中才能获得自由。

尽信书不如无书
——博尔赫斯《沙之书》的悖论

这是一篇令一般读者，甚至老师感到迷惑的小说，笼统地说它是小说，不一定很准确，它带着很强的寓言性。全文没有个性鲜明的人物，人物的心理不合通常情理，十分怪异，但是，全世界的读者公认它是小说。这应该不无道理，因为它有一般短篇小说所具有的情节，但是，情节相当异类。一般短篇小说情节的核心，大都是一个道具（如项链）引发事变，一个人物的命运（范进中举）的突变，或者情绪（《最后一课》中的孩子不爱学法语）的转换，在变化之前以其悬念引起读者的关注，在转折之后触发读者的意外的体悟。情节核心大抵都是现实的、具体的，即使是幻想的，如孙悟空大闹天宫，也是感性的人情物理，不过是披上了神幻的外衣。这篇小说的核心道具，虽然是一本具体的“书”，但是，这本书却是沙做成的，这根本不可能。沙是流动的，不能构成书页，不能翻动，不能书写，即使书写了，也不能留下稳定的、超越时空的系统符号。这个情节核心，是超现实的，带着某种荒诞意味的。小说前面引了乔治·赫伯特的诗：

……你的沙制的绳索……

引这句诗，显然是为了提示小说有某种悖论性质的寓意，沙是松散的，是不能构成以连贯为特点的绳索的，但是，诗句的中心语又明明是“绳索”。

作者说明，他的故事不同一般。一般故事是具体的，作者说如几何学一样：“由点连成线性”“由线推成面”“由面构成体积”，按着科学的理性逻辑运行。用我们传统的说法就是环环紧扣。作者说，他不采用这“几何学的方法”，其更深的含义是，几何学（自然科学），是现实的，不能虚构，而他写小说，讲故事，却不能不是虚构的，在英语里小说叫 fiction，就是虚构的意思。可是他又说他的“故事一点不假”。这就把悖论摆在了读者面前，推动读者思考，为什么明明虚构故事却一口咬定是真实的，“一点不假”，在貌似荒谬的悖论背后有一种什么寓意，小说蕴含着的“一点不假”的东西是什么呢？这是解读所不可回避的挑战。

故事就在真和假的矛盾中展开。

从情节看，两个人物是现实的，富于真切的细节的：来人是推销员，卖圣经的，“身材很高”“外表整洁”而“寒酸”，“提着一个灰色的小箱子”。两个人的对话很是世俗，充满了生意经，“我”说自己家里有好几种版本的圣经，来人说，他带来的是“一部圣书”，吹嘘比圣经还神圣。对这本圣书的描绘更是精细：八开大小、布面精装，具有异乎寻常的重量。书脊上面印的是“圣书”，而且是个古董（“看来是 19 世纪的书”）。两个人谈话有一搭没一搭，但不乏隽永。推销员说他不过是经过这里，过几天就走，可又谈起哲学家休谟和诗人罗伯特·彭斯。“我”本以为此人要把这本圣书送给大英博物馆，此人却提议把这本书卖给“我”，要了一个高价。“我”明明对这书有好奇心，却装作淡然。最后不惜用退休金和传家的花体字的圣经来交换。推销员居然变得不在乎钱了，并不讨价还价就成交。小说写这场买卖除了少许神秘之笔（推销员要了个高价，但是，最后成交，似乎不在乎钱），大部分写得比较现实，行文与一般的现实主义、浪漫主义小说，没有多大区别。但是小说主要情节仍然是怪诞的。

这本神秘的“圣书”是小说的核心意象，“我”用不菲代价换来，却觉得好像不是书。其不现实之处，不仅是书的性质和材质，而且是内容：“里面的文字是我不认识的。”“每页上角有阿拉伯数字。”“逢双的一页印的是 40，514，接下去却是 999。我翻过那一页，背面的页码有八位数。像字典一样，还有插画。”但是，合上以后，再翻到原处，原本的铁锚图案却不见了。这样的情节令读者不能不迷惑：第一，缺乏书的连贯性；第二，页面不可分；第三，图文亦无固定性；第四，推销员告诉他，这本圣书，是无始无终的；第五，其功能却是惊人的，可以成为印度连影子都不可接触的贱民的护身符。

一方面是圣书；极其神圣，一方面，极其虚幻而神秘，矛盾并不静止，而是在衍生中运动发展。

在付出不菲的代价（退休金和祖传的花体圣经）获得这本书以后，作者阅读的经历，则更加神秘。这本书不能一页一页打开，也就是不能连续阅读，没头没尾，既没有第一页也没有最后一页。更加怪异的是“我”阅读时相当丰富的心理反应，各个层次之间的十分曲折无理：和前面两人交易的现实性不同，曲折的怪异心理层次带着鲜明的超现实性。

《沙之书》的情节，就是现实与超现实的对立统一，不过超现实的心理过程，却是小说的主要方面。

作者强调的是，这本号称圣书的书，看不出什么了不起的神圣的内容，一页上面有

“一个面具，角上的数字大到乘九次方”，从通常的心理反应来说，这本来是要感到迷惑，感到失望，甚至感到上当的。然而，作者不但没有，相反想把它藏起来。读者可以推想，藏起来，是不是意味着感到珍贵？这是获得圣书的第一个层次的心理。

接着第二个层次提示这本怪书在作者心目的地位。不是正面的陈述，而是侧面的提示。

我从不向任何人出示这件宝贝。

用了这么大的代价，换来了一本完全莫名其妙的书，居然当作“宝贝”，这显而易见地荒谬。然而这就是小说的情节的特点所在。一般小说的情节是外部事件的变化，由变化引发事件的突变，而这里，事件没有变化，而是心理发生荒谬的层次丰富的变化。

每一个层次，都是荒谬感的强化，如果荒谬的强化是无条件的，那可能是呓语，小说精彩的是，荒谬感的强化，自有其荒谬的逻辑。其间蕴含着特殊的因果关系。当了一回冤大头，并没有感到上当受骗，而是感到“幸福”，因为它被当作了“宝贝”，随着占有它的幸福感而来的是怕它被偷掉，这是情节的第三个层次，完全是荒谬的逻辑的衍化。因为是宝贝，所以感到“幸福”，而害怕说明幸福感、珍贵感强烈到生怕失去。

第四个层次是，由于害怕失去，就寸步不离，隔绝了与朋友的来往：

我有少数几个朋友；现在不往来了。

这是荒诞逻辑衍化从客观向主观转化：在孤独中忧虑到自己都感到“精神失常”了。

第五个层次是更进一步，不但拒绝朋友的来访，而且自己不敢再上街，因为怕离开家，宝贝就可能被偷。到这个层次，读者不难感到，获得“宝贝”的“幸福”正在消失。这是小说情节转折的开始。

第六个层次，自己投身于精心排除其假货的可能和修复。着迷到这种程度，他自己都感到成了这本书的“俘虏”。这就是说，“幸福”不但失去了，而且在走向反面，读书本来是为了自由思考，成了俘虏，是思想成了书的俘虏，失去了自由。

第七个层次，可以说情节真正的高潮，“幸福”变成了不折不扣的痛苦：第一，“觉得它是一切烦恼的根源”；第二，领悟到所谓“圣书”“把自己也设想成一个怪物：是一件诋毁和败坏现实的下流东西”。这就不仅仅是痛苦，不仅仅是失去自由思考，而且是把自己败坏了，让自己感到自己成了“怪物”“下流东西”。荒谬的逻辑演绎层次越来越深，转折的幅度越来越大，读者的惊异感也越来越强，同时思绪也越来越深化。所谓“圣书”异化为灾难的原由越来越突出。书本来是人的智慧创造的，人崇拜书就是崇拜智慧，崇拜的结果却是人被书所统治，使自己成了书的“俘虏”，成了“怪物”，失去了智慧和创造的自由。

这既是外部情节的转化，又是内在思想的转化。从哲学意义上说，这就是马克思所说的“异化”。人被自己的创造所统治，人创造得越是精深，精深到成为比圣经还高的圣书的程度，反而成为人的统治力量，使人失去了自由，也就是使人变得荒谬，变得愚蠢。

最后的尾声则是意味深长：“我想把它付之一炬，但怕一本无限的书烧起来也无休无止，使整个地球乌烟瘴气。”

这就是说，异化严峻到这种程度，即使人幡然醒悟，想摆脱崇拜的“异化”，但是，已经不可能了。就是以一种最彻底，最坚决的手段将之付之一炬，也是无效的，因为书是无限的，烧起来也是“无休无止”的，徒然污染环境。

在人与这种异化的正面斗争中，没有获得胜利的希望，人彻底打败了自己。

最后只好把它藏到图书馆的暗室里，有意忘记它在哪一层，从此连图书馆所在的街道也不再去了。这就意味着，不仅是再想找也很难，而且是根本就不想，不敢再接近它。这就是说，人不能正面战胜它，唯一解救自己的办法就是消极逃避它，这是不是意味着，不读书，人就会恢复自由呢？这就是人类生存的困惑。

现代科技带来的黑色幽默
——读《保修》

解读文章，就是要从看起来没有问题的地方提出问题来，找出深刻理解文本的途径。

提出的问题应该不是一般的、表象的、肤浅的，而是涉及文章特征的问题。就本文来看，大致可以有这样几个：首先，本文似乎是一篇小说，但却没有小说那样的人物性格。人物只有两个：顾客和连名字都没有的推销员。顾客虽然有名字，却是一个字母，和没有差不多，可见其不重要。人物不但没有名字，而且也没有外貌描写，连年龄、性别都没有。根本就谈不上个性。从这个意义上来说，它好像不是一篇小说，它不以独特的人物个性感人，而是揭示现代社会普遍的社会心理，给读者以启示。

其次，本文最有趣的是情节。这个情节有一个起因，推销员为画家“解除烦恼”。画家原来没有任何烦恼，经过推销员的启发，画家感觉有了一点小烦恼，就是头发太乱，而且太稀疏。推销员成功地说服画家使用生发水。所用的语言，都是读者早已熟悉的商业套语。但是，结果却超出读者的预期。首先是，并不是通常的商业欺骗，恰恰相反，药品效果奇好。更加超出预期的是，由于效果奇好，产生了副作用，头发太多，带来新的烦恼。于是，推销员以“保修”为由，成功地推销了染色剂。效果奇佳，又产生了新的副作用，如此再三“保修”，推销员成功地推销了发蜡、专用脱发剂、自动理发机。

文章构思的精彩处在于，每一次成功的保修，解除烦恼，都因为过分成功，变成了新的烦恼：构成了循环不已的悖论：解除烦恼，变成了产生烦恼的原因。

画家在最初的几个阶段，每一次都对保修的效果赞不绝口。所用的词语几乎是同样的“像做梦一样”“惊人的效果”“伟大的胜利”。但是，到了最后一个阶段，却不能不“叫苦”说：自己是“噩梦引起的悲鸣”了：

> 我必须不断地染发，不断地打发蜡。要花费很多钱，简直没办法。再加上每天都

得用自动理发机理发，要花费很多时间，简直没办法！我已经不能为画画而去旅行写生，收入也开始减少。这样下去，会彻底破产的。

最高科技的商品，最有效的保修，却带来了最不可开交的麻烦。这不是很荒谬，很可笑吗？作家所追求的正是这种可笑的效果，这种荒诞的效果，可以称之为“喜剧性”。

这种喜剧性，不但表现在情节上，而且表现在对话上。一般在小说里人物的对话，很讲究个性，很忌讳重复，而这里却恰恰相反。人物多次做成买卖，基本上没有多少动作和表情的描写，完全通过对话来表现，但是，除了最后一次，每次说的话，基本都是一样的，卖方，买方，每次都重复着原来所说的话。好像是录音机一样。这里就很怪异，很荒诞，很有趣，很有喜剧性。

作家用这种喜剧的荒诞性来讽刺什么呢？

当然是讽刺商业推销的骗术。

顾客反反复复，来来回回，花了许多钱，买了多套商品，结果却不得不经历反复折腾，变得过分茂密的头发用自动理发机清除掉，恢复到原来的状态。在经历了一系列的无效折腾以后，画家不但不感到委屈，不感到愤怒，相反却十分兴奋，发出赞美的呼声：

了不起，好像做梦一样。完全脱发了，恢复原样了，好像复活了似的。幸亏没有造成破产。惊人的效果，科学的胜利……

花了这么多钱，又浪费了这么时间和精力，居然还感到兴奋，感到“复活了似的”。这必然提示了所折腾之苦，才有这种解脱之快。但从另一个方面来看，这又是很荒诞的。这种荒诞性，表现了即使有文化如画家，也会身陷商业的、科技的统治之中而不自知。这就很明显，并不是讽喻画家一个人，而是对现代、后现代生活的批判，从这个意义上来说，这种喜剧，有一点冷峻的特点。

值得注意的是画家的语言，“做梦一样”“惊人的效果”“科学的胜利”，在全文中重复了好几次，如果说，在这以前的几次，都是因为保修的效果十分良好，画家发自内心的话，那么这一次，当然也是画家的真心，但是，在读者看来，却明显有一点讽刺的意味了。因为头发都被清除了，恢复到原来的样子，等于白白折腾这么久，怎么能说“科学胜利”呢？应该是“彻头彻尾的失败”才更符合实际。另外“做梦一样”原本是赞美的，而这里却意味丰富，从表面上的确是画家在赞美，从深层来说，又是对画家被骗上当而不自知的调侃。至于“惊人的效果”，意味也是双重的，一是当时的感觉，二是讽喻。最后的“惊人的效果”，就是消除最初的“惊人的效果”。

同样的词语包含着不同的内涵，激起读者丰富的感受，是喜剧性作品常用的手法。鲁迅的《阿长与〈山海经〉》，两次用了“空前的敬意”“伟大的神力”，成为全文意脉的关节。

第一次是幽默性质的反讽，第二次是抒情式的赞美。

本文更明显的反讽还在于，那架已经完全多余的“自动理发机”，由推销员主动提出“降价四分之一”退货。

而画家却不但不感到丧气、吃亏，相反却万分感谢：

你们的经营方针是多么出色的梦境般的有良心的啊！

而推销员也说：

是啊！对于本公司保修的完美程度，无论哪一位顾客都是这样称道呢……

这就是“反语”了。明明是浪费了人家的时间和金钱，却一点儿也没有惭愧之感，相反大言不惭到如此程度。反反复复保修，明明是圈套，但是顾客没有上当的感觉，而推销员也没有惭愧之感，双方都有一种满意的感觉。如果仅仅这样，作家的讽喻对象，就仅仅是商家，但作者的讽喻不仅仅针对商家，而且有更深的含意。

成功的科技产品，由于这过分成功，就变得不成功，带来了麻烦；成功的保修，解决了麻烦，又由于过分有效，又变成了新的麻烦。从一系列的成功保修来说，是良性循环，从保修造成的麻烦来说，又是恶性循环。身受其害，而乐在其中，沉迷不醒，这就是作者对于当代人生的反讽。

这样的喜剧性，其中有一点幽默，当然，不是一般的幽默，而是带着冷峻色彩的幽默，或者叫作冷幽默，甚至也可以叫作黑色幽默。从这种幽默中，作家似乎在诱导读者对于当代社会高科技和人生作更深刻的反思。作家似乎要给读者这样的思维冲击，似乎并不是科学技术越发达，人的生活越幸福，相反过分发达的科技设备，倒是可能给人带来麻烦。这样就产生了一个悖论，为了省却麻烦，才要发展科技，可是过分依赖科技，又会带来更大的麻烦。在这种解决麻烦，又带来麻烦的循环中，人不是越来越轻松，相反倒是越来越狼狈。这就是后现代小说和戏剧中风行的人生的荒谬主题。

第二辑　经典小说人物分析

薛宝钗、蘩漪和周朴园是坏人吗

大自然是吝啬的，人是被迫遵循大自然的规律才勉强满足了自身迫切的生理需求的。人类征服物质世界，凭的是理性，却牺牲了情感。情感被抑制着，被压迫得处于沉睡状态，或者叫作潜意识状态。在人的小丘脑的下部，有一个机制，就是压抑人的自发性欲望的。在人的种种欲望中，最强烈的是性欲和食欲。光有小丘脑的控制是不够的。为了不使人们在满足欲望时发生暴力争夺，除了法律的他律，还有道德的自律，让人自己分别善恶。科学追求客观的真，排除虚假。一个人从懂事开始所接受的就是道德的善恶和科学的真伪的教育。

这自然是很重要的，不可缺少的。但是对全面发展的人来说光有这一点是不够的，因为这一切都还是理性的，为了生存而暂时牺牲的情感，在人类生存获得保证以后，如果满足了，就和动物没有什么两样了。这时，情感就变得非常重要。人的情感的美，是人的生命不可缺少的组成部分，其特点就是非理性的、超功利的，因而也就是超越善与真的。

小孩子看电视往往问大人，某个角色是好人还是坏人，这类问题有时很好回答，有时不好回答。越是简单的形象越好回答，越是丰富的形象越不好回答。这是因为形象越简单，情感价值与道德的善和科学的真之间的矛盾越小；形象越是丰富，意味着情感越是复杂，与善和真之间的矛盾也越大。

为了说明这个问题，试举曹禺《雷雨》中的蘩漪为例。她是周朴园的妻子，却与周朴园的大儿子周萍发生了感情，而且有了肉体关系，从某种意义上来说，这是乱伦。当周萍要结束这种关系，带着女佣四凤远走矿山时，她为了缠住周萍，不惜从中破坏，甚至利用自己儿子周冲对四凤的爱情，强迫他出来插入周萍和四凤之间。

单纯从道德的角度来看，她肯定是自私的、邪恶的、不善的，是一个道德上有污点的人物。但是在看完《雷雨》以后，观众和评论家却很难把她当作坏人看待。

这是因为，虽然她的物质生活很优裕，但她在精神上受着周朴园的禁锢，她炽热的情感在这种文明而野蛮的统治下变得病态了，这就造成了她恶的反抗。她绝不为现实的压力而委屈自己的情感。她在寻找情感的寄托，而且不把情感寄托当成可有可无的，相反她把她与周萍的关系当成生命。曹禺在她第一次出场时，对演员和导演作出如下的描绘和分析：

> 她的脸色苍白，面部轮廓很美。眉目间看出来她是忧郁的。郁积的火燃烧着她，眼光时常充满了一个年轻的妇人失望后的痛苦和怨望。她经常抑制着自己……她的性格中有一股不可抑制的“蛮劲”，使她能够忽然做出不顾一切的决定。她爱起人来像一团火那样热烈；恨起人来也会像一团火，把人烧毁。

曹禺在这里所作的并不是一种道德善恶的鉴定，而是对她情感世界的揭示。他不在乎她是好人还是坏人，甚至也不分辨她哪一部分行为是善，哪一部分行为是恶。对于这些，作者自然是有某种隐秘的倾向性，但那是一种侧面效果。作者正面展示的是这个人物的“郁积的火”，即受压抑的火，这种潜在感情是矛盾的：她外表忧郁，甚至沉静，而内在状态，却是以“不可抑制的‘蛮劲’”能够激发出“不顾一切的决定”，“她爱起人来像一团火那样热烈，她恨起人来也会像一团火，把人烧毁”，不管这种“火”是纯洁的火，还是邪恶的火，都是人的生命的一种状态，而这种状态，是一向为人们所视而不见的。曹禺对那些越出道德的善和认识的真的范围的情感并不采取排斥的态度，而是当作一种可贵的发现，让读者在体验这种感情的过程中，体验到生命的丰富和复杂。

而情感的丰富和复杂的发现，就是美的发现。

一个普通的有道德善恶观念的人和一个有强烈审美倾向的艺术家的区别就从这里开始。艺术家并不满足于作出道德的和科学的评价，这不是他的主要任务，他追求的是在此基础上作出审美的评价。在艺术家曹禺看来，这个感情压抑不住，窒息不死，没有顾忌，一爆发起来就不要命，甚至在儿子面前都不要脸的女人表现了女人的内在的情感，是一个充满了生命的女人。而那个害怕自己的感情的周萍，则是软弱而空虚的，他总是在悔恨中谴责自己的错误，他缺乏意志和力量，“他痛苦了，他恨自己，他羡慕一切没有顾忌，敢做坏事的人”。

然而，这个不再敢做坏事的人，尽管在道德上并不是负面的，在情感上却是苍白的，在审美上是被否定的。他肯定不是《雷雨》中的正面人物。

要提高对经典文学作品的艺术的欣赏水准，在这一点上是绝不可含糊的——必须把艺术形象的情感价值放在最重要的位置，哪怕这种情感与理性的善和真拉开了某种距离也不能手软。

正是在这样的基础上，曹雪芹把林黛玉和薛宝钗放在对称的位置上。她们之间有对立，但基本上不是道德的对立，而是情感的对立。

林黛玉的情况和蘩漪有一点相似，那就是她为情感而生，为情感而死，情感给她的欢乐大于痛苦。她的情感是这样敏锐，这样奇特，以至于她和她最爱的贾宝玉相处也充满了怀疑、挑剔（《红楼梦》把这叫作“歪派”）、自我折磨和相互折磨。这是因为她爱得太深，把情感看得太宝贵，甚至比生命更宝贵，她不能容忍有任何可疑的成分、牵强的成分，更不要说有转移的苗头了。让这样强烈的情感出于她这样一种虚弱的体质，这在曹雪芹看来可能并不是出于偶然或随意，也许他正是要把情感的执著和生命的存活放在尖锐的冲突中，让林黛玉坚决选择了情感之花而不顾生命之树的凋谢。从理性的实用来说，这是负价值，而从情感上来说，这是正价值。

古希腊人把关于人的学问分为两类，一类是理性的科学，一类则是和理性相对的，包括情感和感觉的，翻译成英文叫作“aesthetics”。但是，关于科学理性的学问比较发达，关于情感和感觉的学问，好像比较逊色。直到鲍姆嘉登于 1750 年发表 *Aesthetica*（感性学）才把这门学问定下来。汉语里没有一个相对应的词语。日本把它翻译成“美学”，也就是讲究情感的学问。但是，这也带来了混淆，给人一种感觉，似乎美学就只涵盖诗意盎然的审美，跟丑没有关系似的，好像没有什么审丑似的。

这就造成了一种事实，大凡与美相对立的，往往就变成了恶。其实美的反面是丑，而善的反面是恶。美的不一定是善的，而恶的不一定是丑的。

真善美三者不是完全绝对统一的，而是“错位”的。所谓错位，是价值的交错，而不是绝对的对立或者分裂。

薛宝钗是林黛玉的“对立面”，即林黛玉是美的、善的，则薛宝钗肯定是恶的吗？道德上一定是卑污的吗？其实，在道德上宝钗并无多少损人利己之心。有些研究者硬把薛宝钗描写成一个阴险的“女曹操”，和这一形象本身的倾向是不相干的。薛宝钗的全部特点在于她为了“照顾大局”而自觉自愿地，几乎是毫无痛苦地消灭了自己的情感，不管是她对贾宝玉可能产生的爱，还是对王夫人（在逼死金钏儿以后）可能产生的恨，她都舒舒服服地淡化掉了。她在人事关系上取得了极大的成功，她克制自己的情感，不让自己和任何人冲突，甚至把自己的青春和爱情都没有认真当一回事，结果是她自己成了生命的空壳。和情感强烈但没有健康的美人林黛玉相反，她成了一个健康却没有感情的美人，一朵没有生命的纸花。

她时时要服食一种“冷香丸”，其实这正是她心灵的象征：她虽然很美，但情感已经冷了，地藏庵的尼姑说她是个“冷人”(《红楼梦》第一一五回)。从审美价值来说，这就是丑。

从这个意义上，我们可能会对周朴园有比较深刻的理解。

许多学术论文几乎异口同声论断周朴园是个道德上十分虚伪的家伙。这样的理解可能太浮浅了。如果他仅仅是一个虚伪的人物，那只不过是说明他恶而已。但文学作品的价值追求，不在于善恶，更重要的在于美丑。蘩漪是恶的，但从审美价值来说，她对情感的不顾一切的执着，说明她还有审美的一面。薛宝钗是善的，但她有丑的一面。说周朴园是恶的，并不一定比说他是丑的更深刻。

问题在于，周朴园自己倒是觉得自己是有恶行的，但那是过去年轻时的事，而他为此而时刻忏悔着，家具的布置也一直保持着当年侍萍生孩子时的原样——大热天，连窗子都如当年一样关得紧紧的。这一切，都并不是做样子给谁看的，而是他的一种向善的心意。有些论者把他发现当年的侍萍就在眼前时，给她开了一张支票，也说成是虚伪。这多多少少有点强词夺理。因为在他们心目中，只有道德善恶一种价值观念。其实，这张支票，并不是空头支票，而且是他主动开出来的。问题不在于虚假，而在于真实。他真真实实地认为，这张支票足够补偿三十年生命的、情感的痛苦。他的问题出在他诚实地认为，实用功利大大高于侍萍所付出的情感价值。把情感价值，放在实用之上，是美。而把实用价值，放在情感价值之上，这就是情感枯窘，从美学意义上说，这就是丑。

这种丑，在他对待蘩漪的问题上，也同样得到充分的表现。他对蘩漪，从道德上来说，应该是善的，他请了德国医生（花了大价钱）为她看病。他逼迫蘩漪服药，是很“文明”的。最严重的，也不过是让大儿子下跪。在这方面，他并没有做任何缺德的事。所以称不上恶。但是，他所做的一切都是对情感的漠视。他看不到妻子在精神上遭到自己的压抑已经变态。他对任何人，包括自己的儿子和妻子，都没有感情的沟通。

他和薛宝钗一样是个感情的空壳。

从这个意义上说，他是丑的，但是，并没有多少显著的恶。

用同样的道理，我们可以解释安娜·卡列尼娜与卡列宁的冲突，主要不是在道德上，更不是在政治上，而是在情感的生命上，也就是在审美价值上。卡列宁对安娜说：“我是你的丈夫，我爱你。”安娜的反应却是：“但是爱这个字眼激起了她的反感。”她想：“爱，他能够吗？爱是什么，他连知道都不知道。”

连爱都不会，这并不是不道德、不善，而是不美。卡列宁是丑的。

这正是托尔斯泰修改安娜这个形象，找到安娜这个人物的生命的关键。在这以前，托尔斯泰原本企图把安娜写成一个邪恶的道德堕落的女人的，而后来安娜却变得美了。安娜和沃伦斯基发生了关系，怀了孕，卡列宁并没有张扬，也没有责骂她。她在难产几乎死去时，卡列宁与沃伦斯基已握手和解了。她也表示：今后就与卡列宁共同生活下去，不再折腾了。可待她痊愈之后，她却感到，卡列宁一接触到她的手，她就不能忍受了。从科学的理性说，这不是理由，可是从情感和感觉的互动关系来说，这是很充足的理由。

在这一点上不彻底的作家往往只能写出格调不高的作品来。中国古代有一些劝善惩恶的小说（如《今古奇观》中的“三孝廉让位立高名”），在艺术上都是软弱的。就是在新时期的初期，有些曾经轰动一时的得奖小说，如《窗口》《赔你一只金凤凰》之类，甚至《明姑娘》那样的作品，都很快就被读者遗忘了。倒是因为付了五块钱旅馆费而破坏性地在房间里沙发上一跳的陈奂生，却成了富有艺术感染力的形象。

自然，让审美价值和实用道德理性拉开距离并不是无条件的，这个条件就是不可直接与道德的善对抗，即不可诲淫诲盗。拉开两种价值的距离是为了在错位中充分展示情感结构的奥秘，把作者自己的道德理性结论隐蔽起来，让读者自己在潜移默化中有所感受。

许多语文教师都希望文本分析有一个较高的起点。审美价值的相对超越就是高起点，如能在这一点上不含糊，就有了摆脱无效阐释的可能。

为了说明科学的真和艺术美之间错位的关系，举一个当代文学的例子。

1985 年 5 月 19 日，国足与中国香港足球队争夺进入世界杯足球赛的入场券，国足只要打平就可达到冲出亚洲的目的，但结果却输了，巨大的心理落差引起了球迷的一场骚乱。第二天新华社电讯历数“害群之马”的行径之后这样说：

> 更为恶劣的是，少数人在工人体育场附近故意拦截外国人的汽车，恣意辱骂……北京体育场发生的这一事情，是建国以来在北京体育比赛中最严重的有损国格的事件。这种愚昧野蛮的行为与首都的地位极不相称。北京的政法部门将依法严惩肇事者。

报道的无疑都是事实，从科学的认识来说，肯定都是真实的。但把科学上真实的事实，拿到艺术中就可能变成虚假的。正因为这样，刘心武在以此事件为题材写作《5·19 长镜头》时，虽然主人公滑志明是当天的肇事者，但却没有把他处理成一个野蛮的罪犯，而是一个相当善良的人。

刘心武着力展开的不是他如何破坏，如何犯罪，而是他在一种失落的感情掣动下的感觉如何变幻，他自己如何“跟着感觉走”，终于懵懂地走向推翻汽车的行动。

展现在读者面前的是他失落感变幻的层次。

首先是一种倒霉、背时、自卑的感觉。个子小，学历文凭都不如人；好不容易找了个对象，第一次领回家，就被父亲当着人家的面训了一顿，以致忘了下次约会的时间；借来了录像带，还没有享受到现代文明，却因不会播放而洗掉了，只好赔钱。由于缺乏文化而百无聊赖，完全凭着迷茫的感觉来到球场。感受着球迷们的狂热自信，又承受不了输球以后巨大的心理落差，在盲目的哄闹以及肆无忌惮的发泄中，这个缺乏主心骨的人长期埋藏在心灵深处的不满和郁闷终于被激发了出来，但并没有立即发作，待到他走出了球场，由于一个好像是偶然的因素的推动，他不由自主地卷入了掀汽车的行动，最后导致被捕。

这是一个被缺乏文化和法律观念的麻木感觉牵着鼻子走的人，在盲目发泄郁闷的群众潮流的裹挟下走向犯罪道路的人。

这里展示的不是他犯罪的外部动作过程及其社会危害性（这是实用价值），而是他追求时髦和物质文明的表面感觉和潜在的缺乏文化的麻木情绪互相催生的过程（这是审美价值）。如果在这两个过程中看不出差别，作品就可能概念化了，让这两个过程拉开一点距离，才能创造出富有感染力的形象。自然，情感的美对认识的真的超越也是有限的，不能是绝对的、无限的。超越以不歪曲生活的根本性质（或者叫作本质）为限。在拉开距离以后，从根本上歪曲生活的性质无疑是应该警惕的。

事实上，对艺术家来说，把握真善与美之间既统一又矛盾的“错位”关系是十分重要的。完全否认其间的矛盾，可能导致公式化、概念化；而无限夸大其间的矛盾，则可能导致诲淫诲盗或胡编乱造。真正的艺术家能游刃有余地控制真善美的互相错位而又不让它们分裂。

关公不顾后果放走曹操为什么得到鲁迅的称赞
——情感逻辑超越理性逻辑

许多作家都在刻意追求人物或者性格的塑造，而成功者往往是少数。一般认为，这是因为作家没有抓住人物的个性，过多地把注意力放在了共性上，这个说法不无道理。但是，如何才能抓住个性呢？这是要进一步探究的问题。其实个性是一个外延很广泛的概念，可以有思想的个性，也可以有民族的个性，这都不是人物个性的焦点，人物个性的焦点是情感的个性，即情感的独特的逻辑性。

要分析人物，应该从人物的独特情感和理性之间的矛盾开始。情感有它独特的逻辑性，不但作家不能任意左右它，就是人物自己的意志和理性也不能随便改变它。

在鲁迅看来，《三国演义》写得最精彩的并不是诸葛亮。像“草船借箭”这样紧张的军事斗争，不可能万无一失，而孔明居然没有任何紧张情绪。作者的目的是为了强调人物的智慧超群，但把智慧强调到绝对的程度，就可能影响人的感情，削弱形象的感染力。鲁迅在《中国小说史略》中批评《三国演义》把诸葛亮写得“多智而近妖”。鲁迅的用语相当尖锐，不说他是被神化了，而说他是被妖化了。

鲁迅在《中国小说史略》中，特别称赞的形象是关云长。这是因为，关云长在理智上不是那么强大，时常感情用事。他的理智时时与感情矛盾，而且经常被感情所役。鲁迅在《中国小说史略》中曾特别引用关公在华容道释放曹操那一段。

这一段把关公放在了理智与情感的尖锐矛盾之中。

《三国演义》第五十回，作者特别交代，诸葛亮不相信关公能够完成俘虏曹操的任务，而关公却主动要求派遣，并且立下了军令状。这对关公的理性来说，已经到了别无选择的地步了，可是到了关键时刻，作者却听任关公的感情选择了违背理性的行动。

本来，从理性逻辑来说，放走了曹操（刘备的主要政治、军事敌手），是不忠于刘备事业的表现，其后果是危及事业和自身的生命，而俘虏了曹操则是忠于刘备事业的表现，肯定能得到升迁和厚赏。然而按关公的情感逻辑却不然，曹操当年俘虏了他，不但不杀他，反而抬举他，还请傀儡皇帝封他为“寿亭侯”，三日一小宴，五日一大宴，的确有厚恩于他。关公此人十分重视“有恩必报”的原则。曹操身边的程昱很懂得关公这种感情用事的性格，提议曹操和关公算一算情感逻辑的旧账。《中国小说史略》写《三国演义》一共才三页，光是引用关公放走曹操，就差不多占了大半页：

……（华容道上）三停人马：一停落后，一停填了沟堑，一停跟随曹操。过了险峻，路稍平坦。操回顾止有三百余骑随后，并无衣甲袍铠整齐者……又行不到数里，操在马上扬鞭大笑。众将问：“丞相何又大笑？”操曰：“人皆言周瑜、诸葛亮足智多谋，以吾观之，到底是无能之辈。若使此处伏一旅之师，吾等皆束手受缚矣。”言未毕，一声炮响，两边五百校刀手摆开，为首大将关云长，提青龙刀，跨赤兔马，截住去路。操军见了，亡魂丧胆，面面相觑。操曰：“既到此处，只得决一死战！”众将曰：“人纵然不怯，马力乏矣：战则必死。”程昱曰：“某素知云长傲上而不忍下，欺强而不凌弱；恩怨分明，信义素著。丞相旧日有恩于彼，今只亲自告之，必脱此难矣。”操从其说，即纵马向前，欠身谓云长曰：“将军别来无恙！”云长亦欠身答曰：“关某奉军师将令，等候丞相多时。”操曰：“曹操兵败势危，到此无路，望将军以昔日之情为重。”云长曰：“昔日关某虽蒙丞相厚恩，然已斩颜良，诛文丑，解白马之围以报之。今日之事，岂敢为私废乎？”操曰：“五关斩将之时，还能记否？大丈夫以信义为重。将军深明《春秋》，岂不知庾公之斯追子濯孺子之事乎？”云长是个义重如山之人，想起当日曹操许多恩义，与后来五关斩将之事，如何不动心？又见曹军惶惶，皆欲垂泪，于是把马头勒回，谓众军曰：“四散摆开。”这个分明是放曹操的意思。操见云长回马，便和众将一齐冲将过去。云长回身时，前面众将已自护送操过去了。云长大喝一声，众皆下马，哭拜于地。云长愈加不忍，正犹豫间，张辽纵马而至。云长见了，又动故旧之情，长叹一声，并皆放之。（《三国演义》第五十回“关云长义释曹操”）

程昱抓住了关公情感逻辑的要害：“傲上而不忍下，欺强而不凌弱；恩怨分明，信义素著。”更关键的是“丞相旧日有恩于彼”，曹操心领神会，提起往事，要关公放过一马，以报答当年的厚恩。关公的情感逻辑是：有恩自然要报。但是，只要报过，就一笔勾销。当年他已经替曹操斩过袁绍的大将颜良与文丑，解了他白马之围了，今天不能含糊。曹操顺着关公的情感逻辑进而提出：所有上述一切都已报答过了，可以一笔勾销，然而关公在出逃之时，过五关斩了曹操六员大将，曹操并没有派人去追赶，这笔恩情还没有报答。这一说打中了关公的要害，关公按自己的情感逻辑思忖，的确还欠着曹操一份恩情，只有放过曹操的残兵败将才能求得恩义的平衡。

关公的这种行为，好就好在不合理性逻辑。军事斗争中你死我活，是实用的，关公的情感逻辑，显然不管这一套。他的情感逻辑显然是违反理性逻辑的，却仍然要贯彻到底，哪怕个人、事业受到严重的危害，也要“义无反顾”。

如果罗贯中笔下，关公“义”的逻辑遇到理性逻辑就不中用了，那么关公的性格就显得软弱而苍白了。关公的形象之所以动人，就在于这种奇怪的不合理性的逻辑被一贯到底。甚至关公自己也控制不住自己，自己违反了自己的本来愿望。情感逻辑达到这样的一贯性和彻底性，人物性格就达到了相当的饱和度。《三国演义》写关公放曹操的一段之所以有个性，就在于他那情感逻辑的彻底性。

正是因为这样，鲁迅对《三国演义》虽多有保留，但对关公这一节，在《中国小说史略》中却破例大篇幅引用，一面说“孔明止见狡狯”，一面称赞“羽之气概则凛然”。

让人物进入这种自我失控的情感逻辑中，是使人物获得自己的个性生命的关键。有时，这种逻辑是相当曲折的。

在《水浒传》中，宋江本来一直用理性抑制他对梁山朋友的感情，他力求在当县府小官的理性与同情梁山朋友的情感之间求得平衡。然而，由于阎婆惜与张文远的风情，宋江维持不了理性的优势，终于“一时性起”，杀了她，走上了去梁山的道路。可是经历了许多磨难，走到半路上，他那暂时压抑下去的理性又冒了出来，踅回家中。然而这又引来了更大的灾难，弄得他被绑赴法场，这才使造反的情感占了上风，终于上了梁山。

这不是中国古典小说的特殊现象，而是外国经典小说也具有的共同特点。安娜·卡列尼娜从第一次见到沃伦斯基，就一直强迫自己抑制那被沃伦斯基吸引的感情，她甚至匆匆忙忙逃离莫斯科，却仍然不能摆脱沃伦斯基的吸引。以后，她陷入情网，并且怀了孕；安娜在难产垂危中，让卡列宁与沃伦斯基和好，自己也表示，待她病愈就与卡列宁和好。但这只是她理性的语言，待到她病愈以后，她的情感仍然不能接受卡列宁，终于和卡列宁离婚而去。

巴金的作品中有许多成功的人物，其中最成功的就是《家》中的觉新了。这是因为觉新和其他人物不一样，他的理性和情感的矛盾最为突出。不过，他和关公、宋江、安娜不同，他的理性总是抑制着情感。在行为上，他按照封建家族长子的规范作出惨痛的自我牺牲。不但牺牲了他自己的爱情，牺牲了梅表姐的幸福，而且又牺牲了自己贤妻瑞珏的生命。但他始终没有扑灭自己的情感。正因为这样，他每次牺牲都不是弱化了他的情感，而是更强化、更激化了他的情感与他的“理智”的矛盾。这使他永远处于错误和悔恨之中。

即使他悔恨、流泪、哭喊，也无法改变自己在封建教条、迷信面前的软弱，而且还将继续错下去。这正是他性格悲剧美之所在。如果巴金手软，不让梅和瑞珏牺牲，或者让觉新的理性和情感统一了，觉新这个形象的生命也就完结了。

对于一个小说家来说，最危险的事情就是以理性逻辑代替情感逻辑。由于理性逻辑在日常实用和科学研究及学校教育中，占据天然的优势，因而一个人的社会经验越丰富，文化教育的水平越高，理性逻辑的优势就越强，以理性逻辑代替人物情感逻辑的可能性就越大，这也就意味着概念化的危险越大。倒是在小孩子和文化水平不高的原始民族那里，情感逻辑往往具有相对优势。当然，每一个文明的成年人，特别是具有审美心理素质的人，都具有相当的情感体验。但由于这种情感的逻辑性在日常生活中是不实用的，因而很容易被忽略、被忘却，又由于它的逻辑性与理性的科学性相矛盾，因而在学校教育中处于受压抑的地位。教育学中虽然提出美育的要求，但由于对美的理解众说纷纭，有些理解甚至局限于“五讲四美三热爱”，因而很难集中到情感的教育上来。

然而，对于艺术家，尤其是小说家来说，他在接受理性教育时，要特别留意保持情感的活跃，不让它被优势强大的理性逻辑所吞没。同时，除了自我保护、自我体验以外，还要认真关注不同人物情感的特殊性。这一切，从表面上看来，是作家不可缺少的职业训练，实质上，应该是我们人文教育的一个重要组成部分。可惜的是，直到现在，我们的文学教育还没有形成切实可行的系统方法。

当然，鲁迅对诸葛亮的评价显然有一定的片面性。这正是我们下面要讲的。

赤壁之战的魅力何在
——评鲁迅的诸葛亮“多智而近妖”论

鲁迅在《中国小说史略》中批评《三国演义》对诸葛亮的描写“多智而近妖”。他所说的“近妖”应该主要是指草船借箭和借东风。这些都是赤壁之战的重要关目。本来在《三国志》和《资治通鉴》中，对此战的正面描述非常简单，既没有庞统的连环计，也没有周瑜打黄盖的苦肉计，连草船借箭都没有一点影子。火攻的战术倒是黄盖的计谋，那东风却是天公作美，突然来了个“时东南风急”。蒋干中了周瑜的反间计，并不是在赤壁之战的前夜，而是在其后。凡此种种，在史家看来都是混淆，但作为艺术则是神来之笔。

赤壁之战无疑是大手笔，但这手笔大在何方，至今还没有一个研究者作出正面的回答。从艺术的根本上看，连环计、苦肉计、草船借箭、借东风等，都是杰出的想象；但是把这些杰出的想象连缀在一起，并不一定能保证产生出杰出的文学形象。类似的想象，在才智不足的作者手中，也可能构不成有机结构。在《三国演义》成书以前，《三国志平话》中也写“借箭”（但非草船）、苦肉计、蒋干中反间计、借东风等，但都显得芜杂凌乱。而在《三国演义》中，这相对独立的情节，却被组合成一个环环紧扣的有机体，把情节和思想推向高潮。除了《三国演义》的作者有更强的文字驾驭能力之外，其主要原因在于罗贯中（如果作者真是他的话）将这一切集中在诸葛亮与周瑜的矛盾中统驭全局。他把这些情节安排在内外两条线索之间，一条是外部的，曹操与孙刘联军的军事斗争；另一条是内部的，主要是周瑜与诸葛亮之间的心理上和才能上的较量。外部的军事斗争的惊心动魄自不待言，但也许并不是特别难能可贵的。《三国演义》作者的天才就在于他不满足于外部动作的热闹，而是深入地表现了三角军事关系内部的心理错位和冲突。诸葛亮草船借箭之所以能够冒险成功，是因为诸葛亮拿准了曹操多疑的性格。连环计之所以能得逞，又因为多疑的曹操在心理上又有对自己军事才能过分自信的一面。借东风的惊人并不完全在于诸葛亮超人的智慧，而在于周瑜和诸葛亮在较量才能上的胜负。在军事三角中，作者又安排了一个心理三角。虽然不是今天最容易吸引读者的爱情三角，但是比之爱情三角更为惊心动魄。这里没有爱情的地位，占据冲突中心的是军事才能和领导才能的较量。曹操恃才、爱才，有时也忌才。周瑜也恃才，一般并不忌才；但对于同一阵营中的诸葛亮，却一贯在才能上与之争胜，如不能胜，则不置之死地自己就活不成。故周瑜每有奇谋，直接是针对曹操的，而间接却是针对诸葛亮的。他总是力图在智谋上压倒或者刁难他的对手。《三国演义》作者的大艺术家魄力就表现在他在中国小说史上第一次在命运与共的军事同盟者之间，在心理上拉开了极大的错位幅度。多智不能孤立地从科学的真上评价，而应该从与其盟友和敌手之间的关系上来审视。诸葛亮的多智是由其盟友周瑜的多妒逼出来的，而多智的冒险主义雾中进军，取得了伟大的胜利，使得多妒的更加多妒，多疑的更加多疑。军事上胜负的重要性不但常常放在军事的胜负之上（如曹操兵败华容道，见诸葛亮没有伏兵，觉得在这一点上，自己的才能在诸葛亮之上，便哈哈大笑起来），而且常常放在生命之上（如诸葛亮三气周瑜，周郎自知才能不及，乃吐血而亡，最后还发出“既生瑜，何生亮”的名言）。

赤壁之战中诸葛亮的超人智慧是情节和人物性格发展的一个动因。正如在一些爱情小说中第三者的插入是人物和情节发展的一个动因一样。诸葛亮每一奇谋、每一超人的智慧，都使曹操这个“反面人物”更加多疑，使周瑜这个“正面人物”更加多妒。这就使这个无声的心理三角战争和有声的军事三角战争更加错综复杂，以至于经过历史的考验，成为中国战争文学的最高经典。

批评诸葛亮“多智而近妖”，自有其科学道理，谁不知道诸葛亮借东风的准确性超过了今日的天气预报？但是文学作品毕竟与科学不同，罗贯中在原始素材中增加了诸葛亮算准了三天之后有大雾。诸葛亮如此的多智引发周瑜的多妒，激化了两个同盟者之间的心理矛盾，同时引发了曹操的多疑（大雾进军发现有埋伏），使得战争的胜负不取决于军事力量的强弱，甚至也不完全取决于才智的高下，而在很大程度上取决于对才能的情绪化反应。在《三国演义》以前的《三国志平话》中虽然早已写到了苦肉计等，但是却没有抓住二者内在的心理隐秘的冲突。其作者往往把笔力用在外部的动作上。例如，把诸葛亮写得像张飞一样鲁莽，在周瑜帐前杀了曹操的来使，明显是败笔。赤壁之战之所以成为大手笔，主要不在于表现了当年英雄的斗智，因为斗智毕竟属于理性，并非文学的审美价值取向之核心。激动读者心灵的主要是由于斗智引出的斗气，由斗气而引发的变态心理，导致战争胜负的逆向转化。20世纪50年代，何其芳曾经发出《三国演义》之谜的慨叹，说《三国演义》都是简略的叙述，缺乏精细的描写，为何却有数百年不衰的艺术生命力。这个真诚的艺术家的疑问至今仍然无人能够回答，实乃怪事。其实只要不过分拘泥于历史事实，不要被外部战争的热闹所蒙蔽，把目光紧紧盯住在外部战争之下的心理之战，尤其是关于人的才能高下的无声的战争，就找到了《三国演义》艺术奥秘的真谛。把斗气看得比生命更重要，这正是把审美价值放在实用价值之上的美学原则。从这一点上说，周瑜和林黛玉、安娜·卡列尼娜是同一艺术价值观念的产物，林妹妹和安娜也都是把情感放在生命之上的。正因为这样，大观园内和卡列宁府上无声的战争，其激烈的程度绝不亚于赤壁之战。

为什么猪八戒的形象比沙僧生动
——人物感知、动机和行为的错位

从人物形象的情感逻辑、人物的感知结构和对话的表层语义和深层意向之间的关系研究小说的特性是不够的，因为仅仅把人物作为一个孤立的个体来加以考察，还没有涉及小说区别于诗歌散文的根本特点。在诗歌和散文中，作者可以抒写一个人的情感，但是在小说中（除了在意识流的小说中），绝大多数是描述人与人之间的心理交流互动的，因而孤立地研究一个人物的心理结构，其局限性非常明显。（当然，单个人物的心理结构研究可以作为多个人物心理关系研究的基础。）

在诗歌和散文中，也可以写一个以上的人物，但是在诗中，各个人物的情感往往有心心相印的倾向。白居易在《长恨歌》中写李隆基与杨玉环的恋爱是一见钟情、至死不渝的，所谓“在天愿作比翼鸟，在地愿为连理枝”“天长地久有时尽，此恨绵绵无绝期”，说的是爱情不受时间的限制，爱是永恒的，绝对地超越了时间。自然，在诗和散文中也有写到不同人物感情分化的，但是这种分化是有限度的，没有引起人事关系和心理结构的连锁变化。丰子恺在抗战期间的一篇散文中写他经过颠沛流离，终于在“大后方”安顿下来时，把儿子放在膝盖上，问他最喜欢什么，儿子答：“最喜欢逃难。”如果丰子恺与儿子的情感完全一致，例如同仇敌忾，那就有点诗意，但是他们没有趋同，而是分化了，这样就没有诗意了，反而有点散文的味道。如果由分化而引起连锁反应，比如儿子因之而出逃战区，就可能把人物打出常轨，引发一系列混乱，甚至产生严重的后果。这样就可能构成情节，变成小说了。

在小说中，由于人物越出了各自的轨道，原来微妙地分化了的变异感知变成了错位甚至冲突。由于冲突，人物各自变异的感知之间的错位就更加扩大了。

人物心理的错位保持扩大的趋势是小说艺术的根本特点。

传统理论认为小说的特点是情节、性格、环境等，其实都没有说到点子上。情节产生于人物心理错位的扩大，性格也依赖于人物心理拉开错位的趋势，而环境则是一种把人物心理打出常轨，强化变异感知，拉开距离的条件。

小说艺术的根本奥秘就在这里。

在一定限度内，人物心理（感知、情感、语言、动机、行为等）拉开的距离越大，其艺术感染力越强；人物心理的距离越小，其感染力越弱；当人物之间的心理距离等于零时，小说不是变成诗，就是走向结束或者宣告失败了。因而同样是李隆基与杨玉环的恋爱故事，在诗人白居易看来，两个人要心心相印才有诗意，尤其是七月七日长生殿里那一段生死不渝的誓言，可谓淋漓尽致。可是在小说家鲁迅看来恰恰相反，经过一场冲突以后，二人的真正感情已经完结，才需要赌咒发誓以取得对方信任。郁达夫在《历史小说论》中回忆说：

> L先生（按：指鲁迅）从前老和我谈及，说他想把唐玄宗和杨贵妃的事情来做一篇小说。他的意思是：以玄宗之明，哪里看不破安禄山和她的关系？所以七月七日长生殿上，玄宗只以来生为约，实在是心里已经有点厌了，仿佛是在说："我和你今生的爱情是已经完了！"到了马嵬坡下，军士们虽说要杀她，玄宗若对她还有爱情，哪里会不能保全她的性命呢？所以这时候，也许是玄宗授意军士们的。后来到了玄宗老日，重想起当时行乐的情形，心里才后悔起来了，所以梧桐秋雨，就生出一场大大的神经病来。一位道士就用了催眠术来替他医病。终于使他和贵妃相见，便是小说的收场。[①]

这条材料所说的事实，在冯雪峰的《鲁迅先生计划而未完成的著作》中提到过，鲁迅在给山本初枝的信中也有过类似的意思，大意是，1924年因为想写关于唐朝的小说，到西安去了一次。可见，鲁迅这个念头动了很久，创作的冲动很强烈，很可惜，这篇小说并没有写出来，而且连带着这条重要的思想材料也被研究者们忽略了。

鲁迅对李隆基和杨贵妃的恋爱关系的看法和脍炙人口的《长恨歌》大相径庭。粗粗看来，这仅仅是不同作家的不同风格所致，但仔细研究其间的差别，则不然。在白居易看来那最富诗意的是生生死死、超越了时间和空间、永恒不变的爱情；可是在鲁迅的眼中恰恰是爱情已经不可挽回了，已经死亡了，而且在关键时刻被出卖了的表现。至于后来的天上人间的寻觅，只不过是神经病和催眠术（骗术）而已。很显然，在诗人白居易眼中，以情感的永恒来强调诗意的地方，在小说家鲁迅看来恰恰是情感走向反面、绝对煞风景、毫无诗意可言的地方。

白居易和鲁迅对同一题材的不同理解，恰恰是诗意和反诗意的、追求诗意和逃避诗意的矛盾。在诗人看来感情的永恒，是令人震惊的，叫人感动的；可是在小说家看来，一见

---

① 郁达夫：《历史小说论》，《创造月刊》第2期。

钟情，心心相印，不但毫无性格可言，就是连情节也无从发展。如果两个人不闹别扭，不发生摩擦，则永远是心灵的表层现象，二人的性格恰恰是潜藏在深层之中的。

俄国形式主义者什克洛夫斯基分析了普希金的诗体小说《叶甫盖尼·奥涅金》之后，提出一个爱情小说的模式：

当 A 爱上 B，B 觉得她并不爱 A；

在 A 经过努力，使 B 终于感到她已经爱 A，A 却觉得不爱 B 了。[①]

这不是诗意的心心相印，而是心心相错。但这恰恰是小说的艺术生命所在。这不但可在成熟的古典小说中，而且可在现代、当代的小说中得到广泛的印证。它不但可以解释《欧也妮·葛朗台》和《安娜·卡列尼娜》中男女主人公之间的关系，而且可以解释《红与黑》和美国小说《飘》中男女主人公的关系。说起来有点奇怪，那些越是写得好的爱情小说，男女主人公往往越是陷于互相折磨的恶性循环中。相反，如果男女主人公一点矛盾也没有，没有互相折磨，没有心口不一，也没有动摇和变态，小说就没有什么看头了。然而在诗歌中，特别是在古典诗歌中，情形却恰恰相反。所以在诗人白居易看来，唐玄宗在"七月七日长生殿"讲的话是心口如一的：这一辈子爱不够，下一辈子再爱。可是在小说家鲁迅看来，这只是情感的表层（如荣格所说的"人格面具"），其深层的意思则是：宣布今生甚至永远爱情的死亡。具有现代小说艺术修养的读者会认为鲁迅比白居易深刻，白居易骗人，但醉心于古典诗歌的读者可能觉得被骗得很舒服，鲁迅不骗人，可人觉得不舒服。

抓住潜在的心理错位并使之适当强化，是小说家的职责。

为什么《西游记》中最富于艺术感染力的人物不是沙僧，而是猪八戒呢？这是因为猪八戒和孙悟空、唐僧之间的心理错位幅度很大，而沙僧则一贯随大流，自己没有与别人迥然不同的动机和行为。在那些写得最好的章节中，一旦发生事故，唐僧、孙悟空、猪八戒之间本来已经平衡的心理关系就要失去平衡，他们对同一对象的感知、思维就要发生错位。白骨精一出现，在孙悟空的眼中是一个邪恶的妖精，在唐僧眼中是一个善良的姑娘，而在猪八戒眼中则是一个颇具魅力的女性，唯独沙僧没有什么感觉。由于感知不同，就产生了不同的情感、动机和行为。孙悟空一棒子把白骨精打死，如果唐僧竖起大拇指大加赞赏：好得很！那就没有心理距离可言，也就没有性格可言，没有戏可唱了。正是由于感知的不同，造成了情感、动机、语言、行为的分化，而且发生了连锁反应，使分歧变得越来越大。猪八戒出于对女性的喜欢，常常挑拨孙悟空和唐僧的关系，以致孙悟空被唐僧开除了，错位幅度扩大了，猪八戒、孙悟空和唐僧的性格才有了深度，他们的个性才有足够的反差。而沙僧，由于没有任何心理距离，也就没有任何艺术生命。

① 什克洛夫斯基：《故事和小说的构成》，见《小说的艺术》，社会科学文献出版社，1999 年，第 86 页。

传统的小说理论强调人物要有个性，要在矛盾斗争中表现人物，这也许都没有错，但其缺点是离开了人物心理错位结构的具体分析。本来，每个人都生活在共同的世界里，但是由于情感的冲击，感知变异的分化，每一个人又生活在各自感觉到的世界里。每个人物感知到不同的色彩和音响，此一人物感到的，彼一人物可能完全麻木不仁。同样一阵风吹来，一万个人物有一万种不同的变异感觉，在不同的感觉基础上产生了不同的动机。如果唐僧和孙悟空面对白骨精拉开了感觉距离之时，猪八戒完全同情孙悟空，或者与唐僧的感觉完全一致，那么，他就不可能有任何艺术生命。猪八戒之所以有艺术生命，就是因为他的感知和情感既不同于孙悟空，也不同于唐僧。在对待白骨精的问题上，猪八戒有他自己的潜在动机。他感到平时老受孙悟空欺压，此时正好乘机刁难他一下。这种刁难并不纯系恶意报复，其中还包含着猪八戒意识不到的愚蠢和性意识。他与孙悟空为难，并非出于对唐僧取经事业的忠诚。他那猪耳朵中藏着二分银子，随时随地都准备在取经队伍散伙时，当作路费回到高老庄去当女婿。由于有了这样潜在的朦胧的深层动机，猪八戒就有了更加不同于孙悟空和唐僧的想象、梦幻、判断，乃至思维的逻辑。而且这种与唐僧、孙悟空拉开距离的感知和情感还相当饱和，相当强烈。而沙僧之所以缺乏艺术生命力，就是因为他在任何事变面前，都没有自己的不同于上述三个人的动机、幻觉、情感和推理逻辑。在关键时刻，吴承恩不是把沙僧忽略，留在叙述的空白中，就是把他拉出来无感知、无动机地跑龙套。在《西游记》中有那么多妖魔鬼怪，艺术生命力普遍不强，原因就在于他们只有共同的动机：千方百计吃唐僧肉，以求得长生不老，却没有任何在感知上、情感上互相拉开距离的特性。

拉开人物的感知距离，同时得拉开动机的距离。这里的动机主要不是意识层的动机，而是潜意识中的动机。人的感觉器官对于情感、动机，包括潜在动机以内的信息最为灵敏，而对于在此以外的信息则相当迟钝，有时甚至视而不见、听而不闻、嗅而不觉。

对文本分析来说，关键在于要善于辨析人物潜在初始动机的微妙错位。初始动机的差异也许极其细微，但经过反复打出常轨的连续性反应，后续动机的差异就可能递增性地扩大，从而引起整个心理系统的距离扩大。如果不善于作这样细致的辨析，则可能离开人物自身的心理深层运动，而求诸外部的表面动作。

越是在关系亲密的人物之间洞察潜在的动机，反差就越是深邃。

巴金的《家》中，写了那么多的爱情，其中写得最动人的是觉慧和觉新的悲剧，写得最不动人的是觉民的爱情。这是因为觉民和琴不但在感情上水乳交融，而且在行为上互相支持。在任何事变中，他们的动机都没有任何错位，因而其感知也完全统一，没有拉开任何距离。而觉慧与觉新在各自的爱情中，与对方在动机上都发生了微妙的错位。高老太爷要把鸣凤送给六十多岁的冯乐山为妾，鸣凤去找觉慧，如果顺利地告诉了觉慧，事情就不至于严重化。然而由于觉慧忙于办刊物，很少在家，拖延了时日。到了期限的最后一天，五内如焚的鸣凤不顾一切地冲进觉慧的房间。鸣凤的动机是把危机告诉觉慧，而觉慧却因忙得不可开交，请鸣凤等一两天，他会主动去找她。仅仅因为这一点小小的时间上的错位，便导致鸣凤产生了后续动机——自杀殉情。这是因为，在关键时刻，两个人处在不同的感知世界中。他们之间不但拉开了心理错位，还拉开了行为上的距离，而且是永远不可能缩短的距离，因而产生了悲剧的震撼力。如果巴金在此时心慈手软，把两个人暂时的动机错位取消，使之重合，二人的感觉、知觉、动机、行为逻辑很快合二而一，觉慧就可以带走鸣凤，发出比翼齐飞的豪言，这就成了郭沫若式的诗的概括了，恰恰与小说形式的审美规范背道而驰。

觉新的爱情悲剧更动人，这是由于他处在爱的三角关系中，每一方的动机都有相当大的错位，每一方的动机都不像觉慧那样单纯，都不是由一个因子，或者正反两个因子构成的，而是由一系列因子交错而成的。因而在他的情感结构中饱和着错位的潜在量。觉新和梅相爱甚深，然而不能结合。觉新和瑞珏结婚后，二人也甚相爱。但觉新由于梅的存在，与瑞珏有距离；梅与觉新之间则由于瑞珏的存在也有距离。梅与瑞珏在爱情上虽有矛盾，但在相处之间却互有好感。觉新沉溺于瑞珏的温存抚爱之中，又不能忘情于梅，他对梅的追寻和询问，得到的只是梅的回避。觉新的形象被有些评论家称为“世界性的典型”，其特点是当他内心的动机与屈从外部环境的动机矛盾的时候，他总是在行为上扼杀自己内心的动机，然而在许多场合又杀而不死，还在行为上表现出来，结果是他的动机经过多层次的变异，变得畸形而扭曲。这种扭曲了的动机就注定他总是与他喜爱的，应该保护的人之间拉开心理距离。

拉开心理距离的规律在古典小说中就普遍存在，在现代小说中表现得更明显。古典小说特别是在草创前期，免不了受到当时已经很发达的诗的影响，因而在《十日谈》中，在唐宋传奇乃至宋元话本中，常常有男女主人公一见钟情，生死不渝，永远不拉开心理距离的故事。如《倩女离魂》《碾玉观音》《卖油郎独占花魁》之类，一旦爱上了，就永远心心相印了。但小说艺术越是发展，人的情感的纵深结构表现得越是复杂，爱的错位就越是突出。中国古典小说到了《杜十娘怒沉百宝箱》的时候，可以说小说艺术开始脱离诗的影响而走向独立发展的道路了。至于作为小说艺术的顶峰，《红楼梦》则更是把相爱的双方（贾宝玉、林黛玉）置于心理永远不能完全重合的错位境地，甚至直到林黛玉死去，也没有让他们心心相印，他们始终生活在不同的感知世界中。

自然，拉开距离越大，就越能提高小说的艺术感染力，但也不是绝对的，而是有条件的。第一，拉开距离的人物必须有相当紧密的情感联系，如兄弟（觉新、觉慧）、情人（宝玉、黛玉）、战友等。严格地说，越是处在亲密的情感联系之中，越是拉开心理距离，就越能提高形象的审美价值。第二，如果距离拉得太大，大到完全失去联系，比如梅出嫁以后，就再也不到觉新面前来了；觉新有了瑞珏以后，就把梅淡忘了。这样就不但不能导致审美价值的提高，反而会使审美价值下降。正是因为这样，巴金才找了一个避难的借口，让梅又出现在觉新面前。托尔斯泰也并没有让沃伦斯基不爱安娜，如果真正不爱了，就如心心相印一样，是很难激起人物心理立体纵深结构的充分调节和翻腾的。

这一点不但体现在情节的设计上，而且渗透在小说的一切细部之中，例如许多第一人称小说中的“我”往往成为多余人物，原因是他们常常与某一主人公的心理完全重合。而在鲁迅《祝福》中的那个“我”和在《孔乙己》中的那个小店员，因为与祥林嫂和孔乙己拉开了距离才有了生命。如果祥林嫂问“我”人死了以后有没有灵魂，“我”回答说“没有”，那么祥林嫂的心灵痛苦自然会减轻些，可是《祝福》的悲剧性却被大大削弱了。

如果那个小店员不是对孔乙己怀着不以为然的态度，而是完全同情的，那《孔乙己》中轻喜剧的调子就该变成抒情的了。

中国古典小说中的大团圆之所以不好，除了不真实以外，还不艺术。人物的心理都重合了，还有什么好看的呢，所以近代西方小说避免写大团圆，即使不得不写这样的结尾，也大都写到接近大团圆就戛然而止了。有时情节已经结束了，作者还不罢笔，如果那不是败笔，就是很值得欣赏一下的了。例如海明威在《老人与海》的结局之后加上了一个尾声。老人历尽千辛万苦得到的是一副鱼骨架，横在海滩上，这副鱼骨头的尾巴被潮水冲得晃来晃去。这时来了一群旅游者，其中一个女人问明白了这是“鲨鱼骨架”后大为赞赏起来：

“我还不知道鲨鱼有这么漂亮的、样子这么好看的尾巴呢。”

“我也不知道。”

在路那边，老头儿又睡着了。他依旧脸朝下睡着，孩子在一旁守护他，老头正梦见狮子。

这个女人很欣赏骨架的美，但是她并不了解这个老头子真正的美（那是一个海明威式的硬汉，一个失败的英雄）。她和老头子都沉浸在自己的感知变异的世界里，老头子梦见的狮子和女人赞赏的骨架拉开了错位的距离，这就使老头子的孤独感和女人的肤浅形成了反差，因而使整个小说的尾声变得特别意味深长。这种意味对于读者是一种推动，让他去想象生活中人与人之间的种种隔膜，同时也是一种享受。聪明的读者一定会因为自己懂得了这情节以外的心理错位的功能，领会了艺术家的匠心而感到喜悦，并且会因为意识到自己的悟性高出于一般读者而自豪。

曹雪芹和托尔斯泰对人有什么发现

《西厢记》和《红楼梦》的共同点就在于两者都有对人的情感世界的发现。《西厢记》的发现是女孩子主动约会不算数，把所爱的对象大骂一顿也不算数。《红楼梦》的发现也是沿着这条路子，曹雪芹进一步发现，最相爱的人之间最倾向于互相挑剔，互相猜疑，互相折磨，互相无端地争吵，没有道理地歪曲对方的话语，眼泪多于微笑，痛苦多于幸福，但还是爱得连命也不要，这才是一种真正意义上的爱情。在曹雪芹笔下，那种一见就好，大抵是以诉诸肉欲为目的，不是贾瑞、贾琏之类，就是宝玉的书僮茗烟与一小丫鬟在过道里的苟且。所有这些缺乏情感基础的肉欲，曹雪芹都十分宽容地以喜剧风格处理之。在这一点上，曹雪芹与意大利的薄伽丘在《十日谈》中的风格有异曲同工之妙。薄伽丘对那些克制不住肉欲的少男少女和教士也是以幽默风格调侃的。

欣赏《红楼梦》，不能孤立地去苦思冥想，应该广开思路。抓住一条线索，将上下古今经典中的同类的，进而是异类的线索加以比较，没有把某条线索抽出来的魄力，就没法比较。布和萝卜怎么能比较呢？它们都有纤维质，只要把这个拿出来，就可以比出好多东西来了。自然，在薄伽丘笔下也有惊人的刚烈的女性。国王的女儿和国王的侍卫相爱，哪怕国王把侍卫杀了，她也不变，居然把浸泡她情人心脏的毒酒喝下去。对于这样一爱就爱到死的刚烈女子，王实甫写不出，曹雪芹就写得出，他写出了尤三姐爱上了柳湘莲，得不到理解，抹脖子了事。这两个女子都是把爱情看得比生命更重要的。薄伽丘和曹雪芹都用悲剧风格来表现其崇高，同样强调她们的悲剧是外部社会等级和成见逼迫的结果。

不过在写另一类女性时薄伽丘的喜剧性才华似乎高于曹雪芹，而曹雪芹的悲剧性才华则远胜过薄伽丘。薄伽丘不可能写得出林黛玉式的那样以刻骨的猜疑来自我折磨和摧残的情感悲剧来。在 17 世纪莎士比亚之后，19 世纪西方小说艺术高潮到来之前，没有一个艺术家能洞察到女性这么多心理层次的曲折，以至于毛泽东说《红楼梦》是古代中国开始没落的时代对世界的伟大贡献。当然这种创造性的成就后来又被西欧的最伟大的文学家追赶上了。托尔斯泰笔下《安娜·卡列尼娜》中的爱情的幸福追求不仅与痛苦相连，而且与恐怖的紧张相融，最后，安娜为了得到伏隆斯基更多的心灵关注，不是去正面追求，而是以自己的死去“惩罚”他。最奇特的是书中一个次要角色已准备好在林中散步时向一位女士求婚了，但是冥冥中有一种奇怪的力量，使他一再推迟，直到走到某一处树桩时，他忽然莫名其妙觉得已经失去了最后的机遇了。尽管女士仍然在等待，朋友们也期望着，然而他的感觉却不可逆转，连他自己也不明白这是怎么一回事，其他的人在感到事情不成了以后也都有点莫名其妙。过了很久，这个人物才自己悟出来，原来是自己不能忘却已经失去的爱人。

过去的爱情会潜藏得这么深，深到连自己都意识不到，然而其力量又是那么强，强到连自己意识明确的动机都抵挡不住，这就是托尔斯泰的伟大深邃之处。在托尔斯泰笔下，人的意识、动机、目的并不是某种单纯的意向，可以决定自己的语言和行动。它是一个多层次的复合结构，那埋得很深的，起初最不强烈的，才是最有决定力量的；而那表面的，看来是最明确的自我选择，往往是假象。以安娜为例，她一见伏隆斯基就要躲开他，后来又不由自主地投入他的怀抱，在怀了他的孩子难产时，她本来已经决意忏悔，让丈夫卡列宁与情夫伏隆斯基和好。这些都是她主动作出的抉择，可是一旦她身体复原了，卡列宁一接触她的手，她就不能忍受了，她就背弃了自己的诺言，这是一种什么样的神奇力量啊！托尔斯泰是个道德至上主义者，他主张道德的自我完善。因而他起初写安娜，觉得这是个邪恶的女人，可是越是写她反反复复，抛弃丈夫、孩子，又和情人闹别扭，托尔斯泰越觉得她美，这种美就是人的心灵深处生命的伟大力量的发现和体验。最后，他眼睁睁地让这种生命在它与自身作对的逻辑中走向毁灭。这就是悲剧，这是很庄严的，我们这些后代人每读一次都不能不经历一次灵魂震颤。很可惜，我们许多作者在处理人物时，往往喜欢在托尔斯泰跨过去的低台阶上徘徊一辈子。

关公崇拜的奥秘：史家的人和民间的神的统一

在《三国演义》中，得到最充分赞扬的自然是诸葛亮，他近乎完人，不论在人格上还是智能上，都无与伦比。关公比之诸葛亮，不论从人格上还是智能上都相去甚远。

关公的人格价值在于他忠于刘氏正统王朝，但是他并没做到无条件地、绝对地忠，在刘备败亡之际，他投降了曹操，只是在闻得刘备并未身死，他才不顾一切地弃绝曹操的厚待，投奔刘备。这样的忠，比之《三国演义》有些战将被俘以后，宁死不屈可是逊色多了。《三国演义》大肆渲染的是他保护刘备妻子，谨守礼节，夜观《春秋》，其实是中国古典小说的一种特色。美国哥伦比亚大学夏志清教授早就指出过禁绝性欲是中国古典英雄的共性。不亲女色是当时英雄的最起码的标准，哪怕是到了《水浒传》时代，一切英雄虽可大吃、大喝、大抢、大杀，但却不可在女色面前有丝毫的动摇。武松因拒绝潘金莲的勾引而光彩，而矮脚虎王英见一丈青扈三娘之貌而贪色，出了许多洋相，连其外形体貌都是猥琐的。

说到智能，关羽一点不像个大将，他虽然勇力过人，在战术上能出奇制胜，诸如过五关，斩六将，水淹七军，《三国演义》在字面上夸张地赞扬他"威震华夏"，但是深通战略的《三国演义》作者，对他是有保留的。最明显的莫过于关羽在战略上犯两次错误，都是通过诸葛亮具有远大战略眼光的角度来评判他的。第一次，在华容道放走了刘备的死敌曹操。第二次，在诸葛亮看来，他不能担任关键性重任，让他镇守荆州（蜀中的门户），他又不顾大局，侮辱了孙权，破坏和东吴的统一战线，结果败走麦城，死于非命不算，而且迫使孙权倒向曹操，共同对付刘备。蜀汉由此走向下坡路，虽诸葛亮六出祁山，亦不能改变败亡的结局。

严格地客观地分析，关羽既是蜀汉功臣，也是罪人。然而，奇怪的是在中国民间有那么普及的关公崇拜，关帝庙遍及内地市县，而诸葛武侯庙除了在蜀中以外几乎不见踪影。

中国人崇拜关羽的什么呢？崇拜他的忠于汉王朝的正统观念吗？他的正统观念是打了折扣的，不纯的，他放走曹操，说明他并不是把忠于汉王朝放在第一位的。他放在第一位的是“义”，他欠下曹操的一份人情，为了这份人情，他就顾不得刘备的事业了，《三国演义》说他“义重如山”，恰恰是不正统的。

可为什么历代的统治者那么自上而下地推动对他的神化和盲目崇拜？不但全国各地，一直把他加封到“盖天古佛”，而且到了清朝，还以行政规范对之春秋祭祀，达到与孔夫子相等的程度，如今在欧美的华裔的小超市中也有关公的神龛。

也许封建统治者所推崇的是一个空洞的“忠”的偶像，而民间传说所崇拜的是另外一个关公。这个关公恰恰是不完全遵循“忠”为至高无上的原则，而是把“义”作为超越一切的准则的。

《三国演义》中神化关公，如写他死后显圣以至害死他的吕蒙莫名其妙地死于非命。这种手法并非独独用之于关公，用之于诸葛亮者更多。七星坛借东风不算，“死诸葛吓走生仲达”更神化，但这并未使诸葛亮和老百姓更亲近，虽然在蜀汉时期四川不乏诸葛亮的神庙，但是，此后其他各地则鲜见。这可能是因为他太超人了，因而也就太远离凡尘了。正因如此，鲁迅在《中国小说史略》中，对诸葛亮的形象评价不高，说是《三国演义》的作者为了突出他的“多智”，结果反而给人一种“近妖”之感。[①] 而智慧不如他，屡犯严重错误的关羽，在鲁迅笔下，倒是得到相反的评价。对于华容道放走曹操一节，鲁迅在《中国小说史略》中说“此叙孔明只见狡狯，而羽之气概则凛然”。[②]

鲁迅是从文学形象的审美价值评价关公的，关键在于他坚持自己的个性，即使放走曹操，违反军令状有生命之忧，但是，他坦然承担一切后果。

而夏志清《中国古典小说导论》中对关公的形象是肯定的。胡适认为《三国演义》最后的定稿者“都是平凡的陋儒，不是有天才的文学家……他们想写一个神武的关羽，然而关羽却成了一个骄傲无谋的武夫”。夏志清显然不同意胡适的观点，认为关羽是罗贯中笔下一个悲剧性人物，是一个为傲慢自大这一毛病所苦的英雄。作者的高明之处在于把民间传说中神武的英雄和历史上破坏吴蜀统一战线的失败将军结合了起来。特别精彩的是夏先生以精细的目光指出罗贯中一方面在关羽周围安排了那么多敬畏者的目光，一方面又特意安排了“一位不动情的观察者——诸葛亮；正是这一点，引起了我们对关羽理解上的不同”。接着夏先生细致地分析了诸葛亮在把荆州交付给关羽时有保留的态度以及关羽死后他对刘备所说的“关公平日刚而自矜，故今日有此祸”，并特别指出这是出自不同于民间传说的史

①《鲁迅全集》第九卷，人民文学出版社，2003 年，第 135 页。

②《鲁迅全集》第九卷，人民文学出版社，2003 年，第 136 页。

家陈寿。关公作为一个人物的悲剧结局，还在于他的傲气凌人。镇守荆州之重任，战略上的生命线在于和东吴结成统一战线，才能抗衡乃至击败曹操。孙权虽与刘备在荆州问题上有矛盾，但是，出于大局，有意与之结好，提出其子与关公之女连姻，可他报之以侮辱性的语言“虎女焉嫁犬子”，破坏了与东吴的统一战线，注定了蜀汉的败局。就在他北伐节节胜利，威镇华夏之际，曹操拉拢了东吴，孙权抄了他的后路，袭取了荆州，断了他的后路。结果是败走麦城，众叛亲离，为孙权所斩。从实用理性来说，这是一个缺点、毛病大得不得了的人，但是，他是个人，不是神。这是一个在体力上、气魄上的超人，但在精神上却有许多地方是凡人，把民间社会的义气至上的观念发挥到极至。

关公在任何紧要关头所遵循的并不像诸葛亮那样以理性为主，相反，他是以自己的情感（非理性）为主。有时，他显得非常任性，如刘备收了马超，称赞马超勇武过人，远在荆州、身负重任的关羽居然因为感到不服气而要丢下防务去和马超比武。幸而诸葛亮很会糊弄他，按着他的情感逻辑说：马超只堪与张飞为伍，不用劳您大驾，才把他稳住。然而正是在这里，读者在这个“关圣人”身上看到了他孩子气的天真，这个超人英雄的内心深处充满了凡人的气质。这从客观理性逻辑来说是没有水平的糊涂，然而从艺术上却充满了关公的个性逻辑，这种逻辑超越了理性，使关公的肉体消灭了，进而使其性格有了永恒的审美价值。关公之所以在成为民间普遍崇拜的偶像这一点上，超越了诸葛亮，其原因盖出于此。

李逵杀四虎为什么不及武松打一虎生动[1]

《水浒传》的评点家金圣叹说，《水浒传》里面有一百单八英雄，所有的这些英雄，在某种意义上说，都比宋江强，比宋江有作为，比宋江神气，但是大家都崇拜宋江。论武艺，论人品，一百零八英雄，一百零六个，都没有武松那样“超群绝伦”。金圣叹说：“武松天人者。”“固具有鲁达之阔，林冲之毒，杨志之正，柴进之良，阮七之快，李逵之真，吴用之捷，花荣之雅，卢俊义之大，石秀之警者也。断曰第一人，不变宜乎？”[2] 林冲可算是英雄了，可是赶不上武松。林冲本来是正派人，逆来顺受。顶头上司高太尉的儿子高衙内调戏他老婆，他都忍辱负重。遭到冤案，流放劳改，高太尉安排了两个公差要在野猪林把他谋害，幸好鲁智深救了他，可是他还是不选造反，还自己跑去服劳役。他还想有朝一日回去，恢复他东京的户口，但是他一旦发现，就是在这种情况下高太尉还不饶过他，派了他朋友陆虞候来烧草料场，想把他烧死，于是林冲把他背义的朋友杀死之后开始义无反顾，他变了，变成了一个非常“毒”的人。 主动反抗，反对招安，革命到底的人物。“杨志之正”，杨志三代将门之后，五侯杨令公之孙，是高干子弟，怎么会造反呢？也是被逼得没办法。“柴进之良”，柴进是皇帝的后代啊，是比较善良的。“阮七之快”，阮小七是很痛快的人，快人快语。“李逵之真”，李逵很直率的，没心没肺的。“吴用之捷”，吴用是智多星，动脑子很快。“花荣之雅”，花荣号称小李广，很有文化修养。“卢俊义之大”，是说卢俊义很大气，与小人是相对的。“石秀之警”，说明石秀非常机警。可金圣叹认为所有这些加起来，都不如一个武松。武松是第一大英雄。但是这个英雄，是不是绝对的呢？是不是在一切时刻、在一切条件下，都英雄盖世呢？具体来说，就是在他打死老虎的整个过程中，他

① 根据在东南大学的讲座录音记录整理。

② 参见陈曦仲等《水浒传会评本》（上），北京大学出版社，1981 年，第 486 页。

是不是从头到尾都是浑身是胆的大英雄呢？据我看来，好像不是。这是值得重新思考的。

一、武松神性中的人性

武松虽远在古代，却又近在我们内心。要真正理解一个事物、人物，越古越遥远，当然越难，但是越近呢，也越难，就在自己心里反而更是只可意会而不可言传。人可以知道月球上、火星上发生了什么事情，可对自己的心理活动，还是一个黑箱。正是因为武松又远又近，要对武松有真正的理解，真正读懂武松，不那么简单。不理解、读不懂的大有人在。不但一般老百姓读不懂，就是很有水平的人物，也有读不懂的。话说晚清时代有一个学者，叫夏曾佑，在近代史上是一个有点重要性的思想家，又是最早的小说理论家，出版过中国第一本《小说原理》，他有一天突然发现武松打虎不可信。他说写小说难处很多：其中之一就是“写假事非常难”。他引用《水浒传》评点家金圣叹的话说，最难的是打老虎。他说，李逵打虎，只是持刀蛮杀，不值得一谈。而武松打虎，就非常不真实。他说，《水浒传》上写武松用一只手把老虎的头按到地下，另外一只手握紧拳头，猛锤，就把老虎锤死了。这是不可信的。他说，老虎是食肉动物，有个特点，就是它的腰又长又软。你一只手把它的头按到地下，那它的四个爪子，都可以挣扎。不相信，怎么办？到动物园里去试试？当然不行。他说，你家里有没有猫，如果有，可以“以猫为虎之代表”。我这里要替他补充解释一下，猫有什么资格代表老虎？因为老虎虽然威武雄壮，猫虽然躯体的长度和体积都望尘莫及，但是，在动物学上，老虎却属于猫科。猫是老虎的形象大使（笑声），也许是远祖的形象缩影，总之是当之无愧。夏先生说，你用武松打虎的方法打猫，打得成打不成，一试就一清二楚了。[①]我就遵照他的教导去试了一下，那猫虽然不像他说的，四只脚都会挠动，但它的后脚却是扭过身来，拼命捣乱。（笑声）

这倒真的让我感到，武松打老虎的办法很不科学，因而很危险。（笑声）

试想，武松一只手按着老虎的头，大概左手吧，另外一只就是右手，握起拳头来，砸老虎的脑袋。一般的哺乳动物，比如兔子，头被按住了，它的后脚就没有办法了，但是别忘了作为猫科的老虎，身量特别长，腰又柔软，把它的头按下去，它的前脚无所作为——《水浒传》上写它只能刨出一个坑来，这是可信的。但它后面那两个脚干什么的？它不会闲着，肯定会拼老命、千方百计地翻过来，垂死挣扎，去抓武松。在这种情况下，武松别无选择，只能把另外一只手也按下去。一只手按头，一只手按屁股，就是这个样子（做两手

① 夏曾佑：《小说原理》，《中国历代文论选》，上海古籍出版社，1980 年，第 244 页。

分别按老虎头形状），（听众大笑）其结果当然是僵持。如果就这样僵持下去，对武松是极其危险的。老虎以逸待劳，我就这么趴着，你就看着办吧。（笑声）你还不敢不使劲，一松劲，就翻过来了。但老是这么使劲压着它的脑袋，也不是个事儿，因为劲是有限的，而时间是无限的，劲总有用得差不多的时候，总有精疲力竭的时候。到了没有劲可用的时候，吃亏的是谁呢？不言而喻。（大笑声）

夏曾佑先生提出的是一个相当深刻的问题。就是艺术形象的真和假的问题。武松打虎的方法是不真实的。不真实，假的，还能动人吗？但是武松打虎艺术生命力特别强，成为经典文本，至今仍然有鲜活的感染力。一般读者并不那么死心眼，去计较武松打虎方法的可行性、真实性问题。

武松作为英雄是神勇的，体力是超人的。如果就是超人，完全是个神人，那就是大无畏，太伟大了，我们除了崇拜，承认自己渺小，就没有别的可干了。但是，艺术家和我们不一样，他可能觉得人并不那么简单，一个英雄，如果永远伟大，就有点近乎神，如果百分之百是神，一点人味都没有，就有点不够可亲，不够可爱，不够精彩。如果，我说的是“如果”，让他碰到一只老虎，这在一般情况下，不可能的事，是超越常规的，超越了常规，他还会不会自始至终都那么英勇无畏，那么伟大呢？会不会有不伟大的感觉冒出来呢？这就是艺术家的事了。

二、为什么不能让老虎把武松吃了

那就让他碰到一只老虎，如果老虎把他吃了，那也是可能的，但是他一死，他心里可能出现的那些不伟大的东西，就没有人知道了。这不够过瘾。如果，我说的还是“如果”，假定武松没有死，而是把老虎给打死了，这就超越常规了，看他的内心有什么样的感觉，他还是每一秒钟都那么伟大吗？他有没有害怕过啊，他有没有紧张过啊，这只有“假定”他没有被老虎吃掉才有可能探索一番的。这个办法，是一切小说情节构成的最基本的方法，那就把人物打出生活的常规，折磨他，反反复复，逼得他的心理也越出常规，检验一下，他那个老样子有没有改变，看看他内心深处有什么奥秘。

施耐庵把武松送到景阳冈，目的是什么呢？就是要看看他这个英雄，有什么超越常规的心态。正是为了这个，在遇见老虎以前，他先让武松喝酒，超越常规地喝。我们看到，这位武松老哥来到景阳冈下的酒店，门前的招旗就是：“三碗不过冈”，意思说是，喝酒不能超过三碗。但是，武松就自以为不是普通人，是“好汉”，往下一坐，“敲着桌子”要酒。

一碗一碗地喝，连喝三碗之后还要喝。店家说，不能喝了，我们这里是“三碗不过冈”。这酒叫“出门倒”，一般人喝过三碗，一出门就要醉倒的。可武松自我感觉特别良好，硬是要继续喝，说，喝醉了，“不算好汉”。要记住武松的这个字眼，“好汉”，好汉是和普通人不一样的，武松觉得他不是普通人。店家好心相劝，他却威胁说，你再啰唆，老爷把你的屋子打个粉碎，连桌子都给你翻倒过来。结果他真的一口气喝了十八碗，又吃了好多斤牛肉，竟然没有醉倒。

这里我要说明一下：十八碗酒，这么多，就是十八碗水，肚子也够胀的，弯腰也困难了。他居然还没有醉。这可能有几种解释：当时的酒，度数可能很低，是农家的那种米酒，我猜想，类似上海那种“酒酿酒”。在《智取生辰纲》中，白日鼠白胜卖的那种酒，可以大口大口地喝，可以解渴，有点像今天的啤酒吧。这是一种假定。吃得多，力气大，在中国古典传奇小说中，是英雄气概的象征。孟子引告子的话说：“食、色，性也。”中国古典英雄，在这两方面很有特点。在农业社会，吃饱饭固然不容易，但是，食欲有个特点，就是很容易满足，有明显的限度，过度了，肚子就受不了，就痛苦了。但是，英雄不是普通人，在食量方面超越常人，体力才能超越常人，这就不能不令人肃然起敬。这里吃下去的，除了牛肉以外，主要是酒，酒这种食品，和一般的食品不一样。不是饱肚子的，它的特点，是刺激、麻醉神经的。饭吃得过多，人会痛苦，酒喝高了，醉了，不但不痛苦，却能把一切痛苦都忘记了。喝到神经都有点麻醉了，迷迷糊糊，打架还能打出威风来，就更加了不起。所以《水浒传》的理想就是：“大碗喝酒，大块吃肉，大秤分金银。”《水浒传》的英雄观在这方面颇有特点。大凡要让英雄搏击，往往就要让他喝酒。不是随便小饮，而是大喝，甚至喝得有点醉，不太清醒了，还能大发神威。酒不但能麻醉神经，而且能解放人的神经。在《水浒传》里，酒是豪杰之气不受羁绊的象征。当精神不清醒的时候，什么规矩啊，法律啊，礼貌啊，都站到一边去了，人就比较自由了。鲁智深醉打山门，因为不够清醒，才不管他佛门的清规戒律。武松醉打蒋门神，因为醉了，方显出英雄本色。要不然清醒地想想，蒋门神固然是坏蛋，在快活林，收取商家的保护费，你的朋友施恩，不也是仗着自己父亲的权力，收取保护费吗？除了和你武松是哥们以外，在本质上，和蒋门神是一路货色。因为酒醉了，就用不着费神多想了，英雄本色，也就是意气用事，或者叫作快意恩仇，才能淋漓尽致地表现出来。酒喝足了，平日里那些社会性的约束就松弛了，人潜在的本性更能自然显示出来。酒在中国英雄事业上，是很重要的，许多英雄的心声和酒联系在一起，不过意味稍有不同。宋江浔阳楼上醉题反诗，是酒醉把掩饰了多年的豪情壮志解放了出来，来看：“他时若遂凌云志，敢笑黄巢不丈夫。”关公温酒斩华雄，酒放在桌子上，还没有变凉，华雄的脑袋已经割下来送到统帅的帐前。现代武术中有一种拳法叫作“醉拳”。为什么要醉？就是精神更加自由，进入艺术的想象境界，是一种假定境界。

这是不是可以称作中国的“酒神精神”？当然与西方的酒神精神有很大的不同，但是在梦幻的境界里，从人的心灵深处，从性灵里，升起的这种狂喜的陶醉，获得力量的和精神的自由，中国和西方，可能是一致的。

三、从不怕老虎到害怕老虎

武松歪歪倒倒就往店外走，店家告诉他，这不行。怎么不行？这酒是出门倒，透瓶香，三碗都过不了冈，如今你却喝了这么多。武松不买账，店家把官方的文书拿出来，山上有老虎。他还是不信，就是有，我跟普通人不一样：就是有老虎，“也不怕”。“怕什么鸟！”话说得很粗，还反咬人家一口，莫不是你想半夜三更，想谋我财害我性命，就拿老虎来吓唬老子？这完全是狗咬吕洞宾，太自以为是了。后来证明，他犯了一个错误，用今天的话来说，叫“不相信群众”。（笑声）

等到了冈子上，发现一棵大树干，树皮刮了，上面有文字，说得有鼻子有眼的，有老虎。可是他实在太自负了，不相信，以为是店家为了招揽客人耍的诡计。直到在一个败落的山神庙前看到了县政府的布告：“阳谷县示”，红头文件啊，景阳冈有大虫，伤害人命，行路客商人等，须于巳午未三时结伴过冈。“政和年……月……日”，下面还有县政府的大印。武松这才“方知端的有虎”，感到糟了。《水浒传》上这样写：

武松欲待转身再回酒店里来，寻思道：我回去时，须吃他耻笑不是好汉。

武松这时最实际的办法就是回去，因为时间很紧迫，政府布告上限定的时间就是巳午未三时，也就是早上十点到下午两点，还要大伙儿一起过冈。可当时是申时已过，快到酉时，也就是下午五六点钟了。真有老虎，三十六计，走为上策。这样明显的好处是生命不至于有危险，但武松觉得，有一条坏处，“须吃他耻笑不是好汉”。“须”就是一定，一定给人家笑话。怕被人家嘲笑：我说嘛，你看这家伙，刚才是个小气鬼，舍不得几个住宿费，现在变成了胆小鬼、怕死鬼。溜回来了不是？武松受不了被人家看成“不是好汉”，就做出了一个决策：继续前进。这样，武松就犯了第二个错误，把好汉的面子看得比生命的安全还重要，这就是上海人讲的，死要面子活受罪。（笑声）

走了一段发现没有老虎，又乐观起来了，哪有什么老虎不老虎的，人就是会自己吓唬自己罢了。加上酒劲又冲上来，看见一块光溜溜的青石板，不妨小睡片刻。（笑声）你看这个武松啊，又犯错误了，这是第三个，没有看见老虎，并不说明就真的没有老虎啊。后来证明，这个错误，说得轻一点，就是麻痹大意。说得重一点，就是唯心主义呀。(笑声)

他还没来得及睡下，忽然刮过一阵狂风，一只吊睛白额大老虎就出现在眼前。这时，武松是什么感觉呢？大叫一声："啊呀！"原来在酒店里反复宣称不怕什么"鸟大虫"的武松这么一惊，"酒都作冷汗出了"。原来，他也害怕了！怕得还不轻，都出了冷汗。(鼓掌)武松此时几乎面临绝境，只剩下和老虎拼命一条路了。人和老虎搏斗，有什么优势呢？没有。牙齿不如老虎利，指甲没有老虎的爪子尖嘛，连脸上的皮都不如老虎的厚。(大笑声)但是，按照马克思的说法，人有一点比动物厉害，就是能制造工具。武松有什么工具？一条哨棒。这是金圣叹在评点《水浒传》这一段的时候反复提醒的工具，一共提了十七次。可见其极端重要。工具性质是什么？是手的延长。我打得到你，你够不着我。照理说，这是武松唯一可以克敌制胜的工具。在敌强我弱的情况下，反击战应该怎么打？首先要"慎重初战"。这不是我的发明，是毛泽东《中国革命战争的战略问题》中的。见《毛泽东选集》四卷合订本，1967 年 11 月版，就是"文革"中非常流行的那个"雄文四卷"，第 200 页。当然武松不可能精通这么高深的军事思想，至少他不应该"仓促应战"。但是，武松却用尽吃奶的力气举起哨棒，猛打下去，只听"咔嚓"一声，老虎没打着，却把松树枝打断了。松树枝断了，问题不大，只要哨棒在手，还可以继续打他个痛快。但是武松用力过猛，把哨棒给打断了。工具失去了长度，就没有手的延长的优越性了。这说明，武松在心理上是多么紧张，如果要算错误，这是第几个？（听众笑答：第四个了）这个错误在心理上，可以定性为"惊惶失措"。这和他在酒店里，一再说"怕什么鸟！"在山神庙里的大大咧咧的武松相比，可以说是另外一个人了。

这下子，武松没有什么本钱了，横下一条心，老子今天就死在这儿了。就用了前面被思想家夏曾佑先生怀疑的那种不科学的办法，把老虎给收拾了。这完全是偶然的，是奥林匹克运动会上所说的"超常发挥"。(大笑声)《水浒传》上说，武松怎么把老虎打死的？花了多少时间？可以从《水浒传》所说"五七十拳"推算。现代中国人思想比当时精确，一般说五六十拳，或者是六七十拳。就算中间数，六十拳吧。每拳这么高地砸下去(作挥拳状)，(笑声)大约是一秒钟，一共是六十秒，一分钟。但是收回来也是要花时间的，就算同样花一秒钟吧，六十秒再加六十秒，就是一百二十秒，两分钟。两分钟，就把一条活生生的老虎搞完蛋了！（大笑声）这点时间，我看连打狗都不够。(鼓掌声)打猫怎么样？可能也不太充分。(笑声)但是，老虎被打得七孔流血了，头盖骨破裂了，武松去提老虎时，是在"血泊里"，那就是说，砸得稀巴烂了。老虎骨头的质量怎么这么差呀。要知道它的骨头和你拳头里的成分是一样的呀，基本上都是碳酸钙啊。（大笑声）而武松拳头不但骨头没有发生断裂，而且连皮肤，不管是表皮、真皮，都没有任何破损。可能那头吊睛白额大虎，是缺钙，患骨质疏松症吧。（大笑声）这个，现在是没有办法考证了。但不管怎么说，两分钟打死一条老虎这太夸张了。

这是可以谅解的。因为，艺术家反正要让武松把老虎打死的。要让他超越常规嘛，表现出那隐藏在内心深处的超越常规的心态嘛。我们可以设想，为了可信度，那就把拳头的数额，扩大十倍，算他六百拳，二十分钟，再考虑到起初的拳头，挥得比较快，比较利索，后来的拳头，力量差一点，慢一点，还有老虎快死的时候，武松还可能要喘喘气，把这一切可能性都算进去，再加十分钟，充其量也就不超过半个小时。就是凭着这半个小时，武松就成为民除害的英雄，成就了伟大的历史的功勋，半个小时的老本就使得他千古扬名。这就难怪金圣叹在评点这一回时说，武松是“神人”，[①]至少在胆略和勇气上是如此。但是，有了老本以后，这时“神人”武松变得实际了，他想，这老虎浑身是宝——主要是，那时又没有野生动物保护法（笑声）——把它拖下山卖出一点银子来，我想，至少可以作老哥武大郎的见面礼。《水浒传》这样写道：

就血泊里双手来提时，那里提得动？原来使尽了气力，手脚都苏软了。

活老虎打死了，死老虎居然拖不动，倒是自己感到“苏软了”，这不是怪事吗？这一笔很精彩。这是对英雄也是对人的一种发现呀。这个“神人”，超人的力量是有限的。这时，施耐庵写武松“在青石上坐了半歇”。是不是休息一下，再拖呢？但是，武松一边休息一边“寻思”：“天色看看黑了，倘或又跳出一只大虫，却怎地斗得他过？且挣扎下冈子去，明早却来理会。”施耐庵对武松的心理又有了发现：还是趁早溜吧，如果再来一只老虎，可就危险了。他就一步步“挨下冈子来”了。注意这个“挨”，连走路都勉强了。哪知山脚下突然冒出两只老虎。这时，我们神勇的英雄的心理状态怎么样呢？《水浒传》写得明明白白，武松的想法有点煞风景：

阿呀，我今番罢了。

用今天的话说，就是这下子“完蛋了”。（大笑声）一向自以为是不同寻常人的“好汉”，夸过海口“就有大虫，我也不怕”的武松，在读者心目中的英雄武松，竟然再看见老虎，还没有搏斗就认输了，悲观到绝望了。

在这个过程中，读者最关注的是武松打虎的心理过程奇妙，但是，那个奇妙的过程却有点经不起推敲。除了前面已经说的以外，经不起推敲的还有老虎向人进攻，只有三招，

① 陈曦钟等辑校：《水浒传会评本》（上），北京大学出版社，1981年，第415页。

一招是，一扑，就是猛地向你扑过来。扑不着，就用屁股一掀。掀不着，就用尾巴“一剪”，也就是一扫。这有什么根据？老虎又没有进过少林寺，哪来这么规范的武术化的招数？（大笑）而且用过了这三个招数，就没有其他招数了。把老虎写得这么死心眼，这么教条主义，（大笑）无非是方便武松取胜。读者如果要抬杠的话，小说就念不下去了。

四、李逵杀四虎为什么不及武松打一虎

如果真要讲究杀死老虎的可信性的话，武松打虎远远不如李逵杀虎。李逵一下子杀了四只老虎，战果比武松辉煌多了，可是在读者记忆中留下的印象却很淡，甚至许多读者都把它忘记得一干二净了。

李逵上梁山后，想到母亲在家乡受苦，就向宋江请了假，下山去接母亲上梁山来享福。又碰到官府通缉他，只好背上母亲赶路。母亲口渴想喝水，李逵便把她安顿在山岭上，自己盘过两三处山脚，到一座庙里拿石香炉到山下溪里弄了一点水。回来却发现母亲不见了，只见到草地上的一团血迹。等到寻到一个大洞口，只见两个小虎儿，在那里舐着一条人腿，李逵才意识到自己的母亲被老虎吃了。这时李逵，“赤黄须早竖起来，将手中朴刀挺起，来搠那两个小虎”。描写的重点是杀四虎的特点各有不同，第一只是在进攻中被搠死的，第二只是在逃走中被搠死的。那第三只，又不一样：李逵却钻入那大虫洞中，伏在里面，等到那母大虫张牙舞爪望窝里来，把后半截身躯坐到洞去时，李逵“放下朴刀，跨边掣出腰刀”：

> 把刀朝母大虫尾底下，尽平生力气舍命一戳，正中那母大虫粪门。李逵使得力重，那刀把也直送入肚里去了……李逵却拿了朴刀，就洞里赶将出来。那老虎负疼，直抢下山石岩下去了。

杀这第三只的特点，是很精彩的，李逵用力如此，把刀插到肛门里，居然被它带走了。李逵正待要赶，只见就树边卷起一阵狂风，这时，又来了一只猛虎。这次的猛虎不像前三只那样，和武松打的那只一样采取一扑的攻势：

> 那李逵不慌不忙，趁着那大虫的势力，手起一刀，正中那大虫颔下，那大虫不曾再掀再剪，一者护那疼痛，二者伤着他那气管。那大虫退还不够五七步，只听得响一声，如倒半壁山，登时死在岩下。

李逵杀虎的可信性比较大，没有可疑之处，因为和武松不同，李逵用的是刀，自然比用拳头捶要容易得多。施耐庵很有心计地让李逵带了两把刀，一把朴刀，一把腰刀。腰刀，

不难想象。朴刀，是个什么样子？辞书上说，是一种旧式武器，刀身窄长、刀柄比较短，有时双手使用。施耐庵是江淮一带人氏，在他家乡一带至今口语中还有“朴刀”这个词语。就是普通的菜刀，厨房里用的。刀柄很短，和我们常见的一样，刀身并不长。施耐庵为什么要让李逵带两把刀，原因很显然，一把插进了老虎的屁股，让老虎带跑了。又来了一只老虎，如果只有这一把，就要像武松那样用拳头捶。那就和武松打虎差不多了。施耐庵显然是要避免这个重复，很有匠心地让他们杀虎的特点各不相同。就让李逵用刀割了老虎的脖子，倒下来，“如倒半壁山”。

金圣叹极口称赞其和武松打虎完全不一样。金圣叹在评这一回时说：“二十二回写武松打虎一篇，真所谓极盛难继之事也。忽然于李逵取娘文中，又写出一夜连杀四虎一篇，句句出奇，字字换色，若要李逵学武松一毫不能，若要武松学李逵一毫，武松亦不敢，各自兴奇作怪，出妙入神，笔墨之能，于斯竭矣。”①金圣叹的确看出了作者的用心在于与武松打虎求异，但是，他的称赞未免过分了一些。因为，在读者感觉中，李逵杀四虎绝对不如武松杀虎那样有动人的效果。为什么呢？虽然李逵杀虎比武松打虎更有可信度，但是，读者和作者有默契，就是通过假定的想象，用超出常规的办法，体验英雄的非常规内心，关键是在杀虎的过程中，人物内心有什么超出常规的变动。李逵一连杀四虎，他的内心只有杀母之仇。这种仇恨到了什么程度呢？李逵看到母亲的血迹，“一身肉发抖”；看到两只小老虎在舐着人的一条腿，“李逵把不住抖”；等到弄清就是这条老虎吃了自己母亲以后，李逵“心头火起，便不抖”。金圣叹在评点中说：“看李逵许多‘抖’字，妙绝。俗本失。”②所谓“俗本”，就是金圣叹删改以前的本子，也就是一百二十回本的《水浒全传》，“失”，就是没有的。而他删改、评点的这个本子，七十一回的本子，经过他重新包装过，在文字上加工过的，才有。一百二十回本的《水浒全传》现在还存在，的确是没有“一身肉发抖”“李逵把不住抖”“心头火起，便不抖”。事情明摆着，三个“抖”法，都是他自己加上去的。这是金圣叹耍的花招，无疑是在自我表扬。但是那个时代传媒并不发达，没有报纸，也没有电视，就是有人发现了，也不会炒成一个文化盗版事件。（笑声）

问题是他为什么要加？就是因为原来的本子，功夫全花在不让它重复武松面前的老虎那一扑、一掀、一剪上，而其内心的感受是否超越常规，却大大忽略了。原来的本子，写到李逵看到地上母亲的血迹时，不是“一身肉发抖”而是“心里越疑惑”，看到两只小虎在舐一条人腿，他居然还是没有感觉。倒是让叙述者冒出来了一段“正是”：

① 陈曦钟等辑校：《水浒传会评本》（下），北京大学出版社，1981年，第790页。

② 同上，第803页。

假黑旋风真捣鬼，生时欺心死烧腿。谁知娘腿亦遭伤，饿虎饿人皆为嘴。

这就完全背离了李逵的内心痛苦加仇恨的感受。要知道李逵是个孝子，他回来就是为了把母亲接到梁山上去“快活”的。母亲死得这么惨，“假黑旋风真捣鬼”，老虎吃他母亲，和“假黑旋风”一点关系都没有。“饿虎饿人皆为嘴”，这是旁观者的感受，近乎说风凉话，这完全是败笔。金圣叹把这煞风景的、不三不四的四句韵语删去了，谨慎地加了三个“抖”，应该说是很艺术的。第一个是意识到是自己母亲的鲜血，不由得发抖。第二个是看到母亲的一条腿，控制不住发抖。第三个是，仇家相对，分外眼红，尽情砍杀，忘记了发抖。金圣叹加得很有才气。但是，并没有从根本改变艺术上的缺陷，李逵在发抖了以后，杀虎过程那么长，内心居然就没有什么触动了。最奇怪的是，他本是为母亲杀虎的，杀完了四条老虎。他这个孝子应该想起母亲了吧，对死去的母亲有什么感觉？不管是原本还是金圣叹的本子都是：

那李逵一时间杀了子母四虎，还又到虎窝边将着刀复看了一遍，只恐还有大虫，已无踪迹。李逵也困乏了，走向泗州大圣庙里，睡到天明。

这也许是想表现李逵杀得筋疲力尽了，毕竟是人嘛，武松打虎以后不是也浑身酥软吗？但是，武松是与老虎偶然遭遇，而李逵是为母亲讨还血债。母亲的鲜血未干，残腿还暴露在身边不远的地方。这个孝子，怎么能睡得着！还能“一枕安然，不知东方之既白”。像苏东坡那样呀！（笑声）刚才失母之痛还使得他发抖，才半天不到，就忘得一干二净？其实，李逵是不会忘记的，而是作者忘记的，他为了刻画四只老虎，让它们死得各有特点，忙中有错，忙中有漏。直到第二天早上才让李逵想起母亲的腿来，收拾起来，埋葬了。这是一笔交代，可以说是平庸的交代，对一部精致的经典作品来说，好像一架钢琴上一个不响的琴键。煞风景的还在后面。李逵走下冈子去，下面的情节，几乎是武松打虎以后的低级重复。又是埋伏在那里的猎户，又是不相信，又是上了山，见了老虎才相信，又是无限崇拜，又是热热闹闹把虎抬下山去。这种写法就是毛宗岗评点《三国演义》所提出的“犯”，也就是重复。

金圣叹是个艺术感觉极其敏锐的评论家，就是他也无力从根本上挽救原本李逵杀虎的败笔。金圣叹无限推崇李逵而贬抑宋江，另一个评点家李贽，更是把李逵称为“佛”。但是，就连金圣叹也对李逵在这一段内心活动的平淡，没有多少可以称赞的，金圣叹只好替他加上一些字眼，然后来个台里喝彩。而对武松呢？可称赞的就多了：

尤妙者，则又如读庙门榜文后，欲待转身回来一段；风过后虎来时，叫声“阿呀”，翻下青石来一段；一扑，从半空里撺将下来时，被那一惊，酒都做冷汗出了一段；寻思要拖死虎下去，原来使尽力气，手脚都苏软了，正提不动一段；青石上又坐半歇一段；天色看看黑了，惟恐再跳出一只出来，且挣扎下冈子去一段；下冈子走不到半路，枯草丛中钻出两只大虫，叫声“阿呀，今番罢了”一段。皆是写极骇人之事，却尽用极近人之笔。[1]

金圣叹最为欣赏的这些部分，都是“极近人之笔”，也就是武松在心理上比较平凡渺小，不伟大的方面。和我最为欣赏的几乎一样，不过，我欣赏的还有一处，就是武松使尽平生力气，一棒子打下来，把哨棒和松树枝一起打断了，说明他有点惊惶失措。虽然有这么一点小差异，相隔百年以上，有这么多共同点，虽然我们都不是英雄，但也所见略同。（笑声、鼓掌声）

武松这些渺小的方面，在一般人的内心并不是奇观，但他是英雄，他自己也认为自己是“好汉”，在武松的心目中，可能没有“英雄”这样堂皇的说法，而是说“好汉”。他在赤手空拳和老虎搏斗的过程中，他的英勇、他的无畏、他的力量，都不能不使读者对他肃然起敬，不能不同意金圣叹的说法，他是“神人”。这个神人，本来离开读者是比较遥远的，谁能喝了十八碗酒还不醉，还能把一只活老虎给打死。这武松真是太厉害、太伟大了。但施耐庵还是让他和老虎遭遇了一下，自以为英雄好汉的心理就越出了常规，体力上神化了，而在心理上却“近人”，也就是凡人化了。越来越和凡人，越来越和读者贴近了。他上山打虎并非出于为民除害的崇高目的，而是由于犯了错误。一是他不相信群众，二是也会为面子所累，三是麻痹大意，四是惊惶失措。他的力量也有限，打死了活老虎却拖不动死老虎。他的心理也平常，打死一条老虎以后，并不是“明知山有虎，偏向虎山行”，而是唯恐再有虎，趁早我先溜。再次见到老虎，心理上完全是悲观绝望。到这里这位英雄的体力和勇气是超人的，但他的心理活动过程完全是凡人的，跟你我这样见了老虎就发抖的人差不多。（笑声）因而，你又不能不同意金圣叹的回目总评，他是“神人”，他在心理上却是“近人”的，一个普通百姓而已。

经过打虎这样的假定，读者发现，伟大武松的内心深处，还潜藏着一个渺小的武松。这两个武松既互相矛盾，又水乳交融，这时的武松比原来的武松更像武松了。而经过杀虎这样的事变，读者所看到的李逵基本上还是原来的那个李逵，不但没有增加多少心灵的奥秘，形象反而有些缺损。例如，他对母亲的感情反而给人淡漠之感；又例如，他杀虎之前和武松是不一样的。武松是喝酒，不是一般的喝，而是大喝，文雅的语言，叫作豪饮。豪饮是豪杰之气不可羁勒，而李逵上山之前，也吃了东西，什么呢？人肉。

他回家接母亲，路遇一个小土匪，居然冒充他的名字打劫。他本要手起刀落结果了他，

---

① 陈曦钟等辑校：《水浒传会评本》（上），北京大学出版社，1981年，第415页。

可是，那假李逵却说，我家有九十老娘，杀了我，她可也要饿死了。李逵是个孝子，就把他放了。走到村子里，肚子饿了，就在一家人家，给了些钱让做些饭吃。不想那就是假李逵的老婆。饭还没有吃，这个假李逵回来了，看到了李逵，就告诉他老婆，说这是江州劫法场的、官家通缉的黑旋风李逵，悬赏三千贯。三千贯，是多少钱？那时流通的是硬通货，是铜钱，当中有个方洞，用绳子把它串起来。三千贯，就是三千串，而一串是多少呢？一千文，一文（为什么是文？因为铜钱上有文字），就是一个铜钱。这样算起来，一千文乘以三千，就是三百万个铜钱。[①]这么一大笔钱，可能是一大车子，可真是一辈子都赚不到的。两口子就商量着如何把李逵绑了去领钱。这些都被李逵听到了。他不由分说三下五除二，就把假李逵杀了。李逵肚内饥饿，自己把锅里已经煮熟的饭来吃。李逵的这一顿饭吃得读者惊心动魄：

> 三升米饭早熟了。只没好菜下饭。李逵盛饭来吃了一回，看着自笑道："好痴汉，放着好肉在面前，却不会吃。"拔出腰刀，便去李鬼腿上割下两块肉来，把些水洗净了，灶里抓些炭火来便烧，一面烧，一面吃。

这样一个吃人肉的人物，又是在母亲血淋淋的现场和老虎搏斗，应该有多少和不吃人肉的武松甚为悬殊的内心活动啊。至少是应该把他打出心理的常规才是。可是，没有。为什么呢？第一，要怪施耐庵，他让李逵拿的刀太快了，三下五除二，就把四只老虎相当轻松地摆平了。（笑声）第二，要怪金圣叹，他只让李逵的肉跳了三下，就不跳了。（笑声）如果让他在老虎死了以后，还跳，那就可能有比吃人肉更惊心动魄的情节了。而现在呢？除了累一点，没有什么越出常规的心态。同样是在老虎面前，武松却被打出了心理的常规，

---

① 据考：明代人除了使用白银和铜钱，还有纸币。《金瓶梅》第五回，郓哥向武大揭发王婆撮合潘金莲、西门庆通奸，自告奋勇要帮武大捉奸。武大感激说："既是如此，却是亏了兄弟。我有数十贯钱，我把与你去。你可明日早早来紫石街巷口等我。"当时就给了。然而，武大身上怎么会带着"数十贯"铜钱呢？按明初制定的换算比率，一两白银等同于一贯铜钱，"数十贯钱"相当于数十两白银，武大显然没有这样的财力。即便是财主西门庆，出门时身边也只带"三五两银子"（《金瓶梅》第三回）。一贯铜钱重六七斤，数十贯铜钱，几百斤，武大怎么扛得动？人民文学出版社《金瓶梅词话》校点本将"数十贯"改为"数贯"，是有道理的。《水浒传》上，李鬼说的三千贯赏钱，合起来，就是两万斤。三千贯，了不得的一笔钱，武松打虎的赏钱才一千贯，怪不得李鬼要动心了。有学者怀疑武大怀里揣的应当是政府发行的贬了值的纸币。元朝末年，大概也就是《水浒传》成书的时代，使用纸钞比较普遍。元代的纸钞号称"宝钞"，用特殊的纸张印刷，单位仿照铜钱，有"贯"有"文"，面值分为十文、二十文、三十文、一贯、两贯等。后来又发行一种"银钞"，单位和白银一样，分为"两""钱""分""毫""厘"等面值（郭彦岗：《中国历代货币》）。元代文献上，说到多少贯、多少文，或是几锭、几两、几钱，指的大都是纸钞。那么，李鬼期望所得者，可能是政府的贬了值的纸币。然而，《水浒传》写的并不是元朝的事，而是宋朝的事，小说家夸张，整整一大车子的铜钱，似乎还是一种真实。（参阅《食货金瓶梅》）

从而把心理的纵深层次立体感就暴露出来了。

这就是经典与非经典在艺术上的重大区别。

并不是人人都有碰见老虎的运气和晦气的，但是，大英雄的小心眼，活老虎被打死了，死老虎拖不动却引起我们许多切身的经验和回忆。这种回忆是一种无声的体验。本来我们已经把它忘记到无意识的黑暗深渊中去了，在读到武松如此这般的心理时，我们的记忆一闪，这就叫作感染，心头一动，又叫作感动。这种感动，就是一种享受，一种对自我、对人性、对心灵体验和发现的喜悦。用学术语言来说，就是审美体验。

马克思说："人不仅通过思维，而且以全部感觉在对象世界中肯定自己。"对人的英勇和平凡光是从抽象的理论去理解是不够的，还要从文学作品中获得一种感性的体悟。读者在打虎英雄身上确证人类自身丰富的生命，正是因为这样，这种审美享受作为一种心理体验有着和科学和道德理性同样的重要性。

五、英雄心理的平民化

武松打虎比之李逵杀虎在中国文学史上的地位要重要多了。武松和以武松为代表的英雄形象的出现，标志着中国古典英雄传奇，对于英雄的理解达到一个新的高度，也是英雄走向平民的一个历史里程碑。我们在这以前的传奇小说中看到的英雄，大都是神化的、圣化的，很少有什么普通人的感觉。比如，有个曹操的大将，眼睛里中了人家的箭，他就把它拔出来，连眼珠子都带出来了。一点儿都没有像武松这样的紧张、冷汗、惊慌失措、悲观等的心理反应。关公中了人家的毒箭，骨头里的毒都发黑了。医生给他治疗的时候，用刀在骨头上刮，发出咯吱咯吱的声响，关公竟然还谈笑自若地和人家下棋。用当代的话来说，面不改色，心不跳。一点儿生理的痛苦都没有，这种《三国演义》式的英雄，在《水浒传》中也有，但不是最生动的。最生动的是超人的、神化的英雄走向人化的英雄。武松就是这样的代表。武松平时威风凛凛，一直是很酷的样子，只有在老虎面前，越出了常规，把那深邃的平民心性泄露了出来。

《水浒传》设计武松打虎的情节，其妙处就在假定武松与老虎相遇而且不被老虎吃掉，提示了武松的两面性：一方面是神人、天人，一方面是凡人、小人物。但《水浒传》作者并不满足于此，又来一个假定，让武松这个非常英俊、非常帅、非常酷的英雄，碰上一个美女，而这个美女竟然非常有意思，投怀送抱，那么我们可以看看武松买不买账。

但是，今天，时间已经不允许我讲下去了。好在我们还有一个题目，叫《中国古典小说中的英雄和美女》[1]，到时我们再细说。现在我们开始对话，你们可以向我挑战、质疑了，好吗？

（掌声热烈）

（录音整理：王梦）

①《中国古典小说中的英雄和美女》，后来改名为《笑看中国古典小说：美女难逃英雄关》，见孙绍振《演说经典之美》，福建教育出版社，2009年，第277—308页。

第三辑　经典小说艺术技巧分析

情节中的“补笔”和“伏笔”

——从《碾玉观音》到《杜十娘怒沉百宝箱》

作家对情节结构各个组成部分敢于自由调遣，并不意味着他们对小说细部，特别是其中的重要细节采取漫不经心的态度。相反，在一篇成熟的小说，尤其是短篇小说中，几乎每一个细节都是不可缺少的。现代短篇小说艺术的发展已经使短篇小说的每一个细节都成为整个形象的有机组成部分，都以一种必然的、不可缺少的要素出现。

因而，在阅读教学中，对细节的探究，包括描述细节所运用的话语的分析就是不可忽视的。

本来，亚里士多德把情节分成“结”和“解”两个部分，已经为情节一体化奠定了一种因果性基础——整个情节就表现为“结”（结果、效果）找到“解”（原因）的过程。原因与结果之间的关系越精致，小说的结构就越严密。到了19世纪，情节因果的精密性，不但表现在因果的连锁性上，而且表现在对因果链以外的一切因素（包括细节）采取排斥态度，就是在因果链以内的连续事件，也以截取其必要的部分而不求其全为原则。因果的精密性不但表现在人物关系、情感的互相推动上，而且渗透在每一个细节中，不能有一个重要细节是没有原因的，也不能有一个重要细节是没有后续结果的。一切没来由的细节都会破坏情节结构的有机性。契诃夫不止一次说过：如果你在小说第一节中把枪挂在墙上，那么到了第三节或第四节就得把子弹放出去。换句话说，如果不准备放出去，这支枪就不应当挂在墙上。

当然，这是一个比喻，只是为了说明在结构严密的小说中，一切细节都没有偶然性的成分。不论是一个道具，还是一个人物的口头禅，不论是一种病态的怪癖，还是一种风俗特征，都不能不对后来结果的必然性产生影响。反过来说，一切外部情节和内部心理的结果，都不应该是偶然的，而应该是有充分和饱和的前提条件的。

如果造成情节的原因不是充分的，那么，严重的导致漏洞，轻微些的则造成牵强。为了避免这种不严密、不艺术的缺陷，小说家们积累了一个经验，那就是为最后到来的结果预先留下伏笔。由于结果通常是意外的，因而伏笔通常是隐蔽的。

《三国演义》的评点者毛宗岗把这种办法叫作“隔年下种，先时伏着”：

善圃者投种于地，待时而发。善弈者下一闲着于数十着之前，而其应在数十着之后。文章叙事之法亦犹是也。

他批评一些不谙此道的小说家道：

每见近世稗官（小说）家，一到扭捏不来之时，便平空生出一人，无端造出一事，觉后文与前文隔断，更不相涉。试令读《三国》之文能不汗颜！[①]

最初，中国的话本作家并不完全懂得这个道理，每逢有什么突发事变时，往往用“补叙”来说服读者，这毕竟是比较幼稚的手法。我们在中国和西方早期的古典小说名篇中不难找到这种幼稚手法留下的痕迹。

在《京本通俗小说》中有一篇《碾玉观音》，是相当出色的经典话本。写到郡王家中失火时，府里一个管刺绣的女仆秀秀，乘乱出动，甚至以威胁的手段，强制管碾玉的手工匠崔宁和她一起私奔。这在宋元时期，是一种非同小可的勇敢行为。对这样一种惊人的动作，在艺术上成熟的小说中必然有与之相称的充分的原因才是。然而，在《碾玉观音》中，作者并没有意识到秀秀这样的行为需要多大的勇气，它需要作者为这一结果作足够的、有说服力的铺垫和埋伏。在这位作者笔下，直到秀秀提着包袱出来撞上毫无准备的崔宁时，才想起来补叙一笔：

原来郡王当日曾对崔宁许道：“待秀秀满日，把来嫁与你。”这些众人都撺掇道：“好对夫妻！”崔宁拜谢了，不则一番。

但是后来郡王忘了，秀秀就采取了私奔的果断行动。对这样一个不同凡响的决策，仅用这样几句补叙，只能起弥补外部事件因果性漏洞的作用，而对人物心理的因果来说，则显得十分粗疏。在那样的时代，一句话不能兑现还不足以为这样冒险的行动提供充分的必然性。要使一个年轻姑娘比小伙子更果断、更不顾礼俗，得有更特殊的心理素质和社会环境的压力才成。

这样的补叙还不能充分启发读者去想象，在她的情感深层从哪里能飞来一股这么强大的爆发力。作者显然没有充分理解心理因果的重要性，在补叙时让崔宁对郡王戏言的反应比秀秀还强烈，而说到秀秀，只是“秀秀见崔宁后生，却也指望”。此时，这么微弱的心理反应怎么会变成失火时那么不要命、不顾一切的决断呢？特别在小说结尾，读者还会看到，

① 朱一玄、刘毓忱编：《三国演义资料汇编》，百花文艺出版社，1983 年，第 305—306 页。

这是个情感特别强烈的姑娘，即使人死了，魂也要跟着爱人去生活的。

补叙这样几句轻描淡写的缘由，对后来那个超现实的神奇结果是太粗疏了。

这自然是技巧的幼稚导致结构的有机性不足，更重要的是它暴露出作者对人物内在情感理解是不深入的。与之相比，《杜十娘怒沉百宝箱》的结构要精致得多。

作者不但使杜十娘最后投江自杀成为必然，而且使那百宝箱的出现和被抛入江中也成为必然。

百宝箱，作为小说的情节核心，最后是要沉没的，因而要提前在读者心目中留下印象。作者在杜十娘辞别女伴时特别写了“描金文具”这样一笔，有如一个特写镜头。后来船到江边时，又写了杜十娘打开这个箱子取银与李甲，以增加读者对它的关注。最后，在投入江中之前，再一次让读者细看其中的百宝，这不仅增加了可信度，而且强化了情感价值与实用价值的巨大反差。

这样几处看似毫无用意的“闲笔”，实质上是含而不露地“隔年下种，先时伏着”，这个百宝箱突出了杜十娘自杀的必然性。百宝箱本身就是杜十娘追求幸福但又不能完全相信李甲的见证：她明明有钱，却让李甲出去奔走两次。她明明拥有万金，却只给李甲一百多两碎银。她明明已决计与李甲结合，却把全部财宝瞒过了李甲。这说明她希望得到李甲的感情，而且她要求的是纯粹的感情。一旦她的怀疑被证实，感情掺了假，她就让自己和财宝一起毁灭。

《杜十娘怒沉百宝箱》是明代作品，其叙述语言和人物语言都有一些程式化的特点，对人物的心理剖析和把握也还没有达到完全自觉的程度，但是就情节因果的外部事态和人物情感的内在必然来说，大体上已经具备了近代小说的统一和和谐。

阅读文学作品，应该有起码的历史主义观念，一切艺术成就都是历史积累的成果，因而在阅读经典作品时，要养成一种洞察力——能一眼看出，它和此前作品的不同，哪怕是微妙的差异也要高度敏感。在《杜十娘怒沉百宝箱》中，学生们看不出这在当时的难能可贵，这是因为在当代小说中这已经成了普遍的共识。

如果不能做到外部事件的顺理成章，内在情感的自然而然，而是露出任何粗疏和牵强的痕迹，都将使自己的作品水平降低到时代的水平线以下。

古代作家可以不为情节发展中的次要细节费神，当代作家就不能。因为当代文学细节的严密性已达到相当高的程度，当代读者的文化水平也比古代高得多。他们的推理能力和感受能力都是古代读者很难相比的。古代读者可以原谅的疏漏，当代读者往往很难容忍。

例如，古代读者可以不去追究杜十娘那百宝箱中的财宝是如何运到她同伴家中去而又不被鸨母发现的；后来放在船中，又如何避免引起对财物并不是没兴趣的李甲的关注的；

在李甲把一切都告知杜十娘后，她的那一番语含讥刺的反话，其锋芒如此之锐，为什么没有引起李甲的心理变化；特别是当杜十娘一件又一件地把宝物往江里扔的时候，站在一边的李甲、孙富乃至围观者，竟然一个个都没有想到去阻止，除了在一旁发呆外别无所为，甚至在她本人投入江中时竟然没有一个人去抢救。

现当代小说对细节真实性的要求要严密得多，它要求人物内心变幻有外部细节作为可靠的基础。

高晓声《陈奂生上城》中的精彩部分是陈奂生在五块钱一天的旅馆中的沙发上发泄破坏欲的一跳。在付出了他认为是完全不合理的五元住宿费以后，他的情感从自卑变为报复当然是十分自然的。但光有这一点还远远不够，外部环境和动作同样要自然。高晓声为了把这个农民送进在当时是十分昂贵的旅馆中去竟费了不少心机。通常情况下，陈奂生是不会去花这种冤枉钱的，即便他要去也不可能，因为他没有介绍信。于是高晓声让他突然生病，发烧到深夜，而且身不由己，又让曾经和他有交往的县委书记把他送进去。为了避免让县委书记给读者留下不体恤穷困农民苦衷的印象，高晓声让书记匆匆出差经过火车站，然后让他的司机去处理这件事。因司机考虑不周而让陈奂生多破费，这样引起的非议就小多了。

当代作家比古代作家要更难一点，他们不但要抓住情感“突转”的临界点，把握住审美的价值方向，而且要把人物放在严密的细节链中，构成可信的逻辑。人物每一次内心的变幻必须以活生生的有特点的真实细节为基础。

因此，作为语文教师就应该具备一种分析关键细节蕴含的潜在意味的能力。若对细节麻木不仁，就是不称职的表现。当然，这是指关键的细节，并不是说每一个细节都值得仔细分析。有些细节只是说明性的，并不蕴含多么深邃的含义，忽略过去也是必要的。对细节不分主次，眉毛胡子一把抓，往往是缺乏艺术感受力的表现。

孩子杀死婴儿后为什么情节中断
——从外部的临界点和内心的临界点阐释作品

“突转”这个概念来自亚里士多德的《诗学》，原来讲的是悲剧情节。这是一个比较模糊的概念，亚里士多德并没有更深刻地阐明所谓“突转”是外部事件的“突转”，还是人物内心情感的“突转”。从具体行文来看，指的是“动作”，应该是外部事件的“突转”。

但对于一个深刻而精致的情节来说，最重要的并不是外部事件的突转，而是人物内心世界的变幻（包括向相反方向转化）。如果只有外部事件的突转，哪怕是反复的突转，也只能吸引读者于一时，而不能有长久的艺术魅力。许多大众文艺作品，如现代和古代的一些粗俗的武侠小说，都因此而不能进入严肃文学之列。

对一个在艺术上追求创造性的作家来说，人物内心情感的突转，才是更重要的，一旦抓住这种变化，外部条件的突转就显得十分不重要了。

在小说发展的早期和中期，不论是意大利的小说还是中国的小说，都十分讲究情节的完整性。中国古典小说特别讲究有头有尾、一环扣一环的连锁性情节；但是到了十九世纪欧洲和北美的小说，却不讲究情节的完整性，而是采用“生活的横断面”和“纵切面”的结构，把短篇小说这一文学艺术形式推到了一个新的历史阶段。在这种潮流的推动下，完整的外部事件被瓦解了，取而代之的是片段性的外部事变，外部事件完整链条的瓦解只是为了突出、强调内部情感世界的奇异。

首先被省略掉的是事件的开端，绝大多数小说都是从中间切入的。其次被省略的是结尾。契诃夫就曾经说过，他要写一种小说，既没有开头，也没有结尾。其实，他不仅写过没有头也没有尾的小说，而且写过把外部事件的高潮（或突转）放在情节结束以后的小说。

他的小说《渴睡》就是典型。

有一个小孩在一家商店当童工，白天忙个不停，晚上已经疲倦至极，忍不住要打瞌睡，可还得看护睡在摇篮里的小主人。每当她睡意蒙眬进入幻觉中，梦见自己随时随地都可以睡觉，哪怕在雨水潮湿的泥土上都能睡着时，小主人就大哭起来，而女主人就非常凶暴地把她痛打一顿。整篇小说大部分篇幅就写这个孩子苦苦地在自己瞌睡的生理本能中挣扎。然而孩子的意志终于不能战胜她的生理反应，最后她采取了一个极其果断的措施——把她的小主人掐死了。然后，她异常甜美地睡去了。

小说到此戛然而止。

也许按有头有尾、环环紧扣的原则，还可以写一个外部事件的突转：第二天一早醒来她所面临的灭顶之灾。但是契诃夫坚决省略了这个“高潮”，以及由此轻而易举地获得的外部动作的戏剧性。这是因为，小孩子的内在情感的突转已经完成了。瞌睡和挨打本来似乎不可调和地矛盾着，现在既能入睡又不挨打的办法找到了。至于杀死婴儿的后果，这完全在她情感和想象世界以外。

由此，读者不但看到了这个孩子渴睡的程度，而且看到她情感逻辑的特点与我们所知道的理性逻辑有多么大的反差。读者还可触摸到这个孩子心灵世界的边界，她不能想象的东西和读者轻易可以想象的东西产生了对比。在这个世界之内和世界范围之外的一切都是那么使人震惊，使人不寒而栗。而这一切，都是孩子内心的突转造成的。

相比起来，未来的外部事件的突转——孩子从甜睡转入更大的苦难——就显得不那么出乎读者的意料了，因而也就显得不重要了。

这个心灵的临界点是双重的，它不但是主人公的，而且是读者的。抓住这种内部心灵的临界点是许多作家的愿望，而真正抓住的并不多，原因是外部动作突转和表面的戏剧性，对于没有水平的作者，甚至审美意识不强的作家，有一种虚幻的诱惑力，以致他们很难抵御。外部的动作比较容易直接感知，很容易看得见、摸得到，而且也是很便于以一种强化的夸大的形式加以表现的。而内部心灵的变幻则很难直接感知，容易被忽略，比较难以想象，因而其审美价值往往容易被忽略。

要培养起对审美创造力的高度敏感，第一，要对表面的戏剧性，外部矛盾的肤浅的“突转”保持高度警惕；第二，要对有头有尾、环环紧扣的情节程式进行细致分析，其中每一部分的必要性都不能放过。片面的环环紧扣，开端、发展、高潮、结局的理论套路，长期束缚着教师的想象力，好像离开了这种程式就没有别的分析门路似的。

有雄心的教师对一切形式规范都不要绝对化地崇拜。当然遵循它是有必要的，突破它也是有必要的，关键在于是否有利于发现，是否有利于对隐藏在文字以下的人物内在的情和感的探索，是否有利于揭示出新的层次、新的奥秘。

自然，对于外部事件的开头和结尾也不能一概抹杀，有时为了特别的需要，它们也可能特别地被强调。鲁迅在《故乡》中，就只写了“我”与闰土交往的开头和结尾，不管是人物外部动作的高潮还是内心的高潮都没有写（自然“我”的内心高潮还是有的，但非这篇小说的主线）。

有时，为了突出某一种审美效果，不拘一格的作家往往在完整的情节（开端、发展、高潮、结局）之外又加上序幕和尾声。在契诃夫的经典名篇《套中人》的尾声中，那个听了“套中人”故事的人，半夜不能入睡，起来抽烟。叙述者那一明一灭的火光给小说增添了非常深沉的情感参照背景，给这篇充满喜剧性的小说增添了一层忧郁的色彩。

中国古典小说的叙事传统和海明威

1990年，我在当时的西德特里尔大学图书馆里读到一些西方汉学家的学术著作，他们的许多说法，既让我惊异，又让我欣慰。

历史有时是很有意思的，好像专门爱跟人类开玩笑，有时还不是跟一般老百姓开玩笑，而是跟大人物开玩笑。太远的不说，就拿文学研究来说，历史的发展就跟教授专家们，特别是美国的汉学教授们开了一个很有意义的玩笑。

早在20世纪50年代，由于当时的政治空气，很少有美国汉学家赞扬中国的古典文化。现在我找到的资料中，不乏对中国古典文化的非难之作。就文学方面而言，有一位汉学家认为：中国古典小说缺乏艺术的统一和完整，有些小说中包括着与主旨无关的插曲（指话本）。另外，还认为中国小说缺乏个人的独创性，许多故事都是从前人那里借来的，总是改编来改编去。

到20世纪70年代末至80年代初，政治形势发生了改变，于是就有汉学家站起来反驳这种论断。他们以口头文学（话本）的具体临场表演为由，说明没有抽象的统一性，只有在不同的具体情况下特殊的统一性。话本的统一性，不能由后来欧洲的书面小说的统一性来衡量。至于个人独创性，则不能以故事情节的借用而加以抹杀。一位汉学家很雄辩地说："在本世纪很少有什么书的独创性能像乔伊斯的《尤利西斯》那样得到更多的仰慕。但是人们往往倾向于忽略在这部小说背后的荷马的故事。就是乔伊斯的独创性也不完全是从这位作家脑子里蹦出来的，而是在仔细研读古典作品后产生的。如果乔伊斯在波甫和德莱登时代写作，《尤利西斯》无疑会被认为是'模仿之作'。"

所有这些问题，由于提出时缺乏深度，因而也就很好解决。但是有些问题却不那么简单，提出时有一点深度，因而就不可能随着政治形势的变化而被三言两语地解决掉。

在西方人看来，中国小说缺乏第一人称传统，而且即使是第三人称的叙述，也越来越不是作为故事的见证（所见、所闻、所观、所感）者，而是全知全能的第三人称叙述者。这一点，我觉得他们有点少见多怪，中国的文言小说采用第一人称的不在少数。这说明他们未免太主观臆断了。

对这种偏见，即使完全站在为之辩护的立场上的汉学家也不是没有保留的。有一位汉学家甚至不管《左传》并非文学作品，大加赞赏《左传》第三人称叙述者的客观，很少进行主观的评论和介入。这种完全“实录”式的语言达到了非常精练的程度。他举出周天子送给齐桓公一块肉的场景：《左传》只写了齐桓公四个动作：“下，拜，登，受”，他说《左传》把“无关要紧”的语言排除掉的能耐是令人惊叹的。“在整部《左传》中几乎没有什么形容词，而副词就更少了。”

但是，他又提出这种叙述方法也有缺陷，就是作者只报告人物的行为和语言，并不直接进入人物的内心，这就使读者怀疑人物在行动后面的真正动机何在。他举出了《郑伯克段于鄢》说：他不认同许多评论者几乎一致谴责郑庄公“虚伪”“阴险”“毒辣”，但是，从《左传》所记的关于他的言行来看，他对于心怀偏袒的母亲以及野心勃勃的兄弟已经是很宽容了。郑庄公顺从母亲给了弟弟许多特权，直到这位弟弟造反了，他才把弟弟击败，并一怒之下把他母亲流放了；后来很快又后悔了，想方设法把她迎回来。在他看来，郑庄公不但不虚伪，相反却充满了真正的人性的困扰。他这样说，本来是为了证明中国第三人称叙述的局限，但结果却显示了其优越，即这种不直接涉及人物内心世界的叙述包含着现实人生更多的复合性内心奥秘，为读者提供了多种理解的可能，这是被西方现代文学理论大加肯定的一种高度的叙述效果。西方古典文学很重视内心感觉动机的分析和描述，从他们的文化背景出发，对中国古典小说的第三人称叙述，往往不是忍不住发出微词，就是对其艺术效果大惑不解。1971 年英国出版了全译本《金瓶梅》，译者爱格登在前言中也说：“《金瓶梅》是用一种电报文体写成的。”“在文学技巧的运用上，它最经济地写出了必要的东西。”“它的叙述是如此详细以至不须刻意追求气氛的描写。”在中国古典小说的传统叙述方面，许多西方理论家都放弃了理论的解释，其实这是因为他们忘记了他们自己的海明威。海明威就是以“电报文体”著称于世的，他也主张尽可能用动词和名词，少用形容词和副词。西方的心理分析和描写的传统到了 20 世纪 20 年代在海明威那里已经走向另一个极端，而西方的汉学家至今还没找到海明威和中国的古典叙事方法在逻辑上的联系，这似乎是一个玩笑，然而又不是。

这个现象，虽然有中西文化的误解，但是，对于叙述艺术的解读和评价，还是有相当重要的价值，如果我们能够联系实际，也许对我们文学批评的水准的提高具有不可忽略的意义。这在对叙述语言的微观分析上，可能开拓新的生长点。

叙述为什么不精练
——评改一段《白鹿原》

在当代文学史中再也没有比“《白鹿原》现象”更令我困惑的了。一些论者把它吹上了天，说是“史诗”之类，和他们争辩，简直是和聋子对话。他们说白嘉轩这个形象好就好在没有自己的情感、知觉，没有自己的个性，活脱脱是一个“仁义”的绝对精神。这涉及文学形象的第一大前提问题，争论起来也很费唇舌。任何学术争鸣都必须有个共识作为前提，如果没有任何共同的出发点，就叫作没有共同语言。

说到语言，这倒是一个共同的出发点，总没有什么人否认文学是语言的艺术吧？恰恰在语言的驾驭上，《白鹿原》是很蹩脚的，或者说是拙劣的。许多论者在鼓吹它的“成就”时有没有稍稍留心它的语言经常笨重到叫人喘不过气来呢？其实就是作者叙述得最好的场面，语言的啰唆和拖沓也是显而易见的。鲁迅在答北斗杂志社问中说，他的写作经验之一是：“写完后至少看两遍，竭力将可有可无的字，句，段删去，毫不可惜。”[①]这样的经验广大读者耳熟能详，但是，国人语言之烦琐、芜杂仍然是滔滔者天下皆是也。这是为什么呢？鲁迅在《不应该那么写》中进一步发挥说：“在学习者一方面，是必须知道了‘不应该那么写’，这才会明白原来‘应该这么写’的。”[②]但是，不应该那么写怎么才能看出来呢？这却是个难题，鲁迅提出的方法是和作者的原稿、草稿相对照。但实际情况是原稿、草稿得以保存的可谓凤毛麟角。读者面对的文本都是只能这么写的声誉甚高的文本，没有什么可以对照的。那就束手无策，无能为力了吗？鲁迅的话不是成了空话了吗？不是的。问题在于，不能停留在字面上去理解鲁迅的话，而是要在精神实质上去体悟其中的原则。其实，鲁迅这些话给我们的启示是，不要仅仅以读者的身份对待作品，还要以作者的身份看待作

① 文载《二心集》，见《鲁迅全集》，第四卷，人民文学出版社，2003 年，第 373 页。

② 文载《且界亭杂文二集》，见《鲁迅全集》，第六卷，人民文学出版社，2003 年，第 321 页。

品，不要以为文本都是完美无缺的，它们都是从不完美、有缺陷的草稿中逐渐提炼出来的。从作者的眼光看来，文本提供的并不是提炼的终结，而是提炼的一个阶段。不论从思想上还是从语言上都只是当时他的水准所及，没有发现还有提炼的余地。如果日后作家的艺术水准再有提高，就会发现可以提炼的地方，杨修“悔其少作”并不是个案特例，而是普遍规律。

在我看来，小说《白鹿原》在这方面颇有代表性。差不多二十年过去了，他的水准肯定在潜移默化中提高了，如果让陈忠实重写一次，可能就会精练得多。而今的读者对他一些语言感到不满，正是站在新时代的水平线上对之俯视的结果。

我认为取《白鹿原》的一个片段，当然是写得最精彩的片段进行解剖，很可能对提高我国读者和作家对文学语言质量的追求是有意义的。《白鹿原》中最精彩的场面要算白嘉轩因其原定接班人白孝文与田小娥通奸而执行族规，对之进行鞭笞。应该说对这个场面心理错位的设计是比较好的，不但有白嘉轩妻子仙草的忧虑，而且有政敌鹿子霖的得意，还有长工鹿三的同情和小儿子白孝武的麻木。但是语言中多余的成分太多了，充满了不应该那么写的浮渣。例如：

孝武归来及时替代了不争气的孝文的位置，也及时填充了他心中的虚空。

不但第二个“及时”是修辞上的大忌，而且“不争气的孝文”中的“不争气的”，完全是蛇足，因为孝文此时已经不是不争气的问题了。其实这两句话只要并成一句“孝武归来填充了他心中的空虚”，这就够了，其他成分读者从上下文中一目了然。陈忠实这样浪费语言，并不完全是他对读者的理解力的不信任，而是缺乏对语言功能的理解。接下去：

孝武领诵完了乡约和族规的有关条款，走到父亲跟前请示开始执行族规。

其中的“走到父亲跟前”，增加了句子的沉重，只能使读者的想象空间更狭窄。其实，后面的一句纯属多余，写完孝武诵读乡约和族规后，只要接下去写“白嘉轩从椅子上下来，跳下台阶”，读者就会完全明白，而且因自身完成了想象更增加了对现场的感受。对白嘉轩执法的场面描写部分，语言的浮渣就更多了，为了节省篇幅，我将多余成分用括弧标出，请读者明断：

白嘉轩谁也不瞅，（端直）走到槐树下，（从地上）抓起（扎捆成束的）一把酸枣（棵子）刺刺……转过身就（把刺刷扬起来）抽过去。孝文一声惨叫（接一声惨叫），鲜血顿时漫染了脸颊。白嘉轩（下手特狠）比上次抽打小娥和狗蛋还要狠（过几成）。这个儿子丢了他的脸亏了他的心（辜负了他对他的期望）。他（为他）丧气败兴的程度远远超过了被土匪打折腰杆的劫难。他（用刺刷）抽（击）这个孽种是泄恨，（是真打）而不是在族人面前摆摆架式。白嘉轩（咬着牙再次扬起刺刷），忘记了每人只能打一下的戒律，他的胳膊被（人）捉住了，一看竟是鹿子霖。

这本是稍有一点文学修养的读者都不难看出的，可是却被不少精通西方文论的批评家忽略了。这里不仅有一个艺术鉴赏的直觉问题，还有一个理论上的跛脚问题。

在文学语言的评论中，近来十分流行的是西方的话语分析。这种分析，作为一种深层意识的开拓是很深刻的，同时对僵化的话语系统的颠覆也相当彻底，因而受到广泛的欢迎。但是这种意识形态的分析只是话语分析的一个流派，即爱丁堡学派和法国的福柯等。这个学派的长处已经众所周知，但其短处却是对文学本身特点的忽略。从这一点上来说，它和传统的社会学批评是息息相通的。其实话语分析还有一些流派对于艺术本身并不是那么疏离，例如哈罗迪、郝森和迪克等等都是很强调语言的微观结构和语境的关系的，在一定的语境中话语的外部结构和内部结构发生作用，于是产生了语言的必要成分和非必要成分。像陈忠实这样的语言，如果作话语分析则可以说是充满了非必要成分的。

这种非必要成分不仅表现在词句的浪费上，而且表现在过程和细节的罗列上。陈忠实的问题就在于把许多非必要成分当成了必要成分。他的语言之所以缺乏艺术家的灵气，就是因为他把必要的和不必要的纠缠起来。例如白孝文经过一番沦落，后来在县里升了官，回乡探亲完毕——

> 谢辞了（上至婆下至弟媳们的）真诚的挽留，白孝文和太太（于日头搭原时分）起程回县城，他坚辞拒绝拄着拐杖的父亲送行，（白嘉轩便在门楼前的街巷里止步。白孝文依然坚持步行）走出村庄很远了，才和（送行的）弟弟们分手上马。

括弧括出的都是语言上的非必要成分，其实，这个场景是否必要都值得怀疑。

这种场面和过程的奢侈比比皆是。例如，写贺老大在白色恐怖中受刑，本来写到他咬断舌头把血吐在田福贤脸上，乡民们看见断了的舌头在戏台前“蹦弹了三下”，也就够激起读者心理乃至生理的反应了，可是他又写了田福贤如何去踩那舌头，血又如何“像喷泉”从贺老大的下巴流到脖子，流过白布衫和身上的麻绳乃至黑裤子。写枪毙郝县长，本来写到保丁拖着他走时一只脚的“脚尖竟朝后翘起”，作者交代“肯定（被）打断了骨头”，可还是不放心，又写了“另一只脚尖也朝外翘起”，跟下去又洋洋洒洒地写了一大堆对读者想象没有刺激强度的话。前面引的白嘉轩鞭打白孝文，有了第一声“惨叫”，刺激量已经足够了；可陈忠实习惯于作量的增加，殊不知第二声惨叫和第二只腿打折，并没有在刺激量上有什么增加，实际上可能是减少。这就是为什么我国古代诗人没把“春色满园关不住，一枝红杏出墙来”改成“数枝红杏”，也没有把“万绿丛中一点红”改成“万绿丛中数点红”的缘故。同样，在海明威早期一篇作品中，写到一个患了伤寒的部长被抬到院子中枪毙，正下着雨，又站不直，士兵扶着靠墙，一开枪，“他就应声倒在泥水里，头耷拉在膝盖上”。

有了站不直，倒在泥水中，头耷拉在膝盖上，这就完整了，也够惨的了。要是让我们陈忠实先生写起来非得让鲜血“像喷泉一样”，喷出来把墙和整个院子染红不可。

我们的文学评论家已经把文学当作话语的艺术，几乎把话语当作文学唯一的或最重要的因素。因为他们接受了法国人的说法，认为在话语以外没有人的任何思想和情感可言。可是他们在评论作品时却对话语的渣滓无动于衷，这是话语理论本身的局限还是话语理论的追随者缺乏艺术感受力呢？

什么才叫叙述的精练

从理论到理论，不能真正解决问题，还是以文本为例来进行分析。

一、《项链》中女主人公的十年艰辛

路瓦栽夫人懂得穷人的艰难生活了。她一下子显出了英雄气概，毅然决然打定了主意。她要偿还这笔可怕的债务。她便设法偿还。她辞退了女仆，迁移了住所，租赁了一个小阁楼住下。

她懂得家里的一切粗笨活儿和厨房里的讨厌的杂事了。她刷洗杯盘碗碟，在那油腻的盆沿上和锅底上磨粗了她那粉嫩的手指。她用肥皂洗衬衣，洗抹布，晾在绳子上。每天早晨，她把垃圾从楼上提到街上，再把水从楼下提到楼上，走上一层楼，就站住喘气。她穿得像一个穷苦的女人，胳膊上挎着篮子，到水果店里，杂货店里，肉铺店里，争价钱，受嘲骂，一个铜子一个铜子地节省她那艰难的钱。

本来表现一个人物十年的辛劳和艰难，作家至少有三种选择，一是，正面写这十年，那样就不可能简练了，光是一场舞会就花去了几百字的篇幅，十年要耗费的篇幅，不但将难以想象，可能破坏短篇小说的结构，还有使小说偏离主题的危险。二是，一笔带过：十年过去了，路瓦栽夫人青春消逝，老了，她变成了一个穷苦人家的俗气的、勤劳的妇女。这是简略了，但是，不是简练，而简陋，因为不能表现女主人公精神层面的巨大变化。作家采取了第三种方法，用介于叙述与描写的手法，那就是既有叙述的概括力，又有描写的细节。叙述的好处是概括、简练，但弱点是不如描写那么感性，为了弥补这一点，在叙述中夹带特点鲜明的细节，整整十年，悬殊的变化，丰富的内蕴，只用了十多个细节：辞退女工，租小阁楼，刷洗碗碟，在盘沿上、锅底上磨粗了手指，洗衣服、抹布，晾在绳子上，从楼上把垃圾提下来，把水从楼下提上去，喘气，挎着篮子，讨价还价。以如此有限的细节，就把十年的辛劳，甚至“英雄气概”的轮廓勾勒出来。

其动人的奥秘何在？关键在于这不是一般的对比，而是两个极端的反衬：最初追求时髦、高雅、出类拔萃，其特点是在物质上和精神上出人头地，超越自己的社会地位，进入更高一层的社交领域，在高层的社交圈中，在美貌和气质上赢得赞美。而后来，却遗忘高雅的追求，甘于贫贱，只讲世俗的实用，不在乎粗野，唯一的考虑是节约，完全不在意自己在别人心目中的形象：

> 她胡乱地挽着头发，歪斜地系着裙子，露着一双通红的手，高声大气地说着话，用大桶的水刷洗地板。

一个为了一条项链而煞费心机的妇女，居然变得如此世俗、粗野，和小说开头那个刻意追求高贵的女人相比，简直判若两人，这是一种对比，动人之处就在这种对比之中。因为这不是一般的对比，而是结构上的对称。结构的功能大于要素之和，结构性质的对比是整体性的，但实际进入对比程序的却不是全部，而是人物内心的极端化的两极。

二、武松血溅鸳鸯楼以后

武松杀了十几人以后面临着被追捕的危险，他匆匆逃出来时，城门已经关闭，只好从城墙上跳下来，如果让一个平庸的作家来写肯定要写到他内心的紧张，动作上免不了慌乱，然而，《水浒传》是这样写武松的：

> 把哨棒一拄，立在濠堑边。月明之下，看水时，只有一二尺深。此时正是十月半天气，各处水泉皆涸。武松就濠堑边，脱了鞋袜，解下腿絣，抓扎起衣服，从这城濠里走过对岸。却想起施恩送来的包裹里有双八搭麻鞋，取出来穿在脚上。听城里更点时，已打四更三点。武松道：“这口鸟气，今日方才出得松臊。”

杀了这么多人，犯下了弥天大罪，逃出城了，如果是一般人物，三十六计，走为上策，还不赶紧溜？可武松居然从容到在月光下看城濠里的水，只有一二尺深。看得这么细致，不愧当过都头（公安局长），端的是，寓从容于紧迫之中。在这样的危机中，心思不乱，动作有条不紊：脱鞋袜，解腿絣，扎脱衣服，蹚水走过对岸。竟还顾得上把湿鞋袜也换了，还有闲心去想，干鞋是哪个朋友送的。写武松过河的从容，就是写武松内心的平静。更为精彩的是：“听城里更点时，已打四更三点。”充分写出了他听觉上的放松，而听觉上的放松，恰恰暗示了他心情的放松：“这口鸟气”终于出了。说明他在这以前，一直是憋着一口“鸟气”。憋气憋得这样深，这样冷峻，这样清醒，这样有余暇，实乃《水浒》之大手笔。

三、海明威：枪毙一个部长的场景

清晨六点钟，他们在一家医院的墙根枪毙了六名部长。院子里有好些个小水坑，柏油路面上覆满湿淋淋的落叶。雨下得很大，医院的百叶窗都关死了。有一个部长得了伤寒病。两名士兵把他抬下楼，抬到楼外的雨地里。他们费劲地想扶他靠墙站着，后来那军官说让他站着不行。他们刚一放排枪，他就应声倒到泥水里，头耷拉在膝盖上。

写的虽是非常残忍的事件，但语词并没有陌生化，保持着日常语义，而且都是叙述，细节好像就是细节，作者的态度似乎很平静，似乎不带任何感情。没有血腥和痛苦，没有恐怖的形容和渲染。这里的语词有限，省略了的应该更多，这就是海明威所追求的“冰山风格”“电报文体”，也就是所谓废除了形容词，只剩下名词和动词的文体，甚至有“白痴一样的叙述”的说法。他说：

我总是根据冰山的原理去写它。关于显现出来的每一部分，八分之七是在水面以下的。你可以略去你所知道的任何东西，这只会使你的冰山深厚起来。[①]

在这有限的细节中，那省略了的八分之七，仍然以一种强大的浮力激发着读者的想象，潜入读者的意识深处，足以构成一种深沉悲郁的情调：医院本来是救人的地方，却成了杀人的刑场，百叶窗本来是透气的，却被死死地关着，显得紧张压抑；生伤寒的人，路都不能走，是垂死的，还要把他抬下来，让他淋雨行刑。特别雄辩的细节是：他站都站不直，按理是不适合枪毙的，但还要扶着。最后一个细节“头耷拉在膝盖上”，堪称天才。一般的击毙，是应声而仆，这里却是软瘫。从词语来说，没有什么陌生化，但就整体而言，却渗透着恐怖、凶残，惨无人道。不要说光从语词和感知的陌生化去分析是徒劳的，就是仅仅从前面所说的意象的点块、意脉的线索去分析也是不够的，只能用全部意象的有机性，构成的圆融的氛围去阐释。从这一点上来说，中国古典诗歌的“意境”精神与西方现代冰山风格的叙述，可以说既遥遥相对又息息相通。

四、风景描写和肖像描写：情感特征的主导性

在许多教材中，有所谓风景描写、肖像描写之类，其实，这种说法并不科学。因为不

①《海明威研究》，中国社会科学出版社，1985 年，第 73 页。

管是肖像还是风景，都不可能是客观的照相。一切风景，都是意象，都是主观情感特征选择了客观对象局部特征的结构。情感特征才是主导的，决定其性质和功能。小说中的风景，都是由人物情感同化定性的。鲁迅在《故乡》中所写的鲁镇风景是肃索、荒凉的。他自己说：

我冒了严寒，回到相隔二千余里，别了二十余年的故乡去。

时候既然是深冬；渐近故乡时，天气又阴晦了，冷风吹进船舱中，呜呜的响，从篷隙向外一望，苍黄的天底下，远近横着几个萧索的荒村，没有一些活气。我的心禁不住悲凉起来了。

阿！这不是我二十年来时时记得的故乡？

我所记得的故乡全不如此。我的故乡好得多了。但要我记起他的美丽，说出他的佳处来，却又没有影像，没有言辞了。仿佛也就如此。于是我自己解释说：故乡本也如此，——虽然没有进步，也未必有如我所感的悲凉，这只是我自己心情的改变罢了，因为我这次回乡，本没有什么好心绪。

情绪不好，景观就“没有一些活气”，故乡“未必有如我所感的悲凉，这只是我自己心情的改变罢了”；而在童年回忆中，情绪充满了怀旧的诗意，就变得大不一样了。在《社戏》中，同样是水上，在船中，那景观简直是童话的境界：

两岸的豆麦和河底的水草所发散出来的清香，夹杂在水气中扑面的吹来；月色便朦胧在这水气里……

一离赵庄，月光又显得格外的皎洁。回望戏台在灯火光中，却又如初来未到时候一般，又漂渺得像一座仙山楼阁，满被红霞罩着了。吹到耳边来的横笛，很悠扬……

把农村的草台班子的演出说成是仙山楼阁，完全是抒情的诗化。和来时的远景几乎完全一样：

最惹眼的是屹立在庄外临河的空地上的一座戏台，模胡在远处的月夜中，和空间几乎分不出界限，我疑心画上见过的仙境，就在这里出现了。

由此可见，纯客观的风景描写是不可能的，故王国维总结中国古典诗话词话诸多说法曰：“一切景语皆情语。”故情景交融，成为中国传统经典的规律。至于人物肖像，其理亦同。故托尔斯泰说：“要写出一个人的肖像是不可能的，但是，我可以写出对他的印象。”托尔斯泰的话有道理。《诗经·硕人》“手如柔荑，肤如凝脂，领如蝤蛴，齿如瓠犀，螓首蛾眉”一连用了五个比喻，读者只是感到她的手、肤、颈、齿都很美，却还是不能体会出她的具体面貌来。但这并不等于说文学家就束手无策了，托尔斯泰指出可以写出“我对他的印象”。这个印象，就带着主观的感情了。这个道理在《硕人》中最好的体现是接着下来的“巧笑倩兮，美目盼兮”。这比前面的句子要好得多，因为它不直接分别写硕人体貌的各部分，而是写她美貌的间接效果，这是由于语言作为声音符号，不能直接表现听觉以外的形色等感觉，而它作为象征符号的功能却可以唤醒读者的经验，对于文学阅读来说，就是唤醒自己沉睡的情感体验。有了主观感情，就可以超越客体。情人眼里出西施，读者并不在乎是不是西施，而是她在文本作者情感的骚动。同样道理，宋玉的《登徒子好色赋》曰“东家之子，增之一分则太长，减之一分则太短；著粉则太白，施朱则太赤；眉如翠羽，肌如白雪；腰如束素，齿如含贝”，虽然是美的意象的叠加，但是，还不如下面的“嫣然一笑，惑阳城，迷下蔡”，因为后者是一种夸张的总体效果，对读者情感体验的刺激力更强。正是因为如此，这种间接写法，被后世许多经典作品采用，从《陌上桑》中罗敷的美导致“耕者忘其犁，锄者忘其锄。来归相怨怒，但坐观罗敷”，到《长恨歌》中的“回眸一笑百媚生，六宫粉黛无颜色”，都是从心理、动作效果取胜的。其实，这以效果表现情感的技巧，西方人也和我们不约而同地使用着，如在荷马的史诗《伊利亚特》中写海伦之美，为了争夺她，两个城邦打了十年仗，死了十万人，当海伦出现在特洛伊城里，其元老院的元老们，一个个都不由得赞叹，这可真是美神啊，为了她打上十年仗也值得。

可见，肖像描写，为情像交融，一切肖像皆“情像”。肖像就是主观与客观的统一。如何统一呢？首先抓住的不是客体的全部，而是某一特征。鲁迅在《我怎么做起小说来》中说过：“要极省俭的画出一个人的特点，最好是画他的眼睛。我以为这话是极对的，倘若画了全副的头发，即使细得逼真，也毫无意思。我常在学学这一种方法，可惜学不好。”[①]这就是说，不要描写对象的全部，而要抓住对象的最有特征的局部。但是，鲁迅没有说，如何抓住对象的特征。而且他在《祝福》里恰恰写了祥林嫂的头发：虽然四十上下年纪，头发已经花白。似乎有悖于其画眼睛不画头发之主张。实际上其中充满了同情和惊异，因为他回到家乡一切都没有变化，只有祥林嫂变得如此惊人。这就是说，所谓画眼睛，而不画头发，意思是要抓住有特点的局部，鲁迅没有说清的是，有特点的局部并不是单一的，在不同的情感状态中，可能有不同的选择。在这里，情感特征是生命，如情感无特征，则肖像亦可省略，故许多小说中主人公并无肖像。如果情感有特征，而且有深度，则可作深度发挥。鲁迅写祥林嫂的头发，其情感并不限于年龄这样的表层次，还有更深层的。他写祥林嫂的面部像木刻似的，毫无生命的痕迹，间或眼睛一轮，才看出她还活着。就是这样的垂死的人，向“我”问起人死了有没有灵魂的时候，“她那没有精采的眼睛忽然发光了 ”。这就是鲁迅对祥林嫂的深邃的感知了。虽然接近死亡，但是，那残余的生命仍然凝聚起来，发出最后之光。

---

①《我怎么做起小说来》,《鲁迅全集》第四卷，人民文学出版社，2003 年，第 525 页。

可见肖像的动人，不在其外部特征，而在其内在的心灵特征，不仅是对象的心灵特征，而且是作者心灵的特征。理解了这一点，才能真正解开经典文本的肖像惊人的奥秘。

在苏联作家、诺贝尔奖金获得者肖洛霍夫的名著《静静的顿河》中，有一个次要而又次要的角色：奥尔加·尼古拉耶夫娜。她是白军李斯特尼次基中尉的同事高尔察科夫的妻子。有一次，高尔察科夫邀请李斯特尼次基到他家中度假，李斯特尼次基遂与奥尔加结识。后来，高尔察科夫受重伤，临死前托李斯特尼次基照顾妻子，其结果是她嫁给了李斯特尼次基。

为了寻找李斯特尼次基第一次见到奥尔加的感觉，肖洛霍夫对手稿进行了多次修改。在最初的手稿上，女主人的形象是这样的：

> 娇小的脑袋上梳着一个沉甸甸的发髻，李斯特尼次基仔细端详着女主人。她脸上的线条是柔和的，虽不十分匀称，但却惹人爱看，眼睫毛浓密而清新，薄薄的嘴唇是玫瑰色的，干涩的……

如果单纯从所谓“肖像描写”的要求来说，分量已经足够，但是这里肖洛霍夫所追求的不仅是女人肖像而且包含了男人的感觉效果：“惹人爱看”。可是“沉甸甸的发髻”“浓密的睫毛”“柔和的线条”，并没有提供为什么“惹人爱看”的奥秘，因而肖洛霍夫很不满意。在另一页手稿上，他这样修改：

> 在午饭的时候，李斯特尼次基才仔细地看清楚了女主人，她脸上的线条是柔和的，虽不十分匀称，但却惹人爱看。可以说，她的脸是一张最平常的脸，唯有嘴部特别引人注目：在这金发女人的明亮的脸上长着薄薄的、深红色的嘴唇，由于无名的焦灼而现出干裂的皱纹的嘴唇。娇小的脑袋与她的身材颇不相称，显出一副高傲的姿态，或许由于沉甸甸的发髻才显得高傲。

这里增加许多主观性很强的词语，显示出李斯特尼次基的感觉是逐渐形成的，然而各种感知细节仍然不够统一，为什么“脸上线条并不十分匀称”“娇小的脑袋与她的身材颇不相称”，可是却“惹人爱看”？光从李斯特尼次基的外部感觉来说，这好像有点纷乱，与李斯特尼次基潜在的情绪有什么关系又缺乏必要的暗示。肖洛霍夫又进行了修改：

> 在午饭的时候，李斯特尼次基才十分认真地看清了女主人，在她匀称的身段和脸上都显示了一种正在逝去的美，这在一个度过了三十个春秋的女人身上放着淡淡的光华。

“十分认真地看”的原因是：女主人的美不是那么明摆在脸上的，是需要仔细认真地钻研才能发现的。这里不但写了女主人正在消逝的美，而且暗示了男主人非同寻常的注视。这种注视显然不完全是表面的，而且包含着某种潜在的意向：

在她的一双透着讥笑意味的、多少有些冷冰冰的眼睛里，在她的举止中，仍然保留着尚未消逝的青春。她脸上的线条是柔和的，虽不十分匀称，但却十分惹人爱看。

这样一改的好处是把女主人的主要特征和男客人的主要感觉，不仅在表面上，而且在男客人潜在的意识深处结合起来了：男客人隐隐约约地着迷了。但是粗心的读者，可能还没有意识到男客人感知结构正在立体化地展开，肖洛霍夫不得不用心理分析的语言提醒一下：

两个月来，除了肮脏的女护士外没有见过女人的李斯特尼次基觉得她分外漂亮。

原来是李斯特尼次基长时间受压抑的潜在的性意识在起作用，这潜在的性意识的作用使本来正在逝去的美和那并不美的线条以及冷冰冰的眼神都变得有魅力了。肖洛霍夫事实上已经借助男客人对女主人的观感，写到男客人骨头里去了。可是他还担心不够强烈，于是又在外部效果上强调了一下男客人潜在性意识的作用：

他看着奥尔加·尼古拉耶夫娜那姿态高傲的、梳着淡黄发髻的脑袋，时常答非所问。

人物潜在的感觉，是很难直接表白的，但可以通过它对人物的语言的抑制（或其他外部行为、表情等），用一再走神间接地表现出来。

肖洛霍夫作为一个艺术大师不同于普通作家之处就在于：哪怕是在这么一个容易忽略过去的细部，他也尽量深入人物的感觉深处。在一些文艺理论之类的书中，至今仍然有所谓“肖像描写”的说法，其实只要钻研一下大师著作，就可知道这种说法多么肤浅了。

小说对话中的心口“错位”

一、对话、潜对话和心口错位

人物的感觉世界是多层次的，这是由于人的意识世界是一种立体的结构，由于意识有它的显性层次和隐性层次（潜意识），感觉也才有显感觉和潜感觉。意识的这种复合层次，不仅影响到人的感觉，而且影响到人的行为，因而人往往有下意识的行为，梦游性行为，在特殊情况下，还有连意志也控制不住的神经质发作。安娜在公众场合，眼看沃伦斯基坠马以后的有失体统的表现就属于这一类。这种行为主要由潜意识控制。这种行为变异，对于人物的社会交际来说是不利的，但发现这一点，对艺术家来说是十分珍贵的。除行为变异以外还有语言变异。语言变异，涉及人物的对话。

通常人们以为人物对话的职能就是把心里想的都说出来，这是一种误解。

事实上，对话在歌剧和小说中有很大的不同。

人物心理不是平面的，人物的语言也不是平面的。人的语言也像人的意识和人的感知一样有表层和深层的不同。事实上只有在歌剧和话剧的独白中，人物才倾向于把心灵深处的思绪倾泻出来。在小说对话中，人物很少直截了当地讲真话。只有在很独特的环境和条件下人们才讲真话，如在酒后或者特别的情绪爆发中……总之是在情绪不受意志控制的情况下。还有一种情况，那就是还没有学会用意志控制自己的语言时，例如小孩子或者《红楼梦》中的傻大姐之类。除此以外，人们的对话是比较复杂的。雷班在《现代小说写作技巧》中说：

> 我们说的话，并不是心里所想的，我们说话时常常转弯抹角加暗示，然后就开始绕弯子，我们用语言掩饰心里所想的。[①]

---

① 雷班：《现代小说写作技巧》，《外国文学》，1982 年第 4 期。

这个说法很精彩，对话的妙处并不是像一些马大哈的电视剧作家想象的那样，是直接表达人物的情感和思想的，恰恰相反，倒是绕着弯子去“掩饰心里所想的”才能显出对话的妙处。

浩然在小说《月照东墙》中写一个农民外出，他妻子难产。老队长尚友朋打算抬这个女人进城到医院抢救，可是他的老伴思想不通。草稿中是这样写的：

老头子放下碗，绑上一副担架，就要往医院里抬。尚大娘很生气，上前一把扯住老头，气哼哼地说：“我不能让你去！当队长没领这份钱，干一天活了，刚才你还喊腰痛，再抬个人跑几十里，你还要命不要？”

这话说得很直接，可谓直抒胸臆，但是浩然把它修改了：

尚大娘很不高兴，心想，干了一天活，刚才还喊腰疼，这么大岁数，再抬人跑几十里地，受得住吗？于是说：“你呀，越来越不守本分了，这是老娘们的事儿，你可掺和什么？再说，你还是个叔公辈哩，一点伦理都没有啦。”[①]

这显然比原来的写法生动多了。第一，老太太心里想的是一回事，说出来的又是一回事，她的语言不是表达她的思想，而是掩饰她的思想，不过她要找到一个堂而皇之的、使老伴几乎无法反驳的理由，这样说更符合她的身份，更符合她与老伴关系的特点和当时环境的特点；第二，从读者来说，不但看到了老大娘的表层语义，而且看出了她的深层语义。在表层与深层、在心与口的误差中，读者对人物的心灵有了新的领会。

二、海明威：修改了三十九次的对话

可以说，凡是写得精彩的对话，都有这种心口误差的特点，正是在心与口不一致的地方，人物的对话显出了立体感。斯坦尼斯拉夫斯基的话剧表演体系强调，演员进入角色时，不但要理解人物的台词，而且要想象人物的潜台词。

事实上对话的最高艺术效果是由对话和潜对话的错位结构造成的。

这种很明显的心口误差在中国古典小说中是常见的，但在西方现代小说中，情况就不这么简单了。如果没有一定的修养，是很难看出其中的妙处来的。

海明威的《永别了，武器》（林疑今译，上海译文出版社，2004 年），其结尾据作者说修改了三十九次。小说写的是主人公在第一次世界大战的战火中逃亡，与爱人会合，一起到中立国瑞士隐居，但妻子却因难产死了。作品的结尾就是写男主人公在得知妻子已死于产房后的心情：“我走进房去，陪着凯瑟琳，直到她死去。她始终昏迷不醒，没拖多久就死

① 参见孙绍振《文学创作论》，海峡文艺出版社，2000 年，第 279 页。

了。”这时，经历了许多悲欢离合和人世沧桑的主人公亨利先生该有多么强烈的内心震撼呀。可是海明威在这方面，却有意回避直接描写。善于“白痴一样叙述”的海明威，并不让他的主人公像莎士比亚作品中人物那样长篇大论地宣泄他心中的苦闷，也不像司汤达那样去剖析人物内心的复杂思绪，甚至也不像托尔斯泰那样去展示人物的感觉与潜感觉。海明威擅长的是用平静的对话掩盖不平静的潜对话。

在房外长廊上，我对医生说：“今天夜里，有什么事要我做的吗？”

这表明妻子死了，亨利好像很冷静，开始考虑善后。

“没什么。没有什么可做的。我能送你回旅馆吧？”

“不，谢谢你。我在这里再待一会儿。”

表面上很冷静的样子，可是内心并不冷静。明明没有什么事可做，却还要呆在那里。这就留下了极大的空白，这里口头上讲的与心里想的开始有了误差。医生说：

我知道没有什么话可以说。我没办法对你说——

医生实际上要说的是，没有保全他妻子的生命，感到万分抱歉，但他无从说起。

海明威全部才能都用来不让人物直接说出自己的心情，人物的语言只是他心情的一种线索，供读者去想象。

“晚安，”他说，“我不能送你回旅馆吗？”

“晚安”在英语中，用来告别，可是告别了，又提出送亨利回旅馆，可见医生的对话与潜对话的距离，读者的想象在这里有了激活的可能。

“不，谢谢你。”

“手术是唯一的办法，”他说，“手术证明——”

“我不想谈这件事。”我说。

“我很想送你回旅馆去。”

“不，谢谢你。”

他顺着走廊走去，我走到房门口。

在这一段海明威苦心经营的对话中，最动人之处在于，医生反复提出送亨利回旅馆，实际上是说不出的歉意在反复冲击着他的心灵，而亨利却无动于衷，这是为什么呢？待他走进了停着他妻子尸体的产房，敏感的读者才逐渐有所领悟。

“你现在不可以走进来。”护士中的一个说。

“不，我可以的。”我说。

“目前你还不可以进来。”

“你出去，”我说，“那位也出去。”

但是我赶了她们出去，关了门，灭了灯，也没有什么好处。那简直是在跟石像告别。过了一会儿，我走出去，离开医院，在雨中走回旅馆。

原来亨利潜在的意向是到停尸的产房去和妻子告别，因而他对医生的好意和歉意非常麻木，而且他的这种意向越来越强烈，护士的阻拦只能引起他的暴怒。

平静的应对和强烈的动机形成反差，外在的动作性越小，内心的动作性越大，二者的对比度就越强烈，这样的对话也就越能激活读者的想象力和理解力。

在20世纪西方现代小说乃至电影的对话中，追求的就是这种对话与潜对话的反差效果，只要拿这段对话和笛福的《摩尔·弗兰德斯》中的对话一比较，就可以看出，不到三个世纪的历程中，对话作为一种艺术手段已经有了多么惊人的发展。笛福的那篇小说是用第一人称写的：

"亲爱的，"有一天他对我说，"我们到乡间去玩玩好不好？大约一个星期的时间。""噢，亲爱的，"我说，"你要去哪里？""哪里都可以，"他说，"我很想像贵人王公似的过一星期，我们就去牛津。""我们怎么去法？"我说，"我不会骑马，坐马车又太远。""太远！"他说，"乘六匹马的马车到哪里都不嫌远。我要你像个女公爵似的和我出去旅游一番。""好吧，"我说，"亲爱的，这虽然有点胡闹，可是只要你喜欢，我就依顺你。"

这样的对话用现代小说艺术的观点看，有点像中学生的作文，既没有表层语义的趣味，又没有深层的内心动作，更没有二者的反差造成的张力效果，口里说的和心里想的完全一致，甚至比心里想的还要啰唆。像这样的情景，在现代小说中无论如何不适合用对话来表现，而只能用叙述语言带过，甚至连叙述语言也不用，而应该放在叙述的空白中的。

尽管现代小说的对话艺术已经高度发展了，可是仍然有不少缺乏经验和才气的小说家用笛福那样毫无对话性的语言写对话，这就造成了当代小说对话水平的低落。有时，甚至在很有才气的作品中也会发现一些废话。许多作者写了多年小说还没有自觉地意识到小说中人物对话与生活中人们对话的区别，更不明白小说对话与话剧，歌剧人物对白、对唱在艺术原则性上的区别。

三、三毛小说中蹩脚的对话

三毛是很会说故事的。这在《哭泣的骆驼》（中国友谊出版公司，1985年）中，可以清楚地看出来，故事一环扣一环，越读到后来，越让读者紧张。但是，在展开情节的时候，三毛很不善于概括地叙述，而常常用人物对话来发展情节。在《哭泣的骆驼》中，环境和人物命运发生重大波折时，三毛竟用非常啰唆、蹩脚的对话来交代。作品中的“我”问男主人公在这兵荒马乱的时候，回到这么危险的地方来干什么，男主人公回答说是来看女主人公。在这样的情况下用上一两句对话本来是情有可原的，但对话之平淡无奇与情势的紧张简直不能相称。这就使口味很高的读者感到倒胃口了。然而，三毛似乎并不知道自己在对话方面用笔是很拙的，她竟然把这种低水平的对话无节制地写下去。下面是“我”和男主人公接下去的对话：

“(你)一个人？”

他点点头。

“其他的游击队呢？”

“赶去边界堵摩洛哥人了。”

“一共有多少？”

“才两千多人。”

“镇上有多少是你们的人？”

“现在恐怕吓得一个也没有了，唉，人心啊！”

“戒严之前我得走。”巴西里坐了起来。

“鲁阿呢？”

“这就去会他。”

“在哪里？”

“朋友家。”

“靠得住吗？朋友信得过吗？”

巴西里点点头。

这样的对话至少有两点值得研究：一是不必要的冗长而且稀松，与作者所依仗的情节的戏剧性、变幻的紧张性不相称；二是缺乏内在的深度，人物的口头表达和人物的内心激动没有对比，没有张力。人物内心的复杂变幻本来是要用言外之意去提示的，可是三毛却没有注意到那口头表达不出来的“潜在的对话”的重要性。而没有“潜在对话”的对话是没有人物心理的立体感的。

第四辑　进入小说艺术的审美世界的程序

为什么吴敬梓把心理疗法改为胡屠户的一记耳光

——审美价值和实用价值拉开距离

不管什么样的小说总要表示作者的一种倾向，这种倾向，用比较通俗的话来说，就叫小说的主题。什么是主题呢？粗浅地说，是作者体验到的一种特殊的观念。这太抽象。具体一点说，是独到的人生体验。这太笼统，和读者没有办法沟通。人与外部世界沟通的唯一渠道就是人的感觉。不管是思想还是情感，离开了感觉，就很抽象了。小说里的人物要动人，就得有他独特的感觉。作家的人生体验和思想只有和人物、和作家的感觉结合起来，才能成为小说的倾向，或者主题。

善于通过人物的感觉传达情绪，这是许多作家的经验或者愿望，然而并不是一切感觉都有利于情绪的传达和表述。

例如：人对面前的一棵白杨树有感觉，如果你只是考虑如何利用它去做建筑材料，或者当柴火烧，你所想的就是如何把它砍倒，如何运输，如何脱去水分，如何加工等等。这时，你的感觉完全集中在实用目的上，凡与实用目的无关的，或者有冲突的，你就毫不在意。例如那挺拔向上的姿态、绝不旁逸斜出的风姿，就都被忽略了。但如果你因为树枝挺拔美观而不忍芟除，你就成不了一个企业家。

如果不是一个企业家，而是一个生物系的大学生，你的感觉就是另一个路子，你将认定它是一种乔木，而不是灌木，冬天是落叶的，等等。这种感觉是一种科学家的感觉，你的感觉必须是严格客观的，不能带任何主观感情，带上感情就不科学了。

不论出于实用的还是科学的目的，人对客观事物都会有感觉，但这种感觉与艺术感觉不同，它们的特点是理性的、客观的，是抑制主观感情色彩的。

科学家甚至不相信自己的感觉，时时刻刻提防自己的眼睛、耳朵、鼻子会歪曲了客观事物，因而发明了不受主观影响的仪表和刻度。

然而艺术家的感觉却是主观的，感觉的情感色彩是它的生命。没有情感的感觉是死的，不可能有艺术生命。富有情感的感觉是变幻的，随情感的变幻而变幻。

同样是白杨树，抗战时期，在茅盾眼中，它是一个挺立在北方广漠原野上的挺拔向上的哨兵。而在20世纪50年代，在流沙河眼中，它是一把闪光的长剑，在暴风雨中，宁愿折断也不愿弯腰。

这样的感觉是不科学的，也是不实用的，但它是艺术的。

正是在这自由变幻的感觉中，茅盾和流沙河传达了他们主观的、独特的感情。如果死死认定白杨树是造纸原料，啊，这是多么好的原料啊，利用它，可以供应文化市场，创造税收和利润，增加就业率。或者说，啊，落叶乔木的特点就是冬天叶子落了，春天又会生长出来。那还有什么艺术可言呢?

再举一个更浅近的例子。假如在我们面前有一碗面条，做得很咸，很难下口。从实用的角度来说，要尽可能逃避吃这样的面条。从科学的角度来说，之所以不好吃是由于盐放得太多了，改进的方法是控制放盐量。

如果一篇文章里，光写了这些东西，肯定是很枯燥的。但你还可以从另一个角度去看待这碗蹩脚的面条。你可以设想，你孤身一人从北京到一个偏僻的山城，住在一家机关招待所里，并且病了。你很晚才来到食堂，本没有什么胃口，也不指望有什么可口的饭菜，何况又过了开饭时间。没有想到，居然有一张桌子上放着一碗面条，在等待你。一个大师傅笑脸相迎，显然这碗面是特意为照顾远方来客而准备的。你自然十分高兴，满怀感激之情坐下吃面。然而这碗面却很不好吃，咸得可怕。这时你会想到，如果直接流露出不满，或公开表示面条的质量不行，就可能损害大师傅的自尊心，特别是他那一片热忱。于是你强制自己，装出十分欣赏大师傅的手艺、吃得很馋的样子，大师傅的脸上现出了从心里发出来的笑容。第二天，你为了避免再吃到那样可怕的面条，便提早去食堂，自己选择饭菜。但一碗同样的面条已在桌子上等待你了。这显然是昨天你的笑容对大师傅的鼓舞的结果，你只好把这同样难吃的面条吃了。如此再三。大师傅越是殷勤有加，你就越是要忍受那可怕的咸面条。最后，你要离开了，你对大师傅的感情如何呢?如果下一次你要再来这里，你是不是一想到那咸面条就觉得不寒而栗呢?

张洁在《依伯》中叙述了上面的故事以后说："但是，只要我再到福建去，我一定要去看看依伯，哪怕再有那样一碗令人生畏的面条在等着我！"

这就是说，在张洁的心灵中有一种比味觉更重要的东西。味觉是一种生理感觉，满足生理需求是人生存的基础，这是一种实用价值。然而在张洁看来，大师傅热忱服务、主动关切的情感，还有自己对大师傅的理解和同情，无疑更为重要，尽管这种情感不是实用的，不能当饭吃，但是对于人与人之间的互相理解和沟通，更为重要。对艺术形象来说，这非常能感染人，能加深人对人、人对自己的情感的体验和理解，因而它是很美的。这是另一种价值，叫作审美价值。

从实用价值来说，饭菜做得可口的，是水平高的大师傅，而从情感的审美价值来说，饭菜做得好不好并不太重要，如果他出于真诚的、执著的情感，他就是可爱的，就是美的。

在日常生活中，人因为受到生存的压力，实用价值自发地占着压倒优势，情感价值常常因为不实用而处于被压抑的地位。为了生存，就不能不讲究实用理性，而实用理性是压抑情感的。据弗洛伊德研究，人从一出世，欲望的情感就受到压制，久而久之，就把它压抑到潜意识里去了。因而就有了一种说法：人是理性的动物。故古希腊哲学家柏拉图在《理想国》里，就把理学的人当作理想的人，而诗人则被逐出了理想国。但如果光有理性，并不是最全面的人，要不然，机器人就是最理想的人了。人牺牲了感情满足了生存的需求，吃饱了，穿暖了，就觉得很满意了，这不是和动物差不多了吗？于是就有了艺术来满足人的情感需求。

这里我们讲一个典故。鲁迅在《且介亭杂文·门外文谈》中说：

> 我想，人类是在未有文字之前，就有了创作的，可惜没有人记下，也没有法子记下。我们的祖先的原始人，原是连话也不会说的，为了共同劳作，必需发表意见，才渐渐的练出复杂的声音来，假如那时大家抬木头，都觉得吃力了，却想不到发表，其中有一个叫道"杭育杭育"，那么，这就是创作；大家也要佩服，应用的，这就等于出版；倘若用什么记号留存了下来，这就是文学；他当然就是作家，也是文学家，是"杭育杭育派"。①

鲁迅的这段文字曾经很有权威性，这除了得力于他的话说得通俗而且幽默以外，还在于，当年占主流的文艺思想是艺术起源于劳动，文艺与实用价值的统一。其实，鲁迅所说的那种在劳动过程的呼喊，其功能不过是为了求得节奏的一致，为了省力。从价值范畴来说，仍然属于实用价值。这还不能算是艺术，只有在劳动之余，例如木头抬完了，大家围着篝火休息时，回忆起劳动的艰辛，有人就假装抬木头，发出杭唷杭唷的歌声来，这才是艺术。真劳动不是艺术，因为它是为了达到实用的目的，而假劳动才是艺术，因为它的目的不是实用，而是重温劳动的体验，愉悦情感，是把在实用劳动中放弃的感情，那生命另一半恢复过来，以获得生命的完整的体验。实用价值很高的东西，很可能是没有审美价值的。英国作家罗斯金有句名言说："少女可以为她失去的爱情而歌，守财奴不可以为他失去的钱袋而歌。"因为为失去的爱情而歌是出于情感的目的，是美的，而为失去的钱袋而歌是

①《鲁迅全集》第6卷，人民文学出版社，1981年，第94页。

出于实用的目的，是丑的。

在艺术形象里，如果你能让情感占优势，使之不但不为实用的需求所压倒，而且还超越于它，获得了自由，你所用的语言，就会以一种不同寻常的“陌生化”的姿态出现，就可能引起读者的潜在记忆，导致他内心无意注意的集中，使他的兴趣被引起，他的情感被激活。

俄国形式主义者首先提出了“陌生化”的观念。但是他们把它局限于语词的运用上，这就太狭隘、太表面了，其实语义的“陌生化”是价值的“陌生化”（也就是从实用到超越实用的审美价值）的表现。

懂得了这一点，才可能懂得艺术家气质的最根本特点。

朱光潜先生在他早期的美学著作中非常强调实用的态度和艺术的态度的区别，这是很重要的一个出发点。不懂得这一点就不可能从根本上去弄懂艺术的奥秘。由于审美价值普遍存在着盲目或者朦胧状态，许多终生研究文学的教师，不能摆脱实用价值的强势，总是情不自禁地用实用价值观念去联想，甚至从“二月春风似剪刀”都会引申出对于读者具有“创造性劳动”的教育意义。这就不可能懂得艺术、懂得小说的真谛了。为了说明问题，试举一例。

《儒林外史》中最脍炙人口的片段是范进中举，这个片段并不完全是作者的虚构，它是有原始素材的。清朝刘献廷的《广阳杂记》卷四中有一段记载：

> 明末高邮有袁体庵者，神医也。有举子举于乡，喜极发狂，笑不止。求体庵诊之。惊曰：“疾不可为矣！不以旬数矣！子宜亟归，迟恐不及也。若道过镇江，必更求何氏诊之。”遂以一书寄何。其人到镇江而疾已愈，以书致何，何以书示其人，曰：“某公喜极而狂。喜则心窍开张而不可复合，非药石之所能治也。故动以危苦之心，惧之以死，令其忧愁抑郁，则心窍闭。至镇江当已愈矣。”其人见之，北面再拜而去。吁！亦神矣。①

最后一句：“吁！亦神矣。”用今天的话来说就是：“唉呀！袁医生的医道真是棒极了。”可以说这句话是这段小故事的主题：称赞袁医生的医道高明。他没有用药物从生理的病态上治这个病人，而是从心理方面成功地治好了他。

这件事本身有一点生动性，读起来也相当有趣，但是拿来和《儒林外史》比较，就差太远了。这是因为这个故事的全部旨趣都集中在实用价值方面——袁医生出奇制胜地用心理疗法治愈了精神病。实用价值理性占了压倒优势，以至于这位活生生的新举人的特殊情感状态——为什么开心得发狂——完全不在作者关注范围之内。在治愈的过程中，与之相

① 李汉秋编：《儒林外史研究资料》，上海古籍出版社，1984年，第170页。

亲的周围人士有什么情感特点，则完全没有展开，有的只是一个理性的结论：心病就得以心理刺激治之。

而《儒林外史》中“范进中举”一段展开了一幅多彩的情感变幻的神妙图景。这种神妙性大大超越了医道的神妙性。

在“范进中举”中，吴敬梓把袁医生治病的方法改掉了。这说明，在医生看来最重要的东西，在吴敬梓看来是不重要的。他把治好范进的药方改为范进丈人胡屠户的一记耳光。

胡屠户在范进中举以前是最瞧不起他的，甚至在他中了秀才后还公然嘲笑他。范进要考举人意欲向他借旅费，他不但不借，反而当众侮辱他说，举人是天上文曲星下凡的，应该像城里举人府上的老爷那样，一个个方面大耳才是，可他却尖嘴猴腮，应该撒泡尿自己照照。胡屠户绝对不照顾范进的自尊心，随意公然侮辱他的人格，他依照的完全是一种迷信的愚昧的逻辑。对自己女婿的狼狈和贫困，不但没有同情，反借以为乐。胡屠户的情感特点，他的整个精神状态，通过他这些语言和行为表现得淋漓尽致。然而待到范进中了举人，疯了，为了挽救范进的命运，治疗范进的疯狂，建议他打范进一耳光，告诉范进根本没有中时，他却不敢了。在胡屠户的情感深处，他真诚地以为举人都是天上的文曲星下凡，即使为了救这举人，他也缺乏打他一下的勇气。他的恐怖是如此执著，以至于在他硬着头皮打了范进一耳光，使范进清醒过来以后，竟然感到他那打耳光的手疼痛起来，手指都弯不过来了。按照他的情感逻辑，凡是中了举人的都是天上的文曲星，自己打了文曲星，天上的菩萨会怪罪。他的恐惧加深了，连忙讨了一块膏药贴在自己的手上。

吴敬梓对这一情节的设计就把重点从原本故事中实用的理性的医术转向了不实用的、非理性的情感世界。感动我们的不再是实用的心理治疗方法，而是不实用的情感变幻奇观。

理解小说的艺术奥秘应该从这里开始，首先学会把作品中的实用价值和情感的审美价值区别开来，再寻求超越日常实用价值的情感优势的具体表现。要善于看出小说家如何将实用观念和情感价值拉开一点错位的距离，让情感的审美价值具有某种超越性，最忌讳的是把二者混同起来。

不从这个根本上出发，就不可能懂得分析小说三昧。不论你分析哪一篇经典作品，其成功的根本秘诀都在这里。

鲁迅的小说《药》也是这样。本来革命烈士的鲜血的全部价值在于唤醒群众的觉悟，激发他们的革命热情，然而却被用来当作医治肺病的药物。这正表明他们情感的麻木。正是由于这种实用价值和感情价值拉开了距离，构成了对比，发生了错位，小说才有那么强烈的震撼人心的力量和发人深思的启发性。如果华小栓的肺病在吃了染了夏瑜的鲜血的馒头以后，奇迹般地好转了，实用价值与情感价值的距离缩短了，小说就可能失去悲剧的深沉了。

契诃夫的《万卡》，写万卡向祖父诉苦，恳求祖父把自己从城里接回去，免除当皮鞋店学徒的种种苦难。如果光有这些内容，那么契诃夫与当年俄国那些热衷于表述对劳动者苦难的同情的民粹派小说家没有什么两样。这篇小说的最动人之处在于：由于万卡写的地址太笼统（“乡下祖父收”），信是不可能被收到的。也就是说，其实用价值等于零，可是万卡却以为爷爷一定会收到，并且做着爷爷收到信的梦。也就是说，在他的情感深处，这封信的价值具有救命的性质。

正是由于这两种意义，或者说这两种价值拉开了距离，小万卡的情感世界才能得到如此充分的显现，其形象的感染力才充分地发挥出来。如果这封信被万卡的祖父顺利地收到，实用价值提高了，情感的价值就降低了。

我们可以在都德的《最后一课》中看到同样的情况。

从实用意义来说，最后一堂法语课是一堂，不可能等于两堂，也不可能少于一堂，可从小弗郎士的情感世界来说，这一堂课的价值远远超过了一堂课。正因为这是最后一堂了，他才发现学习祖国语言的权利是多么珍贵。他心灵深处潜在的对祖国语言的热爱一下子被调动了起来。本来非常讨厌学习法语的他，变得非常热爱法语课了。

情感价值与实用价值之间的反差越大，艺术的感染力就越强。

如果，《最后一课》中的小弗郎士觉得以后永远不用上法语课了，十分开心，这一课就没有什么特别的情感价值了，这篇小说的艺术感染力也就完全丧失了。

莫泊桑的《项链》也一样，从实用意义来说，那借来的项链使女主人公在舞会上出了一夜的风头，但丢失项链而造成的后果让她付出了十年青春的代价，她由一个爱慕虚荣的女人变成了一个讲究实际的女人。

这篇小说构思的焦点在于：那条项链是假货。也就是说其实用价值是很低的。如果不是赝品，而是真货，两种价值的差距就缩小了，情感价值就相对地降低了。

小说写到女主人公发现项链是假货时，为什么戛然而止了呢？为什么作者不再写下去：把真的项链取回来，拿到市场上去卖了好多钱呢？为什么作者对皆大欢喜的结局那样避之犹恐不及呢？

因为再写下去就完全是实用价值了：把真项链拿回来卖钱，在情感上也得到了某种安慰，这两种价值的距离就缩小了。在女主人公发现项链是假货时，十年的青春和一条假项链的（实用价值和审美价值）反差已达到极限（在艺术上叫做高潮），接下去就是对女主人公的补偿了，再往下写就煞风景了。

用同样的道理，我们可以解释《祝福》的妙处：祥林嫂花钱去捐门槛，目的是为了能参加除夕祭神——端福礼，但却仍然得不到参与敬礼的权利。如果光从实用价值说，她不端不是更轻松吗？也不至于被鲁四老爷家解雇吧。

然而从她的情感价值来说，她不能端福礼和捐门槛的目的形成了反差。

茹志鹃的《百合花》中最动人之处在于：小通讯员在世时向新媳妇借被子遭到拒绝，而在他牺牲后新媳妇却主动把被子填入他的棺材。

越是不强调实用价值就越是富于情感价值。从日常生活来说，实用是自发地抑制情感的；而从艺术创造来说就要冲破这种自发的抑制。

对于一个立志于分析小说艺术的教师来说，字词句的分析不能离开价值的范畴，特别是情感价值和实用价值的区别。许多分析之所以陷于空谈，甚至自我迷惑，就是把二者混为一谈。对实用价值的自发优势进行自觉的防御是十分必要的。

我们说审美的情感因果超越实用的因果，不得不声明一点，上面的道理是相对的，只适用于比较传统的现实主义和浪漫主义的作品。这些作品，在我们中学语文课本中是占绝对优势的。在世界文学史发展到 20 世纪中叶时，文学对于情感的泛滥感到厌倦了。首先是诗歌反抗滥情，关起了抒情的窗子，直接从感觉到理念。接着，小说也对浪漫的情感多少采取了某种抑制的态度，转而对理性加以青睐。表现在小说的情节中就是，因果性往往显得理性色彩很明显。

因而，我们对小说情节的因果联系，不能不作一些补充和调整。在现代派小说中，情节的因果性常常有超越情感的特点，但它没有牺牲感觉。因而，它基本上还是属于审美的①。

为了通俗地说明这个问题，我们举北大教授、儿童文学作家曹文轩的一次谈话为引子：

> 那天我在课堂上做了一个试验，我说，同学们，你们说出任何一个东西，然后我通过想象现场给你们写一篇小说。其中有个学生马上说出一个成语“咬牙切齿”，说：“老师你写一个东西吧。”我深思了片刻，说我试试看。也许是非常平庸的，非常拙劣的东西，但没有关系，我要看看我是否有这种能力。想了大概有五分钟，我说我现在来写这样一个东西：
>
> 有一个人，这个人对世界充满了仇恨，他每天都是咬牙切齿的，结果在他很年轻的时候，一口好牙已经被咬碎了，他只好配了一副假牙。有一天夜里，他听到他家卫生间发出水的声音，他觉得很奇怪，家里就他一个人，怎么会有声音呢？他把灯拉亮

① 为了解释这样的现象，我曾经发明了一个“审智”的范畴。请参阅我的论文：a.《当代智性散文的局限和南帆的突破》，《当代作家评论》，2000 年第 3 期；b.《从西方文论的独白到中西文论的对话》，《文学评论》，2001 年第 1 期。

了一看，什么也没有发现，然后他上床又去睡觉，刚躺上床，卫生间的水又响了，“咕噜咕噜”翻腾。这一回他借着从窗外照进来的月光——他看到的是什么？假牙晚上都要拿下来泡在杯子里面的清水里，原来是两排假牙在互相咬——咬牙切齿。①

这里也是情节，因为这里也有因果性，不过和前面的因果不同，它不是情感的，而是偏重理念的。人与人之间的仇视，居然会达到这样的程度，以致假牙都会咬牙切齿。这不是很概念吗？好像不是，因为小说的因果性是建立在感性的基础（牙齿的声音）上的。审美是情感和感觉的学问，情感可以被驱逐，但感觉却仍然很鲜明。

从这个意义上来说，这里的情节仍然是审美的因果范畴。

超越情感，依仗感觉的贯穿，是现代派小说的特点。

故曹文轩最后说：“这是个现代派的小说啊，现代主义的小说啊，后现代主义的小说呀！”

① 曹文轩：《模仿、素描心态与耐心》，《作文大革命》，福建文艺音像出版社，2004年，第98页。

都德为什么不写落后到转变的全过程
——情节和心理“突转”的临界点

在弄清真善美的关系以后，最重要的就是小说的情节结构问题了。

对人物情感的揭示和表现是一切小说家的共同愿望。然而，情感的特点是它的朦胧性，正如心理学家所说，它是“黑暗的”，是受到实用的道德和认识的、科学的压抑的，因而很大一部分被埋藏在潜意识之中，要用语言去把它调动起来、表达出来，是很困难的。正是因为这样，文学创作才需要特殊的才华。一代又一代的作家所进行的艺术创造都是不可重复的，可以重复的只是他们所使用、所发展、所创造的形式。正是在形式中，一代代才华卓越的作家的经验被积累起来，而且为后来者所继承。初学写作者借助于形式，就不用从零开始去积累经验，表现自我了。他们之中最成功的，可以从前辈探索的制高点上开始。

小说多种多样，而且日新月异。从体裁来讲，有最初的《世说新语》式的片段和志怪传奇以及后来的章回体小说。从结构方法来讲，世界小说史上出现过以情节为主的、以性格为主的和非情节、非性格的小说。对于有志于分析小说的教师来说，应该从哪种小说开始呢？

应该从情节小说开始，正如学书法的应该从写正楷开始。因为一切性格小说，乃至非情节、非性格小说都是从情节小说发展而来的，是情节小说内部机制、内部矛盾转化的结果。事实上，小说艺术的历史发展过程也显示了这一点。最初，人们并没有意识到故事情节在小说艺术上的重要性。《世说新语》中有一篇《王蓝田性急》，说这位王先生性急，吃蛋用筷子夹不起来，用筷子戳也不成，便把蛋摔在地上，蛋又转个不停，就用木屐去踩它，又没有踩到，索性把蛋抓到嘴里拼命嚼碎，然后吐掉才解了恨。

从写人物的情感特征来说，这已经相当强烈了，但还未曾具备小说的基本特征，因为它在一个单层次的现象上打转，没有变化和发展，或者说没有亚里士多德在《诗学》中所讲的那种“突转”。

许多讲情节的理论著作都说情节有开端、发展、高潮（突转）和结局。其实，核心是高潮或突转。至于开端、发展和结局，倒并不一定是十分重要的，在19世纪以后的欧美短篇小说中，尤其是契诃夫、莫泊桑的小说，强调生活的横断面，结局往往是被省略的。契诃夫的《万卡》和莫泊桑的《项链》，都是只有开端、发展和高潮，没有结局的。而鲁迅的《故乡》只有开端和结尾，没有发展和高潮。

故事情节之所以能吸引人就是因为它有高潮，也就是亚里士多德所说的“突转”。情节突然向相反方向变了过去，出乎读者的预期之外，才能把读者吸引住。《王蓝田性急》之所以不能令读者充分着迷，就是因为它朝着一个方面（性急）发展，没有突转，如果他在嚼碎鸡蛋以后发现这个蛋是全家性命所系，后悔不及，大哭不已，就有了突转，也就有了故事性了。

但即使有了这样的故事性，这种故事仍然是非常低级的，没有太大的吸引力，为什么呢？因为这样的故事并没有提供对人物情感世界的更深刻的理解。

福斯特在《小说面面观》中说，故事是一种低级形式，而情节则是比较高级的。他说：

> 我们曾给故事下过这样的定义，它是按时间顺序来叙述事件的。情节同样要叙述事件，只不过是特别强调因果关系罢了。如：“国王死了，不久王后也死去”，便是故事；而“国王死了，不久王后也因伤心而死”，则是情节。虽然情节中也有时间顺序，但却被因果关系所掩盖。又例如：“王后死了，原因不详，后来才发现她是因国王去世而悲伤过度致死的。”这也是情节，不过带一点神秘色彩而已。①

这种说法，不完全是福斯特的发明，实际上是亚里士多德在《诗学》中有关情节的观点的通俗说明。亚里士多德的原话是这样的：

> 如果一桩桩事件是意外发生的而彼此间又有因果关系，那就最能（更能）产生这样的（按：指“恐惧与怜悯”）效果；这样的事件比自然发生即偶然发生的事件，更为惊人。②

沿着时间顺序往后写，可能写出芜杂的流水账。事件之间可能互不联系，即使有所联

① 福斯特：《小说面面观》，花城出版社，1984年，第75—76页。

② 伍蠡甫主编：《西方文论选》，上海译文出版社，1979年，第66—67页。

系，也可能在同一个方面、同一层次上重复表现人物的情感。而一旦发现一个层次的强烈感情是由另一个层次的感情决定的，那就意味着向人物的心灵结构深入了，对于读者来说，不再是被动地接受，而是和作者一起主动地创造了。

《世说新语》中有一则《周处除害》：周处年轻时横行霸道，为乡里所患。当时他家乡水中有蛟，山上有虎，再加上周处，乡里称之为“三害”。而周处是第一害。有人想出了个鬼点子，撺掇周处杀虎斩蛟，希望三者死伤其二。结果周处把老虎杀了，又下水斗蛟，搏斗了三天三夜，远去家乡几十里。乡亲们以为他死了，大为庆祝起来。周处杀了蛟，上得水来，看到自己为乡亲痛恨，便立志改过自新。他找了一些名人，从他们那里得到鼓励，从那以后改邪归正，终于成了“志士仁人”。这样就不但有“突转”（从横行乡里变为志士仁人），而且有了转变的原因（不愿为乡亲所痛恨），好像是具备了情节的基本格局了。但不然，这还不是很成熟的小说形态。

因为这里的因果关系，还只是一种道德的理性的因果关系，它阐明的是一种道德观念，甚至是一时的道德理性的激发把一个坏人改变为一个好人的。从理性的因果来说，这可能是接近可信的。但从人的情感、从人的复杂心理结构来说，这还不够完全，因而不够美。从情感和感觉的复杂关系着眼，一次性的刺激不足以改变他多年养成的习气，在他下决心改过自新以后，他面临的是一时的决心和根深蒂固的情感倾向的矛盾。在许多场合下，理性的决心是软弱的，而情感的自动化的惯性却是强大的。艺术家的任务，不在于表现那简单的决心和外部世界的道德理性，而是这种决心和他本人的感觉、知觉、智性、意志、情感的矛盾。这肯定要发生反复和曲折的斗争，在这种斗争中外部的决心（意志）要征服每一个心理层次的自发干扰和反抗，是不可能没有瞬息万变的心灵戏剧的。而这一切，正是审美价值所在。离开这些，艺术家就丧失了用武之地。

新时期初期有一篇得奖短篇小说《窗口》，就是这样一个例子。女主人公是个售票员，她服务态度比较差。作者没有充分审视解剖其内在情感的奥妙构成，而是出于一种善良的道德性愿望，用与《世说新语》的作者同样的方法，给人物一个刺激，促使她转变。这个刺激就是她卖错了票，而买票的不是别人，正是跟自己关系异常密切的人。接着又让这个女主人公碰上一个服务态度和她一样差的售货员。最后她听了领导给她讲的周恩来总理工作如何认真的故事。这样，她就匆匆忙忙地像周处那样浪子回头了。

这样的因果关系，不是人物内心情感、感知、记忆、动机、意志充分作用、充分饱和的审美因果关系，而是一种概念化、理性化的因果关系。

情节粗糙，人物缺乏生命，都是这种理性因果关系在捣鬼。教师们在分析小说时，要从被动进入主动，起码应该不为这理性因果关系所迷惑。深察一个编故事的匠人和一个艺术家的区别，关键在于一眼就能看穿贫乏的理念和活生生的人物丰富的感觉、知觉、情感和意志的复杂结构之间的巨大差异。具备这种差异感，才可能具备艺术感受力。有了这种感受力，就不难看出艺术家看似平静实则抓住人物灵魂钥匙的匠心。有时，他们就是抓住人物情感和感知的一个饱和点，把这个饱和的一刻作为命运突转的契机，就抓住了人物的一生。要学会在关键时刻，在转变的一刹那，把握住人物全部心理感知、情意的饱和度。试以都德的《最后一课》为例。

要让一个顽皮的不爱学习祖国语言的孩子转变为一个热爱学习的人，这太难了。看来都德不敢有把这个过程全面展示出来的"野心"。都德利用短篇小说的特点回避了事情发生前后的许多事情，只是把这个小孩送到了绝对惊心动魄的境地，以便很快使他的心灵达到突转的饱和度，然后集中一切力量写这个平时最头疼法语课的孩子，在得知这是最后一堂法语课，从明天开始就不能不以德语来代替法语之后的变化。都德顺理成章地展现他心灵深处突然发生的一种他自己都没有料想到的裂变（突转）。他突然感到法语课是这样美好，他后悔过去没有好好学习法语，他巴不得这堂法语课无限期地延长下去，然而这堂课却很快地结束了。

小说家关注的中心就是这种在特殊条件下的心理转折，这种转折，在亚里士多德那时叫作"突转"①。正是这种"突转"，才把那些埋藏在意识深处的情感，连主人公自己也没有意识到的情感倒腾出来，使读者大吃一惊以后，引出一段深思：原来人是这样复杂，虽然在意识的表层，这个小学生是那么讨厌法语课，可是在意识的深层（或在他的无意识中），他对祖国语言的热爱是根深蒂固的。不过，在通常情况下，这种潜在的对祖国语言的热爱是很难表现出来的，只有在非常特殊、非常极端的条件下（我们可以把这种条件称为"第二极端环境"），才有可能被激发出来。

也许，阅读这篇小说，更睿智的读者会想到更为深广的心理奥秘：对某些自然享有的权利、感情，人们往往并不觉得可贵，倒是在失去了的时候，才觉得无限珍贵起来。《最后一课》大胆地把这个小孩从此以后是不是变好放在一边不管，表面上是表现得更少了，事实上却使读者想得更多了。

这就是审美情感的表层和深层都得到表现的特殊效果。要学会欣赏小说艺术的教师应该抓住这个要害。

① 伍蠡甫主编：《西方文论选（上）》，上海译文出版社，1979年，第76页，原文为"史诗里也必需有'突转'、'发现'与'苦难'。"

所谓抓住要害就是抓住心理“突转”的临界点。

抓到了这个临界点，你就找到了人物情感的，也是小说艺术奥秘的钥匙。只要在这里加以过细的分析，其余的什么开端啊，发展啊，结局啊，就是完全不管，也无所谓。心灵激发的临界点抓住了，情节的其他构件，不过是为了引出它而服务的，对艺术来说，这是次要的，可有可无的。

巴尔扎克为什么那样残忍地折磨于洛夫妇

——把人物打入非常轨道

郁达夫在论及小说艺术时曾提出一个具体的办法，叫作“偶然事件”(accident)。对于一切强调“必然性”的现实主义小说来说，郁达夫的这种“偶然性”有一点浪漫主义的色彩。但是完全依仗于偶然事件，也可能变成胡编乱造。问题在于偶然事件是什么样的，用偶然事件要达到什么目的。如果纯粹为了编离奇情节，满足外部动作性的大起大落，那就不可能进入艺术创造的高级层次。高尔基说文学是人学。这句话虽然常常被引用，但大多数情况下理解得并不完全。文学的任务不完全在于人的外部行为，而在于决定外部行为的内在情感。

由于情感类似于一种内在机体的综合体验，它不像外在动作和感觉那样可以准确定性、定位、定量，因而被称为“黑暗的感觉”。对于一切科学手段来说，它是一个神秘的世界，甚至于现代尖端科学手段对它都很难奏效。它的很大一部分是处于潜意识领域的，然而它又有非常强的能量。弗洛伊德甚至认为人的一切意识的根源都在潜意识之中。长期受到道德和科学抑制的情感不是一种单层次的结构，而是一种多层次的结构。在通常情况下我们看到的是人物情感的表层。那深深埋藏在意识底层的、处在无意识中的情感，是对人的行为起决定作用的，但是当人处在相对静止的环境中时则很难显现。

抒情文学往往把人物放在静止环境中，因而很难深入到情感的底层。比如爱情，浪漫主义诗人倾向于把情感的永恒当作美，但事实上，人的情感是多变的，有时还是瞬息万变的。因而，叙事文学就反其道而行之。它把人物放在动态中加以表现。最常用的办法是设置情节，而情节的特点就是事变的偶然性。偶然性就是打破生活环境的正常轨道，把人物打入非常轨道，迫使人的表层情感结构发生动荡，以考察人物心理深层的奥秘。

张洁在《沉重的翅膀》中说过：“人是多面体的，有些侧面，非在必要的时候是看不到的。”在非常轨道中，人的内心潜在的情感就可能暴露出来。

早在18世纪，法国启蒙主义思想家卢梭就说过，人类成功地创造了许多学问，但是关于人本身的学问却是最没有水平的。卢梭显然忽视了文学在探索人的内心世界方面取得的成就。从某种意义上说，小说家考察、研究人的情感结构，和自然科学家研究物质结构，在方法上不是没有共通之处的。小说家不满足于对人物心理的静态考察，自然科学家也不满足于对客观物质作静态的研究。英国自然科学家何非说，科学研究的工作就是设法走到事物的极端而观察它有无特别现象的工作。只有使事物越出了常轨，而且走到极端，才能观察到事物非常态的、非熟知的现象。但如何使事物越出常轨，走到极端呢？弗朗西斯·培根说，正如在社会中每个人的能力总是在最容易发生动荡的情况下，而不是在其他情况下发挥出来的，所以同样隐蔽在自然界中的事情，只有在技术的挑衅下，而不是在任其游荡的情形下，才会暴露出来。科学家要借助“技术的挑衅”，使研究对象发生动荡，使之达到一种“极端”的状况，才能打破常规的静态的封闭性，观察到“隐蔽在自然界中的”奥妙。小说家在以下三点上与自然科学家是一致的：

第一，以“技术的挑衅”（即偶然事件）打破情感结构的稳定状态，进入非常规的动荡状态；

第二，使情感处于某种“极端”状况；

第三，捕捉那些常态以外的“特殊情况”，发现情感结构深层的奥秘。

从这个意义上说，文学家表现人，正等于科学家研究物。不过，文学家不能像科学家那样给他的研究对象加温、加压、通电、加入催化剂，而是以一种生活的变故，迫使人物进入“极端”的、不正常的生活。正如对金属的加温，不达于极端（熔点），它不会从固体变为液体一样，人不达到某种极端，也不可能打破情感的稳定结构，显示出复杂多面的心灵来。

有人说，川端康成的方法是把人放在试管中的方法。其实，这种方法并不是他的发明。左拉早就提出了“实验小说”的理论，并以巴尔扎克的《贝姨》为例，说明巴尔扎克的方法是“通过情况和环境的加工修改”，好像用“试剂法分析感情”，作出了一份人物“实验报告”。[①]

左拉不是信口开河，《贝姨》确如左拉所说，是把人物情感放在某种试剂中加以分析的范例。这主要表现为把人物打出环境的常轨和心理的常轨。首先是把人物置于一种“极端”的境遇。作品中的主人公陆军部署长于洛男爵是一个不顾家道败落、一味热衷于婚外性生活的好色之徒。如果仅仅如此还不算极端，因为在当时，在他生活的阶层中，这是相当普

① 伍蠡甫主编：《西方文论选（下）》，上海译文出版社，1979年，第239页。

遍的。巴尔扎克设置了一个极端的例外情境，就在他身旁安排了一个不知丈夫底细、一味替他护短的夫人。她对丈夫忠贞不二，一往情深。就在夫人拒绝了暴发户花粉商的引诱之后，于洛却勾引了自己下属的妻子华来丽成为自己的情妇。

本来这已经够超越常轨，够极端的了，但巴尔扎克还觉得不过瘾，又把这种极端推向更高的层次。华来丽虽与于洛通奸，但并不真心。她事先与丈夫串通好，让治安法官和警察前来捉奸。于洛为了消除自己被捉后的笔录口供，只好又去借债，并在华来丽的逼迫下提拔她丈夫当副科长。

为了使这种极端情势进一步尖锐化，巴尔扎克又以一突发事件来给极端情势加码。于洛派到非洲去的叔叔贪污事发，于洛立即要赔 20 万法郎，他急得晕倒了。

这一切极端尖锐、刻不容缓的严峻形势都落实在于洛夫人的心灵结构，于洛夫人表层心灵的贵族自尊心和对第三等级暴发户的蔑视感瓦解了。她为了挽救于洛，竟企图向原先拒绝过的花粉商出卖肉体。虽然此计因为花粉商已有了情妇而未果，但于洛夫人和于洛的心灵表层结构的瓦解已使读者看到了他们心灵中间某些不同于表层的东西了。

然而巴尔扎克还是不满足，又进一步把人物推向第三个极端超越常轨的层次。于洛男爵在这样的情势中，心理的恐怖转化为生理病痛，大病一场之后，形销骨立。可是于洛更深层的伦理情感结构仍然是以疯狂的好色为核心的，不过，这时他已经达到不顾身份地位和廉耻的程度了。于洛偷偷从家中出走，夫人因之大病一场。原来于洛和一个小姑娘姘居在一个偏僻地方，开一间绣作店，不断更换地址，改换姓名，以免被人发现。当终于被发现并被带回家中时，于洛还舍不得那小姑娘。

然而这还不是巴尔扎克对于洛情感结构实验报告的终结，他的心灵结构仍要被进一步打破，于洛和他夫人某些非常规心理要被进一步揭开。

一天夜里，于洛夫人发觉于洛不在床上，害怕于洛出事，走到仆人睡的楼上，听到男爵和胖厨娘说："太太活不了多少时候了，只要你愿意，就可以做男爵夫人。"

于洛夫人受此刺激后三天与世长辞。临终弥留之际对男爵说："一转眼之间，你就可以自由，再找一个男爵夫人了。"这是她一生对丈夫唯一的一次责备。

巴尔扎克就这样残忍地、像科学家那样毫不动情地把于洛放在越来越极端超越常轨的情境中，将他的情感结构一层又一层地剥开，指出他的心灵一层比一层低劣，其根本特点（好色）一层比一层更龌龊。

同样，巴尔扎克也把于洛夫人放在越来越极端的非常轨情境中加以煎熬，让读者去阅读她内心感情的深层结构：竟是一层比一层更贤淑，一层比一层更有忍耐力。

这正是 19 世纪西方古典小说共有的特点，用外部情境的步步紧逼，推动内心世界的层层逼近。

左拉所说的情感实验就是这样以层层推进为特点的。大家如果有兴趣，可以去读读他的《邦斯舅舅》。书中的主人公，在好吃而丧失自尊这一点上，和于洛的好色异曲同工。

对人物心灵表层的突破，是19世纪西方小说家的共同倾向，左拉不过是用自然科学语言，说得比较尖锐。与左拉可以比美的陀思妥耶夫斯基，比左拉更执著于人物潜在精神状态的探求。他固然没有提出像左拉那样把人物情感放在试管里的理论，但是他在他的著名作品《罪与罚》中则比左拉更彻底地把人物灵魂放在特别设计的情境中“拷问”（鲁迅语）。《罪与罚》的主人公拉斯耶尔尼科夫是一个法律系的大学生，贫病交加。他经过长时间的苦思冥想，形成了一套独特的“犯罪论”。他把世界上的人分为两类：“平凡的”和“不平凡的”。“平凡的人”不过是“发抖的畜生”，任人宰割，不敢触犯法律；“不平凡的人”则是一些建功立业的“拿破仑们”，他们不受道德法律约束。他认为要做一个不平凡的人，就必须敢于跨过别人的血泊和尸体。他觉得在这个世界上，“谁的头脑和精神坚强，谁就是世界的主宰，谁胆大包天，谁就最正确”。

他立志“试验”一下，看自己的心灵能不能经得起做一个不平凡的人的种种考验。于是他去杀死了一个被他视为“虱子”的放高利贷的老太婆和她的妹妹，并抢走了老太婆的钱财。

但是劫到钱财以后，他却不能忍受精神的苦刑，不论在狡猾的警局侦探面前，还是自己的朋友和亲人面前，他觉得那种精神的痛苦和分裂，比贫困更难以忍受，最后只好去警察局自首。

陀思妥耶夫斯基在这部小说中，以惊心动魄的笔触刻画了拉斯耶尔尼科夫两重人格的冲突，极尽心灵戏剧之能事。他是现实主义文学大师中对心灵深层结构剖析得最不容情的人，正因为他最不容情，所以他在人性解剖的某些方面（如人性恶的、非理性的方面）比托尔斯泰更深刻。

为什么中国古典小说强调一波三折
——将人物打入“第二环境”

其实用极端情境逼迫人物的办法不独为《贝姨》所有，严格地说，也不是巴尔扎克的特殊嗜好，而是许多情节小说家共同遵守的规范，不管是曹雪芹还是川端康成，都不约而同地在这样一种无形的磁力线的诱导下展开天才的想象。

不管现实主义还是浪漫主义小说家，一般都从调动人物的环境因素入手，使人物进入超越常轨的“第二环境”，再来展开其内心情感结构的变动。

张贤亮在《绿化树》的题记中曾引用阿·托尔斯泰《苦难的历程》中的话，大意是，在清水里煮三次，在碱水里泡三次，在血水里漂三次。这说明，对人生真谛的追求得经过十分苦难的历程。其实若用来说明小说艺术，应该这样说更合适，把人物放在超越常轨的“第二环境”中，经受超过情感结构稳定限度的考验，使人物的情感越出常轨。

张贤亮在这里说的是以环境的层层逼近为特点。层层逼近常常是单方面的，如果人的情感老是从单方面挖掘，其深刻性可能是有限的，除了像《唐吉诃德》《阿 Q 正传》那样带有喜剧性的作品。把人物放入层层逼近的极端环境考验的结果，若能引出情感的两个极端，而不是一个极端，则人物的性格就显得异乎寻常得深刻。于洛夫人忠于自己的丈夫，不管丈夫如何沉湎于酒色，她都能拒绝暴发户花粉商的引诱，不屈从他的淫欲，虽然她知道这样做的结果是她女儿的婚姻大事，尤其是嫁妆将难以解决。

这是情境的一极所逼出来的情感的一极。

按巴尔扎克的同情心来说，无疑是在于洛夫人这一边的，因而他在全书中常常流露出把这位男爵夫人写成理想的圣女的冲动（正如在写《欧也妮·葛朗台》时表现出的对欧也妮的圣洁化冲动一样）。但是巴尔扎克作为一个艺术家又必须回避情感简单化导致概念化的危险。作为一个艺术家，他有一种直觉——把人物的情感看成一个复杂的结构。

巴尔扎克在反复强调了于洛夫人崇高的一面以后，终于禁不住把于洛夫人向另一极推去。在于洛通奸丑事暴露、破产危机迫在眉睫之时，于洛夫人居然想向花粉商暴发户克勒凡出卖自己（自然，巴尔扎克为了维护人物性格的统一性把其动机写成是为了挽救丈夫）。巴尔扎克让于洛陷入接二连三的灭顶之灾，不过是为了把于洛夫人感情中的另一极给硬逼出来。圣洁的贞女与卖淫妇是如此互不相容的两极，在于洛夫人的情感结构中竟如此和谐地统一在对丈夫的贵族式的忠贞之中。

这与自然科学家把研究对象放在相反的两极之间加以实验的方法基本上是一致的：把金属放在油中不起什么反应，但如果放在水中就会缓慢地被氧化。这还不是全部，再把它放在火中去，它就熔化了。或者先放在酸溶液中，再放到碱溶液中，从相反两极中得到的信息要比一般信息多得多。

让人物越出正常轨道，进入“第二环境”，目的是为了让人物的情感超出正常的稳定的状态。但是情感并不那么容易越出常态。若把它放在相反的两极之间，失去稳定性的可能性就会大得多。把白骨精送到唐僧面前，一次没有使唐僧醒悟，两次也不行，在戏曲中还要第三次。白骨精化为美女，化为美女的母亲、父亲，都只能引起唐僧无条件的怜悯，引起对孙悟空越来越大的愤怒。最后唐僧被捉了去有立即被剁成肉酱的可能时，孙悟空再来打白骨精，唐僧才醒悟过来。

中国古典小说很强调情节的一波三折：一次打不破情感表层结构，再来第二次，二次打不破，再来第三次，就是为了达到揭开情感深层结构奥秘的目的。所以才有三打白骨精，三打祝家庄，三气周瑜，三看御妹，三难新郎，三请诸葛亮，诸葛亮甚至要六出祁山、七擒孟获、九伐中原，所有这些都是为了追求从一个极端走向另一个极端的效果，以达到更深地揭示人物心灵奥秘的目的。

由情境的两个极端逼迫出人的情感的两个极端，这是小说艺术发展历史过程中的一个进步。在小说艺术发展的早期，人类并没有意识到这一点。那时，人类（和他们的代表——作家）对人的精神世界的理解还是比较单纯的，常常以不变的观点来看待人的情感。这在表现人的恋爱情感方面特别明显，人们往往一见钟情，生死不渝。唐宋传奇和早期意大利小说（以《十日谈》为代表）都是单色调人物，忠贞和淫邪黑白分明，互相之间毫无瓜葛。不管条件发生多大变化，感情一旦产生就不可能变化。从《倩女离魂》到《碾玉观音》都写到一种一见钟情——到死也不会变心的爱情。

这事实上是一种诗化了的爱情。在诗歌中，它被反复表现过，诸如“在天愿为比翼鸟，在地愿为连理枝，天长地久有时尽，此恨绵绵无绝期”，说的是一种超越时空的、绝对化的、永恒不变的爱情。事实上，人的情感是一个变幻多端的复合体，它不断受周围环境和人物的影响，唯其是活跃的、变幻多端的，人才是有生命的。虽然，诗歌把人类感情的稳定性表现得那样绝对化地美好，但仍然只能满足人类体验自己情感世界的部分要求，而不能满足人类情感更具体、更深入的要求。

正是由于这一点，小说在受到诗歌的重大影响以后，逐渐摆脱诗歌美学的概括性，而走向心灵层次分化的道路。也正因为此，小说情境的两个极端的目的是逼出人物情感的两个极端。这种端倪，我们在《三国演义》和《西游记》中还比较罕见，而在《水浒传》和《西厢记》中就屡有所见且不以为奇了。

温文尔雅的高级军官林冲，连老婆被人家调戏，吃了冤枉官司又差一点被暗害于野猪林，都是一味地逆来顺受。直到火烧草料场，发现高太尉派来害他性命的人，正是自己往日的朋友陆虞侯的时候，他才终于改变了自己一贯忍让的处世态度，奋起杀了仇人。从此以后，他就变成了另外一个人，处处主动反抗，甚至有点不讲理——他挑了酒葫芦，身不由已地来到柴进庄前，向并不认识他的庄客要酒吃，人家不给，他就毫不客气地把人家打了个落花流水。林冲从温文尔雅、逆来顺受到义无反顾、主动出手，无疑是被逼出来的。

当然，情感的两极分化比情境的两极考验要复杂一些。

巴尔扎克在《欧也妮·葛朗台》中把他年轻的主人公放在两极情境中煎熬，首先引出的情感的一极是：查理的父亲破产自杀，并不知情的风流公子查理来到欧也妮家，闻知父亲的死讯，哭得死去活来，而他的伯父老葛朗台却一毛不拔。于是，欧也妮与查理私订终身，她把所有的六千法郎积蓄送给了查理。欧也妮为查理流下了眼泪，两人山盟海誓。巴尔扎克以诗化的笔调赞美了这对年轻人纯真而美好的情感。正因为此，巴尔扎克笔下留情，没有让欧也妮去深究花花公子在巴黎与情人阿纳德的行为，也没让查理对欧也妮的容貌、举止留下任何不顺眼的印象。

如果光有这一极，即使在量上不断增加，例如让查理在临行之前或之后再流露出一些抒情的缠绵，也不会使人物性格的深度有多少拓展。所以，巴尔扎克聪明地不作同方向的叠加，而是朝相反方向探索开去，引出查理情感的另一极端。七年以后，查理发了财，这意味着处境进入另一极端，同时情感也走向另一极端。他和各种女人花天酒地胡混，早已把欧也妮忘得一干二净，欧也妮在他心目中留下的只是一个六千法郎债主的印象。欧也妮后来收到查理的一封来信，信上说他已和另一个女人结婚，并汇来八千法郎的汇票算是还债。这时欧也妮的处境转入另一极，她已继承了他父亲和母亲的巨额财产，但她的情感却不像查理那样，而是还停留在原来的极点上。本来对欧也妮这个人物来说，情感的不变是不利于人物心灵的纵深拓展的，可是如果让她和查理同样走向反面的一极，都变得翻脸无情，倒反显不出她和查理的差别来了，有走向漫画化、概念化之嫌。于是巴尔扎克采取了让他们二人的情感拉开距离的办法（关于拉开情感距离的规律，另有专门的论述），将人物心灵的反差充分显示出来。

欧也妮还替查理的父亲还了他生前欠的四百万法郎的债务，排除了查理可能因父亲曾经破产而造成婚姻流产的危机。欧也妮对失去的爱情极端珍视，她虽然答应与蓬风先生结婚，却以保持童身为条件。

但巴尔扎克并不满足于这样极端化的对比。在他笔下，欧也妮此时的情感并不完全像她过去爱上查理时那样充满了诗意的纯真，此时她的情感中有某种扭曲和畸形：她仍然依照老葛朗台留下的老规程过日子，虽然她拥有那么多的财产，可非到老葛朗台允许生火的日子，决不生火，她的衣着依然与她母亲一样寒碜，她住的房子仍然没有阳光，没有暖气，老是阴森森的。可是她办了不少公益事业，用来反驳别人责备她吝啬。巴尔扎克力图显示财富使她被包围，以至于她只能平静而枯燥地守着她情感的坟墓。

这样，不但使她的形象与查理的形象的反差更加鲜明，而且使她的纯真和她内心的贫困的反差更加丰富。

安娜·卡列尼娜的“人格面具”是如何当众丢落的

——人物内心动荡和外部动作之间的不平衡

在传统经典小说中，并不是一切逆境和顺境都能使人物的深层情感结构发生动荡，只有那种极端的顺境和逆境才能引起人物内心的强烈震动。极端是一种极限，达到这一强度，人物原有的情感状态就要被冲破，人物的心灵就要越出常轨。

通常把人物打出常轨的办法是用“偶然事变”（accident），这是郁达夫在《论小说》中提出来的。在传统小说中有那么多巧合，那么多误会；在唐宋传奇、宋元话本中一再出现死而复生的奇迹；在意大利的《十日谈》中，有那么多天真的少女碰上了淫邪的教士；在《水浒传》中，有那么多善良的百姓乃至仕绅遇上了贪暴的官吏；在美国西部电影中有那么多的谋杀、决斗、暴发和破产，这一切都不过是为了把人物从命运到情感打出常轨以外。

但是，作为情节发展的这种重要契机，如果是纯粹的偶然性，就有可能走向通俗小说的俗套。纯粹的偶然性可能导致胡编乱造。

特别是现实主义小说家，一般地说，他们回避太明显的偶然和纯粹的意外，他们追求的是偶然中的必然，所谓“出乎意料之外，又在情理之中”。林冲的娘子在大相国寺烧香遇到高衙内，遭到调戏是偶然的，又是必然的。辛亥革命发生了，要求革命的阿Q被枪毙是偶然的，但又是必然的。在英国作家伏尼契的《牛虻》中，天真虔诚的天主教徒亚瑟向神父忏悔，神父却出卖了革命的秘密。亚瑟的恋人琼玛误以为亚瑟因情妒而出卖了革命，她打了亚瑟一记耳光，这一耳光既是偶然的，又是必然的。正是这一记耳光，把亚瑟打出了生活轨道之外，也使他的情感越出了常轨，亚瑟变成了牛虻，天真纯洁的极端相信宗教的亚瑟变成了对宗教怀着极端仇恨的牛虻。

这些既偶然又必然的事变是组织得比较好的，它们既符合情节的需要，又出于人物个性发展的必然。与之相类似的还有夏洛蒂·勃朗特的《简·爱》，正当简·爱与罗切斯特热恋而走向教堂举行婚礼之时，突然发现罗切斯特还有一个疯了的妻子，简·爱忍痛远去。这个事件是突发的，但由于有此前一系列可疑情景作铺垫，因而显得不太偶然。

好的、艺术性强的突发性事件的特点是，既是对过去情节（悬念）的一种有力的解释，又是对未来事变的强有力的推动。不好的、艺术性不强的突发事件只起推动未来事件的作用，与过去缺乏有机的联系。作家编故事的能力常常在这里受到考验。有时即便是大师，也免不了有失手之处，在故事情节上留下漏洞与不自然之处。

衡量偶然事变是不是精彩的一个准则是，是否满足于以情节性增强眼前的戏剧性，是否以其严重的后果迫使人物表层心理结构瓦解，导致人物与人物外部关系和内部情感关系的变化。对于文本分析来说，重要的不仅仅在于那已经变化的结果，而是那将要变化的过程。被变化了的结果吸去了全部注意力，必然忽略人物心理深层变化的过程。最值得注意的是那将变未变的节骨眼，这也就是我们在前面提到过的外部和内心的“临界点”。面对同一变化，不同的人，情感深部作出不同的调节，其互相交织的密度越大，牵动的层次越多，形象的感染力也就越大。

青年作家朱苏进有一个中篇叫作《引而不发》，写的是几十年没有打过仗的部队，忽然来了一个消息，说是要做好准备开赴前线了，一个个人物的心灵都越出了常轨。但是后来又来了命令，开赴前线的决定取消了，于是一切又恢复了常态。只要心理上越出常轨的目的达到了，行动上是否要越出常轨并不重要。行动不越出，而心理却越出了，这就是这篇小说构思的特点，所以叫“引而不发”。

现当代小说和古典小说的不同之处就在这里，现代和当代小说，很看重内心动荡与外部动作之间的不平衡，而古典小说，特别是传奇小说，外部动作与内心动荡常常是同步的。现代小说常常在情感与行为之间的不平衡上大做文章。情感与行为的不统一，或者虚幻的统一，更有助于透视心灵的潜在动荡。这在号称现代派小说的前驱的陀思妥耶夫斯基的作品中表现得十分明显。

陀思妥耶夫斯基的著名长篇《白痴》中有一个非常精彩的场面，值得介绍。

将军的秘书笳纳追求美丽的娜斯塔霞，因为他知道地主托茨基将会赠给她七万五千卢布。在生日宴会上，娜斯塔霞听从了梅思金公爵的意见，拒绝了笳纳的求婚，并且当众退回了托茨基的七万五千卢布和将军送给她的珍珠。这时富商的儿子罗果金带着娜斯塔霞所需要的十万卢布来了。娜斯塔霞嘲笑了笳纳。娜斯塔霞决定跟罗果金走。可她突然转身对笳纳说：“我想最后看看你的灵魂。”

实际上是陀思妥耶夫斯基设置了一个突然事变来检验笳纳灵魂深处的秘密。

娜斯塔霞说：“这里是十万卢布，我现在把它丢到火里去……你若能当着大家的面，光着手伸到火里去，把钱拿出来，十万卢布全是你的！”

把十万卢布扔到火里去，在客观情境上是大大地越出常轨了，而要当着众人的面，光着手从火中取钱（卖身的钱），无疑要把所谓“纯洁的爱情”的面纱撕破，主观的感情要在更深的程度上越出常轨才成。这就是左拉所主张的对人的情感结构的稳定性的一种“挑衅”，应该说这种“挑衅”是很残忍的。

火舌开始舐着钱包，人们给笳纳让开一条路。有人喊叫，有人屏息、画十字。笳纳交叉双手，呆呆地盯住火苗，苍白的脸上露出一丝愚蠢的笑容。他熬不住这精神的苦刑，转身向外走去，没走几步便昏倒过去。经过这样一次情感的检验娜斯塔霞得出结论：“看来，他的自尊心比他的贪财心强些。”她用火钳把钱包勾出来扔在笳纳身边，飘然而去。

笳纳的心灵在常规的自尊心和非常规的贪财心之间忍受了苦刑。他的内心倾向于钱财，他的外部行为努力维持自尊，二者的反差是如此之大，冲突如此之剧烈，以致心理的痛苦转化为生理的昏厥。意志控制住了他的外部行为，但却控制不住内部的生理反应。这个场面之所以成为世界文学史上的著名场面，不但因为它成功地暴露了笳纳情感深层的贪婪和虚饰的外表的矛盾，也揭示了表面上看来是个放荡女人的娜斯塔霞的灵魂深处对财富和人情虚伪的蔑视。所有这一切都以外在行为和内在情感的不平衡为特点。

小说的发展历史证明：外部行为与内心活动不一致比外部行为与内心活动相一致，更有利于揭开人物情感深层结构的奥秘。所以越是接近现代，作家们越是倾向于在外部行为和内心活动的“错位”上大做文章。

对于有志在分析文本上有所出息的教师来说，如果想对文本有过人的发现，思考有不同寻常的深度，那就要特别在人物情感与行为不一致的地方下功夫。当人物明明这样想却那样做的时候，当人物一心倾向于这个人却回避与这人接触，甚至害怕想到他时，心灵深处就有许多有趣的戏剧了。

这就是有可讲性、有可对话性的机遇了。这时，就要死死揪住不放。

要培养这种能力光凭反复实践是不够的，还要懂得一些理论，如弗洛伊德的关于潜意识的理论。在这方面最有价值的经典著作可能是列夫·托尔斯泰和陀思妥耶夫斯基的作品。最容易分析的是《安娜·卡列尼娜》。沃伦斯基一见到安娜，被她吸引，正好火车压死了一个人，沃伦斯基为了取得安娜的好感，立即慷慨地捐了一笔钱给死者家属。从这以后就出现了一系列外部动作与内心情感的错位，尤其是在安娜几度挣扎，终于陷入情网之后，这期间不但安娜，与之相关的其他人物的心灵和行为都错位了。著名的经典片断是沃伦斯基赛马的场面，苏联文艺理论家卢那卡尔斯基对之赞叹不已。

在沃伦斯基参加赛马、从马背上翻倒下来这个场景中，托尔斯泰让安娜在观众席上观看。安娜在观看的过程中，情感激动已经达到了外部表现违背主观意志的程度了，但托尔斯泰似乎还是觉得太平淡了。他又让安娜的丈夫卡列宁在一边冷眼旁观，觉察安娜的失态，内心陷于极大的恐惧，而外表却表现得十分平静。卡列宁的意志控制了自己，而安娜却控制不住自己，二者恰好相反。但是他们外表和内在情感的错位却是相同的，为了说明这一经典性的艺术片断，我们不能不作一些比较长的引证。

当四俄里障碍比赛开始的时候，她（安娜）向前探着身子，目不转睛地盯着沃伦斯基，看他正走到马旁，跨上马去，同时她听着她丈夫讨厌的、喋喋不休的声音。她为沃伦斯基提心吊胆，已经很痛苦，但是更使她痛苦的却是她丈夫那带着熟悉语气的细声音，那声音在她听来好像永无休止。

卡列宁的眼光落在安娜身上了。

她的脸色苍白而严峻。她显然除了一个人以外，什么人，什么东西也没有看见。她的手痉挛地紧握着扇子，她屏住呼吸。他望了望她，连忙回过头去，打量着别人的脸……他极力想要不看她，但是不知不觉地他的目光被吸引到她身上去了。他又观察了她的脸，竭力想不看出那明显地流露在那上面的神情，可是终于违反了他自己的意志，怀着恐怖，他在上面看出了他不愿意知道的神色。

这是一双满怀妒忌的眼睛，他的内心和外部表现的不一致（努力不去看，又不由自主地去看），不但使整个场景的心理氛围增加了紧张度，而且使安娜的心理变化有了一个复杂的心理背景，由于这个背景的反衬，安娜那种企图控制自己的外部表现而又不能的过程，就有了更加强烈的反差。

一个赛马者从马上跌下来受了重伤，在场所有的观众都为之叹息。在卡列宁眼中，安娜因为全神贯注在沃伦斯基身上，竟然根本没有注意到这样一个悲剧。按照礼仪，她本是应该装作和普通观众一样发出恐怖的叹息的，然而：

卡列宁看出安娜甚至都没有注意到这个，她好容易才明白她周围的人们在谈论什么。……

安娜这时实际上已经控制不住自己了，但只是控制不住自己的听觉，除了听觉以外，她还可以控制住另一部分感觉：

安娜虽然全神贯注在飞驰的沃伦斯基身上，却感觉到她丈夫冷冷的眼光在旁边盯着她。

她回过头来，询问般地望了他一眼，微微皱着眉，又回过头去。

“噢，我才不管哩！”她像在对他这样说，就再也没有望过他一眼了。

安娜这时残存的自我控制外部动作和表情的力量不但是有限的，不完全的，而且是带着某种下意识和潜意识性质的，也就是半自觉半不自觉的。这是一个临界点，过了这个临界点，安娜就完全控制不住自己了，她的外部动作就要把她的内心秘密暴露出来了。促使这种变化发生的偶然事件是沃伦斯基落马生死未卜，安娜情不自禁地大声惊叫了起来，这还不算：

后来安娜脸上起了一种实在有失体面的变化。她完全失去控制。她像一只笼中的鸟儿一样乱动起来，一会起身走开，一会又走向培脱西（她的女友）：

"我们走吧，我们走吧！"她说。

这样，安娜的心理结构就复杂了，本来在外表上她应装得不太激动的样子（和大家差不多，至多稍稍在程度上强烈一点），然而由于她的大声惊叫，暴露了她与沃伦斯基非同寻常的关系。因为别人跌下马来时，她几乎无动于衷，一点同情都没有。这时，如果她的意志充分清醒，她仍然可以在惊叫之后恢复对自己的控制，如果她能做到这一点，就意味着她此刻对沃伦斯基的感情没有达到白热化的程度。托尔斯泰的杰出在于，在这个关节点上，写出了安娜失去控制、但又没有完全失去意志的特殊状态。她的心乱了，但只是说要离开这里，这样的行为还有多种可能的解释，而且有掩饰的余地。

而这时，作为安娜的对照，卡列宁却非常平静地把自己的感情掩饰得很好，他一连几次提议安娜和他一道离开，也就是避开这众目睽睽的场所，但安娜不是没有听到，就是加以拒绝，直到一个士官带来了沃伦斯基没有受伤只是马折断了脊梁的消息。这样的消息使安娜悬着的心放了下来，这样构成的心理的强烈的冲击使安娜最后的控制力丧失了：

一听到这消息，安娜就连忙坐下，用扇子掩住脸。卡列宁看到她在哭泣，她不仅控制不住眼泪，连使她的胸膛起伏的呜咽也抑制不住了。

从半控制状态到完全失控，彻底暴露了她对沃伦斯基的情感经历了一个从落马的恐惧到安然无恙的狂喜的过程。没有这个过程，这个有教养的女人是不会这样在大庭广众之间把自己本以为羞耻的情感暴露出来的。

这一点对于许多教师来说，很值得钻研，他们由于受了过多的概念或理论的束缚，往往不自由地倾向于人物的内在感情和外部表现的一致性，而且把这种一致性看成是一种普遍规律。迷信这种观念使许多教师一辈子都不懂得艺术为何物。从托尔斯泰的许多经典著作（还有其他古典和现代作家的作品）来看，人们在绝大多数情境中都有一种荣格所说的"人格面具"，在不同的情境和人物面前这种"人格面具"有不同的形态和色彩。没有特殊的强烈到临界点的突发事件的冲击，这种"人格面具"是不容易被打破的。

为了让安娜的人格面具被打破，托尔斯泰苦心孤诣地设计了大庭广众这样的背景，用安娜的自我感觉和卡列宁的目光交织着，实际上就是以错位情感为这个过程多元着色。为了让这个自我暴露的过程更鲜明，更具反差性，他让卡列宁的人格面具自始至终不发生任何震荡，甚至在安娜已经不顾一切地呜咽起来时，仍然保持着冷静的姿态：

卡列宁用身子遮住她，给她时间来恢复镇静。

“我第三次把手臂伸给你，”他过了一会之后向她说。安娜望着他，不知道说什么好。

卡列宁一再坚持，并以“安娜身体不大舒服”为名，要她回家，安娜才清醒过来。

安娜吃惊地环顾了一下周围，顺从地站起身来，挽住她丈夫的手臂。

这说明安娜终于又恢复原状，又戴起了她那贵妇人在社交场合的人格面具。这里最值得钻研的是夫妻二人的人格面具的变与不变的对比。在同样的情境中，卡列宁的不变，和安娜的不变——变——恢复原状，二者交替、反衬，使这个场面充满了惊心动魄的心理旋律的变奏。

真不愧为大师手笔。

试想如果不是出于托尔斯泰笔下，而是出于左拉笔下，情况可能就大大不同。也许赛马的场景、建筑、妇女的装饰乃至露天马场的阳光、空气都会有更充分的描述，甚至有更为雄辩的细节，但是人物与人物之间这种心灵的反差，它们之间的互相刺激，互相制约，互相陪衬，便不可能达到这样丰富的层次，这样和谐的统一。

如果同样的情节设计，让一个没有高度艺术修养的作家来写呢？也许，他可能让安娜大叫一声，接着就是卡列宁气得脸色惨白了。或者安娜失去控制就是失去控制了，中间并没有一个半控制状态，最后也许完全不可能恢复平静，而卡列宁则可能变得完全忘记了他的礼貌和身份，最后结果就是一场闹剧。

通过假项链、真项链、假金币暴露人物的内心隐秘

——超现实的和现实的第二环境及其功能

让人物越出常轨有两种：一种是进入非常规的现实境界，一种是进入非常规的虚幻境界。表面上看来，现代、当代小说所设置的大都是现实境界，只有童话或者神话、武侠小说才是虚幻的假定的境界。其实，不管什么样的题材，设置的境界都带有假定性。只是有些假定境界的特点是超现实的梦幻性的，有些假定境界是模拟现实的。

超现实的境界，在西方表现历史和表现未来的小说中比比皆是，但这些都非小说的正宗。在西方小说中，用得最多的是梦境。例如美国作家霍桑写了一个青年大卫·史万在大树下做了一个梦，梦中见到三个人，一个可以使他发财，一个可以使他获得爱情，一个则领他走向死亡。作者的目的显然是把人物放在三岔路口加以检验，这种检验的机会在现实生活中是很难遇到的。

正是因为很难，才需要作家的想象。拘泥于生活的逼真性，不可能有足够的自由的想象力。欣赏作品，不仅仅欣赏人物，而且要欣赏作家自由的想象力。

小说创作的构思，首先遇到的问题是，在必要的时候，敢不敢稍稍超越现实，让人物进入虚幻境界；敢不敢像《南柯太守传》的作者那样，让人物在现实世界里一顿小米饭还没有做熟的时间里，就在梦境中经历几度宦海沉浮；敢不敢像卡夫卡那样让他的主人公一夜之间由人变成一只大甲虫，然后再去检验他和他父亲、母亲、妹妹之间关系的变化。

当然，把人物推到虚幻境界，也就是非常规环境或第二环境，就意味着把人的心理放在假定熔炉中锻炼。假定性就是一种想象性，在现实生活中人是不能拿来作试验的，但在想象中却可以自由地剖析。

现实主义的或者倾向于现实主义的作家常常把现实性的描写和假定性的构思结合得非

常巧，也就是说，把假定性掩盖得非常自然。但是不管多么巧妙，仍然是可以分析出来的，有时只要拿一些相类似的作品来比照一下就行了。

例如，要看出莫泊桑在《项链》中如何运用假定性构思来检验他的女主人公是不那么容易的。一个女人为了在舞会上出一下风头，借了一条项链，出足了风头之后，项链遗失了。为此，她付出了十年青春的代价，结果发现项链是假的。一般读者，甚至研究者一下子很难看出作者的匠心在于：项链本是赝品，但被“假定”为真的，而且长达十年。作家就是利用这个假定让读者看到，这个表面看来十分虚荣的太太，在陷入困境以后，居然变成了一个非常勤俭的主妇。但是把这一篇和另一篇小说《珠宝》联系起来就不难看出作者假定艺术的奥秘。小说写一位太太接受情人的珠宝，明明是真的，可她丈夫却一直以为是假的。直到她死后，才在无意中发现是真的。本来读者和女主人公的丈夫一样以为她是一个正统纯洁的妻子，而真项链的巨大价值，却使读者明白过来，这正是她和富人偷情的铁证。

把真的当作假的时间那么长，等到发现错了，人都死了。人虽然死了，可是在丈夫眼中却变成了另外一个人。

究竟是真是假，并不重要，重要的是真真假假有利于人的情感深层结构的检验。

在现实境界中，由于种种现实社会的道德、伦理关系的制约，人的心理自由是有限的，有的只是现实出路，没有任何自由选择的可能。而在没有选择的环境中，人的性格只在一种可能性中得到单侧面的表现，只有把多种选择放在人物面前，人物性格的多种潜在性才会萌发起来。即使最后得到表现的仍然是一种，但在多种可能性面前作抉择的过程中，仍然能使性格的许多侧面从隐性化为显性。

如果一个守财奴恋爱，让他爱上一个富甲天下的千金小姐，这是生活常规，没有任何选择余地，也不能使这个守财奴越出生活的常轨，无从进入假定境界。但是，狄德罗说了：“如果你写一个守财奴恋爱，就让他爱上一个贫苦的女子。”（《西方美学史·第九章法国启蒙运动：伏尔泰、卢梭和狄德罗》，人民文学出版社，1979年）这样比较容易把他逼出生活的常轨，进入一种假定境界，在他面前选择余地较大，因而表现也就可能深刻。果戈理在《塔拉斯·布尔巴》这样带史诗性的英雄主义传奇中，就让一个哥萨克战士爱上了敌方围城中的波兰小姐。

马克·吐温的《败坏了赫德莱堡的人》就得力于用现实的描述手法，提供了一个假定的境界，让人物本身作自相矛盾的选择。小说假定了一个最清高、最诚实的，享有“不可败坏”的声誉的市镇——赫德莱堡。假定的目的是“败坏这个市镇”。实施假定动作的主体，是一个被得罪的外乡人，他决计要报复。

假定报复（亦即检验）的方法是：外乡人把一口袋东西送到银行出纳家中，留下一张条子说口袋里装的是金元。这些金元赠给一位使他改邪归正的恩人，不管是谁，只要能说出当初规劝他的那句话。马克·吐温就用这个假定对这个市镇上的人的心理进行检验。报纸上登出这条消息以后，市镇上 19 位“首要公民”和他们的太太都喜气洋洋，想冒充那位不存在的恩人。3 个星期以后，19 位首要公民分别收到内容相同的信，信中透露那句话是“你决不是一个坏人，你去改过自新吧”。到了揭晓的日子，全体居民集合在镇公所大厅，结果 19 位首要公民中的 18 位一一当众出丑。只有一位，因有某种私人关系保护，没有露馅。于是他被欢呼为“全镇最廉洁的人”。然后，当众打开口袋，结果其中并不是金元，而是镀金的铅饼。

艺术的假定，使赫德莱堡“不可败坏”的美誉轻而易举地被败坏了。如果没有这个假定，要逐个戳穿 19 位首要公民的假面具是很费周折的。但是一旦让他们受到诱惑，一旦站在假定的不存在的财富面前，他们外表的诚实、清高就立即剥落了。也许在常规生活中，一辈子也不会暴露的丑恶心灵，在假定境界中，很快就昭然若揭了。与其说马克·吐温这篇小说在成功地揭露，还不如说他善于成功地假定。

假定性是一种熔炉，作家以非常残忍的客观性去试验他的人物，考验人物的品德和本性。

当然，马克·吐温在假定过程中，运用了有限的虚幻性，这个外乡人为什么要这样挖空心思拆赫德莱堡的台，并没有充分现实的解释，但这是假定性允许的，作家有权利公然运用这假定性。有时，还可以更加虚幻一些，把人送进梦境，甚至怪诞到突然让人变成一只大甲虫，全身长出许多脚。卡夫卡就这样把主人公格里高尔·萨姆沙放进外在形态变异而内心感知不变的假定境界，然后看他与父亲、母亲、妹妹之间的关系如何变形。他失去了人的习惯，失去说话的能力，产生了“虫性”，不肯吃新鲜的东西，而要吃腐烂的食物，然而他仍然保持着人的感知特点和思维能力。他一直自惭形秽，躲在沙发底下不敢见人，偷听隔壁房间家里人对他的议论，为亲人的烦恼而感到悔恨。他的丑陋形状把母亲吓得晕了过去，他父亲气恼不过向他扔苹果，其中一个陷进他的肉里，始终没挖出来。

由于他不能工作，家庭经济陷入困境，久而久之，最同情他的妹妹也对他产生了厌烦，向父母提出：“一定得把它弄走。”妈妈用鄙夷的眼光看他爬来爬去。而房客们由于发现了他而愤然离去，家里又失去了一份房租收入。父亲把这种尴尬都归咎于不幸的儿子，妹妹干脆把他的房间一锁了事。格里高尔在所有的亲人都厌弃了他以后，在极端的孤独中悄然死去。

超现实的怪诞和现实性的描绘结合起来构成一种混合的假定性熔炉，是《变形记》的特点，但是不管这熔炉多么怪诞，试验的结果——人与人之间的疏离，小人物的孤独感，却完全是现实社会的反映。

其实，任何假定的境界都是假定性与现实性的统一。而假定，也不一定非得采取某种超现实的怪诞形式不可。在小说家那里，假定境界就是一种想象境界。每个人都有一个不能自由选择的现实环境，作家要试验人就得为人在想象中找到第二环境，这种环境可以是超现实的梦境，也可以是非常现实的，但都得是正常生活轨道以外的一种环境。

高晓声笔下的陈奂生种田多年却入不敷出，也并没有全国闻名，可陈奂生一旦进城住了一次五块钱一天的旅馆，走了一次后门买到别人买不到的工业原料，就从此闻名天下了。这是高晓声的突破，也是我国农村题材的突破。当然，这里的关键是在现实性的描绘中尽可能大胆地假定，由于是现实性描写而不是怪诞的变形，因而外在境遇的变化幅度要比较大才能强化内心活动的前后差异。如果光有外在境遇的大胆假定，没有后续的心灵震荡也不能有如此深刻的表现。

长期以来我国现代、当代小说，由于片面强调所谓现实主义原则——按生活本来面貌表现生活，以致作家把人物推出生活正常轨道时显得非常拘谨。作家的想象力被摹写现实的无形框框紧紧地束缚着，他们的人物总是在正常轨道中运行，很少越出常轨，即使越出常轨了，他们也很少表现出艺术家假定的魄力，因而人物情感的深层结构总是很难得到解放。如果拿我们农村题材的作品（以赵树理的《三里湾》为代表）与肖洛霍夫的作品比较一下，无疑肖洛霍夫为人物设置假定境界的气魄要大得多。就拿他的《被开垦的处女地》来说，光是恋爱和革命的关系就复杂得多。拉古尔洛夫是村支部书记，他得过红旗勋章，走集体化道路的态度很坚决，但是他有点左倾幼稚病，一个村子的集体化还搞不好，偏偏一大早起来自学英语，准备到非洲去搞“世界革命”。他对富农刻骨仇恨，可肖洛霍夫安置在他身边的荡妇老婆鲁什卡又偏偏和富农的反革命儿子铁木菲相好。在小说第二部，这个被驱逐的铁木菲潜回村子，打伤了拉古尔洛夫，而鲁什卡却和铁木菲幽会。更加越出常轨的是，担负组建集体农庄工作的主要负责人达维多夫竟与被拉古尔洛夫赶走的鲁什卡搞了一阵恋爱，而同时庄里寡妇的女儿华丽雅却真挚地爱着达维多夫，可在很长一段时期里，达维多夫并不知道。所有这一切都是不止在一个方面越出了生活的常轨，这里的假定性并不是一种单一的假定，实际上是多种假定关系的结合。在这样的假定境界中，人物命运情感的随机变异比较多，人物面前可供选择的余地比较大，几乎每一个人物的情感的每一种变异都有引起相关人物情感多种变幻的可能。

屠格涅夫的《木木》比莫泊桑的《珂珂特小姐》高明在哪里

——前提条件的充分、心理氛围的饱和同结局的关系

调动一个因子把人物打出常轨，以促使人物内心情感结构发生变幻最简便的办法是给人物改换环境。而改换环境最著名的是把人物送到异国荒岛上去。

我们暂且不说《西游记》把唐僧师徒送到女儿国,《镜花缘》把唐敖、多九公送到“君子国”，光算把人物送到孤岛上去的情形，世界文学史上就发生过不下五次。笛福、史蒂文森、凡尔纳都曾把人物送到荒岛上去，不过，有的是渺无人烟的荒岛，有的是埋藏着金银的宝岛。所有这些人物的心灵在孤岛上都比在本土上得到了更充分的表现。但是把人物送到孤岛上去以后，对他们心理层次挖掘得最深的还要算苏联作家拉甫列涅夫和英国作家亨利・戈尔丁。

拉甫列涅夫在《第四十一》中，把一个白军军官和一个红军女战士送到了没有人烟的荒岛上。这两个人本来在社会环境中是互相敌对的，人的社会阶级斗争的形势占着绝对优势，红军女战士对白军军官充满着仇恨。一旦到了荒岛上，两个人必须互助才能生存，就暂时进入了无阶级社会。在与大自然的斗争中，互相敌对变成了互相支援和互相吸引。人的情感深处的自然属性、人性这时被诱导了出来，占了优势，两个年轻人居然恋爱起来。

改变生活的一个因子，就探索到了人的情感的另一个层次，这是与现实生活不同的另一种可能性。

但是拉甫列涅夫的想象并没有到人物情感的第二层次为止。他让海上出现了一条船——回到现实社会中去的可能性出现了。这时一对年轻人又分化了，各自都希望回到自己的社会阵营中去。这是人物情感的第三层次。

结果来的船是白军的。白军军官欢呼起来，奔向沙滩，红军女战士无论怎样呼唤，他都没有回头，于是红军女战士毅然开枪把他打死。这是作家探索到的感情世界的第四个层次。在阶级斗争尖锐的年代，毕竟人的社会属性是占优势的，除非在绝对与世隔绝的条件下，自然属性才有可能暂时占据优势。

但问题又不那么简单，红军女战士又扑到白军军官身上去，抱头大哭："我的蓝眼睛呀。"这虽然是简短的一笔，却使作家的探索又深入到了人物心理的第五个层次。虽然阶级矛盾不可调和，但人的自然属性并未因此而消失。尽管它处于次要地位，但因为他死了，自然属性就自然而然地表现了出来。

同样是把人放到荒岛上，儒勒·凡尔纳表现的是善良的人为在岛上建设一个文明理性的社会而奋斗，并且战胜了邪恶的人取得了胜利。而英国作家亨利·戈尔丁把一群孩子放到荒岛上，探索的结果恰恰相反。妨碍岛上文明秩序建立的，不是什么外在的恶魔而是人内心深处那可怕的野蛮、贪婪和领袖欲。杀死善良的孩子的不是别人，正是孩子自己。最可怕的不是那布满了苍蝇的猪头，而是人性的恶。

不同的作家探索的结果各有不同，光凭探索的结果很难在艺术上分出高低。拉甫列涅夫的探索很有影响，但是他的《第四十一》却很难列入艺术精品之列，儒勒·凡尔纳在东方世界和西方世界都拥有相当广大的读者群，但是他的作品在艺术上和亨利·戈尔丁的《蝇王》不可同日而语。

决定作品的艺术成就的，不仅是探索的结果，而且是探索的过程，是走向结果的过程的可信性和必然性。

亨利·戈尔丁的《蝇王》虽系幻想，但情节发展的过程相当细致，走向结局的可信度相当高，这主要是因为它的前提条件相当充分，推动情节发展的氛围相当饱和。

这是一个非常重要的原则，为了说明这一点，作一些论述还是有必要的。

从创作实践看，调动一个因子，让人物与环境发生摩擦，这包含着两个方面的技巧：一是如何巧妙地调动，二是如何为之提供可信的前提条件和后续效果，以免生硬牵强，令读者产生抗拒感。

调动因子，作家往往选择那种牵涉面大而效应深的。一般化的调动是很难有强烈的效果的。这好像针灸时寻找穴位，以牵一发而动全身者为上；最好还是新颖的、出奇制胜的穴位。因为即使是要害的穴位，也可能因反复刺激而钝化、老化，对作者和读者的想象失去激活的能量。

因子调动只是一种想象，创造的主要过程在于如何合理地调节由之引起的各个层次之间的关系。如果调动了一个因子，却没有相应的层次、结构的调节与之配合，创作就可能陷入胡编乱造。如果不把前提条件考虑得异常仔细，就有可能出问题，不是情节在一开始就留下漏洞，就是其后续效果不够自然。

调动一个因子的目的在于那预期的后续效果。为此，前提条件要周密，不但要在性质上准确，而且要在程度上有分寸。对于未来连锁反应中每一个层次的每次随机变幻，都要尽可能精确地预期。要让因子调动按人物环境本身的系统层次自然地进行，使心理环境对于性格（情感）的作用有充分的可信性。因子调动以对性格自然而必然者为上乘。可信性充分，则氛围比较饱和；不充分，则必然性不足，氛围不饱和。两者在艺术上的差别是很大的。

试以屠格涅夫《木木》和莫泊桑的《珂珂特小姐》为例，作一比较。这两篇小说都写下层劳动者养了心爱的狗，却引起主人不满，被迫将狗淹死。莫泊桑在结尾处写车夫弗朗索瓦在河中发现狗的尸体，就疯了。而屠格涅夫只写农奴盖拉新不辞而别，离开莫斯科，回到家乡的小屋去了。两者的相同之处在于主人命令把狗淹死这一突发事变（或因子调动），也就是说，前提条件是一样的，但后续效果稍有不同。从表面上看，弗朗索瓦发疯远比盖拉新大踏步地出走效果要强烈，但在艺术上动人的程度却恰恰相反。

《珂珂特小姐》在莫泊桑的作品中远非杰作，而屠格涅夫的《木木》却是世界短篇小说中的经典。原因在于弗朗索瓦的发疯缺乏充分的必然性，整个心理氛围浓度不足。屠格涅夫则不同，为了让他那个忠于主人的农奴盖拉新用行动来反抗他从来不想反抗的主人，他设置了一系列条件，加强心理氛围的浓度。一、盖拉新是个又聋又哑的大力士；二、他无法用语言表达他对女仆塔季雅娜的爱情，而喜怒无常的女主人却把塔季雅娜嫁给一个酒鬼；三、受到了这样的精神打击，他才养了一条狗。这条狗成了他感情的唯一寄托，生命的唯一乐趣。可是这条狗在无意中打扰了女主人，女主人两次严厉命令杀死这条狗。盖拉新最终并没有拒绝执行女主人的命令。执行以后，他不能用语言表述他的痛苦和反抗，却用行动表明他不能忍受这样的心灵摧残，他未得到主人允许就离开莫斯科，回到乡下去了。

屠格涅夫为了使结局有充分的必然性，强化了一系列前提条件。这里不但有一个喜怒无常的女主人，还有一个温顺愉快的受到盖拉新钟爱和保护的塔季雅娜，与之对照的是一个酒鬼以及人们对酒鬼的厌恶和敬而远之。所有这一切本与狗无关，但由于塔季雅娜几乎毁在酒鬼手中，无声的盖拉新只好把他的爱转移到一只狗身上。这本属低微之至，却使整个情节、场景的氛围达到相当的浓度，盖拉新不能说话的生理缺陷也加深了他的孤独感和抑郁情绪。

当他把感情寄托的对象从一个善良的女人降低为一条忠顺的小狗时，情景的氛围浓度已达到饱和，一旦连这一点也不能享有时，他的情感结构发生“突转”就十分自然而可信了。

如果达不到这样饱和的浓度，最终人物行为的突转就缺乏充分的可信性。在莫泊桑的《珂珂特小姐》中，莫泊桑并没有充分有效地强调珂珂特小姐（狗名）在弗朗索瓦心目中至关紧要的地位，读者还没感到狗在他情感中不可替代的地位时，主人公已经疯了。读者只是被动地得知他疯了，却没有主动地体验到失去珂珂特小姐的弗朗索瓦精神上的苦楚。

正因为此，读者只是震惊于这样的结局，却不可能受到饱和氛围的真正感染。

分析文学作品时，要清醒地认识到，调动一个因子，想象出一个新颖的结局来是不困难的，困难在于把人物感觉的层次、条件、情境、氛围的饱和浓度充分地、有条不紊地、逐步递增地显示给读者，诱使读者分享人物的一切感觉、感情，并且达到同样强烈的程度。

这是作家才气所在，这种才气比之设计情节更重要。正因为这样，它很值得深入地分析。

前面曾经指出过，调动一个因子实际上是为了把人物打出常规环境。

应该严密关注的是，所谓环境不能简单地理解为某种社会经济条件、政治制度。自然，社会环境的性质是很重要的，但是让社会经济、政治条件直接作用于人物性格的因果关系有可能导致公式化、概念化的作品。在20世纪60年代曾经出现过一些作品，为了使落后人物转变，就来一段忆苦思甜，其结果是还没有达到充分饱和的氛围浓度，人物就转变了。

其实，由于调动的是与人物心理深层结构有关的因子，所以因子与人物之间的关系，事实上是人物情感与情感之间的关系，因而所谓把人物打入第二环境乃是把人物旧的心理关系打破，使之进入一个新的心理环境。

设置第二环境，就是设置新的情感关系，使旧的情感关系的破裂成为新的情感调节的原因。为了让觉慧离开那个家，光让他看到觉新和梅表姐的悲剧是不够的，还得让他所爱的鸣凤突然死去。为了让宋江死心塌地上梁山，光让他杀死一个阎婆惜还不够，光那样，他半路上还是要当逃兵的，所以要让他上法场，差一点身首异处时让众兄弟劫了法场，接着又由他领着大军去打下了青州城，这样才能使他觉得没有退路了。

为了充分说明这个道理，我们来仔细分析一下茹志鹃的《百合花》。

茹志鹃笔下的小通讯员是个“刚开始生活，还没有涉足过爱情的幸福的小伙子”，这种见了女同志害羞的性格要与一个新娘子联系起来才能得以展示。茹志鹃说：

为什么要新娘子，不要姑娘也不要大嫂子？现在我可以坦白交待，原因是我要写一个正处于爱情的幸福之旋涡中的美神，来反衬这个年轻的、尚未涉足爱情的小战士。当然，我还要那一条象征爱情与纯洁的新被子，这可不是姑娘家或大嫂子可以拿得出来的。①

如果没有这样的前提条件，也许就只有性格感情表层的交往，而不可能达到后来心理氛围的饱和度。

氛围的饱和是人物与人物之间心理全方位交流、多层次发生连锁反应的准备状态。茹志鹃在《我写〈百合花〉的经过》中非常细致地说明这一点：

这位小通讯员的性格，能向纵深发展，还是在碰到新娘子以后。而且他碰到的，不是一个抽象的新娘子，是一位特殊情况下特殊性格的新娘子。如果换一个觉悟不高，或者脾气急躁的，干脆不借；或者换一个觉悟很高，情绪爽朗者，就一口答应。这样一来，一切问题都没有了，性格上的矛盾也没有了，于是两个人物也就没有了。②

这说明，提供前提条件，就是构成性格关系，而要构成性格关系，就得使性格在敏感的交结点上非常精致地契合，如果只是大致地相对立或模糊地发生矛盾，即使勉强地发展下去，也缺乏揭示人物心灵深处那种精微奥秘的功能。茹志鹃继续说：

而他碰到的偏偏是这样一位新娘子，又偏偏只有一条新被子。这位新娘子在借不借被子问题上，不露声色地进行了一场内心斗争。当她悄悄改正自己的行为，把被子借出来的时候，又带出了一股顽皮相。……如果这时要她出来直白地道歉，一则无味，二则她也不是这样性格的人。③

更主要的是如果她道歉了，后来的氛围浓度就没了，最后那结构突变，即通讯员死后新娘子奉献上被子，就会因缺乏充分的氛围浓度变成多此一举了。

她忍了一肚子的笑料，不是不好意思的讪笑，而是一种顽皮的笑，亲切的笑。她笑这位同志弟倒霉，正碰上自己没一点思想准备，想不通的时候。④

这道出了作家的匠心，为了使结局充分必然就得设法使双方的心情恰好找不到沟通的机遇。所谓精致就精致在准确地找到了这种心理的错位：

从这个思想脉络推下去，到最后她把新婚被子劈手夺过来，盖在通讯员的遗体上，这一动作就有了内心依据。⑤

①②③④⑤ 《茹志鹃研究专集》，浙江人民出版社，1982年，第43、44、45页。

从前提条件（内心依据）到层层推演的过程（氛围浓度加强），直到最终的动作（结构质变），都要有严格的感情的逻辑性。而这种逻辑不同于理性逻辑，与理性逻辑相比，是有点自相矛盾、自我否定的。两条特异感情线索的交织，随时都可能随机发展，失去控制，作家的任务就是在千百种可能性、随机性的层层推演中，想象出一种前提条件、氛围浓度、质变效果最佳的方案来。这就是感情的逻辑严密性。

祥林嫂死亡的原因是穷困吗

——情节的理性因果和情感因果

任何一种情节都始于人物的越出常轨。但越出常轨只是为情节提供了良好的、有充分发展余地的开端，情节的基本过程是亚里士多德所说的“结”和“解”。所谓“结”，就是悬念，危机。所谓“解”就是事情的转化。二者之间的关系是一种因果关系，由于有了危机，就有了解决危机的转化。设计情节就是设计危机和转化，也就是把危机当成原因，把转化当成结果，其间有一个独特的因果关系。任何情节都是一种因果转化的过程。

比如，有了祥林嫂的被逼改嫁、儿子死亡和受到歧视，就有祥林嫂的死亡。有了高太尉、高衙内层层加码的迫害，就有林冲忍无可忍逼上梁山的结果。从理论上说来，构成情节实在非常容易。但实际上，要构成好的情节实在非常困难，以至于在中国古典小说中，小说家独立创造的情节实在非常之少，而从前人因袭来反复改编的情节却非常之多。

这是因为纯用通常的因果性去构成情节常常容易变成概念化的、枯燥无味的情节。试举一例，在《今古奇观》中有一篇小说，说的是一个富户人家，每天吃饭洗碗冲走了许多米粒，这家的主人见了心疼，便叫家人把米粒沉淀下来，晒干了，储存起来。后来这家遭了变故，变穷了，幸而有那些储存起来的干米粒，才不致饿死。

这里虽然有充分的因果关系，但是一点趣味也没有，它不过告诉读者应该节约粮食的道理。

任何一个小说家在处理任何一个题材时，都可能遇到类似的考验。有时候，一个素材放在面前，就其结果来说，是很动人的，可是把寻找出来的充足理由加上去以后，情节完整了，趣味却完全消失了。

比如有这样一个故事，在抗日战争时期，在白洋淀地带，一个老渔民在水下布置了钓钩，引诱日本鬼子来游泳，结果他一个人用竹篙打死了好几个鬼子。要用这个素材构思情节，首先得寻找原因。老渔民为什么要这样做呢？自然是出于对敌人的仇恨。为什么对敌人这么仇恨？自然是因为敌人的残暴，例如日本军杀死了他的亲人之类。

如果这样去构思情节，因果性倒是有了，但肯定不会有什么艺术感染力。原因是，这种因果是一种普通性因果，不管对什么人，都一样适用，没有什么属于这个人物的特殊性。其次，这种因果是一种理性因果，没有表现任何属于这个人物的特殊情感。而艺术不同于科学之处，恰恰在于它主要是表现人的独特的情感和感觉的，而不是表现人的普遍的理性的。

因而要构成动人的情节，关键不在于寻求因果性，而在于寻求什么样的因果。如果是纯粹理性的因果则与艺术的关系不大。要成为艺术品，就必须寻求不同于理性因果律的情感因果。

我们且来看孙犁在《芦花荡》中是如何寻求情感因果的。在孙犁笔下，这个老渔民之所以要主动去打鬼子，原因并非简单出于爱国主义的民族意识。其直接原因是他的情感遭到了损害。本来，在白洋淀上，他负责接送干部出入，有绝对的自信和自尊，而恰恰就在他认为万无一失的时候，他护送的两个远方来的小姑娘中的一个，在敌人的扫射中受了伤。如果老人从纯理性因果来考虑，多次运送人员，偶尔有人受伤，在所难免，至多在总结工作时作个检查，提出改进工作的具体方法就成了。但如果孙犁也这样考虑问题的话，就不可能写出小说来了。孙犁之所以不同凡响，就是由于他在普遍的理性的因果以外，发现了属于这个老人独有的情感因果。

促使这个老人出动的原因是，他不能忍受他对工作的自信和自尊在来自远方的信任他的小女孩面前受到损害。他必须用行动在小女孩面前恢复自尊。这就引出了下面的情节，他诱使日本鬼子进入布满钓钩的水域，用竹篙打死鬼子，让那两个小女孩隐蔽在荷叶下，看着他把鬼子一个个打死。

这种因果性是独特的，不可重复的。这种因果性，并不是十分理性的，多少有一点个人冒险。老人并没有要求有关部门掩护，也没有准备在万一不利的情况下撤退，更没有为小女孩的安全作出万无一失的安排。

从纯粹理性的逻辑来推敲，老人此举也许并不明智，不一定符合组织性、纪律性的严格要求。也许正是因为这一点，这一篇和《白洋淀》同属一组的小说，长期以来，没有受到像《白洋淀》那样的宠爱。然而，这并不妨碍这篇小说比当时同类题材的作品，包括《白洋淀》，出类拔萃。相反，如果完全按照军事行动应该有的那种周密的理性来设计老人的行为，这篇小说就可能成为概念化的图解。

在理性上不充分的东西，在情感上可能是很动人的。许多小说家一辈子不能摆脱概念化、公式化的顽症，其原因之一，就在于他们把理性逻辑和情感逻辑混淆了，或者说，他们只看到理性逻辑和情感逻辑的统一性，而没有看到二者互相的矛盾性。这是因为他们未能在根本上分清审美的情感价值与科学的理性价值之间的区别。

光就因果关系而言，科学的理性逻辑要求充足的带普遍性的理由，而情感逻辑要求的则是特殊的、不可重复的、个性化的理由。对于科学来说，任何充足理由都应该是可以重复验证的，而对于艺术来说，每一个人物都有属于他自己的不可重复的理由，尽管这些理由是可笑的、不通的。科学的理由可能是不艺术的，艺术的理由又可能是不科学的，这是审美价值一个很重要的特点。要进入审美分析的领域，就得彻底弄清这个道理。这不仅是小说的规律，而且是一切艺术必须遵循的规律。

共工与颛顼争帝，怒触不周山，致使天不满西北，地陷东南，这是《山海经》对中国地形西北高、东南低、江河东流的解释，这是不科学的，但无疑是很艺术的。说谎的孩子鼻子会变长，一旦诚实了，鼻子就缩短，这种因果关系也是不科学的，但却是《木偶奇遇记》的一大创造，这是神话和童话的因果逻辑，它不合科学，却被中外古今广大读者所接受，原因是它与人的情感逻辑相通——把人的强烈的主观意愿放在了最突出的地位。其实这种现象是一切文学作品的规律，不仅对神话童话有效。成功的小说家在设计情节因果时，总会情不自禁地遵循情感因果规律，就必然会超越理性的科学因果规律。

正因为这样，祥林嫂之死，如果纯用理性的因果性来分析，是有点奇怪的。给她打击最大的是，虽然她捐了门槛，但在过年祝福之时却仍不让她去端“福礼”（一条祭神的鱼）。如果纯从理性逻辑来考虑，不让端就不端，落得清闲，如果真能这样，她就不会为此痛苦得丧失了记忆力，丧失了劳动力，被鲁四老爷家解雇，最后终于死亡了。

在《祝福》中，“我”曾经向来冲茶的短工问起祥林嫂死去的原因。那个短工很淡然地回答：“怎么死的？——还不是穷死的。”

按这个人的看法，《祝福》的情节因果是穷困导致死亡。如果真是这样的话，就是一种理性因果。《祝福》和当时以及以后许多表现妇女婚姻题材的作品，就没有什么两样了。

事实上，整个《祝福》的情节告诉读者的恰恰不是这些，从表面上看，她是流落为乞丐而后死去的，好像可以说是穷死的。但是，她为什么会流落为乞丐呢？因为她丧失了劳动力，连记忆力也不行了，才被鲁家解雇的。她本来不是很健康的吗，不是顶一个男人使唤的吗？她受的精神刺激太大了，她情感上太痛苦了。她痛苦的原因是：生而不能作为一个平等的奴仆，死而不能成为一个完整的鬼（两个丈夫在阎王那里争夺她，阎王要把她一分为二）。这不是迷信吗？不是不科学吗？然而，祥林嫂不但不因为这是迷信而不相信，相反她却为之而痛苦，为之摧残了自己的心灵和健康。由此可见，更深刻的因果是，祥林嫂由于对损害她、摧残她的迷信观念缺乏认识而导致死亡。可以说祥林嫂死于愚昧，死于缺乏反抗的自觉性。这是一种什么样的迷信？为什么这么厉害呢？它是不是仅仅是一种对鬼神的迷信呢？不全是。阎王要分尸给两个丈夫的说法，前提是女人，包括寡妇，不能第二次嫁人。谁再嫁，谁就得忍受残酷的刑罚。然而祥林嫂并未要求再嫁，她倒是拒绝再婚，而且反抗了，她逃出来了。在她被抢去嫁给贺老六时，她反抗得很“出格”，头都碰破了。按道理，如果阎王真要追究责任，本该考虑到这一点，因为责任首先不在祥林嫂这一边，而应该在抢亲的策动者——她婆婆那一边。然而，阎王并不怎样重视理性逻辑。

正是阎王的惩罚，暴露了封建礼教的野蛮和荒谬。妻子属于丈夫，丈夫死了，妻子不能再嫁，她只能作为“未亡人”等待死亡的到来。任何女人一旦嫁了男人，就永恒地属于这个男人，这是一种得到普遍承认的“公理”。所以，祥林嫂是没有自己的名字的。她嫁给祥林，就叫祥林嫂。后来她又与贺老六成亲了，该叫什么呢。贺老六死后，她回到了鲁镇，本该研究一下，叫她祥林嫂好还是老六嫂好，然而鲁迅用单独一行写了一句：“大家仍然叫她祥林嫂。”

连犹豫、商量、讨论一下都没有，就自动化地作出共同的反应。这说明“女子从一而终”在普通老百姓心目中如此根深蒂固。

但这只是问题的一面。

问题的另一面是，她的婆婆违反她的意志卖掉她，这不是违反了神圣的夫权吗？

然而又不。原因是还有一个族权原则：儿子是父母的财产，属于儿子的“未亡人”，自然也就属于母亲，因而婆婆有权出卖媳妇。

更深刻的荒谬是祥林嫂之死，其最悲惨处不在于她物质上的贫困和精神上的痛楚，而在于造成物质贫困和精神痛楚的原因竟是自相矛盾的、不通的封建礼教。不但它的夫权主义和族权主义相矛盾，而且它的神权主义又与夫权主义和族权主义互相冲突。既然神是公正的，为什么不追究强迫改嫁者的罪责呢？但是，按照神权的逻辑，应该受到惩罚的，还是祥林嫂。

《祝福》在表现祥林嫂死亡的悲剧的非理性原因方面，更为深邃的是，这种荒谬和野蛮的逻辑，不仅仅为上层阶级，如鲁四老爷和他的太太所持有，而且，被统治的下层人物，也一样认同。在一个受害的弱女子的如此可同情的悲剧面前，居然没有一个人，包括和她同命运的柳妈以及一般群众（如冲茶的短工），表示出同情，更没有任何一个人表现出对如此荒谬的封建礼教的愤怒，有的只是冷漠，甚至是冷嘲。

很显然，在这背后有悲剧的更深刻的非理性：群众对封建礼教的麻木。

《祝福》的深邃还不仅于此。

就连祥林嫂本人，对这样的逻辑也没有感觉到其间的荒谬野蛮。不能参与端福礼，本来，她可以无所谓。但她却痛苦得在精神和体质上都遭受到致命的打击。更令人毛骨悚然的是，连祥林嫂自己都不觉得有什么不合理。虽然在行为上，她曾经是一个反抗者，但在思想上她却是一个麻木者。

很显然，在这背后有悲剧的更深刻的原因：封建礼教对受害者的麻醉。

这种迷信和麻木虽然不是病，但和病一样是可以杀人的。祥林嫂的悲剧是没有凶手的，她是被一种观念杀死的。虽然这种观念是荒谬的。

正因为这样，鲁迅才放弃了学医，把改造中国人的灵魂放在第一位。如果思想上的麻木不改变，不管多么健康的人，都会走向死亡。

这是一场悲剧，不像《白毛女》，没有黄世仁那样的坏人可以复仇，就算把鲁四老爷拿来公审，也很难判他的罪。《药》里面华小栓的死亡，也是没有凶手的。正因为此，改造中国人的灵魂才显得特别重要。

这正是鲁迅作为一个伟大的启蒙主义者的思想特点。从这里我们可以看到，设计情节因果不仅仅关系到情感的生动，而且关系到思想的深刻。[①]

要达到情感的生动，就要避免纯用理性因果，因为理性因果就是概念化的因果。要达到思想的深刻就要避免表面的单层次的因果，以构成多层次的因果，让读者一层一层地像剥笋壳一样不断地体会到作品的深厚内涵。

---

① 从这个意义上说，审美就是情感和感觉的学问，是不够严谨的。因为比较深刻的文学作品，不光是情感和感觉的，往往都是有着自己独特的理念的。不论是屈原还是陶渊明，不论是古希腊悲剧还是安徒生的童话，作者的生命理念都是情感和感觉的基本内涵。大作家都是思想家。如果这一点没有错误，那么我们所说的审美范畴就有一点片面，应该把与情感联系在一起的理念考虑进去。一种智慧理性的追求，在20世纪50年代以后西方现代派文学中形成潮流，在理论上，甚至有著名作家宣称，他的小说就是他的哲学的图解。对这种倾向，我在一篇论文中，曾经把它叫作“审智”。审美和审智的结合，也可以在鲁迅的小说中得到验证。

把情感归结于审美价值，来源于康德。但是，20世纪80年代以来，人们片面理解康德，把审美仅仅归结于情感，过分强调他情感价值的美独立于实用理性的善和真，而忽略了康德同时也强调三者的互相渗透，特别是美向理性的善的提升这一点，是康德审美价值观念的一个重要支点。陈峰蓉在《祈向至善之美》中这样说，由于经验世界的不完美，人们心目中，自然会产生一种“零缺陷的，最具审美效果的极致状态下的事物”，有一种“祈向至善之美”的“最高范本”。而这种范本，在康德看来，“只是一个观念”，“观念本来就意味着一个理性概念，而理想本来就意味着符合观念的个体的表象”[康德《判断力批判》(上卷)，宗白华译，商务印书馆版，1995年，第70页]。

康德的“美”和理念，实际上是一种“美的理想”，存在于心灵中，比之现实中的具体事物，它具有一种“范型”的意味，“圆满”的意蕴，催促祈向的主体向着最高目标不断逼近，又令祈向着的主体“时时处于不进则退的自我警策之中”(黄克剑：《心蕴——一种对西方哲学的读解》，中国青年出版社，1999年，第111—112页)。美的超越性，超越感官，使美向善提升。康德虽然把美与善当作不同的价值观念，但他强调在更高的层次上，美与善可以达到统一，甚至最后归结到“美是道德的象征”(陈峰蓉《祈向至善之美》)。

从这个意义上讲，康德的审美价值论兼具“审善”和“审智”的双重取向。

当然，不管多么深刻的思想都不应该用人物或作者的嘴巴讲出来，蕴藏在情节和人物命运之中的思想比说出来的更丰富。因为用语言表达出来的往往是理性的，亦即概念化的因果。而人物情感的因果则很难用通常语言作线性的表达，它渗透在人物的语言、行为之间，是很复杂、很微妙、很丰富、很饱满的，一旦用线性逻辑的语言讲出来就很可能变得贫乏了。

要有真正的艺术鉴赏力就得不仅分清这两种不同的逻辑，而且要善于在人物的语言和行动中看到这两种逻辑所体现的两种不同的价值观念。特别要注意的是要尊重人物的情感因果，不要以为它不合理性而轻视它，更不能因为它不合自己心意去改变它。在《家》里面，当鸣凤得知自己面临着要成为冯乐山的小妾的危机时，她走到了觉慧的房间，看到觉慧忙着写文章竟没有把话讲出来，后来觉民又进来了，鸣凤便退了出来，决心投湖自杀以殉情了。

这不是很不合理性吗？但如果巴金把它写得很符合理性：鸣凤在外面等了一会儿，待觉民走了以后就跑到觉慧那里把一切都告诉了他，那么，鸣凤的生命虽然得救了，但鸣凤作为一个艺术形象的生命却可能就此结束了。

抓住人物的执迷不悟
——人物情感逻辑的起点

人物的情感逻辑是在分散的行为中表现出来的，对于一个缺乏经验的教师来说，找到它是不那么容易的。因为最容易看到的往往是孤立的表情、动作和行为。神龙见首不见尾，由于它不完整，因而很难从中找出其内在逻辑性。

要找到人物情感的独特逻辑，最起码的方法就是从人物与人物之间的关系研究开始。英国作家亨利·费尔丁（1704—1754）在《汤姆·琼斯》卷十第一章中说：

> 优秀作家还有这样一种本事，那就是同是一种罪恶或愚蠢推动着两个人，而他能分辨出这两人之间细微的区别。

孤立的一个人看起来不鲜明，两个人对比起来就鲜明了。高尔基在《给康·谢·斯坦尼斯拉夫斯基的信》中非常生动地讲到了这一点：

> 假定在您面前有五个男人，五个女人；这就是说，你面前有十个关于人们想怎样生活的未经过研究的（按：自发的）观念（按：情感逻辑），十个所愿望（按：当作“向往”的）的事物的模糊轮廓——十个不同的对您个人的态度。
>
> 五个男人中每人有自己所愿望（按：向往）的女人的观念；每一个女人也有自己对所愿望（按：向往）的男人的幻想。
>
> 五个男人中有一人觉得悭吝人不过是节俭的人；另一人觉得他本性上就是令人讨厌的；第三人认为他是可怜的和不幸的；第四人觉得他在一切方面都是滑稽可笑的；第五人把他比做泼留希金（按：果戈理《死魂灵》中的吝啬地主），并以此感到满足。第五个人将是最平庸的。[①]

高尔基在这里说的是作家区别人物情感的方法，分析作品无疑也一样要遵循这样的方

① 高尔基：《文学书简》，人民文学出版社，1965 年，第 426—427 页。

法。同样一种现象——吝啬，不同的人有不同的看法，有不同的逻辑，这显然不是理性逻辑。如果是理性逻辑，那就只能有一种统一的看法；然而按情感，则各有不同的观念，在这不同的观念中显示出不同的逻辑来。

在生活中是这样，在作品中更是这样。

这一切既不科学，也不实用，从科学和实用的观点来看，是有一点荒谬，但对分析艺术作品来说，却值得珍视，值得抓住不放。抓不住这个，就无法进入人物分析。

人物的情感逻辑本来很怪，由于生活中每一个人都有一点怪，因而人们也就见怪不怪了。通常人们并不是在同一个问题上，发生不同见解的。高尔基假定他们是在同一个问题上发生分歧，这样的对比度就鲜明了。高尔基唯恐问题还没有说清，又继续说那五个女人：

> 第一个女人她爱上了一个禁欲者，并战胜了他的禁欲主义；另一个女人爱上了一个淫荡者，并用自己的爱情使他变得高尚起来；第三个女人以为，造化既然把她生成女人，就是对她的嘲弄，所以她就不爱男人，而且妒忌他们的自由；第四个女人光想结婚作母亲，并对这个使命理解得很独特、深刻，但是，不知为什么她不能为这一使命服务；第五个女人把生命看得单纯，根本不考虑什么问题，她使别人痛苦，却真心感到惊讶，这是怎样发生的？
>
> 最后，您面前有十个虚荣心很重的人，他们每个人都愿意在生活中尽可能地超群出众。①

高尔基在这里以对待爱情和婚姻为例，说明不同的女人秉持如何不同的逻辑。这一点很值得教师们仔细体会。通常，我们很少愿意把人物分析得千人一面，我们也自发地追求不同人物的个性特点，但由于在观念和方法上不讲究，我们常常在人物的外表、外部动作、外部经历上用功夫。以为不同的外貌，不同的口头禅，不同的行为习惯，就是人物性格的全部了。其实，外部的表现，外部的经历，乃至外部的特征都是肤浅的，充其量只能成为人物性格的某种外部标志，而外部标志对于内在逻辑是可有可无的。鲁迅的《伤逝》、茅盾的《腐蚀》、果戈理的《狂人日记》、陀思妥耶夫斯基的《地下室手记》都只有内心独白，虽然人物毫无外部标志，但这些仍然是艺术珍品。相反，一些滥用外貌描写，对话拖沓的小说，其笔墨常常在表面上滑行，读之令人生腻。

高尔基非常强调人物之间的对比，但并没有走向绝对化，所以在最后，他指出，不管他所说的那些人有多大的区别，他们都仍然有共同点，那就是大家都有虚荣心，都愿意在生活中“超群出众”。这就是说，情感逻辑虽然各异，但异中有同，抓住这一点就可以避免片面性。

---

① 高尔基：《文学书简》，人民文学出版社，1965 年，第 426—427 页。

这是分析人物情感逻辑的第一个关键。

捕捉情感逻辑的第二个关键是要找到情感逻辑的起点。情感逻辑不同于理性逻辑之处，就是人物在某一点上着迷。艺术家为了把人物写活，常常把人物着迷的那一点加以强调。这个着迷点常常是很隐蔽的。高尔基曾经这样说过：

不管他是什么样的人——资产阶级也好，农民、工人、贵族也好——每个人总得有他的幻想和私欲，就是这些东西支配着人呀。就是这些东西是应该观察的呀！①

高尔基在这里说的是推动、支配着人的一个总的动机，也就是“私欲”。但是这种私欲并不是很理性的，而是带着幻想的，也就是很主观、很不实际的。正如他给斯坦尼斯拉夫斯基的信中所列举的五个男人和五个女人，他们对悭吝的观念，她们对婚姻和爱情的观念全都是非理性的，不现实的，但他们又是很固执的，这种固执就是着迷，这种着迷不是在个别问题上而是在一系列问题上贯彻到底的。

这种着迷，如果发生在一个“好人”身上，而且着迷的又是一种好事，分析它并非什么困难的事。但高尔基在这里说的是无论什么人，包括“坏人”。在“坏人”的情感中，他做的“坏事”就并不是丑恶的；相反，在他自己看来是十分美妙的。因为他对于自己的“私欲”，不可能作理性的客观的评判，因为“私欲”总与某种“幻想”联系在一起。事实上，在情感作用下，每个人对自己的感觉都是一种幻觉，一种歪曲了的感觉。斯坦尼斯拉夫斯基在导演《奥赛罗》时，对于挑拨奥赛罗和黛丝特蒙娜的关系导致悲剧发生的雅古这个角色，有过这样的阐述：

扮演雅古的演员必须感到自己是个挑拨离间的艺术家，是挑拨这一部门中的伟大导演，他不但为自己的恶毒计划而动心，而且也为执行这一计划的方式而动心。②

这一点从客观上讲，是很虚幻的，但从角色本身来讲，却是很真诚的。角色在这虚幻的真诚境界中是很痴迷的，是有一点执迷不悟的。找到了执迷不悟的核心，人物的情感逻辑就不难分析了。

横在我们与人物情感逻辑之间的障碍是，我们的神经是正常的、不痴也不迷的，而人物的内心却是不正常的，既痴又迷的，执迷不悟的。我们若能把人物痴迷的核心抓住，就不难按着其自身的歪曲的逻辑把它推演出来了。

人物越是执迷不悟，越是生动。

分析越是抓住了执迷不悟，就越可能深刻。

以阿 Q 为例，本来他的出发点是病态的自尊，但在屡遭挫折以后，他的自尊心变得更

① 参见孙绍振《文学创作论》，海峡文艺出版社，1999、2000、2004 年诸版本，第 712 页。

② 同上，第 714 页。

加病态，更加痴迷，更加不合逻辑，但却更加符合他自己的“精神胜利法”了。明明是受了凌辱，遭到挫伤，却自我安慰，自我麻醉。阿 Q 头上有癞疮疤，他很自尊，很忌讳人家说“癞”，甚至发展到忌讳别人说“光”。自尊到极点的时候，连别人说“灯”、说“烛”都不可以。阿 Q 对他们，口舌笨的便骂，气力小的便打，但往往打不过，只好“怒目而视”。这更引起人家故意调侃：“原来有保险灯在这里！”阿 Q 只得另想办法来维护自己的尊严：

你还不配。

这时候，逻辑歪曲了：他头上的癞疮疤从不光彩的缺陷变成了高尚而光荣的标记。

阿 Q 着迷于自尊，然而他维护自尊的逻辑是荒谬的。本来癞疮疤是自己特有的耻辱，别人没有，是别人的幸运，然而他却把有它变成独享的幸运，别人的幸运变成别人的不幸，即别人不配享有这样的光荣。这本是极其不合逻辑的，因为他把导致耻辱的原因变成了享有光荣的原因。然而阿 Q 对之不但不以为非，反而非常坚定，非常执著，非常着迷。他着迷于把一切客观上的不利和挫折变成主观上的有利和自豪。鲁迅把这种着迷点叫作“精神胜利”。阿 Q 的精神胜利的着迷点是：在事实上失败以后，不但没有收敛，反而以更强烈的形式表现出来。阿 Q 为维护自尊，和人打架，打败了，被别人揪住黄辫子，在墙上碰了四五下。鲁迅这样写下去：

阿 Q 站了一刻，心里想，“我总算被儿子打了，现在的世界真不像样……”于是也心满意足的得胜的走了。

以后再和别人打架时，别人不让他讲“儿子打老子”，虽然他让步说是人“打虫豸”，却仍然被“碰了五六个响头”。闲人“以为阿 Q 这回可遭了瘟”。然而不到十秒钟，阿 Q 也心满意足地得胜地走了。他觉得他是第一个能够自轻自贱的人，除了“自轻自贱”不算外，余下的就是“第一个”。状元不也是“第一个”吗？

阿 Q 的这种情感逻辑，其执迷不悟的程度越是强烈，性格特征就越是鲜明。这种逻辑的着迷点就是对失败的麻木和对自己的欺骗。

这种执迷不悟，并不是讽刺作品或反面人物所特有的现象，而是一切人物共有的规律。一切人物由于其主体在心理、生理、气质、经历、环境等方面的不同，对任何一种现象，对自我的任何一种遭遇，都有一种主观的（不客观的）观感。这种主观的观感、言行在客观上看来是不科学的，不真实的，但从其主观的心灵特征来说却是很真诚、很坚定的。

不善于抓住这种表面的执迷不悟之处，就不可能抓住艺术的奥秘。

试想，祥林嫂至死仍念念不忘人死了以后有没有灵魂，家人能不能团聚（意味着她自己会不会被阎王劈成两半），不是一种主观的执迷不悟吗？她去庙里捐门槛，争取的不过是在过年祝福时能够像普通佣工一样去端“福礼”（一条鱼）。从局外人的理性逻辑来说，端不端有什么关系呢？不端不是更省力？不为这种无谓的事苦恼，就不会丧失记忆力和劳动力，也就不会被鲁家赶出来，也就不会成为乞丐了。然而祥林嫂居然“执迷不悟”到走上了死路。

贾宝玉说女人是水做的，男人是土做的，也一样不合逻辑，也是一种执迷不悟。然而他的性格核心也就在其中。

安娜·卡列尼娜对沃伦斯基十分迷恋，以至于不能忍受沃伦斯基的心里有任何东西分散他对她的注意。这已经有点不近情理了。可是为了惩罚沃伦斯基，她居然不是设法吸引他，而是去自杀，这就更不合理性逻辑，更加执迷不悟了。然而这正是安娜的情感逻辑最完整、悲剧性的感染力最强烈之处。试想，如果安娜不是这样，而是采取理性的措施，成功地吸引了沃伦斯基，恐怕安娜的性格就没有这么动人了。

性格逻辑或者叫作情感逻辑，有两方面特点：第一，和理性逻辑对比，它好像是不合理，不讲理的。第二，它又不完全是疯子的呓语，从主观上看，从感情用事的角度看，它还有它特殊的逻辑，有特殊的、深刻的原因。

文本分析的任务就是在这二者之间寻求对人物性格的把握，寻求人物性格中那种不合逻辑的逻辑。例如林冲一直逆来顺受，甚至在野猪林差一点被公差害了性命，幸而被鲁智深救了。可他不但拒绝了鲁智深造反的建议，还拒绝打开手上的枷锁，认为“国家法度”不可侵犯。但是一旦他造了反，他就义无反顾，主动出击了，甚至是向陌生人讨酒不到时，也会发起火来把人家打个落花流水，还把人家的酒肉抢来吃了。后来在梁山上，火并王伦的是他，反对招安的也是他。

这里有林冲的性格逻辑在起作用：第一，这与他出身高级军官、在社会上有相当的地位有关，他不可能轻易放弃原来相当安逸的小康生活，因而他不可能像鲁智深那样，主动干预不平之事而上梁山，在这一点上他与武松、杨志有一点相像。他们在上梁山之前，都有相当的社会地位。第二，林冲又是个血性男儿，对于飞来的横逆，一旦到了忍无可忍之时，他就义无反顾，不再抱任何恢复家园的幻想，不再作个人利益的盘算了。因而他与宋江也有所不同。宋江上梁山是因为被逼得走投无路，可上了梁山，他也只是把梁山当作权且栖身之地。一旦有机会，他仍然要走受招安的道路。从这一点来看，宋江算不上血性男儿。但在能够团结各式各样的人方面，作为一杆团结的大旗，林冲又不如宋江。

同样上梁山，不同的人物，有不同的情感逻辑。

文本分析之难，不是难在分析出人物的情感特点来，而是难在分析出他的情感逻辑来，更难在要为不同的人物分析出各不相同的情感逻辑来。

文本分析的难处还在于，不但要阐释作家的成功之处，还要洞察作家的失误。

有时，有些人物的情感，虽有特点，但不合逻辑，或者不甚合逻辑，哪怕是人物自身的逻辑。最著名的例子是《红楼梦》前七十回的贾宝玉和七十回以后的贾宝玉。在前七十回，宝玉那么反对“仕途经济”，反对八股文，反对参加科举考试，可是到了高鹗所续的篇章中，他已决计要遁入空门时，却又去中了一个举人，还与薛宝钗结婚生了一个儿子。这就引起了20世纪以来许多红学家的批评。同一人物前后的表现固然会很独特，但是不能不符合自身逻辑，违反了宝玉原来厌恶“仕途经济”、拒绝继承接班的着迷点。

由于人物情感的复杂性，这种逻辑的失误是很难完全避免的，哪怕是大艺术家也一样。茅盾的《春蚕》在现代文学史上是一篇经典性作品，但主要人物老通宝的情感逻辑却有值得推敲之处。在《春蚕》中，老通宝是一个相当保守的农民，他对一切新技术新事物都抱怀疑甚至敌视态度。但是他热衷于养蚕致富，甚至不顾他儿子多多头的消极抵制，居然相当冒险地投入了全部的财力，还借了债。老通宝的情感中保守性的着迷点是相当突出的，这一点本应贯彻到一切方面，可是在老通宝作出相当冒险的决策时，他的保守性着迷点却忽然不起作用了。这就使老通宝情感的独特性和逻辑性发生了矛盾。北京大学教授、现代著名作家吴组缃先生指出，老通宝的冒险性决策更像茅盾《子夜》中的吴荪甫，而不像保守的老通宝。这是很有见地的。①

这说明，哪怕是大作家，他的想象力的有限性也会与人物情感逻辑的无限性发生矛盾。他的人物不是有被他自己的情感逻辑同化的危险，就是有被他创造得最得心应手的人物的情感逻辑同化的危险。正因为此，任何一个作家都要善于让人物和自己、并和自己的人物拉开距离。

---

① 据笔者当年听课记忆。

安德烈公爵对同一棵橡树为什么先后有相反的感觉

——找到人物的变异感觉、记忆和动机

抓住人物情感的着迷点，不过是找到了人物性格的逻辑起点，有了这个起点，就可以高屋建瓴地想象出人物性格的逻辑过程和终点来。但光有这一些还只是有了人物灵魂，光有灵魂的人物仍然是很难动人的。要使人物活起来，还得把人物分析得有血有肉。特别是在小说中，人物不能把自己的情感像在莎士比亚的戏剧中那样直接表达出来，人物须在具体环境中，在与其他人物的交往中，把自己的情感间接表达出来。

而现代小说又和古代小说不同，人物不仅从自己的言语或行为中表达自己的感情，也通过人物的感觉和知觉来表达自己的感情。

在中国古典小说中，特别是在像《三国演义》一类的小说中，人物都是通过第三人称全能全知的口气叙述出来的，叙述者可以完全不涉及人物的感觉和知觉。例如，诸葛亮挥泪斩马谡，我们只看到他流泪，他自我谴责（说自己有负于刘备的信任和嘱托），但他此时对马谡的感觉和他信任马谡时的感觉有什么不同，叙述者就不管了。又如，林冲在野猪林差点被公差害了性命，幸得鲁智深搭救，但林冲不听鲁智深的建议，不去造反，还继续戴着枷走充军之路。此时，他看两个公差，他再戴上枷，再走上路，他对路、对枷、对人的感觉有何变化，这是现代小说家肯定要抓住不放大显身手的地方，而古典小说家却完全把这一切放在空白之中。古典小说重叙述，往往注重以外部动作和语言来表现内心情感的变化，而这些动作和语言是以第三者可以看得见、听得到为限的，凡第三人称不能直接看到、听到的，就不在叙述范围之列。在必要时，叙述者也会代替人物把内心的想法说出来，但那只是一个简单的思考结果，例如“智深想道……”之类。“五四”以后的白话小说，受到欧洲现代小说的影响，就不再满足于这种外部的行为、语言和内心思考结果的表述，转而

探索人物内心感情对人物感觉知觉的冲击造成的变异。

中国现代小说不同于古典小说的特点就在于把人物情感的着迷点变为感觉的变异。

在找到了人物情感的着迷点以后的任务就是分析人物的感觉和知觉，具体地说，就是在着迷点作用下变异了的一系列感觉和知觉，以及和感觉知觉联系在一起的想象、行为、语言、回忆、动机等等。分析不到达这个层次，人物仍然是没有血肉的幽灵，学生仍然无从感知人物内心情感的变幻。要当一个文本分析的能手，就应善于分析感觉和知觉变异。

这种感知，不是纯生理的感知，也不是理性的感知，而是受到情感冲击以后变幻了的感知，要进入现代小说艺术的境界就要进入这种变幻了的感觉、知觉的境界，而要分析这种感知境界，首先就要分析它与正常的生理的和理性的感知的差异。

中国现代文学第一篇小说——鲁迅的《狂人日记》，既没有情节，也无所谓人物性格，有些研究者在私下甚至认为它只是一篇杂文，但它仍然是现代小说当之无愧的开山之作。这是因为它的全部情感逻辑都是通过变异了的感知来表达的：

> 今天晚上，很好的月光。
>
> 我不见他，已是三十多年；今天见了，精神分外爽快。才知道以前的三十多年，全是发昏；然而须十分小心。不然那赵家的狗，何以看我两眼呢？
>
> 我怕得有理。

这里因果逻辑完全是荒诞的，明明是怕得无理，他却说“怕得有理”；至于看到月光和三十多年的发昏也构不成因果关系，但是在传达狂人的心理上，似乎又是有理的；对“赵家的狗”的恐怖的感觉和自身“精神分外爽快”的体验，也是一种变异的感觉，这变异的感觉正好传达了狂人那种不正常的心理逻辑。所有这种主观的、扭曲的感觉在中国小说中都是新鲜的，因为它是从欧洲小说中引进的。

为了说明问题的方便，这里引用契诃夫的《伤寒》为例。契诃夫以医生的准确性写了伤寒患者的症状。如果从医学的水平来看，契诃夫在这篇小说中并没有表现出多少创造性来。然而，契诃夫是个艺术家，他的创造性是把人物生理的病态转化为心理的病态，亦即扭曲了的、变异了的感觉。说得通俗一点，契诃夫在这篇小说中把伤寒病的症状翻译成一系列变异的感知。正是在这种感知的变幻中，契诃夫显示了他作为艺术家的才气。

《伤寒》的主人公是一个名叫克里莫夫的军官。他坐在火车上，起先，不知为什么觉得自己身体有点不舒服，感到回答坐在自己对面的芬兰人的问题是一件苦事，打心里讨厌他。甚至想从他手里把那咝咝作响的烟斗抓过来，丢在座位底下。一想到芬兰人，他就感到好像要呕吐。他虽然占着整个座位，可是他不能把自己的胳臂和腿安排得舒舒服服。他的嘴里又干又黏，他想要点水喝，可他的舌头不肯动弹。他看到别人吃烤肉，觉得那食物和人的嘴巴都惹得他恶心。一个漂亮女人正在跟一个军官谈话，那军官一笑就露出整整齐齐的白牙，可是他感到那白牙同样令他作呕。

微笑、白牙、女人本来是能引起人的愉快感觉的，好吃的东西（烤肉）本来是能引起食欲的，但此刻却只能引起他的恶心。一切描绘都以克里莫夫变异的感知为限，但字里行间又暗示了在扭曲的感知下事物本来的属性。正是在这二者的反差中透露出人物内在的烦躁和变态的情绪。艺术家的才气就在于他有这样强的想象力把人物生理病态和情绪变态造成的歪曲感知想象出来。

这还是属于正剧式的描绘，如果带上一点喜剧色彩，这种感知变异的幅度就更大了。胡屠户在范进中举发疯以后，不得已打了范进一个耳光，居然把范进打醒了，可这时他的感觉变异了，他的手忽然感到麻木，而且手指也弯不过来了。他认为这是天上的文曲星在怪罪自己了，连忙讨了一张膏药来贴上。

由于夸张性显得特别怪异，因而有了喜剧性。在现代和当代欧美小说中，尤其是短篇小说中，这种变异的感知不但是情节的血肉、情节的有机组成部分，而且在有些著名的短篇中成为情节的核心，成为悬念——突转的关键。这种突转的特点不是起因于外部的突然事变，而是内心的变异感觉的自我体验。契诃夫的小说《文学教师》就是这样。文学教师尼基丁对玛露霞由热恋转化为厌倦，并没有什么外部突然事变，只是他渐渐对玛露霞从娘家带来的宠犬的气味发生了感知变异，这种气味由一般气味变成了“动物园的气味”。气味的这种变化，表明尼基丁对玛露霞的感情孕育着根本性的变化，从此以后尼基丁对玛露霞的感情就面临死亡了。契诃夫是写这种内在转化、无声转化的大师。这种方法显然影响了鲁迅的《伤逝》。

在《伤逝》中，涓生对子君的爱情也经历了由热恋到感情消亡的过程，而转化的关键是涓生对子君饲养的小油鸡的感觉。这种感觉的变异流露出涓生对子君感情的消亡。

这种内在的转化，不同于亚里士多德式的突转，而是一种“暗转”。突转强调的是人的情感变化的外部动作，而“暗转”的特点是，无声的、缓慢的，甚至是无意识的过程。

潜在的感觉和知觉的变化和外部的行为语言的变化（人物意识到了的变化）一样，对于文本分析来说同样是必须掌握的。在长篇小说中，内在感知变异为外在语言行为变化积累了相当的基础，外在的动作和语言的变化才有充分的可信性。在短篇小说中，因篇幅的关系，作家有更大的自由，能按构思的需要将其中一部分放在空白之中。

应该指出的是，内在感知变异，不仅仅限于感觉和知觉。感觉和知觉不过是人心理结构的表层，比感知稍稍深刻一些的是人的记忆和动机。这些都要受到处在深层的情感的影响。正是由于这种影响，不但人的感知，连人的记忆、动机都使人物自己的感觉带上某种虚幻的特点。

美国作家欧·亨利有一部短篇小说叫《一个忙碌的经纪人的浪漫史》，写一个经理成天忙得不可开交，他每天上班时都要提醒自己，下班时要早一点去向隔壁房间的小姐求婚，不能老是忙得顾不上，不要像往常那样，等到走过去，小姐已经走了。这一天，他及时赶到小姐面前，顺利地向她求了婚。他正紧张地等待小姐的回答，可小姐却说道：

亲爱的，我们不是昨天已经在教堂结过婚了吗？

原来这位经理的记忆发生了变异。因为在很长一段时间里，他很忙，忙到来不及走到小姐的房间去求婚，小姐就走了。这样的记忆多次发生，而且因为时间长久而被加深。而结婚却由于只发生过一次而记忆很淡。于是他的记忆发生了变异。在正常情况下，结婚的记忆由于其重要性，自然比求婚的记忆更深，然而由于这种变异，结婚被淡忘，而求婚的记忆反而压倒了它。作者用这种变异的记忆，表明这个人物由于长期紧张，神经发生了变态。

由于作家追求喜剧性，这种记忆的变异是经过夸张而导致怪异的。自然，变异的感知并非只适用于喜剧，如果不是很夸张到反常的怪异的程度，通常也是可以渗透着抒情效果的。

作为心理洞察家的小说家，他没有诗人那样直接抒写人物内心情感的充分自由，如果运用心理分析手法，就意味着要用逻辑的语言分析人物的情感，那很容易带来枯燥的理念。从 19 世纪末开始，不论是传统现实主义的，还是后来的现代意识流小说家都不约而同地，通过感觉、知觉、记忆、动机、语言、行为的变异来间接暗示人物的情感。

为了强调情感决定感觉知觉的变异，对比是用得很普遍的。

在《战争与和平》中，安德烈公爵由于受到一系列挫折，妻子死亡，自己受伤，感到生活在 31 岁时已经完结。后来偶然遇到妙龄少女娜塔莎，留下了极其美好的印象。他在偷听娜塔莎和女友谈话时，虽然他对自己说，她与自己生命是毫不相干的，但是又不知“为什么缘故希望她提到他，又怕她提到他”。这表明在意识表层，他还像往常一样平静，并没有感觉到娜塔莎已经吸引了他的感情；但在潜意识领域，已经发生了翻天覆地的变化，娜塔莎的出现已经从根本上改变了他的人生观。

这样的变化要是用心理分析的办法来写（例如，像司汤达尔那样），可能是很有条理、很深刻，又很明确的，然而那可能太理性，太干巴。更大的难处是，这些变化在根本上是安德烈自己还没有明确意识到的，不适宜用明确的语言来表述。托尔斯泰用了感知变异的办法，把这种变异集中在一棵橡树上。又用对比的方法来突出他在遇到娜塔莎前后感知的迥异。

在安德烈公爵见到娜塔莎以前，他对橡树的感觉是这样的：

路旁有一棵橡树。它大概比树林里的橡树老九倍，大九倍，高一倍。这是一棵巨大的，两人合抱的橡树，有些树枝显然折断了很久，破裂的树皮上带着一些老伤痕。它像一个年迈的、粗暴的、傲慢的怪物，站在带笑的桦树之间，伸开着巨大的、丑陋的、不对称的、有瘤的手臂和手指。只有这棵橡树，它不愿受春天的蛊惑，不愿看见春天的太阳。

在托尔斯泰笔下，人物的不可见的感情是由他对橡树的变异感觉来传达的。橡树"不愿受春天的蛊惑"，"不愿看见春天的太阳"，暗示着安德烈公爵自己对生活的感觉：虽然春天来了，爱情和幸福也存在于这个世界上，但已与老橡树无关，也就是与安德烈无关。老橡树不受春天"欺骗"，这说明安德烈感到自己的生活已经完了，他从老橡树联想到的是一系列"绝望的、悲哀的"思想，他没有希望，不须开始做新的事情，不用做好事，也不愿做坏事。

但是在见了娜塔莎以后，他在回家的路上，又见到那棵老橡树：

老橡树完全变了样子，撑开了帐幕的多汁的暗绿的枝叶，在夕阳的光辉中轻轻地摆动着，激动地站立着。没有了生节瘤的手指，没有斑痕，没有老年的不满与苦闷——什么都看不见了。从粗糙的百年的树皮里，没有枝柯，便长出了多汁的幼嫩的叶子，使人不能相信这棵老树会生长它们。

从心理学来说，是由于情感的变化才引起了感觉知觉的变化。从文本分析来说，首先应该找到人物的感知变异才能揭示其情感的变幻。世界上有这样一些作家，要他揭示出人物的情感逻辑并不困难，但是要他写出与人物情感逻辑相应的感觉和知觉等等的丰富变异，就不那么得心应手了。苏联作家拉甫列涅夫的《第四十一》，在揭示人物表层和深层情感之间特异的逻辑关系方面，取得了很高的成就，但是这部作品在艺术上并不能列入世界经典文学作品之列，原因就在于它缺乏相应的感觉和知觉的变异的丰富描述，因而人物形象虽有很完整的骨架，却缺乏丰满的血肉。

当然，感知系统牵掣的不仅是人物的情感，同时还有人物的动机、记忆、意志、想象、思维等等，它们之间的关系是互相联系、互相催生，又互相制约的。这些要素构成一个系统，形成一个结构，其中任何一个要素的变动都要引起其他因素的相应变化，正如象棋术语所描述的"一子动，百子摇"。

作家面临的人物心理，并不经常是一个要素的变动，如果是这样，那作家的劳动就简单得多了。人物的多个心理要素常常是不断地随机变动的。

有时，这种变动虽然无限复杂，但却表现在一个结果上。例如《王昭君》，在曹禺的剧作中它并不算是成功的范例，然而曹禺的朋友吴祖光却十分赞赏剧中的孙美人。这个人物从年轻时选入宫中就一直等待皇帝召见，然而一直等到50多岁，容华憔悴了，还是没有被召见。可以想象她的动机、记忆、意志、感知和思维各要素之间该发生多么丰富的互相掣动、互相刺激的变幻。要一一细加表现，几乎是不可能的，尤其是对话剧来说，更加不可能。曹禺巧妙地把这一切集中在一个效果上，那就是孙美人对自己形象的感知记忆的变态上。到了50多岁，她还在等待皇帝的召见，她还觉得自己是个20多岁的姑娘，而且在水面上照着自己的影子，一点也不觉得自己老了。

她对于自己等待被召见的记忆太强烈了，以致造成了她对自己的视觉的变异，这种记忆——感知效应就是她的着迷点，没有这种执迷不悟的变异感知，她的内心深层感情的强烈程度是很难表现出来的。

狄更斯在《远大前程》（电影改编为《孤星血泪》）中提供了另一种变异。一个在结婚时才发现被男人欺骗了的富家小姐，就一直坐在新房里，穿着结婚的礼服，她并没有像孙美人那样保持住自己的视觉记忆以致改变了自己视觉功能，但她却保持住了对男人的痛恨，而且几十年不变，并且让她自己收养的一个女孩子长大了去报复毫不相干的男孩子。

狄更斯也许影响了曹禺，把众多感知变异集中到一个焦点上加以表现。这样高度集中的表现方法，很容易使作品带上某种喜剧性。一般地说，这种手法在长篇作品中的配角身上或短篇小说中运用，会比较讨巧。

如果是主要人物，用这种讨巧的方法就可能影响人物形象的丰满。在托尔斯泰的长篇小说中，很少运用这种方法，就是出场不多的次要人物，也很少运用。托尔斯泰惯用的方法是尽可能全方位的展开。

当托尔斯泰写到安娜与沃伦斯基出走国外，又回到国内，一切上流社会的社交界都对她关闭了。这时在某种心理补偿作用的支配下，她更强烈地想念她的儿子了。可是安娜如何进入这个离弃了的家呢？主要是她的感知系统该发生什么样的变异呢？她的听觉、视觉、记忆、动机、语言在这种场合，在强烈的情感冲击下，该如何发生变化呢？这曾经使托尔斯泰苦闷，经过反复的思考、想象，托尔斯泰终于找到了安娜全部的变幻的感知系统，他大为兴奋起来："我能用安娜的感觉来感觉了。"

就这样，他写出了《安娜·卡列尼娜》中经典的片段。在这个片段里展示了情感和听觉、视觉、动机、记忆、语言之间互相影响、互为函数的奇妙关系。

自然，托尔斯泰所揭示的也并非人类心理结构变幻的终极，20世纪初的意识流小说家就力图在感觉与情感、记忆、动机的关系的解剖上超越他。

在意识流小说家看来，人的意识并不像现实主义小说所揭示的那样充满了必然性的内在联系，人的意识、感觉、记忆是自由流动的，是一种偶然性极为突出的自由联想运动。这在心理学上也不是没有根据。他们据此做了种种尝试，并且在 20 世纪中叶风靡一时。但总的来说，意识流小说还没有取得现实主义、浪漫主义小说那样经典性的成就，它的爱好者的范围也比较有限。这说明意识流作为一种艺术方法仍处于探索过程中。

附录

小说理论基础：打出常规和情感错位

一般读者读作品，光凭直觉就能判别小说的档次。但是感觉到了的，可能不一定很正确，就是正确也可能很肤浅，不能深刻理解，而理解了的，才可能纠正直觉的错误。课堂上的阅读，或者专业的阅读要有理论的指导，才能更好地挖掘出作品的审美价值。然而，并不是所有的文学理论都是可靠的。有些错误的甚至荒谬的理论，极可能破坏读者的艺术感受。目前，在中学和大学课堂上，有一种关于小说情节的理论广为流行：一分析情节就是“开端、发展、高潮、结局”四个部分。这是非常荒谬的理论。哪怕一则小道新闻、一个影星绯闻、一个历史故事，都要有一个开端、发展、高潮、结局。这样的理论，并不符合现代小说，特别是中学课本中的短篇小说的实际情况，许多小说没有高潮，有的没有结尾，有的没有开端。其实，到了19世纪下半叶，以契诃夫、莫泊桑和都德为代表的短篇小说家，就已经废弃了全过程式的情节（在我国古典小说中，叫作一环扣一环），代之以“生活的横断面”的结构。这种结构不追求中国传统传记式的连续性叙述模式，而是从生活中截取一个侧面来表现主题。最明显的不同是，开端显得非常不重要，往往是从事件的当中讲起，开端退化为后来的某种不着痕迹的交代，更不在乎严格意义上的结尾。现代短篇小说的好处恰恰是对于完整过程的大胆省略。比如《项链》，明明发现耗费了十年辛劳的项链是假的，却戛然而止了。如果再写下去，把真项链要回来，换成现金，在艺术上就煞风景了。

早在五四时期，胡适就在《论短篇小说》中说，所谓短篇小说，并不是篇幅短小的意思，而是有一种特别的性质。他为短篇小说下了这样的定义：“短篇小说是用最经济的文学手段，描写事实中的最精彩的一段，或一方面，而能使人充分满意的文章。”①

他把这种现象比喻为树身的“横截面”，看了“年轮”就可能知道树的年纪。胡适举了

① 胡适：《论短篇小说》，胡适编选《中国新文学大系·建设理论集》，上海良友图书印刷公司，1935年，第272页。

他翻译的都德的《最后一课》《柏林之围》和莫泊桑的《羊脂球》《二渔夫》为例说明这种描写“事实中最精彩的片段”的情节构成方法，针对的就是传统所谓有头有尾，环环紧扣的情节构成。这在五四时期新锐小说家那里几乎已经成为共识。鲁迅有时走得更远，他的《狂人日记》几乎废除了情节。而《孔乙己》则把孔乙己之所以成为孔乙己的故事全都放在背景的交代中去，只写酒店的三个场景，其中第二个场景孔乙己还没有出场。而恰恰是鲁迅最精心的设计，在《呐喊》中鲁迅最喜欢的，不是《阿Q正传》，不是《狂人日记》，不是《药》，而是《孔乙己》。鲁迅的学生孙伏园曾问过鲁迅先生，《呐喊》中，哪一篇最好。

> 他说他最喜欢《孔乙己》，所以译了外国文。我问他的好处，他说能于寥寥数页之中，将社会对于苦人的冷淡，不慌不忙地描写出来，讽刺又不很明显，有大家风度。[①]

这说明，早在五四时期，全过程的情节，早已不是经典作家的追求，相反横断、纵切、省略连贯性环节，才是小说艺术的新生命所在。关于开端、发展、高潮、结局的“理论”，据我考证，是20世纪50年代从苏联的一个二流学者季莫菲耶夫的《文学原理》那里来的。这个《文学原理》，原为苏联教育部核准的文学理论教材。原文是这样的：“和生活过程中任何相当完整的片段一样，作为情节基础的冲突也包含开端、发展和结局。”在阐释“发展”时，又提出“运动的‘发展’引到最高度的紧张，引到斗争实力的决定性冲突，直到所谓‘顶点’，即运动的最高峰”。[②]这个补充性的“高峰”，后来就被我们国家一些理论家和英语的“高潮”（climax）结合起来。半个多世纪过去了，苏式文艺理论教条早已被废弃，季莫菲耶夫的“形象反映生活”“文学的人民性”“文学的党性”“社会主义现实主义”早已被历史所淘汰，而“开端、发展、高潮、结局”的情节教条仍然在中学甚至大学文学教学中广泛流行。

这个理论，不但落伍于五四时期，而且落伍于20世纪80年代，当年花城出版社，出版了英国作家福斯特的《小说面面观》。此书继承了俄国形式主义者把情节和本事（素材）加以区别的精神，把情节和故事加以划分。提出仅仅是时间上的连续，只能是故事。如，国王死了，然后王后死了，还不是情节。要成为情节，其中必须有一个因果关系，国王死了，然后王后也死了，因为王后悲痛过度而死。有这个因果关系，就是情节了。[③]

这个理论讲得很通俗，但实际上它是很古老的。亚里士多德（前384—前322年）在《诗学》里讲情节、动作，就是一个“果”，一个“结”和一个“解”。“结”就是打一个结，

① 孙伏园：《关于鲁迅先生》，载《京报·副刊》1924年1月12日。

② 季莫菲耶夫：《文学原理》，查良铮译，原版为苏联教育部核准之文学系教材，莫斯科教育教学出版局1948年版，中文版1955年版，第203页。

③ 福斯特：《小说面面观》，花城出版社，1984年，第75—76页。

然后把它解开。从一个结果来寻求原因。[1]比如说，《俄狄浦斯王》，它先有个“结”，这个孩子生下来，祭司就预言他将来会杀父亲，娶母亲，人们千方百计逃避这样一个结果。然而阴差阳错，种种巧合，他最后还是杀死了他的父亲，娶了他的母亲，逃避的原因变成了逃避不了的结果。这就是“结”和“解”的关系。我想福斯特的理论最初源头就在这里。但是，用这样的理论解读小说还是不到位，因为原因和结果的关系多种多样，可能是一种很科学的原因：这个人死了，因为得了癌症。林黛玉死了，为什么？肺结核、胃溃疡、神经衰弱。这还不成其为小说。理性的因果关系，构不成小说的情节，小说情节的因果不是理性的，不是实用的。好的小说是一种非常感性的因果关系，由情感来决定的。从理论上来说，就是审美情感要超越实用价值。所以罗斯金说，少女可以为失去的爱情而歌，守财奴不可为失去的钱袋而歌。为钱袋则为实用，而为爱情则为情感的审美。

有了情感的因果关系，还没有深入小说的特征，为什么呢？因为一些奸情凶杀案，也是情感的因果关系，但那是真人真事，所揭示的人的内心世界往往是实用性质的（如为了钱财），就是有情感成分，深度也是有限的。小说不满足于真人真事的因果关系，其目的是超越实用价值，深挖人心理深层的奥秘。这就需要想象，通过假定性、虚拟，在想象中自由地探索，哪怕是超现实的因果，荒诞的因果，只要具有开拓心灵深层的功能，就是好小说。有一种讲求绝对真实的小说理论，认为武松打虎所用的方法不真实，因而得出否定的结论。其代表乃是晚清写出中国第一部《小说原理》的夏曾佑。他说：

> 武松打虎，以一手按虎之头于地，一手握拳击杀之。夫虎为食肉动物，腰长而软，若人力按其头，彼之四爪，均可上攫。与牛不同也。若不信，可以一猫为虎之代表，以武松打虎之方法打之，则其事之能不能自见矣。[2]

但是，几百年来的阅读实践却否决了这样的理论。这种理论的致命弱点就是没有把小说当作一种艺术来看，而艺术形象如莱辛所说都是“逼真的幻觉”，一切艺术都应该是真实的，但是，真实和假是对立的统一，用我国的古典诗话来说，是真假互补，虚实相生的。脂砚斋在评《红楼梦》第一回时，针对所谓石头无才补天被女娲丢弃说：

> 当日虽不以此补天，就该去补地之坑陷，使地平坦，而不得有此鬼话。[3]

脂砚斋这里说得很明白，按逻辑推理，不能补天，就该去补地啊（因为地陷东南），但却经“锻炼”之后通了灵性，与逻辑不合，不进入“鬼话”之境界，便不可能有此一部情痴之巨著。因为假写、虚拟，才有想象和自由，才可能有心灵深层的真实，用歌德的话说，

① 伍蠡甫主编：《西方文论选》，上海译文出版社，1979 年，第 60 页。亚里士多德：《诗学·诗艺》，人民文学出版社，1984 年，第 31 页。

②《中国历代文论选》，上海古籍出版社，1980 年，第 244 页。

③ 影印本《脂砚斋重评石头记》，人民文学出版社，2010 年，第 7 页。

艺术是通过假定达到更高程度的真实。拘泥于表面的真实，从根本上说，乃属于机械唯物论和狭隘功利论，虽然从理论上说，二者都为理论界废弃，但是，在具体分析文本之时，至今在文学理论界和语文教育界，还相当流行。

承认小说情节和人物的虚拟性，在西方当代理论已经是某种共识。但是，光有这种共识，仍然是粗浅的。

在西方，关于小说的理论，五花八门，车载斗量，但仍然很少有解读小说艺术的功能。比如，目前很权威的西方叙事学，如热奈特的《叙事话语》，讲究叙述的次序、延续、频率、心境与语态。而托多罗夫的《叙事作为话语》则分别论述叙事时间、语态和语式。但是，它们都离开了审美价值、情感世界去讲话语，除了托多罗夫时有真知灼见以外，大体上都满足于描述、概括和演绎，并未提出评价小说优劣的准则，因而，总体来说，我们不能对他们作疲惫的追踪，应该从中国小说创作和阅读的历史经验出发，概括出中国式的小说阅读理论，解决小说的情节、人物在艺术上的评价问题。

依赖西方大家的文论已成为中国当代文学理论的顽症，许多学者光是梳理西方文论的来龙去脉，从概念到概念（所谓知识“谱系”），从演绎到演绎，追踪其变幻，不惜耗费十年甚至数十年的生命，仍然对西方文论的局限无所突破，对具体文本的解读捉襟见肘。殊不知早在20世纪中叶，韦勒克和沃伦就在他们合著的《文学理论》中宣告：“多数学者在遇到要对文学作品作实际分析和评价时，便会陷入一种令人吃惊的、一筹莫展的境地。”①

既然如此人家已经在文本解读上徒叹奈何了，我们还不如直接从自己的经验中进行第一手的概括。当然，这有难度，难度就在需要有一点原创性。但是，相对于追随西方大师的生命耗费，直接概括可能会另辟蹊径。

回到情节上来，亚里士多德在《诗学》中早就提出过“突变”和“对转”。什么叫作突变？就是突然打破了常规；什么叫作对转？就是事情向相反方向变化。对于情节来说，其功能是探索人物内心潜在的情感，深层的奥秘。在平常状态下，人物均有荣格所说的“人格面具”，遇到事变，能够迅速调整其外部姿态，使心理恢复常态。而情节的突转功能就是把人物打出生活常轨，进入一个意想不到的新的境界，使之来不及调整，我给它一个说法，叫第二环境。目的是把在常轨环境中隐藏得很深的心灵奥秘暴露出来，我把这叫作第二心态。

光有情节的情感因果，还不能算是好的情节。好的情节，应该有一种功能，就是把人物打出常规，进入第二环境，暴露出第二心态。所谓第二心态，就是人的深层心理结构。它与表层心理结构形成反差。打出常规，暴露第二心态的理论，是我在1987年的《文学创

① 韦勒克、沃伦：《文学理论》，刘象愚等译，江苏教育出版社，2005年，第155—156页。

作论》中提出来的。[①]人都是有人格面具的。在正常的社会关系里，他维持着社会角色的面具。情节性的小说，一旦进入第二环境，客观环境的变化导致心理环境的更大变化，从而迫使人的心理深层奥秘浮现。

所谓第二环境，是相对于第一环境而言的。第一环境就是人物的常规的环境，把人物打出常规的第一环境，进入非常规环境，就是第二环境，其性质就是虚拟的，假定的，不能拘泥于现实的。如果按照夏曾佑的观点，武松用那样的方法打虎，不但打不死老虎，反而肯定要被老虎吃了。那就从武松的第一心态（超人的英勇），向凡人的情感深化的心理奇观［见老虎以前吹牛说，怕老虎的不是好汉，见了老虎，酒都做冷汗出了，活老虎打死了，死老虎却拖不动，想起来有点后怕，只好一步步挨下冈子去，又见了老虎——不知是假的——居然悲观绝望（“此番罢了”）］。正是因为这样，武松打死一只老虎，比之李逵杀死四只老虎更生动，更具文学的经典性。因为，武松的第一心态和第二心态是如此的不同，致使金圣叹在评点中以“近人”和“近神”概括之。而李逵杀四虎之前和之后，情感却没有多大差异。

打出常规，以揭示人物的表层和深层心态的变化，应该是小说普遍的规律。

都德小说《最后一课》中的那个小孩子不喜欢学法语，特别是法语的分词和语法。他讨厌极了，老师提问都答不上来。要让这样的孩子从讨厌法语课变成热爱法语课，写成小说是多么困难的事。例如，老师教导一番，父母循循善诱，他好像用功了一点，可并不排除他过几天又厌倦了。这样写小说不但费力不讨好，而且不可信。都德采取了另外一种办法，就是把他打出常规。常规环境是天天可以学法语，这是天生的权利，每天都有明天。非常规环境，这是“最后一课”，不可逆的。这个孩子突然变得非常热爱法语课，并且希望这堂法语课永远不要完结。这叫打入极端的第二环境，使他的内心深层对母语的热爱之情被完全激发出来，浮到表面。原来这个经常逃课去滑冰、去钓鱼的小孩子，他内心深层还有一个隐秘，就是对母语的热爱。这就是这篇小说之所以成为经典的一个重要原因。[②]它的构思，就是生活的、情感的横断面，表面上它是没有道理的，你天天不用功怎么今天这么用功了？实际上他的深层情感被激发出来了。莫泊桑的《项链》也是这样，玛蒂尔德非常

① 孙绍振：《文学创作论》，春风文艺出版社，1987 年，第 631—658 页。

② 关于《最后一课》有一个重要的事实需要澄清：文中描述的被德国侵占的法国领土最初属于德国而不是法国，当地居民本来多数说德语而不是法语……普法战争结束，阿尔萨斯重新成为德国领土后，150 万居民中只有 5 万说法语的居民。但在《最后一课》中，似乎全阿尔萨斯的人都把法语当母语，显然和历史大相径庭。虽然如此，当年德国当局强迫说法语的人学德语，也是野蛮的。如今，阿尔萨斯地区的居民大都能讲三种语言：阿尔萨斯语、法语和德语。德法之争的那一页已经成为历史，今天的阿尔萨斯是一个语言多元化的地区，在学校里，孩子们不仅学法语和德语，也学英语和西班牙语。

爱慕虚荣，受邀参加一次舞会，不惜工本买了高档衣服。但美中不足，缺少一条项链。于是向朋友借一条。出了一夜的风头，要回来时发现项链丢了，这样贵重的礼物丢了，对于这个普通的教育部官员家庭来说，是个大灾难。她要不被人当骗子，就不能不勤俭持家，艰苦备尝，由一个非常爱慕虚荣、爱出风头、以自己是舞会上最美丽的女人而感到无限滋润的女人，变成一个艰苦奋斗、勤劳节俭的女人。在之后的十年里，她住到小房里；自己洗衣服、提水，一桶一桶地提上楼；自己洗碗，她那粉嫩的手指都洗粗了。莫泊桑在写到这一段的时候用了一个词，英文译成 heroism，英雄气概。一个爱慕虚荣的轻浮女人，变成一个 heroism 的女性，变成另外一个人。这个人更深刻了。

关于这篇小说，有很多奇怪的讨论。有人说，这个女人是个爱慕资产阶级虚荣的、肤浅的女人，作者揭露，是资产阶级的虚荣心害了她。有人说，这个女人有权利来追求自己的高贵的地位，享受自己的美丽和幸福，不能说她是资产阶级的，无产阶级也需要这些东西。彼此争论不休，其实，这不是两个人，而是一个人。她的表层的人格面具是虚荣的，她的心灵深处还是正直的，她可以做骗子、赖账，但是她不愿意。为了正直的人格，她宁愿承受十年的苦难。

这篇小说把她打出常规，打出的缘由却是假的。这项链是假的，根本就不值那么多钱，这对情节构成来说是非常重要的假定。莫泊桑还写过一篇小说，没这么有名，叫《珠宝》。倒过来，说有个女人非常喜欢收集“假珠宝”，家里有很多，而且她丈夫非常爱她。男人们都觉得能和这样的女人结婚是最大的幸福。后来她突然死掉了，丈夫因此痛不欲生。家里很穷，丈夫想她的假珠宝多少能换一点钱吧，就拿到珠宝行去估价，不得了，都是非常值钱的。丈夫莫名其妙，后来了解到，这些珠宝是一个富有的大亨订的。这个非常有钱的人为什么把这么多真珠宝送给别人的老婆呢？读者可以自己去猜想。《项链》和《珠宝》中的真珠宝和假珠宝，在小说的理论上有重大的价值，那就是情感因果，都是假定的。通过假定，才能揭示出一个表层的人和一个深层的人，其实都是一个人。特别是《珠宝》，绝对暗示了这个女人对丈夫的欺骗。老托尔斯泰说过：

> 有一个流传得很普遍的迷信，说是每一个人有他独有的、确定的品性。说人是善良的，残忍的，聪明的，愚蠢的，勇猛的，冷淡的，等等。人并不是这个样子。我们讲到一个人的时候，可以说他是善良的时候多，残忍的时候少；聪明的时候多，愚蠢的时候少；勇猛的时候多，冷淡的时候少。或者刚好相反。至于说，这个人善良而聪明，那个人卑劣而愚蠢，那就不对了。不过，我们总是把人们照这样分门别类的。这是不合实际的。
>
> 人同河流一样，天下的河水都是一样的，每一条河都有窄的地方，有宽的地方。

有的地方流得很急，有的地方流得很慢，河水有时澄清，有时混浊，冬天凉，夏天暖。人也是这样。人身上有各种品性的根苗，不过有时这种品性流露出来，有时那种品性流露出来罢了。人往往变得不像他自己了，其实，他仍旧是原来那个人。①

情节的功能就是把人潜在的，不像他平常的那个人暴露出来。

从这个意义上，完全可以说开端、发展、高潮、结局是个非常愚蠢的理论。《项链》这篇小说就没有结局。本来可以写下去啊。假的吗？太好了。你把真的还给我，我去卖了钱回家改善一下生活，补偿我十年的辛劳。但作者没有这样写。因为对人的心灵的探索到此结束，对故事的完整性来说也许是重要的，对情节来说不重要，对审美价值来说不重要。人的情感的、青春的代价，付出了以后，再也不能够得到补偿了。实用的价值可以得到补偿，心灵的损害无法补偿。这就是小说之所以非常深刻的原因。

托尔斯泰的这个理论是写在他的长篇小说《复活》中的，事实上，他在写《复活》的时候，遵循的就是这样的原则。《复活》一开头，陪审员聂赫留朵夫公爵道貌岸然地坐在那里，突然发现，那个被控告谋杀嫖客的妓女居然是当年与自己发生关系的女仆，因为怀孕而被逐，流落到城市沦为妓女，又被诬告谋杀。这就突然把他打入了第二环境，产生了第二心态。他觉得自己才是罪人。于是决心去拯救她，甚至向她求婚，但是，遭到拒绝。等到她被判流放西伯利亚以后，他就产生了第三心态——追随她去，直到看到她嫁给一个民粹派。他读《马太福音》，最终得到解脱。

第二心态、第三心态，是从一个人的角度来说的，然而小说写的往往不是一个人物，而是几个人物，那么几个人物的心态就有几种可能：1．完全相同；2. 完全不同；3. 部分相同，部分不同。本来处于同一情感状态的人物，发生了情感“错位”。阅读经验告诉我们，完全相同的，不像是小说，在一切情境中人物都心心相印，那是浪漫的诗歌。完全不同的，凡事都针锋相对，也令人想起红色文学中写阶级斗争的公式化，把人物简单化。而那些发生情感错位的，往往才会在读者心目中留下深刻的印象。

《西游记》中，孙悟空、唐僧、猪八戒、沙和尚西天取经，一路上都是打出了生活的常规的。妖怪很多，都给消灭了。可是读者却连妖怪的名字都忘掉了。因为，在打的过程当中，孙悟空、唐僧、猪八戒、沙和尚的精神状态没有什么错位，都是同心同德，一往无前。这就不是好的情节。但是，有一个妖怪印象绝对深刻——白骨精。她是一个女妖怪。她一出现，人物的感觉就发生了错位。孙悟空一看，立刻分辨出这是白骨精，一棒下去就把她给打死了。唐僧一看，明明是一位善良的女子。我们往西天取大乘佛经就是要救人，让人们都长生不老，经还没有取到，你就把人杀了，这还了得！而猪八戒一看，嘿！好漂亮的

① 托尔斯泰：《复活》，人民文学出版社 1979 年版，262—263 页。（汝龙译文略有不同）

一位姑娘！太可惜了。人物心理瞬间发生了“错位”。《西游记》中的英雄平常都是无性的，唐僧是以无性为荣，孙悟空是不屑有性，他是石头里蹦出来的。猪八戒是唯一有性感觉的男英雄。当然，沙和尚最木讷，他不但对女性没感觉，对男性也没感觉。四个人一起前进的时候，都是常规心态，都是和尚嘛，相安无事。但女人一出现就发生了突变，猪八戒的感觉就越出常规了，潜在的性意识就非常强烈地、非常坦率地表露出来，和孙悟空、唐僧的情感发生错位了，而且幅度很大，在他的挑拨之下，孙悟空被驱逐了，造成了严重的后果。平时同心同德的人，内心的错位就浮现出来了，三打白骨精之所以成为经典，就是因为本来是一群志同道合的人，发生了很大的心理错位。

人与人的情感有错位了，就有个性了。

错位的幅度越大，情节就越是生动，人物就越有个性。小小的私心，造成大大的严重的后果，构成怪异。这种怪异主要在猪八戒，在当时的情境下，喜欢女孩子，叫作“色”，是犯戒的，一般是掩藏在心里的，猪八戒是公然的：一贯如此，非常坦然。吴承恩没有让唐僧被白骨精吃掉，没有让猪八戒的私心造成不可挽回的后果，仅仅让他与孙悟空发生错位，这就使得猪八戒的形象既可恨、可恶，又可笑、可爱，造成了一种喜剧性的效果。

西方许多理论有极强的思辨性，有很高的智性，但是，它们往往满足于描述，而置评价于不顾。我想，理论的任务，不但要说明，而且要评价，有了评价，才能推动创作和阅读实践。因而，剖析它的结构、揭示它的功能并不是最终的目的，关键是揭示它的功能的优和劣。什么样的情节是好情节呢？什么样的情节是不好的情节呢？孙悟空师徒一路上打了那么多的妖怪，谁能记得住？三打白骨精就记住了。那么多情节为什么都忘记了？因为，没有把人物打出常规，没有第二心态，特别是没有让志同道合的师徒发生心理错位。三打白骨精的好处，则是有心理深层的第二心态，有师徒的情感错位，而且有喜剧风格，因而是好情节。

总的来说，情节的功能，第一是将人物打出常规，第二是暴露人物第二（深层）心态，第三是造成人物之间情感错位。

这里面最重要的是第三点：错位。打出常规的效果固然是深层心理，但是深层心理的最佳效果却是使在同一感情结构中的人物产生错位，而正是情感的错位，又激发出情感更深层的奥秘，从而推动了情节的发展。例如《红楼梦》的最高潮当然是林黛玉之死。这是一个结果，其原因却是多重情感错位。曹雪芹在《红楼梦》一开头就表示反对那种以一个小人从中挑拨作为导致悲剧的俗套。《红楼梦》中林黛玉的死亡，作为悲剧的结局，其精彩就在多重的情感错位。悲剧的决定者自然是贾母，但是，贾母并不是因为恨林黛玉和贾宝玉才做出选择薛宝钗的决策，恰恰相反，第一，贾母是因为太爱贾宝玉才选择了薛宝钗，其结果却导致贾宝玉的悲痛近疯去当了和尚；第二，正是因为贾母深爱薛宝钗才选择了她，让薛宝钗冒充林黛玉和贾宝玉结婚，结果是薛宝钗终身守活寡；第三，贾母也不是不爱林黛玉，正是由于过分宠爱，才让林黛玉和贾宝玉从小就同吃同住，造成二人非同寻常的感情；第四，林黛玉“心重”，而且看来不是很长寿的样子，贾母如果选择了她，自己将来无法面对地下的丈夫。但是，这样选择的结果导致林黛玉的死亡和贾宝玉的出家，按贾母的逻辑，她日后更加无法面对自己的丈夫。而王熙凤设计让薛宝钗冒充林黛玉，并不是要让贾母陷入悲痛，而是为了讨好贾母，更不是为了害贾宝玉，而是为了给他的病“冲喜”。

所有这一切错位的综合，构成了《红楼梦》的悲剧结局。

从这里，可以将前述情节因果乃是情感因果的理论深化一步：情感因果的最高层次乃是复合的错位的因果，错位的幅度越大，审美价值越高。

本书的基本内容乃是对经典小说的个案文本分析，个案是不可重复的，分析的任务是揭示个案的独特性、唯一性、不可重复性，但若要把这种唯一性分析到位，却不能没有一定的普遍性理论。而目前流行的小说理论，不管是苏联的，还是西方前卫的，不是极其落伍的，就是追求美学化、哲学化，达到形而上的普遍性高度为务的，而个案文本的唯一性恰恰是形而下的，因而，笔者在进入对个案文本的解读之前，提供一种切实的，具有某种操作性的理论。这种理论的根本精神是把哲学、美学化的理论在概括抽象过程中牺牲掉的特殊性、唯一性用具体分析的方法还原出来。

2014年6月1日

《经典小说解读》后记[1]

一个偶然的机遇，我写了一篇《炮轰全国统一高考体制》的文章，其结果就是卷入了中学语文教学的改革浪潮，并主编了一套初中语文课本。经教育部审查通过之后，要编一套供一线教师使用的参考书。按常规做法，编写组的同人收罗流行的解读文章，适当剪裁、串连一下就可以交差了。但是，材料拿到案头，仔细研读之际，我不禁倒抽了一口冷气，其中除了一些随处可查到的常识不无参考价值以外，几乎全是在文本表层滑行，充满了从一望而知到一望而知的套话。对于经典文本深层内涵，如木偶探海。此等弊端，可谓滔滔者天下皆是。究其原因，从理论实质上看，就是机械唯物论和狭隘社会功利论，还有内容决定形式，解读就是对所谓内容的演绎，殊不知文学形式，并非原生形式，而是艺术的规范形式。内容是不可重复的，而形式却是在千百年反复运用中从草创到成熟的。规范形式，不但不可能由内容决定，相反，可能对内容加以排除、扼杀、制约，按照形式的规范对内容加以同化、升华。文学形象的构成，并不是如美学那样的主观、客观、自由和必然，道与器的二元对立结构，而是客观特征、主观情志特征和规范形式特征的三维结构。客观的生活和作家的主观情志如果直接起作用，就是达到统一，最多只能是理性的真，只有经过文学形式的规范，才能升华为艺术的美。

正是因为这样，同样的内容在不同的形式中，内涵就会变化万千。20世纪80年代我在《文学创作论》中曾经说过规范形式可以强迫内容就范，现在看来，这样讲还不够，还要加上形式按着其特殊逻辑，可以拓展并创造内容（如在诗歌《长恨歌》中李杨的恋爱是超越时间、空间，是绝对的，而在戏剧《长生殿》中，则是二者如果不发生错位、矛盾，则无戏可演）。正是因为这样，不能笼统地把小说、诗歌、戏剧、散文当成同样的东西。不同形式的规范的区别可以说是间不容发，故对作品的理解，不能从内容开始，而应该从形式的

---

① 《经典小说解读》一书系上海教育出版社2016年出版的图书。本文收入文集时有增补。

特殊性中分析出来。对形式的间不容发的区别的理解可以说是阅读水平的标志。

对于文本解读的无能，导致从西方引进了一种极端虚无主义的所谓理论，那就是读者中心论，一千个读者有一千个哈姆雷特。殊不知，一千个哈姆雷特中多数是假哈姆雷特，只有少数哈姆雷特是接近于真哈姆雷特的。

本书之所以将我近二十年来对小说文本的分析文章汇总于此，一是为扫荡“开端、发展、高潮、结局”之类的陈腐谬见。二是在“前言”中对小说形式规范略作陈述。之所以简略，是因为理论是普遍的，理论要成为理论，达到普遍性的抽象，牺牲个案文本的唯一性、特殊性乃是必要的代价。而文本解读的任务，则是用具体分析的方法，将其在抽象过程中牺牲了的特殊性，唯一性，不可重复性还原出来。正是因为这样，本书的绝大部分均为文本的具体分析，特别注重个案文本的微观分析。有了这样的丰富的基础，对于小说形式规范的宏观理论才可能有切实的理解甚至深邃的洞察。

本书在写作过程中，冀爱莲副教授在核对文献方面做了大量的工作，东南大学的素质教育中心为我在该校的演讲，作了系统的录音、整理。没有他们的记录，本书有关鲁迅和武松的部分只能是像美国一部小说的名字一样“随风而去”。本书的责任编辑李节和女士，对本书结构的精心安排也为本书大大增色，上海教育出版社的少杰女士精心编校，还有我的忠实读者石焘在校对方面，也义务作了烦琐的校阅工作，在此一并致谢。

小说欣赏基础：小说分析的钥匙
——孙绍振教授访谈①

一、开端、发展、高潮、结局的情节理论是脱离实际的

徐泽春：孙老师，您肯定注意到了，在中学课堂上，讲到小说的时候，流行一种“开端、发展、高潮、结局”的分析方法。您对这种分析方法怎么评价？

孙绍振：我认为这个理论不符合小说的实际，有的小说就是没有高潮的，有的小说是没有结尾的，有的小说是没有开端的。是吧？这样荒谬的理论流行到现在，完全是对我们智商的嘲弄。不要说现代、后现代作品，就是19世纪下半叶，以契诃夫、莫泊桑和都德为代表的短篇小说家，都早就废弃了这种全过程式的情节（在我们国家叫作一环扣一环），代之以“生活的横断面”的结构。最明显的是，他们往往从事件的中间讲起，而开端则退化为后来某种不着痕迹的交代，更不在乎严格意义上的结尾。比如《项链》的结尾，明明知道耗费了十年辛劳的项链是假的，却戛然而止了。早在五四时期，胡适就在《论短篇小说》中说，所谓短篇小说，并不是篇幅短小的意思，而是有一种特别的性质。他为短篇小说下了一个这样的定义：“短篇小说是用最经济的文学手段，描写事实中最精彩的一段，或一方面，而能使人充分满意的文章。这条界说中，有两个条件最宜特别注意。今且把这两个条件分说如下：（一）‘事实中最精彩的一段或一方面。’譬如把大树的树身锯断，懂植物学的人看了树身的‘横截面’，数了树的‘年轮’，便可知这树的年纪。一人的生活，一国的历史，一个社会，都有一个‘纵剖面’，和无数‘横断面’。纵面看去，须从头看到尾，才可

① 发表于《语文学习》2012年第5期。

看见全部。横面截开一段，若截在要紧的所在，便可知这个‘横截面’代表这个人，或这一国，或这一个社会。这种可以代表全部的部分，便是我所谓‘最精彩的’部分……”①这在五四时期新锐小说家那里，几乎已成共识。鲁迅有时走得更远，他的《狂人日记》几乎废除了情节。

二、情节必须具有因果性

徐泽春：您曾经引用过福斯特在《小说面面观》里对情节的解释，说如果国王死了，然后王后也死了，这是故事，但不是情节。因为其中缺少一个因果关系，国王死了，王后因悲痛过度也死了。有了因果关系，就是情节了。②这个解释清楚明白，但是听起来太简单了，好像制造一个情节很容易。这样的话，不是人人都可以当小说家了？

孙绍振：这个理论讲得很通俗，但实际上它是很古老的。亚里士多德在《诗学》里讲情节、动作，就是一个“果”、一个“结”和一个“解”的问题。“结”就是打一个结，然后把它解开。从一个结果来寻求原因。比如说，俄狄浦斯王，他先有个“结”，这个孩子一生下来，祭司就预言他将来会弑父娶母，于是他千方百计逃避。然而阴差阳错，经过种种巧合，他最后还是杀死了父亲，娶了母亲，逃避的原因变成了逃避不了的结果。这是“解”和“结”的关系。我想福斯特的理论就是从这里来的。但用这个理论解读小说还是不够，因为这个原因和结果的关系，可能是一个很科学的原因：这个人死了，因为得了癌症。林黛玉死了，为什么？她的身体不好，有肺病和胃溃疡，还有神经衰弱，所以死了。但如果光是这样，还不成其为小说。理性的因果关系，不能成为小说的情节，小说情节的因果关系，必须不是理性的，不是实用的。我不爱你，因为你没有大学文凭，收入很低；后来爱你，是因为你炒股票发财了——这都不成为小说。因为从价值观念来说，它是一种实用的价值观念，太理性了。好的小说的价值观念是一种非常感性的因果关系，是由情感来决定的。福斯特那个例子说，国王死了，王后因悲伤过度而死，就是情感的原因。而不是因为她觉得国王死了，财产损失了，或者权力损失了。从理论上来说，这就是审美情感要超越实用价值。所以罗斯金说，少女可以为失去的爱情而歌，守财奴不可为失去的钱袋而歌。歌是结果，原因不同，为钱袋是实用，而为爱情则是情感的审美。

所以，欣赏小说的情节，判断什么样的情节是好情节，什么样的情节是不好的情节，是关键。如果涉及的是非常理性的因果关系，那就是不好的情节，很粗糙，或者说很干巴。

① 胡适：《论短篇小说》，胡适编选《中国新文学大系·建设理论集》，上海良友图书印刷公司。
② 福斯特：《小说面面观》，花城出版社，1984年。

你看，既要制造非理性的情节，又要符合人之常情，可就不容易了，还是很需要些才气的。

三、揭示情感因果的功能的前提：深入揭示人物的心理结构

徐泽春： 我们都知道小说是虚构的，您在《演说经典之美》中分析过《水浒传》中的经典片段——武松打虎，其中有一个很关键的观念：艺术都是假定的，艺术都是想象的，艺术不完全是真的或者说不是真的——“真的”不是艺术。《水浒传》通过一系列假定的情节，把武松打出常规，让读者看到武松神勇的一面，也看到他平凡的一面。

孙绍振： 这个问题是这样的，情节有一个揭示情感因果的功能，但前提是：把人物打出生活常规，进入一个新的境界，这个境界叫“第二环境”。目的是把他在常规环境中隐藏得很深的心灵奥秘暴露出来。我把这叫作“第二心态”。对武松来说，他的“第二心态”就是超人的英雄的另一面，那完全是普通的、平凡的、小人物的心态。

光有情感因果，还不能算是好的情节，好的情节，还应该有一种功能，就是把人物打出常规，进入第二环境，暴露第二心态。所谓第二心态，就是人的心理深层结构。它跟表层结构形成反差。根据荣格的学说，人都是有人格面具的。在正常的社会关系里边，他维持着社会角色的面具。比如说我是个教授，我在学生面前必须具备学者的风度。但是如果把我放进另外一个环境，那就不一定了。突然有人冤枉我，说我剽窃了，那么我的心态就发生变化。

说到这里，可以重提一下《项链》。小说中，这条项链根本就不值那么多钱，但这是非常重要的假定。莫泊桑还写过一篇小说《珠宝》，和《项链》正好相反。说有个女的，夫妻恩爱，她收集了很多假珠宝，她死后，她丈夫突然发现这些假珠宝原来都是一个有钱人送给自己妻子的无价之宝！“项链”和“珠宝”的真和假都是假定的，却揭示了一个人的表层和深层。特别是后面那个，她绝对欺骗了丈夫，甚至包含着出卖肉体的暗示。

我刚才讲，开端、发展、高潮、结局是个不切实际的理论，你看，《项链》就没有结局嘛，而且玛蒂尔德已经那么老了，本来可以写：既然是假的，那太好了，你把真的拿来还我，我去卖了钱回家改善一下生活。但是莫泊桑没有这么写。因为他对人的心灵的探索到此结束。如果加上一个这样的结局，对故事来说是重要的，但对情节来说并不重要，对价值来说并不重要。人的情感的、青春的代价，付出以后，就再也不能够得到补偿了。实用的价值可以得到补偿，心灵的损害无法补偿。这是非常深刻的。

四、人物间的情感“错位”是认识小说的根本

徐泽春：情节的一个功能就是通过一些艺术想象、艺术假定，展现出人物深层的心理结构。我知道您还有个“错位”理论。这个“错位”怎么理解？这个“错”是“对错”的“错”，还是“交错”的“错”？

孙绍振：“错位”可以说是我理论体系的一个核心范畴。第一个层次是真善美的审美价值错位，第二个层次是小说人物情感结构的错位，第三个层次是幽默（审丑）的逻辑错位。当时我提出这个理论还是很自豪的。西方的许多理论往往满足于描述，而置评价于不顾，我想，理论的任务，不但要说明，而且要评价，有了评价，才能推动创作和阅读实践。因而，关于情节的理论研究最后的目的，不能限于揭示情节的结构和功能，还应该能揭示它功能的优和劣。用“开端、发展、高潮、结局”来解释小说，是没用的。小说里，人物间的情感错位比情节更重要，可以说是小说的根本。

在小说人物之间情感错位的问题上，“错位”是情感范畴，这不是对立，也不是分离，而是在统一的，甚至紧密的情感联系中，拉开距离。在情感不破裂（不完全分离）的前提下，距离越大，形象越生动。亚里士多德强调不同事物的界限，a就是a，不能同时又是b，这是逻辑的同一律矛盾律和排中律所本的精神，事物和观念应有确定的性质，因而要对事物和观念下定义，才不致偏移。而黑格尔则强调，在同一中就包含着矛盾，a就是a，同时又可能转化为b，正是因为存在着内在的矛盾，事物和观念才能发展。矛盾的两个方面，简明地说，就是一分为二，事实上就是事物和观念的两极。在这种观念和方法的指导下，小说学一直强调的就是人物之间的矛盾冲突。但是，我以为片面突出一分为二,一味强调人物之间的对立，就把艺术粗糙化了。绝对对立，你死我活，恰恰不是小说最为生动的地方。最生动的，恰恰是在情感上既对立又重合的。从方法论上说，孤立分析单个的人物，实际上是不得要领的，因为小说的情节是人与人之间关系的动态过程。从纵向来说，有了人物与人物深层心理的发现，从横向来说，有了人物间错位关系的分化，才可能有个性。小说之所以成为小说，关键就是写出人物与人物之间的心理的错位。

徐泽春：是不是可以这样理解，在小说中，人物心理、人物情感在相互联系的过程中发生差异。越是联系紧密的人物，越是差异大，就越是生动。如果联系不紧密或者干脆没有联系的人物，他们之间就无所谓差异了。所以，小说中人物情感“错位”，也可以理解成“交错”的意思。

孙绍振：你这样理解是对的。《三国演义》里的“草船借箭”，好就好在盟友之间的心理错位。从实用价值观念来说，周瑜和诸葛亮是盟友的关系，诸葛亮本事越大，周瑜越能取胜，但周瑜这个人有个心理毛病，多妒。妒忌这个心理，有个特点，就是近距离，而且同层次，因为这样有现成的可比性。周瑜妒忌别人的才能。他不妒忌曹操，也不妒忌孙权，就妒忌自己盟友，他不能容忍本事比自己高的在身边。他表面上请诸葛亮议事都是针对曹操的，实际上都是和诸葛亮作智慧的较量，都是想压倒诸葛亮，甚至想把诸葛亮整死。《三国演义》的作者的艺术才华就集中在让诸葛亮料到三天后有大雾，让他料准曹操多疑，这里产生了一个奇妙的、精彩绝伦的三角错位。诸葛亮的多智，是被他的盟友的多妒逼出来的，而且他采取了一个冒险主义的江上进军的策略，恰又碰到另外一个敌人，这是个非常有才能的、很会打仗的人，但有个心理毛病——多疑。由于他的多疑，使得冒险主义的多智，取得伟大的胜利，于是，多智的就更加多智，多妒的就更加多妒。这样的三角错位，在发展中，又层层扩大，最后弄到，周瑜意识到自己智不如诸葛亮还不算完，这个错位还继续层层加码，最后，经过反复较量，周瑜输了。既然智慧不如诸葛亮，他就不要活了。临死的时候，周瑜说了一句名言“既生瑜，何生亮”。盟友第二心态之间三角错位的幅度和形象的生动性成正比，错位的幅度越大，越是生动。周瑜死了上千年了，可周瑜还活在我们心里，这就是《三国演义》伟大的地方。

再比如鲁迅的《孔乙己》。鲁迅对孔乙己的落第、偷书及挨打致残等都没有正面叙述，只选取了三个场面，而孔乙己本人在咸亨酒店只出场两次。这里有鲁迅所示的小说美学原则，重要的不是人物遭遇，而是人物在他人眼中的错位的观感。小说中有着多重错位。他的偷书被当作笑料，“所有喝酒人都看着他笑”。“笑”针对沦落的痛苦者，这是第一重错位。他否认偷书的态度十分坚决，但“窃书不能算偷”的否认论据却十分薄弱。大家都笑，带来欢笑的孔乙己不但未笑，反而更为尴尬。这就使笑中包含一点沉郁感。对弱者连续性的无情嘲弄，使弱者狼狈，越狼狈越笑得欢乐。孔乙己仍维护着他残存的自尊，但这种维护显然是无效的，反引得“众人都哄笑起来”。更为深刻的错位是，发出残酷笑声的人，并无太明显的恶意，其中还有知其理屈、予以原谅的意味。精神上残酷的伤害已够可怕，更可怕的是他并未感到严酷，也未想到其中包含的伤害性，反而感觉并无恶意，如同亲切的玩笑。所有的人，似乎都无敌意和恶意，甚至在说话中多多少少地包含着某种玩笑或友好的性质。但这对孔乙己来说，却是对残余自尊的最后摧残。这里面重要的不是鲁迅对人生的严峻讽喻，而是其对小说艺术规范形式的突破。要我说，有了错位的情感，情节甚至连个性，都可有可无。

徐泽春：这样我们就清楚了，情节首先必须是情感因果，其功能是将人物打出常规，

放入第二环境，从而暴露出人物第二（深层）心态。但是要成为一篇精彩的小说，仅有这些还是不够的，更重要的是人物之间发生情感错位。而且情感错位比情节更重要。

孙绍振：从这个意义上说，分析小说，包括写小说，其实也不难，只要心肠狠一点，不让相爱的人心心相印，而要让他们不停地心心相错。但是也不能错位得完全没关系。我跟她离婚，我到美国去了，你还留在这里，再也不见了，就没戏了。要离婚又离不掉，然后又碰到了，本来要不理你，结果还是要看一看，一看又笑起来了。这个才有戏可写。这好像是说笑话，恶搞，其实，这是规律。我们看巴金写觉新，很精彩。精彩的关键，就是先让他爱上梅表姐，可又不让他和梅表姐结合，让梅表姐嫁了别人。如果到此为止，感染力就有限。巴金的艺术奥秘就在于，又让梅表姐死了丈夫，又让她老是待在高府，老是有机会和觉新相处。这就有好戏了，就有性格了。而觉民和琴，完全统一，没有悲剧，就不生动。高老太爷和高氏兄弟完全对立，也不生动。

所以，我觉得，文学理论，小说理论，洋人说一大车子的理论，神乎其神，玄乎其玄，什么问题也说不清楚，甚至还把文学，把小说，说没有了。在我看来，他们有点自我折腾，还不如我这个打出常规、深化心理层次、拉开错位距离管用。李欧梵先生在“全球文艺理论二十一世纪论坛”的演讲中勇敢地提出：西方文论流派纷纭，本为攻打文本城堡而来，旗号纷飞，各擅其胜：结构主义、解构主义、现象学，更有新批评、新历史主义、女性主义等等不一而足，各路人马“在城堡前混战起来，各露其招，互相残杀，人仰马翻”，“待尘埃落定后，众英雄（雌）不禁大惊，文本城堡竟然屹立无恙，理论破而城堡在”。[①] 洋人没有办法，难道我们就满足于跟着束手无策？我就想出了前面的办法，打出常规，揭示第二心态。有情节也好，没情节也好。但一定要拉开有情者的情感距离，让有情人不成眷属。

---

① 李欧梵：《世纪末的反思》，浙江人民出版社，2002 年。其实，李先生此言，似有偏激之处，西方大师也有致力于经典文本分析者。如德里达论乔伊斯的《尤利西斯》、卡夫卡的《在法的门前》，罗兰·巴尔特论《追忆似水年华》《萨拉辛》，德·曼论卢梭的《忏悔录》，米勒评《德伯家的苔丝》，布鲁姆评博尔赫斯等，但他们微观的细读往往指向宏观演绎出理论。德里达用两万多字的篇幅论卡夫卡仅有八百来字的《在法的门前》，解读象征寓言的同时从文类、文学与法律等宏观方面作了演绎，进行后结构主义的延异书写。其主旨在超验的文化学，并不在审美价值的唯一性。